爱的流放地

渡边淳一 著

李迎跃 译

文化艺术出版社

图书在版编目（CIP）数据

爱的流放地/（日）渡边淳一著；李迎跃译.
—北京：文化艺术出版社，2007.8
ISBN 978-7-5039-3305-9

Ⅰ.爱… Ⅱ.①渡… ②李… Ⅲ.长篇小说-日本-现代
Ⅳ.I313.45

中国版本图书馆 CIP 数据核字（2007） 第 068130 号

版权登记号：图字 01-2007-3223

爱的流放地

著　　者　　［日］渡边淳一
译　　者　　李迎跃
策　　划　　方雨辰
统　　筹　　沈悦苓
责任编辑　　董耘
装帧设计：张志全
出版发行　　文化艺术出版社
地　　址　　北京市朝阳区惠新北里甲 1 号　　　100029
网　　址　　www.whyscbs.com
电子邮箱　　whysbooks@263.net
电　　话　　（010）64813345　64813346（总编室）
　　　　　　（010）64813384　64813385（发行部）
经　　销　　新华书店
印　　刷　　上海长阳印刷厂
版　　次　　2007 年 8 月第 1 版
　　　　　　2007 年 12 月第 2 次印刷
开　　本　　880×1230　1/32
印　　张　　15
字　　数　　450 千字
书　　号　　ISBN 978-7-5039-3305-9/I·1530
定　　价　　28.00 元

目 录

邂 逅

看到女子扬手的动作,菊治不知为什么,竟不知不觉地联想到风之舞。

这时,"初次见面"之类的自我介绍兼相互寒暄已经结束。菊治和两位女子面对面地在椅子上落了座,其中一个女子是他相识已久的鱼住祥子,祥子带来的另一个女子,名叫入江冬香。

"冬香是哪两个字?"菊治追问了一句。

"冬天的冬,香气的香。"冬香慌忙解释。

服务生走上前来,三个人仿佛事先约好了似的异口同声要了咖啡。

下面的会话自然以菊治和祥子为主,你一言,我一语地进行下去。

"您什么时候到此地的?"

菊治一个小时以前到达京都,在车站大厦里的饭店办好入住手续后,就直接来到了咖啡吧。

"您在这儿要住上一段时间吧?"

"我打算明天回去。"

"有什么工作要赶吗?"

"不是……"

冬香就是这时候把手扬了起来。好似斜射过来的阳光有些晃眼,冬香轻轻举起左手,遮在了额头的上方。

菊治一下子就被她扬起手臂、将手指修长的手翻转过来的动作吸引住了。

好柔软的手掌。菊治在暗自赞叹的同时,不知为什么,竟不知不觉地想起观赏京都大原的风之舞,舞娘们翩翩起舞时那种指掌之间的优美姿势。那些身穿淡红色和服的女子们,头上的编织斗笠低低地压在眉眼之间,她们微微曲着身体,脚尖向里踏着八字步,缓缓地向前舞动。

这是为了让秋天的大风平静下来,在富山的八尾地区代代相传的一种舞蹈,在三弦琴和胡琴的伴奏下,旋律充满了哀伤,舞姿也有一种说不清的稳重和优雅。

冬香扬起手臂的姿势和舞娘们的动作极为相似。

"请问……"菊治小声嘟囔了一句,冬香连忙把手放了下来。

"你是否跳过风之舞?"

刹那间,冬香好像被人抓到短处一样垂下了眼睑,轻缓地点头道:"跳过一点儿……"

听到冬香出人意料的回答,菊治不由得睁大了眼睛。

因为觉得冬香刚才扬手的动作很像舞娘的舞姿,所以才顺口问了一句,谁知一猜即中。菊治对冬香忽然涌起一股十分亲近的感觉。

"您怎么看出来的?"鱼住祥子的语气中显出一种诧异。

菊治语焉不详地点头答道:"只是,有种讲不清的感觉……"

非要解释什么的话,那是在两年以前,菊治专程去富山的八尾看过一次风之舞,当时的印象非常深刻。可那毕竟是两年以前的事情了,记忆在此时此刻重又复苏,菊治本人也觉得十分不可思议。

"真了不起,您……"祥子说完把目光转向冬香,"她出生在富山,有一个婶婶在八尾,所以从小就跳起了风之舞"。

随着祥子的介绍,冬香慢悠悠地表示赞同。

"因此,我四年前也被冬香带去参加了风之舞大会,当时我跟她学了一些皮毛,跳了一会儿。您是什么时候去的呢?"

"两年前吧,那真是一种典雅的舞蹈,扣人心弦。"

"冬香跳得十分出色。她戴上斗笠后,会变得相当性感。"

眼前这位女子,身高在一米六〇左右,身材窈窕,她扬起起双手、身子微微前倾的舞姿,的确是一幅娇艳动人的画面。菊治用欣赏的目光望着冬香的时候,她温柔地摇了一下头。

"我已经好久没跳了,全都忘了。"

"如果是年少时期学的舞蹈,一定不会有问题吧?! 给我表演一次好不好呀?"

"那下回一起去吧。日期是九月二日和三日两天吧,整个晚上,人们在大街上排成一列一直跳个不停,是吧?"

和面前的两位女子一块儿参加,这个主意不错。菊治又看了一眼冬香低垂的面庞,这时祥子又说:

"菊治老师,您看上去精神很好,一点儿都没变啊。您还是跟从前一样忙吧?"

听到话题突然转到自己头上,菊治一言不发地品着咖啡。

好像这个世界上的每个人都会对菊治轻而易举地发问:"您一定很忙吧?"

的确,十八年以前,菊治以小说《爱的墓碑》一举夺得通往文坛顶峰的文学大奖,轰轰烈烈地在文坛上崭露头角。

这篇小说描写的是菊治在高二时与同学江上瞳之间一段荡气回肠、令人匪夷所思的爱情。当时小瞳过分早熟,同时和几个中年男子进行交往,菊治并不知情,被小瞳耍得团团转。故事的结局是女主人公十八岁时突然自杀身亡,菊治陷入一片茫然之中,他感到女人实在是一种不可思议的动物。

这篇小说基本上是根据菊治的真实经历来写的,女主人公奔放的生活方式引起了女性们的共鸣,销售量很快就突破了三十万册,成了当时的畅销书。这也给菊治带来了好运,一年后他出版的描写和年长女性分手的小说《安魂曲》再次畅销各地,并在三十八岁那年被人们称为"畅销小说作家"。

然而,不知是好事多磨,还是菊治的实力不够,他的第三本小说却成绩不佳,第四本小说更是江河日下,有些评论甚至相当严酷地批评他的作品只不过是一些胡乱编造的廉价故事。

就像当时菊治的作品热一下子席卷而来一样,这股热潮呼啸而去的速度也快得惊人,即便如此,在短期内也还有几个编辑鼓励他继续创作,但是一旦遭遇挫折,人就会由于焦虑难以下笔,而写不出来又会产生新的焦虑,菊治从此陷入了这种恶性循环，一晃就是十年，他已变成被文坛遗忘了的作家。作品一旦卖不出去，编辑们也退潮般很快失去了踪影，菊治在生活上出现了窘境。

既然这样，当初又何必辞掉出版社的工作呢？可惜后悔也已经晚了。菊治只好向以前的挚友求援，得到了一份在私立大学担任讲师的职位，但仅靠这份收入还是难以为生，所以只要是能够赚钱的工作，不论是为杂志撰稿，还是为他人代笔，菊治统统承担下来。

这样一来，生活上是没什么问题了，但是对以作家为傲的菊治来说，心理上承受的压力还是过于沉重。

"您一定很忙吧？"这个问题在眼下的菊治耳中，恐怕除了讽刺，别无他意。

菊治目前虽说收入不多，但私立大学讲师的工资以及捉刀代笔所得，每月也有近三十万日元。再加上一些文艺杂志、报纸等的约稿及一些小文章，这些全部算起来，每个月也有四十万左右的收入，一个人生活也谈不上捉襟见肘。二十四岁的独生子已经工作，菊治和妻子虽然还是夫妻，但实际上却一直分居。

菊治的妻子提出要求，希望继续发展她年轻时候从事的插花艺术，她手下还有不少弟子。所以分居的时候，菊治把公寓让给了妻子，自己又在千驮之谷租了一套小房子，每月光房租就要十万日元。

从分居到现在已经五年，夫妻二人都已五十五岁，但是时至今日，谁也没有破镜重圆的想法。

菊治原本就是一个随心所欲、我行我素的男人，妻子也是很早以前就认为事业比家庭重要，所以夫妻子女虽在户籍上是一家人，但却是各住各的，各干各的。在某种程度上可以称为是一种理想的分居状态，因为每个人的生活都相对稳定。

在一般人看来，这也不失为一种幸福的生活方式，但菊治却总有一种丢掉了什么重要东西的焦虑感。他过去毕竟是一位头戴桂冠的畅销小说作家。现在虽说有些许散文的稿约，但菊治内心渴望的是重新写一部为世人追捧的小说，获得自己本该得到的评价。

菊治不甘心就此终了一生。他认为自己不论何时何地都应该是一个作家。

每当想到这一点，他心中就会涌起一种莫名其妙的烦恼和不安，即使眼下的生活比较安稳，却不可能治愈他那从文坛顶峰一落千丈的失落感。

"菊治老师……"

祥子的一声呼唤，把菊治又带回到现实世界当中。

对了，自己曾经位及人师，曾经获得过众人仰慕的文学大奖，自己的作品畅销全国的时候，几乎周围所有的人都会尊称自己一声"老师"。

菊治第一部作品出版的时候，他在一片荣誉声中出席了银座书店的签售仪式，在门口竖着一块大牌子，上面写着"村尾章一郎大师签售会"。

许多人都没听说过"村尾菊治"这个名字，这是他的本名，"章一郎"是借用他叔父的名字。叔父比菊治大二十岁，从事工程方面的工作，身材高大，长得帅气，很受女孩子们的欢迎。因此，在应征文学新人大奖的时候，菊治就借用叔父的名字当了笔名，结果一举夺得了桂冠。

在这层意义上说，这是一个幸运的名字，从此菊治就把这个笔名沿用了下来。没曾想，不到几年的工夫，"村尾章一郎"这个名字就像日本的泡沫经济一样，消失得无影无踪了，只有"村尾菊治"这个不起眼的名字残存了下来。

然而，祥子她们却好像不这么认为。在文坛崭露头角不久，菊治接受一家杂志采访的时候，祥子作为自由撰稿人出现在他的面前。出于这种缘分，祥子结婚搬到大阪以后，也一直和菊治保持着书信上的来往，所以可能在她的印象中，菊治还是当年在文坛上脱颖而出的畅销小说作家的形象。

"今天入江女士来这儿的目的，是想请您在她带来的您最初出版的《爱的墓碑》上签个名……"

菊治一边听祥子解释，一边打量冬香。

"您读过我的作品吗？"

"当然了，我们住在同一个小区，闲聊之中发现我们俩都是您的仰慕者。借您这次来京都的机会，决定一起来拜望您，今天总算……"

随着祥子的说明，菊治慢慢回到了作家村尾章一郎的身份当中。

冬香居然是自己处女作的粉丝。若真如此，她读那本小说时芳龄究竟多大呢?

"那差不多都是二十年前了……"

菊治话音一落,冬香羞涩地垂下眼睛。

"是我高三的时候。"

"那和小说的主人公同龄……"

望着点头称是的冬香,菊治想象着她十七八岁时的模样。那时她一定还穿着校服,身材修长,但还是掩藏不住少女青苹果般的娇羞。

"那是在富山读的吗?"

"对,书是我悄悄儿地……"冬香小声回答。

祥子接口道:"那年我刚大学毕业,我把书带回家去读,我妈却骂我看下流小说……"

的确书中的女主人公和几个中年男子同时都有肌肤之亲,但菊治并不是把她作为放荡的女子来描写的。

"那是真人真事吧?"祥子追问。

菊治点头答道:"但是,我仅是被她玩弄于股掌之中……"

"我家十分保守,对那类书的限制很严,可我们都非常喜欢,很羡慕女主人公自由奔放的生活方式。冬香,你也一样吧?"

"我看了不知多少回。"

"机会难得,你把书拿出来,要个签名嘛。这儿有签字笔。"

祥子递过笔去,冬香慢慢腾腾地从挎包中掏出书来。

淡蓝色的封面上,象征着墓碑的白色线条交错延伸,中间部分隐约显出一个少女的侧脸头像。

由于保存得非常仔细,虽说十八年的岁月已逝,橙色的腰封却完好地保留着,整本书几乎没有半点儿污迹。

"是入江冬香吧?"

菊治重复了一遍冬香的全名,当他正打算在书的扉页签名的时候,冬香十分难为情地低语:"对不起,能不要姓氏,只写我的名字吗?"

她的意思是希望在书上只写上"冬香"二字。

菊治确认了一遍冬香的想法。

"不好意思。"她小声说。

作家签名的时候,一般的读者都喜欢写上自己的全名,冬香这么要求是不是有什么特殊的理由?

菊治若有所思,祥子半开玩笑地问:"只写上你的名字,是不是觉得将来即使离婚或是再婚,只有你的名字是不会变的?"

原来是这么一回事,菊治偷偷瞄了一眼冬香,只见她低眉顺目地一言不发。

菊治决定不再追问,他写上"冬香女士",又在另一行稍低一些的位置签下"村尾章一郎"的名字。

"这样签,行不行?"

说完,菊治把翻开的书还给了冬香,她目不转睛地端详着签名的地方。

看着冬香专注的样子,菊治不由地有些不好意思起来。

"这么多年来,您把这本书保存得这么好,实在太感谢了。"

听到菊治的道谢,冬香抬起头来说道:"您写的第二部作品《安魂曲》我也保存着呢。"

"那么,两本书一起全带来就好了。"

"真的? 我总觉得一下子让您签两本,有些过意不去……"

这时祥子见缝插针地问道:"您最近在写些什么呢?"

说心里话,称得上小说的东西,我现在什么都没写。虽说想写的欲望很强,可是一旦坐在桌前,只能呆呆地构思,却一个字也写不出来。况且我就是写出来了,也未必有杂志肯发表。菊治心中暗想。

可是,在两个自己过去作品的仰慕者面前,这些话菊治怎么也不可能说出口来。

"我眼下有许多构思……"菊治狠了狠心继续发挥道,"下面我想以京都为背景写一部作品"。

"真的呀?"

祥子兴奋地问道,冬香也睁大了眼睛。

"我正在收集一些有关邸园茶室的资料……"

菊治一边说一边又十分恼火自己这种瞎话随口就来的行为。

以京都为舞台创作一部小说，这种想法菊治以前就曾有过。可能的话，他还想写一部以邸园为背景的优美动人的恋爱故事。这样一来，可以和他的处女作遥相呼应，作为长大成人后的男女爱情故事，说不定能在文坛上引起一定的反响。但是，近几年来从离婚问题到分居，夫妻之间麻烦不断，根本没有沉浸在男欢女爱世界里的精力和机会。

近来总算从这些争端中解脱出来，习惯了一个人的独身生活，却又总为眼前的采访报道、杂志撰稿工作疲于奔命，但是菊治仍然没有失去以京都为舞台精心创作的愿望。实际上，这次来京都，表面上的理由是受旅行杂志所托，采访游客们所喜爱的京都的茶室，然而在内心深处，菊治还是希望能够发现一些写作小说的题材。

菊治重新打量起面前的两个女子。祥子应该是四十岁左右，冬香看上去比祥子年轻三四岁，大概三十六七岁的样子。这两个人应都是有子女的主妇，祥子穿着一身黑色的西装，为了使轮廓分明的脸部线条柔和一些，额前的刘海淡淡地染成茶色。冬香穿了一条米色的针织连衣裙，柔软的披肩发紧紧地包在她白皙秀美的脸蛋周围。仅从外形上看，祥子属于活泼外向的类型，现在好像还在从事与电脑有关的工作；冬香大概是专职主妇，看样子平时不太外出。

无论如何，自己也用不着在这两个人面前逞强，何必装出一副为小说而来京都收集资料的样子。

"我真是个傻瓜……"

菊治暗自在心中责备自己的时候，祥子问道："这部新小说，打算在哪儿连载？"

"那个，目前还处于收集资料的阶段……"

完全是一种推托之词，但菊治也只能这样为自己辩解。

眼前这两位女士根本不可能了解菊治眼下有苦难言的现状。

"我们非常想拜读您新的大作。写京都的话，我们也会产生一种亲近感。"

祥子和冬香确实住在京都和大阪之间的高槻，祥子的回信也是如此写的：

"从我这儿到京都二十分钟就够了,我去拜访您。"

"我们从前也谈起过,您何不以京都为舞台写一本小说。"

祥子说完,冬香点头附和。

"您相当适合描写京都呀。"

"哪里,哪里,我眼下还在构思当中……"

"但是,您已经到了京都,还会有什么错啊。"

看起来两个女人毫无保留地相信了菊治所说的一切。

事到如今,这种毫无保留却成了菊治心中的一种负担,不过这也可以说是对作为作家的自己的一份期待。虽说人数不多,但还残存着一些如此难得的读者。估计全国各地和她们一样的追随者,都默默地期盼着自己东山再起。

菊治陷入了沉思之中,这时祥子声音明快地邀请道:"有空的话,欢迎您也来高槻转转。"

出生于东京的菊治,不用说没去过高槻。

"我们住在同一栋公寓。那儿离车站很近,非常方便。"

这两个人过着什么样的生活? 菊治想象不出来。

"我们那儿庙宇、神社都很多,附近还有上宫天满宫,那儿周围的园林也极为出色。"

"你们那儿离长冈京很近吧?"

"就在旁边。那里还有以杜鹃闻名的天满宫,古墓也有不少……"

平安迁都之前,长冈京的确做过一段时间的首都。

"您去参观一下,说不定有些参考价值。"

看来两个人可能是希望菊治创作一部古代的恋曲吧。

写一本历史小说,也许不失为一个好主意。至今为止,菊治都是以自己身边发生的事为中心,描写同龄人的悲欢离合。在这些作品中,他极为真实和直接地抒发了自己的感受。

由于作品内容和他自己的生活密不可分,所以作品中个人色彩过于浓重,他觉得正是如此,才使得他后来的作品陷入一种千篇一律的风格之中。这方面的问题,过去编辑就曾经向他建议过:"您能否在小说中增加一些虚构的内容,创作出规模更为宏大的作品。"

其实菊治也发现了这个问题,曾经进行过两三次尝试,但是虚构的成分一旦增加,他总担心作品因此丧失了现实感,结果越改越不知如何是好。就在这种循环往复的过程中,蓦然回首,菊治已经步入了不惑之年的后半部分,再去描写他处女作中那种色彩斑斓的青春,已显得有些吃力。

是彻底改变自己写作方向的时候了。菊治正处在选择的十字路口,或许改写历史小说是一个不错的主意。尤其是平安时代以前的历史小说,几乎还没有什么作家写过。可是话说起来容易,菊治终究没有把它写出来的把握。而且历史小说作为改换写作方向虽不失为一种良策,但也逃脱不了追踪历史人物的足迹,探寻他们心理活动的俗套。与之相比,菊治更希望运用自己眼下拥有的感性认识去创作人物,在现代小说的世界里天马行空、自由发挥,再写出一本像《爱的墓碑》那样充满火热爱情的小说。

当菊治沉浸在自己的世界里时,祥子面露担心地问道:"您累了吧?"

"没,没什么……"菊治连忙否定,但祥子二人好像还是觉得不宜滞留过久似的。

"差不多了,我们也该回去了。"

祥子提议,冬香点头附和。

"我没问题,还有的是时间。"

说心里话,他更愿意和这两位崇拜自己的女性多接触一段时间。

菊治重新打量着二人,开始想象起她们各自的家庭。

祥子从住在东京时起,就是一个精明强干的职业女性,现在也应该一直保持着,所以可能经常外出。与她比起来,冬香看上去有些腼腆,应属于专职主妇一类。眼下,也主要是祥子在讲,冬香可能也是初次见面的缘故,只是点头附和而已。

这两个人是怎么亲近起来的呢?是由于住家相近,还是由于孩子走到了一起?也许,还是不知道对方的家庭私事更好。菊治只要被两个崇拜自己的女性环绕,就已经十分满足。

菊治望着她们问道:"你们有去东京的机会吗?"

"已经很长时间没去过了。"祥子说完接着问道,"您是住在千驮之谷吧?"

菊治点点头。

祥子对冬香解释道:"那儿离新宿、涩谷都很近,地处闹市,十分方便。"

自从决定分居以后,菊治把位于二子玉川的公寓让给了妻子,一个人搬到了涩谷附近的千驮之谷。虽说是只能放下床和书桌的一居室,但位于山手线圈内,倒也十分方便。作为一个没有人气的作家,并不需要住在这种地段,也正因如此,菊治更是向往热闹的地方。

"住在东京的时候,我常常在原宿一带走动,所以千驮之谷对我来说充满了亲近感。"

"那么,请您随时光临。"菊治话说到一半儿,又停了下来。

如果对这两个人二选一的话,还是冬香更对自己的胃口。从外观上看,她不是那种十分时髦的女人,化妆也不那么靓丽醒目。然而,冬香长圆的脸型线条柔美,眉眼之间也相当清秀。她肤色白净,微微敞开的领口露出雪白的肌肤,"冬香"一名也许正是因此而得。

可是冬香的言行举止之间总有一种说不出的拘谨,想来她不属于那种热情主动的类型。即使她有着形形色色的念头,也会悄悄地隐藏在内心深处。

冬香这种沉稳大方的性格,正是眼下菊治所向往的。

咖啡吧下面是车站大厅,放眼望去,来往行人的举动都可以一览无余。祥子一边眺望人群,一边催促冬香:"该告辞了,今天就到这儿吧。"

"如果是我的缘故,大可不必着急。"

"可是您还有工作要做,而且我们也差不多该回去了。"

傍晚将近,主妇们也到该干活儿的时间了。

"那个——"祥子说着想要伸手去拿账单,菊治慌忙举手制止道:"这儿由我……"

自己再怎么不济,付个咖啡钱还是绰绰有余的。菊治拿过账单,两个女人也不再说什么,拿着手袋站了起来。

"今天见到您,十分高兴。您有机会再来我们这儿,请一定和我们打声招呼。"

"恭敬不如从命。"

菊治点头应道,突然意识到还没问过冬香的联络地址。眼下当着祥子的面突然问起,也许有些唐突。想着想着,菊治忽然灵光一动,找到了一个好借口:"在《安魂曲》之后,我还有一些作品,如果您有兴趣的话,我可以寄几本给您。"

"真的?"

"您能在这张名片上写一下您的地址吗?"

菊治把自己的名片递了过去,冬香在上面写了起来。

"高槻市芥川町……"菊治出声念道,接着又递上一张自己的名片,"这是我的名片,有什么事的话……"

正当冬香把菊治只有姓名和地址的名片拿在手中凝视的时候,祥子发难道:"您不打算给我一张吗?"

"不是这个意思,我以为你知道我的住处……"

菊治随手又拿了一张交给祥子,她满面笑容地低头放进手袋里。

"那么,我们告辞了。"

两人同时低头行礼,走出了咖啡吧。

目送二人离去的背影,菊治的目光始终追随着冬香臀部玲珑而柔和的曲线。

相 逢

收到入江冬香的来信，是菊治和她在京都见面的三天之后。

信笺下面印有大波斯菊，冬香用工工整整的字体述说了与菊治邂逅时极为紧张却又兴奋的心情。接着在感谢菊治为书签名的同时，写下了一句："我一定珍惜此书，并把它作为传家之宝。"并在信的结尾写到："寒冬将至，请您保重身体，衷心地期盼您的新作问世。"

开头的部分没有什么，后半部分却让菊治略感郁闷。然而，这么快就收到了冬香的来信，菊治感到非常高兴。由发信日期是见面后的第三天来看，也许信是冬香第二天写的，说不定是在丈夫和孩子不在家时……

不过这种程度的信件就是被她丈夫看到也没有什么大不了的。菊治一边胡思乱想，一边想象着冬香独自写信时的身姿，心中暗暗涌起一股兴奋。

"那只手……"菊治忆起她轻轻遮挡额头的手势。

编织斗笠低低地戴在头上，在风之舞的队伍里翩翩起舞。这样一个冬香和在家低头写信的她，身影重叠在一起了。冬香略带迟疑的微笑在菊治的心中复活。

她眼下在忙些什么呢？

一想到这儿，菊治感到心跳有些加快，同时又琢磨起答应寄给冬香的书还没寄出一事。

在京都初次见到冬香时，曾经约好把《安魂曲》之后的作品寄给她，但回来重新翻了一下，菊治却慢慢失去了把这些作品寄给她的兴致。《思念的河流》还是一本描写年轻男女错综复杂爱情的小说，现在读起来，菊治很为自己当时在作品中表现出来的浅薄和过多的自我陶醉感到羞愧。这样一本小说，现在寄给冬香，又有什么意义呢?

正当菊治处于进退两难的境地之时,冬香的来信使他获得了勇气,他签上自己的名字以后,把书寄了出去。同时还附上一封短信,在对冬香及时来信表示感谢之后,他把自己的手机号码和邮件地址也写上了,最后又加上一句:"如果能把你的手机号码和电子邮件地址一并告知,我将不胜荣幸。"

冬香第二封信的到来,是在菊治将书寄出的四天之后。

信上的字体还是和前一封一样一丝不苟,上面写着收到书后非常高兴,这样自己就有了三部作品,"仿佛身处您的图书室一般"。信的最后写到:"我真的能和您互通电子邮件吗?"

当然,这些都正对菊治的心思。说得更准确一点儿,不如说菊治的心中才更渴望如此。

说实话,菊治并不是不喜欢写信,心里也有不少话想在信上倾诉,只是一想到倘若被冬香的丈夫看到,就会有一种挥之不去的不安。其实,信中的内容并没有令人疑神疑鬼的东西,可是抱着这种不安去写信的话,心情免不了变得抑郁。

从这个角度看,电子邮件就让人放心多了。万一有什么话,也可以删除,即使保存下来,被他人看到的可能性也极低。

经过翻来覆去的考虑,菊治大胆地给冬香发了一封邮件。说实在的,菊治在这方面并不擅长,但由于收到了冬香的第二封来信,菊治平添了一份自信,他在邮件中诙谐地写到:"能在你那里安家落户,我的作品也备感幸福。"

"我最近因事还要前往京都,不知能否和你会面?"菊治以这句话作为邮件的结尾。

过了一天,冬香回了邮件,上面写到:"真的能再次拜望您吗?"后面又加了一句:"您果真大驾光临这边,我和祥子也打声招呼吧。"

根本不是这么回事,我想见到的只有冬香一人。菊治一边觉得自己有点儿过于露骨,一边匆忙回复邮件:"我渴望见到的只有你一个人。"

冬香似乎十分在乎介绍她和菊治相识的祥子,菊治的脑海里却始终只有冬香一人。

"届时想来正是观赏红叶之际,我期待着这次会面。"

冬香的确是自己喜欢的类型,而且和她相处在一起的时候,菊治觉得可以重新寻回自己失去的勇气和自信。

一旦联系上了,就没有比电子邮件更为简单方便的工具了。菊治的邮件刚一发出,冬香的回复立刻来了。

"您的意思,真是就我一个人吗?"

对于菊治不用告诉祥子,只和冬香一人相见的这番话,冬香好像还有些不知如何是好。

"这次前往京都,与其说为了工作,不如说去见你。"

邮件虽然是这样写的,菊治不禁扪心自问:我果真喜欢上这个女人了吗?

自己到了这把岁数,何必再去追求一个远在关西、有孩子的有夫之妇呢? 这种不以为然的想法刚一冒头,菊治马上又被渴望和冬香会面的思绪紧紧缠绕。

冬香既不是一个漂亮超群的女子,也不是一个青春耀人的女孩儿。

抛开这些表面因素,菊治喜欢的就是冬香那种内敛而文静的气质。在思念她的时候,菊治自然而然地就会把冬香的身影和头戴斗笠、压抑着自己的感情、一心一意跳着风之舞的舞娘交错地重叠在一起。

"想见到你……"

五十多岁的日子已经过了一半,菊治对陷入情网的自己感到不可思议。原本以为自己不会拥有朝思暮想的情感。正是由于已经认定自己是死水一潭,所以才觉得眼下这种兴奋有些怪怪的,且令人神往。

像是想要浇灭菊治这种急不可待的兴奋,冬香来了邮件:"就是能与您见面,恐怕我也不能呆很长时间。"

这种情形菊治当然知晓,最要紧的首先是相聚。

"下星期二我将前往京都。和上次一样,下午四点在同一饭店十五层的空中花园见面如何?"

菊治觉得如果询问冬香什么时间方便,可能又会有些啰里啰唆的事情,所以就自己独断专行地做了决定。

一天之后收到了冬香的回音："那么，我会如您所示按时前往。能够再次与您相见，我非常荣幸。"

菊治立刻回了邮件："请你一定如约而来，无论如何呀！"

在这句话后面，菊治犹豫着选了一个小小的心形图案添了上去。

当天下午，菊治一点到达京都之后，直接去了东山的真如堂和南禅寺的天授庵采访。

采访地点是从当地人口中打听到的，这里的环境的确静谧幽雅，层层叠叠的红叶连在一起，金秋的阳光穿过鳞次栉比的红叶洒落下来。

菊治看着看着，不知为什么竟联想起冬香的纤纤玉手，不由得从地上拾起一片红叶，用纸包好，放进了书包。

按照预定计划结束了采访之后，菊治返回车站的饭店，办完入住手续时，已经是午后三点半了。

进了房间，他首先刮了胡子，梳理鬓发，然后穿上白色高领衬衫和深咖啡色外套。

一切准备就绪。菊治在镜子前察看一下自己之后，在四点差几分时向十五层的空中花园走去。

上次和她们见面，是在饭店大厅旁边的咖啡吧，那里人多眼杂，不是一个静心聊天的场所。虽然谈不上什么幽会，但对冬香来讲，肯定希望在人少的地方。

他选了一个从门口容易看到，离门较近的桌子坐下。这时的空中花园十分空闲，除了菊治以外，只有一桌客人。

在菊治啜着咖啡的时候，他看到一个女性在门口张望，接着走了进来。

"这边儿。"菊治不由站起身来招手，冬香微微行了礼，一路小跑地向前走来。

"实在抱歉，让您久等了。"

"没什么，我也刚到。"

冬香的双颊渐渐泛起红晕，给人感觉是匆匆赶过来的，菊治不禁心中一动。

"你来了，太好了，谢谢！"

"哪里，哪里……"

"我们总算见面了。"

今天冬香穿了一套淡粉色的圆领套装,戴了一条心形项链。她是尽自己所能打扮了一番前来赴约的吧?虽然没有特别醒目地方,但这种不显山不露水的样子,菊治反而更加欣赏。

"您的工作已经完成了吗?"

"对,明天还要转一些地方……"

"工作很辛苦吧?"

正当冬香低声说话的时候,服务生走了过来,她要了一杯红茶。

"我还担心你不来了呢。"

"怎么会呢?我十分钟以前就到了车站,只是有点儿迷路,对不起。"

这个饭店和车站连在一起,确实有些难走,在这种地方迷路,也极符合冬香的特点。

"换作祥子的话,大概能直接找到这里。"

菊治开了句玩笑,冬香却当了真似的回答道:"您说得对极了。她不论去哪儿都不会迷路,我每次都是跟在她的后面而已……"

"可是,你一个人来了,真是太好了。"

"就我一个人,当真可以吗?"

"当然了,你不会告诉祥子了吧?"

"没有,可是……"冬香迟疑了一下,"那个,我把孩子放在她那儿了……"

"这么说,你呆不了多长时间?"

"对不起……"

对专职主妇来说,傍晚时分确实是一天中最为忙乱的时间。菊治感到自己让冬香在这个时间段出来,实在有点儿强人所难。

菊治把目光转向窗外,他发现京都秋天的街道渐渐黯淡起来。

冬香也在眺望窗外,难道她在惦念家里的事情?

"方便的话,到我的房间看看好吗?"

冬香好像有些惊讶地抬起了头,看了菊治一眼,又垂下了目光。

事情过于突然,冬香大概不得不探究自己的真正意图吧?她觉得困惑也理所当然,说实话,这是菊治从开始时就想好的事情。尽管不知道冬香能呆多久,菊治早已盘算着在她要回去时,把她请到自己的房间。

正是考虑到这一点,菊治才订了一间价钱稍贵的,但可以俯瞰群山环绕的京都景致的双人房。而且约在顶层的空中花园见面,在会面结束坐电梯下去时,便于邀请冬香,"去我那儿坐一会儿吧"。相反,如果在下边见面,再邀请女性上去,就显得动机有些不纯,即使对方有心上去,嘴上也难以答应。这些都是菊治以前辉煌时期,通过和数名女子交往获得的经验。只是时至如今,再把这些从箱子底翻出使用,菊治总感到有些不好意思,但他还是试着问道:"我不了解你的情况,在你最忙的傍晚时分把你叫出来,真对不起。"

"没关系……"冬香仿佛自己做错了什么似的,低垂着眼睑。

"但是,从我的房间看出去,风景非常漂亮,可以俯视京都整个街道。无论如何请你观赏一下再回去。夕阳西下的城市也别有一番景致。"

接着,他咬咬牙厚颜劝道:"来坐一下吧。"

一旦开始邀请,就应该一口气进行到底。菊治拿过账单站了起来,冬香也随之起了身。

他到收银台前把账记在自己房间上,然后朝电梯间走去。幸好四周没有一个人,两个人走进无人的电梯。菊治立刻按亮了自己所在的十层的按键,冬香低着头一言不发。

菊治目不转睛地盯着她纤秀白净的颈项,一会儿就到了十层。"来吧……"菊治一催,冬香就听话地走出了电梯。

"这家饭店大概由于相当方便,客人总是满满当当的。"

菊治嘴里扯着不着边际的话题,带头向位于走廊尽头的房间走去。

菊治把磁卡钥匙插进房门,冬香站在他身后一步之遥的地方静候。

虽然她一句话也没说,但是菊治仍能感到她身体的紧张僵硬。

"请进。"菊治用手轻轻拍了一下冬香的肩头,她眼朝下盯着自己的脚尖,慢腾腾地挪进了房间。

菊治看冬香进去以后,随手关上了房门,这时她仿佛受惊般停住了脚步。不管如何崇拜,和一个男人来到饭店的房间里,总会有些紧张吧。

"这里的装修还算雅致吧?"为了缓和一下紧绷的气氛,菊治边说边打开了窗帘。

一进房间,紧接着右边是一张双人大床,左边是一排条桌,靠窗的地方有一张书桌,两把椅子相对而放。

菊治让冬香坐在椅子上,然后打开了冰箱。

"喝点儿什么吗?"

"不,不用了……"

菊治拿出一瓶橘汁倒进玻璃杯里,递给了冬香,又给自己倒了一杯啤酒。

"干杯……"

两人轻轻碰了一下杯,菊治望着窗前的书桌说道:"这么大的书桌,写起东西来方便多了……"

他本来也打算完事以后,在这张书桌上撰写今天采访的关于红叶的文章。

"您总是住在这个房间吗?"冬香总算开口说话。

"不是,我住过许多地方……这次能见到你,实在太好了。说实话,真想和你一起去看红叶。"

菊治望着因独处一室而显得十分紧张的冬香,邀请她去窗边。

"过来一下,你看看。"

冬香站起身来,走到窗前。

"你看,从这儿望去,京都的整个街景一览无余吧。"

从十层的房间放眼望去,暮色苍茫的京都街道呈放射状伸展,有些地方已经开始闪起星星点点的灯火。

"对面是东山,更高的那座是比叡山。"

冬香的视线虽随着菊治的左手移动,可她的身体却纹丝不动地静静地伫立在那里。

如果自己现在把冬香拥入怀中,她是顺从地依附,还是要进行反抗呢?

眺望着夜幕降临的京都市容,菊治陷入思考。此时此刻,菊治过去的经历不禁涌上心头。

在他年轻风头正劲的时候,曾和几名女子发生过关系,那时第一次亲吻,多数是站在窗前眺望夜景时发生的。两个人并肩站在一起,共同观赏城市夜晚的灯火,自然会产生一种浪漫的意境,双方都希望依偎在彼此的怀中。

窗外的一切迅速陷入了夜幕的包围当中。在欣赏着转瞬即逝的景象时,菊治进一步靠近了冬香。

刹那间,菊治的臂膀触到了冬香的肩头,他左手一伸,挽住了她的纤腰。

冬香一动不动地凝视着窗外的夜空,却也没有躲开的意思。

"就是现在……"

菊治心中的另一个自己催促着他,好似受到这句话的鼓励,他横过身子,猛地抱住了冬香。

冬香胆怯地一下子把脸避开,但是菊治不顾一切地将自己的嘴唇迎了上去,趁着冬香动作停顿的一瞬间,牢牢地吻住了她。

总算捉住了……

现在,菊治的嘴唇覆盖在冬香的双唇上,但她却紧紧地闭着双唇。

但是菊治并不焦急,他享受了一会儿冬香双唇柔软的触觉,接着轻轻地左右移动着嘴唇,冬香缓缓地张开了嘴。菊治温柔地将舌送到冬香的口中,触到了她羞怯的缩到里面的舌尖。

随着菊治一而再、再而三地转动舌尖,冬香也慢慢开始吐舌去迎合。事到如今,冬香似乎不会再反抗了。

眼前的她闭上双眼,任由菊治亲吻,菊治手臂又紧搂了一下,冬香温软的身体一下子贴在了菊治胸前。

菊治体味着冬香真实的触觉,心中溢满了无限的满足,他悄悄离开冬香的香唇,在她耳边细语:"我喜欢你……"

与此同时,冬香缩了缩脖子,然后轻轻地左右摇头。乍看上去,她似乎是在躲避菊治的追求,其实是耳边的酥痒使她受不了了。

冬香的举止让菊治觉得无比可爱,他更加紧紧地搂抱着她。大概开始时的困惑和羞怯已经褪去,此时冬香也开始紧紧地依偎起菊治。彼此的双唇追逐着对方,双方的舌头热烈地绞缠在一起,菊治又一次真实地感受到冬香的身体。

冬香看起来苗条偏瘦,可抱在怀中却比较丰满,臀部的曲线富有弹性,从耳朵到颈项线条纤秀且白皙细腻,仅从这些地方上看,实在看不出她已经做了母亲。

菊治又把冬香紧搂了一下,然后慢慢地松开了双臂。进展到这一步,就算冬香还没爱上自己,有好感是不会错的了。

菊治在这种自信和安心的情绪下把左手微微搭在冬香肩上,望着窗外。

接吻之前,被夜幕逐渐吞噬的街道已经基本上进入了夜晚,只有西边的天空上,残存着几缕被夕阳的光芒映照出的淡蓝的光亮。

"天黑了。"

菊治自言自语,他意识到冬香回家的时间已经迫近,于是对冬香表示了自己坦诚的谢意:"能见到你,真太高兴了。"

"……"

"要回去了?"话刚要出口,冬香极不情愿地摇着头,突然把脸扑在了菊治的胸前。

"那个,我回去了……"

不用说,两个人都心知肚明。菊治点了下头,冬香又低声说:"借用一下卫生间。"

冬香从卫生间出来的时候,已经过了十分钟。

也许她本来化的就是淡妆,加之头发和面容已经整理过一番,仅从外表上看,根本看不出就在刚才两个人之间进行过一场激烈的热吻。

"那,我……"

冬香刚要离去,菊治慌忙叫住了她:"等一下儿,我想把这个给你……"

菊治从条桌上的书包里取出一个小纸包,在冬香面前打开,小小的红叶,连叶尖儿都红得像燃烧的火焰一样。

"今天,我去了东山的真如堂,因为红叶实在太漂亮了,所以捡了一片回来。我觉得这片红叶有些像你……"

拾起红叶的时候,虽说菊治联想到的是冬香软和的玉手,但是现在仔细再看,又觉得红叶上微微凸起的叶脉,很像冬香雪白的皮肤上显现出来的血管。

"您特地给我……"

"没什么,一点儿无聊的小玩意儿。如果碍事的话,请把它扔了。"

"不会的,我会好好珍藏。"

冬香又看了一眼红叶,然后用纸包好,放在自己米色的手袋里,并微微行了一礼。

"多谢了。"

"哪里,哪里……"

菊治觉得自己并没有做过什么值得冬香道谢的事情。

"下次,还能再见面吗?"

冬香垂下了眼睑,犹豫了一小会儿,轻轻点了点头。

"下次什么时间合适?我可以将就你的时间。"

面对正在沉思的冬香,菊治又问:"是比今天早一些的时间合适,还是周六、周日?"

刹那间,冬香静静地扬起了脸。

"您真的想见我吗?"

"那还用说,我想见的就是你。只要是能见到你,什么时间都行……"

"那,我以后和您联系。"

"真的?一定要联络我噢。"

说完,菊治走上前来,为了不蹭掉口红,只把舌头伸向冬香,冬香也闭上眼睛,吐舌回应菊治。

两个人与其说是在相互亲吻,不如说只是彼此的舌头纠缠在一起。

两个人之间没持续多久,双方心里都非常明白,无论如何冬香也该回去了。

"那么……"冬香以低头行礼代替了话语,看到她的手握到房门把手时,菊治低语:"我送送你吧?"

"不用了……"

"你再迷路的话,多不好啊!"

"没关系,我不会再迷路了。"

门一打开,冬香从不大的门缝处一闪身就出去了。

转眼之间,身着淡粉色洋装的冬香已经一个人站在宽敞的走廊上,菊治心中忽然觉得不安起来。

"那,路上小心点儿……"

"好。"冬香小声应了一声,再次行了个礼,就向电梯方向走去。

还是应该送一下,菊治想了一想,又怕和冬香走在一起,反而会给她带来麻烦,于是站在原地,目送着她的背影,冬香走到走廊的一半,又回过身来。

菊治向她挥了挥手,冬香也小幅度地摆了摆手,又鞠了个躬,然后往左一拐,消失在走廊尽头。

"人走掉了……"

菊治不禁说出声来,接着朝走廊左右两边仔细张望了一番,关上了房门。

重新变回了一个人,放着双人大床的房间一下子变得空落落的。

此后就只有一个人睡在上面,根本不需要这么大的双人床。菊治觉得自己有些过于奢侈。

然而,能和冬香接吻不也很好吗?而且还是法国式的,其间充满了情欲……

老实讲,菊治没想到冬香能如此接受自己。作为一个妻子和母亲,她也没进行什么反抗。

菊治一边回想着冬香留在他体内的感触,一边在心里描绘着她若无其事地回家时那白皙的侧脸。

幽　会

　　坐中央线电车在千驮之谷车站下车之后，菊治朝着鸠森神社方向一直往前走去。

　　临近神社的大街上正好亮起了红灯，菊治停下脚步，无所事事地回头一看，一辆从东京开往新宿方向的电车正在驶过。

　　长长的列车大约有十节车厢吧，菊治定睛一看，车厢里的每一个人都能看得十分清晰。

　　已过晚上八点，几乎所有的乘客都是往家中赶的，菊治看见一个男人手拉吊环，旁边站着一位女性，还能看见坐在男人对面乘客的背影。

　　这里每隔几分钟就有一辆电车驶过，没有什么特别稀奇的，但是今晚却显得格外明亮，车厢里的情景一目了然。

　　菊治的目光追随着渐渐远去的列车的光亮，同时想起了"寒冷清秋"这个词。

　　随着深秋的来临，空气变得十分清新，能见度也不断增强，连带着电车的车窗也显得清明透亮。

　　菊治漫无边际地想着。绿灯亮了，他和周围的人一起向前走去。

　　的确有些寒意，但还不到穿大衣的季节。菊治也只是穿了一件运动套衫，微微的凉意反而使他觉得神清气爽。

　　这种感觉不知是来自秋天的天气，还是来自菊治自己本身。

　　说到"神清气爽"这个词，菊治不知不觉地想起了冬香。

　　从刚才看见那辆电车的时候起，她的身影就浮现在菊治的脑海之中。

　　冬香也像刚才那个站在电车里的女性一样，在赶往回家的路上，接着冬香的丈夫也在列车的一路晃悠当中，回到了家，一个家庭的夜晚拉开了序幕。

在目送电车驶过的时候,这些情景不知怎的就像剪影一样一幕幕在菊治眼前出现。

菊治走在没有路灯的昏暗小路上,又想起冬香。

她眼下正在忙什么呢?

在这寒冷清秋的日子里,她也沉浸在思念当中吗?

仅靠想象又怎么能够知道这些。菊治尽管心中明白,还是轻声叫了一句:"冬香……"

自从在京都的饭店接吻、分手以来,已经过去了一个星期。

在京都分别的时候,因为和冬香接了吻,菊治觉得还算心满意足。至于二人的将来,回东京以后再慢慢考虑。

在一切都没尘埃落定的情绪下,菊治返回了东京。离开了冬香,他还是觉得心里七上八下的。

菊治认为既然已经接吻,下面就该明确地向冬香示爱。想到这里,他又犹豫起来。

冬香也会有同样的思想斗争。岂止如此,对她来说,此事的影响可能会更大。

还是应该认真地处理好两人之间的关系。

当"处理"一词出现在菊治的头脑里时,他不由得苦笑了一下。这个词的正确写法为"片付",意思是"解决问题,获得结果",但总让人感到有点儿黑社会用语的味道。

"怎么会,这种……"菊治心里虽不想承认,但也觉得再继续进攻冬香的话,有一些黑社会分子的感觉。

然而,菊治心中这种愧疚之感一闪即逝,迅速就被想见冬香的渴望所湮没。

下次约会绝不是亲吻就可以了事的,而且还要加大进攻的力度。菊治怀揣着种种不安,对冬香的渴求也水涨船高。

不管怎么说,现在这种不上不下的关系不行。菊治一边提醒自己,一边手指在电脑键盘上舞动起来。

"那天晚上发生的事情让我久久不能忘怀。我觉得自己好像又回到了充满激情的青年时代。"

菊治接着写到:"虽说刚刚回来,我又渴望马上再见到你。"后面加上了一个更大的心形符号。

隔了一天,冬香在邮件里回到:"还能与您见面,我恍如梦中。天气转寒,请您珍重身体。"文字间透露出一种谨小慎微,但结尾的地方有了一颗小小的心形符号。

冬香终于将她的一颗心许给了我。

菊治借着因此得来的信心,马上回复:"天各一方的生活,对我来说真是度日如年。"

他如实地倾诉了自己的心情,不到半天,冬香回复的邮件就到了。

"我们的痛苦是相同的,是您超越了界线。"

看完之后,菊治毅然下了决心:"为了见你,我要专程去趟京都。请找一个能相对多呆一会儿的时间,一切听你的安排。"

已经两天了,冬香一直没有回信。

"请找一个能相对多呆一会儿的时间。"是否这个要求让冬香变得踌躇不决?

我可能有点儿过于为难对方,菊治检讨着自己,并静下心来。

第三天,冬香的邮件终于到了。

"除了周六、周日以外,什么时间都行。可能的话,最好能安排在上午。"

菊治询问上午什么时间合适。

"从九点到午饭之间比较方便。"冬香接着充满歉意地补充了一句:"因为我有孩子。"

读到这些,菊治不禁颔首。

冬香有孩子,他以前就知道。有一个孩子还是两个孩子,菊治却不很清楚。从她中午就要赶回去的情况来看,大概是小学低年级的学生,或是还在上幼儿园的孩子。

上次傍晚时分在饭店会面的时候,她也曾提起过托祥子照看孩子,因此应是还不能一个人独立在家的年龄。

顿时，菊治觉得有些扫兴。

冬香是三十六七岁的已婚女性，有这么大的孩子是很自然的事情。菊治想到这里，不由自主想象起冬香和孩子相处的情形，感到一下子又回到现实生活当中，变得有些灰心丧气。

"原来是这么回事……"菊治独自点头，呆望着空中的某个地方，"但是……"

谁也离不开现实生活。谁都藏有和外表表现出来不同的、不为人知的另一面。

自己也是，冬香也是，都有许多别人不知道的秘密。

菊治这时告诫自己：即使有老公，有孩子，冬香还是冬香。

其实，菊治对冬香产生好感，被她吸引，都是在知道这些事实之后。

"那么，下星期三我按指定时间赴约。"

那天，大学正好没课，手边杂志的工作也告了一个段落。

"我在上次的饭店，我们第一次见面的咖啡吧等你。"菊治决定把所有的心思都花在和冬香的约会上。

想起来，真是一个不可思议的幽会。

一般来说，提起约会，都是傍晚或晚上见面，一起去吃饭或去喝酒。

现在是早上九点半在饭店的咖啡吧见面，这和早上去公司上班，或是早晨的例会没有什么两样。尤其是对菊治这种晚上熬夜从事出版工作的人来说，更是一个极不习惯的时间段。

但是，依从冬香的希望，又只能是这个时间。

时间定好以后，菊治又觉得预约饭店的事情不好办。

不管几点见面，既然见了，就想两个人有一个单独的空间，这次一定要好好地把冬香拥入自己的怀中。

但是从早上九点半到中午这段时间里，恐怕没有饭店肯把房间租给自己。

想把有头有脸的城市饭店当作情人旅馆那样使用，这种想法本身就不现实。

然而一大早就去情人饭店，又没有那份心情。从各个角度看，这都是一个麻烦的时间。

还是前一天晚上就预约好，在那儿住上一夜，或者早上再去，反正除此之外，别无良策。

想来想去，菊治决定前一天就订好房间，再打声招呼："也许第二天一早入住。"

前台按要求安排了房间，菊治要了一间和上次同样的房间，三万多日元。和往返的新干线的票钱算在一起，五六万日元一下就没了。

说实话，菊治没想到和一个有孩子的有夫之妇幽会这么不容易。

这对菊治来讲，是一笔很大的费用，可是事到如今，也不能临时刹车啊。

"前一天晚上入住，早上等着冬香来访。"菊治决定把思维集中在对未来的兴趣之上。

这天，菊治早上不到七点，就在东京车站上了新干线。他本想前一天晚上坐最后一班新干线出发，可在周刊杂志校完稿子，已经是晚上十点多了。

六年前，菊治开始在周刊杂志做撰稿人。工作内容是把采访记者搜集来的资料综合在一起，撰写各式各样的稿件。实际上只是根据总编的意图，撰写稿件而已。

从某种意义上说，这种工作和随心所欲进行创作的作家的工作决然不同，但这确是菊治眼下的一大收入来源之一。

校对完了之后，菊治像往常一样和大家一起出去喝酒，仅仅稍微应酬了一会儿，十二点他就回到了家中。

所有的同事菊治都十分熟悉，几乎都比他年轻，和他这种原是作家的自由撰稿人在一起，年轻的编辑们或许有些拘谨。

出于理解，菊治提前回去，周围的人不会有什么不满，但第二天早上要他六点起来，还是有点儿痛苦。

他把闹钟的音量调得比往日大些，次日清晨挣扎着爬了起来，穿上头天晚上备好的衬衫和外套，就向东京车站赶去。

菊治闭着双目靠在椅子上,可能是出于兴奋,怎么也睡不着。

不管怎么说,在这么早的时间,跑到那么远的地方约会,他还是头一次。

望着朝阳照耀下的原野,菊治意识到自己的异常,他不禁叹了口气。冬香现在或许也是这样。她做好早饭,正在伺候孩子吃饭吧?并且她丈夫已经起来,吃过早餐准备上班。她把丈夫送到门口,再回去照料孩子,直到把孩子送出家门。一切结束以后,冬香急急忙忙地梳洗打扮,换上外出的服装,然后锁上家门出去……

冬香也有她的难处。一想到这儿,菊治胸中升起一股温情,人也变得体贴起来,从而进入了一种假寐状态。

菊治也不是没有女人。

他和一直分居的妻子确实已经十几年没有关系了,但是分居的时候,他身边一直有几个关系密切的女性。

这些女人当中,有菊治在文坛崭露头角不久后认识的女编辑、自由职业者,还有在银座俱乐部工作的陪酒女郎。

菊治在三十岁到四十岁这段人气正旺的日子里,虽谈不上英俊,可他个子高大,人又很风趣,所以在一定程度上受到女性欢迎。

然而不惑之年过了一半以后,他的创作开始力不从心,于是在女性中的受欢迎程度也急剧下降。

就是去俱乐部,新来的女孩子也几乎不认识他,偶尔提起来,对方也是半信半疑地点头,仍然不肯全信。

菊治的确为现实社会逐渐遗忘。而由此产生的这种焦虑可能已经表现在他的为人处事上面,所以他约会女孩儿变得很少成功,即便偶尔约到了女孩子,也很难长久。

菊治还和三十五岁左右的从事与广告有关的女性、在宴会上认识的女招待等有过交往,但是她们结婚的结婚,回老家的回老家,彼此的关系也就渐渐疏远了。

菊治现在交往的是一个白天从事 IT 工作、晚上在酒吧打工的女性,由于而立之年近在咫尺,她也在尽她的所能,寻找生活的新起点。

和妻子分居以来,菊治明白了自己不适合婚姻生活,也就不再打算重新结婚。女性们发现和他一起没有将来,拖泥带水地继续交往也毫无意义,所以菊治不是不能理解她们。

然而,从过去和灯火辉煌的银座俱乐部陪酒女郎相交,到现在和在新宿小小酒吧工作的吧女来往,虽说女子的内涵并没有多大的区别,但也不能不说这十几年来,菊治一直在走下坡路。

到了今天,菊治开始了对冬香的追求。

说实话,和别人的妻子来往,菊治还是首次。而且知道对方年龄已过了三十五岁,有了孩子,还追到了京都。

菊治对自己的所作所为产生出一种失败感。不过话又说回来了,事到如今,再说那些争强好胜的话又有什么用呢?

新干线于九点二十准时到达京都车站,菊治下车后直奔饭店办理入住手续。

菊治瞬间产生了一种不安,冬香真的会出现吗?

如果她不来,要了房间也是浪费。"你现在在哪儿?"他发了短信。

"对不起,我马上就到。"冬香的短信回答。

菊治心里的石头落了地,在前台办好手续,他就向房间走去。

这次的房间在八层,依旧是双人床,从窗口可以俯览京都。

天气预报说的是多云转雨,现在已经下起了毛毛细雨,京都的街道静悄悄地笼罩在雨雾之中。

虽说心里并没有特别祈求,但是菊治喜欢下雨的早晨。

两个人随即就要见面,天气过于晴朗使人难受。秘密幽会的时候,阴天或雨天更为合适。菊治没有将花边窗帘拉开。来到饭店大厅,边往前台张望边走进了咖啡吧。

大厅和下面的车站人来人往,热闹非凡。

人们开始了新的一天的生活,此时正是异常繁忙的时刻。菊治认为在这种时间偷偷等待女人的到来,真是不可救药,但同时他又觉得有一丝骄傲。

他先点了杯咖啡,目光再次瞄向门口,冬香踩着钟点出现了。

白色内衣外面配了一件米色外套,手里拿着书包和折叠伞。

冬香似乎立刻发现了菊治,点头招呼了一下,就径直走向桌边。

"不要紧吧?"

菊治问的是她家里的情况,冬香却干脆答了声:"对。"

"您什么时候到的?"

"我也刚到一会儿,乘新干线……"

服务生走向前来,冬香要了红茶,之后又望着菊治:"实在抱歉,这么早的时间……"

说完她低下头来,菊治看到她那副小心翼翼的神态,觉得自己没有白来。

今天的冬香脸色看上去显得有些苍白,是早上起得太早的原因,还是昨晚没有睡好?

然而这种娇弱的外表更增添了菊治的怜爱之情。

"到中午为止,时间上没问题吧?"菊治问了一句。

"嗯。"冬香小声作答。

现在不到十点,还有将近两个小时。

"这么早约会,我还是头一回。"菊治的口气中略带诙谐,冬香微微一笑。

"这里好像也有早餐。"

"不用了,我……"

对着轻轻摇手谢绝的冬香,菊治试探道:"其实,我在这个饭店开了个房间。"

"……"

"在房间里比较安静吧。"

冬香默不作声,也没有表示拒绝。

"一起去好不好?"

菊治义无反顾地邀请,冬香迟疑了一下站了起来。

于是菊治抢先一步引导冬香往北面的电梯走去。

不知是哪个旅行团的,有许多胸前带着徽章的人和他们合乘一部电梯,但是那些人各自聊着自己的事情,没有人注意他们二人。

分开前面的人群,他们下了电梯。

"雨天真够呛……"

菊治表面上仿佛在同情刚才的游客,其实心里为今天两人幽会时正逢雨天表示庆幸。

走廊上停着一辆打扫房间专用的车辆,从旁走过就到了806房间。插入磁卡钥匙,菊治先走进去,等冬香进来后,他随手锁上了房门。

终于,两个人单独在一起了,菊治一下子紧紧地抱住了冬香。

男女独处一室,再也不用顾忌他人的目光。

菊治轻柔地吻着冬香,她的唇齿之间随之慢慢张开一条缝隙。

菊治耐心等待着,将舌伸将进去,在冬香的口中屏住呼吸,触到了她的舌头。到这儿为止,是上次见面时,菊治已经体验过的。

他渴望进一步深入。好像在说"过来"一样,他用舌尖画着圆。

受到了新的刺激后,冬香口中的动作似乎有些不知所措。怎么了,对于她的迟疑,菊治加大了挑逗的力度,她终于忍耐不住了似的犹犹豫豫地回应起来。

冬香在菊治的诱惑下,全面放弃了抵抗。她的模样显得相当可爱,菊治加紧了舌尖的搅动,她不禁微微反仰起脖颈。

冬香忍受不了痒痒的感觉了吗?菊治于是暂时离开了她的红唇,但亲吻并没有结束。

等冬香喘了口气,菊治的舌头再度攻入她的口里。这次她没有抵御,从微微张开的唇齿之间,菊治的探索加深了一步,一直侵入到上颚的尽头。

由于意想不到的地方受到攻击,冬香显得十分狼狈。

她再次反弓起身体,可菊治却用手从头后牢牢地撑住她的头,使她无法逃避,她痛苦地挣扎着。

看起来这个部位是冬香敏感地带,然而把舌头伸到尽头,对菊治来说并不容易。

恶作剧到此结束,菊治收回舌头,在冬香耳旁低语:"那个,把舌头卷起来……"

冬香似乎一下子没能明白菊治的意思,过了一会儿,她把舌头向上伸了过去。

冬香保持仰头扬下巴的姿势,被菊治在她口中一路细细地舔舐。

她已经无法脱身,在菊治的控制下,全身燃烧般炽热。

仿佛忍受不了这份炽热和酥痒的感觉,冬香口中发出"啊,啊"的叫声,同时和菊治拥抱着一起倒向了大床。

倒下后,冬香顿时显得惊慌起来。

她左右摆着头,抬起上身想要站起来。菊治在斜上方紧紧地抱着她低语:"我喜欢你。"

被比自己高十公分的菊治抱住,冬香很难从他怀里脱身。

只要她乖乖地躺在那里,菊治不会有什么粗暴的行为。

他一点点放松了抓牢冬香的手臂,然后爱抚起她的双肩。

冬香心里好像也松了一口气,她轻微呼了口气,无声地扭开了脸。

冬香从耳朵到面颊的轮廓显得十分可爱,菊治用右手撩起她蓬乱的头发。

"好漂亮……"

发现了菊治的注视,冬香露出略微不快的神情,可是菊治却毫不在乎地又吻上了她。

因为躺在床上,菊治不用支撑她的身体。他凑近冬香,以便轻柔地吻着,右手同时摸向她的胸脯。

但是,冬香的外套里面穿了一件白色的套头衫,他只能从套头衫外面抚摩她的丰胸。

"脱了吧……"

"求你了。"

每次都是如此,想要女子赤裸相见的时候,除了恳求,别无他法。只要前方有美丽的果实,再怎么低声下气,也不过分。

"等一下……"

这时,他意识到房间里光线过于明亮,便起身在花边窗帘外围,又拉上了一层厚窗帘。

转眼间,笼罩在细雨之中的京都市貌就消失了,随之房间陷入了昏暗。

"暗下来了吧。"菊治回头一看,冬香已从床上下来,站在地上。

"能不能借我用一下浴衣?"

菊治点头,把房间里备好的浴衣递了过去,冬香拿起浴衣消失在浴室里面。

菊治遐想着正在浴室里更换浴衣的冬香。

虽说房内很暗,但第一次在他这个男人面前脱去衣服,冬香或许十分害羞吧;还是由于急匆匆地赶来出了一身汗,她在擦拭自己的身子?

菊治穿着内衣先躺到了床上,等候冬香的出现。

事情进展到这一步,今天一定能接触得到她柔软的肌肤。菊治感到心跳不断加快,他轻轻触摸了一下两腿之间。

每次和新认识的女人共赴巫山云雨的时候,他总是不放心自己的东西。

自己能够不负所望地把事情进行到底吗?这么难得的机会,自己不会临场发挥不好吧?

年轻时当然不在话下,到了菊治这个年龄,就开始担心自己体力的衰退。

有冬香这么出色的女性呈现在眼前,按理不应该有什么问题,可过分陷入情网,有时也会去想这个问题。虽说是自己的东西,但还是不能完全放心,菊治摸了一下,发现保持着相当的硬度。

这种状态完全没有问题,菊治鼓励着自己。这时浴室的门开了,冬香走了出来。

眼睛总算习惯了黑暗,菊治双眼睁开一条缝,假装睡着了的样子。

由于过于安静,冬香好像在踌躇。她探究了一会儿,才慢慢吞吞地蹭过来。

菊治仍然保持沉默,当冬香走到床边的时候,他温柔地说:"过来……"

冬香仍在犹豫。但不管怎么说,她还是走到床边静静地坐了下来。

看见这种情形,菊治悄悄地伸开手臂,几乎是从正后方抱住了她。

刹那间,冬香晃了两下,背朝后倒在床上,"呵……"她小声喊了出来。

菊治把她拉进毛毯,只见她在浴衣里层还穿了一条衬裙。

这种谨慎显得既可笑又可爱,菊治从背后死死地搂住了冬香。

尽管穿着衬裙和浴衣,冬香肌体的温热还是传了过来。

虽然没有光亮，但在菊治适应了黑暗的眼中，仍浮现出被自己抱在身前的冬香雪白的胸部。

菊治盯住她的双乳看了一会儿，动手解开了浴衣的领口，窥探到了衬裙的吊带，勾起了心中的欲望。

菊治觉得两个人的关系又向前迈进了一步，当他试图把浴衣从冬香的肩头褪下的时候，她略微扭动上身表示反抗。

然而解开了纽襻的浴衣，随着她的扭动反而更敞开了，于是菊治用右手一拉，浴衣顿时从肩上滑了下来，露出了冬香圆润小巧的肩膀。

寂静而无力的肩膀。

菊治一边爱抚着她光滑的肌肤，一边把手向她的颈项移去。在触摸到她左肩的时候，又把手伸到后背，把浴衣全部褪了下来。

这样，总算突破了第一个关口，还剩下遮挡着冬香身体的衬裙，这是第二个关口。

菊治再次朝冬香雪白的胸口瞄去，然后把手伸进了衬裙，但是衬裙下面还有一层胸罩护卫着。

如此保守，难道这是冬香这种女人的作风？

菊治又一次把冬香抱进自己怀里，并摸索着她的后背，发现了胸罩的金属挂钩。

他抓住挂钩，一个个解开。

冬香的右乳难为情地探出头来。

这还不是全部。菊治只能看见她右乳的上半部分，关键的乳头还隐藏在吊带歪斜的衬裙下面。

冬香白净坚挺的双峰不是很大。冬香似乎意识到眼前的窘态，想用左手遮住胸前，菊治温柔地拦住了她。

菊治觉得她的乳房大小刚好。虽然有些男人嘴里总是高喊着巨乳什么的，对菊治来说，乳房还是大小适中最好。

现在他眼前窥视到的乳房，大小刚好可以填满他的掌心。

冬香的乳房虽然没有年轻女性那种弹性,却隐匿着成熟女人的敏感。

现在菊治正想探知其中的奥秘,他的脸贴近了半遮半掩的乳房。

他扯掉勉强挂在冬香肩膀上的衬裙吊带。衬裙滑落,下面的乳头就露了出来。

或许因为冬香皮肤雪白,她的乳头呈红红的一个圆点。

菊治将嘴唇靠上去但不吮吸,只是用舌尖轻轻地舔舐。

他并不用力,仿佛伸出去的舌头无意间触到乳头,冷不防碰一下儿,冷不防又缩了回去。

只从动作上看,也许菊治正在嬉耍冬香,可是被舔舐的冬香却忍受不了这种被触碰的感觉,发出了"啊"的娇声。

菊治记不清在几个女人身上重复过这个动作了。

每个人对爱抚的要求都不尽相同,菊治在和这些女性的交往中,学到了不少有用的东西。

有时,在女性"这样做""那样做"的要求中,菊治一边领悟着,一边不断地实践,从而掌握了许多爱的技巧。

在这种意义上讲,每一个女人对男人来说都是好老师。

眼下,菊治把从前学到的爱的技巧全部发挥到了冬香的身上。

在这种亲吻的技巧下,冬香似乎变得承受不住了。

她一会儿咕哝"讨厌",一会儿叫喊"不行",她被菊治紧紧地搂住。

不用说她已成了菊治的囊中之物。即使菊治一把脱下她的衬裙,她也不会抗拒的。菊治心中充满了信心,他先把自己的内裤脱掉。

冬香早晚会脱掉她的衣物。

菊治期待着这个时刻的到来,开始攻击他一时无暇顾及的右边乳房。

冬香的乳房看起来文静,其实乳头已经硬硬地竖起。

菊治和刚才一样,先用嘴唇嬉耍,接着再用舌尖舔舐。而且还是一下接近,一下又离开,在有气无力地爱抚同时,用右手手指缓缓地抚弄她另一边的乳房。

先是轻轻触摸乳头,然后在其周围画圆进行爱抚,接着手指又返回她的乳头。

冬香的双峰不停地受到刺激,她不禁缩了下脖子,同时头也向两边挣扎。这种兴奋难挨的样子,让菊治觉得十分可爱。

她的确对自己的爱抚反应剧烈。冬香的单纯在让菊治感到欢欣的同时,也刺激了菊治的好奇心。

至少一个月以前,在饭店的咖啡吧和祥子一起见面的时候,绝对想象不到她会有这副样子。

仿佛太阳晃眼似的,冬香忽然扬起手来挡在额前。这时菊治脑海里又浮现出编织斗笠低低地压在眉眼之间跳着风之舞的舞娘形象,但这个形象和眼前这个女人大相径庭。

但是,菊治却喜欢女人出人意外的一面。

平时悄悄地把各种各样的遐想埋藏在心底,过着平静的日子,这样的女子当受到意想不到的男人爱抚时,就会变得呻吟、放纵。

一想到这些,菊治心中的焰火就会腾空而起。

越是外表上显得谨慎、保守的女性,菊治越是希望不顾一切地剥去她们的假面具。

现在,菊治的手开始慢慢向下延伸。

冬香一直穿着衬裙,他并没有特地将它褪去。

衬裙胸前的刺绣非常可爱,微微斜在一旁的吊带也十分动人,最令人享受的是她丝一般滑溜的肌肤。

菊治的手一边抚摸着她的肌肤,一边缓缓地滑向她最为隐秘的地方。

和菊治料想的一样,冬香穿着内裤。

当他的手触摸到内裤边缘时,冬香顿时蜷起了身躯。

这确实是最后一个堡垒,不可能简单地予以占领。菊治这样想着,可事情到了这一步,又不可能不去脱她的内裤。

菊治又把手压了上去,冬香再次蜷起了身体。

这样来回折腾了好几次,菊治终于开始动真格的了。他左手牢牢抱住冬香,使她不能动弹,用劲伸出右手往下拉她的内裤。

尽管如此,冬香还是不断挣扎。但她拗不过菊治,被脱去了一边的内裤,随后她放弃了反抗。

在脱另一边内裤的时候，她开始合作，弯了一下膝盖，很容易就拉了下来，于是遮挡冬香身子的只剩下一条衬裙。

总算进行到了这一步。

菊治满足于他苦心经营的成果，他拥住了冬香，冬香也悄悄地挨近了他，她全身上下柔软而温暖的感觉传给了菊治。

菊治发现冬香的身体出乎意料的丰满。

从外表看时，菊治觉得冬香有点儿瘦，可能是骨架小的原因，但她身上该丰满的地方都相当丰满。

"滑溜溜的。"菊治一边在冬香衬裙里面从后背摩挲到圆圆的臀部，一边低语。

"好白……"即使在黑暗之中，他仍然察觉冬香皮肤的细腻和白净。

是因为冬香出身于大雪皑皑的富山的缘故，还是只有她一个人与众不同？不管怎样，自己没看错人，菊治再一次想到。

上次在咖啡吧，突然听到对方是自己的崇拜者，心里的确怦然一动，然而在看到冬香的第一眼，菊治心里就有所感觉。

虽然描述不清冬香有什么特殊的魅力，但菊治却觉得她是个"好女人"。

身上只剩下一条衬裙的冬香，霎时显得十分柔弱。与其说她身为人妻人母，不如说她像一只放在猛兽面前的羔羊。

当然，猛兽就是菊治本人，他提醒自己道。

"心急吃不了热豆腐。"已经脱到这种程度，菊治当然希望早一秒和冬香结合在一起。

但是动作粗暴毕竟不是好事。一定要温柔体贴、毫不急躁，有时还要使女性变得冲动、焦急才好。

这是菊治长年累月和女性交往中亲自获得的经验。

菊治重新开始亲吻冬香，然后悄悄把手伸进她的衬裙，摸向她的两腿之间。

冬香立刻弓腰避开了，与其说是一种拒绝，不如说是出于羞怯之心。

菊治停了一会儿，好像又想起来似的伸出手去，终于达到了目的。

那隐秘而柔软的芳草地。

关于女人的私处,菊治并不喜欢那种土壤肥沃,芳草黑亮繁茂的类型。

他私下猜想冬香属于颜色浅淡、芳草并不茂盛的那种。果然被他猜中,菊治对冬香的爱怜于是又加深了一层。

菊治的手若无其事地在她的芳草丛中穿梭往来,他迷失方向般的手指忽然停了下来。

终于,他的手指仿佛在芳草深处探到了一口小小的泉眼,从那儿只要再前进一步,就可以陷入快乐的沼泽之中。

即使这样,菊治还是按捺住自己喷薄而出的欲望,轻轻抚按着快乐源泉上面那个小小铃铛般的东西。

冬香脸朝上躺在那里,头微微侧向一旁,腰部也有点儿往左边躲闪。

仅从她的样子上看,似乎在逃避着什么,但身体的实际位置并没有多大变化。

看到眼前的景象,菊治放下心来,他继续爱抚着冬香,当他的手指不知不觉中迷路似的走进泉眼之中时,冬香开始娇喘。

这种压抑的喘息声使得菊治再也无法忍受。他分开芳草深入进去,指尖感受到了泉的湿润。

现在,冬香已经产生了快感,菊治乘胜追击。

即使不再年轻,可是事前温柔的前戏,菊治是不会输给任何人的。

菊治发现冬香的身体缓慢地燃烧起来。

她的身上只剩下一件吊带衬裙的时候,在菊治眼里,不知道什么地方显得有些娇弱,然而在菊治精心呵护之下,眼下冬香又显得十分饱满。

菊治的身体也如愿地茁壮起来。

"现在正是最佳时刻……"菊治心中暗念,他慢慢撩起冬香的衬裙,将身体凑了上去。

菊治身体的敏感部分好像碰到了她的右手。不知冬香是受到了惊吓,还是有些胆怯,刹那间,冬香的右手慌忙避开了。

他继续靠了过去,轻轻抬起她的左腿,在冬香两腿分开之际,从侧面悄悄地进入了她的身体。

冬香顿时发出了"啊"的一声低叫，随着菊治不顾一切地继续深入，她嘴里又吐出一口轻叹。

终于和冬香结合到了一起。在喜悦之中，菊治松了一口气。

事前菊治有过各种顾虑：冬香如果进行抵抗，两个人之间尴尬起来怎么办？即使冬香同意，自己身体的关键部分会不会一蹶不振？等等。

眼下这一切忧虑都已经过去，菊治确确实实地进入了冬香的身体。

而且和那种男人从正面攻击的夸张姿势不同，侧体位对于男女双方都十分适合，不用勉强从事。

在这种姿势中，菊治体验着自己深入冬香体内的真实感觉。

这是一个温热而柔软的秘境，其内侧潜藏着无数的褶皱，紧紧地抓住了自己的那个部位，包裹得天衣无缝。

用"真舒服"这普通的词语根本无法表达这种感觉。与之相比，菊治自从进入冬香火热的身体之后，自己的那个部位备感煎熬，想要蹦跳。在这种焦灼的感觉中，菊治的那个部位开始不安分地自顾自地动作起来。

开始小心翼翼，后来渐渐地变得有些大胆，深入浅出。

与此同时，菊治空闲的双手开始爱抚冬香的乳房。

在这一系列动作的循环往复中，冬香似乎也慢慢适应了一般，主动迎合菊治的动作。

由于身处一旁，菊治看不到冬香的全部，但是随着每次的进出，她的双峰都会巍巍颤动，从她静静扭向一侧的脸庞上，可以看到她眉头紧锁，好像马上就要哭出来似的。

菊治想要呼唤冬香，可该怎么称呼她呢？这也是他这一个月以来，一直感到苦恼的事情。

直接称呼她"冬香"当然没有问题了，但是当时两个人的关系还没有如此深入，这样称呼她似乎又有些过分。

尤其冬香是已婚女性，一想到她还有丈夫，菊治就更觉得难以出口了。

既然这样，也许可以称她为"你"或者"您"等，但是称呼"你"的话，一点儿情调也没有;称呼"您"的话,又显得关系有些疏远。

两个人之间彼此抱有好感,已经到了亲吻这种阶段。不知有没有能够更为优雅地表达这种关系的词语呢?虽说是老生常谈,菊治一直觉得日语当中用来表现爱的语言十分贫乏。

即使是对心爱的妻子,也是用"喂"或者"你这家伙"这类称呼,一旦有了孩子,就该称"妈妈"。根本没有英语中类似"甜心"、"哈尼"、"达令"等甜蜜的词语。至少直接称呼自己妻子的名字也好,但这也仅限于极少一部分人。

夫妻之间尚且如此,对于正在热恋之中的男女就更没有适合的词语了。

实际上,菊治至今为止在发给冬香的邮件上,一直用的都是"您"。菊治非常希望能用冬香的名字,但总觉得这样有点儿厚颜,所以才忍下来了。

现在当然不需要这样客气了。

因为两个人在床上已经紧紧地结合在一起,所以可以大大方方地直呼其名了,而且菊治渴望一字一句地呼唤她:"冬香……"

菊治干脆地叫了出来。

"哎……"冬香仿佛正在等待般应声答道。

在喘息之间,冬香抽空儿回答的这一声,着实令人欢爱,菊治继续倾诉。

"我好喜欢你。"

冬香的表情好似哭泣一般,不知何处又隐藏着一股甜蜜。"哎……"她再一次回应。

冬香的身体确实开始有了感觉。发现了这一点的菊治也燃烧起来,他加快了动作,却再也坚持不下去了。可以就这样在冬香的体内达到高潮吗?

这个极为现实的想法,突然闪过菊治的脑海,他一下子变得不安起来,可是冬香仿佛还深深地沉浸在快感的世界当中。

菊治开始时并不是没有注意到。

假使冬香一开始就提出用安全套的要求,他也打算遵从,可是冬香却什么都没说,结果他就这样毫无遮拦地进入了她的体内。

而且,现在处于这种炽热的快乐当中,菊治觉得已经忍无可忍。

但是,冬香如果怀孕的话……

在欢快和不安的交织之中，菊治小声地试着问道："就这样行吗？"

冬香不加理会，也许是她没空儿回答这个问题。

"哎，我已经……"菊治的忍耐已经到了极限。

"请给我吧……"当菊治刚要说出自己已经忍不了的时候，冬香低语。

"真的可以吗？"菊治再一次确认。

"可以……"

听到冬香坚定的回答，菊治感到非常震撼。

对于这样一个自己说出"请给我吧"，并干脆地回答"可以"，这是一个怎样大胆而温柔的女人啊！

也许，冬香知道她眼下没问题。是因为知道在安全期内，所以她才答应自己的吗？

即使这样，菊治还是第一次从女人口中听到"请给我吧"这样的字眼。

从这句话中，他深切地感受到了一个女人无边无际的深爱。而且所有的男人一旦听到这句话，都会为这种爱而发狂。

菊治已经完全不再思考。依照冬香的话，他把自己深深地埋入了她的身体，并不断地被吞噬。

已经不需要再忍下去了。是否就这样达到高潮？当这个念头掠过菊治脑海的瞬间，他的身体颤抖起来。

"啊……"菊治先喊出声来，接着冬香也随之开始呼应。

几乎在同一时刻，两个人共同达到了顶峰。

于是，菊治紧紧地抱住了冬香的上身，冬香也把自己交给了菊治，二人共同享受着得到满足以后的余韵。

此时此刻，菊治第一次充满自信地唤着冬香的名字："冬香……"

激情退潮的时候，男人总比女人要快。

奉献精子的性和接受精子的性比较起来，残留在身内的余韵可能是不相同的。

当然，女人对男人如果没有那么深情的爱，激情也会减退很快，然后马上起身。

然而,冬香此时却依旧背对着菊治躺在床上,而且衬裙右边的吊带已经落到了手臂上,裙裾也微微朝上翻卷着。

这种毫无防备的姿势,使得冬香更为娇艳,菊治轻轻地抱紧了她。

冬香缓缓地改变了睡姿,菊治刚要把她拉近,她却主动偎依在菊治身上。

这是两个人合二为一后第一次的拥抱,冬香却没有半点儿犹豫和困惑。

菊治把冬香紧紧贴着自己胸前的吊带衬裙向上脱去,她没有进行任何反抗。望着一丝不挂的冬香,菊治又从正面把她紧紧拥入怀中。

冬香的脸贴在菊治胸上,她的双乳挨着菊治的腹部。菊治的左膝抵在冬香两腿之间刚刚燃烧过的地方,另一条腿放在她的臀部之上,夹着她的身体。

冬香的身体虽说十分成熟,可不知什么地方又显得有些娇柔。可以说既丰满又有些脆弱,这种失衡的感觉极为惹人怜爱。菊治刚想把她搂得更紧,她的体温再一次传了过来。或许是做爱的余韵吧,冬香的身上布满了一层薄汗。

菊治喜欢这种湿润的肌肤。以前菊治交往的女性之中,有一个皮肤微黑,却像橡胶一样富有弹性,可是不知道为什么,菊治却一直不怎么适应。

眼下两个人结合到了一起,从身体到皮肤,还有那个神秘的境地,总之,菊治发现冬香所有的一切,都和自己期待的一模一样。

还有就是在菊治忍受不了的时候,冬香那句"请给我吧"的话语。

说实话,这种事情不通过做爱是了解不到的,在做爱这种男女之间毫不掩饰的行为当中,可以相互认识彼此的本性。

"我好喜欢你。"

这句话现在不再仅仅是一种追求女性的词句。在这种把全部暴露给对方的性爱之后,菊治真真切切地感到冬香是那么的令人喜爱。

菊治开始迷迷糊糊起来。

今天早晨起了个大早,坐新干线赶到这里,总算和冬香合二为一,菊治心中感到十分欣慰。菊治希望在这种欣慰之中,抚摸着冬香柔软的肌肤,就这样一直睡下去。

冬香好像也是这样,她蜷伏在菊治怀中,一动不动。

在小雨中的京都街头一角,有一对男女静静地睡着。这好像是小说中出现的某个情节,菊治边思索着边闭上了眼睛,这时从旁边的房间里传来了轻微的响动,好像是女人说话的声音。差不多是打扫房间的时间了吧,菊治想起了在走廊上看到的推车。

不必在意,因为不会来自己房间的。菊治这样想着,同时轻轻坐了起来,看了一下床旁边的时钟,刚过十一点。

来到房间的时候已经过了九点半,这样算来,已经呆了一个多小时了。

冬香仿佛也在关心菊治的举动,她在他怀中问道:"现在几点了?"

"刚过十一点。"

菊治继续问道:"十二点出门,来得及吧?"

冬香微微点头。

到十二点,连一个小时都不到了。一想到这儿,菊治突然觉得恋恋不舍起来,他再一次抱住了冬香。抱着抱着,冬香胸部的体温又传到了菊治的身上,他又想要她了。

但是,刚刚满足了欲望,自己是否马上就行呢?

菊治一边踌躇,一边用手在冬香的背上来回爱抚,她仿佛怕痒似的耸着肩膀。这样一来,菊治觉得更有意思,于是继续爱抚。

"住手……"冬香叫道,"讨厌,住手"。

菊治开始恶作剧起来,这次他把手放到了冬香的腋下和腹部之间,冬香挣扎着说:"好痒痒啊。"

这我当然知道了,正是因此,我才欺负你的,菊治暗想。

菊治心中不是真想欺负冬香,只是把这当作一种游戏,能够进行此种嬉戏,也是因为彼此已是以身相许的关系。

菊治希望就这样一辈子呆在床上肌肤相亲,嬉耍下去。

这是菊治的一厢情愿。时间一点一滴地流过。

由于冬香怕痒,菊治就和她抱在一起。就这样两个人不停地嬉耍着,冬香突然停止了动作,张望起床头柜上的时钟来。

"几点了?"

"十一点半吧……"听到问话,菊治回答。

"差不多,我得起来了……"

菊治心里虽然明白,又觉得有些恋恋不舍。

"我不想让你回去。"

菊治希望能多呆一会儿。冬香的心情似乎也是这样,她在菊治的胸前趴了一会儿,然后悄悄地抬起头来。

"对不起。"

冬香是在挂念家里的事情吧。听到她如此道歉,菊治也不能过分强人所难,他松开了双臂,冬香一下子逃了出去。

就像从自己掌中逃逸的白兔一样,获得自由的冬香把周围散乱的内衣收集到一起,屈着身体向床角移去。

她可能觉得这样就能逃离菊治的视线范围,菊治往旁边挪了挪,就可以看到冬香弓身穿上浴衣的情形。

菊治一边在暗淡的光线下观赏冬香害羞的身姿,一边发问:"你最晚几点要回家?"

"嗯,一点以前……"

冬香穿好浴衣站了起来,开始系腰带。

"有谁要回家吗?"

"嗯,孩子……"

"几岁了?"

"五岁。"

冬香从床旁边经过时轻轻低了一下头,然后向浴室走去。

望着她的背影,菊治继续问道:"你还有其他的孩子吗?"

"还有两个。"

"那,一共三个……"

"对不起。"

冬香再次嘟哝,这次不知是为了先用浴室道歉,还是因为自己已有三个孩子而道歉呢?

冬香的身影消失在浴室当中,房间里只剩下菊治一个人,他小声叹了口气。

菊治知道冬香有孩子,但是不知道有一个还是两个,而且他还知道其中一个孩子很小。

但是,他没想到冬香有三个孩子,且其中一个还没上小学……

男人对自己喜欢的女人,总抱有一种单方面的梦想,而且还是一个美丽而单纯的梦想。

在这种时刻,一旦活生生的现实突然摆在了面前,男人总会有些沮丧。

当然,关于孩子的事情,冬香也并没有想要隐瞒。如果菊治问她,她也会据实回答,只是菊治没问而已。

说实话,因为菊治有些怕问,直到两人之间如此亲密以后,他才觉得有必要知道,才问出口来。然而,知道了真实情况之后,菊治多少还是受到了打击。

"但是……"菊治在黑暗中凝神思索。

像冬香这样的好女子,有丈夫,因此有了孩子也是非常正常的。尽管如今在大城市中不想生孩子的女性不断增加,冬香却不是那种类型。只要丈夫有所欲求,冬香肯定答应,这样不知不觉中也就生了三个孩子。

事情也许仅此而已。

无论如何,冬香并没有罪。岂止如此,提到"罪"这个字就不应该。女人到了三十五岁左右,有三个孩子是再自然不过的事了。

事到如今,再因此沮丧,自己究竟是怎么一回事呢?

总之,冬香有丈夫,还有三个孩子,这是千真万确的,但不可能因此就不爱她了,这件事本身并不能够构成爱的障碍。

然而,如果说一句任性的话,菊治多少还是觉得有些遗憾。

冬香为什么不在自己出现之前一直保持独身呢? 而且为什么还要生孩子呢?

可是,现在再说这些又有什么用?

总而言之,菊治现在喜欢上一个女人,只是这个女人不巧有丈夫,还有孩子。

"事已至此,时光又不可能倒流。"菊治一边自言自语,一边思索着从未谋面过的冬香的丈夫。

关于冬香的丈夫，以前在菊治脑海中也不是不存在的。

他是一个什么样的男人，从事什么样工作？他肯定比菊治小十岁以上，他现在还爱冬香吗？他们两个人之间的感情已经冷淡了吗？

自从知道冬香是已婚女性，以上这些问题，菊治其实还是挺在乎的。

但是，自从被冬香吸引，菊治开始考虑两个人秘密约会之后，就决定不去想她丈夫的事了。

说实话，想又能怎么样呢？不如不去想，这样还有利于精神上的健康。

菊治心里已经想得十分清楚，可一旦知道了冬香的家庭情况，就又关心起她丈夫的事来。

刚才抱在菊治怀中的冬香，那白皙而柔软的皮肤，微微张开的嘴唇，还有那炙热的私处，全都曾经被她丈夫触摸，随心所欲地享受，然后生出了三个孩子。

想到这里，菊治心里十分难过，他感到有些窒息，紧接着他慌忙把这些私心杂念全部抛开。

自己的种种想法看来是有些过了头。比如说，冬香的丈夫如何抚摸她，如何地随心所欲，那是因为他原本就是冬香的丈夫。作为偷走了冬香的男人，却去羡慕被偷的男人，这本身就很荒谬。菊治忽然想起了"一盗，二婢，三妾"这句俗语。

自古以来，谈起男人爱的心跳，其中最为兴奋的就是和别人妻子偷情的时候；其次是婢女，从侍奉自己的婢女或丫鬟中，找出自己喜欢的和她们偷欢的时候；第三也就是和所谓的妾室发生关系的时候。

由此说来，位居首位的还是和他人妻子偷情，这本身就已经能够充分让人满足了。

菊治重新想到了还在浴室中的冬香。

刚刚交换了彼此之爱的男人，却在考虑这种事情，这本身就大大出乎冬香的意料，而且对她绝对不是一件好事。不管怎么说，两人之间的恋情才刚刚开始。

在开始之时，即使知道了对方有三个孩子，如果在乎的话，也太过于自私了。

菊治再一次提醒着自己，这时浴室的门开了，冬香出现在自己面前。

这时，她在白内衣外面已经套了米色的外套，还穿了条同样颜色的裙子。

"还在休息吗？"

被冬香如此一问,菊治只好无可奈何地爬了起来。

他穿着浴衣来到窗旁打开了窗帘,窗外的光亮一下子射了进来。

两个人进屋时还下着的雨,现在基本上已经停了,虽说乌云依然笼罩着天空,正午的阳光却穿透云层射了进来。

在光线充足的地方,菊治重新打量起冬香,只见她刘海轻垂,重新涂了一层薄薄的口红,倘使就这样出去,谁也不会察觉她刚刚经历了一场云雨。

"已经几点了……"菊治看了一下表,差十分十二点。

"还有一点时间吧。"菊治口中嘟囔着,把冬香叫到了窗前。

"你看,被雨水清洗过的京都市容是多么的漂亮。"

冬香站在菊治的身旁,按照他的指点俯览着京都的街道。

从东山一带上空的云彩中射出的阳光,把漫山遍野的红叶映照得一片通红。

"那些客人们一定很高兴吧。"冬香说的好像是进房间之前,在电梯上遇到的那群观光的客人。

"但是,我们就苦了。"

"咦……"冬香回首翘望,菊治把手搭在她的肩上喃喃自语:"我希望和你这样在街上一起漫步。"

菊治的手趁机一拉,冬香把脸静静地贴在他的肩头。看着她雪白的颈项,菊治又想把她拥入怀里。

"我不想放你回去。"

菊治冲着窗户低语,冬香垂下了头。

"对不起。"

这句话冬香已经重复了很多遍,如果菊治再责备什么,冬香说不定真会崩溃。

"你还会见我吧?"

"会……"

听到冬香低沉而坚定的回答,菊治总算接受了两个人的分手。

"那,我会再来。"

"真的,你真的会来吗?"

"当然。"

菊治撩起满面羞涩的冬香的头发,进行着分别之吻。

当两个人正在窗边接吻的时候,电话铃突然响了,冬香有些吃惊似的离开了菊治的嘴唇。

这个时间会是什么电话呢? 菊治拿起床边的电话。

"我是前台。"对方接着问:"您的房间需要延时吗?"退房时间应该是十一点,已经超过了将近一个小时。

菊治回头看了一眼冬香,然后答道:"不用了……我马上就出去。"

再准备五六分钟就能出去了,况且现在退房,可能不用付延时费。菊治放下电话向冬香问道:"能等我一会儿吗? 我想和你一起走。"

看到冬香点头,菊治匆忙脱下浴衣,换上自己的衣服。

他径直来到浴室,在镜子前照了一下,胡子虽然长出来一点儿,可还用不着刮。

菊治用潮湿的毛巾使劲在脸上擦了两下,便走出浴室。

"让你久等了。"

"都准备好了?"

"没问题了。"

菊治又把房间巡视了一圈,检查有没有落下东西,然后一只手拿起皮包,另一只手轻轻拍了一下冬香的臀部。

"走吧。"

来到走廊,用于打扫的推车仍旧停在那里,周围却没有人影。从推车旁边走过,两人来到了电梯口。

幸好一个人也没有,二人继续手牵着手,赶往饭店的大厅。

已经过了正午,双方第一次见面的咖啡厅和大厅里面可谓人满为患。

在这种地方,两个人过于亲近的话,容易被人看到。

菊治在大厅的一角站住了:"回头见……"他说。

冬香点了点头。

两个人就这样互相凝视一会儿,接着冬香轻轻行了一礼,消失在人群当中。

在菊治眼中,冬香背影苗条,脚步轻盈,他甚至可以看到她大腿内侧。

刹那间,菊治想起了跳风之舞的姿势,接着忆起了冬香炙热的秘境紧紧包容自己的感觉。

冬香的身影混同于人群当中,望着她渐渐消失的背影,菊治叹了口气。

冬香还是回去了……

虽然一开始菊治就知道两个人只能有短暂的相会,但是分手一旦成为事实,他还是突然感到寂寞起来。

刹那间,菊治产生了追上去的冲动,可即使追上了冬香,又能怎么样呢?

"没法子啊……"菊治低语,然后一下子想起还没退房,不抓紧时间的话,没准儿还要再交半天的房费。

菊治慌忙来到了前台,说完自己的房号以后,把钥匙交给对方,前台的男服务员询问了一下是否喝了房内的饮料,菊治告诉他没有之后,他就把账单递了过来。

菊治知道光房费就要三万日元,加上税金等应该是三万多,看来没有要求补交房费。

菊治放下心来,用信用卡结完账,朝下楼的扶手电梯走去。

然后做些什么呢? 正午才刚过了一会儿,外边是雨过天晴,今天也没有什么要做的事情。

好久没在京都街道或东山一带悠然漫步了,但一个人在京都的街道散步终归不是滋味,总觉得有一种说不出来的空虚。与其这样,倒不如把关于冬香的回忆珍藏在心中,返回东京为好。菊治想了一会儿,还是决定直接回东京去。

和冬香一起欣赏了雨后的京都,菊治心里已经很满足了。

他乘坐向下的扶手电梯来到车站大厅,查到十分钟后新干线"光明号"即将出发,就买了票,向月台赶去。

在平常日子的中午,车厢里很空。菊治坐到了靠窗的位置,望着深秋京都的街道逐渐远去,真切感到早上的秘密约会已经曲尽人散。

　　早上七点从东京出发,现在中午刚过又马上往东京赶,菊治觉得这种来去匆匆非常荒唐,但转念一想,无论怎么说,自己和冬香已经深深地结合在一起了,这种略带倦怠的满足感,还真真实实地残留在自己的身体中。

再 会

日历翻到了十二月，又接近一年的年底了。

每年一听到"年关"这个词，菊治就会想到一句俳句："去年之所作，乃贯穿今年努力，所为之继续。"

这是高滨虚子的作品，大意是从去年来到今年，人们将考虑很多事情，于是人们容易认为这两年之间存在着一个断层，其实完全不同，两年之间将由这一条连绵不断的坚实而粗壮的主线连接在一起。

虚子不愧是人生的大师，只有她这种俯视人生的人，才能咏出这样的绝句，表现生命的气魄。

"去年之所作……"菊治下意识地念出声来，他突然想到一个问题，对自己来说，从去年到今天贯穿自己人生的主线又是什么呢？

他的脑海里，竟然浮现不出有关自己生活的信念或目标之类的东西。

与之相比，菊治更渴望有朝一日能够重新赢得过去的辉煌。希望创作出一部为大多数人所接受，且好评如潮的作品，借此重返文坛。

"说到底，我仍是一个凡人……"

面对只能产生这些庸俗想法的自己，菊治不禁苦笑，但这的确又是自己心中最为真实的想法。

也该是自己抛弃这种实现不了的梦想的时候了。

菊治心中的另一个自己虽然这样提醒，但是真的能做到就此放弃吗？

"可是……"菊治又想。

从现在到年初，自己的人生说不定会有所不同。遇到冬香以后，萌发了新的恋情，他有一种由此改变的预感。即使在创作上没有什么飞跃，和冬香之间的恋爱,也许能给他带来新的感觉。

想着想着,菊治觉得自己心中一阵激动,他又给冬香发了一封邮件:"虽说刚和你分手,就又想见你了。"

冬香马上给他回了邮件:"听您这样说,我感到非常高兴。"

冬香这种一丝不苟的做法惹人喜爱,菊治又想发邮件了,可这时已经过了深夜十二点。

在这种时间给冬香发邮件不要紧吗?她丈夫会不会察觉这些邮件呢?

菊治一边担心,一边又起了另一个念头:冬香和她丈夫晚上是怎么睡觉的呢?

冬香和她丈夫究竟还有没有性关系呢?

这两个人之间有三个孩子,不用说以前肯定发生过性关系。但是,现在究竟怎么样呢?

菊治想象着冬香和丈夫晚上睡觉的情形。

冬香一家好像住在公寓里,所以两个人应该是在一个房间里休息吧,而且卧室想来不会很大,也很难放下两张床。

这样一来,只能放一张双人床睡觉,在床上夫妻俩是搂在一起睡觉的吗?

想到这里,菊治甩了甩头。

可能的话,菊治真希望他们睡在各自的床上,更希望冬香住在别的房间,和最小的孩子睡在一起。

不管怎么说,一想到冬香睡在丈夫怀里,菊治就觉得非常难以忍受。

菊治希望冬香至少不会这样做,但令他不放心的是冬香那种懂事而温顺的性格。

如果冬香的丈夫向她求欢,她是否拒绝得了。"今天就算了吧。"即使冬香这样回绝,在丈夫的强烈要求下,她也会被脱得一干二净。

她那看起来娇弱而雪白的身体,被那个所谓丈夫的男人压在了身下。

想着想着,菊治变得坐卧不安起来,一个人喝起了酒。

"这种情况是绝对不会发生的。"

两个人已经是结婚十多年的夫妻了,还有三个孩子,做丈夫的对妻子性方面的好奇应该完全没有了,下班回家以后,一句"累死了",也就自顾自地睡觉去了。

也许正是由于丈夫这样,冬香才秘密和自己见面,并接受了自己的呢!

这两个人之间的夫妻关系已经十分冷淡了。

菊治真希望是这样的,然而性生活又是另外一回事,就是这种丈夫,有时说不定也会突然向冬香求欢。

"别再胡思乱想了。"

说实话,菊治爱上已婚女性还是第一次。已婚女性非常有节制,没有独身女性那么多麻烦事。

菊治就是在这种轻率的想法下踏出了这一步,但如今完全不是那么回事。

由于拥有家庭,所以会有很多问题纠缠在一起,行动上也会很受限制。这种难过的滋味,只有爱上已婚女性的男人才能知道。

进入了十二月后的第一个星期的一个晚上,菊治和以前的同事中濑见面,一起吃了饭。

在作为作家刚崭露头角的时候,菊治辞掉了出版社的工作,中濑则一直留在了出版社,现在是该出版社负责广告部门的董事。

在一段时间里,辞职后的菊治受到大家的追捧,成为收入极高的畅销小说作家;可是眼下,中濑不论在收入还是社会地位上都超过了菊治。

小说卖不动以后,帮菊治在周刊杂志找到撰稿工作的也是中濑,所以他是唯一能够说心里话的对象。

晚餐去的也是中濑经常出没的、位于银座的一家小料理屋,当然是中濑买单,如果不是这种机会,菊治也很少来银座。

"好久不见。"

他们轻轻地碰了一下杯,中濑一副不可思议的表情问:"你看起来好像很精神嘛。"

"有这回事……"菊治抚摸着下巴说。

中濑紧接着问:"最近是不是遇到什么好事情了?"

"好事情呀……"

菊治暧昧地回答了一句后,就把在偶然的机会迷上了一个经人介绍的已婚女性,并追到京都与其相见的事情告诉了中濑。

"在京都约会,这真是超远距离的恋爱呀!"

"我自己也非常惊讶。到了这把年纪,真想不到自己会做出这种事情来。"

"是个美人吧?"

等到菊治告诉他对方今年三十六岁,而且还有孩子,中濑瞪圆了眼睛,显得极不可思议。

"到了这把年纪,用不着再去招惹已婚女性吧,年轻的好的独身女人不是有的是吗?"

"不,不一样……"

对于没有见过冬香本人的中濑,要描绘她的可爱是一件难事。

"到了这种年纪虽说有些难为情,可是我喜欢她。"

中濑仿佛无可奈何般地叹了一口气,然后说:"那么,没准儿你又能写小说了。"

"小说?"

"你说过吧,如果经历了一场令人惊心动魄的恋爱的话,说不定能再开始创作。"

菊治确实记得自己曾经说过这样的话,但他还没有信心说现在就可以动笔。

对中濑提起冬香的事情,事出偶然。因为听到中濑问:"最近是不是遇到什么好事情了?"自己就不由自主地说了出来。

菊治觉得自己虽然做了一件轻率的事情,心情反而却十分舒畅。把自己心底的秘密告诉亲近的朋友,好像有一种得到了恋爱许可证的感觉。

中濑从一开始就持反对意见。因为听说对方是已婚女性,菊治感到有点儿垂头丧气。

"那么,没准儿你又能写小说了。"当听到中濑说此话时,菊治无比欢喜。

的确,如果把自己现在对冬香的思念作为发条,也许真能创造出新的小说。

据中濑讲,男作家在恋爱中写出好作品的极多,所以说,恋爱激情和创作欲望是可以相辅相成的。

"但是,女作家不一样。"

根据中濑的意见,女性在恋爱中由于只热衷于热恋的男人,所以根本没有提笔的欲望,相反在恋爱结束或温度降下来以后会突如其来地开始创作。

"而且是经过多次的反刍,反复地慢慢品味。"

中濑长年在文艺小说部门工作,所以见识过各种各样的作家,这是他从中得出的结论,果真如此的话,对菊治来说,从现在起应该是一个重要的时期。

"不管怎样说,自己产生这样的感情还是第一次。"

菊治说出了自己的真实想法,中濑叹了一口气:"你还是相当年轻啊!"

"年轻?"

"对,一般到了我们这种年龄,差不多点到为止也就算了。"

"但是,是一个好女人啊……"

"这点,这点,就是这点。"中濑分别给自己和菊治的酒杯里倒满了酒。

"即使心里认为是个好女人,也不会那么轻举妄动。从开始用甜言蜜语打动对方,到后来顺利地约会,可是能做到最后的这一步吗?就说进展到某种程度,也会多虑此后的种种事情。"

"如果考虑得太多,那就什么也做不了了。"

"就在这种做得了、做不了的过程中,年龄越来越大。"

中濑不停地唠叨,菊治发现了他从未有过的啰嗦。

作为一个一流出版社的董事,中濑可以说位高权重。也许正是由于他高居人上的地位,才使他的想法这么中规中矩。

"但是,也有逢场作戏的男人吧?"

中濑迅速地点了点头。

"我认识的一个制造公司的董事,他每天晚上都在外边喝酒,且以有三个女朋友而沾沾自喜。"

确实是有这样的男人。

"和那些在出版界工作的男人相比,是否制造业的男人相对有活力。"

"说不定。"

中濑的脸红了起来。

"然而,这种事可以说是一种毛病。"

"毛病?"

"对啊。一看到有点儿姿色的女人就想招惹,这难道不是一种毛病?"

"那,我也……"

就拿冬香来说,菊治作为她喜爱的一个作家,所以最初见面时就对他非常尊敬。这份尊敬令菊治非常高兴,所以之后才会被她吸引住了。

"喜欢上一个人的契机,说不定并没有什么出人意料的地方。"

"你说的虽然有理,问题是在那之后。被对方吸引之后,能否有所行动……"

对菊治来说,在双方见面的一瞬间,就和冬香之间产生了一种触电的感觉。每次恋爱开始时,菊治都有这种预感。

"也就是说,是喜欢还是讨厌。"

"也不仅仅如此。说得明白一点儿,我认为有恋爱体质之类的东西。"

"恋爱体质?"

"对,总是把目光投向女人的男人,在追求对方和满口甜言蜜语的时候,都不会感到有什么为难,而且能够做得十分轻松自然。相反,一直压抑自己不去追逐女人,日久天长就会养成不沉溺于女人的习惯。这跟打高尔夫、玩麻将都是一样吧。在一段时间里相当热衷,但是不玩了也就不玩了。"

把恋爱和高尔夫、麻将相提并论,这种想法多少有些不妥,但是这种倾向也许的确存在。

"不沉溺于女人的习惯啊……"菊治一边嘟囔,一边想我可不要养成这种习惯。

在中濑那儿受到些刺激,第二天,菊治给冬香发了一份邮件:"虽说不久前刚刚见过面,可我又想见你了。最近有没有什么合适的时间?"

已经进入了十二月,冬香作为一个主妇恐怕十分繁忙,不知能否挤出时间和自己见面。

菊治屏息静气地等待着冬香的回音。第二天,冬香的回信到了:"当然啦,我也非常想见到你。只是要你特地赶到这边,我还是只有以前那种时间,没问题吗?"

这个菊治从第一次见面起就有了心理准备。

"没问题。我这次头一天晚上就去,在那儿等你。"

再次前往京都,又要花和上次差不多的费用,对菊治来说也是一笔不小的数目,可是眼前也没有什么别的办法。

无论如何,只要能见到冬香,就会产生一股新的喜悦和勇气。

"那么,下星期四怎么样?"

选这一天的话,大学里的课和撰稿的工作都没有,可以说一天都能自由支配。

然而,冬香那边时间好像不太合适:"对不起,下星期三怎么样?"

星期一是把周刊杂志记者采访的资料归纳成文章的日子,但下午早点儿回去的话,应该还能来得及。

"我知道了。那么,下星期三我在上次的饭店等你。"

发完邮件以后,菊治叹了口气。

自己的确陷入了一场相当艰难的恋爱当中,关东和关西相距甚远,加之对方是不能自由支配时间的已婚女性。

中濑虽然说过这需要一种恋爱体质,可仅有恋爱体质却远远不能庇护一切。

"我还是喜欢冬香。"

只有这一点不用质疑,但倘使被问究竟喜欢冬香什么,菊治自己也说不清楚。

冬香做人态度内敛,然而身体深处却隐藏着一种疯狂,还有就是看上去柔弱,骨子里却又十分坚韧的性格,都惹得菊治心动不已。

"现在,我不能不去看她。"

不知道为什么,菊治心中充满了一种要把冬香救出苦难的骑士般的英勇。

"再去一次京都。"好像察觉到菊治这个决定似的,第二天,吉村由纪打来了电话:"今天晚上我们可以在什么地方见上一面吗?"

今天是周刊杂志交稿的日子,菊治提出要到晚上九点左右可以见面,由纪说那就去两个人常去的四谷的那家名为"索鲁达"的酒吧碰头。

菊治和由纪是两年前在新宿东口的一家酒吧认识,然后开始交往的。

虽说称不上什么美女,但是由纪她那双斜睨不聚焦的眼睛十分可爱,所以菊治追了她。

当时,菊治觉得她还是一个小姑娘,可两人一谈话,他才发现由纪其实很有自己的主张。

菊治发现由纪白天在一家和 IT 有关的公司上班,晚上为了补贴生活,还隔日在酒吧打工。

刚和菊治交往的时候,由纪才二十七岁,现在已经二十九了,两个人来往已有两年之久,已不像刚恋爱时那样充满激情了。

刚开始的时候,听说菊治在写小说,由纪仿佛还有相当的好奇心,但不久后,由于菊治没有新的作品问世,她对菊治的好奇心也就消失了。

或许因为菊治那种我行我素、不爱唠叨的性格,让由纪觉得十分轻松;或许由于他年龄较大,如果发生什么事情,还可以依靠,所以两个人之间的关系一直持续到现在。

菊治当然没有和由纪分手的打算。一个五十五岁的男人,有一个年龄相差二十岁以上的年轻恋人,还是值得欢喜的事情。况且一个男人的周围,没有半点儿女人的气息,也实在是太寂寞了。

虽然没有说出口来,但菊治并没有结婚的打算,对由纪来说,和这样一个男人交往下去,也得不到什么。再加上对将来一种迫在眉睫的不安,还有马上就要三十的年纪,都使得由纪静不下心来。

反正早晚都要分手,两个人都是抱着这种感觉,在双方彼此需要的时候,才走到一起。

出于这种感情,由纪今晚也打算来过夜吗?菊治心中微微感到一丝疼痛。

现在,自己的心已被冬香夺走一事,菊治没有向由纪提过,当然冬香也不知道菊治身边有由纪这样一个女人。

可即使这样,由纪提出想在附近的酒吧见面,也实属少见。

因为很久以前，菊治就把自己房间的钥匙交给了由纪，所以她想相见时直接去菊治那儿就行了。事实上，由纪经常夜里很晚才来，第二天就直接去公司上班。

但她这次提出在酒吧等候自己，到底是怎么一回事？

是因为最近由纪晚上没在酒吧打工，忽然想去外边喝酒了？还是有什么别的事情？

八点刚过，菊治把周刊杂志的稿件发过去后，就赶往四谷的酒吧。由纪已经到了，坐在柜台那边。

苗条的身体，穿着黑白格子的外套和白牛仔裤，胸前领口开得很低，两条重叠的项链闪闪发光。

是今晚由纪打算喝酒，所以才有意打扮得非常漂亮吧！

菊治轻轻扬了一下手，就坐在由纪旁边。

"喝点儿什么？"相熟的调酒师问。

由纪好像已经喝上了她喜欢的苏打水调兑的波旁酒，所以菊治也要了同样的酒。酒调好了以后，他们轻轻地碰了一下杯。

"辛苦了。"

由纪微微斜视的眼睛，在为了圣诞节而布置的热闹灯饰的照耀下，发出了小小的光芒。

"好久不见了。"

菊治喝了一口后，巡视了一下四周。

"您应该常来呀，我总能看到由纪小姐。"妈妈桑走过来不满地说。

菊治这段时间确实好久没来了，由纪常来一事他也不知道。

"真的吗？"菊治把头转向由纪问。

由纪点点头，等妈妈桑离去之后开口说道："今天，我想谈点儿严肃的话题……"

"什么呀，突然改变话题。"

"我不是开玩笑，所以请您认真听一下。"

由纪再一次用闪闪发光的眼睛望着菊治。

"我，打算结婚了。"

"结婚……你?"

由纪静静颔首,然后两手握着酒杯答道:"我一直交着一个男朋友。"

菊治想过由纪身边可能还有其他的男人。

两个人之间年龄相差二十岁以上,和自己这样的男人交往,也不会有什么前途。由纪不知何时就会找新的男朋友,然后建立自己的小窝。

菊治以前就有这种想法,并私下里认为,这个时刻即使到来,也是无可奈何的事。

但是,突然面对面地听由纪提起,菊治多少还是有些慌张。

"那么,对方是——"菊治极力保持着镇静。

由纪等着这句话似的点头说:"是同一个公司的,比我小一岁,很早以前就向我求过婚……"

由纪轻轻地撩了一下刘海。

"我不太喜欢年轻的男孩儿,而且也还不想结婚,可是我乡下的父母却没完没了地催我……"

菊治曾听由纪提过不喜欢比自己小的男孩儿,因为靠不住,并说自己不打算急着结婚,看来还是二十九岁这个年龄逼得她不得不急了。

"什么时候结婚?"

"明年春天左右吧……"

因为眼下是十二月,也就是三个月以后的事情。

"但是,白天的工作我会继续下去。不工作的话就没饭吃,而且我也不喜欢做专职主妇。"

刹那间,菊治想起了冬香的脸孔。

他就这样一直沉默不语,由纪的语气突然变得心平气和:"您一直对我非常好。"

"没这回事儿。"

由于经济能力欠佳,菊治只能给由纪很少的零花钱,还有就是在她有性要求的时候,温存地让她得到满足。

"所以,我想明明白白地跟您说清楚,希望您能够理解。"

"说到理解……"

也不是那么简单地就可以接受，但是菊治也没有大叫一声"别离开我"的气力。

"对不起，我净说一些对自己有利的事情。"

由纪突然从手袋里拿出了一串房间的钥匙，放到了柜台上："这个，还给您吧。"

菊治心里明白，和由纪分手之日随时可能会来，因为二人既没有结婚的打算，也不曾热恋过。这样一对男女一直拖拖拉拉地交往着，也是事出无奈。由纪出于这种想法决定和自己分手，也是理所当然的事情。

由纪乍看上去生活上好像没有什么考虑，其实却十分现实地考虑和关注着未来。

了解到这一点，菊治心想原来如此。

现在也许正是分手的时候。

可一看到被丢在柜台上的钥匙，菊治忽然又觉得非常寂寞。

和由纪来往两年有余，彼此却没有什么特别的激情。可以说仅仅是那种拖泥带水的、二人彼此想要时就见上一面的关系。

可是两年这么一段岁月，一旦钥匙被还回来了，也就落下了帷幕。想到一切都结束了，菊治不由得感到一阵空虚。

"那么，我们往后就见不到了。"

"您说什么呢?! 我们什么时候都可以见面，也可以像今天晚上这样喝酒。"

对于由纪这种说法，菊治也没有什么异议。

"我们只是不能像以前那样，一起睡觉或住在您那儿了，因为我要结婚了，所以没办法呀。"

菊治一边听由纪讲，一边想着冬香。

冬香已经结婚了，却跟自己这种男人发生了关系，还定好了明天继续秘密约会。

"钥匙扔在那儿太难看了，您把它收起来吧……"

菊治按由纪说的把钥匙放进了裤兜里。

"这就是说,总得在某个地方划清界限。"

对由纪来说,也许确实需要划清界限。不在某个地方清清楚楚划上一条界线,她就不能继续前进。

这可以说是女人的一种态度。不论哪一个女人,在分手之际都是毅然决然、态度鲜明。

菊治叹了口气。

由纪低语:"对您来说,也是件好事吧?"

"好事?"

"您现在有了喜欢的人吧?"

菊治被击中要害般抬起了头,由纪脸上浮现出恶作剧般的笑容:"不管怎么说,我心里明白,所以对我们来说,眼下是一个不错的时机。"

第二天晚上,菊治坐晚上九点多的最后一班新干线"希望号"赶往京都。这班车到达京都的时间是夜里十一点半,但除了去饭店休息外别无他事,所以菊治也无需着急。

坐在窗边,眺望着逐渐远去的城市灯光,菊治想起了由纪。

在这无数灯火中的某一个角落,由纪和她的结婚对象说不定正在一起。

他们也许正在某个地方喝酒,或在什么地方唱卡拉 OK,要不就是已经上了床。

对于忽然从自己眼前消失的女人,菊治根本不打算再追,可是一想到这个曾经像猫一样依偎在自己身边的女人正在与别人肌肤之亲,菊治心里还是不太舒服。

一想到她修长而舒展的四肢,丰满的臀部,正在被年轻的男人爱抚,菊治就像丢失了一件极为贵重的东西一样。

然而说心里话,菊治对由纪的身体并没有什么特别的迷恋。由纪的身体确实是年轻,肌肤富有弹力,但最为关键的性爱,却显得有些苍白。

菊治当然也试着尽力而为过,但是由纪对做爱不太热衷,甚至有些性冷淡的倾向。

两个人结合在一起的时候,由纪没有多大反应,菊治也就完全没有使对方达到高潮的快感。

"男女之事并不是说对方越年轻就越好。"

如此一来,菊治又想起了冬香。

冬香虽说比由纪年长,而且还有孩子,但是冬香身体深处却蕴含着一种随时可以奔向未来的可能性。虽然菊治现在还没有完全了解冬香,但从性爱的满足度来讲,冬香看样子内涵要比由纪丰富得多,且充满了无穷的奥秘。

"由纪如果认为年轻男人好,那她找年轻男人就行了。"望着渐渐消失在黑夜之中的灯光,菊治用多少带些惋惜的口吻喃喃自语。

新干线十一点半准时到达了京都。

菊治出了车站就径直朝饭店走去,在大堂登记入住。这次他还是要了北边的豪华间。

来到房间后,他先向窗外的风景望去。

由于将近十二点,车站前面的灯光显得有些稀疏,但是漫漫长夜才刚刚开始。

菊治在窗边眺望了一会儿夜景,然后去浴室冲澡。

冲完出来穿上睡衣,喝起了啤酒,他本想告诉冬香自己到了京都,可毕竟时间已晚,于是作罢。

菊治无可奈何地关了灯,靠在床上看起了电视,直到半夜一点多钟才迷迷糊糊地睡着了。

不知睡了多久,凌晨时分菊治还做了一个梦。

不知是在饭店的大厅,还是在车站的检票口,反正很多人,在来来往往的人群之间,冬香正面朝菊治这边站着。

看到冬香,菊治招起手来,好像在说"我在这边",冬香却没有明确作答,只是像往常一样撩了撩落在额前的刘海。

就这样在人群的左推右搡之中,不见了冬香的踪影,菊治慌忙要追,可是在人山人海当中很难前进。

　　菊治从这样一个令人不安的梦境中醒了过来,身上出了一层薄薄的汗,只有见不到冬香而产生的那种寂寞残留在脑海当中。

　　菊治看了一下枕边的时钟,刚到早上六点,外面天还没亮。

　　是否因为菊治过于在乎今天的约会,所以才做了这么一个怪梦?

　　菊治突然想起什么似的从枕边拿出手机查看,看到没有来电或短信的显示。

　　什么都没有的话,说明一切正常。菊治提醒着自己又闭上了眼睛,可是却再也睡不着了,没办法他爬起身来向窗外望去。东山一带已经微微发白,可以隐约看到比叡山的轮廓。

　　离冬香来的时间还有三个小时。

　　说好冬香今天自己直接来房间,所以她肯定会先按门铃,到时菊治只要一打开房门,冬香就会站在眼前。

　　菊治想象着冬香到来时的情形,渐渐地打起盹来。

　　门铃响的时候,正好是九点二十。

　　菊治一跃而起,拉好浴衣的衣襟站到了门口。

　　于是他先吸了一口气,然后一拉把手,冬香正好站着眼前。

　　在两个人相见的一瞬间,冬香微微一笑,垂下了眼睑。冲着羞喜交加的冬香,菊治让道:"请……"

　　冬香低头行了一礼,在她进入房间的刹那,菊治关上门,一下子抱住了她。

　　冬香终于来了。她一定是今天一大早就匆匆忙忙地赶往这里。想到这儿,菊治觉得她非常可爱,双唇调戏般紧紧地覆在了她的唇上。

　　菊治亲吻脸朝上的冬香时,感到她的脸颊冰凉。外面一定很冷,菊治将自己的脸贴了过去。

　　此时此刻,再也不用顾忌任何人了。

　　两个人就这样相拥着,菊治慢慢把冬香拉进了里面。来到床边时,两个人一起倒在了床上。

　　冬香好像没有想到菊治会一下子扑将过来。她慌慌忙忙地刚要起身,菊治从上面按住她喃喃自语:"想死你了……"

从昨天晚上到现在,菊治再也等不下去了,他整个身心已经完全燃烧起来。

"今天,我要把你脱得一干二净。"

菊治在冬香耳边诉说。可能因为酥痒,冬香耸动着脖颈。

菊治不顾一切地把手伸向她的上衣,冬香小声说:"请等一下,我自己脱……"

冬香的意思是说由自己来脱,不希望菊治动作那么粗暴。这样也好,就如冬香之愿好了。菊治放松下来,冬香一手掩着蓬乱的头发,另一只手把领子理好,坐了起来。

"对不起,请把房间弄暗些。"

窗帘保持着清晨菊治向窗边眺望的样子,所以中间被掀开了一条缝。菊治把窗帘拉上以后,冬香在壁柜前开始脱衣服。

她会脱到什么程度? 这次不会在吊带衬裙外面穿浴衣了吧!

菊治边想边在床上等待。冬香静静地走了过来。她穿着一件白色吊带睡裙,双手掩饰般挡在胸前,慢腾腾地凑上前来。

按照事先约好的,冬香自己把衣服脱了下来。这样一来,菊治也不用强加于人,可以绅士一样对待冬香。

"进来……"

菊治掀起毛毯的一角,冬香蹑手蹑脚地钻了进去。

就在冬香从腰到四肢、到全身都伸进毯子的时候,菊治一把将她搂到了怀里。

第一次肌肤相亲时的紧张已经不存在了,两个人曾经紧紧地结合在一起。出自这种安全感,菊治包括冬香对此刻的相拥都从心底产生了一种和谐的美感。

他们相互拥抱着,确认着彼此的呼吸和体温,接着菊治松开了手臂,再次向冬香胸前望去。

还是白色吊带睡裙,穿在冬香身上最合适。菊治将睡裙胸前的刺绣部分轻轻往下一拉,看见冬香两边深深的锁骨。

菊治喜欢消瘦的女人胸前锁骨深陷的样子。

他把手从冬香的肩上滑向锁骨,抚摩着颈下稍稍凹陷的锁骨,随之觉得自己已经完全抓住了这个女人的心。

然后他慢慢把手环向冬香的脖颈,冬香好像怕痒似的把脸侧到了一旁。

于是菊治把攻击目标改向下面,他的右手慢慢向冬香的两腿之间接近。

和他料想的一样,冬香在吊带睡裙下面还是穿了一条内裤,这违反了两个人之间的约定。

菊治刚想把她的内裤脱下,忽而改变了主意,他把手指从她的内裤下面伸了上去。

他打算不脱下冬香的内裤,就这么开始进攻。

冬香微微蜷起了身体,菊治不管不顾地把手伸进森林深处,将手指压在了上端那个惹人怜爱的地方。

由于菊治的手指从意想不到的地方开始了进攻,冬香变得有些不知所措,可菊治却不顾一切地继续攻击。

他只用中指轻柔地似有似无的,有时甚至连冬香都感觉不到,缓缓地左右划弄着她最敏感的地方。

因为有过一次经验,冬香应该还记得当时的感觉。

不用着急,只要不断地重复着手上的动作,静静等待冬香燃烧起来就可以了。

菊治在压抑自己亢奋的同时,突然想到了一个残忍的计划:直到冬香主动喊出"把它脱下来"为止,他将一直持续自己的攻击。

在菊治手指缓慢而有力的攻击下,冬香终于变得忍无可忍起来。她表情扭曲,喘息急促,不久后忍不住发出了一声喊叫:"喂……"

冬香的声音中包含的是想要的意思吧。菊治心中一清二楚,却明知故问:"什么?"

在黑暗的光线下,听到菊治的问话,冬香缓慢地左右摇着头。

然而菊治不理不睬,继续把中指集中在她敏感的部位,冬香再次发出呻吟:"哎……"

她的声音比刚才更加尖锐,身体也不断地微微颤抖。

面对此时的冬香,菊治再一次问道:"想要吗?"

"想……"

冬香终于回答了一句,菊治继续追问:"想要什么?"

这个问题实在让冬香难以开口,但是菊治知道冬香心中其实已经充满了欲望。

早知如此,当初干吗不痛痛快快地脱个干净呢?

菊治装作勉强地去拉冬香的内裤,很顺利地就脱了下来,紧接着又把她的吊带睡裙也一口气扒了下来。

刹那间,全裸的冬香像大虾一样蜷缩起来,虽说她还想遮遮掩掩,可身上却早已一丝不挂了。

现在才开始着急已经晚了。

菊治欠起上身,想把缩成一团的冬香拉回脸朝上仰卧的姿势。

可是冬香不停地反抗,经过一段时间的挣扎,终于屈服于菊治的意愿。

眼前的冬香一丝不挂地仰面朝上躺在那里。

冬香忍受着羞怯,她那双目紧闭的面庞,不知不觉微微张开的双唇,一对由于意想不到而暴露出来的乳房显得不知所措,还有从胸到腰那段动人的曲线,守护神般覆在双腿之间的黑色森林,所有的一切栩栩如生,使整个房间充满了女人的芳香。

"太美了……"

在冬香以前,菊治追求的都是年轻女性,冬香的身体与她们截然不同,洋溢出一种成熟女性独有的美丽和娇艳。

菊治变得迫不及待。

面对着一个把身体全部暴露在自己眼前的女人,他不将其拥入怀中,又怎么受得了呢?!

但菊治还是拼命抑制着自己跃跃欲试的冲动,他微微向前倾去,将自己的身体压在了冬香的身体之上。

然后从上至下,再从下至上移动着他的身体,慢慢地对冬香丰满的双峰和曲线优美的腰部以及下腹部的芳草地不断地进行着摩擦。

这样往返重复了几次之后,在两人肌肤相亲的和谐气氛中,冬香似乎做好了迎接菊治进入的准备。

但菊治还是不焦不躁，他从冬香头边抓过一个枕头，从侧面推向她的腰下。

刹那间，冬香觉得十分诧异，她不知菊治想干什么，身体随之变得僵硬起来。

然而，菊治并不理她，将枕头塞在了冬香的身下，使她的下身略微突出，这时菊治用手分开冬香的双腿，将自己火热的部分慢慢地埋进了冬香的体内。

"啊……"

冬香微嚾的口唇中发出一声呻吟，这确实可以称为是两个人合二为一的信号。

菊治继续向里深入，他从上面把冬香的全身紧紧地抱在自己怀中，冬香的双手也牢牢地搂住了菊治的肩膀。

两个人的身体完全结合到了一起，不论是胸膛还是腹部，包括男女双方的器官都严丝合缝地交融为一体。

上次也是这样，冬香的私处温暖而紧密地连着自己，使菊治感到吃惊的是，这种不知存身于何处的弹性，将自己的东西紧紧地包裹起来。

为了回应这份温暖，菊治开始慢慢移动。

他双手紧紧抱着冬香上身，下身尽量将腰部压低，从后往前、从下往上地向冬香被枕头高高垫起的可爱局部顶去。

这是菊治迄今为止从与其他女性交往之中得到的经验。

在缓慢重复这个动作的过程中，女性的身体会更加激烈地燃烧起来。

眼下的冬香确实像烈火一样，开始积极地回应菊治。

冬香的呼吸开始变得急促，她慢慢摇动着腰肢，手臂如蜘蛛般紧紧地缠住了菊治的脖子。

一旦发现女性开始积极配合，作为男人没有比这更高兴的了。

现在，两个人的下体严丝合缝地纠缠在一起，菊治的上身也被冬香的双臂一直围在自己的怀里。

这就是所谓的一心同体，两个人的身体如根纽带般重叠在了一起。

到了眼前的地步，已经没有必要诉说"喜欢"或"爱你"等甜言蜜语了。

结合在一起的身体，身体的语言已经好过了其他所有的语言，相互诉说着彼此的爱。菊治沉醉在这种充实感当中，突然他想看看冬香的表情。

在这一瞬间,冬香是什么表情呢? 男子的兴致在触觉的同时视觉也非常重要,更加能激起心中的激情。被这种好奇心抓住,菊治缓缓地撑起了上体,首先他把环绕在自己脖子上的冬香的手指一根一根掰开,一旦能够自由坐起时,冬香发出了"啊"的叫声。

由于菊治上半身弓了起来,所以腰的位置往下压了下去,冬香好像陷入到了一种不同的刺激当中。

由此,菊治获得了自信,他双手撑着床,加强了腰部的动作,冬香的喘息快了起来。

即便是黑暗的双眼,在黑暗的房间中,菊治也能看清楚冬香朝上微微仰起的面容。

冬香那雪白的下巴微微仰起的小脸,头发散乱在周围,好像每根黑发都拉紧了似的。

看起来冬香好像非常痛苦,但她那看似因难过而闭着的双眼当中却露出一丝甜蜜的表情,微微张开的双唇似乎诉说着一种难以名状的兴奋,她整个身体都在微微左右摇动。

"冬香……"

菊治不由叫出声来。

自己至今的确和数位女性发生过关系,但是如此紧密地结合在一起,这么顺承而淫荡的女人,还是第一次遇到。

"喜欢你"这句话刚要出口,菊治慌忙地停止了动作。

再这样下去的话,菊治自己很快就会冲向高潮,冬香的身体好像干枯的沙漠吸收水分一样,极为自然地要把男子的精华吞入体内。

说实话,菊治的感觉也动摇得厉害,既希望这样一气冲上顶峰,同时又希望像现在这样长久而紧密地结合在一起。

男性在得到性满足时,狂欢般地快乐,但接下来就会有一种强烈的丧失感,就好像从高楼大厦一下子坠落到地面,感情、身心同时变得萎缩起来。

眼前菊治正是处于顶峰之前的一步,他一边用双手撑着床,一边犹豫是否攀上顶峰。总之,攀登顶峰是件很容易的事,但是,菊治还想在前峰多停留一刻,再多欣赏欣赏冬香的喘息和狂乱的样子。

此刻的冬香不用说也是气喘吁吁的,正在冲往顶峰的路上。

如果这样一口气冲上顶峰,冬香能和自己同时到达吗?还是说她仍需要一会儿时间?

可能的话,菊治希望两人同时到达。

"而且……"这是菊治在高昂的情绪当中考虑的事情:如果现在一下攀上顶峰的话,一切就结束了。

在那一瞬间,菊治的全身确实会被一种振颤的快乐所俘虏,但是在那之后,一定会迅速地冷却下去。

这样一来总是觉得有些可惜。

当然,如果年轻的话,自己还可以进行再次挑战,但自己现在的这个年龄,菊治不知道自己是否还能够做到。

在快乐爆发前的一刹那,在这种欢愉和忍耐相结合的气氛当中,菊治迷惘着,是直接攀上顶峰还是继续停留?"但是,特意……"菊治脑海中现实的世界突然出现了。

特意来到饭店,在饭店订了房间,就这样随之而去的话,总是有些空虚。

"冬香……"菊治一边呼唤着,一边将自己的脸再次贴向冬香的胸前,"我还想就这样呆上一会儿……"

菊治刚要开口,他的嘴唇一接近冬香的耳垂,她马上就扭开了头。

冬香的耳朵非常怕痒,刚才菊治不知不觉附在她的耳垂的时候,她也是浑身一激灵,马上把脸扭开了。

这样的话,菊治更想恶作剧一下。

这次他从肩膀到脖颈之间紧紧地抱住了冬香,使她动弹不得,然后将自己的嘴唇凑向冬香的耳垂。

"呀……"冬香发出尖声的呻吟,猛烈地左右摇晃着脑袋。

菊治的嘴唇一接近冬香的耳朵,她就拼命避开,菊治继续追逐,冬香拼命地摇着头,发出了呻吟。

"住手……"刚开始,菊治是带着恶作剧的心理,由于冬香显得十分难忍,才会再一次挑衅,在这种彼此的追逐当中,双方都有一种快乐和痛苦相互交错的奇怪的感觉。

然而,这种恶作剧却没能持续很久。

"不行、不行。"

冬香一边弓起身体,一边哀求。

"求求你了,住手……"听冬香这样一说,菊治不能不停止,他无可奈何地放松了攻击,直起身体。是否恶作剧过了头呢?冬香有些失神似的不停地喘着粗气。然而,在他的攻击下,冬香的身体却又平添了一份妖艳。和这样一个女人,就这样结束一切,太可惜,菊治希望能再次体味。他这样想着,看了一下床边的时间,十点半。

离冬香回去还有一段时间,菊治轻轻地退出了自己的身体。

实在令人惋惜,当菊治的身体离开冬香的时候,她不由叫道:"不……"

可能是由于自己一下子离开了冬香,冬香的声音中带有一种轻轻的失望和不满。

这么好色的东西十分令人怜爱,菊治回到床上,躺在床边,双手紧紧抱住了冬香。

"才不会放过你呢。"

刚才两个人用的是正常体位,这次菊治打算从旁边进入。在眼下有限的时间里,菊治想尝试各种各样的形式。两个人静静地休息了一下,菊治又开始动作起来,并将右手伸向两人之间,接近冬香的局部。经过了刚才的亲密接触,那地方温热而十分潮湿。

菊治继续刚才的爱抚,不久,从旁边慢慢经过冬香的双腿之间。

和上次一样的体位,冬香好像已经习惯了,她自己抬起腰部,配合着菊治,两个人又重新紧紧地结合在了一起。

由于经历过一次,冬香似乎牢牢地记住了这种感觉,女的仰面朝天,男的在她右边,从旁边微微向上的位置进入对方的身体,正好像"井"字一样,形成一个交叉的死角,像菊治这样年龄的男性,这种体位是最容易做到的,身体的负担很少,可能真的是十分适合,而且采用这种体位,他可以触摸到冬香的乳房、腋下和腰腹间的曲线。

就这样菊治一直持续着,冬香再次喘起气来。

由于他已经从正面进行过一次攻击,冬香的身体已经燃烧起来,所以体内的火焰似乎燃烧得很快,听到冬香再次发出那种略带哭声的难以忍受的声音,菊治更确确实实地感受到了火焰。

这次冬香已经真的到了顶峰吗?现在菊治一个人冲上顶峰非常容易,如果他放弃自制的话,一气冲上顶峰,那么马上就可以跨入那种欢乐的漩涡,然而可能的话,他希望自己和冬香同时得到满足,他辛苦地忍耐着。

不知是由于五十五岁这种年龄,还是心中更爱冬香,不管怎么说,菊治一个人自己爆发的话,总是有些空虚。

两个人既然到了如此的境界,菊治希望看到冬香欢愉而迷乱的样子,和她一起达到顶峰。于是菊治一边动作着,一边从旁边偷偷地窥视冬香。

两个人的身体呈现"弓"字形状,所以冬香的上半身可以看得十分清楚。

冬香的头轻轻地扬起,胸前双乳突出,并伴随着菊治的动作左右摇晃,好像和动作的节奏非常谐似的,她不停的喘息声也不断地加强。

冬香也感到了这些,也许就在下一瞬间了,菊治减缓了动作,然后又激烈地摇动起来。可能是这种节奏的变化,带给了冬香新的刺激,她口中叫喊着"啊"、"不行"……

冬香的呻吟反过来又刺激着菊治,他变得更加狂乱起来,冬香叫道:"停下来……"冬香迷乱地摇着头,哀求着,这种充满着撒娇的声音使菊治紧紧握住她的双手,一口气到达了顶峰。

仔细想一想,性爱和音乐十分相似,比如说钢琴协奏曲一样,男的是管弦乐队,女的是钢琴,彼此之间产生共鸣,并通过情感交流,逐渐走向高潮。比如拉赫玛尼诺夫的《第三钢琴协奏曲》第三乐章,有时甜美,有时激昂而压抑,好像波浪汹涌一般,潮起潮落。

漂浮在波浪当中的男女二人慢慢开始向快乐的顶峰出发,在乐曲即将结束之前,一下子达到顶峰。

这正如管弦乐队和钢琴相辅相成,交融在一起,当人们感到无法忍受的时候，突然伴随着声音高昂的小号手声音，共同被推向了顶峰。

眼前这两个人就达到了顶峰，在梦与现实无法存在的世界里飘荡。

这时有掌声和喝彩声不断地退场，好像指挥者和钢琴师一样，在达到顶峰充满感动的同时，两个人紧紧地偎依在床上。

就这样，冬香的脸贴在菊治胸上，菊治用手轻轻地抚摸着她的黑发，两个人同时回味着高潮的余韵。

然而，当使观众迷醉的音乐结束以后，很快也就恢复了往常的平静。

这时的菊治也慢慢抬起头，看了一下床旁边的时钟："刚过一点，还有一点时间。"菊治悄悄地对自己说着，再次拥抱着冬香。

在激烈地达到顶峰之后，感到非常疲倦，这时菊治越发希望爱抚冬香柔软的肌肤，就这样两个人靠在一起，相互感觉到了对方的温暖的时候，冬香低语："对不起……"菊治不知冬香在道歉什么，觉得有些不可思议，冬香接着喃喃自语："太不好意思了……"

被倾诉的情感包围着，冬香更让人觉得值得怜爱，菊治又一次抱紧了她。

身体上的确得到了满足，但就这样的话，心中多少还是有些遗憾。

"还有一点儿时间。"

菊治走到窗边的椅子那儿坐下，又指了指桌子前面的沙发让冬香坐下。

仔细回想一下，从冬香进入房间的那一刻起，两个人就开始亲吻，然后菊治把她带到了床上，因此两人面对面地互相对视，今天还是第一次。

"喝点儿什么?"

"那，来杯水吧。"

冬香从冰箱里拿出一瓶水，菊治端着玻璃杯接完后，又把杯子放在了桌子上。

"今天看样子很冷。"

菊治朝窗外望去，只看到了蓝蓝的天空，但也能感到空气中那种充满张力的寒意。

"从这儿到你家要多长时间?"

"三十分钟左右。"

听到这儿,菊治想起了引见二人认识的鱼住祥子。

"祥子女士好吗?"

"很好,昨天我们还见了面,她好像工作很忙……"

祥子的确说过她在一家和 IT 有关的公司工作。

"你们住得很近吧?"

"对,我们住在同一个公寓,她还说起不知村尾老师近况如何……"

突然听到对方称自己为老师,菊治有些手忙脚乱起来。

"但是,我们之间的事情……"

"那还用说,我什么都没说过,因为祥子人很精。"

确实如此,祥子以前工作上就非常能干,对别人的私事也了如指掌。

"她不会知道我们之间的关系这么亲密吧?"

万一被祥子发现了,菊治本人并没有什么,但对冬香来说也许就是一件大事。

菊治不由自主地问道:"那你先生是做什么的?"

冬香的表情愣了一下,然后说:"他在和制药有关的公司工作。"

从这点上看,冬香的丈夫也经常来往于大阪到修津一带吧,菊治陷入了沉思,冬香站起身来。

菊治明白她差不多该回去了,于是菊治也随之站了起来。一到了该分手的时候,更希望再一次重回两人的世界。

菊治心里知道该分手了,但是像上次那样,在拥挤的人群当中匆忙分手,毕竟不是一件快事。

他挡在了手拿着手袋的冬香面前问:"下次什么时候能见?"

"学校不久就要放假了,所以放假以后我比较难出来……"

"寒假什么时候开始?"

"我记得是从二十三号开始吧。"

冬香从手袋里拿出记事本说道:"到明年一月十号为止。"

这么长一段时间都见不了面,那怎么受得了,菊治使劲摇着头。

"那,放假之前我再来一次……"

"那怎么行呢?这么……"

"因为我想见你嘛。你难道不想见我?"

"我当然想见了,我比你更想见面。但是,这样一来又要增加你的负担,实在不好意思……"

在透过白色窗帘缝隙射进的冬日阳光中,冬香静静地低着头。

看着她耳畔几绺散乱的秀发,菊治忍不住又把她抱入怀中。

在两个人接吻之后,冬香低语:"而且寒假中,我大概能外出一次。"

"外出?去哪儿?"

"东京。"

"你能来呀?"

"从年底到新年之间,我打算回娘家。这样一来,可以由母亲照顾孩子。"

冬香的意思是说想在这期间抽空儿来东京一趟吗?

"你娘家是在富山吗?"

"对。我可以去东京吗?"

"当然了。你能留宿吗?"

"能住一个晚上……"

这么大胆的想法,冬香是从何时开始设计的呢?一个人出去住在外边,对母亲、孩子,还有她丈夫,她用的又是什么理由呢?

"这样太麻烦了吧。你不用勉为其难,我来看你就是了。"

"不用了,我去没关系。"

冬香有什么好主意呢?不管怎样,如此替自己着想的女人真是惹人怜爱,可同时菊治又多少感到有点儿可怕。

两个人再次接吻后,一起来到了走廊,向电梯走去。

上次分手时二人依依不舍,菊治一直把冬香送到连接车站大厅的楼梯那里,今天因为在房间里聊了许多事情,所以他们只用"再见"的眼神彼此告了别。

分手之后,菊治到饭店前台退了房,然后乘十二点半的"希望号"回去。

和平日的中午一样,今天的车内也是空空荡荡的。菊治坐在靠窗的座位,眺望着逐渐远去的京都街道嘟哝道："这次又是哪儿也没去。"

虽说菊治到了京都以后只去了饭店，其实他也没有什么特别想去的地方。

与之相比，冬香说她要一个人来东京一事，令菊治心里无比欢喜。

从年底到新年之间，具体哪天冬香没有说准，她真能来的话，两个人可以悠哉游哉地过上一夜。

看起来还可以进行一个与迄今为止的匆忙相会不能比拟的优雅约会，到时候住在哪儿好呢？

在饭店订个房间当然不错，但是让冬香来自己千驮之谷的房间也不失为一个好主意。虽说自己家不如饭店那么漂亮，但可以让冬香了解一下自己的生活。

"而且……"菊治颔首。

冬香能来东京的话，在金钱上也帮了自己的大忙。

这次也是同样，到京都一趟要花近七万日元，加上往返了两次，已经花出了十五万日元。

这对每月收入四五十万日元，还要自己付房租的菊治来说，是相当大的一笔负担，幸好他还有些积蓄。

过去作品畅销的时候，菊治有近一亿日元的年收入，并在二子玉川买了公寓，可分居离家出走的时候，他已经把公寓给了妻子。虽然他还有别的存款，但是东挪一点儿西用一点儿，如今只剩下八百万了。

说实话，作为一个自由撰稿人，这点儿储蓄实在令人不安，然而去京都的费用也是从中支取的。

菊治曾经想过，因为恋爱动用这点儿可怜的存款是否合适，但转念一想，这毕竟是一次难得的恋爱。

菊治不想装模作样地把这次恋爱称作最后的恋爱，但是他已经下定决心，为了这次恋爱，失去一切都在所不惜。

仙　境

虽说是年末近年初,菊治的生活却没有什么特别的变化。

和形同离婚的妻子也用不着见面,只有独生儿子来看望了一下。

"我妈年底好像和朋友一起去了冲绳。"儿子报告说。

"哦。"菊治仅仅点了点头,也没再问什么。

菊治已经习惯了独身生活,又住在离市中心很近、生活方便的地方,即使是新年前后,生活上也没有可什么发愁的。

一个人过除夕,确实难免寂寞,但现在也已经惯了。

再去看红白歌战等新年电视节目,菊治没兴趣,相比之下,不用顾忌任何人,悠哉游哉地翻翻自己想看的书,也是一件乐事。还可以和棋友们痛痛快快地过一下大学起就喜欢的围棋瘾,也能看看曾经错过的电影。

而且很多在酒吧和俱乐部工作的女孩子们,不知是因为和家里关系不好,还是有什么其他理由,都不回故乡而留在东京。和这种女孩儿无拘无束地吃吃饭,喝喝酒也不错。

在别人一家团聚的时候,留在都市的孤独,会令菊治和女孩儿的关系亲密起来。事实上,和由纪就是因此才好上的。

按说,菊治已经习惯了一个人度过年关,可是今年和往年却明显不同。

和冬香之间产生了新的恋情,岂止如此,已经由萌芽状态发展为熊熊的烈焰。

大概是这个原因,元旦一大清早,菊治非常罕见地去了附近的明治神宫拜年。

首先,祝愿和冬香之间的恋爱更加如意长久;再有就是今年能够创作出新小说并发表出来。

菊治的心愿,只有这两个。

其中之一,与冬香之间的恋爱,应该说已经迈出了新的一步。

元旦刚到,冬香很快就发来了邮件,在"恭贺新禧,今年也请多多关照"的官样文章之后,清清楚楚地写到:"元月二号晚上,我从富山到你那儿去。"

富山是冬香娘家所在的地方。

冬香说她将于二号晚上从富山坐飞机到达羽田机场,就是说她当天傍晚从娘家出来吧。

这之前的邮件,冬香曾说她三十号回富山,要在富山住上三天,在这期间,她是和三个孩子,也包括她丈夫住在一起的吧。

冬香的婆家说不定也在富山,是在冬香家附近吗?如真如此,冬香一家是去婆家过除夕,从元旦起再回冬香娘家的吧。

在娘家住上一天,二号下午冬香赶往东京。

菊治一个人胡乱想象着,即便如此,真难为冬香能抽出时间来。

冬香是借口去东京看朋友,还是想出其他理由来说服家人的呢?

不管怎么说,冬香肯定是欺瞒了婆家、娘家双方的父母,独自跑出来的。

可换个角度来想,一年当中冬香能够自由支配的日子,大概也只有这么一天。

剩下的时间里,冬香一年到头都被丈夫和孩子拴住了手脚,所以冬香家人觉得她要休息一天,也无可厚非。

总之,冬香直奔东京而来,是个极为难得的机会。

看样子冬香也爱着自己。

每次在京都见面时,菊治都能感受得到这点。一次,两次,三次,随着约会次数的增加,菊治也明白冬香的激情的确燃烧起来了。

被家庭束缚的已婚女性,在时间上也有很多限制。正当菊治如此顾虑的时候,冬香却果敢地提出要来东京,她这个决定让菊治非常感动。

乍看上去,冬香没有什么特别引人注目的。在人们眼里,她只是极为普通的、如空气般存在的、显得有些柔弱的女人。

谁也不会发现在这样一个女人的内心深处,潜藏着如此的坚强和大胆。

“明天，没问题吧？”

虽已约好，菊治还是放心不下，元旦的晚上他给冬香发了个短信，不一会儿回信就来了：“一想到还有一天就可以见面了，心里好像长了草一样。今天晚上我把你的名字写在枕头上睡觉。”

菊治在头脑中描绘着冬香在大雪纷飞的娘家甜睡的情景。

冬香即使说来东京，菊治还是坐卧不安。

冬香当真能来吗？会不会因为孩子突然感冒，或者与丈夫协调的时间不合适，而来不了了呢？就算出了家门，飞机不会因为大雪停飞吧？

从除夕到元旦，菊治一直担心着各种事情，总也睡不好觉。

然而，事情并没发生什么变化，二号早晨冬香的短信来了，上面写着：“这边虽冷，却是晴天，我按照计划前往，请多关照。”

冬香两年之前来过一次东京，她几乎不了解东京。

为了不让冬香迷路，菊治早早地出了家门，去羽田机场接她。

冬香的飞机晚上七点到达，菊治提前三十分钟就到了机场，在咖啡厅里喝着咖啡，等飞机一落地，他就站到了标有“相会广场”字样的柱子前面。

菊治看着自己上方到达航班的电子显示屏，飞机刚好到达。

再过十分钟，冬香就会从前面的玻璃门出来。

菊治屏住呼吸静静等待，一群新的乘客走了出来，所有人都穿着大衣，围着围巾，一看就知道是从寒冷的地方来的。

菊治拼命在人群中搜寻，在一家子人的后面，发现了一个穿驼色大衣的女性。

“是冬香……”

菊治一眼就认出了她。个子不是很高，被前面的男人挡住看不见了，大衣上面露出一张略显苍白的小脸，正朝这边张望。

“在这儿。”菊治挥了挥手，冬香似乎看到了，开颜一笑，一路小跑地跑了过来。

她从出来的旅客旁边穿过，站到了菊治面前。

"太好了……"

冬香真的来了。菊治心中一阵狂喜,刚想把她抱进怀里,可又把伸出的手臂缩了回来。

在这种地方如此举动是有些失态的。

取而代之,他紧紧握住了冬香的手,低声说:"等死你了……"

菊治加大了手上的力量,冬香也紧紧地回握住他的手。

为了千里迢迢来到东京的冬香,菊治大方了一回,从机场就乘上了出租车。

已经过了晚上七点,菊治考虑着在哪儿吃晚餐,结果还是决定先回家一趟。

"真没想到,我们能在新年见面。"

"我也是,不顾一切来到这儿,真是太好了。"

冬香是怎样向丈夫和自己父母说明此行的呢?菊治很想打听,但眼下他更愿意先沉浸在相逢的喜悦当中。

出租车内,二人一直手牵着手,出租在外苑下了首都高速公路,朝着千驮之谷菊治的家驶去。

"我的房间又小又脏……"

"我们直接先去那儿,好吗?"

菊治以前告诉过冬香他一个人住,可冬香看上去还是有点儿不安。

"别紧张,绝对没有任何人来。"

菊治又紧紧地握了一下冬香的手,车开到了公寓前面。

菊治住在一座五层公寓的三层,房子是一室一厅,一间卧室,一间客厅兼书房,对于他一个人来说足够大了。

"您是在这儿工作的吗?"

冬香好奇地打量了一下书房里靠窗的桌子和书架,又向里面的卧室走去。

"暂且把行李放在这儿吧。"

要住上一夜,冬香大概带来了替换的衣服,菊治把偏大的皮包放在角落里后,一把抱住了冬香。

"你从那么远的地方来看我,谢谢,我太喜欢你了,我爱你。"

这一连串的话语,都包括在了长长的亲吻之中,松开冬香的时候,菊治深深地吸了口气。

"才八点半……"

从现在起,两个人之间的时间很宽裕。

"你明天中午离开就行吧?"

"嗯……"

这么多时间干什么好呢? 首先要去吃饭,然后在漫漫长夜里,一觉也不睡,菊治希望一直和冬香肌肤相亲,合二为一。

"今天晚上,我可得好好欺负你。"

菊治的话刚要出口,冬香把头扭到一旁嘟哝道:"请让我永远都留在你身边吧。"

无论如何,都要先去吃饭。

一个这么难得的夜晚,菊治想带冬香去一家出色的餐厅,可惜不凑巧,菊治知道的地方,新年期间全部关门。

这样一来,或许干脆上饭店去为好。想到这里,菊治在新宿都厅附近一家大饭店的餐厅预订了座位。

"我们去吃法国菜,好不好?"

"不去那么高级的地方……"

冬香十分客气,菊治却毫不理会地叫上出租车向饭店驶去。

"我穿成这样,真不好意思。"

冬香今天在浅色毛衣外边套了一件象牙色的外套,还十分少见地穿了一条百褶裙。

"挺漂亮的啊……"

冬香的头发也微微向上翻卷,根本看不出来有三个孩子。

由于还是元月二号,饭店里非常拥挤,拖家带小的客人看上去很多,位于顶层的餐厅装点着新年饰品,平和的氛围中显露着华贵。

服务生把他们领到了中间靠窗的位置上。

"真不得了啊……"

窗户下面一望无际的东京夜景,使冬香立刻瞪大双眼。

"对面是银座,右边可以看见六本木大厦,那片黑咕隆咚、寂静无声的地方大概是皇居吧。"

菊治对冬香一一说明的时候,服务生拿来了菜单,这时菊治也破例点了两万日元一客的套餐,又点了一瓶价格相当的红酒。

首先,二人以单杯香槟干杯。

"新年快乐……另外,为了我们之间的爱情……"

后一句话,菊治的声音降了下来,冬香"噗嗤"笑出声来,两只杯子碰到了一起。

"香槟的酒劲不是很大吗?"

"这才刚刚开始,后边还有红酒上来呢。"

"我酒量很小。"

和冬香一起喝酒,还真是第一回。

"没关系,之后就是在房间里休息而已了。"

不管怎么说,今晚冬香住在自己那儿不用回去,这种安宁的归属感令菊治心中一阵狂跳,飘飘然起来。

说老实话,菊治不太喜欢法国菜,他更喜欢意大利菜,或是烤肉,但能和冬香单独在这种浪漫的情调中一起吃饭,已是非常满足。

冬香也有同感:"真好吃啊!"她不停口地赞叹,又欢喜地问:"这又是些什么?"边听着服务生说明,边点头。

香槟之后,改上了红酒,当酒杯中倒满了红酒时,冬香略微担心地说:"我真的已经醉了。"

"来、来、来,我会照顾你的。"

菊治想象着将醉酒的冬香的衣服脱去,抱到床上的镜头,那样有那样的乐趣。

"可是,我会这样睡着了。"

"我也睡在你旁边。"

二人有一搭没一搭地说着话,菊治想知道冬香娘家和家里人的事情。可突然发问的话,也许会让这么浪漫的场面黯然失色。菊治想了一想,决定先从一些不打紧的问题问起：

"富山那边地上的雪积起来了吧?"

"雪从年底一直下到元旦,街道上积了一层不薄不厚的雪……"

冬香是从积雪中一个人出来的吧?!

"你娘家是在富山市吗?"

"在富山市偏南,靠山的那一带。"

若是这样,应该在离跳风之舞的八尾不远的地方。

菊治又啜了一口红酒,不经意似的问:

"你老公家也在富山吗?"

"嗯……"

冬香回答得很痛快。这么说两个人从小就认识了。

"那,孩子们还在那边……"

"他们明天回去。"

冬香明天准备和他们一起在高槻会合吧。

菊治觉得自己有些多嘴,这样看来,冬香的丈夫是在什么都不知道的情况下,和孩子们一起返回高槻,等着妻子回来的吧。

这样一想,在菊治眼里,冬香似乎又变成了一个坏女人,但冬香本人却是满颊红晕,正在眺望东京的夜景。

因为是全套的法国大餐,吃完晚饭时,已经过了十点。

料理十分精美,红酒几乎是菊治一个人喝的,因此他微微有些醉意。

菊治原来酒量很大,但最近他自己也觉得不如从前了。

"我们就这么回家吗?"菊治问冬香,然后又改口说:"对了,我们去神社拜年吧。"

正好是新年,菊治想和冬香一起去神社拜年。

"真的吗?"冬香也一脸高兴地点头。

菊治叫来出租,朝山王的日枝神社驶去。

那个神社不算很远,祭祀的是江户的总氏神,是一家历史悠久、受人敬仰的神社。

因为神社建在很高的地方,要沿着石阶上去,所以二人手拉着手爬了上去,到了无人的神社境内,两人并排站在一起祈祷。

"祝愿今年和冬香之间的恋爱越来越顺利,还有就是希望身体健康,工作上做出成绩……"

菊治在心中暗暗念了两遍,然后行了一礼,抬起头来,冬香还垂头站在那里。

菊治从旁边偷偷一看,她双手合十祈祷的动作显得真挚而可爱。

不久冬香扬起脸来,察觉菊治在看她,就羞涩地笑了笑。

"你祈祷什么了?"

"这是秘密,祈祷的事情对外人讲了的话,就不灵验了,不是吗?"

"是这样的吗?"

菊治多少有些怀疑,但对这种说法确信不疑,确实符合冬香的性格。

"好了,这样一来,今年也没问题了。"

两个人再次手牵着手下了石阶,上了等在那里的出租车。

"到千驮之谷。"

回去以后,两个人除了休息,别无他事,而且一直到明早都不会有任何人打搅。

菊治心中一阵雀跃,冬香道:"谢谢你了。"

菊治不明就里地把头转向冬香,她继续说:"这么美好的新年,我还是第一次过。"

冬香的意思是与和丈夫、孩子们一起过年相比,在自己这儿过年更幸福吧。

两个人在神社拜完年,回到菊治的房间时,已经将近十二点了。

今天,冬香傍晚由富山飞到羽田,然后又去吃晚餐,去神社拜年,一直没有闲下来,她一定很累了。

"你马上休息吧。"

菊治打开空调,又把冬香带到了卧室。

"请等一下。"冬香问道:"我可以用一下浴室吗?"

"当然啦,在这边。"

由于房子不大,所以一进门的右边就是浴室,菊治告诉冬香,她行了一礼,关上了浴室的门。

不管再怎么累，女性睡前都有很多事情要做，比如说卸妆、淋浴等等。

菊治换上了套头衫和短裤，走进卧室把温度调到了二十六度。

床是一百五十公分宽的双人床，刚好够两个人睡，床头并排放着两个枕头，上面铺着毯子和被子。

菊治接着把窗帘拉好，把枕旁的台灯调暗，一切准备就绪。冬香什么时候进来，都不要紧了。

但是，冬香好像还在浴室里面。

她刚才说马上就来，在干什么呢？

菊治坐在床的一端等待，隐约听到了一段音乐，很快就结束了。

菊治循声望去，是从放在角落的冬香的皮包中发出来的，好像是手机在响。

不知道是电话还是短信，是谁在找冬香呢？

会不会是冬香丈夫打来的呢？

"不会吧……"

菊治转回头的时候，冬香穿着裙子和毛衣出来了。

"刚才你的手机好像响了。"

冬香点了下头，打开皮包拿出手机看了看，马上若无其事地合上了手机。

"不要紧吧？"

"嗯。"

冬香回答得很快，显得并不在意。

菊治放下心来，"那，休息吧"还没出口，冬香已经在床角那边开始脱裙子了。

菊治等了一会儿，冬香和往常一样，穿着一件吊带睡裙上了床。

菊治掀起被子一角，等冬香一钻进来，就一把将她搂入怀里。

两个人见面已经五个小时以上了，这期间菊治拼命压抑着想要拥抱冬香的欲望，所以，此刻的拥抱力度又添加了这几个小时的欲望。

冬香似乎也习惯了菊治的拥抱。她主动依偎过去，扬脸将自己的唇迎了上去。

台灯淡淡的光亮，映照出冬香祥和的面容，好像在说已把自己的一切都交给了菊治。

"喜欢你……"

眼前的菊治完完全全地拥有了冬香。此时此刻,菊治确实从长年和冬香厮守在一起的丈夫身旁把她夺了过来。

在缠绵的长吻之后,菊治在冬香耳旁细语:"今天晚上,我们今年的第一次做爱开始了。"

冬香好像一下子没明白过来似的现出一副不解的表情,菊治继续道:"男人和女人在新的一年里首次发生关系,叫做'姬始'。"

听着菊治的解释,冬香觉得难为情起来,像说"讨厌"一样,用额头顶向菊治的胸膛。

菊治不予回应,他宣布说:"正因为是新年伊始,我们要做与往常不同的新尝试。"

"……"

"你要反抗可不行哟。"

说到这儿,菊治松开了抱着冬香的双臂,把嘴向冬香的乳房凑去。

他先爱抚整个乳房,再轻触挺立起来的乳头,接着用舌头环绕冬香的双峰。

菊治的舌尖开始轻柔,进而变得放肆。同时他把右手慢慢地伸向芳草丛中,拨开草丛,来到了冬香最为隐秘的花蕊所在,又轻柔地将花瓣向两边分开。

今天不用像往常那样匆忙,有充裕的时间。菊治更加从容,前戏也比往日时间用得更长,慢慢地冬香有了反应,开始喘息起来。

但是,今晚的爱抚不会仅仅停留在这个程度上。

"唉……"冬香发出呻吟,欲望使她的身体蜷曲起来,菊治突然坐起身来,把头向冬香的秘境探去。

菊治突如其来的动作,把冬香吓了一跳。

她甜美的呻吟突然中断,脸上现出"怎么啦"的神情,好像还没有察觉菊治真正的目的。

菊治自然也一言不发,继续把头从她的胸部滑向腹部,在接近她双腿之间的时候,冬香总算明白了他的意图似的:

"你要干什么？"

这时才慌张起来的冬香已经无处可逃了，菊治的嘴唇已经伸到了芳草丛中。

他用双手把冬香企图躲避的下半身固定按住，正要分开她双腿的时候，"不行！"冬香叫着。

冬香没有经历过这种爱抚吗？如果是这样，菊治就更想让她尝试。

菊治拼命将头凑近，冬香用力闭紧双腿，菊治继续想要分开她的努力，冬香的身体随之拧来拧去，就这样反复了数次之后，冬香的反抗忽然变得无力起来。

冬香认识到反抗的无用了吗？抓住这一瞬间，菊治迅速用脸分开了她的双腿，终于触到了她的敏感之处。

这时，正如菊治"要做与往常不同的新尝试"的宣告，他开始了爱的新的尝试。

目前，菊治的双唇紧紧地依附在经过千辛万苦才达到的芳草丛中，他的舌尖缓缓地左右徘徊，随着"啊"的一声呻吟，冬香僵硬紧绷的下肢迅速变得放松下来。

人的身体要比心灵诚实得多吧，菊治继续用舌温柔地爱抚，冬香隐秘的花蕊苏醒般突了出来，不久开始发芽膨胀。

到了这一步，冬香已不会逃逸。

她最为敏感的地方，在菊治的舌尖爱抚和逗弄下，宛若一朵鲜红的花儿，绽放开来。

"住手，请住手……"

冬香的口中虽说还在不停阻止，可她自己也明白这些语言已经毫无意义。

与语言表达的正好相反，她的身体以及最敏感的地方已经确确实实燃烧起来，"哎……""住手！"她发出哀求。

然而，菊治的舌尖好比一个无情的刽子手，冬香越是哀求，它越是攻击、挑逗她的花蕊，不一会儿就迎来了最后的一刻。

"住手……"

在喊出这句的同时，冬香的躯体好像电流穿过般痉挛、反弓起来，菊治埋在她两腿之间的面孔受到了冲击。

此时此刻，冬香的私处完全燃烧起来，烈焰仿佛燃遍了她的全身。

冬香就这样静静地趴着，如同被海浪冲上岸边的海藻一样，俯卧在床上。

菊治从后面靠近瘫软的冬香，刚要搂住她，可她却反抗似的左右晃着头。

是自己做出超乎冬香意料的行为，惹她生气了吗？还是冬香由于自己身体的变化，感到惊讶不已？

"好不好？"菊治不顾冬香的感觉故意问道。

冬香把背愈发扭向他，好像在说：如此难为情的事情，叫我怎么答得出口。

冬香这种固执显得十分可爱，菊治不顾她的挣扎抱住了她，却发觉自己的局部蠢蠢欲动。

早在菊治开始进攻冬香芳草深处的时候，他自己的东西已经兴奋起来。在对冬香进行种种挑逗的过程中，它似乎变得更加威武强壮。

"对不起……"

话不由衷，菊治的右手再次伸向冬香的双腿之间。

从腰部到腹部，然后再深入到繁茂的芳草丛中，可冬香已不再抵抗。不止这样，她仿佛也在期待两个人的结合。

只在秘境门口挑逗一番又置之不理，冬香肯定会有一种上不去下不来的感觉。

菊治给自己找个借口手指继续深入，冬香的私处正如他想象的那样，湿润且充满了余热。

差不多是时间了，新年第一次的性爱，开始之前，菊治还有件事情想问："那个，就这样行吗？"

上次菊治是事后才确认的，要事先掌握只能如此。幸亏上次冬香"好吧"答应得十分痛快，菊治即刻得到了满足，到了欲火中烧的时候，再来过问这些，实在令人无法忍受。

"安全吗？"菊治再次确认。

"嗯。"冬香小声回答。

冬香大概在计算安全期吧。菊治思索的时候，冬香说："因为我有这方面的准备……"

冬香的意思是说,为了避免怀孕,她采取了上环或服药的避孕措施吧。

冬香的这种细致周到,让菊治心里充满了感激,同时他跨进了期待已久的快乐沼泽。

从现在起,菊治渴望的真正意义上的"姬始"开始了。虽然还略有些醉意,可在正月的夜晚,能从容容地和冬香做爱,菊治打心眼儿里感到欢喜。

"要你……"

菊治在坦白自己欲望的同时躺到了冬香身旁,从上身到腰紧紧地贴住了她。

刚才突如其来的口唇攻势,已经使冬香的城池陷落了一次,此时神秘的地带充盈着爱的液体。

菊治的东西为了证实似的向前凑去,冬香主动地微挺腰部配合其进入,然后包住了它。

"啊……"菊治情不自禁地发出呻吟,冬香的那个地方热情似火,内壁波浪般翻卷上来。

这是一个多么出色的女子。男人在称赞女性时,总也离不开容颜靓丽、身材迷人等等,其实都是些表面上的东西,女性身体内部的感觉和灵性才能真正让男人拜倒在其石榴裙下。

这是菊治第一次和冬香结合之后的感慨,随着做爱次数的增加,这种感受越发深刻。

"太棒了。"

菊治一边感叹,一边迫不及待地来回抽动。他不是单纯进出,而是不断刺激对方最为敏感的上壁,从偏下方往上,再由上往下,从容地反复进退。

冬香已适应了菊治的动作似的,每当温柔的波浪打在内壁时,她都会发出"住手"的低语;而潮水离去时,她又会嘟哝"讨厌",发出甜美的叹息。

此时此刻,冬香就是那把意大利名家史塔第发利制造的小提琴,菊治就是充满爱情的演奏者,名手与名器融会贯通,二者朝着最后的顶峰一步一步、非常坚实地向上攀登。

菊治所有的感觉都已集中在一点之上,冬香痴迷于由一点向全身扩展的魔鬼般的快感中,自己拱起了身体。

就这样,冬香的下体宛若一具献给快乐之神的活贡品般耸立空中,菊治放荡的利剑从下边刺穿花蕊最敏感部位的瞬间,冬香全身激烈地颤抖起来。

"啊、啊……"

这是一个女人从云端被推下地狱深渊的叫喊,被这个坠落的仙女所诱惑,菊治也一口气完成了从天上坠入地下的发泄。

眼下,菊治心中十分笃定,冬香绝对达到了高潮。

当然,两个人头两次做爱的时候,刚才菊治亲吻她私处的时候,冬香也都产生过类似的快感。

但是,这一次和那几次的快感完全不同。

热烈的火焰从女性最为隐秘的一点一下子燃遍全身,冬香整个身体如同一个通红的火球,疯狂而忘我地燃烧了起来。这就是所谓的"高潮",通俗的说法称为"飞了"。

眼前的冬香,正沉浸在这种只有本人才能感受得到的、被抛上快乐的顶峰的感觉之中,整个人如熔化了一般。

这种快感越强,其余韵也就越长。

冬香就这样气息奄奄地静静地俯卧在床上一动不动,菊治偎依上前轻语:"飞了吧?"

听起来像是问句,其实并不是在询问。冬香的高潮达到了忘我的境地,是菊治亲眼所见。他想把这个事实告诉对方,并和对方共同分享这种狂欢。

"太棒了……"

菊治继续轻语,冬香却一句不答。

然而,正是这样沉默不语,证明了冬香被快乐之神所感召。

"真美……"

菊治轻轻抱起俯卧在床上的冬香,让她面向自己,然后用力地将她拥入怀里。

高潮绝对是只有女性才能感受得到的最高的快感,和自己做爱的女性能够到达如此境界,男人也会相当感动。

也就是说,只有让女性得到满足,男人拼命做爱才有意义。

到了菊治这个年龄,对于仅仅发泄自己的欲望,可以说已经没有多大的兴趣。如果这样,自慰就可以到达目的,和卖身的妓女也可以做到。

然而,对于自己所爱的女子,男人就希望和她共同到达快乐的顶峰。这种相爱发自心底,是一种至高无上的爱。

冬香和菊治本人眼下就确确实实地到达了顶峰。

"好不好?"

菊治继续追问,冬香眼神飘忽地喃喃细语:"这种感觉,我还是第一次……"

菊治不由得点了点头。

冬香口中的第一次,是指她从来没达到过这种高潮吗?

果真如此,没有什么比这更令人高兴的了。自己在冬香的身体里,点燃了一把名为高潮的鲜艳通红的火焰。

菊治用略带轻松的口吻询问:"这真的是第一次吗?"

"对……"冬香这种坦率的回答,让菊治非常欢喜,他撩起冬香耳边散乱的头发。

"我也是第一次。"

"……"

"没想到会这么美……"

男人似乎感受不到女性所能达到的那种高潮,可是刚才的性爱对于菊治来说,比和迄今为止的其他任何一个女性都要美好,他心中升起一股热流。

"别离开我。"

菊治加劲搂紧了冬香,在紧挨着她散发着激情余热的肌肤时,又想到了一个新的问题。

冬香的身体如此出色,为什么迄今为止都没有得到过满足感。她和丈夫之间的性爱也应该有过很多次。

但是冬香却一直不曾达到过高潮一事,本身就让人觉得不可思议。

"那个……"菊治犹犹豫豫地试着问:"我的问题有点儿怪,你和他之间当然有过关系吧?"

"嗯。"冬香的声音小得几乎听不见。

"那个时候……"菊治觉得自己过于露骨，但还是问出口来："难道没有什么快感吗？"

冬香闭着眼睛点点头。

"可是你们之间孩子也有了三个啊。"

"那只是有了而已……"

"只是？"

"对不起。"

冬香并没有什么可道歉的。倒是"只是有了而已"这句话让人觉得有一种说不出来的辛酸。

只要性交，的确就能生出孩子，冬香在那种时候并没有得到过什么爱的满足，这是她的话外之音吧。

冬香和丈夫之间的性爱，难道仅仅是为了传宗接代吗？

仔细想一下，生育后代其实也许并不是件难事。

菊治一边爱抚冬香的肌肤，一边思考着。

想要孩子的话，男女之间只要发生关系就有可能。当然，这要以男女双方健康为前提，符合此条件的夫妻婚后只要不断做爱，自然而然就会怀有后代。即使不是夫妇，只要是相爱的男女，换个极端的说法，就是被人强奸，也有怀孕的可能。

在生儿育女上，并不需要什么特别的学问或技术。只要按照本能发生男女关系，就有生孩子的可能。

但同样是做爱，女性要达到那种绝对的高潮，却非一件唾手可得的易事。

虽说是按照爱的本能，但首先要有深爱对方的激情。在引导对方达到高潮的过程中，男性的温存、持久以及做爱技巧缺一不可。与此同时，女子必须也对男欢女爱的世界怀有一份憧憬，并能心无杂念地沉浸其中，否则还是难以达到。

也就是说，生育是人的本能，而高潮却是一种文化。

菊治觉得自己想出的词有些可笑，就一个人笑了起来，冬香问："笑什么呢？"

"没什么……"

这些想法也用不着对冬香说明一遍。只是她已从一个单纯的生育世界向高潮的文化世界踏出了一步。菊治感到很高兴,更为自己引导了冬香而异常骄傲。

"我绝对不会忘记……"这句话一半是对自己,一半是对冬香说的。

菊治希望冬香不会忘记此次获得的快感,也希望她不会忘记自己为此付出的努力。

与此同时,这次高潮在冬香体内也会打下烙印,即使想要忘却也忘却不了。

与人的头脑相比,身体的记忆更为可靠。

菊治的脑海中突然浮现出"开拓者"这个词汇。

眼前的冬香果真是第一次登上了性爱的顶峰,那么自己扮演的恐怕就是"开拓者"这个角色。

冬香以前的身体,用一个不太得体的比喻,大概就是一块未经拓荒、未被开发的土地。

即使潜藏着各种各样的可能性,由于没有经过巧夺天工的开发,所以一直处于沉睡状态。

在这块土地上,菊治是首位着手进行开发的。他凭借压倒一切的爱恋、不厌其烦的追求、出色的性爱技巧,经过拼命努力,终于使这片荒野萌生出嫩芽,花蕾开始绽放,到了最后,一下子开出了一朵大得令人难以置信的玫瑰。

整个过程好比是让荒地变成沃野,或把其改造成现代化城市的工作,这不正与开拓者相同吗?

如果把所有的女性称为"大地",那么在这些土地上大概都蕴藏着发芽开花的可能性。只要开拓者充满激情、爱意与其结合,所有荒芜的土地都会变成一片青绿的沃野。

女人的身体没有一块是不毛之地。

但并不是所有的土地都拥有合适的开拓者。就是看起来十分能干的男人,也未必能使花朵绽放。

实际上,回顾菊治自己的经历,和妻子之间是虎头蛇尾,和由纪甚至连花蕾都没有结出。

只有在冬香这块土地上,成功地培育出盛开的花朵。

其中的差别究竟是什么呢？或许和爱情的深浅、技巧的高低和土壤的不同有关。看来原因很多,其中两个人是否匹配这点可能也很重要。

总之,菊治和冬香彼此都觉得十分和谐。菊治认识到这一点,心里极为满足,他小声对冬香说:"差不多了,睡吧……"

冬香无声地表示赞同,并主动靠近了菊治。

窗外月光清亮而充满寒意。在正月初二这样的夜晚,两个人亲密地相拥在一起,第一次在东京共同进入了梦乡。

早上七点,菊治醒了。

准确点儿说,是被尿意憋醒的,他匆忙上了趟厕所,回来时看到床上沉睡的冬香,忽然又想和她亲热。

换作平时,菊治还会继续睡下去,可冬香说了今天中午她要回去。虽说还有很多时间,但就这样把时间睡过去的话,实在是辜负了属于两个人的大好光阴。

不管怎么样,菊治都想和冬香再亲热一次。

昨天夜里,两人相拥入眠的时候,冬香只穿了一件吊带睡裙,但是现在睡裙下面却穿上了内裤。冬香是什么时候穿上的呢？菊治重新环视四周,只见床脚下自己脱下的衣服整整齐齐地叠在那里。

菊治记得昨晚二人几乎是同时进入梦乡的,冬香是后来起来穿上内裤,并把自己随手乱扔的内衣叠放好的吗？

说起来,脱在门口的鞋子,不知何时也全鞋头朝前,摆放得整整齐齐的了。

菊治忆起去世的母亲常对姐姐说的一句话:"一定要把鞋子鞋头朝前地整齐放好。"看来这些也是冬香做的。

冬香良好的家教是她母亲言传身教的吧,菊治对她这种凡事井然有序的作风也相当欣赏。而且,这样一个有条不紊的女人,做爱时的疯狂迷乱就更加让他心动。

反之,平时邋遢的女人做爱时再怎么狂乱,也引不起菊治任何兴趣。相比之下,平时柔顺整洁的女人做爱时的那种狂乱,才会令男人兴奋、着迷。

眼前的冬香静静地睡着,安静得让人都不知道她是否在呼吸。

然而菊治的手却从她的臀部滑向侧腰,再向胸前的双乳摸去。冬香轻轻扭动着身体。

由于还是清晨,四周静悄悄的,鸦雀无声。在这个时候,没有比摩挲昨晚疯狂达到高潮的女子的肌肤更幸福的事了。

冬香似乎还沉睡在梦乡之中。即使感觉到有人在爱抚自己,但意识上好像却不十分清醒。

冬香还想继续睡下去的话,当然可以让她接着睡。可菊治却想戏弄沉睡中的美女。

倘若亲吻她的乳头等,冬香也许会醒,还不如悄悄地把手指伸向她的私处,偷偷地进行爱抚。

菊治将她的私处左右分开,慢慢抚弄。

他并不打算弄醒冬香,却希望看到冬香在不断的性刺激下,徐徐睁开眼睛、意识清醒的那一瞬间。菊治一心想看发现自己被玩弄而惊慌失措的冬香。

眼下,菊治已经完全醒了,他横着身子一边爱抚冬香,一边从她的肩头向胸前望去。

好一个柔软而近乎透明的冰肌玉肤。

如果亲吻那里并轻轻一咬,肯定会留下牙痕,还可能会变得青紫,一段时间都不会消失。

冬香的丈夫若是看到了这个伤痕……

想到这儿,刹那间,菊治被想要一口咬下去的冲动俘虏了。

果真做了此事,不就相当于自掘坟墓。菊治一边提醒自己,一边继续手指的动作。

冬香小声呓语:"讨厌……"

菊治一把抱过冬香刚要翻转的身体,将唇覆了上去,冬香总算发现了情形异常。

她缓缓睁开双眼问:"你做什么呢?"

"没什么呀……"

"早上好!"菊治装出一副什么都不知道的样子。

"早上好!"冬香也面带微笑回应。

"你发觉了?"

"发觉什么?"

"我刚才爱抚那个地方。"

菊治把手放在冬香的双腿之间,冬香摇头道:"你怎么这么讨厌……"

"可是,已经湿了。"这时,菊治起身压到了冬香上面,他双手用劲围着冬香,双方的局部紧紧贴在了一起。

两个人就这样拥抱了一会儿,菊治想要进入的时候,冬香也微微挺起腰来,清早刚刚睁眼后的性爱开始了。

昨天晚上,菊治达到了顶峰,今天早上就恢复了精神。

身体恢复得不慢,是由于拥着冬香柔软的肌肤睡得很甜,还是因为女方非常出色呢? 菊治的局部和冬香的花瓣再次结合,他以动作示意了开始。

昨晚的那种迫不及待已经消失,而且更令人欣慰的是双方都达到了高潮。这份体验使二人信心倍增,可以细细地享受彼此带来的快感。

菊治面对面地凝视着冬香渐渐燃烧起来的表情。

在透过窗帘缝隙射进的淡淡晨光之中,冬香闭着眼睛,双唇微张,眉宇之间稍稍皱在一起,好像哭泣一般,紧接着又显得非常痛苦,但是仔细观察,却在贪婪地享受快感。

被冬香不绝于耳的低沉甜美的呻吟诱惑,菊治的上身慢慢倒下,当双方胸部叠到一起时,他在冬香耳边细语:"冬香……"

昨晚冬香陶醉于诱人的欢娱中,今天她很快就有了感觉并主动配合,菊治为此很感动。

不管怎么说,男人喜欢性感的女人。女子毫无保留地接受自己,并且马上有所反应,这种大方的做法让男人心中十分高兴又充满怜爱。

"冬香……"

菊治继续呼唤,冬香只有一个"哎"字。

可能的话,菊治希望冬香回叫自己的名字。比如"菊治"或"菊治先生"等,叫"老公"也可以。如此要求对方,他感到有些难为情,但还是试探道:"叫我老公……"

冬香是否明白了呢? 她继续喘息着,被其感染的菊治禁不住又唤了声"冬香"。

她清楚地答道:"老公……"

冬香总算这样称呼自己了。从这个称呼中,菊治感受到了把一切交给自己的女人那种甜蜜的温柔和深深的信赖,他加紧抱住了冬香。

语言真是爱情的润滑剂。

"冬香"一声呼唤,"老公"一句回答,这两个词语回声般彼此交错,二人开始向顶峰冲击。

攀岩过一次的道路,第二次会变得更加容易。

眼下冬香确确实实地朝着顶峰奔去,在她的欢声和狂乱舞动腰部的带领下,菊治随之也开始了冲击。

但他总觉得就这样达到顶峰极为可惜,可能的话,他期望再多享受一会儿现状。

他伏在冬香身上,慢慢停住了动作,仿佛勒紧了手中的缰绳般用身体诉说:"再等一会儿……"

然而冬香并不停下,眼前的她在激情中确实已经变得相当放荡。发动战争的虽说是男人,可女人一旦参战,就会变得贪得无厌。

菊治当然不会讨厌女子的积极参与。相反,他会觉得对方更加可爱,因此更加欢欣鼓舞。

但男人的性是有限的。与女性没有射精、可以无限延伸的性相比,有限且空间狭窄的性挥刀挑战的话,绝对没有赢的可能。

能否冲上顶峰是男人成败的关键。因为男人一旦达到高潮,接着就会萎缩,就和一具会呼吸的尸体没有两样。

菊治缓缓地踩下刹车般暂停了动作。

"唔……"接着冬香就发出了不满的叫声。

好像在抱怨:"在这种关键时刻,你怎么了?"

在攀登了百分之八十的路程时被迫止步,的确令人难以忍受,这样一来,之前的种种努力都不知道是为了什么。

"对不起……"

菊治心中的歉意没说出声,只是静静地吻住了冬香,希望她能就此忍耐一会儿。出于这种考虑,菊治的吻从冬香的唇移到肩头,然后转移到耳垂。

冬香一个激灵拼命地摇起头来。

菊治应该知道那儿是冬香极端敏感的地方,除非极特殊的时候,很少触碰那里,既然犯了这个禁忌,向上攀登的脚步就再也无法阻止了。

冬香仿佛再度受到鞭打的烈马般狂奔开来,菊治变得手忙脚乱,狼狈不堪。

然而,一旦母马"嘶嘶"鸣叫开始狂奔,再怎么厉害的公马也制止不了。

公马被狂奔的母马煽动,兴奋暴胀的阳具被母马紧紧吸住,就这样二者在发出天崩地裂之声的同时,朝着快乐尽头冲去。

现在,菊治躺在床上,冬香面朝下静静地趴在他的右边。这么安详而平静的时光,使刚才疯狂地长驱直入时的粗野,令人简直无法相信。

在不知内情的人眼中,两个人的姿势就好像由于过分贪恋欢愉而惹怒老天,被抛落到地上的一对罪人。

两个人就这样静卧在那里,但从欢愉中较快清醒过来的还是男人。

满足之后,菊治在疲乏得连身都懒于翻的状态下慢慢地回忆着。

冬香这次也达到了顶峰,在最后一瞬间,她确实喊出来了:"我飞了……"

之前,菊治喊过同样的词语,冬香是被他带动起来的吗?总之,两个人一起喊叫,共同到达高潮,这点是绝对不会错的。

这次冬香总算做到了言行一致,她事先仿佛知道自己就要到达顶峰。

一想到这儿,菊治心中的怜爱重新升起,他轻轻搂住了趴在床上的冬香,并把毯子盖在了她的肩上。

菊治没有紧紧拥抱对方的气力。不过,只要能触摸、爱抚到沉浸在做爱余韵之中的女人身体,他已经十分满足。

冬香的脸埋在菊治胸前,他从肩到背缓缓地爱抚着她,由上往下,再由下往上,来回了几次之后把手放在了她丰满的臀上。

冬香的肌肤光滑如丝,柔软似云。在明亮的灯光照耀下,看上去简直就是一片洁白。

令人不可思议的是,只要把手放在冬香身上,菊治就能知晓她的一切。

眼下的冬香,正在仔细反刍充分燃烧达到顶峰的那种快乐。

把手放在她的身上好比是一种治疗,冬香的血流和温暖通过手掌传遍了菊治全身。

就这样抚摸着冬香柔软的肌肤,睡意又泛了上来。

菊治翻过上身看了看表,七点五十。早上菊治睁眼时应该是七点,过了将近一个小时了。

到冬香回家还有四个多小时,菊治在心中计算着,这时冬香在他胸前低语:"真不好意思……"

现在再说不好意思已经晚了。

菊治撩开她额头上的头发。

冬香问:"我可以起来吗?"

"去哪儿?"

"浴室……"

听到她的回答,菊治松开了搂住她的双臂,忽然想到:"你去泡澡吧?"

冬香表现出一副不明就里的样子,菊治邀请道:"一块儿泡吧。"

冬香摇了摇头表示拒绝。

菊治当然知道她不会立刻答应。

不过说服对方同意,也是男人的一种享受。

"我先进去等你……"

从昨晚起冬香已受过两次攻击,身上出了不少汗,菊治十分清楚她想要泡澡的感觉。菊治也是去机场接冬香之前泡过一个澡。

"一定要来哟。"菊治叮嘱说，然后轻轻吻了一下冬香的额头，起身下床。

他先走进浴室往浴缸中放水。浴缸很小，所以不到五分钟水就满了。

菊治泡进去以后喊道："水好了……"

知道只喊一遍冬香不会过来，所以他又探出身体叫她。等了一会儿，浴室半开的门之间露出了冬香的脸。

"特别舒服，快进来吧……"菊治招呼说。

冬香问："把灯关了，好吗？"

在如此狭小的空间，一旦失去了光亮，就什么也看不见了。

可是更重要的是先让冬香进来。她进来时多少开一点儿门缝的话，从衣帽间射进的光亮中，说不定能看见一些。

"那，就把这儿的灯关了……"

不久灯灭了，又过了一会儿，冬香从狭窄的门缝间走了进来。

冬香身体微微前屈，胸前挡了块毛巾，从窄小的缝隙间闪进来后，马上蹲下去打算淋浴。

"不要紧的，你就这样……"

菊治拉过不知所措的冬香。

"什么也看不见啊。"冬香说着好像放弃了挣扎，弯腰缩身进了浴缸。

她先将一只腿踏入浴缸，又迈进了一只腿，当身体往下沉时，浴缸里的水溢了出来。

受到水势的惊吓，冬香差点儿跳了起来，菊治从后面一把抱住了她。

"没关系……"

两人一起进了浴缸，水当然会溢出来。相比之下，由于浴缸窄小，二人很难相对而坐。

"背朝后吧……"

冬香听话地背对菊治，先将腰沉入水中，接着把背泡了进去，她的全身终于全部泡在了热水当中。

"舒服吧？"

全身裸露的冬香被菊治的四肢夹在中间。

"好暖和呀。"

在狭小的浴缸当中，两人泡在热水里耳鬓厮磨，热水又溢了出来。

刚刚进入新年，应该没有其他情侣有这种享受吧。菊治觉得十分自得，小心翼翼地从后面向冬香的胸部摸去。

冬香的乳头微微摆动，菊治一边用双手轻轻爱抚，一边吻住了她盘头之后露出来的颈项。

刹那间，冬香扭动起来，浴缸里的热水开始波动。

"不行呀……"

冬香十分窘迫，有灯光的话，应该看得到她近乎透明的皮肤和淡红色的乳晕。

如此黑暗，令菊治觉得非常遗憾，但是眼睛习惯之后，在些许的光亮中，冬香随着水波摇动的肌肤分外娇艳。

菊治被眼前的景象吸引了一阵子，然后用右手沿着冬香的脖颈滑向曲线优美的肩头，再从腋下伸向下腹，悄悄地接近她的两腿之间。

冬香一下子向前蜷起身体，可是热水中菊治还是顽强地抚弄她的芳草之地，冬香抓着他的手指推了回去。

她的意思是"在浴缸中不许做这种淘气的事情"吧。若是这样，菊治决定今天暂且住手，可总有一天会再做给她看。他脑子里转着这些孩子般的念头，闭上了眼睛。

达到顶峰之后，和心爱的女子洗鸳鸯浴，肌肤相亲，互相嬉戏，这么甜美的日子能持续到几时？

不管怎么说，先不要去考虑将来，菊治提醒自己。

大概由于高潮之后两个人又一起泡澡，菊治感到心情舒畅，身体乏倦。

"那，我先出去了。"

他擦干身体，穿上大衣去信箱拿报，然后回了书房。

他从冰箱里拿出啤酒，边喝边看报纸，冬香轻轻地敲了敲门。

"请进。"

冬香进来的时候已经穿上了衬衫和裙子。

"谁让你穿衣服的,还要接着睡呢!"

桌子上的时钟还不到九点,离中午还有将近三个小时。

"喝点儿什么?"

"不用,我……"冬香面孔微红摇了摇头,接着将手里的纸包递了过去。

"这个,也许你用不上。"

菊治接过来打开纸包,信纸大小的日本纸露了出来。

"这是给我的?"

"这是富山产的日本纸,没用的话,请送给别人吧。"

菊治近来的确不再用毛笔和日本纸写东西,可冬香特地作为地方特产带给自己,怎么可能给别人呢?

"这么贵重的东西,谢谢了!"

菊治一副喜形于色的表情,到现在才把礼物拿出,这很符合冬香的为人。

"这儿有这么多书呀!"冬香望着书架感叹道。其实只是一些大学讲课时所需的关于现代文学方面的书籍和与周刊杂志工作有关的文件夹杂乱地摆在那里。

"您眼下在写什么呢?"

这是菊治最不想听的问题,他暧昧地回答:"从春天起,我准备开始创作。"

"有一段时间没读过您的作品了,真值得高兴。"

冬香似乎至今还认为菊治是一个畅销小说作家,以创作为生。

"出版以后,请马上告诉我。"

冬香对自己那么坚信不疑,倒让菊治十分心酸。他一口喝干啤酒站了起来。

"再去床上休息一会儿吧。"

不知睡了多长时间。菊治再次睁眼的时候,从窗帘透过来的光线已经相当晃眼。

他慌忙看了下放在枕边的钟表,上午十一点整。

　　离冬香回去的时间只有一个小时了。时间不断迫近，菊治朝旁边一看，冬香看样子还在休息。

　　她过于劳累了吧。冬香毫无戒心的睡容让菊治觉得非常可爱，他亲了她的额头一下，又替她整理了额前的乱发，用手指轻轻刮了刮她白白的鼻梁，冬香慢慢地睁开了眼睛。

　　"早上好……"

　　菊治低语，冬香微微一笑，露出了得到满足后一觉醒来的柔和笑容。

　　"您一直没睡吗？"

　　"不是，我也刚刚醒来，可已经十一点了。"

　　冬香环视了一下周围。看到她一副要起身的样子，菊治轻轻按着她的肩问："你必须回去？"

　　虽然知道说也没用，但还是试着说："不想放你回去。"

　　然而自己也没有留住冬香的勇气，只好再次用力想要搂住她，冬香也紧紧偎依过来。

　　就这样两个人屏住了呼吸，菊治吐了口气后发问："我们还能见面吧？"

　　"能。"

　　听了这句话，菊治这才放开冬香起了床。

　　他拿起整整齐齐叠在床脚的内衣向书房走去，这次他穿上了衣服。在那里他把早上看了个开头的日报读完才回到卧室，冬香已经穿好衣服，正在整理床铺。

　　"肚子饿了吗？"

　　"我并没怎么……"

　　仔细想一下，从昨天晚上回到房间之后，二人一直纠缠在一起，相拥而眠，根本无暇顾及其他。

　　"那个，来点儿咖啡吗？"

　　"好，我来沏吧。"冬香来到厨房把水倒入咖啡壶内。

　　菊治对着她的背影问："下次，什么时候能见？"

　　菊治打算自己再去京都。

冬香答:"我说不定能来东京。"

能来东京究竟是什么意思？菊治连忙追问:"你还有来东京的机会吗？"

"不是这个意思,我可能会搬到这里……"

"搬来？是全家吗？"

"我丈夫说不定要调到这里。"

面朝正往杯子里倒咖啡的冬香,菊治继续问:"那,已经决定了吗？"

"好像还没有最后决定,但可能性很大……"

因为言谈中没有主语,所以有些令人费解,冬香所说的事情应该是从她丈夫那儿听来的。

"那,什么时候？"

"三月份前后……"

冬香的丈夫好像在大阪的一家制药公司工作,如果调到东京工作,多半应该在四月,这样一来,三月份不搬过来就来不及了。

"那么,还有找房子、孩子上学的学校等事吧？"

"是啊。"

菊治的桌子前面有一套小小的沙发。冬香把咖啡放到茶几上,坐在菊治对面。

"如果真能那样,太棒了……"

菊治向前探着身子,冬香额首。

"因为,我们可以都住在东京了。"

"但是,还没有最后决定……"

"不会的,一定不会有问题的。"

冬香的丈夫既然那样说,没准已经从上司那儿得到了内部消息。

"果真能来的话,就太好了。"

菊治想象着冬香住在东京的情形。

"想见面的话,就可以每天都见呀。"菊治说完,觉得自己仿佛有些一厢情愿,便改口道:"当然,也要看你的时间啦。"

菊治感到两个人像驶上了顺风船似的。

或许是上苍为我们创造了约会的机会。怎么撞上了这么好的运气?! 但是紧接着菊治意识到,冬香说来东京生活,孩子就不用说了,她丈夫也会来,并住在一起。这对两个人来说,不知会产生什么影响,说实话,菊治也预想不出今后的事情。

两个人从菊治千驮之谷的房子出来时,已经过了十二点。冬香说自己一个人能走,由于还有行李,菊治从大路上拦了一辆出租,把她送到了东京车站。

由于是一月三号,马路上车辆不多,不到半小时就到了车站。

冬香说坐一点左右的新干线就来得及,所以买了差五分一点的"希望号"的车票,剩下的时间二人在检票口前面的小卖部一角站着喝茶。

"坐这趟车,你几点到京都?"

"我想三点半左右吧。"

到达冬香所住的高槻大概是四点钟。

那时冬香的丈夫和孩子们正好也从富山回来了,一家人汇合在一起。

一想到这儿,菊治就变得无法平静,冬香好像什么都不知道,穿着浅驼色的大衣,喝着温热的红茶。

电视上说三号返城高峰已经开始,新干线来去的乘客接连不断地从他们身边经过,看上去都是些年底年初回乡下过年的人,所以带小孩的很多。

菊治将视线从这些人身上移开,商量起两人今后见面的事情。

"不管怎么说,我半个月之内去趟京都。"

"你真的能来看我吗?"冬香眼中跳动着光芒。

"也许用不了多久,我就能去东京了。"

"真能这样,就太好了。"

"不管事情如何,我们都能见面。"

两个人相互点头表示同意,开车的时间快到了。

"去站台送你我会难过,就在这儿分手吧。"菊治说。

冬香点了点头,两人不约而同地伸出手来,他们彼此紧握对方。"我会给你发邮件的。"菊治说。

"我也一样。"冬香答,然后又互相对望了一眼。

"走吧。"

冬香缓缓点点头，突然一转身，天鹅展翅一般向扶手电梯走去。

目送冬香离去，菊治心中升起了一种二人在蓬莱仙境嬉戏一夜、大梦方醒的感觉。

飞 雪

新年的三天结束之后，菊治仍旧沉浸在不可思议的兴奋当中。

究其原因，当然是冬香提起的可能会来东京住的那句话。

在京都工作的白领，的确会有调到东京来工作的机会。

没想到的是，这次却选在自己和冬香的爱情进一步加深的时期。

机缘如此巧合，仿佛有人一直在关注着两个人的关系。

冬香的丈夫不会是发现了这种关系才来东京的吧？不对，果真察觉了的话，即使是公司的命令，他也不会到东京来的。或者他已经知晓了一切，为了有个了结才来东京的？

再想下去就没完没了了。不管怎么说，冬香一旦来到东京，两个人的关系就会发生巨变。

当然自己就不用像现在这样千里迢迢跑到京都去见冬香了。虽说同在东京，但因东京很大，也要看住在什么地方；可只要有一两个小时，别说都内，即使住在邻县也很容易见面。

这样一来，就不用像以前那样，半个月或一个月才能见上一面。

一个星期见一次，如果想的话，一个星期见上两三次都有可能。

如此频繁见面的话，两人的将来又会是什么样呢？

"等一等，现在一切都还没定局。"

菊治告诫自己，即使这样，他还是觉得此时此刻跳出这么一件事来，仍旧非比寻常。

是否二号那天的祈祷产生效果了？

菊治心里七上八下的，便给冬香发了封邮件："我这次去京都，定在十四五号怎么样?"

"哪一天我都欢迎。我等你。"冬香立刻做了答复。

"那件事还没有下文吧?"菊治不动声色地询问冬香来东京一事。

"要到二月份,好像才能决定。"冬香答。

"真希望早一点儿到十四号。一想到你,我就会变得坐立不安。"

菊治诉说自己的衷肠,冬香又回了封邮件:"我也一样,一想到你,身体就有一种蠢蠢欲动的感觉。"

"蠢蠢欲动"是什么意思?

一想起冬香雪白的身体,菊治就觉得心里痒痒的。

今年年初首次在京都和冬香约会,菊治也是坐前一天的新干线末班车从东京车站出发。这回也要花费七八万日元,但是菊治决定不再考虑和钱有关的问题。

说实话,就是考虑也于事无补,没准儿去京都约会再有一两次就结束了。

总之,自己现在唯一考虑的就是和冬香见面,菊治来到往日订的饭店,进了那间可以俯瞰京都市貌的房间。

在新干线上,菊治已经给冬香发了短信,告诉她自己今晚到达京都,所以决定不再发了。

他先来到浴室,尽情泡了个澡后,菊治换上浴衣,喝着啤酒来到床上。

这样睡上一觉,早上自然就会到了,冬香随之也就来了。菊治这样想着,心中十分满足,可转念又一想:自己这样专情于恋爱,到底能否行得通? 虽然和冬香之间的爱情是眼前最为重要的,也是自己活下去的动力,但是同样重要的工作又将如何呢?

为了生存,大学客座讲师和周刊杂志撰稿人的工作都必须坚持下去,可小说创作一事却丝毫没有进展。

新年见面的时候,冬香曾问过此事,那时自己告诉她今年开春动笔,可真能如约做到吗?

要写小说,先得确定题目,但题目到现在都没定下来。

过去菊治连续创作畅销小说的时候,想写的内容不断涌现脑海,有一种被题目逼迫的感觉,但是眼下就连创作的第一步——想写什么内容,都没有一点儿灵感。

"喂,你这个家伙究竟打算怎么做呢?"

菊治闭着眼睛,向自己发出了非难和指责。

"这样下去的话,连冬香也会抛弃你的。"

冬香至今都坚信自己能够创作出好小说来,说什么也不能背叛她,可要自己立即动笔也没那么简单。

"今天晚上就算了,回东京后再说吧。"

自我批评就此告一段落,菊治不一会儿就睡着了。

第二天早上,菊治睁眼时已经七点了。

近来,菊治常常睡五六个小时就会醒来,是否因为上了年纪? 年轻的时候,能连续睡上七八个小时,就是太阳晒屁股了,还可以闷头大睡,由此看来,维持睡眠也需要体力吧?

菊治边想边去了趟厕所,接着又迷迷糊糊地睡了一会儿,就到九点了。

冬香不久就要到了。想到这儿,菊治一下子睁开了眼睛,整理好浴衣,喝着水向窗外望去,今天也是一片晴好。

放眼望去,京都初冬的街道展现在面前,阳光明媚,可仔细一瞧,小小的雪花在阳光中飞舞。

雪花是从哪儿来的呢? 就这样洁白的一片从万里晴空中飘然落下。

"是飞雪吗?"

菊治被眼前的雪花迷住了,这时门铃响了,冬香出现在面前。

她和上次一样穿着浅驼色的大衣,可能由于寒冷,她的双颊有些发红。

"冻坏了吧?"

自打新年以来,这是第二回见面。

"哎,你过来看看吗?"菊治拉着冬香冰冷的手来到窗前。

"飞雪在飘呢。"

冬香看上去没能明白自己的意思,所以菊治用手指向眼前飘落的一片白色的小雪花。

"天气晴朗却飘着雪花,古人将其称之为"飞雪",在俳句中也会用到。"

冬香终于注意到了似的,她以一副不可思议的表情眺望着窗外问:"为什么会下雪呢?"

"不知道,但是在寒冷的冬天有时可以看到。"

飞雪飘落的原因菊治也不太清楚,但他确信这是严寒之中的一首风景诗。

"刚才我观赏飞雪的时候想起了你。"

"我,为什么?"

冬香不知什么地方显得十分柔顺,或者说有一种干什么都比别人慢半拍的感觉。若和祥子比较的话,这种印象就会更加明显。在此时的环境里,冬香显得格外温文尔雅。

"我说不清楚,但我觉得就是像你……"

说着菊治将冬香一把抱过来,开始在飞雪飘舞的窗前接吻。

一旦拥抱在一起,随后就是上床,这已是两人固定的流程。

从元旦见面以来,虽说只过了十几天,但菊治觉得比一个月还要长。

这种"一日三秋"的感觉冬香也是感同身受。"想死我了。"菊治话音刚落,"我也一样。"冬香马上回应,说着就紧紧拥抱在一起,开始做爱。

最初是正常体位,冬香达到了一次高潮,接着二人又从侧面结合在一起,在激烈挣扎的过程中,冬香坐在了菊治的双腿之上,就这样再次冲上了顶峰。

"太厉害了……"

菊治心中暗暗感叹,回想起冬香今天的种种疯狂举止。

刚才的云雨在时间上并没有明确的界限,中间即便有过小小的休憩,但实际上两人几乎一直纠缠在一处,如醉如痴。在一系列性爱过程中,冬香的的确确两次登上了顶峰。

虽说菊治后来也达到了高潮,但在数量上还是比冬香少一次。岂止如此,就连每一个快感的深度,菊治所体味到的都无法与冬香相比。

"厉害……"菊治脱口而出。"好不好?"他追问着,冬香只是将脸偎依在他胸前,仿佛在说"不要问了"。

冬香是否因为自己的身体变得十分敏感而觉得困惑。

"太美了……"

冬香偎依在菊治胸前,菊治从她的后背到臀部一路爱抚下去。

真不容易,冬香总算能用语言把自己的快感表达出来了。这样的冬香,使菊治更想爱抚她的身体,以资鼓励。

菊治的爱抚之手从冬香的后背绕回侧腹,他蓦然想到一个问题:冬香的丈夫是否知道她做爱时会如此疯狂?

菊治明白这样问有些过分,但仍经不住好奇心的诱惑,他试探道:"那什么,在家里你和他也是这样……"

这个问题仿佛问到了冬香的心坎儿去了,她慢慢摇了摇头:"我并不喜欢做爱。"

这是什么意思? 再怎么说,冬香结婚后有了三个孩子,这种事怎么可能呢?

菊治停住了爱抚,把手轻轻地搭在冬香的肩上问:"不喜欢,是指和他吗?"

冬香似乎在考虑,过了一会儿,她低声说:"是。"

的确,第一次见面的时候,菊治就觉得冬香不知什么地方现出一种落寞、隐忍。当时他以为那可能是生长在雪国的女子的特征,现在看起来其中似乎隐藏着其他理由。

"可是,你和他是恋爱结婚吧?"

"不是……"

冬香轻轻摇了下头,然后说:"我们是通过相亲结婚的。"

如今这个时代居然还有这种事情,但菊治听说过,地方上一些守旧的家族,现在还有许多人是通过相亲结婚的。

"还是因为喜欢才结婚吧?"

可能因为话题变得严肃起来,冬香整理了一下凌乱的睡裙后答道:"周围的人都极力向我推荐,所以我就认为还可以吧……"

这就是说,结婚一事并不是出自冬香的本意。冬香看上去的确是那种从小时候起就不会拒绝周围人意见的女子。

"那么,结婚以后呢?"

"……"

"是不是有些地方不对付?"

"那倒也不是。"

此时,冬香好像回忆似的死死盯着上面的一个地方。

"我讨厌那个,十分痛苦。"

"'那个'是指做爱?"

"对。"冬香以点头代替了回答。

感情如此丰富的女性,心中却隐藏着这种苦衷,菊治觉得难以想象。

"但是,为什么?"

面对菊治接二连三的追问,冬香显得有些困惑,过了一会儿,她才回答:"怎么说呢,从第一次开始就十分痛苦……"

听到这里,菊治不由地紧紧搂住了冬香。

综上所述,冬香和丈夫在性生活方面与其说不和谐,不如说痛苦更为准确。

但是,既然这样,为什么还生了三个孩子?

"可是,孩子?"

冬香一副过意不去的表情,放低了声音:"只不过,不知不觉地就变成了这样……"

冬香的回答并不能说明问题,不过说不定这就是实情。

通过相亲结婚之后,顺理成章地接受了丈夫,与身体的快感无关,冬香怀了孩子。

事情至此还可以理解,可为什么居然生了三个孩子? 是因为无法拒绝丈夫的求欢,还是仅仅出于生孩子乃妻子义务的想法?

"你,相当不容易啊!"菊治的口吻中充满了同情。

冬香反而毫不在乎地说:"有孩子我心里还觉得舒服些,因为怀孕期间他不会向我求欢……"

"他?"

望着冬香点头时雪白的颈项,菊治心中更加百感交集。

宁可怀孕,也不愿和丈夫做爱的妻子到底因为什么? 虽然不知道冬香丈夫的性爱特点或性癖好,可能是他的性爱方式过于粗暴了吧？还是由于丈夫在做爱时只顾自己？或许两个人在性上根本就不合适。

"你不会再生了吧？"

"嗯……"

不过这样一来,冬香不就愈发失去了逃避的场所了吗？

"要是他向你求欢呢？"

菊治觉得自己仿佛是窥视别人隐私的卑鄙小人,可还坚持问道:"这种时候,你怎么办？"

"找各种借口,比如身体不舒服啦,来月经了等等……"

"就是这样,对方仍然要求的话……"

"……"

冬香不做回答,是表示无可奈何、只得接受的意思吗？想着想着,菊治的脑海中浮现了冬香雪白的身体被丈夫压在身下性交的情景。

"怎么会……"

为了摒弃这个突然浮现在脑海中的画面,菊治不禁双手抱住了自己的脑袋。

这种事情千万不要发生。冬香想要躲避,做丈夫的强其所难欺负妻子,绝对不允许发生这种不讲道理的事情。

菊治忍不住想喊叫,可不讲道理的也许正是自己。和他人的妻子睡觉,虽说其丈夫强迫妻子做爱,但由自己表示愤慨也不符合逻辑。

菊治想使自己的头脑冷静下来,他把眼睛闭上了一会儿,然后吸了口气。

说实话真不应该问这种问题,随意打听别人的私生活是不道德的。菊治虽然心里明白,可还是忍不住问:"他多大年纪？"

"四十二岁。"

这样算起来,冬香的丈夫比她大六岁,比菊治小一轮多。这个年龄的男人正处于性欲旺盛期,当然会向妻子求欢。

但是大多数丈夫对于有了孩子的妻子,不会再经常要求做爱,所以冬香的丈夫对她说不定也没多大兴趣了。

"我的问题有点儿叫人难堪,可以问吗？"

菊治觉得有些难以启齿,可还是问道:"如果对方非要做爱,你也拒绝不了吧?"

"……"

"这种时候,你怎么做的?"

"不过,默默地忍一会儿也就过去了……"

冬香的意思是只把肉体交给对方折腾吧。

"这样他能满意吗?"

"我被他骂过几回了……"

菊治不禁闭上了双眼。面对妻子冷淡而无反应的身体,丈夫烦躁不安,满口牢骚。站在丈夫的角度说,也无可厚非;然而没有欲求、还要被迫满足丈夫、被丈夫责骂的妻子更加受罪。

冬香就这样一直在这种状态下忍耐着生活吗?想到这里,菊治越发觉得她值得怜爱。

"这样太过分了……"

菊治想大声喊叫,然而这么做也解决不了问题。这样下去,冬香太可怜了。

"你怎么办呢?"

"没问题,因为他对我已经不抱希望了……"

"他,对你?"

"对。"

冬香的表情看破红尘般平静。

丈夫已经不抱希望了,是指不把冬香作为做爱对象这件事吗?

但是,就在不久之前,即使冬香不愿意,她丈夫还强行和她发生了关系,所以不能保证今后就不出现这种情况。虽说对妻子的冷淡感到焦躁不满,但丈夫有时会因此变得更加执拗,非要做爱不可。

这些都是冬香夫妻之间的问题,不是菊治所该过问的。菊治心里虽说全都明白,但还是觉得不可思议。

冬香和自己云雨时可以如此激情似火,为什么和丈夫做爱却那么冷淡?经年累月地生活在一起,还有了三个孩子,为什么产生不了快感、得不到满足呢?

"我再问一个问题,好吗?"

既然话已经说开了,菊治希望寻根究底:"刚才你说过讨厌,你不喜欢他什么地方?"

"说到讨厌……"冬香身体对着菊治,脸却伏在床上,她小声嘟哝:"总觉得他一个人自顾自地兴奋,而且很疼。"

"疼?"

"他有些粗暴,或者说只要他舒服就行了……"

性生活的方式因人而异,各有各的不同,有些男人确实只顾自己享受。菊治年轻的时候也是自己满足就行了,直到受到一位年长的女性的点拨,才改掉了这个毛病。

"从一开始就这样吗?"

"嗯……"

一想到冬香一直在忍受这种性生活,菊治心中就充满了怜惜,他温柔地抚摸着冬香的头发。

"对那些事,你什么也不说……"

"那种事情,我说不出口,因为我也不清楚……"

在性生活上面,妻子大概很难向丈夫提出种种要求。

"那么,就一直……"

"我只是心里企盼快快结束罢了……"

菊治在冬香耳边悄声问:"那你和我呢?"

"这种感觉是第一次。"冬香在菊治的胸前喃喃细语,"这么美好的事情,我以前根本不知道。"

现在,菊治感到冬香值得自己牺牲一切去爱。

因为她告诉菊治,遇到他以前她的性知识近乎于零,除了痛苦没有其他的感受,是他的引导才使她首次享受到了性的欢愉。听到这些,男人都会欢欣无比。对冬香来说,菊治等于是她性的启蒙者。

男人总希望把各种事情教给自己心仪的女子,期望其逐渐适应。就是一个小小的兴趣或爱好,也会因是自己手把手地教会她而感到满足。

这也许和雄性动物在对方身上留下自己记号的行为相同,其中最令人欢喜的就是教会对方享受性的快感,促使女子性的觉醒并使她产生如此快感的不是别人,而是自己,没有比这种真实的感觉更令男人兴奋、自豪的了。

恐怕男人就是为了这个目的而存在、而工作、而和其他的男人竞争,希望在自己心爱的女人身上留下比其他男人更深的印记。可以这样说,正是为了不让对方忘记自己,男人才如此拼命努力的。

总之,菊治在冬香身上刻下了比任何人都深的印记,实在令他欢喜。有了如此之深的印记,今后不管什么男人接近冬香,也不用担心她会被人抢走。

"即使是冬香的丈夫……"菊治一个人暗自发誓。

冬香的丈夫的确和她结了婚,还生了三个孩子,却不能说在妻子身上留下了鲜明的印记。相反,他拙劣的印记大概使妻子冬香一想起来就觉得痛苦不堪。不管形式上如何,在实质上自己留下的印记要鲜明、深刻得多。

明白了这一点,也就没有什么可担心的了。即便他和冬香是夫妻,但冬香的身体却属于自己,和自己相爱时才会鱼水情深。

"唉……"

菊治放在冬香胸前的手再次向她的两腿中间伸去。

不久前才达到高潮,菊治不知自己能否重展雄威,还想重新确认一下自己留下的痕迹。

他的手指悄悄摸向冬香的私处,轻轻一触,发现激情过后的余韵还在,欢乐的泉眼十分湿润。

菊治再次开始挑逗,冬香没有半点儿不情愿的样子。

已经是梅开二度,冬香是否希冀留下菊治更多的印记?

一旦女人产生贪欲,男人也会被其带动。菊治明知自己有些力不从心,可一旦知道对方有所需求,还是希望满足对方。

当然刺激总算平静下来的冬香,使其欲火复燃的男人也有责任。

"喂……"听到冬香的催促,菊治开始给自己的局部打气,等到有了一点儿动静,他从侧面再次进入了冬香的身体。

怎么会有这种事情? 菊治十分惊讶,看来是得知冬香经自己启蒙,首次尝到云雨之欢的那种自信,刺激自己的身体超能力发挥的。

接下来就是留在冬香体内,配合对方动作而已,菊治已经没有主动带领她攀高的力气了。

就是这样,冬香又开始娇喘起来。

是因为数次达到高潮,身体变得十分敏感了吧?冬香独自向顶峰冲去。

在这种波涛的冲击和席卷下,菊治也开始兴奋,最后在汹涌的波浪带动下,双方同时到达了顶峰。

又一次的高潮,是被欲望淹没头顶了吧?菊治觉得自己简直不可救药,是否射精却没有真切的感觉。只是和自己心爱的女人再次完成攀登的满足感传遍了全身,然后这种感觉又慢慢化成了倦怠。

不管对方再怎么要求,也只有"精疲力竭"这几个字了。

但是,自己的印记又一次清晰地留在了冬香身上。只要深深地烙上自己的标记,冬香就不会离开自己。

在这种自信和安详之中,菊治和冬香依偎在一起,进入了浅浅的睡眠状态。

不知过了多久,菊治感到有动静,睁眼一看,冬香正从床上坐起来。

差不多到她回家的时间了吧?菊治看了下表,十一点半。

享受欢乐的时候,时间总是飞快地流逝。

"我起来了,好吗?"

菊治抱了一下问话的冬香,又松开了她,冬香消失在浴室里。

菊治在床上又躺了一会儿,享受冬香残留的温暖,然后起了床。

菊治今天打算送冬香一份礼物。不知冬香是否喜欢,虽说没有自信,但也是菊治千挑万选买来的。

菊治和冬香交替去了浴室,简单冲了个澡。接着穿好衣服,冬香像往常一样整理好床铺,打开了窗帘。

"还有飞雪吗?"

"没看到……"

菊治拿着礼物走到窗前,天气格外晴朗,飞雪好像消失得无影无踪了。

"因为我们的燃烧……"

只在寒冷的天空出现的飞雪,因为遭遇了两个人的热气才消失的吧?

"给你,礼物。"菊治把一个小纸袋递给冬香。

"不知道你会不会喜欢,打开来看看。"

冬香从纸袋中取出了一个小盒子,解开了蝴蝶结。

"啊,什么呀,是鞋子吗?"

"对,是高跟鞋。"

细细的项链下面挂着一个侧面的高跟鞋,在阳光下闪烁发光。

"戴上试试。"

冬香站在浴室的镜子前,照着自己的胸口。

"一般的项链坠以心形和十字架的居多。鞋子,特别是单只的鞋子,很少见吧?"

"真漂亮,可爱极了。"冬香把项链戴上,着迷地观赏着。

"你知道鞋子代表什么意思吗?"

"什么?"

"在欧洲,鞋子和幸福的发音相同,所以被用来比喻幸福。"

"那就是灰姑娘的意思啦。"

"可能吧。是白金的,奥地利产的。你喜欢的话,我希望你戴上。"

冬香雪白的胸前,鞋跟高高的高跟鞋相当引人注目。

"这,真是送给我的吗?"

"当然啦,戴在黑毛衣上面也行,我希望永远戴在你脖子上。"

"太高兴了,我一定好好珍惜。"

不是十分贵重的东西,冬香能这么说,菊治更加高兴。

"我就这样戴着回去啦。"冬香说完,拿起了大衣。

菊治和脖子上挂着新项链的冬香一起走出了房间,在饭店的大堂分手。

"那么,我月底再来。"菊治说,冬香点了点头。

"我一定好好珍惜。"冬香用手轻轻按了下胸前的项链,转身走了。

目送冬香的背影在人群中消失,菊治朝新干线的站台走去。

没等多一会儿，"希望号"就进站了，菊治照旧坐在靠窗的座位上，回想关于冬香的事情。

买那条项链的时候，菊治多少有些犹豫。看着形形色色的首饰，他最先想到的是戒指。他原想买一对戒指，和冬香一起戴。

然而，即使是再不在乎妻子的丈夫，看到妻子手上没见过的戒指，可能也会生疑。

换作项链的话，就不那么引人注意了。即便戴了新项链，也可以推说是自己买的。

在和已婚女性交往的时候，各种细节都得注意，而这种紧张感又能加重对她的思念。

不管怎么说，冬香十分高兴是再好不过的了。

她多次道谢，还说会很珍惜。而且还在镜子前照了半天，这样看来，她有段时间没收到过首饰一类的礼物了吧。

一般已婚女性，丈夫不送的话，可能就没机会得到礼物了，而婚龄十年以上的夫妻，几乎没有还会给妻子送礼物的丈夫。

特别是冬香的丈夫，好像是那种传统的、自我为中心的大男子主义者。

在性生活方面，冬香说过："粗暴，只要他舒服就行了……"冬香痛苦的表情又浮现在菊治眼前。

即使是这种男人，只要是自己的丈夫，也得尽心尽力地服侍，冬香是在这种教育下长大的吧？

不管怎么说，现在的冬香因为遇到自己，刚刚领悟到性的欢愉。

今后，菊治也不清楚两人将如何发展，只要自己将爱的烙印牢牢地印在冬香身上，她就绝对不会离开。

只要那条项链还戴在冬香胸前，她就属于自己。

菊治十分满足，静静地睡着了。

对恋爱的人来说，没有比手机更方便的了。和座机相比，发短信不用太顾忌对方的情况，所以可谓如虎添翼。

和菊治年龄相仿的人，有些人原本就没手机，即便有手机，不会收发短信的也大有人在。

大概因为这些男人都没有恋人,一旦谈起恋爱来,肯定能学会收发短信。

眼下菊治没有手机的话,一天也过不下去。手机短信是他和冬香之间保持联系的唯一保障和救命稻草。

当然,他们有时也用手机通话,但只限于上午孩子们不在的时候。

而且冬香在家的时候,菊治先要探路:"现在通话方便吗?"

"方便,我正等您的电话呢。"得到冬香的许可后,才开始通话。

最初都是有关天气的话题,不一会儿,"我想尽快见你。""我特别喜欢你。"菊治重复起这些大众化的话语。

"我也一样。""我想你。"冬香的回答同样如是。

菊治即使想说些优雅的、妙语连珠的话题,结果却变得如此直白。

"一听到你的声音,我那个地方就开始蠢蠢欲动。"菊治说。

"直到下次见面,你要把它看好。"冬香答。

"目前这个样子,不用冰块降温的话,我根本看不住它。"菊治撩拨道。

"真可爱……"冬香笑出了声。

如果只有两个人,他们聊什么都可以;孩子们在的时候,只能传达一下彼此的爱意,然后匆匆挂断。当然,冬香的丈夫可能在家的夜晚,菊治就连短信都要等到第二天早上再发。

即便这样,冬香收到这么多言情的短信真没问题吗?幸好菊治这边和妻子早已分居,不成问题,冬香难道就不担心自己的手机被丈夫查看吗?

此事菊治曾经问过冬香。"不要紧。"她一口咬定。是冬香的手机上有什么密码,还是看完马上就把短信删除了,或者由于冬香的丈夫对她过于放心。

据冬香话里话外的意思,她还在听话地侍候丈夫,其实说不定是她出人意料地操纵着丈夫呢。

"冬香表面上显得柔顺,但骨子里却非常坚强。"

菊治一边回想冬香温柔的笑容,一边觉得女人真搞不懂。

从一月中到一月末,菊治一直生活在期待与不安的交替之中。

冬香真能搬到东京来吗?还是来不了了呢?

每当菊治放心不下发短信询问,冬香的答案都是一样:"请再等一段时间。"

就这样到了月底,菊治告诉冬香想再去京都一趟。

"您不必特地跑到京都来了,放心吧。二月初,我也许能去东京。"

"那么,你还是要搬到东京来吧?"

"好像还没有正式决定,大概会如此吧……"

"这样看来,不会错的。"

菊治心中升起了一种终于盼到头了的感觉,但完全放心恐怕还有些为时过早。

菊治就这样一心一意地翘首以待,冬香总算告诉他,准备利用二月第二个星期的三连休到东京来。

"看样子,已经正式决定了吧?"

"对,正式调动好像是从四月一号起,但因为这之前要找房子,还有孩子们的学校……"

一家人要搬的话,需要做各种各样的准备。

"你打算住在哪儿?"

"还不太清楚,但我十一号会去。"

"太棒了,真不错啊!"

菊治只是感到喜悦,可看起来冬香不像一个人来。

"那孩子们也一起来吗?"

"不来。这次有很多事要办,所以把他们放在家里。"

"那,你跟你丈夫两个?"

"嗯。"冬香声音中带着歉意。

"你家里那边不要紧吗?"

"嗯,孩子们的奶奶会来。"

看样子由奶奶负责照顾孩子。

"我们什么时候能见?"

"我要呆到星期日,所以星期六的晚上……"

"那时,只有你一个人留下?"

"对,我想从傍晚起我就自由了,可以去你那边吗?"

"当然了,我等你。"

毕竟又可以和冬香单独在东京过上一夜了。

到了这一天,菊治从早上开始就觉得心里乱哄哄的。

前一天的短信上,冬香说她午后到达东京,她是否下了车就去找房子呢?

冬香的丈夫以前好像来过东京,对东京大概多少有些了解,可具体到找房子住,还是相当棘手。

这么说还是由她丈夫在东京的朋友或同事充当向导吧。

菊治想象着冬香夫妇和那个向导一起走在东京街道上的情形。

冬香这次没带孩子来,因此只有夫妻二人,在不知情的人眼中,也许以为他们是一对琴瑟和谐的中年夫妇。

把家安在什么地方这种事,菊治没有发言权,但他希望冬香住得尽量近一些。

菊治不知道冬香的丈夫在什么地方上班,大概会在丸之内或大手町一带。倘若要去那些地方上班,他们是否会在换乘 JR 方便的地点或地铁沿线找房子。

不管什么地方,只要坐车离菊治这儿在一小时以内,菊治就很高兴。

虽然不是自己找房子,菊治还是对着地图左思右想。

这一天刚巧菊治大学有课,下课之后已近黄昏。

出了大学之后,菊治独自吃了旋转寿司,为了寻找上课需要的书籍,他在新宿逛起了书店。

在这期间,菊治多次查看手机,却一直没有来自冬香的短信。她在做什么呢?菊治有点儿担心,时间不知不觉过了八点。

天色已经暗淡下来,很难继续找房子了。

这样算起来,冬香夫妇可能在和向导一起吃晚饭吧,或者他们已经回饭店休息了。

菊治的脑海里突然浮现出在同一个东京,和丈夫单独相处的冬香的身影。

饭店的房间有多大呢? 此时二人是否在聊今天所看的房子? 而且夜深之

后,他们怎么休息呢?床是两张单人床,还是一个大床呢?菊治绝对不愿意两个
人睡一张床。

再加上孩子们不在身边,菊治愈发觉得不安。

没有收到冬香一个短信,一天就这样过去了。和丈夫单独在一起的时候,看
起来还是难发短信。

不管怎么说,今天冬香应该一个人留在东京,她丈夫回去。不知一切是否能
按计划顺利进行?

在周刊杂志编辑部,菊治一边担心,一边翻阅采访记者收集的资料,这时手
机发出了收到短信的响声。他连忙去看:"我差不多六点左右能到你那边。"冬香
的短信终于来了。

菊治点点头,马上回了个短信:"六点我在千驮之谷车站前面等你。"

等会儿见面之后,菊治想和冬香一起去吃晚饭,无论好歹,冬香似乎成功地
让她丈夫先回去了。

菊治松了口气,喜悦之情开始由他的体内向外涌出。

"再过一会儿就能见到冬香了。"

菊治稍后要根据记者收集的资料为杂志撰写一个特辑,所幸截稿日期是明
天,时间上小有富裕。

即使这样,菊治还得努力,事先尽量多做准备。

在剩下的时间里,菊治继续阅读资料,五点过后,他离开了编辑部。

菊治乘坐地铁和 JR 回到千驮之谷,这时冬香已经等在那里。

"怎么回事,要知道这样,我应该再早一点儿出来。"

"没关系,我也是刚刚才到。"

今天可能由于冬香穿了件黑色大衣,所以脸显得比往常更白,胸前菊治送给
她的高跟鞋项链闪闪发光。

"你戴着真合适。"菊治指着项链说,冬香微微笑了笑。

"冻坏了吧,我们先去吃饭吧。"

菊治问冬香想吃什么,冬香却说听他的,所以菊治决定去信浓町车站大厦里
的一家餐厅吃河豚料理。

"去那儿既近,身体也可以暖和起来。"

菊治渴望和冬香单独相处,他们上了出租车。

"他回去了?"菊治问。

"嗯。"冬香答。

冬香用什么方法让丈夫回去的呢?菊治心里十分在意这点,不管怎么说,两个人可以共度一夜良宵已经不容置疑。

在出租车上,菊治握着冬香冰凉的小手问道:"这次房子找到了吗?"

"找到了,在新百合之丘。"

新百合之丘应该在小田急线沿线,菊治记得在读卖乐园附近,但还没去过。

"是从新宿去吧?"

"应该是吧。好像属于川崎市,从新宿去,要半小时左右……"

菊治想象着离市中心地稍远的住宅区。

"那么顺利就找到了房子真不简单啊!"

"是公司那边事先找好的。公寓房,车站大楼里还有很多商店,非常方便。"

"公寓离车站也不远吧?"

"走着去五六分钟吧。"

"那么到千驮之谷我住的地方,也许用不了一个小时。"

"好像还有特快,因此坐惯了的话,也许能更快些。"

冬香住在离自己这么近的地方,真可谓如愿以偿。菊治重新握住了她的手,出租车到了河豚料理店所在的大厦前面。

进了位于大厦二层的餐厅,二人坐在能看到夜景那一侧的桌子旁,先要了河豚鳍酒来干杯。

"太好了,恭喜恭喜。"

虽说是川崎,但冬香终于算得上是东京人了。今天晚上就是庆祝此事的喜筵。

"那么,干杯。"

菊治举起了盛河豚鳍酒的杯子,冬香满面笑容地和他碰了碰杯。

"大概再也不用去京都了。"

这样一想,多少有点儿失落,可菊治今后就轻松多了。

"从今往后，我们想见面的时候就能见到。"

面对构建好了的玫瑰色未来，菊治和冬香再次干杯。

冬香不太会喝酒，只喝了一点儿河豚鳍酒，脸就红了。

"这酒真厉害。"

"没这么回事，只是口感不错而已。"

身体暖和起来了，菊治一边吃着河豚刺身，一边重新凝望冬香。

"说起来真叫人难以相信。"

去年秋天，第一次见到冬香的时候，怎么也没料想到事情会发展成今天这样。

所有的一切都天随人愿，只是过于顺利了，不免让菊治觉得有些可怕。

"反正我们运气不错。"

菊治不由自主地嘟囔，可心里还是放不下冬香丈夫的事情。

"你丈夫的公司在什么地方？"

"说是在日本桥。"

"从新百合之丘到公司要多长时间？"

"从距离上看好像相当远，可早晨上班用不了一个小时就能到了。"

东京白领去上班所需的时间，差不多都是这样。

"孩子们的学校呢？"

"附近有学校，所以没问题，只是老三的幼儿园要去找……"

作为一个主妇，冬香还有很多事情要做似的。

"你丈夫今天只看了一下房子就回去了？"

"对，坐傍晚的新干线……"

菊治点头，喝了一口河豚鳍酒后又问："难得你一个人能留下来……"

"一开始就是这么打算的。因为还有很多准备工作要做。"

冬香是以自己是个主妇，所以还要去新家附近转转所需要的东西为借口的吧？

"今天晚上，你住在我那儿可以吧？"

"我还是在饭店开了一个房间。"

"哪家饭店？"

"就在新房子那边的车站前面,因为昨天晚上也住在那儿了。我还是把房间退了吧?"

菊治当然希望冬香退了房住在自己那里,然而能那么做吗?

"可你对家里说的是住在饭店吧?"

冬香和家里说好住在饭店,又随便更改计划,终归有点儿说不过去吧?

"晚上你家给你打电话的话,岂不很麻烦?"

冬香仿佛在考虑似的眺望着展现在窗前的夜景。

"要是往饭店打电话,知道你不在的话,事情就大了吧?"

"如果有什么事,我想他会打手机……"

也许果真如此,可小心谨慎就不能这样做。菊治陷入了沉思,冬香问:"你觉得我该回饭店去吗?"

"不是,我当然希望你住我那儿。只是……"

之后就是冬香夫妻之间的问题了。

"没问题的话,当然去我那儿好。"

"要是一起去饭店,你愿不愿意?"

"我……"菊治犹豫了。

这的确也是一个办法,但去冬香夫妇昨晚住的饭店,菊治却不情愿。按理说不会出现这种情况,可一旦冬香的丈夫突然出现在面前,事情就难以收拾了。

话虽这样说,菊治最不希望的就是今晚各睡各的。

"房间能退的话,就好了。"

"那就这样。电话在那边吧?"

冬香爽快地站起身来,向收银台那头走去。

望着冬香的背影,菊治轻轻叹了口气。

冬香看起来相当柔弱,实际上她身上却有一种大义凛然的精神。她并不是自暴自弃,可一到关键的时候,还是女人敢干、有魄力。

菊治暗暗佩服,这时冬香回来了。

"怎么样?"

"我一说要退房,对方马上说明白了……"

冬香索性退掉了房间以后,一副神清气爽的样子。她想起来什么似的,将筷子向炭火刚刚烤好的河豚伸去。

"你明天动身早不早?"

"我还想去新房子周围转转,九点钟从这边出发就来得及。"

"到明天上午为止,我们都能在一起。"

又喝了一口河豚鳍酒,菊治总算安下心来。

先是河豚刺身、炭烧河豚,接着上来的是烧烤鱼白。

"尝尝这个,据说能够增强体力。"

冬香笑着夹起一块鱼白。

盼望已久的爱之欢宴即将开始,所以应该增强体力。

其实,真正需要补充精力的人是菊治。

近来,冬香在性爱方面食髓知味,变得十分主动,结果菊治难以抵挡的时候也就多了。

"今天一夜都不让你睡觉,好不好?"菊治说。

冬香好像想起什么似的问道:"你那儿谁都不会去吧?"

"谁指什么?"

"比方你家里人……"

菊治慌忙摆了摆手。

"那里虽小,却是我一个人的城堡。"

冬香点了点头:"我可以问一个问题吗?"她补上一句。

"你太太在哪儿?"

至今为止,菊治的确没对冬香提过他的家庭。

"说实话,在法律上我们还是夫妻,其实和离婚没什么两样……"

菊治简单地告诉冬香,他们夫妻一直分居,有一个儿子,已经工作,自己独立了。

"她没有我那儿的钥匙,所以不会来千驮之谷。"

菊治觉得十分平常的事,可能冬香却觉得有些不可思议。

"为什么变成那样了呢?"

"嗨,反正发生了许多事情……"

夫妻关系冷漠的原因,一两句话是说不清楚的,冬香也没有继续追问的意思。

"真羡慕你。"

"是吗?"

"嗯,活得轻松……"

从菊治目前的现状来看,要说轻松,的确也称得上轻松。特别是和有丈夫和三个孩子的冬香来比,二者的负担根本无法相提并论。

"总而言之,我那里谁也不会去,你就放心吧……"

冬香总算明白了似的默默点了点头,接着自言自语道:"我也希望能获得自由。"

烧烤鱼白之后,两个人又吃了河豚火锅和菜粥,浑身暖洋洋地出了餐厅,正好是晚上九点。

今天晚上菊治希望径直回家,他想要冬香。

因为从一月中旬约会以来,已经过了将近一个月,他们这么久没有亲热,这还是第一次。

外边变得极为寒冷,坐上出租车,十来分钟就能回到千驮之谷。

进了房间之后,菊治先把空调开大,又开了加湿器。

"你洗不洗澡?"

"我可以去吗?"

冬香新年时来住过一次,因此不需要指点。

菊治有些醉意,就决定不泡澡了,他很快上了床等着冬香,一会儿她就洗完出来了。

房子里只有台灯微弱的灯光,冬香穿了一条近乎肤色的淡米色睡裙,平时她总是穿白的,是她心情上发生了什么变化,还是单纯换了一件睡裙而已?

总之,冬香一靠近床边,菊治一把抱住了她。

"想死我了。"

"我也一样。"

菊治从侧面搂住冬香,接着就压在了她身上,从头到脚覆盖住她。

时隔一个月的爱抚，冬香的肌肤还是那般柔软。

他们的身体重叠在一起，冬香的体温渐渐地从底下传到了菊治身上。

她按照上次和菊治约好的，里面没穿内裤。菊治不停地爱抚冬香光滑如丝的肌肤，他的局部贴到了冬香的私处。

两个人自然而然地厮缠到了一起。

菊治轻轻地摆动腰部，两人双腿之间不断重合，互相刺激，不久冬香就忍不住了。

"哎……"

菊治也想尽快进去，却又拼命地抑制这种焦灼。

今天晚上他不想像以往那样，那么轻易就达到高潮。

为此，前戏一定要充分，合二为一之后也不能一口气冲上顶峰，就是忍得难受也要一直忍下去，菊治打算对冬香服务到底。

在爱的欢宴之中，男人只是一介侍者，所以一定要紧握引导权。男人一旦开始自顾自地攀登，只注重追求自己感官的快乐，那么这个男人就是一个自私自利、只顾自我享乐的傲慢而不成器的东西。

菊治眼下就是前面所说的侍者，他命令自己抓住领导权，他在进入冬香身体时发誓要侍奉到底。

冬香已经燃烧起来，爱液丰盈的源泉很快就把菊治的局部温柔地包容起来。

时隔一个月的温柔感触。

菊治一边品味，一边缓缓地开始动作。不是一个劲向顶峰攀登，他极力控制着节奏，忽而想起来似的加快动作，接着又变得和缓。

这种一张一弛的速度，好比一进一出的呼吸，太迁就对方或过分压抑自己都会失败。这时最重要的就是领导者的冷静，还有引导自己心爱的女人进入欢愉无比的世界的意欲和勇气。

另外，不能轻而易举被对方牵着鼻子走，要有坚韧的耐力和克己的精神。

不过许多男人认为，保持这份冷静不断努力，自己究竟能得到什么。与其坚持自我牺牲，不如干脆乘兴一下子冲上顶峰来得爽快，身体和心灵都能得到满足。

　　但是,这样的男人并不了解欲望没有止境这个真谛,应该称之为单纯而幼稚的男人。

　　有一次也好,男方经过百般的忍耐,终于把自己心爱的女人推上顶峰,且在峰顶领她遨游,使其疯狂,令其尖叫,男人只要尝到了这种滋味,就永远忘不了这份快感,而且肯定会变得乐此不疲。

　　因为在体会令自己心爱的女人得到满足那种欢愉的同时,女人会由此变得顺从,有时甚至会拜倒在男人脚下变得无怨无悔,这样又会给男人带来更大的欢乐。

　　真正能够做到使女人贪恋、享受性爱欢娱的男人,随后将会获得对方令人难以置信的爱戴和奉献。

　　想想这份纯真的爱情,男人为此付出的忍耐和牺牲也就算不了什么了。

　　正是因为在忍耐和努力的前方,有一个无边无垠的巨大花园等在那里,所以眼下的菊治可以说正在全力以赴地压抑自己。

　　他经历了整整一个月的饥饿,冬香也是同样。

　　“讨厌。”“不行。”冬香嘴中吐出各种词汇,不过最关键的身体却捷足先登,开始冲锋。

　　这种心口不一的表现令她显得十分可爱,菊治继续攻击,她反弓起身体,剧烈地左右摇头。然后就像不受控制的电脑一般,径直朝前急奔,在“啊”的一声中达到了高潮。

　　冬香的快感仿佛又加深了一步。宛若和她分享这种快乐一般,菊治又在冬香体内停留了一会儿,然后慢慢地退了出来。

　　“太美了。”

　　菊治将手伸进近乎肤色的睡裙里面,爱抚起冬香满是汗水的后背,自己却是闲暇以待。

　　攀上顶峰的只有冬香一人,菊治还没有达到高潮。菊治依照事前的目标,坚定地完成了自己作为侍者的任务。

　　经过短暂的休憩,菊治又开始行动。这次他从侧面接近冬香,彼此的大腿缠在一处。

　　刚刚激烈地到达高潮,又要让自己踏进快乐的花园中翱翔了? 仿佛为了表达这种感觉,冬香的身子主动靠近菊治,并悄悄往后送腰,将他迎入自己体内。

已经是驾轻就熟的路线,双方都没有半点儿犹豫。就这样在男女二人不分主次地重复动作过程中,菊治的左腿抵住了冬香的腰部,同时冬香被迫后翘的私处,由于受到菊治从下至上的冲击,激烈地颤抖起来。

还是这种体位让冬香感觉最强吧。

她再次燃烧的身体,兴奋得已经分不清要从哪里飞向哪里,何处才是顶峰。在迷乱中,冬香的身体突然向后挺去,菊治随之从背后牢牢地搂住了她。

"把屁股拱起来……"

听到菊治既非命令,又非请求的话语,冬香顺从地将自己雪白的臀部往后拱起,刹那间,他们的身体更加深入地结合起来。

两个人好像又共同发现了一种新的享乐方式。

现在,二人完全没有了羞耻之心,彼此的感觉十分合拍,相互索求,菊治深深地为之兴奋、感动,同时觉得再也无法忍受,他抛下了所有的冷静和忍耐,一口气向顶峰攀去。

两个人热烈地合二为一的时光当然美好,可是激烈的性爱结束之后,两个人偎依在令人难以置信的寂静之中的时候,同样使人心境祥和。

现在,他们经过燃烧,确实都达到了顶峰。两个人全身都荡漾着满足之感,并一直保持着肌肤相亲的状态。

好像留恋最后的那种感觉似的,冬香静静地背朝菊治,菊治从胸到腹。再到两腿之间,都紧紧贴在她的身后。

不知现在几点了? 回来的时候刚过九点,现在大概十一点左右吧。

离睡觉时间还有点儿早,可菊治又不愿起床,就想这样依偎着冬香温柔的肌肤迷糊一会儿。

菊治将右手轻轻地放在冬香的肩头,接着慢慢地滑落到她的肘关节上。

冬香立时挪开了自己的手臂。

平时菊治爱抚她的时候,她都是静静地享受,菊治觉得十分奇怪,刚要继续爱抚,冬香用左手捂住了右肘。

"怎么啦?"

是刚才做爱的时候,自己把她搂得过紧了吗?

"对不起……"菊治道歉说。

"不是那回事。"冬香解释道。

"昨天,出了点儿事……"

冬香的解释没了下文,所以菊治打开了台灯,只见她的肘部有一块青紫。

"是撞到的吗?"

"……"

"已经青了呀!"

冬香似乎下了决心,背对菊治开了口:"昨天夜里,那个人说什么也要……"

"他?"

"但是,我拒绝了,所以就把这儿……"

"是他弄的吗?"

冬香轻轻点了点头。

还是发生了那种事情啊。冬香的丈夫在强迫她做爱时,二人发生了争斗,结果冬香的肘部被她丈夫狠狠地弄伤了。听到这种事情,菊治心里非常难受,可还想知道得更多。

"然后呢……"

"当然被我拒绝了。"

冬香还是拒绝了。菊治掩饰了自己心中的感谢,点了点头。

冬香低语:"我喜欢你,所以除你之外,任何人我都讨厌……"

这种说法也许有些陈旧,但冬香是为菊治保持自己的贞洁的吧。

一想到冬香为了自己竟做到了这个地步,菊治变得辛酸起来,他静静地拥住了冬香。

昨天晚上,菊治不是没有过这种预感。孩子放在家里的机会少之又少,难得夫妻二人单独住在东京的饭店。这种时候,冬香的丈夫会不会向她求欢?

菊治不知怎么一想就陷入了不安之中,不想在现实生活中真发生这种事情。不管冬香怎么拒绝,她丈夫仍然穷追不舍,以至于把她的右肘弄出了青痕。

冬香被丈夫攥住的时候,对方用的力气相当大吧?或者是她挣扎的时候撞到了床框?

不管怎么说,冬香拒绝了丈夫。

"我喜欢你,所以除你之外,任何人我都讨厌……"冬香说得再明白不过了,菊治高兴得简直都要流出泪来。

态度如此坚定不移的冬香,显得少年老成而又可爱动人。

然而稍稍静下心来仔细思量,就不可能单纯只是欢喜而已。

就算冬香坚决地拒绝,但对方终归是她的丈夫。一个结婚生子的妻子,拒绝和丈夫做爱。这样下去的话,今后冬香他们的夫妻关系怎么继续维系呢?

"我喜欢你。"刚才听冬香这样说的时候,菊治幸福得有些眩晕;同时,也表明冬香夫妇的关系由于自己的出现产生了裂痕,这和听到"原因在你"是一样的。

倘若因为自己,冬香夫妻之间的关系真的破裂了,自己怎么办呢?

菊治屏住呼吸,认真地进行思考。

冬香好像一开始就不太喜欢丈夫。他们的确结了婚,还生了三个孩子,在性生活上,冬香与其说得不到满足,不如说她厌恶发生关系。

实际上,在认识菊治之前,性生活对冬香来说是一种痛苦,她说过当丈夫求欢时,她总是找各种理由进行逃避。

如果仅是这样,夫妻关系不会产生什么大的变化;然而,最近冬香拒绝得比以前更加坚决,根本不让丈夫得逞。以前还能冷淡地接受丈夫,自从认识菊治之后,就是被丈夫触摸到了,是否也会变得难以忍受?

冬香异乎寻常的固执,这次终于引发了她丈夫的怒火吧? 这样一想,菊治就不能单单沉浸在喜悦之中了。

"从今往后会怎么样呢?"

刚才那种令人震撼的喜悦,现在却让菊治备感难过,心事重重。

即使这样,菊治转念一想:在现实生活中,像冬香这样的妻子也许并不少见。

事实上,在女性杂志上都大大方方地刊登着关于夫妇之间无性婚姻的文章。

据那些杂志讲,夫妻之间一个月没有一次性生活的话,就可称为"无性婚姻"。文章说,在四十多岁到五十多岁的夫妻中,这类夫妻占到百分之七十到百分之八十。

其实菊治在和妻子分居之前,也有将近十年没有性关系了。

夫妻关系不会因此就会破裂,在一般的家庭中,无性婚姻并不少见,也不会产生很大的问题。

相反,妻子们在抱怨"丈夫不把我当女人看"的同时,又觉得做爱非常麻烦,干脆不做也罢。所以很多妻子认为,丈夫要求行房的话,反而是一种负担。也就是说,妻子们好像不是那么渴望性生活似的。

如果这样,冬香的态度也就说不上有什么超乎寻常的了。

"到了这把年纪,这种事情就算了。"这样拒绝的话,丈夫也不会受到多大伤害。相反,很多丈夫说不定还会感到庆幸,因为可以把目光投向其他的女人,在外边风流。

"但是……"菊治继续转着脑筋。

按照冬香的讲法,冬香的丈夫和那类风流的丈夫有所不同。

结婚已经十几年了,丈夫至今还不断向冬香求欢,而且相当主动,态度执拗。

这究竟是一个什么样的男人,无论菊治怎么想象,脑子里却浮现不出清晰的答案。

换作一般的男人,如果妻子这么厌恶的话,就不会穷追不舍地要求做爱。冬香的丈夫却反其道而行之,由此看来,他性格中可能存在着幼稚、孩子气的地方,或者因为冬香拒绝做爱,他由于赌气才故意向她求欢。

"果真如此的话……"

这时,菊治突然想到一个问题。

冬香的丈夫说不定已经察觉到妻子周围有其他的男人存在。他正是因为嗅到了其他男人的味道,才固执地要求妻子和他做爱。

"怎么会?"菊治虽这样想,可一旦有了这种想法,他的不安还是不断增加。

菊治试探道:"你丈夫不会知道我们的事了吧?"

过了一小会儿,冬香反问:"为什么这么问?"

"不为什么,因为他强行要求和你做爱。"

冬香用有些含糊的声音答道:"他以前就是这样一个人。"

"这样一个人?"

"我一不愿意,他反而……"

这就不纯粹是一个喜欢撒娇的孩子嘛,难道冬香的丈夫有性虐待的癖好?

不管怎么说,问到这种地步菊治觉得有些过意不去。

这时冬香嘟囔道:"请把这些忘了吧。"

的确,再谈下去的话,两个人的心情也不会好转,但是菊治还有最后一个问题想知道:"下次再发生这种事,你怎么办?"

"当然是拒绝了。"

冬香过于干脆的口吻,让菊治不由得咽了一口唾沫。紧接着就对冬香这种绝对的说法,感到隐隐不安。

"但是……"

说实话,菊治觉得冬香丈夫的要求如此迫切的话,偶尔满足一下他也可以。当然并不是非要这么做,但冬香和他毕竟是夫妻。菊治认为自己没有破坏他们夫妻关系的权利。

"那样做,没问题吗?"

"嗯。"

听到冬香低沉而坚定的声音,菊治叹了口气。

冬香从表面看上去传统而低调,但她内心深处却似蕴含着极为坚强的精神支柱一般。

"谢谢。"

虽然只是短暂的瞬间,菊治曾经有过冬香可以答应丈夫求欢的想法,看来那是一个自私而不负责任的想法。

菊治认为自己比谁都爱冬香,可一旦碰到这类事情,菊治意志不够坚定的缺点就暴露出来了。

两者相比,冬香多么坚定、爽快,难道这就是女子的坚强之处?

菊治重新吻起冬香纤秀娇弱而又凛然的颈项。

什么时候睡着的,菊治也记不清了,但是,冬香那种凛然不可动摇的态度,使菊治感受到一种母爱的关怀,他只记得从后面拥着冬香入睡的情形。

菊治似乎做了一个被人监视、惴惴不安的梦,大概是冬香丈夫的事情残存在头脑中某个角落的缘故。

总之,清晨六点早早睁眼的原因,与其说因梦而醒,不如说菊治因惦记冬香九点要走才醒来的。

冬香离开之前,菊治希望再亲热一次。

在醒来的同时,他环视了一下周围,发现冬香紧挨着自己躺在那里,他借着窗帘缝隙透进来的淡淡晨光,打量着冬香的面容。

冬香的额前有几缕刘海,鼻梁挺秀白净。鼻子虽不很高,但形状很美,可以看到两个小小的鼻孔。她不论是嘴还是鼻孔,包括只能看到一侧的耳朵,都显得小巧玲珑。

这样一个可爱的女子,怎么也想象不出她会拒绝和丈夫做爱。岂止如此,妻子这么可爱却拒绝做爱,冬香的丈夫不就更加怒火冲天了吗?

总之,在这个女人的内心深处,潜藏着仙女般的温柔和魔女般的可怕。现在菊治为了寻求那份温柔,向冬香移去。

冬香睡得正熟,突然把她弄醒,菊治觉得有些不忍。但此时他的身体反应又使他不得不弄醒她。

菊治先侧起身来,从旁边爱抚正在熟睡的冬香的腰腹部,然后悄悄地亲吻她的乳头周围。

这样一来,冬香微微蜷曲起身体,眼睛还是没有睁开。

为了让这种奇妙的感觉传遍冬香全身,菊治开始舔舐她的乳房四周,空闲的右手开始逗弄她的私处。

不管冬香有没有醒过来,只要她睡着的时候受到性的挑逗,感到某种刺激就可以了。

菊治的动作与其说粗暴,不如说温柔,但温柔中放肆的成分更重,这些都鲜明地记录在女人的身体之上。

和菊治料想的一样,"什么呀……"冬香醒来的第一句话就是这句,在"咦"的惊讶声中恢复了意识,然后低语:"真难为情……"这时她完全清醒过来了。

似乎在不知不觉中,身体深处的记忆令她十分惶恐害羞似的。

到了这一步,菊治也没什么可犹豫的了。冬香头脑虽然刚刚清醒,可身体已经燃烧起来。

他重新从侧面进到冬香体内,接着采取昨天晚上新尝试的女前男后的体位,最后回到传统体位,从上面紧紧抱住了冬香,两个人同时达到了高潮。

今天早上分手之后,有相当一段日子二人不能见面。这种依依不舍的感情,令他们的情绪更加高昂了似的。

他们从精神上到肉体上都达到了巅峰,两个人回味了一会儿彼此的温暖和快乐的余韵,不久在时间这个怪物的催促下,又被拉回了现实社会。

冬香起来后,菊治也跟着起身,先后冲了澡。

穿衣服的时候,菊治问:"你今天坐几点的新干线回去?"

"我打算坐中午过一点儿的。"

在回去之前,冬香要到即将成为新家的新百合之丘去一趟,在那儿周围转转,然后去东京车站坐车回家。

"那这个月月底,我再去一次京都吧?"

"你不用这么辛苦,因为三月份我就搬过来了。"

"你三月份真的过来呀。"

菊治又叮嘱了一次,然后想起昨天晚上退房的事。

"你家里那边没来电话吗?"

冬香沉着地看了一下手机答道:"没有,什么也……"

菊治担心的是冬香家里往饭店打电话,发现她没有住在那里,既然连手机都没打,大概不要紧吧。

"那就放心了……"

冬香就这样径直回到京都,看来也不会受到丈夫盘问,菊治松了口气,抱住了把手机放回皮包的冬香。

"我等着你,所以一定快点儿来呀。"

"好,我一定来。"

由于冬香已经涂了口红,菊治伸出舌头绕着她的舌头舔了几圈,又进行了一次分别前的拥抱。

春雪

日历已经翻到了三月,有女儿的人家因女儿节的到来显得非常热闹,可当晚东京却下起雪来。

一说起三月,人们立刻会想到春天,为什么会下起雪来了呢?具体情况菊治也不太清楚,据说这个季节太平洋沿岸低气压通过时带来的春雨,很多时候会因气温骤降,变成出人意料的大雪。

实际上,女儿节那天的大雪下了整整一个通宵还没停,东京一夜之间变成了银白的世界。

望着楼群之间飞速落下的雪花,不由得使菊治想起了冬香,因为寒冷更加使人想念恋人。

眼下冬香在做什么呢?菊治把东京下雪的消息告诉了她。

"这边昨天晚上也下起了小雪,现在已经停了。"

冬香的短信写到:"请注意身体,不要感冒啊。"

与这些相比,菊治更关心冬香什么时候能到东京来。二月连休分手的时候,冬香曾说三月初来,可至今都没有准信。

"一看到雪,我就特别怀念你的温暖。"菊治倾诉着。

"对不起,我原来打算这个月初去的,由于还要准备各种事情,也许要推迟到二十号学校放假的时候。"冬香回复。

菊治知道一家子要搬过来,冬香一定十分繁忙,那样的话,菊治去京都也行。

他把自己的意思一说,冬香安慰道:"我到东京之后,我们不是可以常常见面吗?所以请乖乖地在东京等我。"

近来,冬香变得既有女性的坚韧,又有母性的温柔。

"那好,我再忍一阵子,希望你尽量早来。"

菊治觉得自己仿佛变成了孩子,他点了点头,向窗外看去,原以为停了的雪又开始下了起来。

可能是暖和的缘故,雪片既大又薄,一落到黑土地上,马上就不见了。

冬香的朋友鱼住祥子来电话的时候,正是那场春雪融化后三月的第一个星期六。

"好久不见了,您挺好的吧?"

祥子寒暄了一句,然后告诉菊治她现在工作的公司让她星期一去东京出差。

"如果能见上您一面,那该多好啊!"

祥子的声音还是那么明快、清脆。

菊治和祥子还是去年秋天与冬香一起在京都见的面。

此后他只跟冬香变得关系密切,没和祥子有过任何联系,所以心中也不是没有一点儿歉疚。

祥子说星期一下午比较合适,所以菊治就约她两点在公司所在的"御茶之水"附近的咖啡馆会面。

"好久不见了,您好像精神很好。"

祥子梳着短发,穿着一件类似猎装、胸前有大口袋的衣服,一双齐膝的长统靴,一看就是一个职业女性。

"好久不见,这次是为公司的事?"

"是来出差,东京我已经一年没来过了。"

"一点儿小意思。"说着祥子将茜屋的米糕递给菊治。

"还是东京充满了活力。"

之后,祥子简单地谈了几句关于东京的印象,然后好像想起来什么似的:"对了,对了,入江冬香女士要搬到东京来了。"

"唔。"菊治不知不觉地附和说。

"您已经知道了?"祥子问。

"不是,那个,因为我们有过联系……"

菊治变得有些吞吞吐吐,祥子恶作剧般地瞥了菊治一眼。

"原来这样啊,您已经知道了。"

"也没什么,她只是给我发了个邮件。"

"那你和冬香是网友啦,真行啊……"

祥子夸张地表示惊讶:"您可什么都没给我呀。"她的语气中带着酸劲儿。

"我不是不知道你的邮址嘛……"

"名片后面写着呢,有空儿请给我也发个邮件。"

祥子重新从书包里拿出名片交给了菊治。

由于祥子一直咄咄逼人,菊治将名片放进口袋后,索性无所顾忌地问道:"冬香女士的先生是做什么工作的?"

"在东西制药公司工作,听说非常优秀,所以这次调到了东京……"

原来是这么一回事,菊治默默地啜起咖啡。

冬香的确说过祥子和她住在同一个公寓,所以只要向祥子打听,大概就可以了解冬香的家庭情况了。

菊治做出一副不知情的样子,试探道:"冬香女士有孩子吧?"

"有啊,三个孩子呢。"

祥子一脸"你不知道吗"的表情。

"调动工作可是件累人的事啊。"

"但是,冬香特别高兴。她说想在东京生活一段时间试试……"

菊治暗想那是为了和自己约会,可这种事情就是嘴歪了也不敢说出口啊。

"你也见过她丈夫吧?"

"当然了,我们还一起吃过饭呢。"

"两家人一起?"

"对呀。两家大人,还有孩子们也在一起。冬香的老公很帅,人也体贴。"

"……"

说实话,这些描述和从冬香口中听到的印象有些不同,是冬香的说法有问题,还是祥子的介绍过分夸张。

菊治忍住继续追问的冲动,一言不发,祥子反而向他开火:"你是不是关心她老公的事情?"

"没有啊,没什么……"菊治慌忙否定。

祥子带着探究的眼神问:"你不会是喜欢冬香女士吧?"

"怎么可能,绝对没这种事……"

"有时我们会聊到您,每当这时冬香的眼睛就会炯炯发光,她还说您不久会出新书呢。"

自己的确对冬香提过,打算创作新的作品,冬香居然把这事也拿出来为自己辩解。

"说起来,冬香最近变得漂亮多了。前不久我见到她时,她的皮肤也光润嫩滑,所以我问她是否换了化妆品,她只是笑而不语……"

不愧是女人,目光如此敏锐,菊治感到很佩服。

"这可危险了,冬香若是到了东京,你们不就随时可以见面了嘛。"

"哪儿会……"

祥子到底为什么来的? 男女之间如果平等对话,男方的处境相对艰难。尤其是相互探究对方内心世界的时候,男人容易不知不觉地说出心里话,女人却十分机智,极少暴露自己的真实想法。

再继续谈下去的话,自己的心事就会被祥子全部识破,菊治做出一副差不多该走了的样子看了看表。

祥子喃喃自语:"我也想到东京来哦……"

据说祥子在一家和 IT 产业有关的公司工作,难道她对现在的工作有什么不满吗?

"但是你有丈夫,还有孩子呀。"

"我只有一个孩子,老公从事代理人的工作,似乎也想到东京来……"

祥子这时脑子忽然灵光一闪似的:"要做工作的话,还是东京好啊! 老师,您知不知道什么好工作?"

"我不知道,没有什么特别的……"

看来祥子今天出现在这里,可能是想在东京找份工作。

然而,自己的生活都自顾不暇,哪有余力帮助别人找工作啊。

"我大学也是这边上的,因此还是希望能住在东京。"

听祥子这么一说,菊治第一次发现自己还不知冬香的学历。

"那个,冬香女士是哪个大学毕业的?"

"她应该是富山的一所短大毕业的。"

祥子应该毕业于东京一所学制四年的大学,不过菊治对冬香毕业于短大一事反而觉得更加欣慰。从学历上来看,短大当然不如四年制的大学,但冬香拥有数不胜数的美德。

"您还是在乎冬香的事情。"

"哪儿呀……"

菊治连忙否认,可是他觉得自己内心的想法说不定已被祥子识破。

"您可不许对她打什么主意呀。"

菊治生生把"为什么"这句话咽了下去。

祥子脸上现出一丝坏笑:"因为她有三个孩子,而且老三还很小。在这种时候,如果喜欢上了别人,麻烦就大了呀。"

这时,祥子仿佛一边窥视菊治,一边说:"那个人一旦认真起来,可就不得了了。"

祥子来看自己,究竟想说什么?

看样子她也想到东京来,所以来找自己商量,看看有什么合适的工作没有,同时告诉自己冬香要搬到东京来住的事情。

不对,不仅如此,祥子也许是来探听自己和冬香之间的关系吧?

菊治虽然一不小心说出了自己和冬香互通邮件的事情,但总算没有暴露和冬香之间的亲密关系。

不管怎么说,两人随便聊了一会儿,祥子就走了,不过从她嘴里说出的事情,却出乎菊治的意料。

菊治第一次知道冬香的丈夫在一家名为东西制药的一流公司工作,而且因为非常优秀,才被调到东京工作的。

更让菊治耿耿于怀的还是祥子那句:"冬香的老公很帅,人也体贴。"

在这方面,和冬香口中的丈夫形象有所不同,而且冬香夫妇还和祥子夫妇一起吃过饭,菊治并不是没有某种遭到冬香背叛的感觉。

说实话,菊治觉得有点儿没面子。

可能的话,菊治宁愿冬香的丈夫是一个自私自利、懒惰丑陋的男人,可事实上一切正好相反。对方比自己年轻英俊、体贴能干,这样不就完全没有菊治的立足之地了吗?

至今为止,菊治一直认为冬香只喜欢自己,自己才是她赖以生存的精神支柱;既然冬香身旁有这么出色的丈夫,又何必呆在自己这种男人周围。

想着想着,菊治变得非常生气,"但是……"他转念又一想:也许是祥子为了使自己和冬香分开,故意这样说的。祥子嫉妒要来东京生活的冬香,为了不让她和自己接近才设下这种障碍。或者冬香的丈夫表里不一,在家里完全又是另外一副面孔。

菊治抱着双臂继续思考。

祥子提到冬香的丈夫因为优秀才被调到东京工作,但是工作上能干的男人,未必能在家庭或床上满足自己的妻子。

"能够胜任工作和能够令女人满足,这两种能力之间没有任何关系。"

菊治一边提醒自己,一边颔首赞同。

祥子还有一句话,让菊治非常放心不下,就是:"那个人一旦认真起来,可就不得了了。"

"不得了"指的是什么意思? 单凭字面解释,就是一旦认真起来,无法自制的意思,但祥子口中的"不得了"的意思又有些不同。

大体说来,一旦开始恋爱,男女双方都非常认真,并沉浸于对方的世界当中,变得一发不可收拾。在这种情况下,一般女性会比男性陷得更深,女方一厢情愿的情况也多有发生。

冬香显得温顺且有些不了解社会,所以一旦燃烧起来就无法熄灭。如果是这种意思,也称不上是缺点啊,菊治也不是不可以接受。

而且再怎么说,冬香沉迷的对象正是自己啊。如果她这么深爱自己,一心一意地为爱燃烧,没有比这更令人高兴的了。

也许祥子想说,那样一来,冬香家里会闹得翻天覆地,一切责任都会落到你的身上，同时想问菊治能否承担全部的责任。

不过说实话，菊治和冬香之间的关系还没发展到这一步。现在他们只是在冬香家庭生活允许的情况下，偷偷见面而已。当然，菊治知道冬香是认真的，但也还到不了这种地步。

这种耸人听闻的说法，根本就是祥子自以为是的夸夸其谈。

"没有什么大不了的，不用介意。"

冬香倘若真的打算离开丈夫和孩子，那么事情的确是不得了了，但菊治既不会逃避，也不会躲藏，他准备大大方方地把这些承受下来。

许多的白领，特别是一流公司的精英等，大多数人的确会因此变得极端苦恼，但事到如今，菊治也没什么地位、名誉需要顾忌的了。

菊治原本就是个百无一用的小说家，而且已经长期脱离了舞台，冬香不管怎么决定，都不会令他发愁。况且菊治一直和妻子分居，所以在女性问题上，也没有人能干涉他。

事情要来也挡不住，干脆把事情闹大算了。

"也没有什么大不了。"

菊治很久没有这样鞭策自己了。

春天里的雪停了，菊治心中反而像下起了春雪一般，而且还是祥子从关西带来的，一想到她说的那些话，菊治就无比沮丧。

冬香的事还在其次，但她丈夫的事却让菊治非常在意。

思前想后，菊治把祥子的来访的事用邮件告诉了冬香。"祥子也说想来东京。"他写了一句。

"祥子似乎认识你丈夫，并称赞其十分优秀。"菊治此时的语气多少包含些挖苦。

读了这些，冬香将如何回答？菊治在等待中度过。第二天，冬香的邮件来了，在"祥子还是去看您了"的后面又写到"如果她也能一起来东京的话，我就高兴死了。"

菊治原以为祥子随便谈论冬香的丈夫，冬香会迁怒于祥子，没想到冬香却希望和祥子一起来东京生活，菊治有点儿枉做小人的感觉。

另外,冬香的邮件对丈夫只字不提,是承认祥子所说的一切,还是觉得这种话题意思不大呢?

菊治依然不能忘怀,可仔细一想,冬香本来就是那种不太在乎小节、性格敦厚的类型。

这次祥子所谈论的事情,在冬香眼里或许也算不了什么。菊治自作主张地解释了一番,又发了一个邮件:"不管你丈夫是什么样的人,我都爱你。比任何人都喜欢你。"

在结尾处菊治又加了三个心形符号。

邮件刚一发出,冬香的邮件就到了:"我也一样,再过一些日子我就到了,所以请不要忘了我。"

最后也加了心形符号和笑脸,菊治总算放下心来。

他决定不再为这些无聊的事情乱了阵脚。无论冬香的丈夫如何英俊、如何优秀,最关键的是冬香本人喜欢自己,菊治提醒自己。

晚上他一个人坐在桌前。自己曾向冬香保证,从今年春天起开始创作新的小说。

不管发生什么,小说创作都必须开始。

菊治想写的还是恋爱小说。可时至如今,他并没有兴致再创作那种纯情的恋爱小说了。

他现在真正想写的是与冬香的恋爱,因为这段恋爱仍是进行时,还不知会向什么方向发展,所以菊治觉得没有绝对的信心,自己能够坚持客观的立场进行冷静的描写。

不过,只有恋爱之火熊熊燃烧的时候,菊治的创作欲望才十分强烈。

这一个月思来想去,菊治想起了自己年轻的时候。虽说年轻,当时也已经过了三十五岁。自己与妻子、情人,还有一个女人,也就是和三个女人之间错综复杂的关系。

这正是一种所谓的三足鼎立的恋爱,为什么自己会毫无愧疚地做出这种事来。恐怕是由于当时工作上一帆风顺,稿酬丰厚,精力也十分旺盛,但原因不仅如此。

当时自己身体内部洋溢着一种近乎疯狂的活力,所以根本不考虑将来,一个劲地沉溺于恋爱之中。

菊治想要描写的不是那种风流的男女关系,而是男人这种疯狂猛烈、激情荡漾的本质性的东西。

一说到激情,总让人觉得是专属于女人的东西,其实男人也有激情。这种激情不受人伦常识所制约,永远出于身体内部,好像是一块凝聚的热情。

于是,男人在这种无法自我控制的热情的煽动下,一个接着一个地和女性发生关系,最后遭到所有女人的厌恶、抛弃,菊治想要刻画的正是这样一个男人。

说实话,这个男主人公并不是菊治本人,但肯定是他的孩子。当然看到这个作品的时候,有的女性可能认为自己的事情被写了进去。

不过,但凡描写男女关系的小说,参照自己的亲身经历进行创作,内容最为真实,且充满了现实感。为了让经过人生各种酸甜苦辣考验的成年读者接受,现实感是创作不可缺少的组成部分。

因此,首先要回顾自己的人生道路,然后真实地把自己生活经历中的污垢吐露出来。

菊治想要描写男人自身心灵深处潜藏的那种好色、自私,而又脆弱,明知虚无却不断向前挺进的雄性动物的宿命。

所以,菊治打算先把自己经过反复思考,最后决定的书名写在了稿纸上:《虚无与激情》。

冬香当然不知道菊治正在创作什么小说,菊治也不打算告诉她。

最稳妥的方法是等书写完出版的时候再给冬香看,这样就不用在创作过程中诸多费神了。

总之,写出了几页之后,菊治觉得自己终于又变成了一个作家。

不过,他还是希望见到冬香。见面之后,只要自己的身心燃烧起来,创作的欲望一定会更加高涨。

"你来东京的日期定了吗?"

菊治发邮件问,但冬香来的日期仍然没有确定。

离开长年生活的地方,搬家之前肯定有很多事情要做。

可再怎么着，两人二月份见面之后，又快一个月了。

菊治觉得自己的忍耐已经到了尽头，再这样等下去的话，没准儿自己会光顾色情场所。尽管他没有明说，却向冬香表达了相近的心情。三月中旬，终于从冬香那儿传来了准信。

"我三月二十号达到东京。当天恐怕不行，但两天之后我可以去你那儿。我们还在中午见面，好吗？"

那天凑巧是周刊杂志的校对日期，不过下午去也来得及。

"什么时候我都在等你，无论如何要快点儿。"

眼下菊治第一次觉得自己从事自由职业太明智了。如果自己是在企业工作的白领，恐怕就没有这份自由了。

菊治目前的状况，就算真是白领，估计还是会溜号旷工。

菊治扳着手指头数了一天又一天，终于到了三月二十号，冬香成为东京人的日子到了。

现在，冬香一家是否已在新百合之丘的公寓安顿下来了？或者他们会先在饭店住上一天，等待家具、行李的到来。

菊治想起了上次在饭店发生的事情，正在担心的时候，冬香那边总算传来了一切就绪的消息。

"一想到从今天起住在你的附近，就觉得既高兴，又有点儿害怕。"

高兴是当然的了，但害怕是什么意思？菊治原想追问，可就是他自己也觉得事情过于顺利，不无担心的道理。

这天，冬香上午十点出现在菊治的门口。

上来之前，她在公寓门口给菊治打了个电话："是我，入江。"她通报说。

"请！"菊治说着把下面的大门打开，并走到房门前等候，在响起门铃的同时打开了门。

"嘿……"

站在房门前的正是冬香。

她穿的还是以前那件驼色大衣，双颊有些发红，面带羞涩的微笑。

冬香胸前菊治送她的高跟鞋项链正在闪闪发光。

"进来呀……"

菊治颔首招呼,并在冬香进来的瞬间猛地紧紧抱住了她。

冬香总算来了。好事多磨,她没有忘记回到自己身边。

菊治带着这种想法,加大力量拥抱、吮吸着冬香,她也温顺地扬起了面庞。

看起来冬香同样渴望相见。

他们就这样拥抱着雪崩般冲进了卧室。

这时菊治再次低语:"想死我了……"

"我也一样。"

听到这句话,菊治至今为止的郁闷顿时烟消云散。

"你能呆到几点?"

"中午……"

这样算来,只有两个小时。菊治松开冬香拉上了窗帘,房间立刻陷入了黑暗之中。

暖气已经开了,房间里十分温暖。

"把衣服脱了吧……"

菊治先脱得一丝不挂在床上等着,冬香走了过来。

今天她又穿上白色吊带睡裙了吧?菊治喜欢她从不穿那类上下分开的花哨内衣的品位。

就算被年轻女孩儿称为保守或老男人,但最能点燃男人欲望的还是那种清纯的内衣和羞涩的姿态。

冬香从床的一边上来。

和往常一样,她只能从左边上来,所以要跨过躺下了的菊治的双脚。"对不起。"她边说边小心翼翼溜边儿弯腰迈了过去。

在亲密的关系中仍然保持礼貌,冬香这种极为自然的举动更加让菊治珍爱。

冬香上床后,他们立即不分彼此地拥在了一起。

从头到脚都紧紧地融成了一体,双方的身体开始"交谈"。

"我不在的期间,没发生什么吧?"

"没有啊,因为我宁死也会守好自己的身子,放心吧。"

"太好了,我只是一心一意等着你。"

"我也一样只想着你。"

两个人之间即使不说什么,通过肌肤相亲、紧密拥抱、深情亲吻、唇舌相吮就可以明白对方,这就是所谓的"身体语言"。

"太好了……"

彼此的思念得到了慰藉,察觉到两个人的拥搂松弛下来,他们的身体语言进入了第二阶段。

"差不多了,我可以进去吗?"

"当然了,我也正等着呢。"

"你看看,都变成这样了。"

"真厉害,太可爱了。"

这时两个人仍旧只字未说,两腿之间互相接触,彼此都心知肚明,冬香的身体想要抓住菊治的那个部分。

"不行了,我忍不住了。"

"我也一样,给我。"

二者在相互关照应下不断求索,这种高昂的欲望从男女重叠在一起的身体动作就能看出。

"你看……"

"正在进来。"

菊治仿佛要把积攒已久的思念一下子带给对方,他深深地插了进去,冬香发出"啊"的一声喊叫,接着喃喃自语:"我被贯穿了喽……"

菊治一下子没能明白冬香的意思。他联想到"被贯穿了"这个词时,才明白是"身体被穿透了"的意思。

"你身体被穿透了吗?"菊治询问,冬香闭着眼睛点点头。

菊治的东西确实横穿于冬香体内,而且全部被紧紧包容其中。

他满足在这种充实感中边享受边动作,冬香也随之摇动纤腰,两人之间没有任何缝隙。

已经不再需要语言。他们在激烈燃烧的同时，互相倾诉的只有"我爱死你了"一句。

虽然等得已经心焦气躁，菊治还是不急于求成。

他极力压抑自己，让冬香独自在欢愉的花园中遨游，而且还尝试了花样繁多的体位，每次都让冬香领略到各种各样的快乐，让她的身体越来越适应自己。

这既是一种爱的表现，也是一种爱的调教。

刚才冬香也从正面、侧面，还有不久前刚刚尝试的后体位经历了爱的洗礼，每次她都会兴奋地高呼："讨厌……"

在冬香为自己以这种形式做爱感到难为情的同时，她的身体却背叛了她，不断向上冲击，似乎弄得她目瞪口呆。

不过在菊治眼里，冬香越是狂乱，越是显得可爱。

"对不起。"冬香的话刚出口。

"没问题。"菊治拦住了她。

没有男人会讨厌女子兴奋的喊叫。女子叫床的声音越是高扬，男人越是兴奋，欲望之火愈烈。

"只有我们两个，所以放心大胆地让自己快乐起来吧……"

是菊治的鼓舞减轻了冬香的心理负担，还是她从一开始就没打算压抑自己，她的声音变得更加甜美、娇媚。

"好好，好极了……"

冬香终于能将自己身体深处沸腾出来的喜悦如实地说出口来。

"不行，哎，我已经不行了……"冬香的话宣布了她欲火中烧，正拼命向巅峰冲去。

"住手，请住手。"

冬香胡乱地甩着头发挣扎，菊治根本不会相信她心口不一的话语。

此时菊治倘若真按照冬香所说的停下动作，只能招来她用鼻子"哼"的一声表示不满。

菊治无视冬香口中的哀求，继续进行攻击。

"冬香,冬香……"每当菊治呼唤她的名字,冬香都乖乖地回应:"老公,老公……"

菊治唤了两次,冬香就答了两次。她这种一丝不苟的态度,愈发招惹男人的怜爱,菊治攻击进一步凶猛起来。

"哎,哎……"

眼下冬香只能吐出简短的词语罗列在一起,不久,她仿佛到了忍耐的尽头,"不行……"她只留下一个词,就登上快乐的云端,向空中的远方飘去。

做爱之后,冬香又恢复了往常的温柔与祥和。刚才疯狂的激战,转化成令人难以置信的寂静,不过她的身体好像还在贪恋性爱的余韵。

男人姑且不谈,高潮过后的女人好像可以多次反刍刚才的快乐。

菊治拥着还处在快乐中的冬香,从她的颈项到后背,不停地抚摸。如果有前戏和后戏一说,那么菊治现在进行的就是后戏,对贪恋做爱余韵的女性来说,后戏是一种不可缺少的享受,进行完后戏,爱之欢宴才算结束。

"好不好?"菊治想起来似的问着。

"好。"冬香答道。

一问一答虽说不言而喻,可以说菊治知道冬香肯定这么回答,才故意问的。

"真厉害啊……"

"什么?"

"你的声音。"

"不许说了……"

冬香摇头制止,接着有些担心地追问:"隔壁会不会听见?"

"也许被人听见了……"

在这座住户很多的公寓,由于是大白天,说不定有人在偷听。

"不要紧啦,因为墙壁很厚。"

开始菊治是半开玩笑说的,看到冬香真的担心起来,就赶快宽慰她。这时冬香把脸伏在他的胸前,仿佛在说:"太棒了!"

两个人就这样开始打起盹来。虽这样说,但他们都知道时间不多,就是希望再躺一会儿。

不知道过了多久，菊治惦记起时间，往床旁边的时钟一看，已经十一点四十了。

"喂，时间不要紧吗？"

为什么自己要提醒对方？冬香正在静静地休息，就由她去好了，操心这种事说明自己还是个谨小慎微的人吧。菊治一边想着这些，一边催她起来，冬香抬起脸来。

看着冬香的侧脸，菊治问道："今天不用再坐新干线了。"

望着微笑的冬香，菊治接着说："因为一个小时就能回去了。"

"是啊，就好像做梦一样。"

这种感觉冬香和菊治相同。他们互相点着头，结果最先下床的还是冬香。

菊治无可奈何地跟着她起了床。当他从浴室出来的时候，冬香全身上下已经收拾齐整。

鬓发整齐、化着淡妆的冬香，真让人看不出来她刚刚做完爱。

"今天孩子们在家吗？"

"在，因为还在放春假。"

冬香的丈夫是否也在，菊治心想，但没有问。

"下次什么时候能见？"

"学校开学以后比较方便。"

"学校什么时候开学？"

"从六号开始。"

等到那时，冬香的丈夫也上班了，这么说她白天可以自由了。

"老三上幼儿园，所以回家较早，但我一点以前回去就来得及。"

也就是说，只要是上午的话，两个人说不定可以相当频繁地见面。

"那一个星期一次，不对，一个星期两次也可以见吧？"菊治说道。

冬香微笑着问："上午没有人来这儿吗？"

"打扫房间的人每星期来两次，把她换到下午就可以了。"

菊治说完后，又问："你的意思是否觉得还是去饭店好？若是情人旅馆的话，新宿一带倒是有很多。"

"不，还是你这儿好，让我来你这儿吧。"

出入饭店的时候，不小心被人看到的话，恐怕会很麻烦。

"当然了，如果这儿可以的话，什么时候都……"菊治指着冬香胸前挂着的高跟鞋项链问："这个没被注意吧？"

"没有，没关系。"冬香答道。

"我们要让这只鞋子盛满幸福，我们也得变得更加、更加快活啊。"

"还要超过现在吗？"冬香惊呆了似的圆睁着双眼。

"真那样做的话，我就没法儿从这儿回去了。"

"不回去也行……"

菊治一边点头，一边想起祥子说的："那个人一旦认真起来，可就不得了了。"看起来，期盼事情朝不得了方向发展的也许是菊治自己。

冬香于三月末再次来到菊治身边，是上次见面的六天之后。

几乎一个星期就能见到一次，此事对菊治来说，至今好像还在梦中。这也是托冬香搬到东京之福，冬香说她今天可以从十一点呆到下午两点。

把孩子和丈夫留在家里看家，碰巧改成了这个时间段吧。

不管怎么说，把家里人扔在一边，赶到其他男人身旁的冬香，恐怕会被世间认为是自私自利、不可原谅的女人。但是，一想到连日来忙于照顾丈夫孩子，一直被关在家里的冬香，即使一个星期里有几个小时不在家里，也是无可厚非的事情。

虽说是短时间的外出，可实际上却是红杏出墙。一想到这些事情，菊治的心情就变得十分复杂，但不管怎么说，菊治为了冬香已经把这段时间空了出来。

幸好大学也在放春假，菊治的时间相对富余，可谓是天公作美。

菊治耐心等待，按照约定，刚到十一点冬香就出现了。菊治同样等在门口，披着淡粉色围巾的冬香仿佛春天的微风一样吹了进来。

"天气暖和多了吧？"

"嗯。"菊治在门口吻住冬香，一边亲吻一边把她拥进了卧室。

"又见面了……"

菊治喃喃自语,冬香却在一旁微笑。这种微笑和假笑不同,是两个人双目对视的会心的偷笑。

"今天比平常时间要多。"

平时都是两个小时左右,今天却有三个小时,足够挥霍。

"我要慢慢地欺负你。"

"不行,还请您手下留情。"

这时菊治试着问:"他今天呢?"

"说是和孩子们一起去百货公司……"

菊治不由得咽了一口唾沫。在姗姗来迟的某个春日,丈夫带着三个孩子去百货公司,妻子却在菊治身边脱着衣服。

菊治感到自己罪孽深重,这是否由于他们住得太近?

在爱情之火熊熊燃烧的时候,为对方家庭考虑也于事无补,更不要说是婚外恋了,再怎么考虑也毫无用处。

菊治像是要抛弃一切杂念一样抱紧了冬香,冬香可能也希望忘却日常生活中的生活琐碎吧,她牢牢地缠在菊治身上。菊治想到自己的所作所为绝对不能对外人说,也不可能得到他人的原谅,然而两个人之间的情绪却更加激昂起来。

菊治扒下冬香的吊带睡裙,一边从旁边吻向她右边的乳房,一边用手指抚弄她花蕊般敏感的地方,冬香不一会儿就陷入了迷乱状态。

既然已经到了菊治的房间,冬香就用不着装模作样。只要依从自己的本能,追求真正的快乐,哪怕如痴如醉也无妨。是这种轻松和甜蜜使得她变得更加大胆吗?

开始是从正面,接着从侧面二人结合在一起,接着冬香和往日一样,反弓着上身重叠在菊治上面。她仿佛记住了采用这种姿势能够获取更大的快感。

菊治理所当然地回应着她,他将左边的大腿顶在她的腰下,从下往上进攻冬香。

"啊,啊……"冬香一边娇喘,一边用力向后仰着身体,妖媚地扭动着腰部。

到了这种程度,与其说在做爱,不如说近似于男人和女人的战争。男人一旦攻入某种程度,女人就会牢牢围住;女人继续求索,男人再次挑战。

女人的身体为什么会如此欲壑难填？菊治半是惊讶地继续进攻,冬香仰面朝上的身体微微地向上挺起。

冬香想要做到怎么样呢？望着她马上就要哭出来的神情,菊治察觉这种姿势适合她进一步享受巨大的快感。

若是这样,菊治希望让她得到更多的欢愉。

菊治明白了以后,将左手托着冬香的背部,从后面用力推了一下她的身体,冬香雪白的身体缓缓离开了菊治,坐了起来。

两个人谁也没有要求,也没有商量,只是极为自然地在埋头于性爱的过程中,变成了凤在上、龙在下的姿势。

女方且微微拧着身体背朝男人,脸冲后面。

在贪婪地享受欢愉、追求更强的快感的欢乐之中,双方都各自找到了爱的最佳方式。

厚厚的窗帘虽然拉着,在黯淡的光线中依然可以看得十分鲜明。

在菊治上面冬香稍稍后仰坐在那里,而且是一丝不挂,圆润的后背和臀部轻轻前屈的白色身姿浮现出来。

换作是平时的冬香,绝对不肯采取这种姿势,岂止如此,任何认识冬香的人,都想象不出她会以这种方式做爱。

但是,冬香眼下正坐在菊治身上,而且自己还主动地耸起上身,在轻轻扭动腰部的时候,发出“啊”的叫声,接着向下俯身一样上体前屈。

意想不到的快感穿透了冬香的花蕊,她现出一副吃惊慌张的样子。

冬香怎么了？从她感到困惑的样子来看,菊治明白了这种体位她还是第一次尝试。

这些从冬香发出的怪声和摇摆不定的身姿都可以察觉。

可是冬香并不打算下来。相反,她再次战战兢兢地直起上身,腰部轻轻上下移动,好像寻求起新的快感似的。

菊治当然赞成她的做法。可能的话,他想协助她开始新的寻宝活动。

菊治从下面伸出双手撑住面带不安的冬香腰部,并帮助她前后轻轻摇摆般扭动腰肢。

"啊……"

冬香的身体再次向后反弓,这时她是否又被新的刺激所俘虏,"不!"冬香边叫边把身体向前屈,将双手撑在了菊治的大腿之上。

冬香第一次领受到这种快感,是否刺激过于强烈了,还是她终于察觉到自己令人脸红的身姿。冬香慢慢地将自己的身体向下坐去。

然而,菊治决不允许。到了这一步,再功亏一篑的话,那么自己坚持至此的努力就会付之东流。

"不行……"

菊治坚决阻止了冬香,他用双手托着冬香臀部使其继续前后摇动,然后从下面悄悄往上推去。

"住手……"

冬香的声音虽在反抗,但她的身体反而被这个动作俘虏,她一边喘着粗气,一边主动地前后摇动起自己浑圆的臀部。

菊治根本没想到冬香会在这种放荡的姿势中激情燃烧。

因为冬香正处于如狼似虎之年,所以"发情时"即使坐在男人身上疯狂摇动,也没有什么大惊小怪的。

出人意料的是,这个时刻如此匆匆地来到了。

况且不是在菊治的要求下,而是二人在各种体位的交欢、嬉戏过程中,偶尔发现的体位。

"太迷人了……"

望着在自己身上摇动的雪白玉臀,菊治嘟哝着:"太厉害了。"接着又在心中暗想,在此之前,在性方面上,冬香与其说尚未成熟,不如说没有过什么热情;然而眼下的她却茁壮成长,变得十分大胆。

正当菊治为冬香的变化惊叹、感动的时候,冬香却好像已经忍耐不住,竟独自一个人向巅峰冲去。

"不行,不行呀……"

这样下去的话,菊治就坚持不住了。

他慌忙制止冬香,但她已经停不下脚步,独自一人向前狂奔,突然随着一声昏厥般的声音,整个身体瘫软下来。

由于第一次采用这种体位,冬香虽然感到惊慌困惑,最后却真正达到了高潮。

就这样,她在菊治身上俯身伏了一会儿,然后慢慢地坐了起来,恋恋不舍地离开了菊治那个东西,躺在了床上。

总算从令人羞愧的姿势下解放出来,冬香仿佛松了一口气,她背朝上静静地趴在那里。

菊治向俯卧在床的冬香低语:"这种体位还是第一次吧?好不好?"

冬香慢慢转向菊治:"对不起。"

冬香是否由于采用这种放荡的体位达到了高潮而感到羞耻,道歉之后,她问:"我会变成什么样子?"

"什么样子?"

"我变成这么……"

菊治不知如何回答是好,就在他吞吞吐吐的时候,冬香嘟囔道:"都是你的错。"

听冬香这样一说,菊治也很为难。

把冬香变得如此开放,菊治本人恐怕确实难逃责任。

可菊治也是因为喜欢冬香,尽力爱她而已。在短暂的约会时间里,只是希望拼命地深深地结合在一起罢了。

其结果就是教会了冬香享受无限的性爱欢愉,她再也做不回以前那种淑贞的妻子了。冬香的意思好像是说,一切的责任都归功于你。

说实话,冬香的话让菊治一半高兴,一半难过。自己心爱的女人,如此驯服,如此迷恋自己,没有比这更让身为男人的菊治喜悦、自豪的了。但"都是你的错"这句责备,又让菊治觉得为难。

"对不起……"他决定先道歉再说。冬香说的一点儿没错,在性方面确实是这样的。

"但是,那是因为我喜欢你……"这也是不容置疑的事实。正因为喜欢冬香,菊治才会这样执著地追求她,并不断加深彼此之间的爱。

菊治默默地叹了一口气。

同样的指责,菊治以前也从其他的女性口中听到过。那个女子比冬香年轻,在二十五岁至三十岁之间。"以后你怎么负责?"对方曾经对他责问过。

女性往往认为性爱的后果应该由男人承担。

男人引导女性来到一个未知的崭新世界,说男人有责任,的确也可以这么说,不过这是因为两人彼此相爱、共同创造的结果。女性在充分享受了性爱的欢愉之后,突如其来地发难:"以后你怎么负责?"男人也十分发愁。

那个女子可能腻烦了两人之间不冷不热的关系,在知晓了性的欢愉之后离开了菊治。

从某种意义上说,菊治不是没有自己为他人做嫁这种想法,但并没有什么迷恋。

然而,冬香的情况却不相同。

首先,菊治对冬香的爱是压倒一切的,冬香身体上的成熟和魅力也是菊治一手培养出来的,再加上冬香虽有三个孩子,却说不想和丈夫做爱。

在这种情况下,冬香沉迷于疯狂的性爱快感当中,因此她才提出这个责任由谁来负似的。

说实话,菊治没办法回答。

现在菊治唯一能够明确表示的就是自己比任何人都更爱冬香。

两个人的关系再向前进一步,"那样的话,我希望你跟丈夫分手。"菊治有朝一日能说出这句话来,两个人之间的爱就完美无缺了。

十分遗憾的是,菊治至今没有说出此话的勇气。他希望成为冬香的主心骨,却没有心理准备接受她的一切。

"对不起。"菊治再次道歉,"但是……"他刚要解释,"好了。"冬香打断了他的话头,"我不会再说责备你的话了。"

听到冬香这样一说,菊治心里的石头落了地。冬香这种很有骨气的说法使菊治把她抱入了怀中。

冬香低语:"我挺高兴……"

菊治不由得点了下头。一边说"都是你的错",一边表示喜悦,冬香表面上像是埋怨,其实内心却十分欢喜。她这种复杂的心理活动,令她显得愈发可爱。

"我好喜欢你。"菊治继续搂住冬香吻她,冬香也主动伸出舌头和对方缠在一起。

当长长的接吻告一段落的时候,冬香说:"请不要离开我。"

"我怎么可能离开你呢?"

"因为我只跟你做爱。"

以前冬香来东京时也曾说过同样的话。

菊治当然相信,但他觉得有时条件不允许也没办法。

只是冬香今天的语气比那个时候显得更积极、更坚定了。

从冬香的性格上看,她的确不会和丈夫做出那种暧昧的事情。

但是,那样一来,冬香的丈夫怎么办呢? 他如何看待拒绝和自己做爱的妻子? 作为男人的欲望又怎么解决?

这些菊治都十分在意,但不想马上就问。一想到难得两个人的情绪这么高涨,他不想破坏这种和谐。

"还有一点儿时间。"

到冬香回去的下午三点已经不到半个小时了,可他们还是紧紧地拥抱在一起。

时光飞逝,马上就要到分手的时间了。然而正是因为日月如飞,很快两个人就又可以见面了。

临近三点时,他们终于离开了床。"冲澡吗?"菊治问。

"就这样了,因为可以带着你的味道回去。"冬香说完穿上了衣服。

整理好之后,冬香围围巾时,两个人商量下次见面的时间。

"下个星期就开学了,开学以后我都可以来。"

听到"可以来"这句话,菊治很激动。换作以前的话,都是菊治到京都去,头天晚上住在那里,然后总算能在一起呆上几个小时。

现在,却是冬香到自己这儿来。

"还是星期六、日以外的时间比较好吧?"

"对不起。"

周末有孩子和丈夫在,因此冬香出不来吧? 不过菊治闭口不问。

"那,定在开学后的第一个星期一吧。"

"要到九点半左右,可以吗?"

二人同时领首,各自将下回见面的时间记在心里。

"那个时候,说不定樱花已经盛开。"

"太高兴了,东京的樱花我还是第一次看。"

"那,下次我带你去赏花吧。"

千驮之谷附近有新宿御园和代代木公园等赏樱名地。

"千万要带我去呀。"

从现在起,冬香肯定会慢慢地习惯东京的生活。

"新住的地方已经适应多了吧?"

"嗯,才刚刚开始,但我觉得东京住起来很舒服。"

"一般不用理会别人的目光……"

菊治说道,冬香点头同意。

"这儿的人对别人毫无兴趣,我觉得非常自由。"

冬香以前住的地方祥子也在,可能很多地方都要多加小心。

"每次来你这儿,我就觉得对东京多了一点儿了解。"

"那,你每天都来?"

"你要这样说的话,我可就当真了。"

冬香回眸斜视的样子显得十分娇艳。

春　日

　　这是一个风和日丽的春天的中午。

　　东京的樱花据说开了百分之八十,从早上起空气中就涌动着一股热气,看样子今天一天樱花就可以全部开放了。

　　然而,不论在房间里还是公寓周围都好似屏声静气般静悄悄的。

　　菊治十分喜欢春天中午的这份闲散的慵懒。

　　管这种时分叫做"春天的日子"或"春天的中午"都不合适,只有用"春日"这个词才能代表。

　　菊治预感樱花马上就要噗嗤、噗嗤绽放,他悠悠闲闲地享受着这段时光。这真是一个奢侈而安逸的中午。

　　菊治仰靠在安乐椅上,等待冬香的来到。

　　在樱花齐放、春光烂漫的时刻,冬香出现在面前,两人一起上床。

　　现在冬香对菊治来说,就和樱花一样。

　　过去,樱花作为百花之主被人们称为"花王",对菊治来说,冬香就是女人之中的佼佼者,也就是"女王"。

　　自己马上就要和这样一个女子在春日里一起嬉戏。

　　今天尝试什么体位?用什么样的方式享受快乐呢?

　　冬香最招人喜欢的地方,就是每每顺从菊治的要求。如果他提出希望以某种形式享受性之欢愉,冬香肯定会答应,而且还能乐在其中,主动寻找自己的快乐。

　　进一步说,就是在各种各样的体位下,冬香都容易燃烧,达到高潮。

　　不管外表看上去多么美丽、娇艳的女人,但如果达不到高潮的话,这种女人总是欠缺味道。即使非常开放或有些放荡,女人只有燃烧起来达到高潮,才能使男人得到满足,感受到爱的价值。

眼下的冬香,或许因为菊治无比的爱意,十分容易达到高潮,甚至有时过早地攀上顶峰,让菊治不知所措。女子在性方面的敏感,能使男人变得更加好色。

这时,令菊治望眼欲穿的女人好像来了。

门铃响过,菊治一打开门,冬香站在那里。

和他想象的一样,在樱花盛开的日子,冬香浑身上下闪烁着女人的光芒。

"请……"

把冬香让进来后,菊治关上了门。从这一刻起,整个房间就变成了一个秘密的享乐场所。

"我一直在等你。"

在抱紧冬香的时候,菊治陷入一种错觉,仿佛她是从门口飘进来的一片樱花。

菊治先上了床,他问:"外边的樱花开得怎么样了?"

冬香背对着他,边脱衣服边答:"我来的路上,透过车窗看到沿途开满了樱花。连这儿周围神社的樱花也开了。"

冬香口中的神社,似乎是菊治公寓前面那个叫鸠森的神社。

"看来今、明两天樱花就会竞相怒放。"

"对,因为这两天特别暖和。"

菊治说过想带冬香去新宿御苑赏花,今天也许正是个机会。

"去不去赏花?"菊治刚想邀请,可这之前他更想做爱。樱花虽好,眼前放着一个正脱衣服的女人,绝没有现在出去的道理。

冬香的想法也和自己一样吧,她像往常一样蹑手蹑脚地来到了床上。

在温暖的春日里,两个人迫不及待地紧紧拥抱在一起。

刚才菊治事先设想先从侧面和冬香结合,然后让她背对自己从后面进入她的身体。接下来如果可能,他更希望冬香像上次一样骑在自己身上,自己从下往上顶入。

仿佛少年正在描绘各种美梦一样,菊治欢欣雀跃,几幅春宫图轮流在他脑海里出现。

第一轮攻击已经结束,第二轮攻击刚刚开始,菊治就有些按捺不住了,因为此时两个人结合的姿势过于放荡。

冬香圆圆的臀部暴露在菊治眼前,她前后晃动着脑袋处于兴奋状态。一般女人极少以这种形象出现在男人面前。一想到能够观赏此种活春宫的只有自己,菊治的欲火就更加高涨。

冬香的背影是那么美丽、妖艳。

如果把樱花的花瓣撒在她曲线动人的背部和圆润的臀部上,会是一种什么样的感觉?假使将樱花粉色的花瓣落英缤纷般撒在冬香近乎透明的雪白的肌肤上面,一定会使她的身体光彩四射。

冬香一点儿也不知道菊治正在观赏自己,只见她又开始慢慢地前后摇动起臀部。

"再用力一些……"菊治把手分别放在她的腰旁,用力往后扳着。这种体位对男人非常适合,冬香仿佛也是同样,她发出"啊"的叫声,随着菊治动作的节奏不断喘气。

在春天的中午时分,房间里一对男女从后面结合在一起,窗外的情景仿佛感染了这种放肆,朵朵樱花自豪地绽放。

是春天的和煦加大了冬香的兴奋,还是与往常不同的体位刺激了菊治?两个人同时开始向顶峰飞奔,不久相互呼唤着对方的名字达到了高潮。

眼下他们二人融成了一个整体。菊治闭着眼睛沉醉在这种满足感当中。

在令人困倦的暖洋洋的春天里,时间一点一滴地流淌,不久菊治好像苏醒过来一般睁开了眼睛,身旁冬香裸露的身体立即映入了他的眼帘。在春天绚烂的气息中,达到高潮的女性放任躺在床上,宛如落花般寂静无声。

冬香静悄悄地脸朝下伏在床上,只有头发像被人拉扯住一样披在身后,从她圆润的肩部散落到背部,穿过微微收紧的腰部,菊治可以看到她圆润的臀部。

一般来说,女性生过孩子以后,身体的线条都会走样,可在冬香身上却看不见半点儿痕迹。可能冬香柔顺的性格使她获益不浅,她的身体不要说走样,相反却更加富有魅力。

菊治在凝视冬香的时候,不知不觉地伸出右手爱抚,从臀部到背部,然后是颈项,再又沿着脊椎骨向下滑去。

冬香可能有点儿怕痒,刹那间,她扭了一下身子,却没有躲避爱抚的意思。

菊治喜欢略微显长的背部。这并不是说冬香上身很长,她看起来十分匀称,四肢也不显短。这种不长不短的比例,反而使她平添了一份性感。

以前菊治和外国女子也曾有过交往,皮肤虽说很白却相当粗糙,更要命的是四肢过长,菊治反而觉得令人十分扫兴。而且在做爱的时候,对方长长的手臂缠着菊治的脖子,使他无法集中精力。

由此比较,冬香从背到腰柔润的曲线,使人舒服放心。正是这种曲线体现了日本女子的妖艳和性感。

菊治的手穿过冬香的侧腹继续向前伸,她缓缓地转过身来,向菊治依偎过去。

"讨厌……"冬香是否对菊治肆无忌惮的右手感到不快?话虽如此,她却没有对菊治的爱抚给予任何抵触,看样子她依旧沉浸在满足的余韵当中。

菊治看表的老毛病又犯了,刚好十点半。

从冬香一进门就开始亲热,所以时间过了还不到一个小时。

菊治有一种占了大便宜的感觉,冬香似乎也发现了这点,她没有起来,从床上蹭到菊治身旁。两个人就这样相拥着享受高潮过后的余热。

冬香问:"我是不是有点儿怪。"

"什么怪?"

"变得这样兴奋……"

菊治不由得笑起来。他不觉得自己心爱的女人在性爱中狂乱的举止有什么可笑。相反,他觉得在性爱上像她那么敏感而快感无穷的女子,才会更加惹人珍爱,愈发撒不了手。

"那是你最出色的地方。"

菊治觉得这句话还不够,他又在冬香耳旁低语:"我最喜欢你了。"

"我也一样。"冬香一直把脸埋在菊治胸前,不一会儿,她抬起头好像想起什么似的:"现在只有我一个人吧?"

"什么意思?"

"你没有其他喜欢的人吧?"

说实话,菊治现在既没有其他喜欢的女性,也没有交往的打算。

"好高兴……"冬香一下子嘟囔出声,然后她转念又问:"那么,有人离开你了吧?"

"离开?"

"你真喜欢我的话,和上一个人已经没来往了吧?"

"这样的人从一开始就不存在。"

菊治想起了去年冬天分手的由纪,应该说她是自己主动离开的。

"你一想起那个人,心里是不是有些难受?"

"你放心吧,我只有你一个人,所以别再去想那种无聊的事。"

"因为我只有你一个人。"

冬香这么明确地表达自己的感情十分少见,这也是两个人之间关系进一步加深的证明。冬香自从来到东京以后,心里也有了新的决定吧。

房间里即使窗帘紧闭,春天的和暖还是偷偷地溜进了房间。菊治全身慵懒,从背到腰地爱抚着冬香。

如此光滑而柔软的肌肤,虽没有出汗,却总有珠圆玉润的手感,肤质十分细腻。

两人就这样拥作一处,在抚摸她那白皙肌肤的时候,菊治觉得仿佛是在触摸北方雪国用了几百年时间织成的丝绸一样。

"你母亲的皮肤也跟你一样细腻吗?"

"是啊,是什么样的啊?"

从冬香不去否定的语气来看,她母亲的皮肤也相当白皙。

"真漂亮……"

男女之间经常用到"肌肤相亲"这个词,描写的就是眼前的情形吧。

就是这样似有若无地摸着,菊治也感到心里非常祥和,而且绝不会腻,两个人的关系肯定十分融洽。

其中彼此爱慕、心灵上的沟通当然不可缺少。但只有相互爱慕,身体和谐,才能得到最好的满足。也正因为双方有这样的感情,肌肤之亲才更加和谐。

无论怎样,冬香皮肤的感觉实在太美了。

菊治忽然想要欣赏她的胸部,如丝似雪般的皮肤,他想大饱一下眼福。

他慢慢松开抱住冬香的手臂,用指尖轻触她的丰胸,她稍微扭动了一下身子。

菊治不管不顾,把脸凑近她的乳头一口亲了下去。

"哎……"冬香叫道。

"怎么了?"菊治问,冬香没有回答,只是因为菊治突如其来的抚弄使她有些不适应吧。

冬香默默无言地享受他的亲吻,菊治有点儿恶作剧地说:"我在这儿留一个吻痕好不好?"

"不,不行。"

冬香越想逃避,菊治就越想坚持,两个人轻微地扭斗了一阵,冬香突然冒出一句:"不管怎么着你都想留,是不是?"

"……"

菊治不知如何作答是好,在冬香的追问下默不作声。

冬香自语:"那好,你就留吧。"

冬香不希望留下吻痕,菊治才想吻下去,一旦听她说同意,反而失去了继续下去的兴致。

菊治认为已婚女性怎么也不会同意他人在自己胸上留下吻痕,冬香真能允许这种做法吗? 她真打算带着其他男人的吻痕回家吗?

正当菊治苦苦思索的时候,冬香呢喃:"我希望把你的痕迹全部留下来。"

"痕迹?"

"分手之后等我一个人的时候,我可以慢慢地、一个一个地进行回忆。那时你是那样做的,接着又被你如何如何,我的身体把一切都记下来了……"

所谓"反刍",说的不正是这样的事吗?

"在回忆的过程中,我的身体重新变热,各种各样的感觉都涌了出来……"

这就是说,冬香的私处也会由于爱的记忆蠢蠢欲动。

"原来如此。"菊治心中恍然大悟。

男人不管怎么激烈燃烧,无论产生多强的快感,那种感觉都不会久远地留在体内。"太棒了!"这话出口的时候,感觉已经消失,性爱之后,想要重新唤醒这种感觉难之又难。

由此看来,反刍的快乐是老天赐予女性身体的一种特权。不管内容多么精彩,刹那间喷薄而出的男人和把快乐储存、封存在自己体内的女人,快感的深度可能完全不同。

菊治轻手轻脚地碰触冬香的花蕊,刚才飞升的快乐也被全部储藏进那里去了吗?

"那,里面还热吧?"

"嗯。"冬香诚实地点点头。

女人身体深处的奥秘真是深不可测。

菊治在这种不可思议的感觉中闭上了双眼,冬香的手碰到了他的股间。

冬香以前也爱抚过那个地方,但都是在菊治的要求下,她自己主动伸过手来还是第一次。

冬香的手刚才是偶然碰到了那里吗?不管契机是什么,她就那样一直轻轻地握了下去。

此时的感触难道也会确确实实地残留在她的掌中?

菊治就这样由着冬香随意抚弄他的局部,他的那个东西出现了抬头的征兆。

大概对那个东西充满了好奇心,冬香的手指不断加大力量。

"真可爱……"

冬香指的是菊治那个物件本身,还是指高潮过后东西变小的状态?

菊治也来了兴趣,试着问了一句:"有意思吗?"

"对不起。"

"男人真不可思议啊。"冬香道歉后接着说。

这话是什么意思呢?菊治等着她的说明。

"因为那个地方的大小会变……"

冬香觉得好玩的话,继续摆弄下去也无所谓。

"那个地方高兴起来了。"

菊治替自己的东西发言说,冬香的手指开始上下动了起来。

看样子冬香被这个不可思议的玩具吸引了,好像在玩游戏。

看着冬香半是认真的表情,菊治突然问:"这种事情你做过没有?"

突然听到菊治的问话,冬香似乎吓了一跳,她停下手上的动作小声回答:"没……"

菊治觉得冬香怪怪的样子有些可笑,又继续追问:"他的呢……"

冬香和丈夫之间没做过这种事吗? 菊治等了一会儿,"没有……"冬香答道。

若是这样,冬香和丈夫之间只是性交而已。菊治沉思的时候,冬香低语:"他要求过我……"

冬香听到这种命令,怎么做的?

"就像这样……"

"有各种各样的……但是,我做不了……"

冬香好像正被责骂一样,垂下了眼睑。

菊治的右手温柔地放在了冬香握住自己物件的手指之上。

冬香说第一次这样做,应该是实话吧。在性生活上如此被动的女人,主动去握男人那个地方,不是那么容易做到的。

这样一个冬香,极其自然地握住了自己的那个地方。虽说契机是手指偶然碰到,可她却没有躲开,这让菊治非常高兴。而且摆弄起来战战兢兢的动作,把她的温柔和好奇心表现得一览无余。

但是,刚才冬香提过她丈夫也曾如此要求过她。

丈夫这么要求妻子也许理所当然。说得夸张一些,可以说这是丈夫的权利或妻子的义务。岂止如此,换一种思维方式,这也应该是妻子的享受和丈夫的快乐。

但是,冬香却说自己做不了。虽然不知道丈夫是怎么强迫要求的,总之,冬香好像拒绝了他的要求。

"然后呢……"菊治觉得自己仿佛变成了一个窥视他人闺房隐私的卑劣男子,又问道:"那,不要紧吧?"

"反正……"冬香的脖子微微向旁边摆了一下,回答道:"被骂了一顿。"

菊治不由得咽了一口唾沫。

丈夫要求冬香爱抚他的局部,她没有照做,于是就被责骂了一顿。

仅仅只是想象,已经叫菊治心中有一种说不出来的心酸和痛苦。

丈夫提出让妻子爱抚自己的局部,得不到爱抚的丈夫确实也很可怜。"为什么不去爱抚?"丈夫发火也情有可原。

爱与性的事情,只能是当事者之间的问题,他人是难以窥探了解的。

"接下去呢?"菊治继续追问。

冬香反问道:"我告诉您这种事情,您不觉得反感吗?"

"我怎么会呢?"

菊治耐心等待,冬香开口说道:"那个人有点儿变态。"

冬香口中的"那个人"指的当然是她丈夫了。

"变态?"

说这些事可能令冬香很难张口,她将脸避开了菊治。

"那个人喜欢一些怪怪的事情,让我握着他的那个……"

冬香仿佛难以继续下去,她停住了嘴,菊治催促:"然后呢……"

"那什么,他让我用嘴……"

冬香说的似乎是口交一事。

"可是,我做不来……"

菊治并不觉得冬香丈夫的要求有什么变态,冬香为什么做不来? 不对,就是假想,菊治也根本不乐意想象冬香口交的样子。

"对不起,我可以问其他的问题吗?"

得到冬香的许可后,菊治又问:"你说过讨厌和他做爱,一开始并不是那样吧?"

"因为我一开始就觉得做爱就是那么回事……"

"后来没能慢慢习惯?"

"没有……"冬香低语:"因为是你,我才说实话,我一点儿快感也没有……"

"那么,是否很疼?"

"对,好像从一开始就特别疼,我一直不想做爱,但他总是强迫我……"

菊治的脑海里出现了一个雪白的、因害怕而蜷曲的女人身体。

"但一般不都是先拥抱、接吻,然后才开始做爱的吗?"

"我们几乎没有这种前戏,他每次都是突然要求,然后就自顾自地动起来,我只是希望快点儿结束,一直忍耐而已……"

这样看起来,冬香就像一直等待暴风雨过去一样,一心等待丈夫快点儿结束。

"那么一来,没什么快感吧?"

"嗯,那边一完,我就松了口气……"

菊治的脑海里浮现出一对夫妇。

丈夫在一家一流公司工作,是一个很受器重的白领,妻子是一个皮肤白皙、性格温顺的女人,有三个孩子。

仅从外表上来看,这一家人正是现代社会中理想家庭的典范。

然而,这只是事情的外表,并不能保证夫妻之间的性生活就一定和美。

丈夫时常向妻子求欢,却没有前戏和爱抚,只在自己想要的时候,突然向妻子求欢,而且只要自己得到发泄,满足了欲望就行了。在整个过程中,丈夫从不考虑妻子身心的变化,只要身体结合在一起,性欲得到发泄就万事大吉。

在这种关系中,男人占主导地位,也许可以称作只为男人快活的性爱。

但那样一来,妻子得不到满足,或者说根本产生不了快感,可以说是一种无视妻子存在的性爱方式。

有人会认为这种性爱方式极不合理,但在过去,这种以男性为主导的性爱方式也曾堂而皇之地流行。岂止如此,就是现在,那些不了解女性感受,甚至对女性一无所知的男人,仍旧毫不在乎地承袭、重复那种性爱方式,也许他们心里还自以为得意。

菊治再次考虑起冬香的艰难。

这种状态持续下去的话,冬香就会变得厌恶做爱,她讨厌触碰、爱抚丈夫的那个地方,也不是不可理解的了。

"那样一来,你不就几乎没有快感……"

　　对菊治的提问,冬香干脆地点了点头。

　　菊治把自己那个东西轻轻按在冬香手上。

　　"那样一来,他不就死心了?"

　　"与其说死心,不如说因我不能照他说的话做而愤怒,我对他道歉,他就说我是'没劲的女人'……"

　　冬香的丈夫是不是一个守旧的男人?菊治禁不住满腔怒火,冬香的语气却非常干脆:"托他的福,现在不那么没完没了地纠缠我了,可谓天助我也。"

　　把这么出色的女人说成是"没劲的女人",真是太过分了。

　　即使对同一个女人,不同的男人,看法也截然不同。对菊治来说,冬香十分可爱,在性上面也极其出色、成熟;但在她丈夫眼中,冬香却成了一个无滋无味、没劲的女人。

　　不对,与其说是男人的看法,不如说女人由于交往的男人不同,既可以因其变得娇艳,也可能因其变得顽固不化,这种说法也许更为合适。

　　眼下菊治本人就充分体会到冬香柔顺而成熟的一面。这样一想,菊治就有一种中奖的满足,然而同一个女性竟能产生如此巨大的变化,真让人不可思议。

　　"你刚才说和他一起就是无法产生快感……"

　　菊治谨慎地挑着字眼儿问:"你和我做爱,是什么时候开始产生快感的?"

　　"第一次我相当紧张,所以是从第二或第三次开始的吧。因为你对我特别温柔……"

　　菊治和冬香第一次单独见面,是傍晚在京都的一家饭店,那时他们只是相互拥抱,接了一个长长的吻。

　　之后,两个人真正结合在一起,是菊治早上赶往京都的那天,当时冬香大方地以身相许,而且还在菊治做爱途中控制不住的时候,曾经低语:"请给我吧。"

　　那个时候的冬香,确实没有现在这么激烈疯狂,但她已能感受爱的欢愉,这种感觉也传给了菊治。

　　从此以后,随着见面次数的增多,冬香的快感也不断变得更为强烈。

　　"那么,你和我认识以后才渐渐地……"

　　"对我来说,那种感受真是第一次。您那么温柔地吻我,多次重复'我喜欢你'，用了很长时间，使我兴奋不已……"

这时，冬香好像突然害羞起来似的，将额头在菊治胸前蹭来蹭去。

"是你点燃了我体内的欲火。"

冬香虽这样说，菊治却没有这种意识。他只是喜欢冬香，努力去爱的结果，却点燃了沉睡在她体内的欲火。

"那，真的是第一次？"

"当然啦。事情变成这样，我自己现在都觉得不可思议……"

每当冬香说话，她的刘海就会触到菊治的胸部，搞得他十分酥痒。

"是你点燃了我体内的欲火。"冬香说。这就等于说菊治引领了她性的觉醒，她的话语里有一种说不出的甜蜜和神往，使男人的自信心得到了充分满足。

与此同时，这和说"都是你的错"意思相同。

菊治自然没有否定此话的意思。不仅如此，他还觉得这些话是令男人喜悦的一种荣耀。而且这句话不是出自独身女性之口，而是一个有了孩子的已婚女性说的，意义就更加深远。

"但是……"菊治的脑筋不停地转动。

如果冬香是在自己的性调教下开花成长的，也就是说，不少像冬香一样的已婚女性，虽然有了孩子，但在性生活上却没能开出花朵。

"你没认识我的话，到现在还不知道这些事吧？"

"当然了，是你引导我的……"

假使菊治不主动约见冬香，她可能的确没有和其他男性认识的机会。

"你的朋友们也一样吗？"

冬香扬脸离开了菊治的胸膛，想了一会儿后说："我们之间很少谈论这种话题，我觉得大概是吧。"

"祥子呢？"菊治鼓足勇气说出了具体的名字。

"去年和你认识之前，我们曾经聊过，那时她说和她丈夫已经三年没有性关系了……"

"三年都……"菊治重复了一句，然后说："那不是很可怜吗？"

"祥子好像和我一样，不太喜欢做爱。就算她丈夫偶尔要求，她也总是拒绝，最近她丈夫似乎也死了这条心,因此她说她终于感到松了口气……"

菊治想起祥子那副现代职业女性代表般的生龙活虎的样子。

"祥子拒绝和丈夫做爱,是开始工作以后的事情。"

"为什么?"

"因为有了工作,就有了拒绝的理由,所以十分轻松……"

在现代的夫妻关系中,类似这样的妻子是否很多? 菊治近来越来越不明白夫妻关系究竟是怎么一回事了。

"夫妻关系难道就是这样……"

世界上有各种各样的夫妇,没有性关系的夫妇数量恐怕出人意料地多,这就是所谓的"无性夫妇"。菊治和妻子分居之前,也有十年左右几乎没有性生活了。

究其原因,有些是单纯不再喜欢对方了,除此以外,还有双方都已感到厌倦、腻烦,以及有孩子等,反正理由是各式各样的,但很多人认为丈夫的倦怠才是主要原因。

听了冬香的讲述,看来妻子主动躲避性生活的情况也不在少数。有些妻子说到了这把年纪,不做这种事也无所谓,而且也不喜欢和丈夫做爱,所以尽量不让丈夫产生欲望。

两个原本是夫妇的男女,关系变得如此冷淡,实在令人费解,其主要原因恐怕还在男人身上。

像冬香这样,夫妻生活与其说没有快感,不如说是一种痛苦,加上丈夫不高兴时怒目以对,从表面来看,好像妻子十分任性,实际上丈夫并没有起到积极的引导作用,让妻子逐步适应性爱并由此产生快感,恐怕这就是丈夫的问题。

不管怎么说,像冬香这样厌恶做爱的女性竟能开出如此美丽的花朵,所以女子不能开花的话,责任应在男方。

"我觉得自己十分幸福。"冬香的话中充满了真情。

"自从遇到了你,我变得如此敏感。"

"没那么回事。"

冬香在性方面不断成熟,说明她体内本身就具有这种潜质。

"在你身上原来就具备这种素质。"

"是本身的素质呀……"冬香学舌后,觉得很可笑似的微微笑了起来。

"像我这么一个人也行吗?"

"当然啦,你是最棒的。"

其实菊治也没想到冬香能如此绽放,他觉得自己遇到了一生中最出色的女人。

"像你这么出色的女子,我也是第一次。"

"那好,你绝对不要离开我。"

两个人就这样彼此依偎、拥抱在一起。

这一天时间过得依然很快,菊治看了下表,已经十一点半了。

"又到这个时间了……"

难得冬香握着自己的那东西,菊治觉得这样起床有点儿可惜,只好再等下一次了。

"对不起。"冬香也露出一副依依不舍的神情,可又无可奈何。

看她这种样子,菊治又吻了她一次,自己先起来了。

菊治径直来到书房朝窗外望去,外边依然晴空万里。

菊治想起了以前提起的赏花的事情,向穿好衣服的冬香问:"现在再去看花,是不是太晚了?"

菊治明知有些勉强,可一想到不能一起去赏花,突然又觉得惋惜起来。

"照目前的样子看,明后两天也许没问题。"

"天气预报说从周末起开始下雨。"

果真如此,明天或后天就更应该去赏花了。

"一到樱花开放的季节,肯定会刮风下雨。大概樱花过于绚烂,所以遭老天嫉妒吧。"

"樱花的寿命真是太短了。"

菊治一边点头,一边想到,如果自己和冬香的事情被人发觉,也许会像樱花一样招人嫉妒。

"哎……"菊治对做回家准备的冬香试探了一句:"明天或后天还能见面吗?我还是希望一起去看樱花。"

"……"

"你是不是不能连着出来?"

"不是,明天学校有一个家长会,后天的话……"

"真的? 那老时间你能过来吗?"

"你这边没问题吗?"

虽说周刊杂志的截稿日期已经临近,但多少还能抽出一些时间。

"没问题,我一定在附近找一个漂亮的地方。"

"好。"冬香点了下头,向门口走去。

菊治望着她的背影,想象着她在学校听班主任讲话的样子。

家长会结束之后,她会和其他的母亲们一起寒暄,交流有关孩子们的话题吧。仅从外表上看,冬香大概显得十分开朗、幸福,估计婚外恋的痕迹一点儿都看不出来。

若是以前,肯定做不到今天刚见完,明后天又能见面,甚至连想都没想过,然而现在却成了现实。

冬香那边当然会有些困难,但她还是答应了下来。

这也是拜她搬到东京所赐。

一个人的时候,菊治高兴得不由得笑了起来,但望着春晖斜射的窗户,他突然有些不安起来。

两个人就这样不断地增加见面次数,疯狂地贪恋、求索对方,终归会有一个什么样的结局? 难道二人只能一同沉溺在欲壑难填的、爱的无底洞之中吗?

"而且将来……"菊治心中暗语,他闭上了眼睛。

在看不到将来的不安中,菊治变得有些自暴自弃起来,产生了一种该跌多深干脆就跌多深的想法。

在自己的一生当中,肯定不会再遇见像冬香这样心爱的女子了。虽说有些障碍,但这很可能就是菊治最后的恋爱。

菊治觉得今后大概不会碰上比这更好的事情了。和妻子已经分手,独生子也独立了,所以不会出现什么家庭问题。

在工作方面,现在的工作只是为了糊口。如果说今后有什么打算,就是希望从春天起开始创作小说,出版后重新得到众人的赞赏,但是能否如愿以偿,菊治自己也没有信心;就是万一成功了,也不会对自己现在的恋爱产生什么不良影响。

总而言之,事情到了这一步,索性彻底地沉溺于爱河之中算了。

不过,冬香那边也许就没这么简单了。她眼下确实深爱自己,在肉体上也极其投入,可现实生活中却有三个孩子。对丈夫虽然谈不上有什么爱情,但是三个孩子的存在,使她难以进一步沉溺到和自己的爱情当中。

还有就是让冬香的婚外情走得如此之远是否合适?

如果冬香一步步深陷到爱河之中,再也回不到原来的生活当中,该怎么办?自己是否真有权利这样做。把冬香拖累到这个地步,自己真能担得起这份责任吗?

在春日懒懒的空气中,菊治做了一会儿梦,又被现实警醒。

换作以前,菊治每次都是扳着指头计算到见面为止的日子。一个月还剩十天,还有三天,当约会日期临近的时候,菊治心中就开始紧张、兴奋。

可是这次和下次见面只隔了一天,睡两觉约会的日子就到了。真是太幸运了,菊治在等待中整个人都觉得轻飘飘的,没想到第二天傍晚,冬香突然发来一个短信。

"明天能和你见面,我非常高兴,不过老二今天有点儿感冒,所以没去上学。明天估计差不多能好,明天早上我再给你短信,好吗?"

读着短信,菊治叹了一口气。

现在正值冬春交替之际,感冒的孩子好像很多。冬香有三个孩子,其中一个感冒也没什么可奇怪的。

冬香讲过老大是个女孩儿,老二应该是小学二三年级的男孩儿吧。菊治心里明白,老二病倒的话,冬香很难出来。

家里有小孩儿,原来是这么一回事。菊治觉得一下子被带到了活生生的现实面前,未免有些沮丧。

即便如此,菊治也不能因此埋怨冬香。

他无可奈何地向窗外望去,下午起风了,樱花的花瓣开始纷纷飘落。

樱花恐怕就这样凋谢了吧?! 菊治变得有些失落,好歹等到明天再说,不然也别无他法。

这天晚上,菊治约了久违的中濑见面。

中濑是菊治以前在出版社工作时的同事,现在已经当上了那家出版社的董事。

他说银座有一家店鱼做得很好吃,所以就去了那里,在堆满冰块的柜台里有几十条刚捕上来的鱼并排放在那里。

"这都是些日本海中的好吃的鱼。"中濑对菊治说明。

他们先要了条左口鱼生吃,可菊治心里还在惦记着明天的事。

"那孩子明天能顺利退烧吧。"菊治不由得念叨出口。

"什么?"中濑问。

菊治显得有点儿心神不定,中濑好像从见面起就看出来了似的问道:"你和那个女人怎么样了?"

"嗯,还可以,就那样吧……"菊治暧昧地回答。

中濑继续追问:"还在继续,对你来说可真少见啊。"

"没那么回事。"

菊治主动提出分手的情况几乎没有,但他并没有把自己恋爱的事情对中濑讲过多少。

只有这次,由于太在乎冬香了,所以情不自禁地告诉了中濑。

"和已婚女性交往相当辛苦吧?"

"没那么回事……"

菊治嘴上否定,可心里又想起了由于孩子感冒,不知明天是否能和冬香见面的事情。

"你去找一个年轻点儿的女孩儿不好吗?"

"不,她也还年轻。"

菊治五十五岁,冬香不久后过完生日才三十七岁,算来将近差了二十岁,已经够年轻的了。

"当然了,和你相比,也许称得上年轻,反正是玩的话,我觉得再年轻一些的独身女子不是更轻松吗?"

"但是……"菊治喝了一口兑水的烧酒,继续说:"我并没有玩的打算。"

"什么?"中濑握着酒杯问:

"你还真动心了?"

"当然了,我不是说了嘛。"

中濑顿时上下打量起菊治来。

"说起来,你最近眼睛变得非常清亮。"

"变得清亮?"

菊治轻轻擦拭了一下眼睛周围。

"清亮,有什么不好吗?"

"不是说不好,我是说一般到了我们这种年龄,眼睛都会变得浑浊。我们并没有做什么坏事,只是活得年头多了,经历了世上各种各样的事情,所以眼睛自然也就渐渐变得浑浊了。这也是长大成人的一种标记吧,但是你的眼睛反而变得明亮起来。"

"就算这样,又怎么了?"菊治反驳道。

中濑说:"看样子,你这回是动真格的了。"

中濑仿佛不太理解菊治真心喜欢上已婚女性这件事。

"说实话,我还真有点儿担心,你还是适可而止才好。"

菊治也不是没那么想过,但现在他却不想听人劝。

"没什么的,放心吧。"菊治打断了这个话题,开始观察并排摆在柜台前面的各种鱼。

"左边那条黑色的大鱼是黑鲷鱼,旁边那条是鲕鱼,还有红鲷鱼、绿鳍鱼,闪着蓝光的鲭鱼,前面那条小一点儿的是鲹科鱼。"

在这家店里,好像可以把各自喜欢的鱼当场烤了或炖了给客人食用。

"那条红色的是辫子鱼吧?"菊治问。

留着白色胡须的店主点头道:"这种鱼烤着吃也很好吃。"

"给我看一下吧。"

在菊治的要求下,店主用手抓起那条鱼,从正面把鱼嘴掰开让菊治看。辫子鱼本身是粉红色的,只有喉咙深处漆黑一片,显得十分精悍。

"那么请把它烤一下吧。"

虽说是一家以柜台为中心的小料理店,但菊治还是觉得烤一整条鱼的话大概很贵,反正买单的是做董事的中濑,那就不要辜负他的一番好意,菊治又要了烧酒。

中濑问:"你曾说要写新书,怎么样了?"

"嗯,反正已经动笔了。"

最近由于写得比较顺手,已经写完了一百五十页了,菊治告诉了中濑。

"不错嘛,干劲不小啊。"

"怎么也得再写一本好书出来才行。"

"你的眼睛变得这么明亮,所以估计没问题。"

中濑开玩笑道,但是菊治本人也觉得这次感觉不错。

说实话,他觉得自己投入到恋爱中的激情,同样可以集中在小说创作上。

"那么说,你还得继续谈上一段时间的恋爱喽。"

"不是……"

菊治不是为了创作小说才恋爱的,而是因为开始恋爱以后,又能写出小说来了。菊治虽想解释,但还是一言不发地喝起了烧酒。

吃完了烤辫子鱼,又喝了一大碗蛤蜊清汤,菊治已酒足饭饱。

"怎么样,再去一家吧?"

中濑的意思是去银座的某家俱乐部或者酒吧,菊治当然没有异议。

就这样菊治跟着中濑来到一家开在大楼地下的俱乐部。店铺相当古老,菊治从前是畅销作家的时候,曾经来过一两次。谈不上十分高级,但由于常有作家出入,所以是一家相对轻松的俱乐部。

菊治跟着中濑走了进去,店内的装修已经完全变了模样,周围服务的那些小姐没有一个是菊治认识的。

只有一个人,就是妈妈桑还记得菊治:"这不是村尾老师吗?"她说,"您一直在哪儿高就啊?"

菊治自然写过小说,但在她的口气中,菊治已是久远不曾来往的客人。

"村尾和我是同一年进出版社的……"时隔很久，被妈妈桑称为"老师"，菊治重又想起自己曾是一位叫村尾章一郎的作家。

"来，先干一杯。"

中濑和菊治各自举起了兑水的威士忌喝了一口。中濑很快就和坐在旁边的一个年轻女孩儿搭上了话。

由于是一流出版社的董事，所以中濑说不定经常出入这类俱乐部。

菊治重新认识到自己和银座的俱乐部之间的疏远，就是中濑旁边的小姐，也引不起菊治多大兴趣。

不愧是银座的女孩子，年轻，穿着打扮也很时髦，菊治不由得和冬香进行了一番比较。

这些俱乐部年轻小姐身上缺的就是冬香那种独有的气质，那种低调沉稳的气质，不对，还有那份深情款款。

菊治想到这里的时候，突然响起了一声夸张的悲鸣，往那边看去的人都笑了起来。

好像是由于对面的客人把手伸进了小姐的双乳之间，引起了刚才的骚动。菊治觉得这是一个和自己完全无缘的世界，这时旁边一个头发染成茶色、圆脸的小姐搭讪道："老师？您是哪种老师？"

"没什么……，也就是在大学教点儿课。"他说。

在俱乐部坐了一个小时，菊治觉得银座不知什么地方让人静不下来，感到适应不了。菊治告辞前和中濑打了个招呼，打算一个人去四谷的荒木町。

略带醉意的菊治从银座搭地铁坐到四谷三丁目下来后，过了一条宽宽的大马路，不一会儿就穿过了杉大门的饮食街，再往前走二三十米，右边石阶处有一条小路。

登上这段和缓的石阶，就能看到正面有一个很大的公寓，从公寓的位置向下俯视，有一间窄小的房子，拉开日式房门，里面是一个能坐下七八个人的半圆形吧台。

妈妈桑以前似乎当过话剧演员，将近六十岁了，可是样子非常迷人，看上去不到五十岁。

"哎哟,今天是稀客啊。"

平时聚满了附近白领、总是热热闹闹的吧台,今天晚上却一个人都没有。

"那帮人刚刚回去。"

菊治朝正在收拾的妈妈桑点头致意,然后坐在了从里面数第二个座位上。

"还是这里让人舒心。"

中濑带菊治去的小料理屋和银座的俱乐部虽说都不错,但菊治还是觉得附近的平民化的小店更让人轻松。

"来点儿什么都不加的烧酒吧。"

"您在别处喝过了吧?"

"好久没去过银座的俱乐部了,去那儿坐了坐,但对我来说,还是便宜的小酒馆更合适。"

"便宜的小酒馆是什么意思?"

妈妈桑鼓起腮帮子说:"你被年轻的女孩子抛弃了吧?"

"不对,没那么回事,我还是喜欢成熟一些的女人。"

"明白了,你喜欢的是已婚女性吧?"

不久前菊治无意间说起过自己喜欢上了一个已婚女性,妈妈桑好像还记得似的。

"惠美今天不在吗?"

菊治今天没有看到那个平时来这儿打工的女大学生。

"她好像感冒了,今天没上班。"

菊治重新环视了一下四周,当发现只有他们两个人时,他试探地问道:"妈妈桑,你知道那种欲仙欲死的高潮吗?"

突然听到这个问题,妈妈桑发愣似的看着菊治。

酒吧里播放着藤圭子唱的一首老歌——《摩洛哥的女人》,低沉而慵懒的声音十分动人。菊治漫不经心地刚要随着哼唱,妈妈桑反问:"为什么你突然问我知不知道那种销魂的高潮?"

"请别误会,我一直想向你请教,世上有些女人知道这种销魂的滋味,而有些女子并不知道吧。"

妈妈桑的话刹那间喷了出来："还有这种分类？"

"也不是分类，根据经验的不同，女人对性爱和男人的看法都会因此发生变化吧。"

"当然了，应该是吧。"

妈妈桑开始喝起了淡淡的兑水威士忌。

"而且这种销魂的感受，年轻女孩子不太知道。但是，三四十岁左右的已婚女性，居然也有很多人不知道。"

"那是因为做丈夫的不够努力。"

不愧是妈妈桑，目光非常敏锐。

"妈妈有孩子吗？"

"有啊，有一个。"

到了这种年纪，妈妈桑好像也没有什么可掖着藏着的了。

"我问点儿事，行吗？"菊治的脸凑近了她。

"生孩子之前和生孩子之后，哪种时候感觉更好？"

"当然是生了孩子以后啊。"

"对吧。那是为什么？"

"什么为什么？"

妈妈桑微微歪起了残留着青春美貌痕迹的面孔。

"大概是因为生出了一个那么大的东西……"

"大的东西？"

"就是孩子呀，生了孩子以后，女人就再也没有什么可怕的了，发生了什么都不会惊奇。可能突然变得坚强了，甚至有点儿蛮不讲理。"

"原来如此，"菊治点头赞同，"您的意思是指女人生了孩子以后，才能变成一个独立的人。"

"当然啦，生孩子是女性普通的生理现象，所以生完孩子以后，才能成为真正的女人。"

"可是，到那时丈夫们却把自己的妻子叫做妈妈，不再去碰她们了。"

"您知道的真多呀。"妈妈桑哈哈大笑起来。

好像怕影响了他们之间的谈话似的,没有一个客人进来。菊治趁机接着问:"可生完孩子之后,人们不都说那个地方会变得很松弛吗?"

"哪有那么一回事。"妈妈桑当即反驳。

"在一段时间里,也许会出现这样现象,可不久就会恢复原状,书上不也这么写的。加上产后的女人变得十分敏感,我也是生了孩子以后,感觉才好起来的。"

"对吧,所以变得松弛那种说法是假的。"

"迷上已婚女人的小菊治既然这样说,是一定不会错的。"妈妈桑笑了一下,又问:"那个女人就那么好?"

"当然了,特别出色。"

"那,你离不开她了吧?"

菊治点了下头。

"够了,我听够了。"妈妈桑的声音稍带沙哑,然后感叹了一句,"不过,她也非常不易啊。"

"不易?"

"当然了,她还有老公吧。从其他的男人那儿享受到这种快感,她以后怎么办才好?"

听妈妈桑这么一说,菊治也无话可答。

"那个女人肯定十分苦恼。背着自己的丈夫,喜欢上你了。她该依附哪一边呢?怎么说呢,女人虽擅长撒谎,可一旦身体燃烧起来,就会变得无法忍耐下去。"

原来是这么一回事,菊治陷入了沉思。

"总有一天,恐怕那个女人也会离婚。"

"怎么会……"

"因为我也离婚了……"

眼前的妈妈桑原来有过那种经历。菊治重新打量起她眼睛周围的皱纹。

"我也有孩子,但是后来就算和老公呼吸同样的空气,我都觉得讨厌,所以分手了。"

"那,后来怎么着了?"

"接着我把离婚的事告诉了相好的男人,他突然觉得我成了一个沉重的负担,所以就逃跑了。我只好一个人努力,我在很多店都工作过。"

菊治一边听妈妈桑叙述,一边设想冬香离婚以后的情况。

如果她带着三个孩子来到自己身边,那该怎么办呢?菊治觉得自己不会逃走。由于不知道将来如何,他默默地喝起了烧酒。

大概和妈妈桑聊了三十分钟左右,又进来了新的客人。

这群客人菊治见过,是一群在建筑公司工作的男人,"嗨……"他们各自举起一只手打了招呼。

和他们简单聊了几句,菊治站起身来。

"哎呀,就回去了?"妈妈桑把菊治送到门外。

"今天的话题有些出格了。"

"哪里,哪里,听到妈妈知道那种销魂的高潮,我就放心了。"

"你别这么大声说呀。"

小路的另一头,正有几个男人路过。

"我觉得和那些了解销魂之感的女人聊天,无论说什么,她们都能理解似的。"

"男人不善待女人也不行。"

妈妈桑好像要把菊治一直送到石阶下面。他们并排向前走着,樱花的花瓣落在了他们的肩上。

菊治仰头朝上望去,只见小路旁边的高墙那边种有樱花。虽然外面很暗,看不真切,从墙里伸出来的树枝上开着樱花,在晚上开始刮起的春风中飘然落下。

"樱花开到明天也就差不多了吧?"

"是啊。"

妈妈桑点头时,二人已经来到了外面的大马路。

"回头见。"菊治举起右手说。

"您今儿个喝了不少,所以请多加小心。"

菊治"嗯,嗯"地点着头向地铁站走去,他拦住了前面的一辆出租车。

已经到了出租车深夜加钱的时间,但到千驮之谷的话,一千日元出头也就够了。

菊治在路上差点儿就睡着了,他总算回到了自己的家,脱了衣服就钻进了被子里。

这是一个不冷不热的春天的夜晚。

"冬香……"

菊治有一个毛病,喝醉回家的时候,总要嘟囔一句才睡。

菊治这天睡得很熟,早上六点,他觉得一阵口渴,才睁开了眼睛。昨天大概喝过头了,他从冰箱里拿出水喝了,又倒头睡了过去。

菊治再次醒来的时候,已是早晨八点,他急忙看了一下手机,有一条冬香的短信。

"对不起,小孩子还是退不了烧,我去不了了。我本来也很高兴,十分抱歉。"

菊治把这条短信反复读了三遍,又躺到了床上。

接下来菊治与其说在睡觉,不如说在床上闭着眼睛休息,有时朦朦胧胧地翻个身,磨磨蹭蹭地赖在床上而已。

就这么呆下去也没意思,可菊治的不满又无处发泄,只好一个人在床上撒赖。

这种事情菊治当然不是没有考虑过,他心里也明白冬香来不了的概率肯定比来要高。然而想象的东西一旦变成了事实,感觉就完全不一样了。

菊治知道孩子感冒是件无可奈何的事情,但他又觉得孩子只是发烧,哄他睡着了,冬香不就可以出来了?他现在真想打个电话给她:"现在出来怎么样?"

但是,冬香肯定比自己更为烦恼。她一定也是想尽办法争取出来,结果还是不行。所以在短信一开始她就道歉说"对不起",最后又写到:"我本来也很高兴,十分抱歉。"

既然和已婚女性交往,就应该有这种心理准备。菊治提醒自己,但还是静不下心来。

不管怎么说,冬香来的话,现在正是他们在床边开始脱衣服的时间,然后双双倒在床上相互拥抱。

想着想着,菊治的下半身又开始不老实起来。那个地方特别忠实于感性,理性压制起不到什么作用。

菊治抓起自己的东西，上下轻轻地滑动手指。

冬香来了的话，等她攥住那个家伙并使它变得十分威猛的时候，肯定会说："请给我吧。"

"不行，不行。"菊治用话挑逗让她着急，等到冬香苦苦哀求的时候，自己再徐徐进入她的体内。

菊治把整个过程在自己脑海中演绎了一遍，身体逐渐热了起来。

"冬香……"菊治低语。

"哎。"冬香答道。

菊治的脑海中冬香雪白的身体开始疯狂挣扎。

已经是一把年纪了，菊治也为自己的行为感到羞耻，在樱花开始飘零的春日里，菊治也一个人走向了凋零。

短　夜

黑夜在不知不觉中渐渐短了起来，菊治睁开眼睛的时候，窗外已经开始发白。

菊治觉得该是凌晨五点左右，他看了一下枕旁的时钟，果不其然，可是窗帘缝隙中透过的光亮已经有清晨的征兆。

四月差不多就快结束了，再过几天就是五月了。

在夜晚渐短的黎明，菊治做了一个梦，其内容模糊得只剩下一种羞涩的记忆。

那究竟是一个什么梦？菊治只有一点可以肯定，就是冬香当时就在自己旁边。

当菊治想把冬香抱过来的时候，周围却有人在。好像是在一个类似体育馆一样宽敞的地方，周围有些不认识的人，只有菊治和冬香近乎全裸地偎依在一起。

菊治想到若在这时被人发现极为不妙，可是冬香还要去抓他那个东西。

"不行！"菊治说，但他身体的一部分却无法控制地耸了出来，令他十分难堪。

仿佛得到了满足，又好像没得到满足，梦做到一半，不上不下的，在天明十分做的这个春梦，只留给他一种暧昧的感觉。

做了这样一个春梦，是由于不断升温的欲望得不到发泄，才会在出现在梦中吗？

"真难为情……"

菊治一边回想放荡的梦境，一边想起今天冬香约好要来。

上次因为孩子突然感冒没能见成面，至今过了将近小半个月了。

在这期间,他们已经见过四次,几乎是一星期见两次面的频率。

菊治因此觉得有些忐忑不安,不过冬香的孩子已经适应了新学校和新幼儿园的生活,所以她也不用那么费心了。

话虽这么说,冬香自己能够自由支配的时间还是上午,而且学校从四月中旬开始供应午餐,所以冬香一点以前从菊治那儿出来就来得及。

上午九点半来,十二点回去和下午一点钟回去,两者差别很大。

幽会的时间延长一个小时,就使双方的幸福时光更为甜蜜。

今天用什么体位结合,又以什么方式达到高潮呢?

菊治任凭自己的思绪四处飞扬,这时明媚的阳光已经射进房间,他觉得有些不好意思,所以起了床。

樱花业已凋谢,所有的树枝上都长满了绿叶。

樱花虽然美好,花期却十分短暂,令人们充满了惋惜之情,倒是樱花凋零以后,菊治反而觉得神清气爽。

樱花盛开的时候,的确漂亮且让人着迷,但是花开花落过于匆忙,使人心中得不到宁静。

正如古人诗歌中吟唱的那样"心无宁日",这和春天的悠闲、宁静相差甚远。

也许由于没能和冬香一起去赏花,樱花凋谢之后,菊治心中反而感到十分痛快。

樱花季节过后,菊治喜欢上了四照花。

在住宅区的道路两旁,菊治意外地发现了四照花,虽然只是花蕾,但四片白色的花瓣在万里晴空下显得水灵灵的。

说起来,昨天欣赏四照花时,菊治不知道为什么突然想起来了冬香。

许是黄昏的缘故,渐渐暗淡的天空,使得四照花的白色非常醒目,菊治觉得四照花的低调和静寂与冬香的性格十分相像。

菊治昨天站在那里凝视了一会儿花朵,而冬香本人今天终于出现了。

公寓大门的门铃响后,过了几分钟,房间的门铃也响了。

菊治迫不及待地打开门,冬香站在面前。

她穿了一件象牙白色的短外套和同色的裙子,当菊治看见她胸前戴着自己送她的高跟鞋项链时非常高兴。

冬香正是一朵雪白的四照花,在初夏的微风中飘了进来。

两个人顿时在门口接起吻来,这已经成为他们的惯例。

"你来了太好了,我想死你了。"

"我也一样,又见到你了,太高兴了。"

这些对话都是通过拥抱、接吻表达出来的。

亲昵之后,冬香开始脱起鞋来。她弯下腰把两个人的鞋子头朝外摆好,菊治牵起她的手向卧室走去。

"昨天看到四照花,我想起你来了。"

"为什么?"

"四照花雪白而温柔……"菊治这时轻轻补充了一句。

"那种树,正是因为树上液体很多,才被叫做四照花的。"

"什么呀……"

冬香一副羞涩的样子垂下了眼睑。

由于冬香把见面的时间延长了一个小时,所以两个人的约会在时间上多少有了些宽裕。

至今为止,他们总是有一种被时光追逐的感觉,就是脱衣服也是慌手慌脚的,眼下他们都能慢条斯理地脱衣服,菊治先上了床,冬香猫腰上来时说:"那个,那边的窗帘……"

床前面的窗帘应该拉好了,但好像留下一条缝隙,初夏的阳光从那里射了进来。

菊治坐起身来,将两边的窗帘重新拉好,冬香终于来到了床上。

两个人之间无论多么亲密,冬香总是蹑手蹑脚地从后面上来,当她钻进被子里的时候,双方搂作一团,胸贴着胸,四肢交叠在一起。

两个人就这样互相温暖对方,菊治这时缓缓伸出右手从背到腰对冬香进行爱抚。

"咦?"菊治忽然惊讶了一声。

菊治原以为冬香穿的是平时的吊带睡裙,没想到她今天好像穿了一套上下分开的短内衣。

"怎么回事?"由于冬香今天穿的内衣不同往日,菊治发出了疑问。

"今天我穿了件吊带小背心。"

"这个,我不太喜欢。"

穿牛仔裤的时候,配吊带小背心也许更为合适,可菊治还是喜欢吊带睡裙。再加上冬香穿了内裤,菊治也不乐意。

"我不是说过下面什么也不能穿吗?"

菊治不由分说地命令:"不行,马上脱了。"

菊治把手伸进了冬香的内裤里边,她自己主动脱了起来。

菊治等她脱完,一切都安静下来后伸手一摸,总算触到了冬香滑溜溜的臀部。

"由于你不守规矩,这是对你的惩罚。"

说是惩罚,其实不过是用力搂紧她,激烈地做爱,这正中了冬香的下怀,令她欢喜不已,根本起不到惩罚她的作用。

还不如干脆打开窗帘,菊治希望在光天化日之下向冬香求欢,但很可能引起容易害羞的冬香死命抵抗。

与其那样,不如尽量勾起冬香的好奇心,让她变得张皇失措。

菊治想了一会儿,突然有了主意。

冬香不会喝酒,几乎是滴酒不沾。口对口地喂她酒喝,情况允许的话,再轻轻亲吻她的私处。

这绝对是个好主意,菊治马上从床上跳了下去,拿起了客厅茶几上的白兰地。这是很久以前的一个采访对象———家公司社长送的,不愧是高级白兰地,一拔下木塞,就飘出一股浓郁的酒香。

菊治含了一口白兰地,回到床上,亲吻冬香。

菊治用自己的嘴唇一下子封住了什么都不知道、凑上前来的冬香的嘴唇,然后顺着她的牙缝把白兰地灌了进去。

冬香顿时仰起了下巴,可已经喝下了几滴,她这才发现是度数很高的烈酒。

冬香慌忙想把嘴唇移开,但菊治用嘴使劲压住了她,从舌头缝中将酒一滴一滴地喂进她的口中。

在菊治的压迫下，冬香终于放弃了挣扎。她双唇微张，将剩下的白兰地徐徐咽下，轻轻咳嗽起来。

这时，菊治终于松开了冬香的嘴唇，早晨的惩罚到此结束。

"吓了一大跳吧？"

"这是什么啊？"

"是白兰地，非常香醇吧？"

冬香仿佛还在因为被突然灌进白兰地的强烈刺激而回不过来神。她慢慢摇着头，把脸贴近菊治胸前喃喃自语："我的身体发起热来了。"

"没关系。"菊治重新轻轻地从肩到臀爱抚起冬香，他小声道："今天我一定好好伺候你。"

这点儿酒不会让冬香喝醉，但她的身体火一样的感觉，肯定会比往常更加疯狂。

两个人之间的情欲随着时间的推移，仿佛在发生某种微妙的变化。

第一阶段是两个人刚刚结识，合二为一的时期，他们一旦见面就会疯狂地索求，相互做爱，那种激情近乎一种贪欲。

第一阶段过了之后，双方都会有所冷静，开始希望尽情享受性的欢愉。

这个时期到了第二阶段，从这时开始女性在性爱中获得的快感不断增多和加强。

然后是第三阶段，从这个阶段起，男女双方的关系已经进入了成熟期，双方可以随心所欲地享受云雨之欢，性爱之中会加进一些更为放肆、增进情趣的各种游戏。这个阶段可以说是男女性爱最辉煌的时期。

按照上述分类，菊治和冬香眼下的关系可以说刚刚结束了第二阶段，正在跨入第三阶段，也许可以称之为辉煌时期的开端。

这从刚才菊治一边亲吻冬香，一边把白兰地喂入她口中的行为也能看出端倪。

双方虽然对彼此之间的爱欲感到满足，同时又希望能尝试一些新的变化，向往进一步纵情于色情的世界当中。其第一步刚才已经悄悄地迈出。

新的尝试到此还没有结束。冬香抱怨她的身体变得火热，菊治准备加重她的不堪，为了让她更加兴奋，他又开始亲吻冬香可爱的秘境。当然这和以往单纯的亲吻有所不同。

菊治口中含了一口白兰地，就这样吻在冬香的花蕊之上，使她最为敏感的区域慢慢变热，燃烧起来。

即便没有这些，冬香照样能够感受快感，充分燃烧。在这方面菊治比任何人都要清楚，但他还是想增添一些新的花招，让冬香惊讶，使她慌张。

在某种意义上，这可以说是男人的一种施虐行为，而女子则是受虐一方，综合起来看，这种行为近乎变态，然而对于彼此相爱的男女来说，这只不过是一种增进性爱情趣的尝试。

菊治又下去喝了一小口白兰地，然后回到床上，将脸埋在了冬香的两腿之间。

"讨厌……"冬香语言上虽在拒绝，可她那甜美的语气，说明她还没发现菊治真正的目的。

从丰满的双峰到柔软的腰肢，再到腹部，冬香的身体光滑如丝，令人十分舒服。当然她小腹上还能隐约看到生过三个孩子的妊娠线，可那也是一个成熟女人的标志。其中最令男人迷醉的还是冬香雪白的肌肤。

菊治抚摸着她那柔软的肌肤，不过他的目的只有一个，就是芳草深处的花蕊入口。

冬香自然也知道菊治的想法，却没有摆出反抗的架势。只有当菊治的面孔埋进她双腿之间的时候，她用劲夹紧了膝盖，想将下半身躲开。

不过进展到这一步，菊治也没有住手的道理。

冬香眼下几乎是一副仰面朝上的姿势，上身虽穿了吊带小背心，下身却是一丝不挂。菊治缓缓地将脸凑近暴露在外的芳草地，把嘴唇贴了上去。

他先用嘴唇覆在隆起的小小花蕾上，然后分开左右两边的花瓣，把舌头伸了进去。

"住手……"

冬香呻吟，菊治的舌头却不管不顾地左右挑逗，他的鼻尖触到了芳草深处，他忽然想起了"海藻酒"这个词。

不知是哪个精于此道的色鬼想出来的词语,意思是把酒滴洒到女性腿间的三角地带,芳草在酒的作用下微微摇摆,看起来就像海藻摇摆一般。

这时男人会埋下头来恭恭敬敬地吮吸美酒。这是天下男人梦寐以求的美酒,据说两腿收得很紧的女性一滴酒也不会漏到下面。

菊治没有把握能否做到那种程度,因为只有女方配合才可能成功。他想要做的事情相对要简单得多。

菊治先和往常一样亲吻冬香,使她放心,再拿起放在地板上的杯子,从中呷了一口白兰地含在嘴里,然后他的脸凑向冬香的秘境,双唇覆向她的花瓣。

这时菊治假装想要亲吻那里似的,其实却把口中的白兰地缓缓地滴入冬香的腿间。

菊治眼见着白兰地迟缓而准确地落在冬香的花蕊之上,她顿时喊了起来:"什么呀,你干了什么……"

同冬香的嘴唇一样,她可爱的秘境也被浓郁醇香的白兰地包围,仿佛燃起了火焰一般。

菊治不顾冬香惊慌失措,继续亲吻她的私处,冬香伸出双手好似要把菊治的脑袋拨开。

"住手啊,烫得要命……"

虽说经过了唾液的稀释,但在那么敏感的地方滴上白兰地,那种火烧火燎的灼热感根本无法避免。

"不行,你怎么弄的?"

在冬香拼命推搡下,菊治的嘴唇总算离开了她,接着他从正面紧紧抱住了冬香。

他的双臂紧紧搂住了冬香的肩头,把自己由于逗弄对方而兴奋不已的东西嵌入了她的体内。

"啊"的一声冬香弓起了身子,两个人的结合反而使她踏实了似的。菊治开始摆动腰部,冬香继续高叫:"热,哎,热死了……"

这是因为刚才在亲吻她的时候输入了白兰地,所以冬香的身体无论上下,肯定都像被火点燃一般炽热。

"哎,会变成什么样?"

菊治也不知道怎么回答冬香。其实他自己的东西也因沾上了白兰地有些发烫,但是没那么厉害。

菊治顾不了这些,他抓住冬香燃烧起来的时机,拼命抽送起来。

冬香随之颦眉晃头,一边小声喘息,一边向顶峰冲去。

"热,"她还在唠叨,但不久就改口成"太棒了",在发出"不得了了"的感叹同时,冬香已经完全沉浸在快感当中,过了一会儿,随着一阵轻微的痉挛,她留下一句"救命"就到达了高潮。

冬香仿佛贪婪地吸取了所有的欢愉用于燃烧,对她的身体那种绝对的纵情方式,菊治感到有点儿恐怖。

能够感受如此激烈的快感,并不断地深入其中的女人身体究竟是何物? 菊治既觉得是情欲的一种登峰造极的表现,又仿佛窥见了这之后的无底深渊。

"大概是白兰地的过错⋯⋯"

菊治突然意识到这不是刚才的白兰地的游戏问题,冬香的身体本身已经踏入了一条通往快乐世界的不归路。

近来,菊治与冬香之间的云雨,这种变化十分明显。

以前冬香经过快乐的燃烧到达高潮之后,就可获得极大的满足,体内的火焰也会慢慢地平息下来。菊治察觉到她会沉浸在遍布全身的快感之中,享受做爱的余韵。

然而最近冬香在登上顶峰、达到高潮之后,事情却没有结束。她马上就开始为下一次攀登快乐的巅峰进行准备。

一次的销魂并不能结束,两次、三次,冬香为了追求更多的销魂而攀登。

支撑这种源源不断的欲望的能量又来自何处? 面对女子身体里的那种贪欲,菊治虽感惊讶,但不知为什么反而很想满足对方。

为了这个目的,菊治只得拼命隐忍,不能达到高潮。

女子的身体沉浸在欢乐的享受之中,而男子却要极力保持冷静,极力忍耐,这到底是怎么一回事?

这样一来,不是女子得到满足,而男人得到的却是一连串的苦行吗?菊治的脑海里刹那间闪过了这个念头,但紧接着他又打心眼里觉得,为了让心爱的女人完全陷入狂欢,就是燃尽自己的生命也在所不惜。

真真切切地目送女子最后达到顶峰,菊治觉得男人本身就是一种吃亏的角色。

不过这种做法可以让男人身心变得更加张扬,若说无可奈何,也确是无可奈何。

然而女子到达顶峰时,其感性内容是什么样的呢?

不管怎么努力,男人都无法明白这点,上次在冬香激烈地到达高潮之后,菊治曾试着问过:"那个,你说的'飞了',最后是一种什么感觉?"

对此,冬香似乎回想了一会儿才答:"仿佛全身的细胞都沸腾起来,变得炽热……就这样一下子飘到了云彩上边,然后一下子又从云端掉到了无底洞一样。那个,就好像坐在那种极为刺激的云霄飞车一样,先冲上去,再落下来,就是死了也心甘情愿……"

冬香眼下正如自己描绘的一般,乘着快乐的云霄飞车,开始了忘我地绝叫。

"哎,哎,要去哪儿呀……"

冬香发出濒临死亡的叫声,终于乘着快乐的云霄飞车要从云端开始下降。

降落后两个人的身体并没有分开。冬香还在飘飘欲仙般享受云霄飞车的余韵,双方的局部还牢牢连在一起。

当然这和最初的那种紧密并不一样。菊治的局部已经失去了大部分的气力,停留在散发着燃烧之后余热的冬香体内。

冬香已经充分享受了那种忘我的快感,目前只是在体味余韵而已,所以菊治觉得这时即使分开也不要紧了。

实际上,菊治一直拼命忍耐,刚才总算达到了高潮,正处于一种宝刀已断、袖箭尽失的阶段。现在不管冬香再要求什么,他也没有力气动弹一下了。

这时菊治悄悄地抽身想要退出自己的东西。

"唔……"冬香刹那间发出了抗议,"啊,不要……"她摇头表示反对。

"不行,出来不行……"冬香的不满非常明显。

冬香自从搬到东京以后，类似的表示已经能够相当明白地表现出来了。

冬香似乎希望在达到高潮之后，菊治的那个部分继续停留在自己体内一段时间。

冬香乐意的话，菊治当然想让她全部如愿以偿，他停住刚要退出的部分，让她留在余热尚存的花园中游玩。说实话，此时男人已没有快感，不过女人只要对方留在自己体内，好像就能得到满足。女人是否觉得那样就能抓住男人的一切？其实男人和女人的身体有着本质上的区别。不管男人多么威猛，如何强人所难，其高昂的欲望也只能维持一段时间，有其局限性。

与之相比，女人的欲望却可以得到无限的满足。激情过后，女子仍能长时间地遨游在欢娱的世界里。

也就是说，男人的性是有限的，而女人的性是无限的。换一种说法，女人的欲望世界越变越大，而男人的欲望世界每况愈下，越变越小。

就这样又过了一会儿，菊治觉得冬香已得到充分的满足，所以慢慢地抽身而退。但她还是"唔"了一声表示恋恋不舍，接着突然冒出一句："我已经到达这种地步……"

"这种地步"说的是什么意思？这是冬香数次达到高潮之后的喃喃自语，由此看来说的应该是达到性爱高潮时的顶峰。

如真如此，迄今为止引领她到达顶峰的正是菊治本人。正是由于菊治专致的爱情和拼命的努力，冬香才能到达如此的巅峰。

"那有什么不行的？"菊治轻轻地问道。他认为不错的事情，若给冬香留下什么不安或后悔的印象，那将十分遗憾。

"没说不行……"冬香懒散地嘟囔。

"我很高兴。只是，过后觉得不得了了……"

"不得了？"

"自从和你相识以来，那种快感就不断增加。我现在已经到了无法回头的境地……"

将来的事姑且不谈，冬香的这番话对男人来说或许是一种荣誉。

"人竟然可以发生这么大的变化。"冬香到现在似乎才对自己的变化感到吃惊。

"不对,你不是发生了变化。"

菊治突然想对冬香使点儿小坏。"你从一开始就是个好色的女人。"

"怎么会呢?"

菊治替面带不满的冬香撩起了垂在额前的散发。

"女人喜欢男人是当然的了。在这种意义上,男人和女人都是好色的,只是因为各种原因遮掩起来罢了。不过冬香你现在总算能够大方地表达出来了……"

"是你把我变成这样的呀。"

"我正等着你这样说呢。"

两个人迅速拥吻一下,分开后冬香试探道:"那么,不管我怎么喜欢你都行啦?"

"当然了。"

菊治点头,冬香悄悄伸出手来,触摸他的那个部位。

她仿佛犹豫是否就这样握住,不久就像抓着最佳时机似的,五根手指紧紧地攥住了它。

上次樱花盛开的那天,冬香握住了它的时候,由于没有时间,只好不了了之。

今天却有大把的时间,菊治将自己的手握在一脸害羞的冬香的手外边,带着她从上往下滑动。

因为握着的本来就是自己的东西,所以怎样才能舒服,菊治心里最为清楚。

两个人就这样手把着手,冬香的动作虽然有些迟疑,却也在上下套弄。

冬香最可爱的地方就是对菊治的要求十分顺从。有时虽然犹豫,但还是羞羞答答地努力去做。

然而,菊治最关键的地方,不久之前刚刚响应冬香的强烈要求达到了高潮。紧接着又让它马上恢复精神,实在是强人所难。

如果因此要冬香住手,菊治又觉得可惜。

在默不作声的时候,冬香问:"我是不是很笨?"

"不笨……"菊治慌忙否定。冬香问出这样的问题,越发显得非常可爱。

"我没做过这种事,对不起。"

冬香提过她丈夫以前逼她那样做,但她却做不了。然而面对菊治,她却是自己主动去做。

"你做得已经相当不错了。"

听到菊治的表扬,冬香似乎平添了一份自信,她加大了手指上的力度。

"我希望让你无比舒服。"

冬香的心情菊治十分理解。实际上,原以为抬不起头来的东西,在冬香的努力下,开始有了复苏的迹象。

这真是不可思议的事情,菊治合上双眼,只觉得冬香缓缓地向自己小腹一带移去。

也许她要,菊治刚想到这儿,冬香问:"那个,这儿……"

冬香恐怕是在害羞,她犹豫了片刻,还是问出口来:"我可以吻吻吗?"

菊治当然巴不得她那样做了,就算冬香不做,他也觉得非常满足了。

"没事,不做也行……"

"但是那样做,男人特舒服吧?"

就这样冬香滑向了菊治两腿之间,把她手中的玩意儿轻柔地含到了嘴里。

冬香埋头俯在床上,用双唇含住菊治的东西,用舌头轻轻舔舐。

菊治身体上的快感就不用说了,心爱的女人为自己降贵屈尊到如此地步,眼前的事实令他的心灵受到了震撼,他极为感动。

而且这并不是菊治强迫对方做的,是冬香自己提出"想做",主动将脸凑近,并将其含在口中。

如果没有爱的话,冬香绝对做不出来,而且必须是那种发自心底的、深深的爱情。

自己让对方做出这种牺牲合适吗? 更何况她还是别人的妻子。

菊治刹那间竟产生了一种罪恶感,但现实中的享受却又使他忘记一切,他心中一阵狂跳。

"啊……"菊治忍不住喊出声来,他一边小声呻吟,一边受不了似的抓向了冬香的头发。

说实话,冬香的口交技巧并没有那么高明,相反,还伴随着一种没有自信的犹豫,正是这种笨拙和不熟练的地方,更能惹人心醉。

不管怎么说,自己心爱的女人把脸埋在自己的两腿之间,将自己的东西温柔地含在嘴里,这种姿势在某种程度上表明了女性对男性的服从,作为一个男人,没有比这更能让自己的自尊心得到满足,更能让情欲高涨的事情了。

在这种真实的感觉和信心鼓舞下,男人那个东西切切实实地恢复了往日的威武,变得坚硬起来。

没有比男人的东西更容易被情绪所左右了。如果女性极富爱情和献身精神,它马上就能恢复力量;稍有不安或丧失自信,立即又会失去精神。

从某种意识上讲,男人是一种最容易害羞和受伤的动物。外表上的粗壮威猛,说不定正是为了掩饰自己的脆弱的一种虚张声势。

眼下的菊治由于得到了男人至为重要的自信和爱,所以他的局部令他自己也难以相信地缓慢然而坚实地苏醒过来。

当然这是冬香的献身精神带来的结果,可是她本人是否知晓菊治这些心理活动? 也许她什么都没考虑,只是尽心尽意地吮吸菊治的局部而已。

冬香也许希望重新把它纳入自己体内,她正在为享受更多的快活而翘首以待。

"喂……"菊治忍无可忍地喊出声来。

到了这种时刻,菊治已然忍不下去了。他犹豫着就这样达到高潮,还是将其送入冬香的体内。

"我不行了。"菊治说着想要抽出自己的身体,冬香似乎也放弃了一般,她突然仰起脸,同时抱住了菊治的身体。

冬香恐怕也和菊治同样,在口中含着的情况下,变得忍无可忍起来。两个人就像雪崩一样堆在一起,从侧面合二为一。

自己刚才还在这里达到了高潮,没想到这么快又卷土重来,菊治惊讶得目瞪口呆,冬香很快就享受起欢愉,她主动向后扬腰,高声喊道:"太棒了!"

自己这匹飞奔的骏马能够坚持到什么时候? 菊治本人并没有多少自信,可冬香愿意奔跑的话,他希望竭尽全力去支撑她。虽说没有刚开始的那种刚强,但不管怎么说都要留在冬香体内,绝不能败下阵来。

正是这种疲软的状态,反而救了菊治,他那个东西出人意料地没有达到高潮,冬香纵马乘胜追击,她浑身欲火熊熊,迅速地向前冲去,最后大叫:"杀死我吧……"

刹那间,菊治怀疑起自己的耳朵,于是他慢慢凝神朝冬香望去。

就在刚才那个瞬间,冬香仿佛到达了巅峰。

在叫喊声中达到高潮的女人身体在菊治的斜上方,全身像弓一样往后反扬,双手垂落在床上。

这好比是在男人身上猝死的美女一样,可以称为美女腹死图吧。

冬香从高潮中苏醒还需要一段时间。

菊治保持着原有的姿势,将双手放到冬香的胸前,从胸到腹慢慢爱抚着她。

等到冬香不久后从昏死中苏醒过来轻轻蠕动身体的时候,他悄悄抽出了自己的东西。

冬香的身体顿时表示出不满,不过马上就死心了似的慢慢回转过身子,在面对菊治时紧紧地贴住了他。

在恢复了寂静之后,菊治怀中拥着冬香悄悄地问:"刚才,你喊了'杀死我吧'。"

冬香轻轻点点头,仿佛在说"是这样的"。

从口中吐出"杀死我吧",实在不是一件简单的事情,而且还多次甩着头发呼唤对方。

以前冬香在告诉菊治那种销魂的快乐时,曾经嘟嚷过:"快乐得简直要死了一样……"

由这句话分析,达到快乐顶峰的时候,犹如梦见死亡一般,喊叫"杀死我吧"可能也很自然。

即使这样,快乐得想要去死,甚至想让对方一口气杀死自己,究竟又是怎么一回事?

说句老实话,男人的快感不会高扬至此。说得再明白一些,男人在射精的一刹那,会被一种飘飘欲仙的快感俘虏,可惜的是那只是一瞬间的感觉,一瞬间之后男人马上就会梦醒。

如果不是瞬间的感觉,快感能够一直持续下去的话,男人也会喊出"杀死我吧"……

无论怎么思考,菊治终归是个男人,所以很难理解这种事情。

总之,女子达到高潮的那种快感,其刺激的强烈程度说不定远远超过了男人的想象。

"原来如此……"

菊治静静地抱着刚刚吞噬了全部的快乐、瞥见了死亡世界的一角的女子身体,温柔地抚摸着她的后背。

他不知道该说"辛苦了",还是"你真出色",或者是"你太厉害了"。

不管怎么说,菊治从没见过如此敏感且炽烈燃烧的女子,而引导她的正是他本人。

沉浸在惊奇、欢喜和倦怠之中,菊治嘟囔了一句:"好漂亮……"

一个好女子,不管怎样狂乱,都会像樱花飘落一样美丽。

菊治想从后面抱住冬香,她却好似在低声哭泣。

刚刚还沉溺在快乐得要死的世界里,冬香为什么会哭呢?

"怎么啦?"

冬香不回答,似乎在拼命忍住呜咽一样,过了一会儿,她突然低语:"我可能被侵犯了……"

菊治慌忙追问:"到底是怎么回事?"

冬香使劲地左右摇头:"我自己也搞不明白。"

冬香一边说自己也不清楚,又说"可能被侵犯了",究竟是什么意思呢?这么严重的事情,冬香为什么直到现在才说出来?

"发生什么了呀?突然……"菊治问。

冬香声音模糊地答道:"就算听了这种事,也请你不要讨厌我。"

"我怎么可能讨厌你呢?"

"真的吗?"冬香强调了一句后,开始说了起来:"就在昨天夜里,那个人又喝醉了酒才回来。"

冬香可以说几乎不提家里的事情,她口中的"那个人",指的就是她的丈夫。

那个人又喝醉了回来,从冬香的话中可以知道她的丈夫嗜酒如命,好像经常喝醉,或许因为他刚刚调到东京工作,所以东请西请的有很多喝酒的机会。

"然后呢……"

"我在泡澡,正打算休息,结果突然听到:'先别睡觉……'"

只要想象冬香家里的内部结构,就能断定酒醉而归的丈夫是在客厅里和妻子搭话的。

"我没有办法就坐在那里,那个人提出要我偶尔也陪他喝喝酒。"

作为中年夫妻,的确有可能出现这种情况。

"那个人让我拿杯子来,所以我就拿来了,结果他就给我也倒了酒。"

"你不是没什么酒量吗?"

"是这样的,但是那个人多次纠缠命令我'喝下去',我仍旧没喝,由于对方强迫我'无论如何都得喝',我害怕起来……"

对方毕竟是冬香的丈夫。菊治觉得被对方强迫喝酒并没有什么可怕的,可冬香的感受却似乎完全不同。

"那个人一旦喝醉酒就两眼发直,所以我无可奈何就喝了一杯。喝完以后,不知为什么我突然觉得很困。"

"你刚刚泡完澡,是不是有些虚脱?"

"不,不是那种感觉,我一下子头晕目眩起来,连起身都起不来了……"

冬香说的事情听上去非比寻常。

菊治刚想继续追问,又觉得好像在探究人家夫妻之间的秘密,于是缄口不言,这时冬香靠近他,略带胆怯地说:"我也许被人下了什么药。"

"药?"

"对,是安眠药。"

怎么可能呢?难道冬香的丈夫不经她的允许,偷偷给她服用了安眠药,而且是喝醉了酒回来?他为什么非要对刚泡完澡的妻子做这种事情不可?

"那他是不是把药放到了酒里?不过你当时没觉得有什么特别吗?"

"我当时觉得酒好像有点儿苦,那个人手里有各种各样的药。"

听说冬香的丈夫在制药公司工作,所以要想弄到安眠药的话的确十分容易。

但是,这也不能成为偷偷给妻子下药,使其昏睡的理由。他是半开玩笑似的试着做的吗?

"你就那样睡着了吗?"

"我已经睁不开眼睛了,'我先休息了。'说完我就要去卧室。这时,就听对方说'到这边来'……"

看样子当时气氛变得十分诡异,菊治屏住了呼吸。

"我平时总是和孩子们一起睡,那个人独自在里面的房间睡觉,我被他强行带到了里面,我极不愿意,但由于困得要命……"

"然后呢?"

菊治不由得把身体向前探去。

"我也记不清楚了,觉得自己好像被脱光了衣服……"

在深更半夜,丈夫亲手扒掉了被安眠药迷倒的冬香的睡衣。

"怎么会呢?"

"可是非常奇怪,我醒来时发现,衣服都……"

即使睡着了,如果被人单方面脱光了衣服,感到什么地方异常或许也十分自然。

"他为什么要做这种事?"

"我也不清楚,可能是我一直拒绝和他……"

菊治以前听冬香说起过一直逃避丈夫求欢。

即便如此,冬香说的事情也非比寻常。

在一天夜里,喝醉回家的丈夫要求妻子陪他喝酒,然后将安眠药放在酒里等等,而且还将被药放倒的妻子脱得一丝不挂……

如果是一般的夫妻,这种事情绝难想象。岂止如此,就算夫妻关系多少有些异常,也不会有丈夫做这种事。

当然,冬香的丈夫好像十分怨恨她。即使偶尔求欢,也很难得到她的允许,是出于对妻子顽固不化的愤慨,他才设计出这种愚蠢的事情的吗?

这样一想,不是不能理解,不过那难道说不是一种强奸吗?就算因为对方是妻子,谈不上那么严重,可若换作妻子以外的女人,这就是地地道道的犯罪。即便是妻子,恐怕也是一种犯罪。

菊治渐渐对冬香的丈夫产生了一股怒火。

"那件事,你不会搞错吧?"

"虽然我当时头昏昏沉沉的,但是……"

冬香此刻好像拼命回忆什么一般,双手按在了太阳穴上。

"当时的地方好像十分明亮,由于晃眼我想把脸扭开,但身体却动不了……"

"那么,房间里的灯一直开得亮堂堂的……"

菊治想象着在灯光耀眼的房间里,冬香的丈夫从上面俯视妻子被剥得一丝不挂的身体。那时她丈夫的眼睛盯在哪里?手又触摸什么地方了呢?

白皙而光滑的肢体赤裸裸的,完全听凭丈夫摆布,没有半点儿反抗。不管是否受到了侵犯,在那一刻冬香的身体和遭到蹂躏并无两样。

仅只是想象,菊治就已觉得头脑发热,头晕目眩起来,一想到那个被剥得精光的身体正在自己眼前,菊治不禁陷入了一种怪怪的感觉之中。

"接下来呢?"

菊治忍不住寻根究底,冬香正在等他追问般点点头。

"我记得的只有这些。只是到了黎明时分,我发现自己躺在丈夫身旁,就慌忙逃了出去……"

由于冬香这时变得沉默不语,菊治继续追问:"怎么啦?"

冬香用蚊子一样的小声嘟哝:"我被强迫……"

冬香再次一边啜泣一边道歉:"对不起……"

看来冬香还是被丈夫剥得一丝不挂地强暴了。

不对,丈夫强迫妻子发生关系,被称为强暴或许有些过分。

然而,妻子不想做爱,却故意下药使其昏睡,然后强行发生关系,所以被人说成强奸也属正常。

冬香本来并没说得那么具体,但是她说出了"我被强迫"这几个字眼,接着便声音哽咽,哭出声来,从这种情景来看,菊治就基本上了解了当时发生了什么情况。

虽说当时失去了意识,但只要检查一下自己的身体,马上就能明白是否被人侵犯。

这种做法实在是太过分了,菊治有些控制不住自己的怒火,冬香再次低语:
"对不起……"

"别这样……"菊治坚定地摇了摇头。

这次的事情冬香无需道歉。她几乎是在完全失去抵抗力的情况下被人侵犯
的,所以她没有任何责任。

"在那之后,我不知把自己的身体洗了多少遍,所以应该没问题了。"

菊治其实并不在乎那种事情。

冬香既然是别人的妻子,就算和丈夫发生了关系,菊治也没有说三道四的
资格。

问题是冬香的感情,她能否那样简单地忘记?

"而且那个人特别恶心。早上我回避他目光的时候,他却咧嘴一笑……"

菊治的眼前浮现出一幅奇异的夫妻关系图。

"我决不允许那种事情再次发生。"冬香狠命地吐出这句话后,再次询问菊
治:"你不会就此讨厌我了吧?"

"怎么会……"

菊治的感情是不会因为那种事情动摇的,况且冬香诉说以前二人已经约好。

"你半点儿错误也没有。"

"好高兴啊……"

这次冬香主动抱住了菊治,她一边把脸在菊治胸前来回蹭着,一边说:"我希
望忘记所有不愉快的事情,所以说什么也要得到你的原谅,总之我下了决心,今
天不管事情结果怎么样都行……"

说不定正是这种想法,使今天的冬香做爱时更加疯狂。

"即使那样……"菊治动起了脑筋。

他真不希望让冬香回到那种毫不讲理的丈夫身边,冬香肯定也不想回去。

话虽这样说,把冬香留在自己身边又会怎么样呢?

冬香夫妇之间的关系进一步恶化绝对无法避免,也许不久就会离婚。到了
那个时候,自己是否真能接受冬香? 迄今为止,菊治曾多次想过这个问题,却没
有绝对的自信。

说实话,如果只有冬香一个人,菊治现在就有接纳她的心理准备,可要他连同三个幼小的孩子一起接纳,他还是下不了决心。

这次的事件看起来是由于冬香拒绝和丈夫做爱才发生的,但实际上整个事件的背后还隐藏着自己这样一个男人。

在某种意义上,菊治才是应该道歉的一方:"对不起……"菊治不禁嗳嚅出声。

"为什么?"冬香问。

"不,都是因为我……"

"没有那么一回事。正是因为遇到了你,我才尝到了眼下的欢愉,所以整个人才重又活了过来。"

冬香的说法虽让菊治欢喜,但这也是她和丈夫越来越难以相处的原因。

"可是这样下去的话,够你受的吧?"

"是啊……"冬香点头。

"那个人从前有些地方就很奇怪。"

"奇怪?"

"他有很多恶心的录像带,有时一个人躲在房间里看。"

冬香说的似乎是丈夫看黄色录像带的事,不过那种事情恐怕很多男人都做过。

妻子因此就拒绝做爱的话,指责丈夫一边,或许有失公允。

"通过这次的事件,我是彻彻底底地讨厌他了。"

冬香的心情,菊治也能理解,然而双方的立场都能理解正是菊治最为难受的地方。

"我再也不会给那个人。绝不允许再有那种事情。"

冬香说完这句话,开始起身下床。

看起来她还是要回十分讨厌的丈夫的家。

原来觉得三个小时的时间相当富余,等到意识到时,已经飞快地过去了。

每次分手的时候都很难过,今天更是格外难舍难分。冬香受到了丈夫的蹂躏,菊治心里真不愿她回到那个家中,可冬香已和往常一样换好衣服,到浴室整理仪容去了。

冬香出来的时候,也许是哭过的原因,眼睛四周稍微有些红肿。

"那么……"

菊治从后面一把抱住了将要归去的冬香。他就这样紧紧拥住她的上身,在激烈的接吻中,冬香手中的提包掉到了地上,她也不顾一切地回抱起菊治。

菊治不想分手,冬香也不想回家。

两个人嘴唇紧紧贴在一起,舌与舌之间互相纠缠,由此都能感受到彼此的甜蜜。

然而,不管多么激烈的亲吻,总有曲终人散的时候。双方在唇舌紧密相接的过程中,呼吸逐渐变得困难起来,他们的嘴唇顿时分了开来。在那一瞬间,他们同时回到了现实,明白不得不分手了,不由得都倒吸了一口气。

过了一会儿,冬香想起来似的捡起了掉在地上的提包。看到这种情景,菊治也意识到该是分手的时候了。

"我把你送到车站……"

从菊治家到车站,走路要七八分钟。

开始的时候,菊治每次必送冬香,后来也就不送了。冬香的客气是原因之一,最主要的是每次在车站月台上目送冬香离去,都令菊治十分难受。而且菊治觉得自己也一把年纪了,多少有些害臊,再加上冬香回家的背影会让菊治变得垂头丧气。

今天菊治却想把冬香送到车站。就算要面对现实,也要坚定地和现实进行斗争。

"走吧……"

冬香一身春装,在衬衣外套了件毛衣,菊治将手搭在她的肩上出了走廊,乘电梯来到下面的公寓大厅,在门口遇到了正在修整花坛的公寓管理员。

管理员六十五岁左右,显得十分稳重:"你好。"双方彼此打了个招呼。

菊治和冬香在一起的时候,已经碰到过管理员几次了,他心里说不定以为他们是一对恋人。

出了门口,下了几个台阶之后就走到了大路上,路左边迎面开着白色的四照花。

大概已经可以称为"初夏"，走在阳光下让人出了一层细密的汗，路上菊治突然想牵冬香的手。

附近自然就是商店街了，却没有多少行人，只有来来往往的车辆。

成年男女在这种地方手牵着手走路的话，周围的人没准会侧目而视。菊治虽然这样想，但还是试探问："我们牵着手走，好吗？"

冬香一下子停住了脚步，看着菊治悄悄地笑了。

"真那样做的话，会被人家笑话的。"

"不过……"

菊治不管不顾地握了一下冬香空闲的那只手，然后马上松开，装模作样地向前走去。

"对了，你的生日是什么时候？"

"五月二十号。"

"那，你是双子座的了？"

"不是，是金牛座的。"

"金牛座的人对周围的人小心翼翼，而且柔顺稳重……"

菊治想起了以前读过的一本星座书的内容，刚要说出来，冬香继续道："对于将来的事情不甚着急，优哉游哉的，朴素，但属于扎实派……"

"最后的地方有点儿不一样。"

冬香如果属于朴素而扎实的女人，就不会变成眼前这种状态。菊治刚把自己的想法说出，冬香当即反驳："是你把我变成那样的……"

"是我把你变得不扎实的？"

"对……"菊治颔首表示同意。

"你生日的时候，我想和你一起吃饭。"

"你真要给我过生日？"

"当然了，但晚上不方便，是吧？"

"我记得应该是星期五。"冬香说完，将初夏的微风吹乱的头发捋上去后问："如果我出得来的话，我们能见面吗？"

"当然了,若能在外面过夜的话,我想带你去个地方旅行。"

"真的呀?"

冬香重新确认了一遍,菊治刹那间有些不安起来。

冬香真能出来的话,她和丈夫之间的关系究竟会变成什么样子?

冬香的生日姑且放在一旁,眼下迫在眉睫的问题是黄金周。

"黄金周期间怎么办?"

依照以往的惯例,放假时因为孩子在家,冬香无法出来。菊治虽已不抱希望,但像这次这么长的连休,他却不知道自己是否忍得了一直不见面。

"五月儿童节的时候,我打算回一趟高槻。"

"那,要和祥子见面……"

"对,她一直叫我们过去,因为孩子们非常高兴。"

那时冬香的丈夫也一起去吧? 让菊治在意的是,照刚才说的情形,冬香夫妻也许是分别行动。

"话说回来了,我们呢?"站在车站前面等红绿灯的时候,菊治问。

"连休期间不放假的日子我可以出来,但因为学校没有午饭,我十一点就得从这边走。"

那样一来,冬香九点半到,只有不到一个半小时的时间。

"时间这么短,可以吗?"

"当然了……"

"我尽可能早一些到。"

为了只有一个半小时的约会,冬香得拼命赶路,她这种一根筋的地方十分可爱,菊治又握住了她的手,眼见着红灯变成了绿灯,才松开她重又走了起来。

穿过那条宽阔的大道,前面就是车站,冬香站在左边的存车处。

望着她裹在象牙白色套装里略显柔弱的背影,菊治突然忆起了她刚才那句"杀死我吧"的叫喊。

刹那间,冬香回过头来,微笑着回到他的身边。

"那么,我回去了。"她说。

"下次见面是五月二号吧。"

"对,请多关照。"

确认了下次见面的日期之后,菊治点头说道:"尽管时间很长,我好好忍忍。"

"我也一样,不会忘记您的。"

在正午的车站前面,两个人不能如往常一样久久相互凝视。

"去吧。"菊治说。

冬香再一次低头行礼,然后朝车站里面走去。

黄金周也给菊治的生活带来了很大的影响。

虽然大学里的课不用上了,但是周刊杂志那头由于要临时增刊,并赶在黄金周之前发行,所以菊治十分繁忙。

实际上,从菊治和冬香分手的第二天开始,几天来他一直处于连续开夜车的状态,到了四月三十号校稿结束,工作总算告了一个段落。第二天菊治整整睡了一天,五月二号冬香按时出现在他那里。

"今天电车里空空荡荡的。"

由于正处于黄金周期间,白天很多人大概都在家休息。

可是菊治和冬香却没有这份悠闲。幽会时间还不到两小时,所以菊治马上把冬香带到床边,冬香充满歉意地说:"对不起,昨天我那个开始来了,今天我们就一起呆一会儿,好吗?"

冬香说的似乎是月经的事情。

以前曾经碰到过冬香月经要完的时候,今天的出血量比那次恐怕要多得多。

"我不在乎。"

要有一段时间不能和冬香见面,所以只把她拥入怀中,对菊治来说实在难耐。

他从浴室里拿出来一块大浴巾,把它铺在自己和冬香的腰下面。

"这样一来,就不要紧了。"

"可是……"

冬香还是十分犹豫,但菊治却说什么都想和她做爱。

"这样吧,我来给你做那个吧。"

"那个……"菊治重复了一句,忽然领悟到冬香说的是口交。

"今天你就凑合一下吧……"

菊治当然十分高兴,然而冬香那样一做,自己说不定会更想要她。

"但是……"

正当菊治迟疑不决的时候,冬香却很快伏下身子,将脸凑向他的两腿之间。

冬香是否要重复上次做的事情?菊治的念头刚刚一转,他的那个东西就已经开始膨胀,变得十分雄壮。

这时冬香的手温柔地摩挲着它,一会儿又轻轻地握住,菊治感到一股热气朝它的顶部扑来。

"啊……"在发出呻吟的同时,菊治闭上了眼睛,他就这样掉进了一个甜美的梦幻世界当中。

温柔、火烫而又舒服,一股酥痒的刺激传遍了菊治的全身,那种令人发狂的感觉实在难以用一句话概括。

倘若桃源仙境真在世界上存在的话,眼前的此情此景正好比是男人的桃源仙境……

由于过于刺激,菊治左右摇动着脑袋,一边发出连他自己也无法想象的呻吟,一边痛苦地喊道:"住手!"

这样继续下去,他肯定会忍耐不住,将冬香的口内弄脏。这种不堪菊治说什么都要避免。

不过,冬香却没有住手的意思。相反,菊治越是叫她"住手",她的爱抚就愈发激烈。

冬香不久之前刚刚学会口交,可她的动作却如此一丝不苟,深得其精髓。

"不行呀……"

菊治完全陷于冬香舌头的缠绕之中,每当她进行温柔的舔舐,菊治就不禁叫喊连声。冬香也许觉得他的呻吟十分有趣,舌头的动作也就更加激烈。

冬香说不定在口交的过程中发现了某种乐趣,与其说她是在服侍菊治,不如说她可能陷入了虐待对方的快乐之中。

"快,快住手……"

冬香再继续下去的话，菊治已经根本无法忍耐。

菊治又发出了一声叫喊，他推开冬香，一边用手捂住欲火中烧的地方，一边哀求："我想要你，所以求求你了……"

被菊治推开的冬香无可奈何地抬起了头，一副十分为难的表情嘟囔着："可是，真的很脏啊。"

"没关系，只要是你，再怎么脏也可以。"

事到如今，不如干脆在冬香的体内被血染红。

"我不在乎，求求你了。"

在菊治多次哀求下，冬香终于脱下了内裤，接纳了他。

"好暖和……"

虽说在月经期间，可冬香在为菊治口交的过程中似乎也燃烧起来。

就这样不知是血液还是爱液，在两者交融在一起的温暖中，菊治的那个东西愈发不可收拾。

"特别特别舒服……"菊治高叫。

"我也一样。"冬香回应。

两个人完全忘记了月经的事情，共同向顶峰攀登。

有些女性恐怕认为月经期间不能和男性发生关系，事情是否果真如此？

首先由于不洁，女性会有一种羞耻感，并担心因此会让男人扫兴，经期做爱也许的确不太合适。不过当事人双方都能接受的话，其实并没有什么问题。

其次有些人可能认为在医学上这种做法行不通，实际上应该不成问题。从绝对不会怀孕这个角度来讲，经期做爱甚至可以说最为安全。

"你别在意……"菊治先让冬香放松，然后低语："你就不顾一切，尽情享受吧。"

冬香在这个时候能够接纳自己，令菊治非常感动，一想到双方在鲜血之中交合在一起，菊治就变得更加兴奋。

不管怎么说，两个人一旦合二为一，就再也不能够分开。之后他们只能跟着感觉，共同向快乐的巅峰攀登。那是完美之爱的一种补充，况且还有不把周围弄脏的方法。

"好棒……"冬香眼下已经忘了自己的身体状况,发出了忘乎所以的呻吟。

据说有些女性在排卵日和经期前十分容易兴奋,冬香现在又处于何种状态?不对,近来冬香在任何时候都极易燃烧,应该与这些日期无关。

总之,今天她也相当奋勇地向上攀登,最后随着一句"饶了我吧"的喊叫达到了高潮,菊治同时也随之而去。

在一下子迎面扑来的快乐波浪中,菊治的快感不久就如退潮般逐渐消退;冬香的身体却还处在兴奋当中,仿佛漂游在欢娱的大海之中。

为了迎合冬香,菊治仍旧停留在她体内,回味刚才的快感。与其说是一种单纯的快感,不如说是与冬香之血的交合,菊治沉浸在这种快感的余韵当中,不久他看准机会,悄悄退出了冬香的身体。

"啊,不要……"冬香还是依依不舍。

菊治缓缓地抽出来,用准备好的毛巾盖在那个部位之上,然后重新抱紧了冬香。

"好不好?"

"好……"

到达了快乐巅峰的冬香,仿佛已把月经之事忘得一干二净。

性爱之后,总是最先清醒的一方开始活动。眼下菊治将毛巾留在冬香双腿之间,从床上起身。

"你再休息一会儿吧。"菊治说完就向浴室走去。

还是有些血污,菊治却不怎么在意。相反,当那些红色的印迹被热水冲走的时候,他多少觉得有些可惜。

然后他用毛巾擦干身体,重新回到卧室,冬香正在将床单取下。

"对不起,还是把床单弄脏了……"

"一点儿小事,不用介意,哪儿弄脏了?"

菊治刚想查看,冬香捂住了弄脏的地方。

"那个,毛巾和床单我想拿回去,行不行?因为我想洗一下……"

这种家务事,菊治自己也能做。

"没关系,我自己送洗衣店就可以了。"

"那你把毛巾洗一下吧,我把床单带回去洗,有替换的床单吗?"

菊治从后面的衣柜中拿出洗好的床单。

"马上就能弄好,请等一下。"冬香说。

看样子冬香希望菊治暂时离开卧室。

按照冬香的吩咐,菊治走出卧室,来到厨房。他从冰箱里拿出乌龙茶,又回到书房坐下。

窗外还是老样子,晴空万里。

看到窗外耀眼的景色,菊治想起来今天是黄金周中间的一天。

从明天起,冬香会带着孩子们去关西,在那儿和祥子等人见面,她们将聊些什么?她丈夫是否跟着一起去?

菊治一边思索,一边在中午明媚的阳光中闭上了眼睛。这时冬香轻轻敲了一下门,走了进来。

"对不起,毛巾我已经洗了一遍,床单也换好了,弄脏的床单我下次带来。"

冬香手里提着放了脏床单的口袋,已经做好了回家的准备。

"下次,就定在六号吧。"

"知道了,没问题吗?"

眼下菊治除了和冬香见面以外,没有安排其他的活动。

在菊治最为空闲的黄金周连休的后半阶段,他最心爱的冬香却不在东京。

儿童节的时候,冬香要带孩子们回以前住惯了的地方去,这也是没有办法的事,可是这段日子自己又怎么过呢?菊治呆呆地思索起来,他忽然意识到自己周围几乎没有什么亲朋好友。

当然,偶尔约在一起喝酒的中濑,现在教书的大学讲师森下,和他们都能聊一些亲密的话题。

然而,他们都是彼此有事时才会见上一面,不是能够进一步讨论更深的话题或者一起去旅行那种关系。

菊治没有什么亲近的朋友理由之一,可能是由于他三十多岁就辞去了出版社的工作。他成了单枪匹马的作家之后,就没有了志同道合、休戚与共的朋友。作为一个自由职业者,当然应该有这样的觉悟,菊治对此也没有什么特别的不满。

五十岁过后，人开始变得孤独也是理所当然的。加上菊治又没有关系亲密的家人，与妻子也已分居，所以孤独也是无可奈何的事情。实际上正是因为孤独，所以才有自由，若要菊治从中选择一样，即使有些寂寞，他还是会选择自由。

关于孤独的问题，菊治心里已经释然，可是下面几天休息又该如何度过？

菊治自然也有很多事情要做。首先，已经动笔的《虚无与激情》应该尽快完成，还有在大学讲授的中世纪日本文学，也需要查阅一些新的资料，并把自己的观点总结出来。再有就是偶尔进行一下户外活动，打一打从四十岁开始且完全没有长进的高尔夫，另外也想看看电影、话剧什么的。

菊治心中虽说积攒了许多要做的事情，却在考虑如何打发闲暇时间，那是因为他没有做事的心情。

这样下去如何是好！菊治在反省自己的同时，心里却非常明白，这半年来他把全部的心思都投进了和冬香的恋爱之中。

不论是见得到，还是见不到的日子里，冬香总是萦绕在菊治的脑海之中，他心里唯一的想法就是和冬香约会。

"我并没有偷懒，我只是全心全意地投入到恋爱之中而已。"

对其他人来说，这也许不成其为理由，但对菊治来讲，却是一个堂而皇之的借口。

菊治一边漫无边际地思考，一边从冰箱里取出啤酒来喝。

像菊治这种自由职业者，黄金周连休其实和他并没有什么关系，只是一想到社会上的人们都在休息，心中自然也就多了一份闲适的感觉。加上天气如此晴好，这种日子里闷在家里，自己都觉得实在有些可惜。菊治虽说对自己感到非常失望，却又没有出门的兴致。

总之，菊治希望靠在椅子上，多享受一会儿初夏的阳光。

他就这样喝着啤酒，微闭双眸，眼前不由浮现出冬香的身影。

冬香现在正在京都换车，还是已经到了高槻？她是否正在那里连同祥子和孩子们尽情享受重逢后的欢乐？

菊治一边想象，一边忽又想起祥子说起过冬香的老公又优秀又英俊的事情。

这次旅行冬香的丈夫是否也一同前往？冬香如此厌恶她丈夫，所以他们不会一起去吧？菊治打消了怀疑，紧接着别的杂念又闪过他的脑海。

祥子说不定对冬香的丈夫抱有好感。怎么会呢？不会有那种事情。那样一来，祥子不就等于背叛了冬香？

菊治把自己这个想法也否定了，他继续喝着啤酒。

相比之下，最大的问题还是冬香与丈夫之间的关系。

上次从冬香口中听到的事情使菊治受到了很大的冲击，冬香的丈夫将她药倒的时候，的确发生了关系吧。

"我可能被侵犯了……"从冬香这种暧昧的说法来看，她还是被丈夫蹂躏了。

在明亮的灯光下，与一丝不挂的妻子性交的情景，显得异常淫荡而妖艳，糟蹋几乎没有意识的妻子，冬香的丈夫能否得到满足？还有一点令菊治至今不能释怀，冬香的丈夫在对毫无抵抗能力的妻子进行奸淫的时候，会不会察觉了什么别的东西？

说实话，现在的冬香和过去的她决然不同，在性方面可以说已经熟透了，她了解所有的快感，对于爱抚也变得十分敏感。

那样一个敏感的身体，虽说当时意识朦胧，但真的不会对丈夫的爱抚产生感觉吗？不管她心中是否乐意，她那森林深处会不会自然而然涌出一份湿润？

菊治一边觉得不会发生那种事情，一边又想如果冬香的反应被她丈夫识破，从而觉得可疑，那将是一件可怕的事情。

为了摆脱种种无聊的想法，菊治不停地喝着啤酒。

就算冬香的丈夫探究她沉睡的身体，也不可能发现什么。即便冬香的私处变得湿润，或者有所反应，那也不能马上断定为妻子红杏出墙。

"不过……"菊治回想起来。

每次和冬香幽会的时候，他都想过要在她的乳房、耳朵甚至大腿上留下亲吻的痕迹。实际上，他的确在她的乳房上留过轻微的吻痕，之后如果马上发生了这种事，事情就会变得难以收拾。

不管怎么说，冬香现在和丈夫住在一起，所以自己一定要小心谨慎。菊治在这样提醒自己的同时，又觉得若和冬香继续发展下去，被她丈夫发现也只是时间早晚的问题。

万一出现那种情况,冬香会是什么态度? 自己又该如何是好? 一想到这些,菊治便觉得有些窒息。

总而言之,将来那些未知的事情再怎么去想也无济于事。

为了调整心情,菊治向窗外望去,就像掐算好了似的,他的手机传来了短信到了的声音。

菊治慌忙打开手机,正是冬香发来的:"现在我在祥子女士那里。孩子们都出去了,我正好抽空儿给您发个短信。离得越远,我对您的思念就越强烈。还有三天,我期盼时间快快过去。"

短信的中间和最后都加上了笑脸和心形的图案。

看完短信,菊治马上回了一个:"我等你回来。你一离开,我就觉得忐忑不安,光想一些无聊的事情。下次见面的时候,那个也完了吧。作为让我久等的惩罚,我将长长地吻你那里,你再怎么求饶,我都不会答应。"

短信结尾,菊治接连加上唇吻和心形的标记,发了出去。

不一会儿,冬香又发来了一个短信:"我不在期间,你乖乖的。我回来后可要检查呦。"

不管以前如何,现在自己如此喜欢冬香,怎么可能去沾花惹草。菊治一边苦笑,一边回了个短信:"你也要把自己那个地方锁好,不许任何人碰。"

在冬香到来前的三天之间,菊治一直猫在家里写自己的小说。

和外界的接触,也就是有时看一眼电视,去便利店买东西而已,其余的时间,从中午起菊治就拉上蕾丝窗帘对着桌子埋头苦干。

如此笔耕,总算有了成果,到冬香要来的那天早上,菊治已经写了二百五十页稿纸。黄金周开始时,菊治写了还不到一百页,所以这三天他一口气创作了一百页以上。

边思念自己心爱的女人边进行创作,可谓文思泉涌。照现在的感觉,下面还需写上一百五十六页,加起来就成了一部近四百页的长篇小说,如此一来,此书应该会成为一部内容丰富、极具可读性的作品。

"村尾章一郎,期待已久的长篇巨作《虚无与激情》。"

"经历了痛苦的爱情创作出来的《爱的墓碑》的作者,时隔已久的爱情杰作。"

菊治想象着小说问世时各大报纸上那些热闹的广告字眼,心里不觉一阵怦怦乱跳。

"我要通过这部小说成功地重返文坛,再次成为畅销小说作家,然后让冬香离婚……"

菊治望着眼前一摞厚厚的稿纸独自点头,这时门铃响了,期盼已久的冬香出现在他面前。

打开门之后,冬香微微行了一礼,在进到房间的同时,两个人热吻起来。这种举动已经成为他们之间的一种习惯,也是一种问候。

"你怎么过的?"

"我一直在思念你……"

最初非常容易害羞的冬香,眼下这种台词已能脱口而出。

径直来到卧室,雪崩般倒在床上,也已成为二人之间一种自然而然的固定流程。

"想死我了。"

"我也一样。"

这种语言上的抒发变得多余,他们紧紧地拥在一起,重新贪恋起彼此的双唇。

然而他们的身体已经欲火中烧,双方迫不及待地融合在一起。

"好温暖……"

"真深……"

他们相互感叹,菊治进入了冬香的身体,冬香紧紧包裹着菊治,两个人亲密无间。

"男人和女人是为了在这个世上结合而被上帝创造出来的。"菊治想起了昨天夜晚自己在小说中所写的一段。

两个人的身体不论多少次重叠在一起,都没有相同的情况。每次结合的方式,发情的样子,以及攀登巅峰的道路都完全不同,但有一点却十分清楚,就是冬香的快感确确实实地在不断加强变深。

这点不必通过语言询问。在冬香燃烧、狂乱、达到高潮的整个过程中,她不时发出的呻吟及颤抖,就能让菊治心里再明白不过了。

眼下的冬香同样变得更加激烈,且多次攀上巅峰,在忍无可忍的最后关头,"杀死我吧……"随着一声悠长而低沉的喊叫,她达到了高潮。

冬香看上去似昏死过去一般,看样子要让她从那个遥远的世界重新苏醒过来,还需要一定的时间。

从快乐的死亡当中缓缓醒来的冬香,在菊治的胸前依偎了一会儿,似乎想起了什么,她问:"我究竟怎么了?"

菊治听到她问,不知如何作答是好。只是从她刚才激烈地达到高潮的情形来看,冬香仿佛对以前不曾有过的崭新体验感到某种困惑。

"好不好?"

"好。"冬香答,接着突然冒出一句:"我好害怕……"

"害怕?"

"我不知道自己究竟能飞到多高……"

在一次又一次欢愉的飞翔中,冬香不知道哪里才是真正的顶峰。冬香是否窥视到前方是一片沼泽般的无底深渊,正在由于胆怯而战抖。

在感受了那么强烈的快感之后,冬香究竟害怕什么?说实话,菊治作为男人没有感受过那种快感。只是随着冬香燃烧得越来越激烈,菊治担心自己早晚也会被她拖下地狱。

"别害怕。"菊治的双臂紧紧地搂住了冬香。

"不管你飞到多高,都没关系。"

"真的吗?真的啊。"冬香接连不断地重复了两次,继续倾诉衷肠:"请不要离开我……"

"当然,我不会离开你。"

今天的冬香比往日飞得更高,过分的满足是否反而使她陷入到不安之中。

在享受了欢愉之后,分手的时刻又到了。

如果世界上没有"分手"二字,两个人可以怎样沉溺在爱的世界里,又能得到多大的满足?

不过,换一种思维方式,正是因为有了分离,两个人才能回到正常的世界里。倘若没有分手,两个人就只能一直沉溺在快乐的沼泽当中,沉没下去。

"起来吧?"

菊治的建议同时也是逃离快乐沼泽的指令。冬香也察觉了这一点,乖乖地从床上坐了起来。

她穿好内衣后又套上外衣,和起床的速度相比,她的动作明显加快,不到二十分钟,她就梳理完头发,穿整齐了衣服。

"这是上次的床单。"

冬香是在自己家附近的洗衣店送洗的吗? 她把刚刚洗好的床单递给了菊治。

菊治在接过床单的同时打听道:"高槻之行怎么样?"

"嗯,祥子女士特别高兴,孩子们也因为好久没见了,所以玩到夜里很晚……"

这时菊治装出一副不经意的样子继续问:"那个,你丈夫也在一起?"

"没有……"冬香干脆地摇了摇头。

"那个人,好像有别的约会……"

"约会?"

"好像约了去打高尔夫。"

冬香的丈夫是跟公司的同事们一起去的吧? 据说他是个优秀的白领,和不擅长高尔夫的菊治不同,他的高尔夫说不定非常出色。

总之,从他黄金周和朋友一起去打高尔夫来看,冬香的丈夫对她也没有那么深情,也许两个人之间的关系已经十分冷淡。

"黄金周的连休已经结束了。"

菊治换了个话题,冬香也表示赞同。

"您还记得吗? 您曾说过我生日的时候要带我出去。"

"当然啦,如果当天困难的话,换一天也成。"

"不用,没问题。"冬香说完,又叮嘱了一句:"您可一定要带我去啊。"

菊治当然打算带她出去,可两个人当真能在外面过上一夜吗? 菊治一边担心,一边微微点了下头。

夏 风

当树木缀满青翠的时候,有时会突然刮来一阵清爽的凉风。风力不是很强,却也不弱。从房间向外望去,让人觉得这只不过是初夏阳光耀眼的一天。

然而一旦来到外面,就会感到绿荫丛中刮过来一阵出人意料的清风。所谓"夏风",指的正是这种凉风。

菊治和冬香一起去箱根那天,也刮起了这种初夏的清风。

五月二十一号,金牛座的最后一天是冬香的生日,她三十七岁了。

菊治一直想为冬香祝寿,若像平时那样上午匆匆忙忙见上一面,未免过于简单。两个人难道就不能晚上偶尔在一起,共进一次悠闲的晚餐吗?

菊治不经意地谈到了这个话题,冬香立即表示赞同:"我能出得来。"

她甚至提出晚上也许能在外面住上一夜,菊治听后吃了一惊。

冬香生日那天,她怎么可能把丈夫和孩子留在家里,自己在外边过夜? 菊治有些半信半疑,但冬香却有条不紊地着手准备。生日的一个星期前,"您真打算带我出去吧?"她又确认了一次。

冬香只要想去,菊治自然是再欢迎不过的了。

"没问题呀。"菊治嘴上虽然这么回答,其实心中却七上八下的,如果被冬香的丈夫发现了怎么办? 冬香的行动是否过于大胆?

不过到了生日这一天,冬香按照约定,下午四点半准时出现在新宿车站。

她穿了一件淡蓝色的吊带背心,外边罩了一件米色的薄毛衣,手中拿着一个略微显大的提包。

"今天风有点儿大。"冬香一边将被刮过月台的风吹乱的头发梳拢在一起,一边含笑低语。

看到这种景象,菊治想起了楸邨的一句俳句:"夏风吹过去,幽思醒过来。"

冬香不会到了车站又突然改变主意吧?

从新宿乘小田急线的"浪漫号"列车,一个小时多一点儿就到了小田原,然后改乘出租车向箱根山上驶去,目标是芦之湖中间地段的一家旅馆。

菊治把今天的安排告诉了冬香,两人并排坐在"浪漫号"列车上相视一笑。

对菊治来说,他的笑容包含了"难得你能出来"的酬谢之意;而冬香却是那种"你看,我确实出来了吧"的会心的笑容。

可是,冬香是怎么做到这么大大方方地离家外出的? 菊治问她缘由,冬香一副正中下怀的表情。

"我把乡下的婆婆叫来帮忙,说以前工作过的公司有一个聚会……"

冬香讲过她以前曾在京都一家和纺织有关的公司工作过,她是以此做借口的吧。

冬香的婆婆真不错,竟然从富山来到东京。菊治问起此事,"我邀请她说,请一定来东京观光一下。"冬香答道。

原来还有这么一个办法,菊治表示明白,问题是冬香的丈夫。冬香对他又是怎么说明的? 这是菊治最在意的地方。"那个人对我的事情毫不关心……"冬香回答得十分干脆。

"生日?"

"那种事情,他早就忘了。"

他们不是夫妇吗? 菊治想,但他转念又一想,自己到了四十多岁的时候,妻子不提醒的话,也根本记不得对方的生日了。

由此看来,冬香夫妇正在因循菊治他们走过的生活道路,夫妻关系走向冷淡。

"我还没去过箱根呢。"冬香似乎读了旅游指南之类的书籍,"我以为只有山,原来还有湖呢。"

"虽然叫做芦之湖,但相当之大。湖水周围的群山像屏风一样包围着整个湖水。"

"我们可以在那里享受二人世界。"

"就是这儿。"冬香霎时指向窗外。

新百合之丘,冬香现在住的地方,那是一个什么样的地方,菊治看了一眼,特快列车转瞬而去。

"只要自己想做,就能心想事成。"

冬香的这份自信,令菊治多少有些恐惧。

当"浪漫号"列车达到小田原时,已经过了傍晚六点。

接下来要坐出租车到箱根去。

菊治向排在车站前面的出租车招了招手,先让冬香上去以后,自己也坐了上去。

"请到芦之湖的龙宫殿。"

"欢迎光临。"司机发出一声很有气势的问候,车子穿过散发着温泉气味的汤本,向山上驶去。

"箱根之山乃一道天险。"正如人们曾经讴歌的一样,上山的道路崎岖曲折,左右两边的树木迎面扑来。车子在绿色的山谷之间左弯右转逶迤向前。

"这儿的空气真新鲜,好舒服啊!"

冬香打开车窗,呼吸山里的空气。

菊治悄悄地握住她的一只手低语:"今天住的是日式旅馆。"

"真的吗? 我好久没睡过有榻榻米的房间了。"

冬香在关西和东京住的都是公寓,她那么说也很自然。

"太高兴了。"

冬香悄悄回握住菊治的手。菊治用手指在她掌心轻轻挠了几下,她慌忙松开了手,接着她也用手指去挠菊治,两个人不停地来回戏耍。他们向窗外看的时候,出租车好像已经开进群山深处。

"太阳马上就要落山了。"

由于前方被茂密的树丛覆盖,太阳下山要比平原早些,阳阴两面山体进一步逼近他们。

望着黑色的山峰,菊治忽然产生一种错觉,仿佛自己和冬香正在离家出走的途中。

出租车继续向群山深处前进，开到了一个远离人群的闭塞地区。再这样走下去的话，谁都不会发现他们，也没有人追赶他们。冬香是否怀着同样的心情？她一直望着窗外，只有手紧紧地和菊治握在一起。

然而，这种空想不久就消失得无影无踪，道路变得宽阔起来，左右两边也能看到人家。

在芦之湖东边的元箱根湖面出现了，还能看见神社红色的标志。那里曾经是海关的所在地，现在还保留着当时的遗迹。

车子沿着湖边继续前行，透过树木缝隙隐约可以观赏到芦之湖的景色，这时前面突然变得宽阔起来，等待菊治他们入住的旅馆出现在面前。

龙宫殿总馆的房梁呈一字型左右排开，仿佛休憩的凤凰一般展翅伫立。菊治他们今天要住的是坐落在湖畔的日式新馆。

当他们来到新馆宽阔的停车场时，掌柜的和穿和服的女侍前来迎接，马上坐电梯把他们带到了三层的日式房间。

"房间在这边。"

负责房间的女侍打开了门，进去后，玄关前面是一个会客室，再往里有十张榻榻米大小的客厅。里边有一面宽的大玻璃窗，可以俯瞰芦之湖的景色。

"快来看。"

菊治站在那里伸出右手向前指去，冬香凑了过去："太漂亮了……"她立刻发出了赞叹。

只见夕阳西下的芦之湖展现在他们眼前，湖水周围山峦迭起，在右边延绵起伏的翠绿山峰尽头，正三角形的富士山清清楚楚地凸现在傍晚的天空中。

"真是太美了……"

富士山无论什么时候看到都非常美丽，在即将消失的夕阳映照下，富士山又平添了一份清丽和庄严。

"我还是第一次这么清楚地看到富士山。"

冬香完全被窗外的景色迷住了："实在是太奢侈了。"过了一会儿，她喃喃自语。

得知冬香生日那天可以外出旅行的时候，菊治当即决定去满山新绿的箱根。

因为箱根既不太远，又有湖水和温泉，远离喧嚣的东京，充满了自然景色。

大老远地来到箱根，菊治自然希望住在风景秀丽、房间豪华的日式旅馆。

说实话，当听到报价的时候，菊治顿时感到心疼。一个人将近四万日元，两个人再加上交通费等，没有十万日元根本下不来。

菊治犹豫了一下，为了一个晚上当真要破费这么多吗？但他还是很快下了决心。

这种机会有没有第二次还很难说。既然要去，就应该选一个能留下美好回忆的房间，在那里度过一个令冬香感动而终身难忘的一夜。

与其考虑未知的将来，不如珍惜现在，菊治想。

近来菊治有种不安，担心自己由于过于大胆或不计后果，做出什么让自己心惊肉跳的事情。

这次旅行也是同样，起初菊治打算在某家餐厅吃完饭后，时间上若有富余，就去自己的家。然而一年只有一次生日，加上冬香大胆地提出可以外出过上一夜。听到此话的瞬间，菊治心中的梦想不由得无限扩大，他决定不惜一切代价去个豪华的地方。

经年累月地从事自由职业，使菊治的存款已经不到七百万日元了。仅靠这些钱能否应付年老后漫长的生活？

一想到这些，菊治就会心中无底，但或许正是由于经济上的这种捉襟见肘，反而使菊治放开了手脚。

菊治本来就不是计划性很强的人，最近这种倾向更加明显。

他原来以为随着年龄的增长，自己能够变得稳重、朴素一些，结果却是大相径庭。看起来自己到了这种年龄，反而进入了第三或第四个反抗期。

不管怎么说，冬香如此欢天喜地，此次旅行也算物有所值。

菊治轻轻搂住了仍在眺望黄昏中的湖水和富士山的冬香。

去年秋天和冬香第一次接吻的时候，两个人的眼前是夕阳西下的京都街道，现在呈现在他们面前的却是临近夜晚的湖光山色。

不知什么时候背景从街道改成了湖水，菊治在觉得这种变化极有意思的同时，内心深处也充满了感慨。

终于发展到了这步田地……

两个人在夜幕降临的窗前接吻的时候,门口传来了"对不起,失礼了"的声音。

他们慌忙离开对方,这时负责房间的女侍捧着浴衣走了进来,向他们说明了温泉浴场和室内温泉的用法。

"晚餐安排在旅馆的餐厅里,什么时候可以用餐?"菊治和冬香对视了一下,"十分钟以后。"他说完看了一下手表。

已经六点半多了,湖水、山峦和眼前的房间都静静地笼罩在夜幕之中。

在这个房间里,今夜一定要不顾一切地和冬香共赴巫山,让她彻底投降。

不知冬香是否知晓菊治的心情,她好像正在浴室梳理头发。

晚饭时,二人乘坐旅馆内部的接送车到了总馆的主餐厅。

他们被带到靠里边十分安静的席位就座,高高的天花板上悬挂着巨大的水晶灯,光芒四射,透过宽敞的窗户可以看到夜空下的草坪和湖水。

冬香仿佛有点儿紧张,男侍应生介绍了今晚的料理。

前菜是三岛农园生产的迷你西红柿,接下来是在骏河湾捕捞的龙虾,还有伊豆出产的鲍鱼,各种佳肴的原材料都产自当地。

听完介绍,菊治先要了两杯香槟用于干杯。

"生日快乐!"

"谢谢。"

就着细长的香槟酒杯轻轻啜了一口,冬香低语:"如此奢华的生日,我还是第一次过。"

真是这样吗?菊治想到冬香也许是出于客气,但话从本人口中说出,说不定真的如此。

"我总觉得要受到什么惩罚。"

"不会的。"

喝完香槟之后,菊治要了一瓶口感不是很重的红酒。

"今天晚上喝醉了也没关系。"

"不行,那样我会睡过去的。"

菊治霎时想起了冬香被丈夫骗服安眠药睡过去的事情，却没说出口来。

"你一直睡下去也不要紧呀。"

"那怎么行，太可惜了。"

听冬香的语气，她是否打算彻夜不眠地不停燃烧？

"我已经三十七岁了。"

"那不是很好嘛，女人从现在起才是正当年呀。"

说心里话，菊治觉得从三十到四十岁之间才是女性最为成熟的韶华之年。

"可男人们不是喜欢那些年轻的水灵灵的女孩儿吗？"

"不是，你才是胜之又胜的成功者。"

"这是什么意思？"

"你结婚了，又有孩子，而且还有情人。"

冬香开颜一笑，但马上摇起头来。

"我从一开始当个失败者就好了。"

冬香的意思是不是只恋爱而不结婚。菊治苦笑了一下，饮了一口红酒。

主菜是国产牛里脊做的牛排配天城的绿芥末，最后是静冈产的哈密瓜甜汤。

"太好吃了，我都吃光了。"

只喝了一点儿红酒，冬香的两颊便飘起了红晕，这时侍应生拿过来一个正方形的盒子。

他把盒子放在冬香面前，打开盒盖，现出了一个生日蛋糕，上面用巧克力写着："生日快乐，冬香女士。"

"这是为我预备的……"

"太美了！"冬香自己鼓起掌来。

"请。"听到催促，她屏住呼吸一口气吹灭了蜡烛。

周围的侍应生们也都一同鼓掌，同声祝福道："生日快乐！"

"谢谢。"

冬香脸上现出一副悲喜交加的笑容，多次低头致谢，最后对着菊治行了一次礼。

"我高兴死了。"

"那就好……"

菊治特地要求把晚餐放在总馆的主餐厅，为的就是最后这个生日蛋糕，能使晚餐的气氛达到高潮。

"今天的晚餐，我一辈子都不会忘记。"

"把蛋糕切了吗?"侍应生问。

"吃得太饱了，我想把蛋糕拿回去。"冬香谢绝了他的帮忙。

冬香也许是舍不得马上就把漂亮的蛋糕切开，她叫人把蛋糕重新包好，两个人喝完餐后咖啡，一起走出了主餐厅。

在总馆的前门，他们又上了接送车，初夏的夜风吹拂着火热的面颊，使人感到十分舒服。

途中平缓的斜坡上种植的白椿树，在夜晚的衬托下，轮廓显得格外鲜明。

两个人再次回到日式新馆，负责房间的女侍迎了上来:"明天早餐几点用呢?"

照女侍的讲法，早餐是两个人在房间里吃，从七点到九点的之间，每隔三十分钟送一次餐。

菊治想了一下，选择了最晚的九点。

"那么，请休息吧。"

负责房间的女侍走后，菊治用钥匙打开门，穿过会客室来到了最里面的榻榻米房间，这时被褥已经铺好。

两床被子并排铺着，中间稍稍分开了一条缝，枕旁的台灯一副守护二人之夜的架势，微微泛着光芒。

仔细一瞧，右边拉门前面放衣服的地方，叠放着两套整整齐齐的浴衣。

菊治挑大的一套换上的时候，见冬香把他的衣服、裤子用衣架挂好之后，又将他的内衣和袜子叠好放在一起。

已经多少年没有享受过这种服务了?! 菊治不由得感叹。

"你先去泡澡吧。"冬香说。

"不……一起去吧。"

虽说房内也有浴室，可既然来到温泉胜地，还是想去温泉浴场。

冬香也换上了浴衣,他们一起来到了一层的温泉浴场,约好三十分钟后见面,就分别进入了男女各自的浴室。

菊治在浴场欣赏了山水庭园的景致,遵照约好的时间出来时,冬香已经在出口等他了。

她把头发从后面绾起用发卡别住,左手静静地握住一条毛巾,面带微笑站在那里。

看到此景,菊治不由点头赞许。

许是泡过温泉的缘故,冬香双颊泛着红晕,高高绾起的头发下脖子显得更加雪白。

"真是一个好女人……"

突然听到菊治嘟囔,冬香大概没听明白:"什么?"

"我说你真是一个好女人!"

"我哪是……"

冬香一脸难为情,脸红得一直到了耳朵。

"你自己有和服吧?"

菊治边在走廊上走边问。

"我想看你穿和服的样子。"

冬香穿上旅馆的浴衣,已经像模像样了,如果穿上自己的和服,一定会是绝色的女人。

"有机会穿上和服给我看看,好不好?"

"真的吗?"

当初和冬香在京都相逢的时候,好像太阳有些晃眼似的,她扬起手遮在眼前。菊治当时就觉得她那悠扬的手势配上和服相得益彰,那种感受至今没变。

"你会穿上和服给我看吧?"

"如果真想看的话。"

菊治点头,继续问:"你肯定自己会穿吧。"

"嗯。"

"那我就是脱下来,也不要紧喽……"

菊治话音未落,冬香鄙夷地瞥了他一眼。

喝酒之后又泡了温泉,菊治有了几分醉意。

两个人并排走过漫长的走廊,重新回到日式房间。

"不知外面还能不能看见?"

两个人把脸贴在大玻璃窗前,在湖畔周围灯光的映照下,可以隐约看到湖水和远山的轮廓。

"湖水已经睡着了。"

两个人依偎在窗边,从刚泡完温泉的冬香身上飘出来一股淡淡的硫磺味道。

菊治仿佛被这股味道吸引,又往前凑了凑,霎时瞄见了冬香领口里雪白柔软的胸部。

他的目光仍然留在窗外的黑夜,手却悄悄地溜进了冬香的双峰之间。

"干什么呀……"

冬香慌忙躬身躲避,菊治却不予理睬,大手紧紧地罩住了她的乳峰。

"好可爱啊……"

冬香的双乳不是很大,却十分温暖柔软。

"住手,不行……"

冬香越是挣扎,领口处的胸部就露得越多。

"会被人看见的。"

冬香想从窗边逃开,菊治紧追不放,两个人一下子倒在了被褥之上。

引发战争的导火索并不重要,可战争一旦开始,就难以在短时间内结束。

互相扭打的两个人先是紧紧地拥在一起,菊治很快又松开了冬香,将手伸向她浴衣的纽襻。

冬香尽管知道浴衣早晚会被脱掉,但纽襻依然系得很紧,菊治费了一阵工夫,总算解开了纽襻,剥开了浴衣。

若是一般的内衣,需上下分别脱掉,而浴衣却要从中间分开,向左右两边脱去。这种不同的脱法,也是和服引人入胜的原因之一。

仿佛打开百宝箱一般,菊治缓缓地剥开了冬香的浴衣,当他发现冬香穿着内裤,顿时有种扫兴的感觉。

"我不是说过嘛,下面什么也不许穿。"

"可是……"

冬香的意思是那也太令人害羞了吧。不管怎么说,菊治的手刚一伸到内裤,她就顺从地挺直腰身,自己脱了下来。

在昏暗的灯光下,冬香裸体仰在浴衣之上。由于害羞,她双目紧闭,睫毛好似还在微微颤抖,从胸部到下半身变得一丝不挂。

"真漂亮啊。"

菊治一边感叹,一边把枕旁的台灯突然拧亮。

"干吗?"

突然亮起的灯光,似乎让冬香吓了一跳。

她慌忙蜷起身子,想要转身改成背部朝上的姿势,这时菊治用双手摁住了她。

冬香白皙的肌肤,近来在不断丰富的性感作用下,显得愈发娇艳起来。

菊治正想欣赏这份娇艳,冬香却想要反抗。拥有这么漂亮的身体,就有义务把这一切无私地展现在对方面前。菊治咽下了心中的感慨,对付冬香的反抗,但她仍是不从。

两个人的身体在纠缠、争斗之间,菊治的上身接近了冬香的下体,刹那间他好像发现了猎物一般,把脸向冬香的两腿之间逼近。

既然不让我欣赏你美丽的身体,我就做出让你更加害羞的事情。由于没有达到自己的目的,菊治双手用力将冬香的下肢分开,嘴唇牢牢地控制住了她神秘的入口。

以前菊治也做过这种尝试,不过今天却是在亮得耀眼的灯光之下,覆盖在泉眼周围柔软的芳草可以看得一清二楚。

"住手,放开我……"冬香慌了手脚,但既然已经到了这个地步,菊治根本就不可能松手。冬香越是反抗,菊治的前额越是用力向前顶去。他拼命动舌舔舐,冬香再怎么抵抗,势头仍徐徐减弱,不久就完全失去了气力。

看样子冬香终于放弃了反抗。

菊治的念头刚刚闪过,就感到自己的东西忽然被一种柔软的感觉包围了。

冬香在做什么……不用回头,菊治也能肯定她正在吮吸它。

"早知如此,"菊治想,"何必当初……"他更加热情地用嘴温柔地抚弄冬香的花瓣。

他们就这样不停地舔舐彼此的私处。

在夜深人静的夜晚,湖水以及环绕湖面的群山都没有注意到,在旅馆一间明亮的房间内,正在上演一幅放肆的春宫图。

既来之,则安之,眼下的动作仿佛成为爱情的唯一表现,他们继续贪婪地吮吸着对方最为敏感的地方。

他们在相互攻击对方最为薄弱的地方的同时,自己最为脆弱的地方也在被对方攻击。两个人头脚相逆,上半身都在集中进行攻击,而下半身却毫无保留地暴露在对方的攻击之下。

这是一场攻击与被攻击的战争,得胜一方需要保持比对方更为冷静的态度,并能毫不间断地发动进攻。如果稍有松弛,从沉溺于快感的那个瞬间起,马上就会被对方踢入败北的沟壑之中。

不能输给对方,同时希望这场纠缠永无止境。但是,这场淫荡的战争未能持久,胜负的端倪终于开始出现。

敌人的攻击力量突然开始减弱,"噢……"在菊治察觉的瞬间,冬香的手已经松开了它,包围它的火热气息似乎也不见了。

冬香终于在波涛般不断涌向自己的快感中迷失了方向,她全面放弃了攻击,完全沦为享乐的一方。

事情到了这一步,不用说胜利就在眼前。

现在正是最好的机会,菊治丝毫不敢放松,他加紧攻击,牢牢地吸在冬香的两腿之间,固执地爱抚两边的花瓣,冬香挣扎着反弓起身体,最后发出了气绝般的悲鸣。

"住手,不行了,饶了我吧……"

冬香就这样高高地挺起纤腰,全身仿佛旋转着坠落一般,在颤抖中达到了高潮。

正好比壮烈地战死似的,在这一瞬间,战争终于迎来了尾声。

战火一旦熄灭,敌方和我方也就不复存在。对于在激烈战火中败北的敌人,现在有必要马上进行收容和护理。

菊治从上面紧紧抱住了还在高潮余韵中颤抖的冬香,等她平静下来之后,又从侧面轻轻把她拥入怀中。

房间里的灯光还是那样明亮耀眼,仿佛想要避开灯光似的,冬香把头深深地埋入菊治的胸膛之中,纹丝不动。

冬香是否正在懊悔独自激烈地达到高潮,从而败北的事情。

然而,冬香看起来并没有接受自己的败北。相反,她是否认为从现在起,战争的序幕才真正拉开?

原本应该静静躺在那里的冬香,其右手不知什么时候伸了出来,悄悄地握住了它。

冬香刚才达到高潮,或许正是为了眼前性之苏醒。菊治觉得在如此猛烈地进攻下,冬香再也起不来了,没想到她紧接着就又缓缓地站了起来。恐怕不只是冬香一个人,这是女人这种性别所共有的强大。

"我才是被动之身。"菊治到了现在才算明白了这个道理。狂乱地挣扎,达到高潮时甚至无法正常呼吸,之后马上开始新一轮的求欢。

复活正是女人身体的过人之处,应声倒地时看上去非常惨烈,其实并没有消耗什么体能,这和被动之身的技巧并无区别。

实际上,眼前的冬香已经忘了刚才吃的那场致命的败仗,她完全恢复了精神,好像正在酝酿一场新的挑战。

菊治自然不会回避。他今晚原本就准备在这个宽敞的房间里战斗一夜。

他悄悄问着将自己那个东西握在手中的冬香:"想要吗?"

"嗯……"

"你不是才达到高潮吗?"

"是你点燃欲火的。"

就在不久之前,那场漫长的战争之结果,难道只是点燃了冬香身上的欲火而已?

若是那样,从现在起充满硝烟的战争才真正开始。

菊治决心已定,他坐起身来寻找枕头。

两个枕头分别散落在一片狼藉的床铺左右,菊治把一个枕头放在被褥中间,然后将冬香的细腰安置在枕头上面。

冬香仰面朝天躺在那里,只有腰部高高隆起,然后从略微偏下的地方进行攻击。如此一来,冬香定会感到极端刺激,从而拼命挣扎,这已是菊治屡试不爽的经验。

菊治这次刚想动手,"太亮了。"冬香摇头表示不满,一转身将背冲向了他。

不过,菊治不想把灯关掉。

"可是……"

菊治想将冬香的身体扳向自己,她却怎么也不答应,菊治在爱抚她后背时突发奇想。

冬香不愿意的话,就这样从后面进攻也行。

和冬香娇柔的后背相比,她的臀部十分丰满,好似两团雪白的山峰孤零零地浮在枕头之上。

两个山峰之间隐藏着她神秘的私处。

冬香也许正在期待菊治从后面进入自己的身体。菊治将手放在她丰满的双臀之间,冬香轻轻扭动了两下,并没有把身体避开。

到现在为止,不停地被煽动起来的欲火,烧得她迫不及待了吧?

菊治的东西徘徊在可爱的山谷之间寻找,然后一口气冲了进去,"啊……"冬香弓起身体。

每当菊治被冬香的花心包容起来之后,总有一种终于回到自己故乡的感觉。自己以前正是从子宫里出生的,再回到自己心爱的女人子宫里,理应极其自然。

冬香接纳了菊治的进入后,也是一副心安理得的样子。

菊治微微抬起上身,从下往上顶入冬香的身体,她一边小声呻吟,一边主动把腰部向前挺去。

最近,冬香在享受快感时变得贪婪起来。以前由于害羞,她一直极力避免主动,可现在几乎不去控制自己,相反变得非常积极。

冬香在发出"啊,啊"的喊叫同时,胡乱地甩动头发,每当她疯狂发情的时候,菊治总有一种他们变成狗之类动物的感觉,这时他想到在原始社会男女之间就是用这种方式结合的吧。

所有的生物在交配之际都会采用一种极其自然的方式。菊治可能触到了女人最为敏感的地方,冬香的呻吟逐渐增大,声音也变得尖锐起来。

壁龛上插着一只芍药花的静谧的日式客厅,和眼前淫荡的情景极不相称。菊治一边想,一边被这种失衡感觉所刺激,开始向顶峰冲击。这时俯身趴在前面的冬香喘息得更加激烈,她张口要求:"唉,唉……"

冬香究竟想要什么,不说出来菊治怎么能够明白。菊治加大进攻,让她表达清楚,冬香忍无可忍地叫道:"杀了我吧,唉……"

菊治以前也听冬香那样喊叫,她真的想死吗?

"你想死啊?"

"对,就这样杀了我。"

按照冬香的要求,菊治从后面伸过手去扼住了她的喉咙,轻轻一用力,她痛苦地左右晃着脖颈,一边哽咽,一边大叫:"飞,我要飞了……"

仿佛一声长鸣的汽笛,声音响彻了整个房间,冬香一个人飞向了遥远的极乐世界。

冬香得到满足达到高潮之事并没有什么改变。这是迄今为止重复过多次的飞往爱的最高境界的一种飞翔。

不过,每次的飞翔都有其微妙的差别。

冬香最初体会到性高潮的时候,只是静静地诉说喜悦,仿佛品味快感般轻轻叹一口气而已。

但是经过多次的攀登,冬香爬上了更高的顶峰,她表现欢乐的方式也丰富多彩起来,她停留在顶峰的时间变长,发情时挣扎的样子也更加激烈。

眼下,冬香主动甚至贪婪地追求性的快感,在达到高潮时,往往伴随着尖叫和浑身颤抖,仿佛疯狂了一般。

其原因正是出自菊治和冬香之间彼此真挚而深厚的爱情。

他们之间爱的语言也与时俱进,开始时是"喜欢你",中途变成"非常喜欢你","非常非常喜欢你",最后发展到"我喜欢你是你喜欢我的一倍","我是你的一倍的一倍",最后两个人终于说道:"'喜欢'这个词已不足以表达我们之间的爱情了。"双方不约而同地叹了口气。

他们不断升级的爱情，最后究竟会走向何方？按照通俗的说法，他们之间已经不是年轻人那种纯爱，而是灵与肉的疯狂燃烧，这种执著的成年男女之爱，究竟会漂泊去何方，又能在什么地方登陆？

菊治在思索中，突然害怕起来。

多数人对他们之间的关系都会用"婚外恋"来概括。菊治却认为彼此的感情已经远远超越了婚外恋的范围。所谓"婚外恋"，该是多么轻松，而且毫无责任。

现在要形容两个人的关系，应该用上"婚外之纯爱"这个词吧。他们之间已经超越了那种简单的婚外恋，在不断的磨合下变成了一种纯粹的毫无杂念的爱情。

假使结婚的话，不论通过恋爱还是相亲，每一个人心中都会对对方有所衡量，有所要求。

可眼下他们之间根本没有半点儿自私的想法。他们只是喜爱对方，别无他求。既没有物质上的要求，也不打算结婚，成立一个稳定的家庭等等。他们对未来没有任何企盼与展望，只是处于一种危险的环境里。

在这种无私的爱情当中，他们继续疯狂地贪恋对方，除了纯爱之外，没有其他的称谓可以取代。

曾经一度飞翔到极乐世界的冬香，这时渐渐地回到了这个世界，她的五官逐渐复苏，能够进行普通的对话了。

菊治关掉壁灯，试着问："刚才，你说过杀了我吧？"

冬香默不作声，在菊治的胸前微微点了点头。

"就这样……"

菊治悄悄伸出手来，将拇指和食指按在冬香的喉咙上。

"不难受吗？"

冬香左右摇了摇头，仿佛在说"不。"

"那样死了也行？"

"当然行了……"

冬香的回答十分痛快，菊治望向她。

只见冬香双目紧闭,嘴唇微微张开,她说的是心里话吗?菊治压在冬香喉咙上的手指稍微加了点儿劲,又问:"刚才我这样掐你的脖子……"

冬香不仅不躲,反而扬起下巴迎了上去。

"死了的话,就什么都完了。"

"如果和你在一起就行。"

菊治抬起手指,接受了她的说法。冬香想的菊治能够理解。在快乐的巅峰共同赴死,不会有半点儿不安。相亲相爱的男女产生这种渴望应该说非常自然。

"不过,那样一来就回不到这个世界上了。"

菊治想起了冬香三个心爱的孩子以及她的丈夫。如果那样死去的话,所有的人生积累都会化成泡影。

"我不想回来。"冬香低沉而坚定地说,"别让我回来……"

冬香大概想起了她讨厌的丈夫吧?她不想回丈夫家,还不难理解,但这种说法未免过于大胆。

"最好别想那些无聊的事情了。"

"可是,刚才的感觉简直棒死了……"

菊治不由得抱紧了冬香。听到这种赞扬,除了紧紧拥抱冬香以外,别无他法。冬香的快感不断加深,让菊治既高兴,又吃惊,但他却不愿考虑将来的事情。

"真那么好吗?"

"棒极了。"

冬香回答得如此大方,她的无畏多少使菊治感到有点儿恐怖。

他们就这样迷迷糊糊地进入了梦乡。

已经将近十二点,湖水和山峦早就一片寂静。在大自然休息的时间睡觉,让菊治心情十分放松。

他再次醒来时,已是凌晨四点多钟。时间尚早,但已有光亮从整扇的玻璃窗外涌入房内,其白亮程度让菊治知道天开始亮了。

菊治蹑手蹑脚地下床,去了趟洗手间,回来时他站在窗前,看到整个湖面被清晨的雾霭包围起来。

差不多临近黎明,天还没有大亮。这让菊治心里一松,他拉上窗帘,又上了床。

冬香顿时轻轻动了一下,然后本能地依向菊治。

"还有五个钟头。"菊治暗自计算早上开饭之前的时间。之前看起来还能好好做一次爱。

他们又昏昏沉沉地打起盹来。由于长达两个小时,也许称为睡眠更为合适。

菊治再次睁眼的时候,枕旁的时钟已过了六点。

"到早饭时间只有不到三个小时了。"

这样一想,菊治心里觉得好像有点儿着急,他的焦躁或许传染了冬香,她睁开一半眼睛问道:"现在几点了?"

"已经六点了。"

冬香晚上一向睡得很早,她曾说过平常在家晚上九点就要睡觉。因此早上很早起床,由于丈夫在公司上班,再加上三个孩子,这种作息时间极其自然。

"那,已经……"

冬香觉得快到起床时间了吧。不过她似乎马上就发现了自己住在箱根湖畔的旅馆,两个人正在一起休息。

冬香赖在床上不想动似的,她用额头亲昵地摩挲菊治,菊治也没有起床的打算。

"昨天,从后面……"菊治边抚摸冬香裸露的臀部,边在她耳边呢喃。

"我再去吻吻它吧。"

带着刚刚醒来的慵懒,菊治将嘴凑近冬香胸前。他的双唇缓缓移向中间,当他吮吸冬香乳头的时候,她完全清醒过来。

"讨厌……"菊治不顾冬香蜷起身体,把右手伸进她的两腿之间,用中指不停地进行爱抚。

昨天夜里热情燃烧的花心已经十分湿润,菊治认清了冬香的状态之后,抱住她的上身,将她放在自己的身上。

当双方的身体紧紧重叠在一起的时候,冬香显得十分安然,不久菊治找准机会,将冬香的身体徐徐压向自己的关键部位。

"你想做什么?"冬香声音中掺杂了不安,但她心里早已明镜似的。

"再往上来一点儿……"冬香听话地耸动着身子,双方的性器顺利地合在了一起。

以前冬香曾经由侧体位慢慢坐起上身,背朝菊治和他做爱,像眼前这样面对菊治,跨坐在他身上做爱还是第一次。

冬香有些胆怯,还不能完全适应,菊治两手支撑着她,慢慢地动了起来。

大概由于害羞,冬香身体前屈,面孔藏在垂落下来的头发后面,两手撑在菊治胸前。

菊治在下面不停地晃动,冬香也在腰部动作中开始有了感觉。

她的口中不断发出"啊""哎"等惊讶的声音,同时腰部的动作从前往后、从左往右变得复杂起来,速度也越来越快。

到了这种地步,冬香已经停不下来了。

在菊治连续攻击下,冬香逐渐往后弓起身体,紧接着又慌忙把脸扭开。

然而,菊治从下面已将她裸体燃烧的样子全部收入了眼帘。

菊治把放在冬香腰上的手伸到前面,撩开了她的头发,然后两手抓住她的双峰,将身体尽力向上挺去,冬香断断续续地哀求道:"别动了,饶了我吧……"

然而奔腾的骏马不会停步。

菊治就这样如奔腾的骏马般勇往直前,冬香前倾的身体不断向后反弓,样子十分狂乱。

菊治的欲火随之高涨,他的腰部向上跃起,在发出"不行了"的喊声同时,冬香突然向前瘫倒,紧紧地搂住了他的脖子。

像一个美丽而淫荡的骑手,对付不了突然向前狂奔的骏马,不久就摔下马来似的。

冬香两手紧抱菊治,从胸到腹严丝合缝地贴在他的身上,大口大口地喘着粗气。

尚不习惯的骑乘体位在冬香体内搅起的异样感受,让她无法坚持骑下去了吧?

冬香俯身倒卧的姿势正是投降的表示,她是打算重新坐起身来,还是从自己身上下去?菊治想要知道,便用双手推了推她的肩头,她却加劲搂住了他。

冬香看来没有继续骑乘的打算,但就算被子再怎样轻柔,一直压在身上还是有些分量。于是菊治将手放在冬香的臀部上,一边上下抚摸,一边低语:"休息一会儿吧。"她总算接受了从菊治身上下来的建议。

可身体一旦分开,双方的关键部位即将散伙的时候,冬香却依然恋恋不舍地纠缠不放。

冬香无论得到多大的满足,离开它还是不满意吗?

然而菊治顾不了许多,侧身躺到了旁边,将离开冬香私处火烫的身体摊在了被子上。

看起来以前没有尝试的新体位,既让冬香感到困惑,又让她得到了满足。

"好不好?"菊治问,冬香率直地点点头。

过了一会儿她问道:"各种各样的……你都知道?"

菊治刚要点头称是,又迟疑起来。说知道的话,菊治的确知道;可这时点头的话,就会被冬香看成是一个玩弄女性的色鬼。

菊治虽然交往过不少女性,但不是和所有女性的关系都如眼下这般热烈。实际上和妻子之间,自打孩子生下来以后,几乎就没有发生过关系,和其他女性有时虽有性关系,却没有现在这么热衷。

自从遇到冬香之后,菊治自己也不明白,为何深深地陷了进去。

当时的菊治无论在年龄上或工作上都处于瓶颈状态,所以他正好想做些超凡脱俗的事情。摇摆不定的心境,加上"最后的恋爱"的想法,所以使他对冬香的爱恋更上了一层楼。

总之,低调而顺从的冬香,每次结合都能率直地吸收养分,在性方面不断成熟。那种害羞和好色的奇妙结合,应该说是菊治一手训练出来的。

总之,没有"肌肤相亲"那种程度的执著,菊治认为无法做到。

可能由于以出人意料的体位达到了高潮,冬香重又变得迷迷糊糊起来。

让冬香就这样睡下去的话,清晨很快就会来临,难得的一夜之旅到此结束。

结束之前,菊治还想再和冬香云雨一场。

值得庆幸的是菊治一直没有射精。最近,当菊治希望控制自己欲望的时候,都能做到。不知这是通过练习积累的经验,还是随着岁月流逝,神经钝感造成的。不管怎么说,菊治很高兴自己还有余力。

他侧起身体开始爱抚冬香冲着自己的后背。从颈项到脊背,再到臀部,然后从侧腹绕到腋下,在爱抚的过程中,冬香好像觉得十分酥痒。她扭动上身,耸起肩膀,从迷迷糊糊的状态中完全清醒过来。

点缀这次旅行的最后爱之欢宴就此拉开了帷幕。

菊治先和冬香接吻,两个人的舌头纠缠了一会儿,他坐起上身,从上面紧紧搂住了她。

同时冬香也从下面缠住菊治,他们屏住呼吸拥在一起,在冬香的前胸后背上,肯定留下了菊治手掌和身体的深深的印痕。

接着,菊治移开身体,和往日一样将枕头塞到冬香身子下面。

时至今日,冬香已经习惯了这种做法,主动扬起纤腰,这样正中菊治下怀,他从正面准确而深入地进到她的体内。

"啊……"冬香蹙眉扬首,被她难受的表情刺激,菊治的关键部位开始冲刺。

他激烈地前后、上下动作,彼此的局部贴得密得不能再密,紧接着冬香的双腿被他高高举了起来。

冬香的身体弯成了一个一百二十度角,随后双腿也被折叠起来,在菊治的进攻下,她忍不住高叫:"救命啊,住手!"

"讨厌,讨厌……"从冬香边喊边拼命摇头的样子来看,她好像还不想攀上顶峰。

冬香的声音突然断了,最后发出一声哀求:"我要死,杀死我吧。"

菊治又一次听到了"杀死我吧"的哀求,他用两手掐住了她的脖颈。

冬香左右晃着脑袋,频频剧烈咳嗽。

再掐下去的话就危险了,菊治慌忙松开了双手,冬香总算止住了咳嗽,她双眸微微睁开。

"掐我脖子的是你吧……"她的眼神仿佛在说。

菊治侧脸躲开冬香的凝视,继续进行攻击,她再次发出欢愉的呻吟,然后她突然伸出雪白的手臂,用手扼住了菊治的脖子。

就像下面突然窜出来一个支架顶住了菊治的喉部,令他感到十分痛苦,菊治慌了手脚,冬香却不顾一切地用力掐了下去。

如果菊治和冬香同时卡住对方的脖子,将出现什么样的情况?说不定一会儿他们就会停止呼吸,共同死去。

刹那间,一种死的预感闪过菊治的脑海,他马上抛掉这个念头,再次勒紧冬香的脖子。

勒到一半,随着"啊"的一声悲鸣,冬香浑身痉挛不已,最后在"我要死"的叫声中达到了高潮。

在这种瞬间的痉挛带动下,菊治也达到了顶峰,这时他全身的血像被吸光了一样,一下子瘫倒在冬香身上。

一上一下的两个人同时达到了高潮,他们的身体亲密地融在一起,纹丝不动。

不知道过了多长时间,菊治先抬起脸来,好像检查冬香是否活着一样,轻轻地吻了上去。

这时冬香似乎清醒过来了,两个人的嘴唇连在了一起,她抱住了菊治。

凌晨时分,是菊治在下,冬香在上;现在正好相反,冬香在下,菊治在上。两个人就像两块重叠在一起的年糕,紧紧地粘在一起。

想到这里,菊治突然忆起了以前武士社会有一种刑法,就是要求通奸的男女重叠在一起,然后从上往下一刀将他们劈开。

到了今天,若被施以那种刑法一刀劈下,菊治也无话可讲。如果菊治在上面的话,冬香说不定还能捡回一条命来,可就算能留下命来,也会被永远地关在牢房之中。若是那样了此残生的话,冬香一定会大声喊叫:"我要死。"

冬香的丈夫此时会不会突然闯进来?

菊治突然不安起来,他巡视了一下四周,从窗帘缝隙中漏出的淡淡光线之中,可以看到附近一片寂静,什么都没发生。

菊治一动,冬香也随之动了一下,当他们意识到重叠的身体即将分开的瞬间,不论是谁,都会主动地向对方靠拢。

最初的那份精神当然已不复存在,但两个人同时到达高潮后的那种安详,仍旧吸引他们沉溺于快乐的世界当中。

在他们默默肌肤相亲的时候，"我爱你。"菊治低语，他知道冬香正在点头。

在安稳的状态下，菊治轻声问："你又说了杀了我吧……"

"……"

"所以我才掐住你的脖子。"

菊治从冬香秀气的脸蛋抚摸到她的下巴。

"结果你也开始用手勒我。"

"对呀，我希望你也和我一起死。"

当时突然从下面伸出的手臂，原来意味着一起去死。

菊治继续爱抚冬香的脖颈，试着问："我要一直掐下去的话，恐怕你就死了。"

"我也想到可能会死……"

然而冬香当时完全没有反抗的表示。

"感觉是不是好得要死？"

"对，好像突然飞入了一个介乎于生死之间的世界，一只脚迈进死亡的世界里，一只脚留在生的世界中，那种上不去、下不来的感觉特别好。"

冬香是在回忆当时那个瞬间，还是在嘟哝梦话？她的表情十分平和，双目紧闭，只有嘴唇微微张开。

"真要那样做下去的话，你可真会死呀。"

"若是被你杀死，当然可以了。"

"怎么可能……"

菊治慌忙否定。现在因为两个人已经燃烧殆尽，冬香才会那么说。一旦恢复了正常，求生的欲望肯定会重新出现。

"你不能总想死的事情啊。"

"是你令我这样想的啊。"

听冬香这么一说，菊治也没有反驳的理由。就在他无言以对的时候，冬香骂道："胆小鬼……"

"什么？"

"为什么不把我杀死？"

菊治一句话也说不出来，盯着冬香白得有些怪异的面孔。

被冬香指责为"胆小鬼",菊治很没面子,但也不可能真大胆地照她的意思办。

菊治不知如何是好,愣在那里发呆,不久他点了点头。

不管怎么说,迄今为止冬香体味到性的欢娱,快感不断加深,都是托自己的福。明白了这点,还是返回现实世界为好。

菊治坐了起来,看了一下枕边的时钟,已经七点半了,差不多也该起来了,早饭之前女侍肯定要来收拾被褥。

冬香好像却还不打算起来。她像平时一样,伸出双臂抱住了菊治,渐渐地菊治也变得迷糊起来。

大概因为心里记挂着时间,不到二十分钟,他又醒了。

菊治穿上昨天脱在一旁的浴衣来到窗边,将双层窗帘掀开一角,清晨的阳光一下子洒满了房间。

虽说窗帘只掀开一角,然而被窗帘封闭的房间霎时变得金光乱舞,昨天晚上性爱的余韵,宛若朝雾一样消失殆尽。

突然涌进的阳光,让冬香也醒了过来。

"你起来看看。"

芦之湖在菊治眼前泛着粼光,环绕湖水山峦的层层翠绿倒映在湖面之上。

"请等一下。"

在朝阳的吸引下,冬香也从被子中爬了出来,她弯腰穿上睡衣,又弯腰一溜小跑逃到了浴室。

菊治再次将视线投向湖面,他心中重又涌起了一种回归自然的真实感受。

就在不久之前,他们还在互相掐着对方的脖子,窥视死亡世界似的,现在两个人却活蹦乱跳地活在这里。

菊治心里一阵慨然,他重新望向波光粼粼的湖面,这时左边出现了一条很大的游览船。船上似乎没有客人,大概正在开往别的码头。

湖水总是先于人一步开始一天的生活。

就在菊治眺望湖景的时候,梳好头发的冬香走过来发出惊叹:"眼前这么近的地方,湖水……"

就算从游览船那边看见这里也无所谓,两个人毫无顾忌地开始了早晨的接吻。

在早晨的阳光中重新一看,被子和枕头位置乱得一塌糊涂。从昨天晚上起,两个人如此激烈、疯狂地做爱,所以眼前的景象也就算不上什么了。

菊治离开窗户向被子走去。"我来收拾。"冬香也迅速来到被子跟前。

菊治没听见似的伸手摸向自己的枕头,把偷偷放在下面的一个袖珍录音机揣入了怀里。

说实话,这是昨天晚上他为了将两个人的性爱录下,特意留在那里的。

即使和冬香分手,只要听到这个录音,就能够回忆起在箱根度过的一夜。

这件事情,冬香当然毫不知情。

她手脚利索地将凌乱的被子归回原位,又把被子之间的距离恢复到和睡前一样,接着开始整理双方的枕头。

菊治也从旁帮助,凌乱的痕迹一下子消失得无影无踪,仅从表面上看,两个人安安静静地睡了一夜。

收拾停当以后,女侍什么时候来整理被褥都不用担心了。

"泡温泉去吧。"

菊治建议,其实由于刚刚达到过高潮,他有些疲倦。于是两个人决定在房内泡澡,他们在浴缸里戏耍了一会儿。

菊治先从浴室出来,在他读报的时候,进来一个男服务员把被褥收拾好了。又过了一会儿,早饭来了。

在很大的桌面上,摆上了银鱼干、荷包蛋和土豆炖猪肉等,还有一盘烤好的竹荚鱼。

在等梳妆完毕的冬香盛饭的时候,菊治向房间的女侍打听:"请问,我想去芦之湖,有什么好玩的吗?"

女侍向他介绍了划船和游览船等,又说有空艇的话,兴许还可以坐一下摩托快艇。

"乘坐快艇在湖里转上一圈非常爽快。"

菊治很想乘快艇试试,于是叫女侍订了早饭之后的快艇。

"好啦,我们俩坐一坐快艇玩。"

　　冬香好像也很想坐,她两眼放光,接着又想起来什么似的:"马上就要结束了。"

　　菊治点点头,再次想到他们的旅行即将接近尾声。

　　吃完早饭,收拾好行李后,他们又来到窗边开始接吻。

　　然后他们计划去坐摩托快艇,不过从那时起,周围就会时常有人。眼下是两人独处的最后一段时间,所以他们接了一个长长的吻后,才出了房间。

　　掌柜的和房间的女侍一直把他们送到了玄关,旅馆的接送车将他们送到码头,两个人登上了摩托快艇。

　　摩托快艇可以坐四个人,他们并排坐下以后,快艇发出轰鸣之声冲向湖面。

　　环湖一周大概需要十来分钟。

　　快艇先从箱根园出发,朝着掩藏在群山之中的富士山方向前进。在看到右面的湖尾时,又掉头向湖心开去。

　　沿途山峦茂密的树丛鳞次栉比地倒影在湖水之上,群山与湖面让人觉得好比是一个绿之盛宴。

　　"真舒服啊。"

　　冬香的秀发随风舞弄,胸前那条菊治送她的高跟鞋项链,在朝阳的映照下发出七彩光芒。

　　据说周围的湖面方圆十八平方公里,湖心在湖面偏南一点儿的地方。

　　当快艇接近湖心时,湖面的绿色逐渐变深,仿佛再次提醒人们湖水的深度。

　　"这里的湖水有多深啊?"菊治问把速度略微放缓的司机。

　　"有四十米左右吧。"司机答道。

　　由于是淡水湖,周围陡峭的山崖仿佛一直连到湖底。

　　"这儿有没有落水遇难的人?"

　　"有。"司机干脆地回答冬香。

　　"从这里掉下去的话,尸体几乎浮不上来。"

　　"浮不上来?"

　　"因为湖底下残留着许多树木,据说尸体会被树枝勾住,所以浮不上来。"

　　两个人再次凝视湖面。

如果是这样的话,湖水下面潜藏着多少人的尸体啊?!

"好可怕……"

冬香是否感到那些尸体正在召唤?菊治紧紧地握住了悄悄依偎过来的她的双手。

下了快艇以后,他们又回头看了一眼湖面,再次领教了湖面的宽广和水色的浓绿。

"照张相吧?"

菊治用自己带来的相机拍下了伫立湖畔的冬香,又让她给自己也照了一张,可还想要一张两个人的合影,于是拜托从旁经过的一对女孩儿帮忙。

他们站在一个码头旁边,请女孩儿帮忙照一张背景中有富士山的合影。

"太感谢了。"

菊治道谢之后接过相机,不知她们是怎么看自己的,她们能否一眼看出两个人的情人关系?

这种琐事姑且不谈,与冬香合影这还是第一次。迄今为止,他们不是在饭店,就是在菊治的家里幽会,所以从没想过一起照相的事。

合影也是拜这次旅行所赐。菊治牵着冬香的手,又在湖边散了一会儿步,然后向箱根园的面包店走去。

那里有各种各样的手工面包,冬香从中挑了几种,其中有一个面包是可爱的狗头形象。

在旅馆,在湖心,冬香呈现出各种各样的表情,她现在又变成了一个母亲。

在面包店前面的一个角落,他们喝着拿铁咖啡,一看时间,已经十一点了。

虽说还想继续游玩下去,但冬香提出希望下午两点左右能够到家。

"差不多了,走吧。"菊治催促道,冬香也点头赞同。

无论多么希望,时间也不会就此停留。

他们让旅馆前台叫来一辆出租车,然后来到外面,天空愈发晴朗,葱绿的群山仿佛迎面扑来。

两个人告别了美好的大自然,上了出租车。

从湖畔到小田原车站,在整个下山过程中,两个人的手一直握在一起。到了车站之后,他们改乘开往新宿的"浪漫号"列车。

车厢很空,两个人偎依在双人椅上,随着东京的逐渐接近,彼此间的交谈也越来越少。

在临近新百合之丘车站的时候,冬香低语:"太感谢了。"

"哪里,哪里……"菊治谦逊地说。

冬香再次凝视他:"我决不会忘记今天的事。"

和冬香分手之后,菊治一下子觉得疲倦起来。

又没做什么工作,是性爱的劳累,还是和冬香分手的空虚造成的呢?

现在,冬香大概已经到家,正和孩子们围坐在一起,照顾他们吃生日蛋糕和动物形状的面包吧?

冬香的丈夫在家还是不在家呢? 再怎么想也不会知道,但有一点可以肯定,冬香不会忘了自己。

自己在她身体上留下了如此之深的爱的印记,不会那么简单就消失的。

菊治漫无边际地思前想后,电车到了新宿车站,他一想到还要换车,觉得实在麻烦,就坐出租车回到了自己千驮之谷的家。

在公寓门口碰到了管理员。"今天天气真不错啊。"彼此寒暄了几句,菊治进到楼里,看了一下邮箱。

除了那些定期寄来的杂志,一些企业的广告,还有一封信。信上的字体很熟,菊治翻过来朝反面一看,是妻子来的。

时至如今,妻子还有什么事? 妻子来信十分罕见,菊治回到房间打开一看,有一张表格,还附了一个便签:"前略:你没有什么变化吧……"

他们一直都在分居,这种淡淡的口吻极像妻子。

"以前我就考虑过,我想我们之间的关系应该告一个段落了,随信寄去离婚申请书。"

菊治慌忙看下一张纸,只见妻子用工整的楷书在上面做了标记。

"请在这里签字,盖上印章就可以了。请多关照。"

菊治一屁股坐到椅子里,陷入了沉思。

像现在这样一直拖拖拉拉下去,也不是办法。菊治也想过总有一天要对彼此的关系做一个了结,可万万没有想到,从箱根回来这天,收到了妻子的来信。

"原来如此……"

菊治缓缓点头。两个人离婚,双方都已认可,大家也明白离婚只是时间早晚的问题。然而离婚一旦成为现实,菊治多少感到有些疑惑。

"妻子是否有了什么喜欢的人,准备结婚?"

事情若是那样,菊治觉得无可厚非,但心中还是感到一抹挥之不去的寂寞。

星期六,由于事先请好了假,所以菊治在床上休息了一会儿,傍晚六点刚过,他去了附近一家中国菜馆。在那儿他要了简单的小菜和啤酒,又吃了一碗拉面。

价钱和昨晚在箱根旅馆吃的法国大餐相比,便宜得不得了,这便是他平时的日常生活。

从中国菜馆回来之后,菊治看了会儿电视,给妻子拨了个电话,妻子很快接了。

"是我……"

"身体好吗?"菊治简单问候了一句,然后直奔主题:"昨天我看了信。"

"噢……"妻子霎时点了下头似的,马上接口道:"对不起。"

"没关系……"

即便户籍上还是夫妻,但双方都承认想要离婚,分手已是不言而喻的事情。

"你是不是打算结婚呀?"

"嗯。有一个人在事业上一直帮助我,和那个人……"

妻子一直从事插花艺术,对方是那个圈子里的人,还是提供资金帮她的人?不管怎么说,现在再打听对方,也没多大意思。

"儿子高士同意吧?"

菊治问起了儿子,妻子说他已经知道了。

那样一来,也就没有反对的理由了。

"我把离婚申请表寄给你。"菊治说完,又问道:"你什么时候结婚?"

"大概七月吧,只打算举行小规模的婚礼。"

菊治点了点头,然后咬了咬牙说:"之前,一起吃个饭吧。"

这也算是自己一直为所欲为的一种补偿。但妻子干脆地回答:"这种事情,你不用为难自己。你也很忙吧？"

"还可以……"

"等大家都有意的时候再说吧。"

听妻子这样一说，菊治除了让步，别无他法。

过了一会儿，他开口说："祝你幸福……"

"你也一样……"说完妻子就挂断了电话。

多么的冷淡，这说明妻子心中对往昔已毫无留恋，这种分手方式十分符合她的为人。

梅　雨

季节缓慢而确实地向前推移。

从五月过了六月，就到了七月，树叶从嫩芽变成新绿，接着进入了初夏的梅雨季节，在自然向前推移的同时，菊治周围，包括他本人在内，都在不断的变化当中。

这些变化乍看上去好像是随着岁月的流逝自然形成的，但仔细凝神一想，又有其阶段性。

箱根之旅是其中之一，还有一个就是妻子寄来的离婚申请表。

虽然只住了一夜，可箱根之旅使菊治对冬香的思念进一步加深，而冬香对他的爱情也更加执著。他们之间已经不是单纯的性爱，而是灵与肉的紧密结合，在达到高潮的时候，冬香恳求菊治就此杀死自己，他们同时掐住了对方的脖子，以此确认彼此的爱情。

事情发展到了这一步，他们之间的关系已经不是"爱情"等简单的字眼可以表现的了，应该称为"生死之恋"才对。

菊治对此感到十分满足，在这种压倒一切的幸福当中，他心里同时也存在不安。未来之事虽不很清楚，但他总有一种可怕的预感，要发生什么自己都控制不了的事情。

还有一件事，就是从箱根回来那天，收到了妻子寄来的要求离婚的信件。信的内容虽然已是过去的事情，但是算准了当天他会回来似的，还是令人不可思议，菊治甚至预感冥冥之中有什么暗示。

总之，这样一来，能够约束菊治的事物几乎都已不复存在。说起自由，他的确是自由了，不过换一种思维方式的话，也许可以说他就像一只断了线的风筝一样。

今后将飞向何方，又会流落到什么地方？一想到这些，菊治就会忐忑不安，可是换一个角度，也可以说今后自己能够随心所欲地生活下去。

这种想法也不能就说是自暴自弃，随着时光的流逝，菊治和冬香的幽会次数却不断地增加。

从满山新绿的箱根回来之后，他们一周幽会两次，都是定在上午。到了六月，周末六、日两天中也会抽出一天相会，几乎相当于一周约会三次。

以前孩子们放假的周末冬香不能出来，但她要求他们"乖乖地好好在家看家"，孩子们也变得十分听话。

据说老大已经上小学五年级了，一想到两个人为了不断幽会，把孩子们也牵扯进去了，菊治总觉得自己犯了不可饶恕的罪行，他不禁咽了口唾沫。

只有周末那天，他们的幽会时间可以宽裕一些，不过也就是一个小时。平时见面都是从上午九点到将近中午十二点，周末时可以呆到下午一点。

时间虽然紧凑，约会的内容却变得丰富多彩起来。

以前两人见面之后，总是连忙上床，然后就像饥饿的野兽一样贪婪地做爱；一做完爱，冬香就急急忙忙准备回家，几乎没有坐下来谈话的时间。

约会时间增加了一个小时，他们可以做一次，甚至两三次爱，在得到满足之后，还有一点儿富余时间用来说话。

虽说没有什么关系，但从箱根回来之后，他们之间的性爱变得更加疯狂、更加放荡。

男女之间尝试过一次的体位，下次再用时，所有的害羞和犹豫也就不存在了。

前戏当然必不可少，最重要的体位也丰富多彩，从侧面、正面、后面，有时甚至是冬香在上面，他们享受了各种各样的形式。采用什么体位，由菊治全权掌管，一旦他有所行动，冬香马上就能领悟，并与之配合。

最近的冬香不管采取什么体位，都会立刻产生快感，稍稍摇动几下就能达到高潮。这种敏感易燃的特性，正是菊治对冬香好色的本能进行开发的结果。

事实上现在的冬香相当于一个储存了大量弹药的火药库，稍微一点儿火星，即刻就能引爆。

没有比易感的女人更让男人觉得淫荡且万分喜爱的了,有时菊治会趁热打铁,采用站立的姿势向冬香求欢,在光线明亮的房间里,两个人面对面踩在椅子上做爱。"讨厌,讨厌⋯⋯"冬香不停地摇头高喊,最后如醉如痴地达到顶峰。

如此放荡的表现形式,轻而易举地攀上巅峰,这是一个多么如狼似虎的女人!菊治顿时惊得目瞪口呆,与其说冬香贪婪,不如说冬香身体的贪婪更为恰当。

冬香无论在外表上如何稳重低调,善解人意,可是她的身体内部一旦开始冲刺,就再也无法停止。

冬香的肉体能够如此之深地沉迷于性爱快感之中,在令菊治感到愕然的同时,又对女性身体的深奥感到吃惊,觉得害怕起来。

他们之间的性爱,如今又添了一个新的内容,那就是在攀登爱之巅峰的过程中,互相扼住对方喉咙的游戏。不对,与其说是一种游戏,不如说是一种性技巧更为合适。

当然,每次先要求的都是冬香。

在冲向巅峰达到高潮的时候,都会伴随"我想死"、"杀死我吧"的高声喊叫。菊治听她叫了几次之后,用手卡住她的喉咙,在更为剧烈的痉挛中,冬香达到了高潮。

菊治柔软的双手扼住冬香纤细的脖颈时,她都会咳嗽,有时还会发出呜咽、哽噎的喘息,菊治慌忙松手之后,冬香又会恳求:"别松开⋯⋯"

事实上,在箱根时菊治刚一松手,就听冬香骂他"胆小鬼"。菊治变得十分苦恼。

自己究竟该怎么办才好?

"感觉真那么好吗?"菊治问。

"好极了。"冬香马上回答。这种毫不犹豫的架势,只能说她是预谋犯罪。

"你不觉得舒服吗?"

听到冬香一问,菊治再次想起了被扼住喉咙时冬香的反应。

当时冬香正处于达到高潮之前的瞬间,在掐住她脖子的同时,菊治被一种异样的感触抓住。

"啊……"冬香大叫,在"杀死我吧"的哀求中达到了高潮。那时她的私处乃至全身同时颤抖,体内的皱褶紧紧地抓住了菊治的男根不断收紧。

在那种焦灼的快感之中,菊治也立刻达到了高潮。

"我好高兴……"菊治把当时的感受告诉冬香时,她一脸满足地呢喃道:"我要把你一起带去。"

冬香要把我带往何处? 倘若是和她柔软的肌肤在一起,哪儿都可以,菊治自暴自弃地想。

冬香究竟在说什么? 菊治十分惊讶,"我要把你一起带去"其实没别的意思,正如冬香所言,她的确把菊治带进极乐世界之中。

若是那样,菊治被卡住喉咙的话,又该如何是好? 近来做爱,冬香时而在下,时而在上,达到高潮之前总要去掐他的脖子。当然她纤秀的手指再怎么掐,也不会致人于死地。

但是,冬香纤细的手腕拼命使劲的时候,菊治也有一定的痛苦。她的手不像菊治那样有所收敛,而是竭尽全身的气力去掐,菊治也有喉咙被堵、咳嗽不止的情况。在忍无可忍的时候,菊治也会掰开她的手指。

此后双方达到高潮,菊治会问:"被你卡住脖子相当痛苦,我会死的吧?"

"你不愿意死吗?"

听到冬香突如其来的反问,菊治无言以对。

冬香自己说过想死,所以不想死之类的话菊治说不出口。

"愿意是愿意……"菊治勉勉强强答道。

冬香用教训般的口吻说:"女人是一种动物,如果置之不理,不知道会做出什么事来。"

女人是动物这种说法菊治能够接受,他点点头,冬香依偎了过来。

"你的那个,特别好……"

听冬香这么一说,菊治顿时觉得什么都可以原谅了。

"真那么好吗?"

"对,变得又大又热,在我的里边横冲直撞……"

真没想到,自己被冬香卡住喉咙的时候,那个东西竟然会发生那种变化。

"你那里面,也会吸得紧紧的。"

"所以说,爱与死之间只有一步之遥。"

不愧是冬香,她一边在菊治胸前不断磨蹭额头,一边说:"所以我一点儿也不害怕。"

菊治虽在点头,但他心里还是感到恐怖。

性爱越是激烈,所需的恢复时间也就越长。

那一天,在梅雨季节的一个星期六,他们的约会正是如此。

所谓"恢复",对菊治来说,是摆脱达到高潮之后的倦怠;而对冬香来说,却是从传满全身的狂热中清醒过来。

和每次一样,菊治先她一步回到了现实当中。他从那种全身的精气神都被吸光的虚脱感中脱身,抬头望了一眼时钟,刚过了十二点。

菊治这才察觉他们是在光天化日的正午做爱,想到还有一小时的富余时间,他不由得松了口气。

"还不用马上就起来。"

带着这种心情,菊治用毛巾擦拭高潮之后就朦胧入睡的冬香的胸部。

和菊治一样,冬香在过于激烈的燃烧中出了一身大汗。当毛巾擦到她后背时,冬香呢喃:"你怎么这么体贴啊。"

菊治觉得自己也没做什么,可冬香却是一脸平和而满足的样子。

"在我的生命当中,你不停地轮回着。"冬香好像回忆什么似的闭着眼睛低语,"你真是一个厉害的人。"

那是什么意思?菊治屏住了呼吸。

"你创造了我的一切。"

"……"

"你知道我身上所有的性感带。"

菊治的确了解冬香的一切,也可以说是再造了她的一切。现在的冬香和刚遇到他时的冬香,身体完全不同,也许性格也发生了变化。

"今后再想回到一般的社会,恐怕十分困难。"

　　事情或许真的如此,幸好是梅雨季节,外面一直下着小雨。这种昏暗阴霾的感觉,最适合眼下这对恋人。

　　"那地方好像有一支火把,还在一阵阵地燃烧。"

　　达到高潮之后的女人身体是像冬香所说的那样吗?菊治轻轻地用手触摸冬香所说的火把燃烧的地方。

　　不用说,菊治已经没有余力做任何事了。在和缓无力的疲倦中,他们面对面静静地偎依在一起。

　　菊治喜欢这种慵懒的状态,冬香也是同样。菊治轻柔地爱抚冬香的后背,冬香将脸依偎在他的胸前。

　　"今天晚上我还会慢慢回忆的。"

　　回忆什么?菊治琢磨起来。

　　冬香低语:"夜里我会慢慢回忆和你做爱的经过。当时你手按在这儿,又扼住了……"

　　冬香是否让她的身体一同回忆。不对,恐怕是她的身体不由自主地进行回忆。

　　"然后呢?"

　　"你就像一种形状、记忆在我身体里面,一回想这些,那里就又开始燃烧……"

　　那样不会被她丈夫发现吗?

　　"你想那些事情,不要紧吗?"

　　"就算他知道也无所谓……"

　　菊治吃惊地察看冬香的表情。

　　"我最近越来越讨厌他了……"

　　菊治原本就怀疑冬香有那种想法,可这么明确说出口来,总是一个问题。

　　任其发展的话会出现一个什么局面?正当菊治担心的时候,冬香声音低沉而坚定地说:"我再也不想回去了。"

　　双方在生理上不和谐,和自己讨厌的丈夫在一起,冬香是如何地痛苦难过,菊治心里明白。

　　可家里还有三个孩子。如果冬香因讨厌丈夫离家出走的话,生活马上就会陷入困顿,这一点不用想就明白。

既不能离家出走,维持现状又非常痛苦,冬香到底应该怎么做才好? 冬香把这个问题摆在了菊治面前。

不过,眼前菊治却不能给她一个清楚的答案。

"可是……"

菊治暧昧地沉吟,他想起了和妻子离婚的事情。还没来得及告诉冬香,自己目前已恢复独身,想和冬香结婚的话,也不是不可以。

冬香如果是一个人的话,菊治兴许马上就会向她求婚。把她逼到眼下这个地步的正是自己,现在求婚说不定冬香也会答应。

然而一想到依靠冬香的三个孩子,菊治不由得就要多想一些。把三个孩子一起接过来的话,当然没问题了,但一下子成为三个幼小孩子的父亲,负担未免太重,况且经济上他也没有自信。

"他现在也……"

冬香以前说过,她丈夫曾强行和不愿意的她性交,有一次甚至骗她服下安眠药进行侵犯。她丈夫现在还会那样做吗? 菊治刚要询问,冬香使劲摇头。

"我绝不允许再发生那种事情。我的身体根本不接受……"

"你如此珍惜的身子,我绝不会让他碰的。"

以前冬香也曾说过类似的话,她的意思是说她比以前更洁身自好了吧。

"你丈夫,祥子也说过,是一个规规矩矩的人吧?"

冬香默不作答。

"他在外面是否很受女人欢迎?"

"不知道。反正我讨厌他就是了。"

也许过于自私,对菊治来说,他希望冬香的丈夫在外面也有外遇,最好不经常回家。那样一来,她丈夫的注意力就会移向外界,这样就不会屡屡向不情愿的冬香求欢。

"他有没有外遇的迹象?"

菊治大胆地打听,冬香一副与己无关的口吻:"不清楚。"

也就是说,没有什么明显的证据。对丈夫本来就毫无兴趣的话,冬香不知道也很自然。

"祥子女士曾经说过……"菊治继续探究,"你丈夫是一个英俊、优秀的男人……"

"……"

"他调到东京工作,也是一种高升吧?"

冬香几乎一副仰面朝天的姿势,凝视空中答道:"即使优秀,也不代表好啊。"

冬香还是第一次这么干脆地一口否定。

工作热情的优秀男人,在男女关系上的确不一定非常出色。

不过对冬香来讲,那个人却是她丈夫。结婚之后成为丈夫的男人,即便有些不中用,多少也应该容忍。按时按点去公司上班,只要把工资拿回家来,很多做妻子的不就满足了吗? 菊治还是有些不太明白。

"遇见我以前,你就讨厌他吗?"

冬香轻轻点点头。

"讨厌他什么?"

"那个人特别任性,无论什么都要求女人默默地服从……"

冬香以前也这样说过,她丈夫大概是个传统的男人。

"相亲之后,你们多少也交往过一段时间吧? 那时候你没发现吗?"

"当时我已有所察觉,但是周围的人都催我赶快结婚……"

冬香和丈夫一样,也是一个保守的女人。

"那么,结婚以后一直……"

冬香一声不吭,所以菊治往旁边看了一眼,只见她眼角里微微渗出泪痕。菊治悄悄伸手为冬香拭泪,她紧紧偎依住他。

"我遇见你以后,才知道……"

这时,冬香的肩膀颤抖起来。冬香平时十分柔顺,此时大概由于情绪十分激动,竟然哭出声来,她不断哽咽抽泣,看来一时半会儿很难止住。

在这种时刻,自己该用什么话来安抚她呢? 菊治不知所措,只好一直抱着她。

冬香的身体还在轻轻抖动,不久菊治的胸前被她的泪水打湿。

“别哭了。”

菊治只能这样安慰她。他一直紧紧搂着冬香,等她的情绪恢复平静。

至今为止,冬香是怀着怎样的心情和丈夫一起过日子的?以前冬香提过和丈夫性交十分痛苦难忍,她还说过就是为了逃避性生活,她才不停地怀孕的。

而且她丈夫还要求她做各种各样的动作,她不愿意而拒绝的时候,就会遭到丈夫的训斥。

就是这样,冬香仍然一直忍耐,一共生了三个孩子,成为一个侍奉丈夫的妻子。冬香也许认为这就是妻子的义务,所以放弃了抗争。

然而,社会上一般的人却不是这样看的。至少住在附近的朋友祥子认为,冬香是一个幸福的妻子,有一个既优秀又能干的丈夫。

仅从表象的确很难了解夫妻之间的真实关系,更甭提性生活了,一般人根本不可能知道真相。

事实上,很多人都是根据丈夫的外表及社会地位判断对方是否优秀,想象若是那个人的话,床上生活肯定也非常出色。

然而,工作上能干和床上出色完全是两回事。有些男人工作上不太灵光,却擅长在床上取悦女人;有的男人无论毕业于什么一流大学,一到床上就现了原形。

冬香的丈夫属于后者中的一个。虽然工作上很能干,但在性生活上却从不考虑对方的感受,粗暴且只顾自己痛快。

冬香当时对性一无所知,没准还救了她。那样一来,她会认为女人在性生活中没有快感,她因此死心了的话,也就不会出现问题了。

“是你把我教会的。”

冬香的话语仿佛是远处的潮声,让菊治重新考虑。

好像潮声逐渐消失在远方一样,冬香的抽泣总算慢慢停了下来。

不知道她已经哭了多久,总之,冬香不顾一切地哭了一场,现在终于趋于平静。

“对不起。”冬香低语,同时把头缓缓从菊治胸前挪开。

菊治从旁边撩开了被泪水打湿、挡在冬香脸前的头发,她微笑着望了一下表。

"已经这时候了……"

枕边的时钟显示的是十二点五十分,最近菊治总是把表拨快十分钟,所以准确的时间应该是十二点四十分。

"对不起……"

冬香推开菊治的手,起身下床。

从这个时刻起,冬香又恢复了一个母亲的面目。虽然她想一直留在男人怀中,而且只要她想,就能做到,但是为了孩子,她已经开始准备回家。

看到冬香起来,菊治也下了床。

到下午一点只有二十分钟了,冬香利用这段时间在浴室里梳完头,换好衣服走了出来。

"外面还下着雨呢。"

可能觉得有些凉意,冬香在胸前打褶的衬衫外,又穿了一件薄毛衣。

"我送你到车站吧。"

"不用了,会被雨淋湿的。"

"我们合打一把伞吧。"

两个人一起走到车站,多少能使依依不舍的感情有所缓和。

他们共同来到外面,雨还在继续。据电视上讲,日本西部近来连降大雨,有发生洪灾的危险。

菊治右手撑着一把大伞,冬香靠在他身旁,二人走在雨中。

行进在被雨打湿的道路上,菊治一直犹豫是否告诉冬香自己离婚的事情,这时他们已经走到了鸠森神社前面。望着被烟雨笼罩的树丛,菊治下决心说道:"其实我最近刚刚离完婚……"

"是吗?"冬香停下脚步反问。

"那个,因为我们以前就一直分居……"

菊治做出一副无所谓的神情,说完就向前走去,冬香很快也跟了上去。

"是我妻子提出要和我分手的。"

"想和你分手?"

"她似乎要和什么人结婚。"

菊治仿佛在说别人的事情,冬香默默不语。

冬香可能正在揣摩妻子的真实想法。在冬香眼中,菊治大概是最理想的男人;但对妻子来讲,菊治距一个理想丈夫的要求还差得很远。

"我们之间的关系一直处得不是很好……"

"世界上竟有这种事。"

"和你结婚的话,就好了……"面对仍在发呆的冬香,菊治拼命咽下了这句刚想脱口而出的话。

菊治也不知道为什么,但他觉得一旦说出这句话,他们之间的关系马上就会失衡。两个人都疯狂地爱着对方,却不能在一起生活。双方一直认为一句话就可能改变一切。

他们沿着神社外廊慢慢前行,神社里边的树丛被烟雨笼罩。菊治扭头凝望神社的景致,冬香问:"今后,您打算怎么办?"

"怎么办? 我也没什么打算……"

虽说和妻子离了婚,但对生活却没有什么影响。菊治一直都是一个人生活,只是从今往后变成了真正的孤家寡人而已。

"真羡慕您……"冬香一边绕开脚下的水洼,一边说:"我也想一个人生活。"

被冬香的话吸引,菊治扭脸看了她一眼,只见她正抬起雪白的面孔仰视自己,在下个不停的雨中,她的面容显得有些娇弱,仿佛瓠子花一般。

菊治停下脚步,他们从围墙破损的地方迈进了神社。平时神社里总有一些人,或是散步,或是在椅子上休息,今天这种天气什么人也没有。

菊治一直往前走去,在一个小小的土堆前面停住,两个人偎依在雨伞之中。

"亲一下……"

冬香听话地将手搭在菊治肩上,菊治稍稍躬下腰来,在伞中接起吻来。

他们在雨中不断地接吻,而外面的行人只能看到树丛那边现出一把雨伞。

两个人充分交换了彼此的爱意之后,又躲在一把伞下走出了神社。

平日里喧嚣热闹的商店街冷冷清清,穿过了商店街以后,二人走到了通往车站的一条大路上。

在下床之前,冬香痛哭了一场,后来菊治又把自己离婚的事情告诉了她,所以心中多少有些别扭,菊治想在分手之前,说点儿令人振奋的事情。

他决定把自己一直创作的小说已经完稿的事情告诉冬香。

"两天之前,我的小说写完了。"

"真了不起,已经写完啦。"

"还有一些地方需要修改,但不管怎么说,终于快完了。"

"辛苦了,太棒了。"

眼下能替自己如此高兴的只有冬香一个。如果把此事告诉前妻,她可能就是点点头,说一声"哦,是吗"罢了。

"下次让我看看。"

"等出版以后吧。"

"出版之前我就不能看了吗?"

冬香要看的话,让她看看也无所谓,只是菊治觉得多少有些难为情。书中的内容当然和他们之间的恋爱从情节到主要人物都不尽相同,但这本书是以对冬香的爱为动力写的,所以某些地方说不定有她的影子。

"我的手稿也行吗?"

"当然行了,我太想看了。"

冬香已经不再跟过去一样只是一个读者了。

"小说将近四百页啊。"

"下次一定要给我看看。"

车站前面的红绿灯绿了,两个人并肩穿过了路口。

雨天的车站,充满了各种各样的雨伞。

冬香在车站另一头买了车票,再次回到菊治的面前。

"那么……"

这么一句就表明了雨天的幽会至此结束,但菊治心里明白四天之后,下次的约会又会到来。

"慢走。"

目送冬香行了一礼,然后消失在人群当中,菊治一个人照原路返回。

在雨中和冬香分手之后,菊治回到了自己的家,把写好的稿子放在了桌子上。

总共四百张左右的稿纸,厚厚的一沓,显得很沉。

真不容易,自己总算把它写出来了。在这十几年来,菊治还是第一次创作出这么长的作品。当然他也曾经写过,但多数都是因生活所迫,半途而废。

菊治春天重新动笔的理由,就是再那样下去的话,自己会被读者和文坛完全遗忘。无论如何他也要再写出一部众望所归的作品,以此重返文坛。这种执拗的信念,使他完成了这部作品。

即使这样,菊治的创作也曾多次碰壁,屡受挫折。随着与冬香的之间的爱恋不断加深,他的创作开始变得顺畅起来,现在也总算把书写完了。

在这个意义上,倘若把这本书称为与冬香之间诞生的"爱的结晶"也不过分。

当然,书中还有一些不尽如人意或需要添加的地方,再有几天也就能全部完成了。

按照计划,菊治准备下个星期一就拿到出版社去,至于在哪儿出版,他也经过了再三考虑。

过去身为畅销小说作家的时候,与菊治来往的出版社,光是一流的就有四五家,现在也就是明文社和新生社两家。可能的话,菊治希望由出版自己第一本小说的明文社出版;不行的话,由中濑所在的新生社出版也行。总之,关键的问题是小说的内容。

正如书名《虚无与激情》所昭示的那样,小说描写了爱情中激情与虚无之间的纠葛的时候,随着情节发展,书的后半部分虚无的色彩逐渐变浓。

那也是最近菊治从与冬香之间的爱情中得到的真实感觉,男人无论拥有多么激烈、多么疯狂的爱情,其结局总是陷入虚无,或者被推入空虚的深渊。

这是什么原因? 菊治经过左思右想,结果发现原因就在射精这种行为。乍看上去,这种行为非常勇猛,能够带来令人疯狂的快感;然而射精之后接踵袭来的那种身心俱疲的虚脱感和失落感,又是怎么一回事呢?

这种只赋予并加在男性头上的虚无感,难道不是导致男性最终遁世,过起隐居生活的原点吗?

小说除了描述男性独特的性爱特征之外，还涉及了男女性爱的不同之处。

造成男性虚无的原点是射精行为；与之相比，女性性爱在形式上虽然被动，却可以获得各种各样的快感，并将其不断扩大。

比如从最初的不适感到疯狂的忘我高潮，快乐的感受不断加深，丰富多彩，在达到高潮之后，还有一段悠长的余韵留在体内供人享受。而且性爱有时还会带来怀孕、生育、育儿等结果，使女性现实生活的内容不断拓展。

男性的性爱只是一种单纯的发泄，发泄之后一切就结束了，有些雄性生物射精之后甚至还会丧命，与之相比，女性的性爱是将男子的精子吸收、培育，是与未来连接在一起的。也就是说，男性的性是虎头蛇尾的，呈倒三角形的封闭状态，而女性的性是面向遥远未来的，呈开阔状。

《虚无与激情》一书最想表现的主题就是男女性爱的不同之处，以及由此产生的相互对立。换一种说法，就是男性对女性的激情是一种虚构的挑战，其最终结果男人只有惨败，直至灭亡。

在小说中，这种男女纠葛当然不是用理论说明，而是借用男主人公无意和女主人公满子，通过描写他们之间的爱情由诞生到结束，是一种主题自然而然显现出来的构想。

另外，现实生活中的菊治与冬香之间的爱情，理所当然地对故事产生了很大的影响，有时当创作遇到挫折的时候，正是在这种爱情的激励下，使他克服了困难，得以继续创作下去。

从某种意义上讲，没有冬香的话，菊治也写不出这部小说。

因此，菊治在卷首加上了"谨以此小说献给亲爱的 F"一句话。

F 究竟是谁？拿到此书的读者或许会考虑，或许看了一眼就一掠而过。总之，F 一个字母让人觉得范围过大，很难猜中。干脆写成 F 香、冬香，说不定给读者的印象反而深刻。

菊治踌躇不决，也许还是印上大而化之的"F"，更能增加读者的想象力，也更有品位。

而且仅用这一个字母，冬香也应该明白 F 就是自己。其他人发现不了都行，只要冬香明白也就够了。

推敲了一番之后，菊治加上了这句话，《虚无与激情》终于大功告成。

菊治并不十分讨厌梅雨季节。

当然，去大学上课或做周刊杂志的工作等，要外出的时候十分麻烦，除此以外，菊治的时间大多是在编辑部或书房度过的。

撰写文章，然后校阅这类工作，外面的天气过于明亮晴好的话，反而使人静不下心，倒是在雨天里，能够渐渐地集中精力。而且梅雨季节不那么炎热，日子要比盛夏好过得多。

周末见到冬香的三天以后，也就是星期二，那天是周刊杂志的校稿日期，菊治冒着小雨深夜才回到家里。

平时的话，他会径直上床休息，当他看到桌子上复印的五部《虚无与激情》后，不由得想前去触摸。

菊治不很擅长电脑，书稿是托人才搞好的，从明天起他打算带着这些书稿去各出版社转转。

这本书能否真的出版？这是菊治时隔十数年才创作出来的新作，他在不安之中又有相当的自信。

他的脑海中浮现出曾经几度幻想的报纸广告："村尾章一郎，时隔经年创作的长篇巨著。"

总之，此书才是自己独自造出来的唯一的孩子。菊治一边手抚厚厚的复印稿件，一边想起了冬香。

明天冬香来了之后，第一件事就是要把其中的一部书稿交给她，冬香读后会有什么感想，菊治很想知道。脑子里转着这些，菊治变得很想见她，就把袖珍录音机拿到了床上。

在想念冬香而见不着的日子，菊治时时播放去箱根旅行的录音。

菊治这种奇怪的举止若让冬香知道，说不定会笑话他。但对菊治来说，这是能够零距离接近不在身边的冬香的唯一方法。

菊治已经试过多次，听录音的时候，他总是把房间的灯光调暗，躺在床上，静静地斜倚着身体，把录音机放在旁边，按下播放键钮。

一下子传来一阵嗞嗞啦啦的声音，不久传出了冬香啜泣般的呻吟。

冬香好像已经燃烧起来似的。

在竖耳聆听的过程中,他们在箱根度过的那个夜晚又栩栩如生地展现在菊治面前。

令人不可思议的是,和实际的做爱相比,偷偷聆听做爱过程更加叫人兴奋。

眼下传来了冬香的啜泣呻吟之声,是因为自己正用舌头攻击她的私处。

冬香的声音逐渐大了起来,不久传来了"不行"、"住手"等哀求的声音。

菊治执拗的爱抚让冬香忍无可忍,她已被逼到濒临爆发的边缘。

当时两个人采用的是头脚倒置的姿势,菊治也在被冬香攻击,但只有冬香发出了叫喊,菊治的身体不由自主地亢奋起来。

他一边单手捂住自己那个东西,一边继续聆听录音。

冬香的声音还是那么低沉、难受,可音质十分清晰,在"住手"的喊声中隐约包含了撒娇的成分。

菊治不顾她的请求继续进攻,这时"住手"的喊声变成了"饶了我吧"的哀求,最后在"对不起"的叫声音中,冬香好像达到了高潮。

"啊——"冬香发出了气绝般的呻吟,低沉而悠远,就像远处马车不断传来的铃声一样。

此刻若是触摸冬香的身体,肯定能感到在达到高潮的瞬间她身体的战栗与僵硬,仅听声音就无从感受了。

取而代之的是,冬香达到高潮时的那声"对不起",声音听起来远比当时高亢,显得新鲜。

原来冬香是那样呻吟的。菊治一边重新回忆冬香当时迷乱的样子,一边为她的呻吟所倾倒。

把冬香逼到如此境地的,不用说就是菊治本人,冬香根本没有道歉的道理。

不过仔细聆听一下,就能发现冬香在冲向顶峰时口中吐出的话语,类似"不行"、"对不起"、"饶了我吧"等等,以道歉的语言居多。

从这么多道歉的言语分析,女性是否觉得享受如此快感、变得放荡是不可饶恕的罪行,可同时身体又在不断燃烧。从幼小的时候开始,她们受到的就是那种教育,所以感到自己的行为是一种背叛,从而产生了罪恶感吧?

总之,在菊治的耳朵里,在自我抑制中发出的那种惊慌失措的呻吟,听起来更加怪诞,更加淫荡。

从录音机中传来的声音突然断了。

由于菊治一直亲吻冬香的私处,使她达到了高潮,他借机改变了姿势。

其实当时变换姿势的是菊治本人,但用耳朵听的时候,他觉得仿佛是自己之外的另一个男人做的似的,实在有些可笑。

那个男人不一会儿改换了姿势,好像在对冬香说着什么。

在"好不好"这句询问之后,又责备了一句:"那样怎么行啊?"难道冬香在达到高潮的时候有什么疯狂的动作吗?

总之,仅用舌头攻击就已使冬香情迷意乱,男人继续追问:"想要吗?"

"想。"冬香如实答道。

看样子女子已经完全落入男人的掌握之中,没有半点儿反抗的意愿。

就这样一阵短短的沉默之后,突然传来了"啊"的慌乱的呻吟。

这时一直忍耐的男人是否已经深入到冬香体内。

"不行……"冬香的叫声包含了知道无处可逃后的自我放逐的成分吧?

但是紧接着冬香的声音就变得甜蜜而妩媚,同时发出了"唉"、"太棒了"的喊叫。

冬香这么快就产生快感了吗? 她不断重复"唉"、"太棒了"的喊叫,然后传来了"老公"的呼唤。"冬香"男人回应,于是"冬香"和"老公"这两种声音交替出现,不绝于耳。

两个人原来是如此热烈地互相呼唤的。当时身临其境的菊治非常吃惊,这时冬香突然叫道:"太棒了,太厉害了……"

似乎新一轮的快感传遍了冬香的全身,菊治回想起那种颤抖的同时,从冬香的身体深处挤出了一种声音:"杀了我,哎,杀了我吧……"

这句话重复了几次之后,冬香的喉咙大概被掐住了,传来了一阵剧烈的咳嗽声,她继续哀求:"求求你,杀了我,就这样杀死我吧……"

最后随着一声"我要死了",冬香似乎飞向了彼岸的极乐世界。

与此同时,菊治也大叫了一声"冬香",用自己的手达到了高潮。

天亮了以后,冬香按照约定的时间——九点半出现了。

菊治当然不会把昨天晚上边听她的呻吟,边自慰的事情告诉她。

"昨天晚上,我特别想你……"

菊治刚说了一句,冬香点头说:"我也同样,我梦见你了。"

"什么梦?"

"我梦见你的小说出版了,我在签售会上排队。"

不用说,那也是菊治的梦想。

"真那样就好了。"

"那还用说,一定会的。"

这时两个人开始接吻,然后倒在了床上。

昨天晚上刚刚自慰过,菊治有些乏倦,可随着触摸冬香柔软的肌肤,他那个地方又充满了力量。

"下次我想看看你穿和服的样子。"菊治想起了以前的约定。

"那下次我穿来吧。"

"真的?"菊治双眼放光。

"到了暑假,孩子们都回老家,也许我能一个人在这儿。那时我穿夏日和服……"

菊治一下子想起了风之舞。头戴斗笠,身穿夏日和服的女子们,伸出双手做出接过稻穗的动作,手指的姿势十分动人。

菊治随后悄悄地把冬香的手拉向自己的两腿之间。

"跳舞时用的就是这只手吧?"

"嗯……"

冬香纤秀的手指抓住了菊治的那个地方。

"下次想和你一起去看风之舞。"

"我也是,想和您一起去。"

跳风之舞的时间应该在九月初,那是为了让台风平息、祈求丰收而进行的一种仪式。

两个人果真能一起去吗? 冬香本人似乎也没把握。

"女子微微屈起身体,脚踏出去的时候,裙摆会向后动吧?"

菊治一边回想大原风之舞的动作,一边把手伸向冬香的股间。

"跳舞的时候,这儿会变成什么样?"

菊治的手指伸向冬香的花心,那儿已经十分温润。

"我让它充分得到满足之后再跳舞。"

"讨厌……"

冬香迫不及待似的把腰贴近了菊治。

近来冬香达到高潮的时间就不用说了,就连产生快感似乎也很迅速。

菊治在逗弄她的私处的同时,用嘴轻轻地吮吸她的双乳,冬香很快就抑制住呻吟开始挣扎。

菊治那样挑逗了一会儿,"唉……"冬香开始恳求,这时菊治从侧面温柔地进入了她的身体。

"啊……"当菊治全部深入冬香体内的时候,冬香安然地吸了一口气,不久自己就动了起来。

菊治十分清楚冬香要多长时间达到高潮,享受多少快感才能罢手,然而所有事情并不以人的意志为转移。

特别是最近的冬香,达到高潮仍不能令她满足,她还要一直保持达到巅峰的状态。

幸好由于昨日的自慰,菊治今天还能坚持一段时间。

他们就这样互相配合对方的动作,不断摇动身体,每当菊治攻击冬香最为敏感的部位,她就不断发出欢叫,最后还是在"我想死"、"杀了我吧"的喊叫声中,手脚痉挛着达到了高潮。

多么富有激情的燃烧啊!菊治虽然承认是自己把冬香逼到了这步田地,但是她究竟能够燃烧到何种程度?菊治心中有一种不祥的感觉,但是冬香突然一把搂住了他。

"太棒了……"

"……"

"人不是在飞吗?飞的时候,从头到指尖全身的血都在哗啦哗啦流动、奔跑……"

看样子冬香在达到顶峰的时候又有了新的发现。菊治保持着沉默，冬香用那种发自内心的口吻说："你把我的身体弄成了这样……"

冬香是在抱怨吗？菊治觉得好像有点儿不同。

"你这个人，真是太了不起了。"

冬香反而称赞自己，让菊治感到有些吃惊。

"只要是你说的话，我什么都听。我一定照你的话去做，所以请命令我吧……"

突然听到冬香这样说，菊治一脸困惑，不知道命令什么才好。

"我要变成你的奴隶。"

是否由于眼前遍布全身的快感唤起了冬香被虐的想法？从她口中竟然说出这种话来，令菊治觉得她有些恐怖。

菊治忽然想起了自己喜爱的男人，从自己工作的金融机构骗取了数亿日元的女人的事情。当时在报纸和电视上都极为轰动，但是该女子在被逮捕的时候，却完全没有做了坏事的表情。

为了自己心爱的男人，即使对方发出欺骗或贪污的指示，也会毫不犹豫地从命。

当然，一般人会感到惊讶，并嘲笑说："真是一个傻女人。"但是当事人却没有觉得半点儿后悔或羞耻。为了引领自己进入狂热的极乐世界的男人，什么事都做得出来。

此刻的冬香也是一样，如果菊治发出命令，她会全部照单执行。因为她已经宣称要做菊治的奴隶，所以根本不可能反抗。

比如菊治让她离家出走，她就会离家出走；命令她杀死丈夫，她恐怕也会照办……

想到这里，菊治慌忙摇了摇头。

那种事情不论发生了什么，也说不出口。万一做出那种指示，冬香乃至自己都别想再活了。菊治赶紧打消了这些念头。

冬香低语："只有我一个人，去了别的世界……"

"别的世界？"

"对,谁也不了解这种事情。"

的确,也许没有女性能像冬香那样深深地沉溺于性爱的世界当中。

"不久前,我曾跟小孩儿学校认识的人聊过这个话题。"

大概是跟冬香年龄相仿的母亲吧。

"女人们也在一起谈论男人吗?"

"几乎不会。只是因为和那个人关系还可以,所以稍稍聊了两句,因为她说想谈恋爱……"

"在这方面,你可是个前辈了。"

"话虽这么说,但我一说'十分相爱的话,可能会变得难舍难分',对方却说不喜欢缠绵悱恻的爱情……"

在不破坏家庭的条件下,适当地玩一玩,这大概是社会上一般的想法吧。

"她还说已经一把年龄了,再搞那种缠绵悱恻的恋爱,脸上实在不好看……"

冬香若把自己的现状如实告诉对方的话,她可能会这么认为。

冬香却如梦幻一般说道:"不过,我现在这样就好。因为这么美好的世界,那些人都不知道啊。"

冬香是否在家庭主妇之间有些孤立? 冬香自己不说的话,那些人当然不会知道,但有一点是不会错的,她的身心双方都活在另一个世界里。

在这方面菊治也是同样,他也没有能在真正意义上讨论爱情话题的朋友。

总而言之,在这个世界上自己除了冬香,别无他人。

这种孤立感令人十分寂寞,缺乏自信,但是这种身处绝境的感觉,却能进一步加深他们对彼此的思念。

"不管说些什么……"菊治想。

毫无疑问,我们深深相爱,其结果就是能够享受性的绝对欢乐,在这种意义上,我们正是性爱方面的精英。

其他的人提出不喜欢缠绵悱恻的爱情,生怕因此毁掉一生,然而事到如今,也没有胆怯或慌张的必要了。

相反,菊治绝不愿意不知爱的真谛而平凡过活,心中从没有过燃烧的激情就默默地死去。

既然降生到这个世界上了,无论如何他也希望像眼前这样疯狂地燃烧。

"不用理睬那些什么都不知道的家伙……"

菊治的口吻有些自暴自弃,他将怀中的冬香搂得快要窒息了似的。

不一会儿,他们都觉得呼吸困难起来,菊治松开了手臂,深深地吸了口气,然后慢慢环视了周围一圈。

他们都明白,差不多又到了冬香起身收拾、准备回家的时间了。

虽然不想起来,但彼此如此亲密地结合,应该已经可以安心地分手了。

菊治起来之后,冬香也跟着起来进了浴室。过了十来分钟,再见到冬香时,她已跟往常一样理好仪容了。

这时菊治将一个纸口袋递给了冬香:"这是刚写好的小说,有时间的话看看吧。"

"真的吗?"

冬香从纸袋中抽出了钉好的书稿,连忙问:"这个 F 是……"

"当然是你了。"

"太高兴了……"

冬香就这样拿着书稿扑进了菊治怀中。

从第二天起,菊治开始带着书稿穿梭于各出版社之间。

他先去了出版《爱的墓碑》等早期三部作品的明文社,和事先约好的一位叫铃木的董事见面。以前菊治活跃于文坛的时候,铃木刚过三十五岁,现在据说从文艺部调到了营业部。

时隔十年重新见了面。"嗨……"他们彼此打了个招呼,铃木就把菊治带到了一家很近的咖啡厅,两个人虽说都上了年纪,可铃木身上却多出了一份威严。

"看上去还是你年轻……"铃木感叹地面对菊治,菊治想这大概是托恋爱之福,但没有做声。

"到了这个岁数才写出了自己多少有些满意的东西,希望您能看看。"

菊治把复印的书稿递了过去,铃木将手放在书稿上附和说:"真了不起,这些都是你写的。"

说着翻开一页,看到卷首献辞"谨以此小说献给挚爱的 F",他微笑道:"是恋爱小说吧?"

"真有些不好意思……"

"哪儿的话,村尾先生不写恋爱小说还行? 我会尽快读的。"

"但是……"铃木的口吻还是那么慢条斯理,他抬头说,"正如名片上写的那样,我五年前就调到了营业部,所以眼下文艺出版方面的事情不太清楚。当然,我会把书稿交给一个能干的编辑读的。"

"请多关照。"

和年轻编辑的关系变得疏远起来,主要由于很长时间没有进行创作,菊治本身也有责任。

"需要的话,我这儿还有一部。"

"不用了,一部就够了。"

接下来他们就出版界的现状、菊治在大学任教及撰写杂志稿件等事简单交谈了一会儿,菊治起身站了起来。

"那么,这部书稿就请多费心了。"

以前都是出版社恳求菊治把书稿给他们,现在轮到菊治低头拜托出版社了。

"可能需要一点儿时间,然后我会联络你的。"

菊治又向铃木道了一次谢,再次体会到自己碌碌无为的岁月是那么漫长。

第二天,菊治又带着书稿出了门。

那天是去大学教书的日子,他先去了趟教研室,见了十分精通现代文学的森下讲师,把书稿交给森下,拜托他读一下。森下虽然没有任何出版社的关系,但有时却会为月刊杂志写点儿书评,所以菊治的书要是出版了,森下没准还能帮上忙。

森下比菊治年轻十岁,听到书稿有四百页之多,非常吃惊。"我一定拜读。"他向菊治保证。

下午三点,上完了两节课之后,菊治来到自己撰写稿件的那家周刊的编辑部,又把一部书稿交给了一位负责书评的名叫石原的编辑。

"虽然还没出版,但是我想听听你的看法。"

石原也为书稿的页数之多感到惊讶,看到卷首"谨以此小说献给挚爱的F"一句,他会心地笑道:"是恋爱小说吧。"

这样一来,包括给冬香的那一部,书稿已经送出了四部。

剩下一部,菊治打算请中濑看看。中濑是文艺部十分出名的新生社的董事,所以肯定能助自己一臂之力。

由于那天时间上比较紧张,所以菊治问了中濑的日程安排之后,决定下午两点去新生社拜访他。

中濑升任为广告部的董事,所以有一个单独的办公室,菊治进去后,他的秘书端上茶了。

"原来如此……"

菊治再次打量起中濑和前任社长的合影,以及并排放在一起的高尔夫冠军杯等,然后点点头。

现在中濑主管新生社广告部的工作,理所当然会在这样的房间里办公,自己如果一直留在出版社工作的话,能够爬到这个位置上吗?

绝无可能,菊治心中暗想。

他把书稿递了过去,中濑笑道:"又是一个吸引人眼球的书名啊。"

看到卷首"献给F"那句话时,中濑不禁发问:"就是你说的正在交往的那个女的吧?"

"说起来很惭愧,还真是托她的福才写成的。"

"我马上交给文艺部,让他们看看。"

中濑能打个招呼的话,菊治也感到十分欣慰,可惜他现在不是出版部的董事,菊治多少有些遗憾。

把书稿送给计划中的每个人以后,菊治潜心静气地等待结果。

那些人究竟会有些什么看法?由于书稿长达四百页,所以不可能一口气读完,但看得快的人有两三天也就够了。

因为大家都是边工作边阅读,所以可能要一个星期左右。出人意料的是,那些人当中最先告诉菊治感想的竟是冬香。

把书稿交给冬香的第二天,她的短信一大早就到了:"我已经开始读了。"第三天,她在短信中说:"到明天我们见面为止,我一定要读完。"

到了约会的当天早晨,冬香又发了个短信:"我刚刚读完,写得太棒了,我现在去你那儿。"

不愧是冬香,赶在了所有人的前面。

"谢谢!"菊治马上发了个短信,然后等待她的出现。

"今天真闷热呀。"

菊治在门口迎接一边擦拭额头的汗水,一边快步走进来的冬香。

"看完啦?"菊治问。

"对,简直太棒了! 让我学了不少东西。"

冬香作为一个读者虽是外行,但是外行的意见对小说创作却很重要。

"你那么忙还把书看完了,太辛苦了吧?"

菊治一问,冬香就告诉他,她是利用把丈夫和孩子送出家门之后的上午这段时间,还有周围人都睡下后的深夜或清晨悄悄起来读的。

"你丈夫没发现吧?"

"没问题。因为我把书稿分成许多份藏在了床下面。"

妻子把自己心爱的男人写的书稿藏在床下面,利用深夜偷偷阅读,丈夫当然不会发现了。菊治对冬香这种巧妙的做法感到惊讶,更令他感动的是冬香想尽办法加速阅读自己的作品。

"你是第一个读完我小说的人。"

"这部小说比以往的作品内容更加深刻,我似乎觉得不是在读别人的故事……"

这是以和冬香之间的爱情为源泉创作的,冬香这样想大概也是理所当然。

受到冬香称赞的那天,菊治尽情地进行了燃烧。

在好心情下,菊治情欲高扬,身体仿佛增加了活力一般,异常膨胀起来。

他们急忙脱掉对方的衣服拥抱在一起,和往常一样,他们先从正面结合在一起,然后从侧面、后面交合,后来冬香骑了上去,倒仰在菊治身上,两个人的身体成一百八十度角激烈地进行交媾。

在整个过程中,冬香自然十分奔放,每当快达到顶峰时都不住地高喊:"杀死我吧……"菊治随之扼住她的喉咙,于是冬香在剧烈的咳嗽和哽噎声中达到高潮。

冬香恳求去死,已经成为每次性爱之中必不可缺的一个插曲,死亡作为一种潜藏的快乐已经在两个人之间扎根。

而且那一天,他们真像死去了一般,陷入了浅睡状态。

但是过了半个小时,菊治最先睁开了双眼,发现自己那个东西还停留在冬香体内,于是准备悄悄撤出,冬香很快就察觉到了,她扭动身子,发出了"唔"的不满之声。

仿佛在说"没有我的允许,不许出去"一样,菊治退身离开冬香之后,紧紧搂住她低语:"又被冬香全部吃光了。"

"对呀,和那部小说描写的一样。"

在菊治创作的小说中,描写了一个叫无意的男子和一个叫满子的女子,在享受了性爱的全部快感之后,陷入了空虚的境地。

"正像书中写的那样,女人真是欲壑难填……"

冬香大概通过自己的身体已经充分体会到了这一点,她坦率地点头认可。

"我可不愿像书中那样,两个人越是相爱,却离得越远。"

在小说当中,男女在多次做爱之后,男方因为嫉妒女方能够享受那种强烈的绝对快感,从而产生了败北之感,于是自我放逐到虚无的荒野之中。

"你写的那部小说,使我深受感动的地方很多,但是结尾过于伤感……"

听冬香这么一说,菊治觉得可能确实如此,可对他来讲,不想写那种简单的大团圆式结局的爱情。

在不断追求一种完美的理想爱情过程中,最后由于男女的根本差异碰壁,从而导致了爱情的毁灭。如果不那样写的话,就枉称文学,而且那是菊治目前最想表现的主题。

临火

梅雨季节刚一结束，炎热的盛夏就来临了。

对于本来就爱出汗的菊治来说，夏天虽然有些难熬，但他却不讨厌夏天。

菊治原本就是在横滨长大的，所以对酷暑已经习以为常，比起寒冬来，夏天可以使人放松，心情非常平和。

由于长年置身于自由职业之中，菊治几乎不用打领带，在炎热的夏天，穿上白裤子配衬衫就可以出门，因此舒服多了。

在梅雨过后的第一个星期日，菊治身穿T恤和短裤，在家里等待冬香。

暑假已经开始，由于孩子们变得很听话，冬香约好和上回一样，九点多点就到。

菊治以为冬香同一时间就会出现，所以看起了电视，这时短信来了。

短信的标题是"早上好"，后面是"FUYUKA"，冬香的罗马字母的写法，菊治马上明白了这是冬香发来的。

"对不起，我今天本来非常高兴见面，但是我公公他们突然来了，我去不了你那儿了。十分遗憾，对不起。以后我再跟你联络。"

短信中的"他们"说的应该是她丈夫的父母吧。听说他们住在富山，今天早上为什么突然跑了过来？

若是这样，昨天冬香就该知道，也许他们已经到了东京，到了今天早上，提出要早一点儿见面。

今天的见面时间当然是两个人上回约好的，冬香或许提过希望在别的时间见面，可对方是她的公婆，所以她也许很难再说什么。

这样算来，冬香取消约会已是第二次了，上次是由于孩子突然发高烧。

冬香作为一个母亲，上次那样做菊治也无可厚非，但今天却有些不同。

即使冬香嘴上说讨厌丈夫，却不得不和他的父母见面，而且还要装出一副亲昵、和谐的样子。

"那种事也许够冬香受的……"

菊治一边自言自语，一边想象冬香和公婆见面的情景。

以前听冬香提过和她丈夫结婚的事，据说她的公公十分满意，因此最后拍板决定的。

大概因为看到冬香作为媳妇非常懂事，将来也会照顾二老，所以她公公才选中她的吧。

在如今这个世界，那种想法不能不让人觉得保守，可是在地方上，估计还有很多类似的情况。事实上，在丈夫泡澡之前，妻子不能先去；晨报也是丈夫读完之后，妻子才可以读，有些地方还在沿袭那种封建的习惯。

这些事传到大城市的男女耳朵里，他们肯定会目瞪口呆，但在地方上却理所当然地被人们传承下来，日本古代的文化和习俗说不定因此才会保留下来。

总之，冬香是在那种较为封建的环境下长大的，又嫁给了那种保守人家并生活至今，所以才养成了温顺的性格，这也的确是她的魅力所在。

说实话，现在的冬香和以前已经完全不同了。不管表面上如何，但她内心深处已在情欲的支配下变得十分奔放，这样说她并不过分。

冬香在公婆面前如何将自己的表象和真实面貌区分开来？又是怎样表演两个截然不同的自己？在想象的过程中，菊治变得难受起来。

不可否认，冬香本人十分清楚自己的两面性。不能让公公看到真正的冬香，正是菊治自己创造出来的。

在胡思乱想之中，菊治想见冬香的渴望不断增强，他打开手机一看，没有新短信要来的感觉。

无可奈何，菊治只好靠看报纸打发上午突然空闲出来的时间，这时他发现了报纸上关于夏天焰火大会的预告。

现在各地好像十分流行焰火大会，仅东京都内报上登了近十个地方，其中也有神宫外苑焰火大会的预告，时间定在八月初，如果去外苑的话，从自己这儿走着都能去。

到了那一天，不知能否跟冬香见面。她说过要趁孩子们回老家的时候，穿夏日和服过来，若能赶上焰火大会，两个人就可以一起看放花了。然后菊治希望能和她共度一个良宵。

菊治如少年般陷入了梦想当中。

再接到冬香发来短信的时候，已经是下午两点以后了："今天早上对不起。现在我回到家里了。你方便的话，我想跟你说话……"

菊治当然是求之不得，所以他马上打了冬香的手机。

"哎呀，太好了。"冬香高兴的声音一下子传了过来。

"现在家里没有人吗？"

"对，只有我一个人。"

据冬香讲，她公公有心脏病，这次是为检查到东京来的，从明天开始要去医院。公公一行今早到的东京，突然想参观儿子的新居，就直接来了新百合之丘，所以她早上就出不来了。

全家在附近的餐厅吃了午饭之后，冬香就一个人先回来了。

"要紧不要紧？"

"没事，好像要买什么东西，我婆婆也在……"

爷爷奶奶好久没和孙子们在一起了，肯定会很开心。

"今天真是太抱歉了。"

"没关系，一定是爷爷奶奶想看望大家了吧？"

"我不愿见我公公。"

"为什么？"

"那种事恐怕很恶心，我被公公摸过臀部。"

"什么时候？"

"我刚嫁过去不久。"

"你没和别人提起过吧？"

"嗯。"

站在冬香的角度上也许很难启齿，但菊治也不是不明白她公公想要吃冬香豆腐的感觉。

"因为你太漂亮了呗。"

"我可烦透了。"

菊治也理解冬香不欢迎公公到来的心情,可是她最近变得越来越爱憎分明,造成她发生如此变化的,认真追究一下,可能正是菊治自己。于是他换了个话题,说起了今天早上在报纸上看到的焰火大会的预告。

"每年附近的外苑都会举行焰火大会,可能的话,我想和你一起去看。"

"我也想去,什么时候?"

"八月一号。"

"请等一下。"

冬香大概是在看自己的日程安排,过了一会儿,她说:"我也许能去。"

"可那天不是休息日。"

"那个时候孩子们大概已经回老家了,而且……"

冬香考虑的是她丈夫的事吧?她对丈夫怎么解释?菊治正在担心的时候,冬香说:"没关系。"

冬香的语气过于痛快,反而使菊治有些不安。

"如果为难就算了……"菊治说。

"可是不勉为其难的话,我就出不来。"

事情恐怕正如冬香所说。现在和菊治比起来,冬香做事更为大胆而且有魄力。

"太棒了,能够和你一起去看焰火。"

冬香都这样说了,自己再担心也没用。菊治一改心情,开始想象布满焰火的夜空。

"在咏唱焰火的俳句中,有一首我特别喜欢。"

"教教我吧。"

"有一个出生于北海道名叫中城文子的女诗人,当然很早以前就去世了,当时她也是虽然有丈夫,却爱上了一个年轻男子……"

菊治于是边回忆边吟诵起来:"震耳欲聋兮,焰火高悬于夜空,一轮轮绽放,吾之全部灵与肉,为君所夺兮。"

菊治又吟诵了一遍。"太美了。"冬香赞叹道。

"在放焰火的夜晚,她被男人所爱。"

"对,和焰火一起……"

"我也希望你这么做。"

"当然了,我会把你全部的身心夺走。"

焰火的俳句这个意外的话题,使他们的对话更加情投意合,菊治觉得就这样挂断电话有些可惜。

"我再说一会儿,可以吗?"

"没问题,因为只有我一个人……"

好久没一个人单独的时间了,冬香显得十分高兴。

"我现在真想见你。"菊治低语。

"我也一样。"冬香马上回答。

双方都因为早上没见成面,心中残留着某种遗憾似的。

"如果现在能见到你……"菊治心里虽然知道见不了面,但还是说:"我要马上脱光你,对那儿……"菊治变得吞吞吐吐起来。

冬香问:"做什么?"

"对那儿一阵狂吻。"

"哎……"冬香顿时叫出声来,"你怎么能……"她接着说。

"喂,我想要你……"

在菊治的诱惑下,冬香也陷入了怪异的气氛当中。

"你坐在那里,把手放在那个地方。"

冬香一声不吭,菊治不管不顾地继续道:"冬香,你把手指放在那儿……"

以前他们也玩过强迫对方自慰的游戏,冬香是否按照自己所说的将手指放在了那里?"讨厌……"她发出了一声小小的叹息。

"我那个地方已经忍受不了了。"

"你怎么能……"

冬香劝阻的声音中带有一种紧张的尖锐。

"你看,我的感觉传过去了吧?"

"嗯……"冬香答道。

菊治命令她:"和我一起飞,就那样一直飞下去。"

"不行。"

菊治不顾一切加快了手上的动作。"好不好?"他问。

冬香的声音仿佛要哭出来一般。"唔,特别好……"

"啊……"冬香发出了呻吟,受其诱惑,菊治也喷薄而出。

两个人在电话上相互刺激挑逗,结果达到了高潮,简直像年轻人一样,菊治对自己的举动感到难为情,冬香也十分惊讶于自己竟达到了高潮。

"飞了吗?"

过了一会儿,传来了一声轻微的"嗯"。

"真厉害啊……"菊治独自用佩服的口吻嘟哝着。

"若不是我们如此相爱,绝对做不到。"

双方在看不见彼此的情况下,仅靠语言就可以达到巅峰,而且还是同时到达,如果不是心有灵犀的话,根本就无法达到那种境界。

"真不好意思……"

冬香对自己的所作所为十分震惊,菊治也是同样。

"托你的福,一切总算平静了……冬香也是吗?"

"不知道。"

说起来冬香讲过她不喜欢自慰。她说和在男人怀中达到高潮比起来,自慰令人有一种说不出的空虚。

"因为今天没能见成面……"菊治刚要说原因在你那边,"对不起。"冬香已经爽快地道歉。

"那么,下星期四见,还有八月的焰火大会那一天也别忘了。"

"知道了,我会飞一样地过去。"

定好了约会时间之后,菊治终于放下心来,挂断了电话。

菊治再次想象着冬香的样子。

冬香现在在冲凉吗？然后把自己装扮好，等待丈夫和孩子们的归来。从旁观的角度看，看上去十分贤慧的妻子，身体已被秘密侵犯过了。

自己犯下了怎样一种罪过！菊治对自己的所作所为感到愧疚。自己总有一天要受到惩罚。他这样想，同时觉得要惩罚就惩罚吧！

新的一周开始以后，菊治决定打听一下书稿送出后人们的反应。

书稿送出去已经将近十天了，想来大家都该读过了。菊治很想知道他们对自己的小说有什么样的感想。

菊治最先问的是在同一所大学任教的森下讲师。

"上次那部书稿……"菊治边察言观色边问，"您读过了吗？"

森下当即点头："噢，真是一部不错的小说。"

"篇幅很长，所以读起来很费时间吧？"

"我根本没有意识到长，把男女之间的关系挖掘得如此之深的小说近年来十分少见。这本书让我思考了很多问题，真是一部恋爱小说的杰作。"

听到对方如此赞扬，菊治感到自己的创作很有价值。"您能这样说，我实在太高兴了。"菊治向森下行了一礼。

森下问："这部书您打算在哪儿出版？"

"哦，出版社还没有定下来……"

"出版以后，请给我一本。肯定会引起轰动的。"

看起来森下的意见和冬香的差不多。不管怎么说，总算突破了第一关。

菊治来了精神，第二天，他又约了在周刊杂志担任书评的石原，想听听他的看法。

彼此之间是同事关系，所以他们聊起来也很轻松，石原也说："很有意思。"

"近来十分流行那种儿童套餐式的纯恋爱小说。和那些书比起来，我觉得终于有了一本给成人看的恋爱小说。一定会引起轰动的。"

"谢谢。"

石原和森下都有相当的阅读水平，他们能那样说，使菊治觉得勇气倍增。他非常高兴，马上给冬香发了个短信。

"《虚无与激情》像你说的一样,大家的评论都很高,感想也几乎一样,你真是一个了不起的读者。"

冬香马上回了短信:"你绝对才华横溢,因为你是我选中的人。"

冬香这句话真是说到人心坎儿里去了。菊治面朝盛夏的蓝天,做了一个大大的深呼吸。

小说经过森下、石原两个有阅读水平的人肯定之后,菊治平添了一份自信,他给明文社铃木董事打了电话,决定听一下他的感想。

明文社和菊治之间缘分很深,所以他最希望此书能由明文社出版。"我是上次给您送书稿的村尾……"菊治语气谦恭地说。

"现在负责的编辑不在,所以你明天来,好吗?"铃木说。

把书稿交给对方已经过了一个星期,所以也可以打听一下他们的看法了。菊治刚要开口,又忍住了。

第二天,他直接去了出版社。

铃木和上次一样,在公司附近的咖啡厅和菊治见了面,简单地聊了几句天气,铃木一副为难的样子说道:"说实话,编辑那边说目前这部书很难出版……"

究竟是怎么一回事? 菊治反问:"是不是某些地方需要修改?"

"不是,他们说的不是这个意思……"铃木还是以前那种老习惯,慢腾腾地说:"据说一直到明年的出版计划都排满了,所以计划外的新书很难插进去。"

话是这么说,菊治心里还是难以接受。任何一家出版社,每个月出版什么书都有一个大体规划,这是很自然的。然而发现了什么好作品的话,有时也会立即决定出版。实际上不这样做的话,那些毛遂自荐的作品就不可能出版了。

"请问,他们读过这部书稿了吗?"

"当然了,负责出版的部长说也读过了……"

铃木所说的那位部长并没有出现,菊治感到极为不满。

"也就是说,这本书不行?"

"我觉得很有意思,可惜我现在不担任编辑。"

小说有意思却不能出版,到底是什么原因? 菊治心中无法释然,不过继续责

问不再担任编辑的铃木董事,恐怕于事无补。菊治努力使自己静下心来恳求说:
"你也知道,从在文坛上崭露头角开始,我的作品就是贵社出版的,所以这次也非常渴望在您这儿出版。不行的话,也没关系。只是我无论如何也想知道不行的理由是什么,我能不能见一下那位负责的编辑。"

铃木缓缓地点了点头,把他所委托的文艺部的加藤部长的名字告诉了菊治。

"那,我直接给他打电话也不要紧吧?"

"也许那样更为合适。对不起,我没能给您帮上忙……"

"哪里,哪里,感谢您为我做的一切。"

菊治再次行礼致谢,告别了铃木。

不过,菊治也没心情马上回去工作。不管怎么说,不见到那位叫加藤的部长问清理由的话,他的心绪怎么也静不下来。

菊治走上神田通往御茶之水途中的一条安静的小道,在那儿给加藤部长打了电话。

"我是村尾章一郎……"

由于时间不到傍晚,所以加藤部长马上就接了电话。

"是您,村尾老师啊。"加藤慌忙说道。

辛辛苦苦写出来的小说被你退了回来,还能称为"老师"吗?菊治心中十分郁闷,他质问说:"刚才听铃木董事说,我的书不能出版,我十分想知道理由。"

"让您亲自打电话来,实在抱歉。您的作品我拜读过了,您写的内容和我们期待的有所不同。"

"什么地方不同?"

"那个,我们原来以为是像您早期作品那类华丽而浪漫的小说,但是这部作品略嫌朴实,格调低沉……"

"格调低沉不行吗?"

"当然不是啦。我个人觉得这也是一部力作,但是缺乏一些吸引眼下年轻读者的华丽成分。"

"就是这一个理由吗?"

"因为眼下出版界的现状十分严峻……"

听到这里,菊治主动挂断了自己的手机。

小道前方有一个不大的斜坡,几乎没有行人通过。菊治站在斜坡的一头仰面冲天。

终于听到了这位加藤部长的意见,但菊治心里绝对不能接受。

即使对方想要菊治早期那种内容华丽浪漫的作品,可从那时到现在已经过了十五年。加藤的说法从根本上否定了这十五年的岁月,等于是说这十五年来人的成长是一种多余的东西。这次的作品表面上显得朴实,却有相当的深度,挖掘了人类根本性的一些问题。事实上,森下、石原他们都非常看好这部小说。相反,缺乏吸引年轻人的那种华丽的成分,这种说法也太过分了。那不等于说作家长大成人之后,还必须继续创作那种儿童套餐式的浪漫故事吗?

坚决不能接受那个家伙的意见。对方的声音听上去好像是半个世纪以前的人似的,让那种家伙批评我的小说,本身就是一种亵渎。

事情到了这一步,此书不在明文社出版也罢。就算没有这些家伙,想给自己出书的地方要多少有多少。

菊治给自己这样打气,大叫一声:"混蛋!"

自己以前身为畅销小说作家的时候,从铃木开始,明文社的那群家伙根本就不是那种态度。他们都是满口"老师,老师"地接近自己,磕头作揖一般请求说:"一旦有了新的作品,请马上让我们拜读一下。"现在却以"格调低沉、内容朴素"为由把书稿退了回来,人的脸皮再厚,也应该有一个限度。

"你以为你自己是个什么东西……"

菊治不禁冲着高楼大厦的墙壁喊了起来,在这种状态下,他根本无心工作。要想除掉这种窝囊郁闷的感觉,除了去见中濑,别无他法。

因为菊治也把书稿给了中濑一部,他读了的话,肯定会给自己一个相当的评价。换作新生社的编辑的话,一定能够理解自己作品的真正内涵。

菊治马上给新生社拨了电话,叫中濑接听。

"上次我交给你的那部书稿,今天晚上能见面聊聊吗?"

菊治突如其来的要求,仿佛让中濑吓了一跳。

中濑解释说晚上有一个饭局。

"晚上晚一些也行。"菊治仍不肯善罢甘休,所以他们约好晚上十点在银座的酒吧见面。

中濑指定的酒吧在新桥附近一座旧楼的三层,只有狭长的吧台并排摆在那里。

菊治去的时候,里面已经坐了一对客人。"欢迎光临。"浓妆艳抹的妈妈桑走了过来。

菊治告诉她和中濑约好在这里见面,妈妈桑似乎事先已经得到通知,爽快地点了点头,拿出中濑寄存在那里的酒,倒了一杯兑水的威士忌给菊治。

菊治重新环视了一下四周,酒吧里面好似装鳗鱼的笼子般狭长,墙壁也显得有点儿脏,那种破落的感觉和菊治眼下的心情极其吻合,他开始喝酒。

中濑十分钟以后到了酒吧,一副醉醺醺的样子。

"对不起,死说活说地把你叫了出来……"菊治道歉说。

"哪里,哪里,我也正想找你呢。"中濑心里挂念的也是小说的事情吧。

过了一会儿,菊治问:"那部书稿读完了吗?"

好像正等着对方问一样,中濑点头道:"相当有意思,让我频频点头的地方很多,而且性爱部分的描写也相当生动……"

这是根据现实生活中和冬香之间的爱写出来的。可菊治却没有做声,一直默默无语。

"我觉得非常出色,但是编辑那边……"

他们是什么意见?菊治探过身去。

"他们说内容有些沉闷,过于纠缠不清,还说缺乏你早期作品中那种华丽,无法让读者感受到那种如痴如醉的甜蜜……"

"可是……"

这样一来,和明文社的加藤部长所说的不是一样吗?菊治坚定地摇了摇头。

"我不同意,因为我已经五十五岁了。我希望创作和我年龄相符的、内涵更加深刻且有分量的作品。"

"明白,你想说的一切,我太明白了。"

中濑仿佛像要安慰他似的,右手不停地上下舞动。

"现在出版界的状况也相当严峻。总之,这中间的空白时间太长了。"

"空白时间太长了?"

"对,从你出版上一部作品到现在已经将近十五年了吧?在这中间,读者们也全都变了。"

菊治呆呆地望着前面的酒柜。在中间偏左、灯光照到的地方放了一瓶威士忌,在"OLD"的文字下面写着"15"。

标志此酒已经存放了十五年,可映在菊治的眼里仿佛却是他没写小说的十五年时间。

"那么,我的书能够出版吗?"菊治目前想知道的只有这一点。

"唔……"中濑动了一下头,凝视着空中的某一个地方,不久突然冒出了一句:"实在对不起,照现在这个样子很难。非常遗憾,我们出版社出不了。"

听到中濑这么一说,菊治简直无话可讲,他一直盯着酒柜里面的酒瓶。

中濑问:"明文社怎么样?"

此时此刻,菊治就是嘴歪了,都不想说被明文社也打了回票。

然而中濑从菊治的沉默中仿佛已经找到了答案,他用略带宽慰的口吻道:"您那本小说并不差。它有看点,可以说在你的作品中是一部标志性的作品。只是离你出版前一本小说,中间的时间空得太长了。"

菊治什么也没说,只是再次凝视"15"这个数字。

"那些编辑的意见是,既然间隔了这么长时间,你和新人作家没有什么两样。"

在菊治的脑海中,"新人作家"这个词慢慢地扩展开来。他自己根本就没想到,在不知不觉当中,自己又退回到了起点。

"要把一个新人推向读者,还是需要那种华丽的成分。"

"……"

"我这么说虽很失礼,可我曾经提过先出五千册,他们还是不同意……"

曾经几何,自己也是几十万册畅销小说的作家,难道现在连出五千册都不行吗?菊治伤心得一口气喝干了兑水威士忌,中濑也受了感染似的将酒一口吞下。

"编辑那边,人也都变了。不再像以前那样,谁都不想去冒险,而且现在年轻的编辑多了,他们关注的都是和自己同年代的年轻作家。"

"我知道了,别再说了。"

菊治将双手捂住耳朵,闭上了眼睛。

再跟中濑说下去也毫无意义。岂止如此,再继续下去的话,只能让自己变得更加悲惨。

"已经够了……"

菊治再次面对中濑,将错就错地低下头。

"我全明白了,谢谢。"

"也不是完全就没有希望了。过个一年半载,事情也许还会发生变化。"

现在都不行,菊治不认为明年会更有希望。菊治自己也在一定程度明白,出版界严峻的现状以及情随境迁。

"你这样明白地告诉我,实在太好了。"

"去不去俱乐部?"

中濑可能想在一个有女孩儿的热闹地方安慰菊治,但眼下这种状态,菊治就是去了,只能更加失落。

"不了,今晚我回去了……"菊治摇摇晃晃地站了起来。

"要紧不要紧?"中濑也随之起身。

"不要紧,今天让我独自呆一会儿。"

菊治抛下一脸担心的妈妈桑和中濑走出酒吧,乘电梯来到一层。

但他并不想就这样回家,他在银座几乎没有熟悉的酒吧。菊治停了一下,决定去四谷的荒木町。

眼下他已经没有坐城铁的力气,于是拦了辆出租车,来到小路前面的酒吧。

"嗨……"菊治熟悉的妈妈桑招呼他。

"你怎么啦?这样变颜变色的?"

菊治自己并不觉得,可心中排解不开的郁闷大概已经爬到了他的脸上。

菊治要了什么都不加的烧酒,说起了自己的书得不到出版的前因后果。

"是不是太过分了?"

菊治希望得到妈妈桑的共鸣,她两手叉腰道:"那种家伙,你根本不用理会。"

对妈妈桑来说,这样也就行了;但对菊治来说,却不是不加理会就可以过去的事情。

"那群家伙根本就不懂什么是文学。如果对人类的根源一直探究下去,其根本就是性爱。那些人绝对不知道那种极端的忘我的快感。"

"他们就没使女人达到过高潮。"

"对啊,是那么回事。"

菊治的心里话都被妈妈桑说了出来,他一下子来了精神:"如果是个男人,不让女人快活,那怎么能行?"

"哎呀,看来你在身体力行啦。"

妈妈桑瞟了菊治一眼,他不禁点了点头。

"是有孩子的已婚女性吧?"妈妈桑一语中的。

菊治慌忙问:"您怎么知道的?"

"你上次不是说过嘛,说那个女子做爱特别棒。"

菊治知道自己没说那么具体,可妈妈桑一目了然。

"你让对方那么快活的话,你就够呛喽。"

菊治又要了一杯和刚才相同的烧酒,嘴上更把不住门了:"那个女子有三个孩子,她说和丈夫行房一点儿都不舒服,所以一直厌恶性生活……"

"那种女人才会在性方面突然开花呀。你可是跑不掉了啦。"

"跑不掉就跑不掉呗,怎么都行!"说着醉意一下子涌了上来。

"酒吧要关门了。"直到妈妈桑催促为止,菊治一直在那儿说个不停。

此后的两天,菊治都像死了一般。

第一天,由于前一天晚上喝得太多,根本起不来床,幸好大学已经放假,所以菊治睡了一天懒觉。第二天酒虽醒了,他还是下午很晚才出门,完成了最低限度的工作就回来了。

在外面菊治借口身体不好,所以周围的人也没觉得有什么奇怪,其实他心里比谁都明白,是由于自己的书不能出版,所受的打击一直得不到恢复。

这种状态实在不佳。菊治曾想干脆把此事告诉森下和石原,缓解一下自己这份郁闷,可又觉得一旦将此事公之于众,就等于自己公开承认了失败,而且即使告诉了他们,自己的作品仍旧见不到阳光。

这种状态持续到第三天,冬香来了,菊治总算恢复了活力。

那一天气温超过了三十度,十分炎热,冬香十分少见地穿了件无袖白连衣裙,见面的同时,菊治把实话告诉了她。

"他们告诉我那部小说不能出版。"

"为什么?是什么原因?"

面对冬香连珠炮似的提问,菊治把加藤和中濑的话一一告诉了冬香。

"怎么会……"冬香生气地摇头道,"太过分了!那些人全都不对!"她一口咬定。

菊治享受着冬香的安抚,有些自虐似的说:"我似乎已是过气的作家了。"

冬香继续鼓励着他:"你根本就不是什么过气的作家。你绝对有才华。"

只有冬香一个人相信自己。认识到这一点,菊治越发想向冬香撒娇,冬香会把一切完完全全地都接受下来。

"你放心吧,肯定会有人发现你的才能的。只是那两家出版社说不行,你绝对不要灰心丧气。"

在冬香安慰自己的过程中,菊治有一种自己仿佛被母亲的大手抱在怀中的感觉。

"如果你做不了的话,我拿那些书稿去各个出版社推荐。"

听到这里,菊治再也忍不下去了,他来到床上,把脸伏到冬香柔软的胸前,悄声自语:"谢谢。"

眼下冬香对菊治来说既是一个心爱的女人,又是一位母亲。

菊治就那样抱住冬香,加大了手臂上的力量诉说道:"我有你就够了,千万别离开我。"

"放心吧,我永远在你的身旁,我什么地方都不会去。"

他们互诉衷肠,彼此亲吻对方的嘴唇,然后匆忙脱下衣服,一丝不挂地结合在了一起。

要把这种绝望的心情忘掉,能够把自己带往别的世界的,除了性爱,别无良策。

他们全身紧贴,菊治不断深入冬香体内。只有将自己全部的精力挥霍尽,才能忘却那份郁闷。

菊治的想法仿佛传给了冬香。为了鼓励这个可怜脆弱的男人,为了使他获得新生,冬香试图把它全部吸入自己体内,任由他疯狂发泄。

总之,他们就这样一直贪恋地求索,直到在贪欲之中再也不能思考任何问题,深深地沉溺于快感的世界中,在达到高潮后,被放逐到空虚的世界里。那种感觉,大概就相似于人类被投放在寂静的宇宙空间一样。

趴在冬香柔软的肌肤上,就像卧在没有重量的云毯上一般的。菊治边想边打起盹儿来。

菊治不知自己睡了多长时间。他醒了过来,轻轻动了一下上身,仿佛在问什么似的,冬香悄悄将自己的脸凑了过去。

双方都达到了高潮。在做爱后的倦怠中,回顾不久前的愤怒、悲伤等等,让人觉得那些仿佛都存在于另外一个遥远的世界里。

"原来如此……"

也许性爱是为了这种时刻诞生的。不管多么伤心难过,就算失去活下去的气力,男女之间突然因一点儿小事产生的争执,所有这些都解决不了的时候,只有那种绝对的性爱如暴风雨一样,可以将一切冲洗干净。恐怕也只有性爱,才能使人忘记争端,让男女获得新生的力量。

"你太棒了。"

冬香达到快乐巅峰时的一句话,赋予了菊治新的勇气。

和冬香合二为一,在她的鼓励下,菊治终于恢复了精神。

自己努力创作出来的作品被人埋没,的确十分难受,但这并不代表一切就这样结束了。正如冬香所说,总有一天菊治会得到人们的承认,小说得以出版,说不定还能受人瞩目。

仅仅一点儿挫折,绝不能垂头丧气。相反,总有一天要让那些家伙刮目相看。自己一定要心怀这份气概和意念,重新站起来与之抗争。

"谢谢。"

菊治再次向冬香致谢。总之，托她的福，菊治在此获得了勇气，重新站了起来。

"总有一天，我把它出版成书。"

"对啊，为了我，你不是还在卷首写了'献给 F'那句话吗?"

听到冬香的话，菊治重又把她抱在怀里，深深地吻了下去。

由于今天做爱比以往更为激烈，加上交谈了很长时间，分别的时候又快到了。

虽然有些恋恋不舍，菊治还是先行起床，冬香随后消失在浴室之中。菊治穿好衣服等着冬香，她出来后，菊治轻轻爱抚她无袖连衣裙腋下的地方。

"怎么啦?"

"没什么，我只想摸一下。"

虽然已经经过了充分的爱抚，然而冬香连衣裙肩口露出的雪白纤秀的手臂，却显得异常艳丽动人。

"哎，下次是放焰火的日子，你真的能来吗?"

冬香点头。

"还穿夏日和服?"

"对，不管发生什么，我都来。"

"哦，你能在这儿住上一夜吧?"

"嗯，我住下。"

到了那天晚上，可以一起看放焰火、吃饭，然后共度一夜。这些梦想果真能够变为现实吗? 如果真能实现，正可谓是"仲夏夜之梦"。

"我要不顾一切地把你的全部夺走。"

菊治仿佛想起来了中城文子在焰火之夜吟咏的俳句，冬香痛快地点头。

"请把我的一切全部夺走吧。"

在此后的四天当中，菊治一直暗暗祈祷焰火大会那天，冬香能够顺顺利利地从家里出来。

正好是八月初，由于两期的周刊杂志并作一期出了，所以菊治较为空闲，冬香是否能顺利地从家里出来？她说过要把孩子们送到外公外婆家，那她丈夫怎么办？即使对妻子再不关心，知道妻子要在外面过夜的话，肯定也会询问住在什么地方。更不用说最近冬香的丈夫对她的冷淡好像十分恼火，说不定冬香会受到丈夫的种种盘问。

如果那时她丈夫发现她要去见别的男人，就是一件不小的事情。

千万不要节外生枝，冬香当天能够如愿出来，菊治能做的只有真心祈祷而已。平淡的日子就这样一天天过去了。

到了焰火大会这天，菊治给冬香发了个短信："没问题吗？"

"我七点以前到。"冬香的短信回答。

在放焰火的夜晚，两个人秘密相会，然后共度良宵——这个仲夏之夜的梦想，正在一步步走向现实。

为了和冬香匹配，菊治决定穿上很久没有穿过的夏日和服。那还是母亲身体健康时买下的，已经十年以上没穿过了。

傍晚，菊治从整理箱中取出了和服，白底加深蓝的竖条，图案略嫌单调，但是大小却刚好合身，再配上藏青色的腰带，也还说得过去了。

万事俱备，可能否顺利地去看焰火，菊治仍旧有些放心不下。据说每年去外苑参加焰火大会的人很多，所以非常热闹，想找一个看焰火的好地方十分不易。

要是那样的话，到自己住的公寓五层的房顶上去，说不定能看得更清楚。

想到这里，菊治便向公寓的管理员打听。

"由于其他住户也有要求，所以公寓的顶层今天开放，放心吧。"管理员告诉他。

若是这样，爬到公寓顶层去看焰火岂不更好？问题是两个人并排站在一起的样子。估计楼顶上基本都是公寓的住户，自己和冬香看上去是像一对老夫少妻，还是像一对婚外恋的情人？然而别人怎么想，又有什么关系呢？

总之，已经准备好了，冬香什么时候来，什么时候就可以出去。正当菊治环视自己房间不住点头的时候，门铃如愿地响了。

差一刻七点，冬香好像准时到了。

菊治迫不及待地打开了门，冬香冲了进来。

"对不起,我来晚了……"

冬香的头发全部盘了上去,身穿一般的洋装,右手拎了一个很大的纸袋。

"我本来打算穿着夏日和服来的,可没有时间了,我可以在这儿换一下吗?"

"当然了,请。"菊治点头道。

看来冬香打算先去浴室冲个凉,然后再到卧室里换衣服。

"焰火大概从七点半开始。"

"我会尽快把衣服换上的。"

菊治等了一会儿,冬香穿着夏日和服走了出来。

"真漂亮……"

淡蓝色的底儿,白色和深蓝色的小花从胸口一直散布到裙裾,配了一条橘红色的腰带,胸前菊治送给冬香的项链也在闪闪发光。

"看上去很凉爽,你穿着真合适!"

冬香原本就显得华贵,再加上头发盘了上去,纤秀的脖颈显得雪白艳丽。

"你也很帅嘛!"

轮到冬香称赞菊治身穿和服的时候了。

"哪儿的话,我已经十年没穿过了。"

"很合身,显得你更精神了。我觉得又一次爱上你了!"

这时他们都觉得在房间里互相称赞十分可笑,所以同时笑了起来。

"那么,俊男美女一起出发吧!"

菊治右手拿着一个武田信玄式的日本男包,冬香也拿了一个日式女包,穿着木屐,说不清楚谁开始主动的,两个人凑在一起吻了起来。

"外面说不定人很拥挤。"

外苑的道路好像已经实行了交通管制。

"我来的时候,车站上也是人山人海的。"

他们一同坐电梯来到一层,刚出公寓,就听到了"嘭嘭咚咚"的声音,焰火好像已经开始升空。

夜空很快就被映红,与此同时,周围的人群中也发出一片欢呼声。

菊治和冬香仰望天空,在这一瞬间,两个人的手紧紧地握在了一起。

从菊治所在的千驮之谷到神宫外苑，走路去只要十来分钟。

他们追着焰火的声音向外苑走去，人比想象得要多，而且就算焰火升空，也被两旁的高楼和树木遮住，看得不十分真切。

人们都想尽快赶往外苑，每当焰火升空，就更加着急，到了体育馆附近，道路上已经堆满了人，无法前进。

看样子出来得还是有些晚了。无可奈何，菊治他们回头往鸠森神社方向走去，穿过摆满日式煎饼摊的门口，来到了神社里面。

"从这儿看的话，说不定能看得见。"

菊治拉着冬香的手向里面走去，左边的事务所前面发出了一声巨大的响声，被树丛隔开的天空上焰火正在绽放。

"你看，这么近。"冬香叫道。

眼下的位置由于也被树枝等遮挡，所以只能看见一半焰火。

"还是回公寓的房顶上去看吧。"

菊治决定按照刚才管理员的介绍，去楼顶看焰火。

到了楼顶，自然会与公寓里的住户们碰面，不过目前也没有更好的方法了。

他们重新回到公寓，乘电梯上到五层，然后再爬楼梯来到了楼顶，这时已经有十来个人在看焰火。

离楼顶最近的是管理员，他看到菊治他们点了点头。

他好像认出了今天晚上身穿夏日和服的冬香正是常来造访的女性。

"还是这里看得清楚。"菊治解释说。

"栏杆比较脏，请小心一点儿。"管理员提醒着。

对管理员道谢后，菊治他们并排站在了离人群稍远的楼顶一角。

忽然连续传来了几声低沉的闷响，同时三条火龙好像喷泉一样腾空而起，在夜空上方突然裂成了大红的圆圈，把周围映得一片通红。

"太厉害了……"

的确，在人们眼前炸开的焰火与其说漂亮，不如说极具威力。

仰头眺望的冬香，从额头到面颊上，整个面庞都被焰火映得红红的。

像眼下这样专门跑到外面去看焰火，已经多少年都没有过了。菊治觉得自己已经将近十年没去看过焰火大会了。

这次如果不是和冬香一起的话，自己恐怕也不会去。

至今为止，在菊治的印象中，焰火一直被人们当作盛夏的一道风景，等把夜空点缀得十分华丽后，马上就消失得无影无踪。这种昙花一现的特质，让菊治觉得伤感，有些不太习惯。

不过，时隔十年映入眼帘的焰火和他想象中的焰火差距很大。

眼下随着"咚、咚、咚"连续的炮击声，一批焰火如同白色的箭一样冲向天空，在天空集结在一起后，一下子爆裂开来，赤橙黄绿青蓝紫，各色的焰火竞相绽放。

那种华丽而震撼的感觉，就好比是飞向宇宙的火箭一般，与其说影响心情什么的，不如说是极尽科学之能进行的一场华丽的夜空秀。

当人们被这种震撼吸引的时候，大朵的焰火不断衍生出新的礼花，在把抬头仰视的人们映照得凹凸鲜明的瞬间，七彩的焰火像瀑布般发出"嗞嗞"的声响，从夜空中滑落。

可谓没有瞬间的停留，在光与声变化连着变化的盛宴之中，菊治咽了口吐沫，冬香也被吸过去了似的，死死地盯住夜空不放。

焰火消失在夜空之中，周围再次陷入黑暗，冬香用手按住了被风吹乱的头发。

楼顶上的风出人意料的大，吹散了硝烟，反而却使焰火显得更加美丽。

菊治忽发奇想，想在焰火升空的夜空下接吻，他拉住了冬香的手。

缓缓走到排气管道之类微微突出的墙壁的另一面，在阴影中将自己的嘴唇凑了上去，冬香也悄悄地扬起了头。

正当他们在夜空下悄悄地接吻的时候，焰火又开始升空。

仿佛看见了他们的行为一般，随着沉闷的爆炸声，七彩的焰火照亮了楼顶。

焰火是否是在嫉妒这两个大胆接吻的恋人呢？彩光乱舞，"嘭嘭咚咚"的炮击声响彻了夜空。

"太厉害了，放焰火的声音一直震到心脏里。"菊治说。

冬香点头同意，然后又轻轻呢喃："一直震到子宫里。"

放焰火的声响一直震到子宫里，真是一个有趣的比喻。这种比喻，作为男人无法知晓,可听对方一讲,又觉得可以想象。

焰火华丽的光亮和炮击沉闷的声响,恐怕能挑起女子性的快感。

"在这儿……引起的震颤吧?"菊治把手悄悄放在了冬香的两腿之间。

好像在说"这样不行"似的,冬香将菊治的手拿开。

"从前……"菊治想起了将近十年前的事情,"有一个女子曾经说过,伴奏乐队的鼓声能够令她兴奋。"

"你和那个人交往过吗?"

"没有,只是碰巧在一起……"

菊治慌忙找着说词,但是冬香心里仿佛明镜似的。

轻轻斜睨菊治的冬香,侧脸被映得雪白,焰火重又升到空中。

冬香的目光又被眼花缭乱的焰火吸引住了,她的子宫深处是否也掀起了一阵阵涟漪。

菊治在不断想象的过程中,心中升起了对冬香的欲望。今天晚上怎样才能让她迷乱不已?想到这里,菊治的全身开始发热。

"看得差不多了吧,走吗?"

据说焰火要放将近一个小时,他们在楼顶上看了也有半个多小时了。那些焰火自然都有各自的美丽与奢华,但是看多了,还是有点儿疲倦。

"好不好?"菊治用目光征求冬香的意见,仿佛要留住他们似的,一批焰火又升到空中,他们同时望去。

"我还是第一次这么清楚地看到焰火。"

冬香长期生活在关西,为抚育孩子等家务所累,所以没时间像今天这样悠闲地观看焰火吧。

"我好像觉得被焰火吞没了一般……"

菊治轻轻握住了还在聚精会神观看着焰火的冬香的手。

"真没想到能和冬香一起身穿夏日和服,共同观赏焰火。"

"我也一样。今天的事我永远不会忘的。"

在焰火的映照下,冬香的面孔重新浮现出来,在菊治的眼中,好像是飘浮在黑暗中的妖精。

在焰火大会即将结束的时候,他们提前离开了楼顶。

虽说也想观看被最后射上夜空的焰火,但结束之后突然而至的寂静,会让人也顿感寂寞。在结束之前趁着人声鼎沸之际回家,也许不失为一个好主意。

楼顶上还剩下将近十个人,管理员也在,菊治轻轻向他点了下头后,下了楼梯。

"咱们去吃点儿什么吧?"

在焰火升空的轰鸣中,菊治感到肚子饿了许多,于是决定去位于商店一角的寿司店。

"欢迎光临。"在声势浩大的欢迎声中,"嗨……"店主很热情地同菊治打了个招呼。

菊治偶尔光顾这家寿司店,由于他带了一位身穿夏日和服的女子,店主仿佛有些吃惊。

"请,请到柜台这边来坐吧。"

桌子那边挤满了客人,几乎都是拖家带口的,柜台中间的座位是空的,菊治和冬香并排坐好以后,先要了一瓶啤酒。

"还是提早一点儿出来正确。"

再晚一点儿的话,寿司店里说不定也会客满。

"是不是刚看完焰火?"店主问,菊治点了点头,接着要了扁口鱼,还有金枪鱼腹部多脂的部位,以及从北海道利尻刚刚运来的海胆。啤酒来的时候,冬香刚要给他倒酒,菊治摁下了她的手,先给冬香倒了一杯。

"谢谢。"

他们碰了一下杯,一口气喝干了杯中的啤酒,心情总算平静了下来。

"那些人都看见焰火了吗?"冬香说的是站在外苑道路前面的那群人。

"谁知道。"

菊治先夹了一块扁口鱼的刺身。

"不过,那些年轻人只要挤作一堆就很开心吧。"

"看上去还是穿夏日和服的女孩子多。"

"你穿的这件,花样沉静,感觉清凉,最合适你了。"

"非常一般……"

菊治对垂下头去的冬香耳语:

"今天晚上一回家,我们就上床吧。"

看着一脸不明就里的冬香,他继续说:"我要在床上给你脱衣服。"

菊治边喝啤酒,边想象焰火升空的响声震颤冬香子宫的感觉。

出了寿司店,刚才那么拥挤的道路已然恢复了寂静,只有零零散散的行人。

看焰火时聚集起来的人群都跑到哪儿去了? 和焰火消失的夜空一样,不见人影的夜路突然显得十分冷清。

菊治和冬香手拉手的两个人成为了街灯的影子。

"提出一起穿夏日和服是在箱根那个晚上吧?"

"我可是一切都照办了吧?"

"我还想看一样东西。"

"什么?"冬香问,同时用手压住两边凌乱的头发。随着夜深人静,风也逐渐大了起来。

"我想看你跳大原的风之舞。"

"那是九月初的事儿。你九月来不来富山?"

"我想去,去了能看到吗?"

在冬香娘家、婆家齐聚的富山,真能看到冬香跳舞吗?

"我真的能去吗?"

冬香点头的时候,他们已经走到了公寓门口。

刚刚十点钟,公寓里鸦雀无声,他们乘电梯上到三层,回到了菊治的家。

"累了吧?"

"嗯,可是穿了夏日和服……"

冬香的意思是出了些汗,所以想要冲澡。冲凉当然没有什么,菊治要她到床上来的时候不能穿内衣,只能穿和服。菊治打开了电视。

没有更新鲜的事了,这一炎热的夏日似乎就要结束了。

意识到这一点,菊治先来到床上休息,顺手把台灯调暗了一些,这时冬香出现了。

按照他的要求，冬香身穿和服站在门口。

"灯光有点儿亮。"

"没事儿，到这边来……"听到菊治的要求，冬香缓缓上前，摘下项链放在台灯旁边。

"你就这么躺上去吧。"

脱去冬香身上的和服是去箱根时约好的。

"里面没穿内衣吧？"

菊治查验了以后，抱住了冬香。

他们拥抱在一起的次数多得数也数不清了，但是替冬香脱去夏日和服，菊治还是第一次。

菊治先用力抱紧冬香，抱得她的双臂仿佛麻木了一般，然后松开她，将手伸到了背后，先要解开和服的腰带。

腰带打成了一个蝴蝶结，先将手指伸进蝴蝶结内，左右一抻，腰带就松开了。

下一步是夏日和服，由于领口已经有些凌乱，透过领口可以瞥见冬香雪白的双峰。

菊治微微起身，从斜上方抚弄了一会儿冬香的乳房，然后慢慢将手向下探去。从略扁的腹部到柔软的小肚子，在摸到两腿之间茂密芳草的时候，冬香轻轻扭了一下身子。

看来冬香遵守了约定，下面什么也没有穿。菊治把侧卧的冬香扳成仰面朝上的姿势，又从胸向腹用手摩挲起来。

冬香的皮肤是那么柔软、光滑。由于和深爱的男人一起不断地疯狂燃烧，得到满足，所以她的肌肤才显得如此娇艳。

在充分爱抚了冬香柔软的肌肤，体味了她的温暖之后，菊治坐起身来，两手抓住和服中间的地方，往左右一拉。

"啊……"冬香顿时慌了手脚，可和服一旦被扯开，就无法重新合拢。

冬香连忙想把身体蜷起来，却被菊治从上面用两手摁住，他俯视着冬香的全身。

被拉开的淡蓝色底的和服上面,冬香几近透明、洁白如雪的裸体躺着那里。

"太美了……"

冬香闭上双目,她轻轻侧向一旁的面孔,纤细的脖颈,柔软丰满的胸部,稍稍凹陷的下腹,以及周围塌陷下去的耻骨,都是那么妖艳柔美。

眼下的冬香仿佛死心了似的,她仰面朝天,双臂伸向左右,一副被绑在十字架上等待执行死刑的女囚姿势。

菊治被吻遍冬香全身的欲望抓住,他再次想起了中城文子的俳句:"震耳欲聋兮,焰火高悬于夜空,一轮轮绽放,吾之全部灵与肉,为君所夺兮。"

过去文子的身体也是在这种姿势下被人夺去的吗?

眼前的冬香宛如一具即将被人掠夺身体的美丽贡品。

菊治从正面俯视了一会儿被脱得一干二净的冬香,然后缓缓俯下身去,先将脸埋在了她的胸前。

在柔软温暖的双峰之间,菊治闭上了双眼,感到了一种被大地母亲包容起来般的安详。冬香也察觉了这一点。他们一动不动地保持着目前的姿势。

冬香心里也许在说,你哪儿也不许去,就在我的身体上休息吧。

两个人默默无语地交流着彼此的想法,菊治慢悠悠地抬起了头。

刹那间,他的鼻尖碰到了冬香的乳头,好像发现了宝贝似的,他的嘴唇凑了上去,用舌头开始爱抚。

菊治就这样似舔非舔地、半玩耍半认真地抚弄她的乳头,眼看舌头要往下舔去,忽然又停住了,在不断重复这些刺激的过程中,冬香变得兴奋起来,"啊"的一声喊了出来。

她希望菊治停止这种将人"斩杀"的游戏,渴望菊治不顾一切贯穿她的身体!冬香通过身体的挣扎不停地表现出这种恳求。

说实话,菊治也变得忍不下去了。

但是,将如此美丽的贡品一口就吃下去,实在太可惜了。菊治想要一处不落地将冬香全身吻遍。

菊治的双唇缓缓地从冬香的乳头经过腋下滑向肚脐,然后绕道而行,沿着耻骨达到了花蕊。

当他的嘴唇触到花蕊中心的时候,冬香哀求说:"请给我吧……"

"给你什么?"菊治反问。

"请给我吧。"在重复了两次以后,冬香开始叫喊:"爱我,请爱我吧!"

仰面朝上躺在床上的冬香刹那间坐起身来,赤身裸体地伸出双手纠缠菊治。

冬香经不住连绵不断的亲吻,变得忍无可忍了吧。不过,冬香如此强烈地主动求欢,却是十分罕见。

不管怎么说,菊治一把抱住了全裸的冬香。

"怎么啦?"

冬香一句不答,只是用额头蹭着菊治的前胸请求:"请你放开手脚把我彻底地……"

冬香为什么突然变得如此迷乱? 菊治不明就里,但仍从上面紧紧搂住了她,企图使她安静下来。

虽然冬香似乎强烈地渴望菊治不顾一切地和她做爱。菊治当然也是这样,他想起了冬香曾说过焰火的声响震颤到了她的子宫里。

我也要让冬香如升空的焰火般直上云霄。

由于产生了这种游戏心态,菊治缓缓地转了一个身,让冬香跨坐在他的身上。

到了这一步,冬香已经察觉菊治想做什么。她先是不太情愿地扭开了脸,可菊治却不管不顾地将她的腰拉近自己,然后微微挺身,把自己的东西送入了她的体内。

"啊……"冬香刹那间叫出声来,菊治仍然不加理睬,双手握住她的细腰,使她身体进一步往下沉去。

两个人的身体再也无法分开。

冬香双手撑在菊治胸前,赤身裸体地跨坐在他的身上。

迄今为止,每次都是菊治从上往下俯视仰面朝天的女子,这次正好相反,一个一丝不挂的苗条女子凌驾于男子之上。这种男女颠倒的不适感,反而刺激了菊治的情欲,他的局部忍无可忍地开始耸动。

先是前后,再是上下,然后又从侧面,如同升空的焰火一般,突然从下面发出

"咚"的一声,被送到了空中,不过前后摇摆的姿势却一直没变。

受到这么多强烈刺激,冬香很快就疯狂摇动起来。

"不行,住手。"她边叫边胡乱地甩动长发,圆润的腰部高高挺起,仿佛夜空中左右绽放的焰火般不停摇摆。

冬香这副狼狈的样子十分可爱,第二炮、第三炮,菊治接连将焰火送上空中,已经燃烧起来的冬香的子宫深处,随即感到第二下、第三下,欢乐的波涛不停地冲击它的内壁。

在这毫不间断的发射过程中,冬香向后反弓的身子,已经弓得不能再弓了。下一个瞬间,仿佛整批的焰火呼啸着从夜空滑落一般,赤裸的冬香在菊治身上大叫一声:"我飞起来了!"就瘫倒在他的身上。

最后的焰火响彻了冬香整个子宫,快乐的波浪席卷了她的全身。

就像焰火结束之后夜空恢复了寂静一般,现在死死倒在菊治身上的冬香,如断了气般纹丝不动。

不知过了多长时间,冬香滑落在菊治面颊上的散发使他觉得十分酥痒,因此他将脸避开,然后慢慢将冬香从自己身上移放到床上。

观看焰火的兴奋还在继续,冬香刚才达到高潮时的表现相当激烈。当然,冬香以前也很激烈,然而最近冬香与其说是在充分享受性的欢娱,不如说是有一种紧抓救命稻草般的感觉,她身上有一种拼命想要深陷其中的危险。

和丈夫做爱从没有过快感的女人竟会发生如此的变化。而使之发生变化的正是自己,菊治在认识到这点的同时,又有一种坠落于绝望深渊的恐惧。

如此纤秀的女子身体中,在哪儿储藏了这么多能量? 菊治觉得不可思议,当他抚摸冬香柔弱的肩头时,冬香呢喃:"你实在是一个厉害的人啊。"

"厉害?"

"现在我都能感到全身乃至指尖,血液还在哗啦哗啦地流淌。"

在激烈地达到高潮之后,原来是那种感觉。菊治看着冬香锁骨凹陷的地方。

"你把我的身体变成这样了……"

冬香是在抱怨,还是在撒娇? 菊治弄不明白。冬香毫不迟疑地伸过手去,想要探究菊治心情似的将手放在了他的左前胸上。

"不过我特别高兴,托你的福,我不断地发生改变,变成了另一个人。女人就该如此。"

冬香这样想,菊治听了非常高兴。

"据说一旦喜欢上对方,就会失去自我,这就是爱吧?"

那种极端无私的爱的境界,冬香是说她已经达到了吗?

"我想一直就呆在这里,我再也不想回去了……"

冬香突如其来地在说什么? 如果冬香希望的话,菊治当然可以接受,可是她丈夫和孩子们该怎么办? 菊治十分发愁。

"我就算死了也行。"

"不许想那种事。"菊治连忙责备道。

这时冬香放在他胸上的手向下滑去,在他的两腿之间摸索了一番,悄悄抓住了他的那个东西。

开始时充满爱怜,然后手上逐渐加大了力量,菊治的局部被冬香柔软的手掌紧紧地攥了起来。

冬香不知攥过它多少次了,每次她大概都会悄悄发问:"你好吗?""累不累?""加油啊!""真可爱啊!"冬香一边自言自语,一边点头对它进行鼓励。

"有意思吗?"菊治以前曾经问过冬香。

"这样做的话,我觉得抓住了你整个人似的。"冬香答。

男性至尊的地方被人抓住的话,的确是想躲也躲不了了。菊治的那个东西眼下也在冬香柔软的手掌摩擦下,缓缓地膨胀起来。虽说是自己身体的一部分,仿佛却有别的人格,在冬香的手下变得那么听话。

菊治受不了了。"想要吗?"他问。

"想。"冬香答。

冬香回答得如此直率,菊治不能置之不理。总之,冬香需要的话,菊治就想尽量使她得到满足。

幸好菊治还没达到高潮,其实他是为了现在,一直保存着体力。

跟刚才正好相反,这次是男上女下的姿势,冬香仰面躺在菊治身下。

不知是否由于害羞,冬香用双手捂住了面孔,被菊治略微分开的两腿之间有一片淡淡的阴影。

冬香的私处仿佛在向菊治招手,他再也忍不住了,一下子闯了进去,"感觉好美……"冬香立即弓起了身子。

冬香似乎已经期待已久,她很快就变得狂乱起来,眼前的情景刺激得菊治的部位暴胀起来。

他长驱直入地攻到冬香的子宫深处,然后慢慢回抽,接着再次进攻。

菊治每动一下,冬香都会发出尖叫,她双眉颦蹙,一副要哭的样子,这令菊治更加兴奋。

能攀登多高的巅峰,就攀登多高的巅峰。在这种想法下,菊治猛烈地进行攻击,这时冬香一边甩头一边喊叫:"哎,掐住我的脖子,杀死我吧……"

菊治当然没有不同意见。他照冬香说的,先把右手放在她纤细的脖颈上,再把左手也压了去,双手一起使劲。

"太棒了……我要死了……"冬香不住地叫喊。

这两句话,菊治已经听得耳朵都快起茧子了。用手去掐脖子,根本不能致人于死地。

菊治放下心来,加大了手上的力量,冬香扬起纤细的脖子,伴随"喔"的一声要吐的声音,剧烈地咳嗽起来。

菊治慌忙松开了扼住冬香喉咙的双手。

然而冬香还是咳得厉害,折腾了几次之后,总算缓和了下来。

"难受吗?"

开始时菊治只用右手轻轻地扼住冬香的喉咙,后来又把左手压了上去,并从上面用力掐了下去,自己的力度可能有些过大?

菊治望着冬香的喉咙问:"要紧不要紧?"

看来冬香刚才是痛苦死了,眼睛里含有泪水。冬香一边用手指轻擦眼角,一边问:"为什么要住手?"

"什么叫为什么……"

刚才那样继续下去的话,冬香没准会因窒息而死。

"我再掐下去的话,你可能会死……"

"死也可以,我就是想死!"

说着冬香搂住了菊治。

"我想死在你的手里,我想被你糟蹋得一塌糊涂,然后被你杀死⋯⋯"

冬香到底在说什么呀? 菊治听得目瞪口呆。

"我已经厌烦透了。我再也不想回家了⋯⋯"

究竟发生了什么事情? 菊治一点儿也摸不着头脑,他盯着冬香问:"怎么了?"

"那个人又来逼迫我,说什么也要和我做爱,但是我绝对不愿意⋯⋯"

"他要做那种事?"

"不管他说什么,我都不会接受,结果那个人火了⋯⋯"

菊治知道冬香讨厌她丈夫,所以一直拒绝和他做爱,难道她丈夫又袭击她了吗?

"后来呢⋯⋯"菊治催促道。

冬香一边哭泣一边回答:"他说如果那样,就叫我滚出家去⋯⋯"

"那么,孩子呢?"

"他说要带走孩子,说什么也不给我,说我就一个人滚出去⋯⋯"

菊治没有想到冬香家里出了那样的事情。

"那是什么时候的事?"

冬香忍住啜泣,小声说:"昨天⋯⋯"

菊治缓缓地点了点头。

从今天见面的时候开始,冬香的样子就有些奇怪。在约好的时间慌慌忙忙地冲进房间,换上了夏日和服。看焰火的时候,也流露出一种被人逼上绝路的表情。后来吃寿司的时候,冬香也显得不爱说话。回到房间以后,一旦上了床,她就像变了个人一样,非常热情主动。

菊治曾经以为那纯属冬香看完焰火后的兴奋,她今天的燃烧程度比以往更加激烈,是她主动地径直投身到快感的世界,甚至带有一种溺毙其中的企图。

在达到高潮之后,菊治以为她想说的是"我对改变成现在这样的自己十分满意",可她随口说道:"我再也不想回家,我想就这样死去!"

菊治已经察觉今天的冬香和往日多少有所不同,说起话来也是支离破碎的,看来还是因为和丈夫发生了激烈的争吵,导致了她产生了破罐子破摔的想法。

菊治重新思考起来。想在今天晚上焰火大会见面的事情,菊治当时一提出来,冬香当即答应说"我一定出来"。菊治曾经担心她的老公孩子怎么办,可她一副毫不在乎的样子。

从这些地方来看,冬香似乎已经做好了心理准备。这样下去的话,总有一日她会走向破灭。冬香和丈夫之间的不和睦已成定局,家里可能已容不下她了。冬香今天是抱着绝望的心情出来的吧?

"我什么都不知道……"菊治道歉。

"没关系。"冬香答。

"我的身体是你一手创造出来的,我绝对不允许任何人碰……"

"……"

"这个身体中全部都是关于你的记忆。你为我做的一切事情,全部记录在里面。"

冬香的话在菊治听来仿佛是天上女神的声音。

"我想在和你做爱中死去。那是最高尚的爱情,人正是为此才生死一世的。"

听到冬香这样说,菊治也认为有理。

"人不为爱情而死,还能为什么而死……"

眼下的冬香,从心灵到肉体都成了一个完完全全的女人。

曾是那么一个低眉顺眼的女人,却发出这样的喊叫和倾诉。这些对眼前的菊治来说,既觉得不祥和恐怖,又感到心灵震撼的喜悦。

现在,冬香绝对地爱上了自己,菊治心里是再明白不过了。他知道冬香对自己比任何人都要忠诚、负责,她倾注了全部的身心爱着自己。

与之相比,自己又做了什么呢?菊治不过把冬香带进深深的性的沼泽之中,那是为了满足自己的欲望。菊治只是做了自己想做的事情,没有什么崇高可言,冬香把自己想得太好了。

"哪有那种事情……"

在自我牺牲这方面,菊治做得还远远不够。

"我什么都没为你做过。"

"不对。"冬香矢口否定。

"我从你那儿收获了许多东西。你把这么美好的世界展现给我,使我变得连死都不怕了！而且我们还有了孩子！"

难道说冬香怀孕了吗？菊治不由得探过身去。冬香摇摇头。

"你不是说在我的鼓励下,写出了那部小说吗？还在卷首写上了'献给挚爱的F',我特别高兴。那部作品不就是我们之间爱的结晶吗？"

听冬香这样一说,菊治觉得也是那么回事,可那部作品却还是明珠暗投。

"即使没有爱情,也能生出孩子;但小说没有爱情却创作不出来。收到那么出色的作品的,恐怕只有我一个人吧？"

"不过……"

"没关系,就算现在不能出版,总有一天我们的孩子能够见到阳光。总有一天会得到大家的承认。"

菊治此刻切实认识到了自己正处于一种令人难以相信的幸福之中。被一个女人如此去爱,如此肯定,如此帮助,他再也没有什么可说的了。拥有这些,他的人生就有了不枉此生的价值,把这些幸福埋藏在心底,现在就是死了也无怨无悔。

"谢谢,我特别幸福。"

"我也一样。"

他们赤裸着拥抱对方,头脸相互亲昵,"喜欢你"、"特别喜欢你",两个人互诉衷肠,并将身体紧紧地贴在一起。

他们的身体靠得不能再近,二人都感到很疲乏,像快要断气似的,于是他们就这样睡了过去。

醒来看表的时候已是半夜两点。

菊治感到有尿意,刚要去上厕所,双目紧闭的冬香却下意识地搂住了他。

"我去洗手间。"菊治边说边掰开了冬香的手。

等他回到床上的时候,冬香依偎了过来:"我好怕……"

冬香怕什么呢？焰火大会喧嚣之后的夜晚,好像魔法般的异常寂静,只有空调发出低低的声音。是这种过于静谧的夜晚使她感到害怕吗？还是因为冬香想到家里的事情才觉得不安的？菊治紧紧搂住了她。"请给我吧。"冬香要求道。

不久之前，两个人刚刚燃尽，难道冬香又想要了吗？菊治发呆的时候，冬香继续说："我想和你连在一起……"

冬香如此要求，菊治也不能不有所行动。他挤出自己休息之后的最后一点儿余力，再次进入冬香体内。

无论做了几次爱，冬香的私处都是那么温润。

菊治紧贴冬香，他一直深入到里面之后，再慢慢退出，然后再次挺进。菊治一边不断地重复动作，一边用舌头轻舔她最为敏感的左耳，"停下……"冬香耸动肩膀发出了濒死的声音。

然而菊治却继续着。冬香既然一天多次要求做爱，他就要好好欺负一下她那充满贪欲的身体，他继续上下攻击冬香，"不行……"冬香摇头，接着又叫："太好了……"她的双手紧紧地抱住了菊治的腰部。

哪句话才是真的？这次一定要靠行动一决高下。菊治进入了凶猛的进攻状态，他将冬香的双腿高高举起，然后把她的小腿弯成膝盖贴胸的姿势不停地攻击，"太棒了……"冬香高叫，然后继续恳求："哎，掐住我的脖子……"

每次的流程菊治当然明白，他按照冬香的要求，两手扼住了她的喉咙，从上面一口气掐了下去。

"饶了我吧，哎，要死……"

菊治知道冬香是不会死的。

他不理冬香的哀求，"死吧，"他继续用劲按了下去。

"我飞了。"冬香呢喃，"杀死我吧……"

这样的话，我就成全了你。这是菊治眼下唯一能做给冬香的爱的证明。

菊治用尽浑身的力量掐紧冬香的喉咙，突然随着"喀吧"一声，冬香的叫声没了，她的下巴沉了下去。

风 逝

　　此时此刻菊治还什么都没想到。

　　冬香突然不言不语起来,周围变得静悄悄的。刚才她还一直"棒极了"、"我要死了"、"杀死我吧"地叫个不停,在压倒一切的快感之中疯狂挣扎,可现在她所有的动作刹那间全部停了下来。

　　冬香变得不再做声,那是由于处在一种爱的极限状态,巨大的快感使她承受不住,从而造成了失声。事情只不过这样而已。

　　最有力的证据就是冬香虽然双眼紧闭,可是她的嘴角却轻轻张开,仿佛微笑一般。

　　眼下冬香攀上了快感的巅峰,整个的她仍旧沉浸、麻醉于那种浑身颤抖的快感之中。

　　菊治的局部不用说也还停留在她的体内,她被压弯的下肢以及私处都和菊治紧紧地连在一起。

　　菊治把双手从冬香纤细的脖颈上拿开。她再要求的话,还得扼住她的脖子。

　　菊治对这种游戏既感到有点儿厌烦,又觉得十分可爱,他低声唤道:"喂……"

　　然后他就这样挺起腰部,继续动作。

　　先稍稍后退一些,再继续不断深入,这时冬香肯定会大叫:"太棒了……"

　　菊治轻轻扭动了一下腰部,冬香却没有任何反应。她的私处还是那样温热,轻柔地裹住菊治的局部,但是她本人却没有半点儿动静。

　　"喂……"菊治又唤了她一次。

　　再怎么快活,也没有一直沉浸其中的道理,差不多也该恢复正常了吧。

带着这种心情,菊治轻轻碰了一下冬香的面颊。

但是冬香没有反应。她仰面朝天,下巴略微扬起,双目紧闭,只有双唇轻轻开启。

"你怎么了……"

菊治的话刚要出口,突然他的脑海中首次浮现出"死"这个词!

冬香不会是死了吧? 想到这里,菊治慌忙退出了自己的身体,刚才那么激烈挣扎的冬香,现在一丝不挂地倒在那里,一动不动。

在盛夏最炎热的季节,刚才吹拂的小风突然停了,令人窒息的闷热又卷土重来。

"风逝"这个瞬间,是否正好出现在冬香身上!

菊治慌忙拍了拍冬香的脸颊。

怎么会?! 冬香根本不会死的!"冬香……"菊治慌忙叫道,并继续拍打她的脸,然后将手放在她的肩上摇晃她的上身。

"冬香,怎么了……冬香……"

菊治并不觉得冬香死了。可能刚才做爱过于激烈,她在刹那间失去了意识。或许是由于害臊,所以才假装的吧。

"喂,起来呀,起来……"

冬香还是一声不吭,随着菊治手臂的摇动,她的身体和面孔也随之摇晃。

"怎么了……"

菊治突然像想起什么似的,摊开自己的双手凝望。

难道就是这双手把冬香掐死了吗? 然而他的手掌上却没有任何变化,这双多次拥抱、爱抚冬香的手,怎么可能做出这种事来!

菊治还是难以相信,他向冬香的喉咙看去,发现她的咽喉下面的确有点儿下陷,还有些发黑。

"不会吧……"

冬香不会因此就死吧? 至今为止菊治曾多次掐住她的喉咙,她口中也多次喊叫"我死了",但也没见到她死过一回。不管菊治怎么使劲掐住她的脖子,她也不过是剧烈咳嗽而已,事后还曾责备菊治:"你为什么松手,胆小鬼!"

菊治掐冬香的喉咙,用力用到什么程度,冬香心里总该明白。

如果极端痛苦的话,冬香会剧烈地哽噎、咳嗽,可这次并没有这些现象。

只是从冬香的喉咙深处发出过"喀吧"一声,除此之外,冬香没有显出半点儿痛苦、挣扎的痕迹。

在这种情况下,冬香怎么可能真的死了呢?

菊治简直无法相信,他打量起冬香的全身。

冬香还是仰面朝天地躺在那里,手臂左右伸开,双腿分向两边,甚至可以看到大腿内侧,仿佛向人昭示她的下身,刚才还包容过自己心爱男人的物件。

冬香的身上没有丝毫放荡或羞涩的影子。她如果活着的话,绝对不可能维持这种姿势。就算变成这个样子,冬香也会慌忙进行遮掩。

这不是冬香,没有这种冬香。

在认识到这点的一刹那,"冬香死了"的事实第一次清楚地出现在他的意识当中。

冬香死了,菊治心里即使已经明白,可仍旧难以相信。

这个美丽、贪婪而又温热的身体,怎么可能死了呢?菊治从上面抱起冬香,摇晃她的肩膀,他想吻她,就将自己的嘴唇覆了上去。

接下来菊治将舌头送进冬香口中拼命搅动,可是冬香的舌头却不再伸出。

若是以往,冬香的舌头早就迫不及待地吐了出来,两个人的舌头缠在一起,舌尖相互画圈,一直吻到舌根。冬香火热的舌头,现在却藏在口中纹丝不动。

"冬香,冬香……"

菊治离开了她的嘴唇不停地喊着,随后又把耳朵贴到她的口鼻之上,如果冬香活着的话,应该听到呼吸,即使睡着了,也能够听见微弱的声音。

然而,冬香好像忘掉了所有事情一般,鸦雀无声。

"喂……"

菊治再次拍打她的脸颊和嘴角,又晃了晃她的头,发现冬香还是没有任何动静,他这才慌忙起身,将房里的灯点亮。

深更半夜,在光芒四射的灯光下,冬香赤身裸体地仰面倒卧在那里。她双唇微张,四肢摊开,和刚才一模一样,只有胸前的双峰显得更为挺拔。

眼前的情景任谁看到,恐怕都会以为这是一个女人雪白的身体。

不过这个身体却纹丝不动。查验了之后,菊治终于明白冬香死了。

"确实死了……"

菊治心里十分清醒,但他却镇静得连他自己都难以置信。

然而,他的这种镇静大概和真正意义上的镇静还是不大相同。

菊治陷入了一种茫然若失,或者说呆傻发愣的状态之中,他不知道自己应该马上做些什么。

他只是一直望着冬香,想到死亡原来就是这么一回事。

死是这么简单,没有任何前兆,一句话没留下就忍心死了吗?不对,冬香说过很多话语,"太棒了"的呻吟,"饶了我吧"的恳求,"掐住我的脖子"的叫喊,还有"我死了"的尖叫。

冬香所有的话语在菊治脑海中复活的时候,他一下子抱住了冬香,"冬香、冬香……"他全身颤抖地哭泣起来。

菊治不知道自己哭了多长时间,两分钟还是三分钟,不对,也许连一分钟都不到。

菊治一边哭泣,一边晃动身体,他心里明白冬香再也不会醒过来了,这时他的脑海中第一次出现了"杀人"这个词。

"深更半夜,在无人的空房子里杀死了一个女人。"

想到这儿,菊治环视了一下四周,他发现杀人的正是自己,在眼前被杀的却是冬香。

"我是杀人犯……"菊治一边自言自语,一边觉得此事仿佛与自己毫无关系。

但是在明亮的灯光下,在凝视纹丝不动的冬香的过程中,菊治终于认识到了一个毫无疑问的事实。

自己做了一件追悔莫及的事情。不管怎么说,应该马上叫救护车来。

"119……"菊治抓起了手机,可是又停了下来。

就这样叫来救护车,把冬香送到医院,她就能被救活了吗?

菊治的脑海中浮现出发生事故之后,急救队员给担架上的患者做人工呼吸及拼命按摩心脏的情景。

现在再开始做那些抢救,还有效果吗?如果打 119 的话,应该更早一些,冬香变得无声无息后,应该马上就打。

一直拖到现在,自己磨磨蹭蹭都在做些什么呢?

菊治责备自己,但他并不是故意怠慢。说实话,即使冬香不动了以后,菊治也没认为她死了,还以为她由于做爱时过于兴奋,在刹那间昏了过去,是菊治自己低估了此事的严重性。

这样一来就失去了宝贵的时间。

不管怎么说,是否真来不及了?菊治又凑到冬香身边,抓起她摊在床上的手摸了摸脉搏。然后又把耳朵贴在冬香左胸,聆听她的心跳。

由于深夜里静悄悄的,距离又是这么近,不应该听不到心跳,但是冬香的心脏却没有任何动静。

菊治害起怕来,他查看了一下冬香的面孔,她原本红红的嘴唇,已经没有半点儿血色,变得十分苍白。

"冬香不再回到这个世界了吗?"

无论如何都要救活冬香,可菊治又不知道自己该做什么。他呆头傻脑地,想到的只是把和服给赤裸的冬香盖上。

眼下正是深夜,可是今天的夜晚也过于安静了吧,仿佛所有的生物都屏住了呼吸,正在凝视自己这边似的。

在一片寂静之中,菊治盯着冬香失去血色、愈发苍白的面孔思索。

不能把冬香就这么一直放在房间里。不管冬香是死是活,当务之急就是给 119 打电话,报告目前的异常情况。这是当时在场的人的义务。

那样一来,消防署的急救队员马上就会赶到,把冬香送往医院。

在医院里进行抢救,冬香活了的话,就会住在医院;死了的话,肯定会被送回家中。

从目前的状态看,菊治觉得冬香不可能再活过来,所以冬香一旦被运走的话,自己就再也见不到她了。

"我不干……"

菊治像个耍赖的孩子一样拼命摇头,然后又将额头埋在冬香的胸口诉说:

"我不干,我不想和你分开。我不想把你交给任何人。"

无论发生了什么,冬香都是属于自己的。她也曾说过,自己的一切都是菊治的。他们发誓要一辈子长相厮守,菊治一直坚信这一点,现在怎么能变得天各一方呢!

不管谁说什么,自己决不会和冬香分开。

为了实现这个目标,应该怎么办才好?

菊治的脑海里浮现出观看芦之湖湖面时的情景。那时他曾经想过,如果二人在这里跃入湖中,他们就会一直沉到湖底,再也不会浮上来了。在和冬香做爱双方同时达到高潮的一瞬间,他也曾想过,两个人就这样死去的话,也相当不错。

然而,现在只剩下菊治一个人活着。

不管拍头还是拧脸,都证明菊治实实在在活着。

"怎么办?"

杀死了冬香,只留下自己一个人活着,将来会怎么样?那样只会被人贴上杀人犯的标签,受到众人的嘲笑和指责。

在考虑的过程中,菊治摇摇晃晃地站起身来,向厨房走去。那里有菜刀和锋利的水果刀,这样就可以死了吧。

菊治也不明白自己要做什么,他从橱柜里取出水果刀来,用右手拿着。

深更半夜,菊治一手拿刀呆呆地站在那里。

如果将刀刺进自己的胸膛,能死得了吧?在明亮的灯光下,菊治盯着锋利的刀尖,缓缓地向左胸刺去。

"一狠心扎下去就行。"

菊治提醒自己,他的手却不停地哆嗦,他也保证不了能否准确地扎中自己的心脏。

在犹豫的过程中,菊治想起来"犹豫致伤"这个词,指的就是那些用锋利的器具自杀的人,几乎都不能刺中要害,由于伤口不能致命,只留下一些较浅的伤口,他们只好带着丑陋的伤痕活在世上。

而且,菊治也没有那种刺杀自己的勇气。

与其刺死自己,还不如从公寓跳楼,或在房间里拴根绳子上吊,相对万无一失,但是不管做什么,让菊治一个人去做,他还是过于害怕,根本下不了手。

自己究竟应该如何是好?菊治踌躇再三,又想见冬香了,于是他回到了卧室。

房间里还是老样子,鸦雀无声,冬香盖着和服躺在那里。

"冬香……"菊治唤道,还是没人答应。

他曾经一度去厨房,拿了刀子,可又什么都做不出来,就回来了。冬香和他离开前一样,仍旧躺在那里。毫无反应的肢体明确地告诉菊治,冬香已经死了。

菊治还想和她说话。他坐到床上,双手撑在冬香上方,对她说道:"对不起,我想随你去死,却下不了手。"

"……"

"剩下我一个人活着,行吗?我把你杀了,却一个人自私地活了下来……"

菊治继续用头蹭着床单唠叨:"可是我比任何人都喜欢你,你那么兴奋快活,说你想死,所以我才杀了你。这一点你肯定明白,是吧?"

菊治问,冬香的嘴角微微开启,仿佛表示同意似的。

"我根本就没有想杀你的意思!"

自己杀死了冬香,可她好像并没有在怨恨似的。相反,在菊治眼中,她还带了一丝微笑。

因此,菊治松了口气,他将盖住冬香的和服打开了一点儿。

从纤细的颈项到丰满的双峰,和她生前没有丝毫变化。从腰肢到腹部,从骨盆两边突起的耻骨到两腿之间一层淡淡的阴影,所有的一切都是那么优雅、美丽。

这么漂亮的女子身体,不可能是死的。不知情的人看到的话,也许会错以为是一个白瓷做的裸雕。

"冬香……"

菊治再次呢喃,将嘴唇凑近了她的胸前。他想把冬香全身再吻一遍。倘若自己吻遍她全身的话,冬香说不定能够苏醒。

菊治带着祈祷的心情,先将嘴唇覆在了她的右乳之上。

这个动作不知自己重复过多少遍了。菊治和以往一样,用双唇叼住了她的乳头，他不由得停下了动作。

冬香的乳头令人难以置信的冰凉。

"为什么……"

菊治不禁抬起头来，再次凝视冬香的乳房。

冬香的乳房显得比往日更白，更加漂亮，不过这种冰凉正在诉说"死亡"。

菊治哆哆嗦嗦地把手放在冬香胸前，接着从腋下向小腹摸去，所有的地方还是那样光滑如丝，只是冰冷不带一丝热气。

"原来如此……"菊治慢慢点了点头。

冬香的心脏已经停跳，所有遍布全身的血液也停止了流动，好像在宣告死亡一样。

菊治仍然希望阻止死亡的进程。他想拼命地拉住冬香滑向死亡的身体，让她的身子重新变得温暖。他向往冬香的身体，再次回到那种挣扎叫喊、疯狂般冲向顶峰的热血沸腾的状态。

菊治相信冬香一定能够复活，他开始拼命地舔舐她的全身。从两个乳房到胸腹之间，再从肚脐到小腹，菊治的舌头舔得已经麻痹，似乎要掉了一样。

最后菊治舔到了冬香两腿之间的私处，他的双唇来舔花蕊之前，上下左右地舔弄她原本最为敏感的花瓣，甚至还用舌头从下面向上不住摇动，然而既没有爱液溢出，也没有任何反应。

冬香的身体从乳房到私处，仿佛已经全部死去。

冬香全身之中最为热情，最为奔放，最为诚实的花蕊，已经死了。冬香的私处变得如此冰凉，菊治不得不死心了。他用自己的脸蹭着冬香的私处，提醒自己："冬香已经死了，再也不会活过来了。"

至此菊治确确实实地明白了发生了什么，接下来该如何是好？

是打 119，还是应该报告警察？然后等候警察的处理。菊治明白除此以外，别无他策，但就这样跟冬香分开，也过于辛酸了。至少这一个晚上，菊治想跟她共同度过，这是自己和冬香度过的最后一夜，冬香也一定希望这样。

菊治告诉自己，又向冬香征求了一下意见。

"对吧……"

冬香自然不会出声,可是菊治却听到了她和平时一样"是"的柔声回答。

"知道了,就这么做吧。"

菊治一个人点点头,把仰面朝天躺在那里的冬香抱了起来。

冬香死后已经过了十分钟了,不对,也许时间更长一点了。菊治紧紧地抱起了冬香,可是她变得瘫软的上身好像要折成几段似的朝下倒去。

刹那间,菊治慌忙支撑住了她的身体,可不久就变得难以忍受,于是菊治把她重新放回仰卧的姿势。

看来面对面地把冬香抱在怀里比较困难。无可奈何,菊治主动贴近冬香,将自己的四肢和她的叠在一起,然后低语:"你累了吧,一起睡吧。"

就算冬香已经死了,但菊治却觉得她还活着。即使没有了呼吸,冬香的灵魂肯定还在身体当中。

"我会一直抱着你的,所以放心地休息吧。"

不知冬香能否领悟,被轻轻放在菊治肩上的手臂"吧嗒"落了下去。菊治又把冬香的手臂拉到自己肩上,然后盖上了毛巾被。

"因为黎明时分有点儿凉……"

菊治就这样贴着冬香的脸颊闭上了眼睛。

可能由于自己总在回忆,所以菊治在半睡半醒状态中梦见他和冬香一起度过的时光,那些时光走马灯似的在他的脑海中出现,然后消失。

最初是在京都的咖啡吧里相识,之后菊治多次赶往京都,在车站的饭店和冬香匆忙见面,再匆忙分手。有一次菊治捡到了一片和冬香手形很像的红叶,便把它送给她了。后来冬香搬到了东京,他们开始每周两次上午幽会。他们每天都疯狂地相爱,渐渐地冬香感受到了做女人的欢乐,而且快感不断加深,结果开始向往死亡。在那种情况下,他们去了箱根,迷失在极端的爱的世界里,没想到在焰火大会的夜晚,最后燃尽了所有的思念。

然后……从那一刻开始,菊治开始觉得窒息,胸上仿佛压了什么东西,他一边被指责,一边呻吟似的。

最初胸膛虽被人压迫,但不知怎么地,因为和冬香在一起,还有一种安心的感觉,可从中途开始,菊治一个人被掐住了喉咙,他开始害怕,当他觉得自己要不行了的时候,他大声叫道:"住手……"

菊治一边叫喊,一边将缠在脖子周围的绳索解开,激烈地左右摇头,反弓起身体,这时他终于从梦中惊醒。

菊治回过神来,发现自己俯身躺在那里,是他自己的手掐住了自己的脖子,才那么难受的吧。

菊治慌忙将手拿开,朝侧面一看,冬香还是在休息。

在台灯淡淡的光线照射下,冬香雪白的面孔更加苍白,轮廓漂亮的鼻子,在光的另一面形成了一片淡淡的影子。

冬香在自己身边的话,一切就放心了,菊治进一步向她靠去:"刚才很难受吧?"他问。

菊治在经历了各种各样的甜蜜快乐回忆之后,被一种异样的窒息控制,当他痛苦地从梦中醒来的时候,他想冬香的痛苦是否已移到自己的身上。

"对不起……"

菊治搂住冬香,将脸贴向她,冬香雪白的肌肤已经被泪水打湿。

菊治刹那间以为冬香哭了,不过紧接着他就明白了,那是自己的泪水,他一边用手指擦拭眼角,一边自语:"你安静地休息吧。"

菊治爱抚了一下冬香额前的头发,她好像什么都没发生一般,温柔地微笑。

菊治放心地睡了一会儿,应该是在这之后。

白天工作了一天,晚上和冬香一起去看焰火,然后回到房间里,一直激烈地做爱。而且在梅开二度之后,又开始了第三次的攀登,最后冬香以死为代价,同时达到了高潮。

一天的疲倦给菊治带来了一段舒服的睡眠。他再次睁眼的时候,窗外已经发白,时钟上显示的是七点。

菊治即使在梦中,也同样清楚冬香还在休息。菊治将脸贴近冬香的面颊,然后把右手放在她的腹部之上。

"也许……"

菊治轻轻坐起身来窥视,可冬香还是那样冷冰冰的一动不动。

就算如此,菊治依旧低语:"到了早上哦……"

这时他朝冬香脸上一看,只见她的喉部有白色痕迹。两个圆形的手印挨在一起,比其他的皮肤显得更白,完全没有血色。

菊治仿佛被其吸引住了,他悄悄地将两个拇指按在手印上面。

"我用了这么大的劲儿……"

自己是按照冬香的要求,拼命地扼住了她的喉咙。菊治由于深陷爱情之中,希望能让冬香在达到快乐的巅峰时飞得更高。就算出于这种想法,自己怎么能使那么大的劲儿去掐她的喉咙?到现在菊治还是不敢相信自己所做的事情。

"难受死了吧……"

菊治低下头去继续道歉,不顾再次溢出的泪水流了一脸,然后他慢慢扬起脸来,冬香仿佛在问"怎么了"似的面带微笑。

"难受不难受?"

不管菊治询问多少回,冬香依然保持微笑。看着冬香柔和的表情,菊治心中涌出了其他的想法。

原来冬香没有那么痛苦。相反,也许当时一种令人麻醉的快感正好传遍冬香的全身,她就那样一口气达到了高潮,迷失于精神恍惚的状态,结果死了。

冬香在享受了比任何人都强烈的快感、激烈燃烧之后,闭上了双眼。

"你不会恨我吧?"

菊治接着确认说,冬香苍白的嘴唇中仿佛发出了"嗯"的声音。

菊治突然想起来什么似的,在枕头旁边寻找起来。

录音机应该偷偷地藏在枕头底下。

菊治慌忙掀开枕头,又把毛巾被抓了起来,却仍然找不到录音机。菊治又在冬香周围寻找,发现录音机掉到了床头前面的床垫下面。

是两个人做爱时动作过于激烈,还是自己扼住冬香脖颈时顺势掉下去的,不管怎么说,再听一次录音的话,就能知道冬香攀登了多高的爱的巅峰,又是如何期盼自己被菊治杀掉的。

菊治选了录音机中最新的录音,按下了播放键。

最初,他们进行了短暂的交谈,菊治"你太美了"的声音传了出来。那是菊治凝望冬香一丝不挂的身体兴奋起来的时候。

接着传来冬香"请给我吧"的恳求,在传来"请你放开手脚把我彻底地"的声音同时,不断传出冬香激烈挣扎的呻吟。那是冬香跨坐在菊治身上,接受他从下面不停发放焰火,尖叫着达到高潮的时候。

然后两个人好像拥抱了一会儿,录音沉默了一段时间之后,他们又开始做爱,这次可以清清楚楚听到冬香多次喊叫:"杀死我吧!"在她嘟哝"我要死了"的瞬间,传来了剧烈的咳嗽声。

"难受吗?"菊治慌忙发问,"要紧不要紧?"他跟着确认,这时冬香责问:"为什么要住手?"然后又说:"我就是想死。""我想死在你的手里……"

面对目瞪口呆的菊治,冬香提起了昨天她丈夫强行要和她做爱的事情。她说:"我这个身体绝对不允许任何人碰。""我再也不想回家了。"关于菊治的小说,冬香一口断定:"那是我们之间爱的结晶,所以总有一天会得到大家的承认。"

一段长长的空白过后,又传来了冬香的要求:"我想和你连在一起。"他们重新结合,向着快乐的巅峰冲去。

冬香当时身不由己的声音和喘息比以往任何时候都高亢,不久就传来了她最后达到高潮时如醉如痴的欢喜的呻吟,她兴奋地大喊:"哎,掐住我的脖子。""哎,再使点儿劲。""杀死我吧。""我要死了。"随着"喀吧"一响,冬香的喊叫一下子停了。

完全没有问题,录音机把所有的过程都录下来了。只要听了这份录音,就能明白冬香之死出自她和菊治之间那种至高无上的爱情,是两个人合作的结果。

冬香并不后悔自己的死亡,反而会因为死于快乐的巅峰之上,感到非常满足。这种死亡肯定是冬香心之所愿。这样一想,菊治感到心里轻松了不少,他总算能够站了起来。

菊治摇摇晃晃地站起身来,通过窗帘的缝隙向清晨的街道窥视。

已经过了七点半了,快步向车站走去的白领一闪而过,仿佛新的一天又开始了。

菊治关上窗帘回头一望,冬香的姿势还跟昨天晚上一样,躺在床上休息。

外面的活力已经恢复,可是房间里面被杀死的女人仍然仰面朝天地倒在那里。

这种失衡的感觉令菊治极端困惑,他被一种想要喊叫的冲动抓住。

"嘿,这里有一个美丽的女人死了,杀死她的正是眼前的我。"

自己现在打开窗户大叫的话,如果有人打电话告诉了管理员,该怎么办? 估计警察很快就会赶来勘查现场,与此同时,自己也会被带上警车回警察署吧。

被警察带走只是时间早晚的问题,这点菊治已经有了心理准备,不过什么时候、以何种方式和他们联系,菊治还没拿定主意。

总之,警察到来之前,应该把有关冬香的一切整理好才是。想到这里,菊治再次环视了一下四周,只见角落里有一个白色的口袋。菊治往里一瞧,昨天冬香穿来的衣服整整齐齐地叠放在里面,旁边还有一个略大一些的皮包。

那个皮包冬香一直十分喜爱,菊治打开一看,里面有一个类似化妆包的小包,还有钱包、纸巾和记事本。冬香每次都把下一次见面的时间,记在那个淡粉色封皮的记事本上。

这个记事本已经失去了用场。菊治凝视了一会儿,才把它放回皮包里,拿起了放在旁边的手机。

冬香曾多次用这个手机发短信给自己,传达彼此的爱情。想到这儿,菊治缓缓地打开了手机,手机画面上突然跳出来几个孩子。

三个小学生模样的孩子挤在一起,男孩子满脸笑容伸手做 V 字,看来是冬香的孩子吧。

中间的是一个女孩子,左右两边站着的是两个男孩儿。左边的男孩十岁左右,右边的男孩儿大概五六岁的样子。站在两个男孩儿中间的女孩儿,年龄最大,估计上小学五六年级。她穿黄色的连衣裙,瓜子脸,那不知什么地方显得羞涩的样子,很像冬香。

左右两边的男孩儿穿着背心,充满了活力,双手作出 V 字手势,满面笑容。

冬香的三个孩子凑巧聚在一起照的照片,由于笑容十分可爱,所以冬香把照片用在手机画面上了吧。

"原来如此……"

菊治凝望了一会儿手机画面,不禁觉得辛酸起来,他合上了手机。

冬香是一边照顾这些孩子,一边往返于自己这边的。她总是按照约好的时间准点赶到。菊治贪婪地拥抱冬香,和她做爱,可冬香身后还有三个孩子。

菊治心里从来没顾及过这些,他只是求索冬香作为女人的部分。不对,冬香只把自己女人这一部分显示给菊治,菊治安然受之,只关注作为女人的冬香。

如果再能冷静一些就好了,自己做了一件多么轻率的事情。最初看到这个手机画面的话,自己不会动手杀死冬香的。不管冬香如何要求:"杀死我吧。"菊治也绝不会把手放在她的脖子上。

"我做下了什么事情啊……"

事到如今,再怎么谢罪也为时过晚,但菊治仍是一门心思想要谢罪。比起冬香来,他更想对孩子们谢罪。

然而,从今往后孩子们将怎么生活下去? 还有就是孩子们虽在,而母亲却已去世的冬香的丈夫……

菊治再次为自己所做的事罪孽深重感到震惊,他合上眼睛低语:

"冬香,我可怎么办啊……"

菊治望着只听不答的冬香,心中又有了一个新的发现。

不管怎么说,冬香都是一个慈爱的孩子母亲。除了和自己相爱的那个瞬间,平时她和普通母亲没有什么区别。发现了这一点,菊治心里虽然非常难过,可不知为什么,他又感到有些安宁。

总之,冬香的手机让菊治过于辛酸。

在手机的画面上,用了可爱的三个孩子的照片,手机当中还藏有二人之间各种各样的爱情记录。

为了不让丈夫发现,以前冬香看了短信内容之后,也许马上就会删掉。

然而今天手机一旦留了下来,彼此之间的短信总会让她丈夫看到,从而知晓了他们之间爱的记录。

若是这样,不如干脆把手机放在自己身边,冬香肯定也希望这样,也会因此感到放心。

菊治拿起手机放入自己口袋,可他转念一想,今后要和警察打交道,他们在调查冬香的遗留物品时,如果发现手机不见了,大概又是一个问题。

自己作为第一发现人,当然会被怀疑,倘使警方认为自己故意把手机藏了起来,反而会很麻烦。

想到这里,菊治又把放进口袋的手机,重新放到了冬香的皮包里。

事情到了这种地步,菊治既不打算逃跑,也不想进行隐藏。自己是杀死冬香的杀人犯,这已是毋庸置疑的事实,所以藏起一个手机,根本于事无补。

与之相比,难道没有什么更有纪念意义的东西了吗? 只要是冬香身上的东西,当然什么都行。

菊治重新巡视四周,只见床头柜上有一个东西闪闪发光。

笼罩在台灯阴影之下的,正是菊治送给冬香的那条单只高跟鞋项链。

迄今为止,冬香每次和自己见面的时候都戴在身上,昨天虽然穿着夏日和服,她还是戴上了这条项链去看焰火。

在欧洲,传说单只的高跟鞋会给人带来灰姑娘那样的幸福,所以很受女性青睐。菊治把这个传说告诉冬香的时候,她也是一脸高兴,自言自语地说:"我也能变幸福的。"

从此以后,冬香上床休息前,总是习惯把这条项链摘下来,放在床头柜上。

昨天晚上也是一样,冬香把它摘下来后,蹑手蹑脚地爬上了床。

这条承载了各式各样回忆的项链,菊治怎么也想留在自己身边。他从床头柜上拿起项链,回头看了看冬香:"你同意吧,我一定不会让它离开我的。"

冬香虽然什么也没回答,但她肯定非常高兴。菊治又看了一下冬香的脸,然后走到书房。

接下来自首以后,自己会被警察带走,可能就再也回不到这里了。将以什么方式接收审讯? 会被关押在哪里? 菊治心里一点儿数也没有,也许应该把房间收拾好才对。

菊治把资料员送来的散乱了一桌子的资料整理停当。

按照计划,菊治下午应该根据这些资料把稿件写出来,可眼下这种情况,他是不可能去出版社了。相反,过一会儿,他还得给编辑部打电话,告诉他们自己"有急事,要休息"。

还有就是自己原本打算后半学期在大学里讲课用的那些卡片和资料,也应该整理好放在书架上面。

不过衣服之类应该如何是好？在被关押期间，能够回来取吗？这些菊治都不清楚，他现在能想到的，也就是带上夏天需要的衣服而已。

正当菊治左思右想的时候，书房里的电话突然响了。

这种时间是谁来的电话，菊治刚要伸手去接，突然又害起怕来了。

还不到上午九点，难道说有人在窥探自己房间里的情况？菊治屏住呼吸望着电话，铃声突然停了，这时他的手机又响了起来。

菊治慌忙拿起手机，来电人一栏显示的是"高士"。

好像是儿子高士打来的。菊治松了口气，他思索着儿子现在这种时间打电话到底是什么事。

儿子高士在电影放映公司工作，几年前已经离开家独立生活，极少和自己见面。这次主动打来电话为了什么？

菊治等了一下接起电话，儿子的声音马上传了过来："喂，是我，您现在不在家吗？"

"不是……哦，对……"

"我想告诉您，我打算结婚……"

突然听到自己完全没有料到的事情，菊治顿时变成了一只泄了气的皮球。

说实话，眼下的自己根本无力顾及这些。

即使听到儿子打算结婚，可做父亲的却杀了人，很快就会被警察抓走。在这种时候，怎么可能耐下心来和儿子谈论婚事。菊治一声不吭，儿子高士继续说："对方是和我们公司有业务关系的公司的女孩，今年二十五岁……"

高士今年应该二十六岁，所以女孩儿比她小一岁。

"因此，我希望您能见她一面。"

儿子打算结婚，事先知会自己，并提出见面，菊治心里当然高兴，但是担任父亲这个重要角色的，却是一个杀人犯。

菊治继续保持沉默，高士觉得不可思议地问："喂，爸爸，你在做什么呢？你在听我说话吗？"

"哦、哦……"菊治当然在听，但却不能马上作答。

"你对你母亲说了吗？"

"妈妈见了一次,说了句'不错嘛',但我还是觉得应该得到您的同意。"

菊治在和妻子离婚的时候问过高士:"你想把户口放在哪边?"

"爸,我还是把户口放在您那边吧,我两边跑。"高士答。

菊治觉得儿子真是现代青年,想法十分现实。可是到了现在,这真是一个错误的选择。高士就将成为杀人犯的儿子了。

"爸爸,你什么时候能和她见面?"

菊治心里当然非常想见准儿媳,只是现在见的话,只会让对方觉得自己异常,而且时间上也没有可能了。

"那个,我最近很忙⋯⋯"

"是吗? 只要见上一面就可以了!"

菊治就要被警察带走,何时才能出来也不知道。在这之前,他很想和高士选定的女孩儿见上一面,不过眼下不得不放弃这个念头。

"你妈妈说好的话,不就行了。"

"您也太不负责任了。您的意思是我的太太怎么着都行,是吗?"

"我不是这个意思,总之,祝你幸福⋯⋯"

"什么啊,说这种不吉利的话!"

高士似乎无法理解,菊治说完挂断了电话。

看样子这次是彻底地得罪了儿子。高士生气也是意料之中的事。儿子特意提出把女朋友带给父亲看看,父亲不但不领情,还冷淡地将儿子拒之门外。

"对不起⋯⋯"

菊治现在不但要向儿子高士道歉,恐怕还应向妻子道歉。

妻子现在当然还不知道。自己杀了人的消息一旦传开,一定会将妻子惊翻。从很早以前两人就开始分居,所以妻子可能想象得出自己会做一些出格的事情,但是她做梦也不会想到,自己竟把相好的女子杀死。

要是知道自己杀了人,妻子会哭,还是会闹? 或者是不知所措。即使已经离了婚,可在别人的眼里仍是杀人犯的前妻。

不过,和妻子分手得还真是及时,倘若现在没有正式离婚,那么妻子就会背上杀人犯妻子的恶名。

"离婚一事,还真是办了件好事……"

菊治自言自语,越想越觉得只有自己被远远地隔离到这个世界之外。更有甚者,再过一会儿,自己就会被关在高墙之中,再也回不到这个世界里来了。

"太可怕了……"

这句话不禁脱口而出,菊治忽然觉得外面的世界是那样值得留恋。

房间里冬香和死时一样躺在那里,当然不会让任何人进来打扰。菊治虽然还想在这里呆上一会儿,但是在被捕之前,他还想呼吸一下外面自由的空气。再享受一下没有死亡阴影,也没有恐惧感的正常世界。

那也许是自己今生最为留恋的东西。

想到这里,菊治摇摇摆摆站起身来,向卧室走去。

冬香还是双目紧闭,菊治对着她的额头念叨:"我一会儿就回来。"然后套上了裤子和T恤。

菊治趿拉着拖鞋,把房门锁紧之后,就坐电梯下到公寓的门厅。

菊治以为会有人在,可是门厅里连个人影都没有,他慢悠悠的、装作去便利店买东西的样子走到了外面。

菊治并没有什么特别想去的地方。

只是一直呆在房间里,令他感到十分窒息,于是他想到外面呼吸一点儿空气。

从昨天晚上看焰火回来,已经过了十个小时,所以可以说是时隔十个钟头的外出。

菊治做了个扩胸的动作,仰头向天空望去,深深地吸了一口气。

刚过八点,太阳已经高悬于空,早早儿地显示出酷暑的威力。

房间里冬香已经停止了呼吸倒在那里,在外面夏日明快的一天即将开始。被眼前这条没有发生任何事情、平和的街道深深吸引,菊治慢吞吞地走了起来。

他先沿着公寓前面那条狭窄的小路前行,在下一个路口左拐,离路口五十米远的地方,有一辆宅急送的卡车停在那里,卡车对面可以看到鸠森神社的华表。

昨晚神社门口一带摆满了日式煎饼摊,十分热闹,可眼下却静悄悄的,鸦雀无声。

菊治仿佛被吸引了一般,穿过华表来到了神社境内。大概因为是早晨,神社里寂静无声,右边有一个被玻璃罩住的舞台,舞台前面有一朵淡红的花正在开放。

是芙蓉花吧?不知道为什么,菊治觉得那种柔和的红色十分少见,他凝视了一会儿,又往前面的那座堆得圆圆的小山走去。

在木制的路标上写着"富士冢"三个字,小山的顶端附近还有类似富士山的熔岩一样的东西,据说山腰上还有祠堂。这就是所谓信仰富士山的遗迹吧?过去像这样的冢关东各地好像都有。

昨天晚上,自己还和冬香并肩透过前面的树丛观看焰火升空,可现在冬香已经死了。

往事不断掠过菊治脑海,他突然想到如果把冬香埋在此处是否合适?

不,也不非要在这个地方。不管在什么地方,只要有这样一个小山,难道不能用只有自己才知道的形式,偷偷地把冬香埋在山脚之下吗?

菊治不禁胡思乱想起来,他的手心渗出了汗水,心脏也狂跳不已。

"要做的话,就是现在……"

菊治受自己内心的想法怂恿,登上了富士冢,看了一眼冢上的祠堂就走了下来,他擦了擦额头上的汗水。

没有一丝凉风,神社里好像更加炎热。四周一片寂静,菊治忽然听到了冬香呼唤自己的声音。

说是散步,菊治走到附近的神社,就往回返了。

然而菊治仍觉得十分疲劳。他走进公寓的时候,看到大厅里管理员正在和一个像是搬家公司的人说话。

是有人要从公寓搬出去,还是有人要搬进来呢?菊治刚想假装没看见似的穿过大厅,"早上好。"管理员问候他。

"早上好。"菊治慌忙回应。

菊治加快脚步向里走去,他坐电梯来到三层,打开门进了房间。

他自己也不明白为什么要出去走上一圈。不管怎么说,外面的世界并没有什么变化,让他略觉安心。他回到卧室一看,冬香还跟他出去的时候一样,静静地倒卧在那里。

"寂寞不寂寞?"

菊治觉得冬香仿佛在叫自己,但是冬香依然仰面朝天躺在那里休息,她的姿势毫无变化。

"太好了……"

菊治松了口气,一边回忆刚才看见的富士冢,一边把自己的心理活动告诉冬香。

"我想把你藏在只有我知道的地方……我不想让任何人碰你,我想一直独自守护你……"

菊治在嘟哝的同时把手放到了冬香的肩头,他顿时变得不知所措起来。

冬香肩头给他的感觉十分僵硬,而且从脖颈到肩膀下面一带,出现了黑痣一样的东西。

是不是什么东西在那块地方留下的影子?菊治觉得十分费解,就把窗帘拉开了一些,就着从窗帘缝里涌进的清晨的阳光一看,黑痣一样的斑点越到下面越黑。

怎么可能?菊治不记得自己曾经掐过那些地方。他把盖在冬香身上的和服掀开,查看了一下她上身从胸部到背部一带,只见和床接触的身下部分已经变黑了。

冬香的身体究竟发生了什么?菊治慌忙打开和服的下摆,从冬香的腰肢到臀部之间,也布满了黑色的斑点。

冬香原来那么雪白的身体究竟怎么了?菊治不明就里,他想把冬香的身体扳成侧卧的姿势,但她全身僵硬得根本动不了。

这不是冬香的身体。如此僵硬、发黑的皮肤,和她的完全不同。

菊治刚这么想,他的脑海里顿时闪过了"僵硬尸体"这个词语。

也许这就是所谓的"僵硬尸体"。菊治想起了在周刊杂志撰写刑事案件的文章时用的词语,他把手轻轻地放了冬香的身体上。

从颈部到肩部,然后到手腕,菊治小心翼翼地触摸起来,哪个部位都像石膏一样冰冷僵硬。

菊治突然想要呼吸外边的空气,他走出了卧室。在这么短短的时间里,冬香的身体就变得僵硬起来了吗?

不对,绝不可能有这种事情。这里肯定十分柔软,菊治伸手触摸冬香胸前的双峰,也如两块疙瘩一样僵硬。

冬香比任何人都要柔软、娇艳的肌肤,到底躲到什么地方去了? 菊治一心想要恢复冬香原来的身体,他抓住冬香的手腕想把她拉向自己,可她的手臂也像钢铁般坚硬,无法移动。

看样子冬香连关节也变得僵硬起来。菊治慌忙察看,冬香腰以下的部位也已僵硬,微微分开的双腿根本无法合拢。

冬香的全身仿佛中了魔法一般,一动也不能动,而且从脖颈到四周,只要是承受体重的地方,都已布满了黑色的斑点。

"冬香……"

冬香全身的血液早已停止流动,并在身体里面凝结,甚至连关节都变得十分僵硬。菊治虽然这样想,可他心里还是觉得难以相信。

"为什么……"

至此为止,菊治只知道温柔的冬香死了。但是在这段时间里,冬香的死却步步逼近,她全身上下黑血淤积,还出现了尸体僵硬的现象。难道不久之后就会慢慢开始腐烂吗?

"等一下……"

菊治把头埋在冬香胸前,左右摇晃着她僵硬的身体诉说:"你就这样,别再变了……就这样……"

无论菊治怎样诉说,怎样额头蹭着冬香进行哀求,冬香都不会再回来了。

"看样子是死了……"

哀求到最后,眼下菊治终于切实感受到了冬香的死亡。

不行的话,也无可奈何,继续呆在这里独自守着冬香的尸体也不是办法。

"你想回到孩子们身边吗?"菊治自言自语,他的脑子里总算产生了通知警察的想法。

此后发生的事情,菊治也记不太清楚了。或许应该说,由于他头脑中一片混乱,所以不能按正确的顺序回忆当时事情发生的经过。

冬香皮肤下面的血液凝固,开始出现黑色的斑点,同时全身出现了尸体僵硬的现象。

看到这种情况,菊治大吃一惊,慌忙拽住冬香哭喊"等一下",但他并不能阻止冬香死后的变化。冬香之死继续发展下去,只会变得全身腐烂。

意识到这一点的时候,菊治第一次想到了应该通知警察。

事情发生之后,菊治当然也不是没有想过,只是目睹了死亡的不断发展,他终于认识到除了通知警察,没有其他方法。

最令菊治害怕的就是冬香的身体,更不用说她的手脚、还有容颜,不断地遭到死亡的破坏。

如此美丽的冬香将会变得腐烂。菊治在强迫自己面对现实的过程中,脑子里重又出现了冬香手机画面上三个孩子的笑脸。

菊治希望那几个孩子能最后看上母亲美丽的容颜,那是孩子们应有的权利。

要让孩子们看上母亲的话,就是现在。如果再无为地拖下去,冬香的容颜就会完全失去。

"为此自己现在应该自首……"

菊治半是清醒,半是糊涂,他一边觉得这个理由十分奇怪,一边逼问自己:"当真可以通知警察吗?从那一时刻起,你就成了一个杀人犯了!"

"为了孩子"和"杀人犯"这两种想法不断在菊治脑海里交替,他变得口干舌燥,头脑发热,最后他问起了冬香:"我通知警察,好吧……"

刹那间,冬香仿佛点了点头。她的脸上已经开始出现死相,仍旧带着微笑似的。

凝望着眼前的情景,菊治缓缓将手伸向电话。

"110"只要按下这个号码,一切就会尘埃落定。

菊治虽这样想,却仍然踌躇不决,"110……"这次他边小声念着,边拨通了电话。

菊治刚把话筒放在耳旁,电话里先是忙音,然后突然断了,取而代之的是一个粗野的声音传了过来。

"这里是110警视厅,发生了什么?"

菊治咽了口唾沫,然后望着对面陈旧的墙壁回答:"刚才杀人了……"

"什么?在哪儿?是你杀的吗?"

和对方男性的吼声相反,菊治语气很平静:"在千驮之谷的公寓。"

令人不可思议的是,菊治仿佛讲述他人的事情一般,淡淡地把杀人现场,也就是他公寓的地址,他自己的名字,冬香被害的大致时间以及她的现状等,有条不紊地告诉了对方。

"你就留在那里,不许走开,请一定老老实实的。"

听到这种紧急情况,警察似乎显得有些慌乱。"是。"菊治顺从地答应了警察的要求。

自己也许患上了精神分裂症。如此热爱冬香,然而把她杀了的人却正是菊治,现在通知警察的难道不是另一个菊治吗?

"警察马上就到,所以请留在那里不要动。"

男人的声音断了,菊治总算是松了口气。

这样一来,自己该做的事情都已做了。自己把人杀死了,这种说法虽然十分不近情理,不过菊治觉得,自己作为杀人犯的义务已经尽了。

菊治觉得心里又轻松了许多,他再次望向冬香。

这时冬香全身尸体僵硬的现象更加明显,她仰面朝上躺在那里,脸上也到处开始出现了黑斑,只有嘴角的微笑没有改变。看到冬香一成不变的微笑,菊治感到十分安心,对冬香倾诉道:

"再过一会儿,警察就要来了,我再也见不到你了,但我不会忘记你的。我今生今世永远不会忘掉你的!"

菊治边说边拉着冬香的手,然后把自己的脸贴到她的面颊上,继续说:"你现在虽说已经变得如此冰冷,但是你的温暖,你的体贴,还有那数不尽的快感,我已全部铭记于心,并深藏在我的体内了。从此以后,我们虽然天各一方,但有朝一日总会重聚在一起,你要记住,你知道了吧?"

　　菊治说到这里的时候,警车烦人的警笛声越来越近,在公寓前面警车好像一下子停了下来。

　　菊治坐在床的一头,向窗外张望。

　　由于警车停在了公寓前面,附近的人们不知发生了什么聚拢过来。菊治于己无关般地看着,这时传来了激烈的敲门声。

　　警察终于到了房间了。

　　菊治又回头看了一看冬香,点点头向门口走去,他打开了房门。

　　两个穿着警服的警察刹那间雪崩般冲了进来,年纪稍长的警察看着菊治问道:"打110报警的是你吧?"

　　菊治点头。"我们进去了。"警察打了声招呼,两个人迅速地脱鞋,向里走去。

　　"被杀的人呢?"

　　"在那头儿。"菊治用身体向卧室那边示意,警察一下子闯进了卧室。

　　菊治跟在他们后面,一个警察已经来到冬香旁边,确认她的脉搏,另一个人回头看着菊治:"是你杀的吗?"他问。

　　菊治无言地点点头,警察重新将菊治从上到下地打量了一番,然后取出了本子。

　　警察似乎认为眼前这个男人手上既没有凶器,也不属于性格残暴那种类型的。

　　"姓名?""年龄?"警察接二连三地提出了问题,菊治平淡地回答。"职业?"当被问到这个问题的时候,他停顿了一下。他想回答"作家",又担心因此玷污了自己的笔名。"周刊杂志的撰稿人。"他随后回答。

　　"撰稿人?"警察对这个词似乎十分耳生,菊治又补充道:"就是编辑。"

　　这时仿佛又来了一辆警车,刺耳的警笛很快就安静下来了。

　　现在公寓的管理员是一副什么表情呢? 菊治呆呆地思索,警官继续问:"那个女性,你知道她的身份吧?"

　　"知道……"菊治答,但他有些迟疑。

　　菊治虽然知道冬香的手机号码和网络信箱,但最重要却是住址,菊治只知道她住在新百合之丘。

"她的名字?"

"入江冬香……"

自己如此热爱冬香,以至于错手杀了她! 关于冬香的问题,菊治目前只能回答这些。

看来警察想要知道的,不是菊治所了解的冬香,而是户籍上记载的冬香。

菊治就这样歪头思考的时候,警察继续追问:"你怎么杀了她?"

警察想问的是杀人理由,还是杀人方法? 菊治不知该如何回答是好,对方又问:"你是用绳子一类的东西勒死她的吗?"

"不是,是用手掐住喉咙……"

"掐住喉咙……你是用手掐住喉咙把人杀死的吗?"

听到警察重复问了两遍,菊治不知该如何回答。

菊治确实是用双手掐住了冬香的喉咙,但他当时根本没有"杀人"的想法。

就在菊治吞吞吐吐不知怎么回答的时候,警察指着菊治的右手问:"是用这只手杀的吧?"

事情的确如此,不过警察要问的问题,和自己所做的事情多少有些微妙的差别。

警察目前想要了解的只是单纯的杀人方法罢了。

"那么,你突然……"

事情根本不是警察想象的那么简单,但菊治又不知道如何解释才能让对方明白。他正在沉思的时候,门口那边又传来一阵杂乱的脚步声,又新来了四个警察走进房间。

"早上好。""辛苦了。"警察之间相互打着招呼,对菊治问话的警察报告说:"人是昨天晚上杀死的,好像是用手掐死的。"

新来的警察们穿着西装,只有一个人穿着警服,他从随身携带的书包里取出了手套、相机,由此看来,应该是电视上见到过的鉴定科的警员吧。

"请到这边来。"刚才的那个警察估计是要让自己到书房去。

菊治跟他们去了之后,新来的刑警重新开始询问菊治。

姓名、年龄、职业等等,都是一些刚才他回答过的问题,他们是要再确认一次吗？

在问到杀人方法的时候，"是用两手掐死的吧？"对方在确认之后，继续追问："你为什么要杀死对方？"

"那是……"

那还用问，当然是因为喜欢冬香了。然而，自己这样回答的话，对方能够明白吗？

正当菊治不知如何开口的时候，刑警不耐烦地问道："你和被害者是什么关系？"

菊治不知怎么回答才好。

自己从内心深处疯狂地爱着冬香，冬香也真心地爱恋自己。这种关系应该用什么语言进行表达呢？

菊治犹豫了半天，最后只答了一句，"我喜欢她……"

刹那间，刑警正中下怀似的指出："那就是情人关系了？"

菊治不希望警察用那么庸俗的语言概括他和冬香的关系。这种说法也许通俗易懂，却表现不了两个人之间真正的感情。

菊治极为不满，但刑警的问话已经移到了下一个问题："你和被害者是何时、何地认识的？"

那些说起来话就长了，刑警想要知道的，是一个大概的过程。

菊治告诉对方，自己和冬香是去年秋天在京都认识的，冬香是已婚女性，自从认识之后，他们曾经多次幽会。刑警迅速地作着记录，然后又问："肯定是你杀的吧？"

菊治根本没有逃跑或遮掩的打算。这一点是不争的事实。

"是。"菊治痛快地回答，刑警点了下头。

"到这边来。"菊治被重新带到卧室。

鉴定科的警员好像已经确认了冬香的死亡，并将周围的样子用相机照了下来。

刑警把菊治带到床旁，让他在床边站好。

"请站在那个位置上冲这边看，请指着死尸。"

菊治按照对方的要求,站在床的一边,静静地指向躺在那里的冬香。

"就这样,看这边。"

鉴定科的警员瞄准了相机,菊治不由得怒火攻心。

究竟为何要拍这种照片?这样一来,不就等于要将冬香的死亡公之于众了吗?

"我不愿意……"

这句话刚要脱口而出,对方已经按下了快门,刑警宣布说:"这是你承认自己罪行的证据。"

原来就是为了这么回事,他们要求自己和死亡的冬香一起照相的吗?菊治咬住了嘴唇。"好了。"刑警说。

"从现在起你必须跟我到警察署去,请做好出门的准备。"

突然听到对方如此一说,菊治不知道自己该准备些什么,他一副不知所措的样子。

警察告诉他:"准备一下现金和简单的衣服,还有洗漱用具。其余的东西就算带去了,在拘留所里也不能用,请准备一些日常用品就行。"

菊治表示知道了,他先去了书房。桌子上放着他的手包,里面有钱包、记事本,还有手机。充满了关于冬香的回忆的录音机也放在里头,一想到录音机会被警察拿走,他就将它放到了抽屉的最里边,相反将冬香戴过的项链,放进了手包侧面的口袋里。

然后他从浴室里拿出了手巾和牙刷,他穿上一件灰色的短袖衬衣,换下了身上的T恤,这时刚才的警察来了。

"因为还要搜查,如果有什么需要的东西,我们会再来这里的,所以你可以叫你的亲属委托我们带去……"

听到亲属这两个字,菊治想起了妻子。虽说现在已经不再是亲属,但能够托付的也只有她了。

"准备好了吧?"

菊治顺从地出了书房,朝卧室里瞥了一眼,只见鉴定科的警员正从上面给几乎全裸的冬香拍着照片。

"你们干什么呢?"

菊治不禁叫出声来,他刚想奔到床前,但是刚才的警察迅速地从后面将他的双臂反剪起来。由于对方力量很大,菊治不由得弓起身来,他就这样被警察拉拉扯扯地拽到了门口。

"老实点儿……"

对方再说什么,这儿也是菊治自己的房间,冬香是他挚爱的女子。难道对方可以随意将冬香脱得一干二净,进行拍照吗?

菊治想要大声喊叫,由于他的双臂被警察反剪在背后,所以什么也做不了。

"混蛋……"

菊治悄悄咬住嘴唇,这就是所谓的被逮捕吧。

不管怎么说,就这样把冬香一个人留在房间里,还不知道会被对方怎么摆弄,菊治心里十分不安,可眼下的状态又不容他反抗。

菊治觉得非常窝囊,他再次回过头去,警察用严厉的声音命令道:"从现在起带你去警署,所以你要老实点儿。"

就算对这些警察进行反抗,菊治也占不到什么便宜。与其这样,不如到法院审理的时候,在法庭上大大方方地表明自己的态度。

我不是故意杀死冬香的。我们之间彼此相爱,正是由于过分的爱,所以一不小心,自己的力气用过头了。

菊治按捺住自己想要喊叫的欲望,朝周围环视了一圈。

不知何时还能回到这里,为了不让自己忘记似的,菊治让四周的一切牢牢映入了自己的眼帘。

幸好警察并不打算用手铐铐住菊治。他的双手依然自由自在,最初来的两个警察,一左一右把菊治夹在中间向门口走去。

菊治一下子想起昨天晚上,冬香拿着装了夏日和服的纸口袋,赶到自己房间的情形。

那个时候,焰火大会就要开始,所以两个人都很高兴,并且兴奋不已。仅仅半天之后,自己就变成了杀人犯,要被警察带走。

事情在什么地方、以何种方式脱离了正常的轨道,菊治自己至今也无法相信眼前的一切。然而警察根本不可能理会菊治这种心情。

"那么……"对方催促说,菊治一穿上鞋,房门就被打开了。

菊治霎时发现自己完全暴露在公寓住户们审视的目光之下。

看见自己这副样子,大家一定会窃窃私语。

"那个人杀了一个女的,所以被警察带走了。"

"做出那么可怕事情的人,居然住在我们这里?"

"那个人住几号房间? 是谁啊?"

菊治担心围观的人群是否会把警车围住。

但是,下去的电梯中没有旁人。只有警察把他围在中间,到了一层的大厅之后,四周也没看见半个人影。

怎么回事,菊治觉得十分奇怪,继续向前走去,只见门口两边有十几个人正朝这边张望。

菊治不由得低下了头,警察用手巾盖住了他的脸。这是一个晴空万里的盛夏中午,附近一带静悄悄的。

菊治就这样跟随警察来到了警车前面,当头上手巾被拿开的时候,菊治回头一看,正好撞上了前面管理员的视线。

管理员半是惊恐,半是担心地望着这边,菊治对他轻轻点了一下头,就被警察押入了警车。

病　叶

被带到警察署之后，菊治的生活和以前相比，发生了翻天覆地的变化。

菊治自然是作为杀人犯被关押起来的。此事要说当然，也是理所当然，然而周围环境的变化之大，让菊治一直觉得难以适应，不知所措。

首先，早上六点起床，吃早饭，然后做些轻微的运动，从九点到十二点一直接受审讯。接下来是午饭和一段短短的休息时间，从下午一点到四点半，继续接受审讯。休息一会儿后吃晚饭，晚上九点熄灯后，是就寝时间。

仅从表面的日程安排上看，生活十分有规律，对健康似乎也非常有益，然而正是这种十分有规律的生活，让菊治实在难以忍受。

不管怎么说，菊治迄今为止，一直过着周刊杂志编辑那种极为不规律的生活，而且已经完全适应了那种生活节奏。早上将近十点才起床，中午到出版社，晚上工作到很晚，尤其是校稿的时候，开夜车的情况也不在少数。菊治至今一直持续着这种生活，突然要求他早上六点起床，晚上九点睡觉，两种生活的节奏差距实在太大。

即使如此，这种时间上的差异，只要想到自己的犯人身份，菊治还能在某种程度上进行妥协。

让他感到更成问题的是，自己的行动明显受到了限制。每天从狭窄的单人牢房，穿过短短的走廊到审讯室去；然后再从令人扫兴的审讯室，回到只有三个榻榻米大小的房间过夜。菊治根本接触不到外边的空气，一直被关在这种狭小的空间里，人会逐渐感到窒息，不由得想要喊叫"救命"。特别是一想到要在这种闭塞的空间度过漫漫长夜，就会令人烦躁不安，坐卧不宁。

在这种时候，如果能够拥有和冬香有关的纪念物，菊治就能得到拯救。只要把它放在手边,菊治心里就能踏实不少。

但是,放在手包中的手机以及冬香戴过的项链,在进拘留所体检的时候,都被拿去保管起来了。

"这是有纪念意义的东西,请让我放在身边吧……"

菊治也曾哀求过,但是警察署却说那是危险物品,所以不能留给他。

用这种东西根本无法自杀。菊治继续恳求。"不行!"警察只有这一句,根本没有交涉的余地。

从关进拘留所的第二天起,菊治开始被送往检察院,好像要在检察院重新接受检察官的讯问。

在被移送的过程中,几个犯罪嫌疑人一起被带进了押送汽车,所有的人都手铐、腰绳齐备,大家都默不作声地坐在那里。

押送车从楼群耸立的新宿大道出发,开出了皇居的护城河,沿途上风景转眼即逝,在晴朗的天空下,整齐的树木和绿色的草地,在护城河里投下了阴影。

在几天之前,这种景象都不会在菊治心里引起什么特别的感动,然而作为在押之身,眼前的每一棵树,每一片绿叶,在菊治眼中都显得那么新鲜,那么清新。

还有并排等待红灯的车辆,从车前穿过的人群,菊治都觉得好像第一次看到一样,感觉如此宝贵,令人怀念。

在护城河沿岸种满树木的步行路旁边,菊治忽然发现了一片褪色的树叶。

在夏日的阳光照射下,显得一片青翠的绿叶之中,只有这一片,不知为什么却枯叶般褪了颜色,飘落在步行路上。

菊治突发奇想,把它称为"病叶",他想起季节用语中有这个词。

在万物繁茂的夏日,一片树叶却反其道而行之,变得枯黄飘落,这片树叶恐怕是生了什么病吧?不过这个词倒是别有趣味。

正当菊治凝望那片病叶的时候,一阵轻风刮过,那片叶子在步行路上翻滚了几下,就飘得不知去向了。

那片枯叶在道路上,早晚会被某个行人踩在脚下,从而消失吧?菊治十分担心,看到一片病叶,就此沉浸在伤感当中,恐怕还是因为自己被捕的原因。

想到这里,菊治觉得眼前的自己也许就是那片病叶。

在夏季的某一天里,在所有的人都是那样充满活力,快乐地生活的时候,只有自己一个人与世隔离,被关在拘留所中。

"我是病叶……"

菊治无声地自言自语,他想到了冬香。

据审讯官说,冬香的遗体已被送去进行司法解剖,在确定了死因之后,将发还给死者家属。司法解剖几个小时就能结束,如此算来,冬香已被火葬,化为了灰烬。

"冬香……"

菊治在心中呐喊,就在他闭上眼睛的时候,押送车来到了检察院的面前。

在检察院,检察官的主要工作是确认犯罪嫌疑人的身份,审问犯罪事实,在此基础上书写案情记录。

由于菊治从一开始就承认了自己的犯罪事实,又没有抵抗的意图,所以审问进行得十分顺利。

第二天,到地方法院去的时候,面对菊治的还是同样的问题,因为目的只是交给他拘留证,所以也没出现什么问题。

到了第四天,当菊治在被拘留的警察署开始接受刑事审讯的时候,他的身体出现了轻度不适的症状。

虽说不适,但并不是发烧或者病痛什么的,只是在被捕的三天之中,菊治一直被关在狭窄的单人牢房,早上六点起来,晚上九点必须睡觉。由于必须遵从这种全新的生活,菊治的生活节奏全都乱了套了,所以他开始失眠。

尤其让他觉得难受的是午夜时分,连现在几点都不知道。因为他的手表在进拘留所的时候也被拿走,所以只能靠脑子猜测时间。

也许电车山手线刚好就在附近,牢房后面传来了电车通过的声音,一旦这种声音没了,说明终点车已过。然后就是等待早晨第一班始发车,其间黑暗、漫长的夜晚让菊治极为不安,甚至呼吸困难。

不知因为菊治是罪大恶极的杀人要犯,还是由于他彻底坦白交待了自己的罪行,他被安排住在了单人牢房。其他的犯罪嫌疑人,一个牢房中要挤两三个人,有一个能躺的地方就已经很不错了,所以菊治并不能因为孤独,就发牢骚。

事到如今,菊治才知道没有手表,不知道时间,可以让人产生如此不安、无依无靠的感觉。岂止如此,令人不安的事情远不止这些。从今往后究竟会怎么样?自己的事情姑且不谈,闲放在那里的房间,离了婚的妻子和儿子,再有就是冬香的亲属……只要一想到这些,菊治的头脑就会接近发狂,在失眠的同时,他开始出现肚子疼,想呕吐的症状。

在被关押不久,有些人似乎会得抑郁症或神经衰弱,菊治眼下恐怕也是这样。

当然,由于身体不好,可以停止接受审讯,在房间里休息;根据情况还可以接受医生的治疗。

但是菊治却没有申请,他既不想放纵自己,更不想向对方示弱。况且就算停止了审讯,关在一个只有一米见方带有盖子似的窗户的房间里,对身体反而更加不利。

与之相比,穿过洒满阳光的走廊,到审讯室去,在精神卫生方面好处更大。

负责对菊治进行审讯的是一个姓胁田的刑警,他没穿制服,一身灰西装配白衬衣。

刑警自报家门之后,菊治才知道对方的姓氏,胁田大约三十五岁左右。一头板寸,眼睛并不算大,但目光锐利,给人一种精明强干的感觉。

菊治对接受比自己小十岁以上的警察审讯,心里有一种抵抗情绪,但对方却是一副习以为常的模样。

看着菊治的简历,他说:"你写过小说啊。"然后又说:"下次给我看看。"

菊治暗想:谁稀罕你看我的作品。那不过是自己早期,由于年轻人的虚荣和气势,潦草挥就的东西,即使对方提出想读,对今后的审讯也不见得会有什么帮助。

"我知道事情的发生有其各种原因,请你把一切都如实地告诉我们。"

胁田刑警的态度出人意外,十分绅士,根本没有以前在电视剧上看到的那种恐吓、威胁犯罪嫌疑人的气氛。

和他的态度相比,令菊治十分难受的是腰间拴着的绳索。

说是绳索,其实和拴狗的狗绳没什么两样。虽然是蓝色的,但是没有所谓绳子的感觉,在腰上围了一圈后用金属扣固定好,绳索的另一端拴在警察后面的金属架上。

想要逃跑的话,身后拉着一个金属架,跑也跑不掉,万一逃出了审讯室,外面还有很多警察,根本不可能逃脱。

说实话,菊治现在既没有逃跑的欲望,也没有这种心情。即使这样,腰上还要拴着绳子,这对菊治来说是一种难以忍受的耻辱。

审讯的时候,嫌疑人和负责审讯的警察相对而坐,旁边有时还有一个负责记录的职员,几乎都是胁田警官提问,他在一旁打字。

从那种清楚明确的提问方式,到文字处理器的打字速度,都能令人了解对方是十分能干的警察。

最初的身份确定及交代犯罪过程,在检察院已经说过一遍,所以没有发生什么特别的问题。

许多刑事案件的焦点,都集中于犯罪嫌疑人究竟是否犯下罪行,然而菊治从一开始就承认了自己的罪行,所以审讯说简单,也十分简单。

随着审讯进一步深入,当菊治被问到犯罪动机和犯罪经过的时候,问题开始变得复杂起来。

"你为什么杀了那个女人?"

胁田直截了当地问,菊治不知自己怎样回答才好。不管怎么说,都不是一句话能够解释清楚的。

"你把对方杀死了,这没有错吧?"

"嗯……"

"那么,杀人总有其理由吧?"

说实话,菊治根本没打算杀死冬香。他从来就没有过那种想法,等他意识到的时候,冬香已经死了。事情仅仅是这样的,可是对方是否能够明白。菊治不知如何作答的时候,胁田拿出一张纸来。

纸上画着一个女人仰面朝天地躺在那里,女人的下半身和身上的男人结合在一起。就是所谓正常体位的性交,男人双手斜插过去,掐住了女人的喉咙。这

是菊治被捕的第二天,在警察署被迫画下来的,他自己也不得不承认这是一张粗糙、低劣的图画。

菊治根本就不愿意画,被迫画下这张画本身就是一种耻辱,胁田一边看画,一边问:"你是在这种情形下杀的人,对不对?"

无论对与不对,菊治都再也不想看到这张画,胁田指着男人手放的部位问:"是这儿吧? 你不顾一切用力掐下去的地方。"

菊治想把脸扭过去,但是胁田不理不睬,他继续问:"你掐了多长时间?"

菊治考虑了一会儿,小声嘟囔。

"一分钟吧,或许两三分钟……"

胁田的声音一下子高亢起来:"你亲手杀的,难道还不知道吗?"

对方再怎么发火,菊治还是不知道。

在杀人的那个时刻,谁也不可能记得那么清楚。不管怎么说,如果不是事先计划得十分周密的那种犯罪,几乎所有的情况都是出于愤怒的冲动,才不顾一切地去杀人的。

更何况菊治根本没有过杀人的念头,冬香达到了快乐的巅峰,菊治自己也变得难以忍耐,迷失在一种极端的爱当中,于是按照冬香的要求,扼住了她的脖颈。

至于用了多大的力气,掐了几分钟,不管对方怎么问,他也无法回答。

"那个时候,你们正在做爱吧?"

胁田的问题好像变了一个方向。

但是,自己为什么非要回答这种问题不可呢? 即使被对方讯问,是否有义务必须回答呢? 菊治把头扭到一旁,胁田一副想当然的口气:"你先勾引女人做爱,再把她杀死,是吧?"

"根本不是那么回事……"

菊治不由喊出声来。对方怎么会有如此卑劣的想法? 自己绝不是出于这种目的和冬香做爱的!

当时正是深更半夜,和冬香已是梅开二度,菊治本来就相当疲劳了。可是冬香还说"想要",并凑了过来:"再给我一次吧。"她边说边悄悄握住了菊治那个部位,菊治受此诱惑,才重又进入了冬香的体内。

　　如果非要指出一个勾引者的话,那个人就是冬香。眼下却被对方说成:"你先勾引女人做爱,再把她杀死,是吧?"菊治简直无法听下去了。

　　菊治望着警察一口咬定:"我绝对没有想杀死她的意思……"

　　"没有?"

　　"当然!"

　　"你既然没有杀死她的意思,为什么把她杀了?"

　　"因为她要求我杀了她……"

　　"女方怎么会那样要求……"

　　菊治觉得再怎么解释也没什么用处,但他还是静静地回了一句:

　　"大概由于非常兴奋……"

　　胁田突然使劲用拳头捶了一下桌子:"有没有女人因为兴奋想去死的?"

　　被警察搞得目瞪口呆的菊治咽了一口唾沫,警察继续说:"别胡说八道,你不老老实实回答的话,问题就严重了!"

　　即使对方这么指责自己,菊治知道自己半句假话都没讲过。

　　一点儿都没错,冬香的确多次喊叫,"我想死"、"杀了我吧"等等。在这一点上菊治根本没有弄虚作假。

　　但是,对方似乎不能接受。

　　"你冷静一下,再好好儿想一想。"

　　菊治本人正处于十分冷静的思考状态。不够冷静的反而是警察一方。

　　"所谓性爱,是在双方相互喜欢的前提下进行的吧?"

　　用不着对方说教,菊治也明白这种道理。

　　"而且男女双方都会感到快乐。在那种时候,女方为什么要说'杀死我吧'?在那么快乐的时刻,她为什么非要死不可?"

　　听到警察如此认真地提到这个问题,菊治非常为难。不管警察说什么,冬香在那时确实说过:"我想死"。

　　"那么,我问一下……你在做爱中有过想死的念头吗?"

　　菊治慢慢摇了摇头。说实话,他从没有过这种想法。

　　"对吧。"

胁田满意地点点头。

"被害者也不会有这种想法的。"

看起来眼前的警察并不了解女子性快感的深度。

"女方根本不愿意死,而你却自以为是地认定她想死,然后杀了她。"

"不对……"

在这点上,菊治必须把事情说清楚。他重新坐直身子,将头左右摇着说:"她的确是那样说的。她说在这种快乐达到最高点的时候,想要去死……"

"别说这种无聊的蠢话!"

胁田从椅子上浮起腰来,身体前探:"女人会在做爱当中说这种话吗?……你想把什么责任都推到女人身上吧?"

胁田用轻蔑的眼光看着菊治,菊治陷入到绝望之中。

眼前这个男人,对他说什么他也理解不了。对这种根本不了解性高潮本质的男人,说什么大概都没用。

这一天的审讯到此结束。说得准确一点儿,是对方不断重复各种各样的问题。"你把什么事情都推到女人说想死上,想以此来逃避责任。"胁田说了最后一句,愤慨地中断了审问。

菊治根本不是在找借口逃避。他只是把事情的真相原原本本地说出来而已,但是对方绝对不打算接受。

警察大概觉得休息一下,换一天审讯的话,菊治的供词也许有所改变,可是在这一点上,菊治根本无法更改。

说实话,改变了这一点,那就背叛了冬香,是对彼此之间的爱情的一种亵渎。

"对吧,冬香……"

晚上,菊治将背靠在单人牢房的墙上,对冬香嘟囔。

九点的熄灯时间已过,只有门口有一盏小小的灯,但靠这点光亮看书非常困难。右上方有一个一米见方的四方天窗,这是菊治能够与外界接触的唯一通路,今晚由于阴天,所以整个房间都陷于黑暗之中。

周围房间里的人们都已睡下了吧? 在不断传来的低沉的鼾声和咬牙声中,突然传来一阵敲打墙壁的声音。

大家都心怀不同的思绪,正在为如何打发眼前漫漫的黑夜苦恼着。

菊治把被子铺在薄薄的褥子上面,然后躺了下来。

不管怎么说,只有睡觉才是最好的选择。被关进拘留所已经过了三天,菊治学会的只有这一点。

菊治闭上双眼,面冲黑暗的天窗,他的脑海里慢慢浮现了冬香的身影。

冬香好像是从月球上飘落下来的一般,她身穿白衣,像蝴蝶一样舞动翅膀,温柔地偎依在菊治旁边。

"到这边来……"

菊治微微挪动了一下身体,冬香像往常一样"哧溜"钻进了被子。

菊治在睡梦中一边搂着冬香,一边把今天一天发生的事情告诉了她。

"警察说没有人会在快感中要求去死,他说的不对吧?"

菊治问。冬香静静地,用和死时一样的微笑代替了回答。

自从可以梦见冬香以后,菊治感到夜晚不再那么恐怖了。最初被关到这个狭窄、黑暗的空间里,菊治曾经觉得呼吸困难,一度以为自己是否会猛抓胸脯,发狂而死,冬香来到了他的身边以后,他感到踏实多了。

大概由于死了的原因,冬香几乎没有主动说过什么,只是一脸寂寞地望着这边,所以都是菊治说着各种事情。

"那个警察看上去是个优秀的男人,但对男女之间的性爱却什么也不懂。"

"互相爱恋,彼此达到高潮,感到快活得要死,就会产生这样死了也行的想法吧。可是那个警察却一口咬定说,'女人不会产生那种想法'。"

"那个警察就没让他爱的女性达到过高潮,所以他根本无法理解女人陷入疯狂的快感之中,希望就此死去的感受。只是片面认为我在随意说谎。"

"冬香,只有你才知道事情的真相。所以你要是能够出来作证,那该多好啊……"

深夜,菊治一个人呓语般喃喃自语,他突然想起来一件事。

如果让警察听当时的录音,对方或许能够明白。只要听了那些录音,无论警察多么顽固、无情,肯定都得承认。

在箱根那个夜晚的录音,还有之后的几次录音,再有就是最后那个夜晚的录音,只要让警方听了满载他们爱情的录音,对方一定会变得惊慌失措。

菊治想起自己被警察从公寓带走时，放在抽屉深处的录音机。

那份录音，是说明菊治根本没有杀人打算的唯一的证据。

"不过……"

菊治缓缓地左右摇了摇头。

"我绝对不会把那份录音给任何人听。那是冬香和我之间唯一的爱的证明，我就是死了，也不给那帮家伙听……"

第二天，菊治在审讯开始之前和律师见了面。说是见面，也只是在狭窄的会客室通过窗子进行了谈话。

关于律师，在被拘留的第二天，警方曾经问过菊治："你有没有认识的律师？"因为没有合适的，所以菊治答道："没有。"因此警方就通过律师协会，为他选了一个国家指定的辩护律师。

"我是北冈。"对方边说边递上名片。北冈是一个戴着眼镜、感觉沉稳的人，大概五十岁上下，比菊治略显年轻。关于男女之间的性爱，看起来比胁田警官有所了解，所以菊治略微松了口气。

"今后我负责担任你的辩护律师，所以有什么困难，或者需要商量的事情，请随时和我联系。"

对方知道菊治虽然说是个杀人犯，但不是所谓凶残的罪犯，因此在态度上相当绅士。

菊治告诉对方想要两三件替换的衣服，并且希望对方把他放在抽屉最里面的存折和图章等稳妥地保管起来。

律师答应菊治近期去他那里一趟，并向警方要求保管他所有的贵重物品。

"另外，还有什么吗？"

听到律师这么一问，菊治想起了放在抽屉最里边的那个录音机。考虑到也许会被警察没收，他又觉得还是一直放在那里为好。

"请问……"

除此之外，菊治还想了解一件事情。

"这次的事件，报纸上已经报道了吧？"

北冈律师重重地点了点头："是啊,第二天就……"

在拘留所中虽然也有轮流读报的机会,但是和犯罪嫌疑人有关的文章,或被剪去了,或被涂成一片漆黑,根本无从了解。

"那些报道是否篇幅很长?"

"因为你曾是有名的作家,所以文章和照片加在一起,有三大段之长……"

"有名?"

菊治一句话也说不出来了。不久前他还被称为已经过气的无名作家,可一旦出现了问题,马上就成为有名作家了,这未免过于随便了吧。菊治不禁怒火攻心,但一想到这正符合媒体喜欢炒作丑闻的做法,只好叹了口气。

在报纸上刊登了篇幅如此之长的报道,说明此事已经无法掩盖。更有甚者,听说电视的午后新闻也进行了报道,所以还不知道会引起什么轰动,只是想象,菊治就已经觉得快要发狂。

《过去的畅销书作家,沉溺于女色而疯狂杀人》、《婚外恋以死的清算为终结》、《杀死三个孩子的已婚女性,杀人者自首》,就在不久之前,菊治还是周刊杂志的撰稿人,所以关于他的报道接二连三地涌现出来。

看到那些报道,离婚的妻子和儿子高士,还有中濑、周刊杂志的同事、大学的朋友们将会怎么想呢?

远远不止这些。住在关西的祥子,还有冬香的丈夫及孩子们……菊治越想,就越觉得绝望。

"不,不要……"

菊治两手抱头,不停地以头撞墙,这时看守赶了过来:"怎么回事?"

菊治充耳不闻。说老实话,现在再说什么也无济于事了。

菊治无可奈何地保持着沉默。"安静一些!"看守说完就走了。

听着看守的脚步声逐渐远去,直到看不见他的身影之后,菊治又陷入了沉思。

菊治觉得十分愧对妻子和所有工作上的同仁,然而最让他过意不去的还是儿子高士。

出了这种事情,儿子是否还能结婚? 一旦知道未婚夫的父亲犯了杀人重罪,女方姑且不提,女方的父母绝对不会同意。岂止如此,就是女方本人,也不会给一个杀人犯做儿媳的。

"高士,原谅我吧……"

菊治再次抱住了头,他心里十分清楚自己犯下了不可饶恕的罪行。

菊治只是由于过分喜爱对方,掐住了她的脖子而已,没想到这件事却把那么多的人卷了进来,给他们带来了极大的痛苦和悲伤。

在这种情形下,菊治即使回归社会,也无颜继续生存下去,就是刑满释放以后,也没脸再见任何人了。

"或许索性死了更好……"

菊治的脑海里冒出了"死"这个念头。

他慢腾腾地环顾四周。

今后就算活下去,也要头顶杀人犯的罪名,被社会抛弃。岂止如此,仅被抛弃还算是好的,对冬香的丈夫和孩子来说,是无端的杀妻弑母大罪,菊治将被他们终生厌恶、仇恨。

与其接受审判,在人们好奇的目光下认罪,不如索性死了,该是多么轻松啊!

"而且……"

菊治忆起了冬香的微笑。

就这样死了的话,立即能够回到自己心爱的冬香身旁!

"谁也不理解我,我好痛苦,所以就到这儿来了。"那样一说,冬香定会如往常一样温柔地点头问:"发生什么了?"

冬香肯定会像睡前、醒后,或者空调过冷的时候,给自己轻轻盖上毛巾被一样,温暖地将菊治包裹起来。

"我要到冬香在的地方去……"

菊治一个人自言自语,他再次四下张望,怎么做才能死呢? 附近只有大煞风景的墙壁和薄薄的被子而已,根本没有能够致人于死地的东西。实际上,进拘留所的时候,带金属的东西就不用说了,就连皮带都被对方收走了,所以不管怎么想方设法,也没死的可能。

"甚至连死的自由都没有……"

认识到这一点，菊治倒在了地上。

"不行了，我不行了……"

菊治一边挠头，一边对冬香诉说："我想去你所在的地方，可又去不了，不管我怎么拼命，还是去不成……"

冬香果真在听吗？她是否能够知道菊治目前的悲哀？

菊治在诉说的时候，一个念头突然闪过。

冬香选择了一个多么完美的死法！

和自己心爱的人做爱，不断攀登快乐的高峰，在到达令人疯狂的快乐顶点时，让对方扼住自己的喉咙，在"杀死我吧"的绝叫声中走向了死亡。

冬香如愿以偿，在忘我的欢愉之中，按照自己的意愿寿终正寝，飘向了遥远的世界。冬香选择了一个如此圆满的死亡，而我却一个人孤零零地这么悲惨地留了下来。

"这太过分了，冬香，太过分了，冬香……"

在单人牢房中，菊治一边以头抢地，一边哭泣不停。

无论菊治怎么痛苦，如何倾诉，审讯却在有条不紊地进行之中。

根据现行的刑事诉讼法，在犯罪嫌疑人被逮捕后的二十天以内，如果不能确定其罪行，完成案情记录，就不能起诉犯罪嫌疑人，疑犯将被释放。

也就是说，在警察署进行的审讯，这二十天是决定是否有罪的关键。

正因如此，警察的审讯也变得日益严峻起来。

具体到菊治这种情况，由于他承认了杀人的事实，所以关于杀人本身并不存在什么异议。相比之下，为什么要杀人，也就是杀人动机成了审讯最大的焦点。在这点上，从一开始警方和菊治的说法就意见相左，警方不会轻易接受菊治的供词的。

一般来说，既然杀死了人，就应该有杀人动机。围绕杀人动机，菊治最初就回答"没有"，所以从一开始就和警方形成了对峙的局面。当警方在这个问题上穷追不舍的时候，菊治只能回答是应被害者的要求去做的。他告诉警察，冬香是在做爱达到高潮的时候，提出"杀死我吧"的要求，自己是应她的要求错手杀死她的。

然而，警方却认为没有女人会在做爱当中，要求对方"杀死我吧……"的。

不管对方怎么追问，菊治只能回答，"就是那么一回事"。因为事实本身就是如此，菊治不可能有其他的回答。

"你开什么玩笑……"

在审讯不如自己希望的那么顺利的时候，胁田警官必定会大喝一声，同时用拳头敲打桌子。这既是对犯罪嫌疑人的一种恐吓，也是三十多岁年轻警官沉不住气的表现。

"你仔细听好，被害人的死因鉴定如下……"

警察打开法医解剖的司法鉴定，开始读了起来："死因是由颈部绞杀所致。由于头部动脉的外侧受到了强力压迫，刺激了迷走神经，引起血压下降、脉搏跳动迟缓，因此形成反射性的心脏停跳，死因推断如此。死者面部有明显的青紫尸斑、浮肿……"

菊治根本无法忍受将冬香的解剖报告继续听下去。

"请等一下……"

菊治不由喊出了声，变成一副垂头丧气的模样。

他绝对不想再听下去。冬香的尸检报告对他来说，过于残忍，过于痛心。

不过，警察的目的仿佛就在于此。他好像要的就是被逼到绝路上的菊治，终于忍受不了，承认了警察所谓的杀人动机，脱口说出"我杀了她"这句话。

脱了外套的胁田，只穿了一件短袖衬衫，他继续念道："死者头皮里侧，头盖骨的骨膜、面部、口腔、咽喉，以及咽喉黏膜、眼睑等部位，都有显著的出血痕迹……"

"请停下来吧！"

令菊治感到悲哀的，不是冬香身体很多部位都出现了浮肿和出血的现象。最令他痛心的是，如此美丽温顺的冬香，从头盖骨内侧到口腔、咽喉内部，被解剖得体无完肤，被全部检查了个遍。这种事情过于残酷，菊治实在无法忍受。

"不要……"

菊治伏在了桌子上，而警察却丝毫不为所动。这种冷酷无情，或许正是警察在长期和各式各样的罪犯对峙过程中锻炼出来的强项。

"你给我好好听着……"

警察就此对菊治进行穷追猛打。

"死者局部所见,颈部有极强的手指压迫的痕迹,同时可以看到指甲造成的皮肤损伤。而且在舌骨、咽喉软骨及甲状腺软骨上都发现有出血痕迹。正下方的甲状腺软骨一部分出现骨折,成下陷状态。"

"住口啊……"菊治激烈地左右摇头。

"甲状腺软骨一部分出现骨折,成下陷状态。"随着警察宣读的声音,菊治的脑海中,重新出现了自己用力扼住冬香喉咙的那一瞬间所发出的"喀吧"一声响动。

看来那还是冬香颈部骨折,喉管陷落时的声音。

"原谅我吧……"

菊治眼下已经忘记了警察的存在,只是不停地对冬香道歉。

菊治根本不知道自己做出了如此过分的动作,当时他完全陷于兴奋状态之中,只是用力掐了下去。"太棒了"、"杀死我吧"冬香不住地喊叫,菊治就按她的要求,拼命加大了手指的力量。

真没想到,结果竟成了这样……

菊治由于恐怖和后悔号啕大哭起来,警察正中下怀一般叫道:

"事情都到了这一步,你还能说没打算杀死她吗?"

以后的事情,菊治怎么也记不清了。准确地说,他当时头脑一片空白,也许说他根本不知道发生了什么更为准确。

在这之前,警察不停地宣读冬香的解剖报告,那种残酷的做法使菊治变得呼吸困难,坐立不安起来。警察瞄准这个机会进一步逼问:"你还能说没打算杀死她吗?"菊治不由得低下了头。

菊治并没有明确回答"是的",可由于他低下了头,仿佛就等于同意了警察的意见似的。

"对吧!"

听到警察得胜般的自满语气,菊治慌忙抬起了头,胁田马上宣布:"今天的审讯到此结束。"说完便站起身来。

"请等一下……"

菊治慌忙想要留住对方,但是胁田却对他不加理睬,他摁响了通知看守的铃声,拿着案卷走出了审讯室。

换班的看守走了进来,菊治就这样被带回了单人牢房。

不过,菊治却不能接受眼前这种结果。

听到对方宣读不久之前还彼此深爱的冬香,从头盖骨的骨膜出血,到咽喉软骨被掐断这种血淋淋的尸检报告,菊治变得头脑失常也就不足为奇了。对方瞅准菊治头脑一片空白的时机,让他承认自己"有过杀机",真是一种令人沮丧、但十分巧妙的做法!

回到了牢房以后,菊治仍然念念不忘警察刚才读过的解剖报告。

"颈部有极强的手指压迫的痕迹,同时可以看到指甲造成的皮肤损伤。而且在舌骨、咽喉软骨及甲状腺软骨上都发现有出血痕迹。正下方的甲状腺软骨一部分出现骨折,成下陷状态……"

听到这些陈述,菊治当时陷入了恐怖和后悔当中,不由号啕大哭起来。现在独自仔细考虑了一下,菊治觉得那不应该是冬香的事情。

对于如此深爱的冬香,自己绝不可能做出那么残酷的事情。

警方宣读的尸检报告,也许是和冬香完全无关的人的解剖报告。

"不是,绝对不是……"

菊治哭泣起来,他叫嚷"不是"的证据只有一个,那就是停止呼吸的冬香脸上,确确实实现出了一种满足而温柔的微笑。

审讯仿佛进行得十分顺利,菊治想象不出这将会给自己带来什么影响,其结果又是如何。

不过,通过和北冈律师几次见面交谈,菊治也渐渐明白了审讯的几个要点。

按照北冈律师的说法,菊治将被起诉已是不争的事实。因为是他自己承认了杀死冬香,所以杀人罪这个罪名已无法避免。

但是,在杀人罪当中根据内容不同,也有各种案例可循。

首先,菊治是否真正抱有杀意。这一点至关重要,如果菊治真有杀意的话,那就会被定为杀人罪。

然而,如果在没有打算杀人而杀了人的情况下,可以称为过失杀人。比如说在开车中由于睡着了造成了人员的死伤事故,可以称之为"过失杀人"。这种情况和有预谋的杀人相比,量刑当然会轻一些。

还有一种就是在被害者要求"杀死我吧"的情况下将人杀死。比如被害者由于病痛或高龄,活得十分痛苦,希望安乐死等情况,一般可以称之为委托杀人。委托杀人的情况各自不同,一般来说,酌情处理的时候较多,量刑相对较轻。

"像你这种情况……"北冈律师一边阅读案卷,一边说,"你没有杀人的意图。根本没想到会发生那种情况吧?"

听到对方的问话,菊治爽快地回答:"是……"

警察逼迫菊治回答有杀人的意图,他至今还是无法接受。

"我真的没想到冬香会死。"

菊治想到当时自己的确用力过大的时候,北冈律师继续追问:"总之,你不是想把对方杀死,而把对方杀了的是吧?"

"不是那么回事。"

那个时候,自己虽然杀了冬香,可是根本没有任何目的。相反,自己从来没有想过要杀死冬香。

自己想做的只有一点,就是在这个世界上,自己比任何人都希望冬香获得快感。获得那种如醉如痴的令人疯狂的快感,为了使她达到那种境地,所以才掐住了她的脖子而已。

"这是一个非常重要的地方,所以我需要再明确一下。"

透过金属网,北冈律师戴眼镜的脸孔往前凑了一点儿。

"你对入江冬香……"

刹那间,菊治陷入一种错觉,好像在谈于己无关的事情。

对菊治来说,冬香等同于平假名的"FUYUKA",更不用说加上入江这个姓,菊治不曾连名带姓的称呼过她。

然而对律师来说,冬香不管怎么称呼,都是入江冬香。

"是对方要求你杀死她的吧?"

菊治两手扶膝进行思考。

冬香确实是那样说的,但那并不一定是她的心里话,她也许不是真心想让菊治把她杀死。

"不是……"菊治缓缓地摇了摇头。

冬香虽然那样说过,但菊治并不认为那是她的本意。冬香只是随着快感不断加深,兴奋地喊叫"杀死我吧"而已。

与其说事关生死,不如说是冬香在快乐的顶峰,顺口说说罢了。

"冬香应该没想到会死……"

"那么,她没叫你杀过她吗?"

听到律师这么一问,菊治显得十分困惑。总之,冬香是否要求自己杀她一事,菊治觉得并不像黑白一样分明。

"那是她的口头禅……"

"是口头禅吗?"

律师的脸上现出一副非常为难的表情。

"但是她说了'杀死我吧',这一点不会有错吧?"

"嗯……不过那是……我可以说一句话吗?"

"请如实地把你的想法说出来。"

"那个,由于非常兴奋,兴奋得就是立刻死掉也行,那是快活得发狂时的话语……"

北冈律师好像在思考什么,他凝神望了一会儿上方,突然冒出一句话来:"你是一个幸福的人。"

"幸福?"

"能够让自己喜欢的女人,达到那么快乐的顶峰……"

原来还有这种看法,菊治沉默不语,北冈律师点了点头。

"不过,在法院上不管怎么说,都是以证据和法律为依据进行裁决的……"

北冈律师所说的意思,菊治十分清楚。

审理案件时，检察官和辩护律师先出具各自的证据和证言，双方根据这些据理力争，法官在听取了他们的主张之后，最后按照法律进行判决。

此时即使强调感性和感觉一类的东西，也派不上多大用场。当然也不能说完全无用，做爱时的快感，即将达到高潮时的恳求，究竟能有多大意义？一旦涉及这方面的内容，可能会变得相当暧昧。

总之，菊治至此为止所做的供述，在法律优先的审理当中，由于过于主观，很难令人接受，北冈律师想要强调的或许就是这点。

"对不起……"

菊治愧疚地低下了头。眼前这位经验丰富的律师，对这次的事件可能也感到有些棘手。

对菊治来说，他只希望对方能够明白一点，就是自己不是为了减刑，或是为了获取周围人的同情才这样说的。

对于自己所犯的罪行，菊治真心希望受到法律的制裁。在这方面他已经有了充分的心理准备。但与事实相违的东西，他也绝对不予承认。他希望法院能够以事实为依据进行裁决。

你用了那么大的力气，所以有杀人的意图；感到欢愉的被害者绝对不会提出那种要求等等，警方虽然那样指责菊治，但他不希望对方以这种单纯的理性对事物进行判断。

"无论警察怎么说，我绝对不打算说违心的假话。"

"我知道了。"

北冈律师安慰性地点了点头。

"总之，接下来法院将进行审理，所以我们要考虑各种各样的对策。"

听北冈律师这样一说，菊治多少觉得轻松了一点儿。

"在里面有什么不方便的地方吗？"

虽说拘留所的食物差强人意，不过只要自己出钱，就可以叫一些简单的外卖，所以菊治没有什么特别的不满。

与之相比，菊治想让律师把自己杀人之前写下的《虚无与激情》的稿件拿来，如果能重新读上一遍的话,自己心里说不定可以踏实一些。

按照规定,在警察署的拘留期间应在被逮捕后的二十天之内,拘留结束之后,为了接受法院的裁决,犯罪嫌疑人作为被告人,会被转送到拘留所。

还有一个星期拘留就要到期的时候,菊治突然接到通知,有人来看他。

看守给菊治看的会客单上写着"村尾高士"的名字。

是儿子,刚满二十六岁的高士。

自己处于眼下这种状态的时候,儿子怎么会想起前来探望?菊治不想会面的话,当然也可以不见。

但是,儿子特地前来看望自己,而且是主动来看望变成杀人犯的父亲,菊治想了一会儿,"请多关照。"他说。

不过菊治紧跟着又突然不安起来。

在这种时刻,儿子前来究竟想说些什么?

自己杀死了相恋的女人,作为杀人犯被关押在此。儿子恐怕为有这样一个疯狂的父亲感到耻辱。再有就是,和儿子订婚的女子由于自己的原因,放弃了婚姻。儿子也许是为了诉说这些怨恨而来的吧?

不管儿子说些什么,自己也没有回嘴的余地。自己只能默默地聆听,即便如此,菊治还是希望见到儿子。就算儿子责骂自己,也能了解一些周围的情况,感受一下外面的世界。

菊治慌忙捋了捋头发,做好出去的准备。话虽这样说,其实也没有什么要做的事情。幸亏看守不打算给自己带上手铐,拴上腰绳,菊治暗暗地松了口气。

走到会客室前面的时候,菊治停住了脚步。

见到高士的时候,应该先说些什么才好呢?正当菊治犹豫不决的时候,"没问题吧?"看守问。

菊治慌忙点头,门一下子被打开了。

眼前有一组不大的桌椅,在铁丝网的对面,坐着一个男孩。

乱蓬蓬的头发,身穿白衬衣,一看轮廓就知道是儿子高士。

仿佛要看清对方似的,菊治凝神望去,高士一下子跳了起来,他身子前倾地叫道：

"父亲……"

就这一句话，菊治全身的紧张立即松弛了下来。

儿子管自己叫父亲。一句称呼就让菊治感到心花怒放，他不由得低下头去。

菊治从没有在这种场合和儿子见过面，儿子当然也是第一次经历。

当向上的视线和向下的视线交织在一起的时候，高士问道：

"父亲，你不要紧吧？"

自己当然不要紧。菊治其实不太明白不要紧的真正含义，反正他不会马上倒下或死去。

"那个……您瘦了一些。"

拘留所的伙食清淡，再加上精神上的疲劳，菊治被逮捕之后，大概已经瘦了两三公斤。

"您身体上没什么问题吧？"

"嗯……"菊治总算吐出了第一声，"难得你来看我。"他小声嗫嚅。

"真的？"

儿子高士反问了一句，仿佛安下心来。

"其实我应该再早点儿来才对，我怕您不愿意。"

儿子就是儿子，他似乎有自己的许多想法。菊治终于可以面对他了。

"你母亲怎么样？"

"唔……她一直在哭……"

妻子因为什么难过呢？是后悔和这样一个男人结婚，而且还生了孩子；还是对前夫所做的事情感到愤怒和悲哀，觉得过于窝心？

"我想母亲不会来看您，没问题吧？"

儿子一句话，菊治就能推断妻子眼下的情形。即使哭上一段时间，妻子也不会一直耿耿于怀，自己的事情不会影响她今后的生活。妻子属于那种思想转弯很快，拿得起放得下的女人。

"我给你添了很多麻烦吧？"

"没事儿，您不用考虑这种事情。"

高士好似下了决心,怎么也要摆出一副男子汉的架势。

"你,那个……订婚的事情……"

"噢,订婚已经取消了。"

儿子答得过于痛快,菊治反而不知说什么才好,高士用明快的声音解释说:"我也不是那么想结婚,而且好女孩儿还多的是呢。"

"高士……"

菊治不禁想要握住儿子的双手。

菊治就这样低垂着头,眼泪滴滴答答地流到了脸上。

儿子努力装出一副毫不在乎的样子。就在杀死冬香的那个早晨,高士精神抖擞、兴高采烈地告诉菊治,自己有了想要与之比翼双飞的女孩儿。儿子希望菊治和对方见上一面,所以他们那时肯定准备结婚的。

现在儿子却说并不太想结婚,并且强调好女孩儿还多的是呢。儿子是为了自己才故作坚强的,这既让菊治觉得高士十分可爱,心里又很难过。

倘若没有隔在两个人当中的铁丝网,"高士……"菊治一定会边叫,边将儿子一把搂入怀中。

然而现在却什么都做不了。心中的那份辛酸随着眼泪不断溢出。

"父亲,您别在意。"

儿子高士好像也禁不住难过起来。他脸朝下呆了一会儿,不久又振作起来似的抬起头来。

"您在这里有什么不方便的吗?"

"没有……"

提起不方便的地方,说有的话,可以说数不胜数;说没有的话,也可以说完全没有。

"如果有的话,请随时告诉我。"

一般来说,儿子应该义愤填膺,再怎么怨恨自己都说得过去。儿子为什么能够如此顾全父亲的面子,这般体贴究竟又是为了什么呢?

也许这出自于父子作为男人,彼此之间的心有灵犀。菊治陷入了沉思,高士低语:"总之,无论母亲和我,或是周围的人,大家都很好,所以您就放心吧……"

儿子最想传达的事情，就是这些吗？

"我给大家添了麻烦……"

"您不必在意这些，您千万要加油啊……"

"加油？"

"因为法院审理就要开始了吧。我不认为父亲做过那种过分的事情。"

那种"过分的事情"！是媒体报道的内容吧，面对默默无语的菊治，高士坚定地说："因为我认为您绝对会判无罪的。"

儿子高士的来访赋予了菊治莫大的勇气。自己惹下了这么大的祸事，肯定会遭到所有人的唾弃。正当菊治这样猜想的时候，独生子高士却忽然出现在自己面前。

而且不是因为有什么特别的事情或重要的话要说才来的。"我相信父亲。"儿子此行的目的好像就是为了告诉父亲这句话。高士既不埋怨，也不憎恨自己。儿子只是作为亲属，出于血缘关系，突然出现在自己面前。这种突然而至的做法，十分符合儿子那种内向的性格，真是令菊治觉得又喜又爱。

"有什么事的话，请随时告诉我。我还会再来。"

分手之际，儿子那种漫不经心的语气，也让菊治无法忘怀。既不显得夸张，也不会让人过于激动。儿子高士的周到、体贴尽在其中。

这样一来，自己可以稍微安稳地睡上一觉了。

晚上菊治边想边关灯上了床，可还是睡不着觉。

儿子高士虽然说了一堆体贴的话，但实际上还是受到了极大的打击，他失去了约定终身的未婚妻，在朋友当中还要一生背负杀人犯之子的恶名活下去。而且这将对儿子目前的工作及今后的生活，产生什么样的影响？一想到这些，菊治心里就变得特别悲哀，简直快要喘不上气来。

菊治独自烦恼，最让他在意的就是儿子和前妻他们是如何看待这次事件的？

关于这次事件，儿子一句话都没问起，这更说明在儿子高士的心中，绝对形成了一个极大的障碍。

"父亲,您为什么会做出这种事来?"

高士说不定很想这样质问菊治,但终于还是没有问出口来。岂止如此,儿子很可能认为涉及此事相当可怕。

菊治和儿子不认识的已婚女子沉迷于性爱之中,最后却扼住对方的喉咙,杀死了她。不管怎么想,儿子只能了解这些情况。

总之,在儿子高士这种年龄,菊治不认为他能够理解令自己深陷其中的那种性爱的深度。只要他不知道其中的真谛,那么他也会和审讯菊治的警官一样,很可能心中总有些不以为然,甚至抱着轻蔑的态度。

菊治心中各种思绪不停翻滚,"冬香……"最后他低低呼唤了一句,在凌晨时分进入了浅浅的睡眠状态。

高士来访三天后,又有一个人前来探望菊治。

下午六点,一天的审讯已经结束,吃晚饭之前菊治有一段空闲时间,看守出示的会客单上在来访者一栏写着"中濑宏"三个字。

"是中濑啊……"

菊治不禁念出声来。

记得那是事件发生的一个星期之前,菊治把自己终于完成的书稿交给中濑帮忙,结果他却说出版不了,两个人约在银座见面,菊治详细打听了不能出版的理由。

据中濑讲,菊治的作品虽然不错,不过他已经成为一个被大家遗忘的作家,如今再想出版新作相当困难,所以干脆地拒绝了菊治。

当然,中濑似乎也东奔西走尽了一番努力。结果他还是告诉菊治,由于自己离开了出版部门,所以毫无办法。

这个中濑为什么现在突然出现在这里?而且还是亲自来到警察署要求见面,这究竟又是怎么一回事?

菊治糊里糊涂地来到了会客室。"嗨!"中濑主动和他打了个招呼。

"哎,受苦了吧……"中濑用宽慰的口气说道,他或许也不知道应该如何开口才好。

"你不要紧吧?"

"唔……"

对菊治来说,不知道怎么回答为好。关于他和冬香的事情,以前曾向中濑透露过一些,他肯定知道被杀的就是冬香。

然而中濑闭口不谈这个话题,只是说:"你看上去还挺精神的,我放心了。"

中濑前来难道就是为了说这么一句话? 菊治一言不发,他微微向前探过身来。

"说实话,《虚无与激情》这本书……我想是否能在敝社出版。"

菊治缓缓地抬起头来,中濑却把头低了下去。

"上次我刚说过不行,现在实在不好意思再来求你,但是出版局的局长提出无论如何请你在我们这儿出版。"

"……"

"你同意的话,我们想尽早出版,你的要求我们当然也会充分考虑进去,争取出版一本高质量的好书。"

菊治听了一会儿,觉得十分可笑,就忍不住笑出声来。

中濑一脸不知所措的表情,他透过金属网凝视菊治。中濑不明白菊治为何突然发笑,甚至怀疑菊治的神经是否出了问题,中濑显得十分担心。

然而,面对如此可笑的事情,菊治又怎能不笑出声来。

就在一个月之前,不管菊治怎样低头恳求,对方都坚持说出版毫无希望。他们以菊治已被时代遗弃,无法出版无名作家的小说为理由,十分冷淡地拒绝了他。

出版社还是一样,为什么又亲自跑到拘留所,请求出版自己的作品,而且一边问候菊治"不要紧吧",一边提出"我们希望尽早按你的意愿出版此书"。

事情究竟在什么地方因为什么发生了变化呢?

这一个月之中,要说不同寻常的事,就是菊治杀死了冬香,被警察逮捕一事。也就是说只有菊治变成了杀人犯这一件事。

仅仅因为此事,原来将菊治拒之门外的出版社,突然来了个一百八十度的大转弯,提出此书一定要在敝社出版,其间的变化可谓是天差地别。

世界上难道还有比这更愚蠢可笑的事情吗?

在菊治笑个不停的时候,中濑一直呆呆地凝望着他。

不久菊治止住了笑声,变得沉默不语,中濑战战兢兢地问:"我什么地方得罪你了?"

这不是什么得罪不得罪的问题。菊治眼下多少恢复了一些平静。但是,这种荒唐之感是发自他内心的感触。

"不管怎么说,你能否考虑一下由敝社来出版这本书呢?"

"我知道了。"菊治粗鲁地回答。

"我现在变成了这种德行,所以你们才突然想要出版的吧?"

"不是,不是那么回事……"

"我杀死了自己心爱的女人,被警察逮捕,变成了杀人犯。你们肯定认为我的书因此会很畅销。"

听到菊治毫不留情的指责,中濑似乎也失去了辩解的词语。他大概觉得现在再说什么也晚了,于是低头默默地坐在那里。

"我在卷首献辞'献给 F'中用了她名字的第一个字母,可是我却把她杀了。这本书怎么会卖不出去呢?"

菊治笑了一下,泪水不由得盈满了眼眶。

那天菊治让中濑先回去再说。中濑特地赶到警察署来看自己,他的好意菊治心里也不是不明白,可要他立刻满心欢喜地接受对方的要求,他仍是不能释然。那样一来,不就等于菊治主动以杀人犯为噱头将自己出卖了吗?

于是菊治提出他需要一些时间考虑,和中濑分手后,回到牢房,他重新考虑起来。

菊治当然想将自己的作品出版成书。那是他拼死拼活、竭尽自己的全力创作出来的作品,所以更加希望有朝一日能够得到众多读者的青睐。

不过,中濑所在的出版社准备利用这次事件进行炒作已是一目了然的事情。

自己难道就让他们那么随意摆布吗?

夜晚还是一成不变的闷热,菊治在单人牢房中一直无法入睡,他轻声问道:"冬香,你怎么想?"

在书稿卷首清清楚楚写着"献给 F"。事实上也是如此,此书来自于自己和冬香之间的爱情,这一点不容置疑,菊治正是在思念冬香之中,完成了这部作品。

这本书可以说是菊治和冬香共同创作的,冬香曾经说过,这本书"是我们之间的孩子"。

此书一旦出版,一定会造成轰动。作为杀人犯献给被杀女子的小说,大多数人都会津津乐道。

这样一来,菊治总有一种感觉,仿佛自己把两人的爱情当作了商品,借此出版成书似的。他本来打算把此书作为一部纯粹的文学作品公诸于世,如果有人在其中掺杂了什么不纯的动机,那也没有办法。

"我该怎么办?"

菊治问,冬香突然从房顶上的天窗降落下来。今天晚上,她穿的是白色吊带睡裙,静静地偎依在床上。

菊治抱住安静的冬香,在感受了她皮肤的柔软之后问道:"你觉得把小说出版成书,可好?"

死去的冬香仍是一言不发,在黑暗之中只是微笑而已。

"那么,冬香也赞成出版了?"

感觉到冬香颔首赞同之后,菊治自言自语:"原来如此。"

此书一旦问世,他们两个的确相亲相爱这点,或许能够得到世人的认同。

又过了两天,中濑再次出现在菊治面前。

他先告诉菊治给他带来了饼干作为礼物,然后就问:"上次说的事情,你考虑好了吗?"

"唔……"

菊治语焉不详地点了点头,"其实……"中濑开始解释:"其他的出版社也知道了这本书的事情,他们好像也打算出版。你还没听说吗?"

中濑口中的其他出版社,是否就是菊治最初把书稿带去的文明社? 文明社虽说还没向菊治提出想要出版,恐怕很有可能。

"上次我来,不管怎么说,都想和您约好……"

中濑是和菊治同年入社的好朋友,所以一直叫菊治"你这家伙",自从菊治被拘留之后,中濑却改称他"您",令人觉得怪怪的。

"我们关系一直不错,您的新作倘若被其他出版社出版了的话,我可就太没面子了。不管怎么说,请让我们来出版此书,好吗?"

看到平时总是一副高高在上模样的中濑董事,低声下气地央求自己,菊治点头说:"好啊……"

"真的?"中濑一下子抬起了头,他一脸笑容地说:"谢谢,这样我也有面子了……"

中濑大概想和菊治握手,他一伸手碰到了玻璃,只好收了回来,他再次重重地点头道:"太好了,这样我也就放心了,我马上回去报告。出版社那帮人一定会乐坏了的……"

中濑的声音爽朗而愉快,菊治却提不起精神,中濑干脆地说:"我一定把这本书做好。书的装订和广告我会做得尽善尽美,一切就交给我吧。"

由出版社方提出这么优惠的条件,这还是第一次。

"你还有什么要补写上去的吗?"

"啊,没有……"

菊治更想知道的是书的出版时间。

"那个,书什么时候能够出来……"

"我们会竭尽全力抓紧操作,一个月之后大概就能出版……"

到了那时,自己又会变成什么样子?菊治一想到没有前途的未来,不禁闭上了眼睛。

书的出版定好之后,菊治心中觉得豁然开朗。

话虽然这么说,他并没有什么特别的兴奋,也没有夸张到眉飞色舞的程度。

相反,菊治更加体会到人生不以自己的意志为转移的滋味。比如这次的事件,当时的一切根本不是自己心之所愿,可等到发觉时,自己已经成了杀人犯。

《虚无与激情》也是一样,当菊治竭尽全力想要出版的时候,被所有出版社冰冷地拒之门外;当他灰心丧气准备放弃的时候,出版社又提出想要出版,而且那样轻而易举地就定了下来。

菊治发觉自己的个人意志和努力并不能起到决定作用,所有的事情似乎在很大程度上受着类似命运一样的东西左右。

既然认识到这点,菊治觉得面对命运,再怎么抗争也无济于事。听天由命的话,反而能够活得更为轻松、安逸。

在菊治左思右想的过程中,"达观"这个词突然出现在他脑海里。任何事物都有其必然的发展方向,一些不必要的反抗根本毫无用场。

令菊治感到厌倦,开始自暴自弃的另一个理由,就是他与负责审讯的警察之间的不和谐感。

在到此为止的审讯中,菊治总是极力把自己体验的真实感受坦诚地告诉警方。然而警察却不愿完全认同和相信菊治的诉说。

在与冬香做爱的过程中,菊治每次都竭尽自己所能让她得到快感。为此当时他也是在冬香达到高潮的时候,按她所说"杀了我吧",拼命用力掐住了她的脖子。

菊治的所作所为仅此而已。

但是,警察总想找出其中的理由。菊治为什么用这么大劲儿,以致把人掐死,而且逼问他说,扼住对方喉咙的结果,你这家伙应该很清楚。

警察指出,即使女方提出"杀死我吧",用多大劲儿掐对方的脖子,能把对方掐死,菊治事先应该知道。一旦发现继续下去有危险,就该住手。

这是一个有良知的成年人应该具备的感觉。

但是菊治却无视自己的感觉,继续扼住冬香的喉咙,所以他心存杀机是显而易见的事情。

"是那样的吧?"

在双方话不投机的状态中,警察完成案情调查记录的工作似乎也迫在眉睫。

一听到法院和检察官,菊治就不由得浑身发紧。

警察、刑警当然也很可怕，但不管怎么说，检察官的工作就是检举和起诉犯人。

不过这一天，不知道为什么负责起诉菊治的检察官却是一位女性。

不久前，就是菊治在警察署被拘留之后，被押送到检察院核实姓名及犯罪事实的时候，是一个男检察官。

不知为何现在却变成了一个女检察官。那方面的内情菊治当然不会知道，但他心情上却多少有些放松。

不管怎么说，如果是女检察官的话，问起话来想来比较柔和。"你是村尾菊治先生吧?"事实上，女检察官在核实菊治身份的时候，感觉就像普通的会话一样。

对方态度温和的话，菊治也愿意如实地回答问题，更何况女检察官还相当漂亮。

她的年龄应该是四十出头，身材高挑得很，穿了一身黑西装，脸上和眉宇之间皮肤紧绷，鼻梁挺秀。菊治最近听说过女检察官的人数有所增加，但是眼前的检察官却和魔鬼检察官的印象截然不同，真是一个美女检察官。

"我是织部。"检察官一开始就自报家门，菊治一边琢磨她名字的汉字写法，一边被她深深吸引。

检察官自然不会了解菊治这些心理活动，只是平淡地核实调查事项，最后说了一句:"请多关照。"

讯问似乎到此结束，菊治慌忙低头行礼。

女检察官单手抱着案卷，留下一阵清脆的鞋跟声飘然而去。望着她的背影，菊治内心感到十分踏实。

检察官是女性的话，量刑可以相对减轻，菊治并没有这种天真的想法。不过这位女检察官，似乎不会像男检察官一样，主观地认定一切，而且说不定还会了解女性的内心感觉。

冬香作为一个有丈夫、孩子的女人，却沉溺于一个男人的情欲之中，而且在性爱高潮来临的时刻，叫嚷"杀了我吧"，这种情况换作是女检察官的话，或许能够理解。

审判的时候,她会作为检察官负责自己的案件吗?

虽然无法核实,但菊治心中却多了一分安心似的离开了检察院。

在被检察院叫去的两天之后,菊治早上就被叫到了审讯室,让他阅读自己的案情记录。

在警察署的二十天拘留时间已经接近尾声,警方让菊治把笔录的内容核实一下。

"下面我开始宣读审讯记录,你觉得有不妥之处的话,请告诉我们。"

警察说完之后,首先宣读了犯罪嫌疑人菊治的姓名、年龄、职业等等。这些在检察院进行身份核实的时候,菊治都经历过,所以不会有什么问题。

其次宣读了被害者入江冬香的年龄、经历,朗读之后,菊治虽然知道冬香出生于富山,但是和现在的丈夫二十四岁结婚一事,菊治还是第一次听说。

说起来,菊治虽然和冬香不断幽会,可关于她自身的一些事情,菊治却几乎没有问过。菊治不是不感兴趣,只是问及一些太过私人的事情,必然会涉及到冬香的家庭,还有她的丈夫。所以菊治一直极力避免关于冬香家庭的话题。换一种说法,这也说明了菊治深陷在爱情之中。

正当菊治陷入回忆的时候,警察开始宣读两个人的交往过程。

"二〇〇四年十月十日,我因有事去京都,经过以前的朋友鱼住祥子的介绍,在饭店的咖啡厅里与冬香初次相识。"

听着警察的宣读,菊治的脑海里浮现了第一次见到冬香时的情景。

好似斜射过来的阳光有些晃眼,冬香轻轻举起左手,遮在了额头的上方。一看到她那纤纤玉手悠扬的动作,不知道为什么,令菊治想起了京都大原的风之舞。警察对菊治的回忆不加理会,继续读着笔录。

"在那之后,菊治询问了冬香的手机号码和电子邮箱,双方不断相互联系,在京都的饭店进行了多次密会。"

菊治一心喜爱冬香,才多次和她约会,可在笔录中变成了密会这种奇怪的用语,菊治对此十分不满。由于和事实没有多大出入,所以他没有开口。

"那个时候,我第一次从冬香口中知道了她有三个孩子。"

在笔录中,对冬香的称呼一直不用敬语,也让菊治很不习惯。

警察拿出一瓶饮料递给菊治,然后他自己也拿起一瓶喝了一口。在审讯的时候,有时也会出现警察以势压人的场面,同时他也有这种体贴的一面。

"谢谢。"

菊治顺从地喝下了乌龙茶,他刚刚喘了口气,警察又开始念起笔录。

"后来,冬香一家搬到了神奈川县川崎市麻生区。与此同时,我们开始在白天频繁约会,每次都会发生性关系。"

这些内容和事实的确没有出入,但是"在白天"、"每次都会发生性关系"这种说法,总有一种窥探个人隐私,令人讨厌的感觉。

由于菊治自己也是写文章的,所以对每一个词都十分在意,可对方说的又是事实,菊治也不能进行否定。

警察继续叙说了两个人关系的来龙去脉,然后就是出现问题的焰火大会的那天晚上。

"那天晚上,冬香赶到了我的房间,把带来的夏日和服换上。"

当时已经将近约好的七点,冬香慌忙淋浴之后,开始替换和服。

"为了去看焰火,我们起先是朝外苑方向走的,但由于人满为患,我们就放弃了去外苑,回到我公寓的楼顶上,在那儿欣赏焰火。"

那个时候,菊治心中充满了幸福。被炮火发射到空中的焰火在夜空中绽放出大朵的礼花,在焰火光芒的映照下,冬香的侧脸十分美丽。而且焰火那种震人肺腑的响声,冬香称之"一直震到子宫",听到冬香的话语,菊治很快意识到二人之夜的兴奋。

警察当然不会知道这些,笔录开始进入了当天晚上的事情。

"回到了房间,我们在床上发生了关系,第二天凌晨两点,我再次叫起冬香,开始发生关系。"

"不对……"菊治不由得嘟囔出声。

当时与其说菊治,不如说是冬香主动求欢的。冬香悄悄凑近菊治,抓住了他的那个东西,用手进行刺激。

然而,警察却坚信男女发生关系的时候,都是由男人主动求欢。菊治曾想修正这种说法,可转念一想,如果改得不妥的话,会对冬香的形象有所影响,于是他一言不发,任凭警察继续念了下去。

当笔录读到犯罪事实的地方,有几处菊治都无法同意。

"沉溺于性快感之中的冬香开玩笑说,'希望你就这样杀了我',当时正好是男上女下的体位,我趁机从上面用双手扼住了她的喉咙……"

笔录的内容确实是在菊治供述的基础上整理的,但是仔细进行推敲,可以发现一些微妙的不同。

比如说"被害者开玩笑说……"这个部分。冬香恳求菊治"杀死我吧",是发自她内心的呐喊,与开玩笑截然不同。

"请把这个地方删除。"

犯罪嫌疑人不同意的地方,可以用红笔画上两道进行删除。

但是警察略带微笑地说:"在做爱的过程中,喊出这种话来,当然是开玩笑了。"

在警察眼里,和性爱有关的事情,除了游戏之外,不可能有其他的理解。

"而且,不管是不是开玩笑,和量刑都没有关系。"

警察说的好像是量刑的事情,而菊治在乎的是二人之间爱的形式。

那根本不是什么游戏。那是冬香和自己之间拼命相爱引发的结果。

"还是请你删去吧。"

好像在说真是一个烦人的家伙,警察歪了歪嘴角,将开玩笑三个字删去,继续念下面的内容。

"我用双手掐住了冬香的喉咙,不顾冬香的痛苦,更加用劲掐了下去……"

"不对……"

菊治再次摇头。

自己的确扼住冬香的脖颈用力掐了下去,但是"不顾冬香的痛苦……"这个说法不对。冬香当时绝对没有感到痛苦。她的确曾经轻轻咳过,可她马上又继续恳求说:"杀死我吧……"

"冬香当时应该没感到痛苦……"

"那怎么可能,她就那样不能呼吸的吧?"

不管警察怎么说,不对的地方就是不对。警察有些烦躁地说:"总之,被害人已经死了。"

被他这样一说，菊治什么也说不出来了，菊治出于爱情做下的事情，到了警察的笔下，却变成了因为过于怨恨，才杀死了对方的内容。

不过笔录至此，只是在形容菊治的所作所为时有些问题，在事实上并没有大的出入。

可是后面涉及到菊治为什么杀死对方的笔录，出现了让菊治更加难以接受的地方。

首先是杀害冬香的理由，笔录上写的是："每当做爱的时候，冬香都会多次要求：'我希望你把我杀死'，所以我渐渐地产生了杀意。"

在冬香多次请求下，菊治心中的确也闪过这样的念头，但不能说菊治因此就要杀了冬香。那天晚上，冬香的要求特别强烈，所以菊治的手劲可能比平时更大，然而他丝毫没有杀害她的意图。

因此"渐渐地产生了杀意"这个表述是错误的。

在这个问题上，菊治已和警察发生过几次激烈的冲突，警察以尸检报告为依据，坚决主张如果没有杀人意图，不可能出现报告上所说的内容。

而且，还有担当司法解剖的医生意见："用双手掐死对方的例子十分罕见。"这似乎也成了一个有力的证据。

的确，在扼住颈部杀人致死的情况中，几乎都是用带子或绳子将人勒死，仅靠双手将人掐死的例子十分少见。

即使这样，菊治还是坚持指出自己"没有杀人意图"。"你难道没想过干脆把她杀死更好吗？"面对警察突如其来的问题，菊治显得非常困惑。

"你再好好想一想……"

听到警察的话，那天晚上的情景又一幕幕闪过菊治的脑海。

焰火大会的那天晚上，冬香踩着约好的时间赶到了菊治的房间。不知是她出门时发生了什么急事，还是出现了什么让冬香难以走出家门的状况？总之，事情显出了和往常不同的严峻。

而且那天夜里，他们激烈做爱之后，冬香忽然冒出一句话来："我再也不想回家了……"

　　再有就是冬香一边哭泣,一边告诉菊治前一天晚上,她拒绝了丈夫的求欢,结果被丈夫骂道:"滚出家去。"

　　作为菊治来讲,自然也不希望冬香再回那个家去。他甚至觉得与其让冬香回到叫她受罪的地方,不如干脆让她死了,反是一种解脱。

　　菊治在掐住冬香脖子的时候,虽说是一刹那,但是这种念头的确曾经闪过菊治的脑海。

　　如果说菊治曾经有过杀意,也是那一瞬间的事情。菊治觉得冬香若是死了,反而可以解脱。菊治即使那样想过,也不可能就动手杀人。

　　这个地方还是"不对",应该表明自己的态度。

　　"对不起……"

　　菊治刚要开口,警察一副明白了的表情,伸出右手制止了他。

　　"你大概从律师那儿听到了很多建议吧……"

　　对方想说什么,菊治浑身为之一紧。

　　"作为杀人罪若是没有杀意的话,量刑会轻,而且根据非故意杀人、过失致死等不同情况量刑也有所不同,所以是否有过杀意,是一个关键的问题。"

　　这方面的事情,菊治的确听律师大致介绍过一遍。

　　"像你这种情况,恐怕希望被判为在性爱游戏中,不小心误杀了对方……"

　　"游戏?"

　　菊治不禁反问,警察马上接茬说:

　　"对,类似 SM 那种性爱游戏。"

　　自己和冬香热衷的绝对不是什么性爱游戏,是灵与肉真正的结合。把这种神圣的爱情和那种 SM 性爱游戏相提并论,实在令人无法忍受!

　　"不是那样的。"

　　警察仿佛正等着菊治的反驳,他反问道:"不是单纯的性爱游戏?"

　　"对。"

　　"你们是真心相爱?"

　　"嗯……"

　　"所以对方成了一种负担。从中途开始你觉得她的存在成了一种负担了吧?"

"不是,没那回事……"

"那你为什么下那么大力掐她的脖子?"

被对方如此指责,菊治也无话可说。冬香变成了一种沉重的负担,更何况半带游戏性质的性爱等等,这些事情菊治连想都没有想过。

他只是过于喜欢冬香,希望让她一切都如愿以偿,在这个过程中错手把她杀死了而已。

这种事情应该如何解释才好? 为了取悦对方所做的事情,难道应该称为快乐死吗? 在正午的审讯室中,菊治的头脑出现了混乱。

可是警察却抓住这点紧追不放。

"假使你没有杀意的话,为什么不马上拨打119求救?"

被对方如此一问,菊治立刻变得哑口无言了。

的确,在听到"喀吧"一声的时候,如果拨打119,救护车及时赶到的话,冬香说不定还能救活。

"发现对方变得瘫软无力,谁都会赶紧叫救护车吧?"

警察说的十分在理。如果出现了那种事故,谁都会马上拨打119叫救护车,还会请求周围的人帮助。

然而,菊治却什么也没做。

冬香死后那段时间里的事情,警察也是根据推测得出的结论。但是不管怎么说,"什么也没做"这一事实,肯定不会使警察把菊治往好处想。

尽管如此,菊治也不可能点头同意对方的说法。

说实话,菊治当时根本没想到冬香已经死了。正因为如此,他才慌忙地呼唤"冬香……"并多次拍打她的面颊,摇动她的身体,等待她苏醒过来。

菊治刹那间也想过拨打119,但是由于害怕没有打成。

当警察追问他"为什么?"的时候,菊治觉得一句话很难把事情讲清。

只有一件事菊治能够说清,那就是他当时不想和冬香分开。把救护车叫来的话,冬香将被送往医院,不管生死如何,菊治是再也见不到她了,而且两个人至今为止的关系,也会公之于众,他们的关系就会从此断绝。

　　由于事出突然，菊治当时只能想到这些，他那时非常害怕，只好一直紧紧地偎依着冬香。

　　不过，菊治当时的种种犹豫，在警察那里却说不通。

　　"你的那双手掐住了那么纤细的脖子。"

　　菊治不由得用双手掐住了面孔。

　　正是自己这双手，扼住了冬香美丽而纤细的颈项。你那样做的后果将会怎样？警察好像正在冷静地继续追问。

　　"而且把人杀害之后，你还将尸体摆在那里不管。"

　　警察是否想把此事也作为罪状添加进来呢？菊治心里极想反驳，可口中又吐不出适当的词语，结果菊治几乎全面认可了警察所作的笔录。

　　其中最成问题的是："每当做爱的时候，冬香都会多次要求：'我希望你把我杀死'，所以我渐渐地产生了杀意。"这段话等于菊治自己承认了对冬香怀有杀意。

　　笔录中"我渐渐地产生了杀意"一句明显与事实不符。菊治在和冬香做爱的时候，对她绝对没有什么杀意。

　　只有看完焰火的那天晚上，菊治刹那间曾经产生过干脆把冬香杀死，她反而可能更为轻松的想法。如果把瞬间的想法称之为杀意的话，事情的确如此，可这并不等于菊治因此就要杀死冬香。关于这一点，菊治自然十分不满，可又不能清楚地向警察表明自己的意思。

　　菊治当时没有马上叫救护车，而且还将冬香的尸体放置了六个小时以上，这好似也让警察对他产生了恶感。

　　菊治马上把这些事情都告诉了辩护律师，他嘴上虽然说理解菊治"没有杀意"这句话，可一旦涉及菊治为什么会用那么大的力量掐住冬香喉咙一事，他也还是难以理解。

　　看来这件事今后只有菊治一个人心里明白，不管双方如何争论，结果只能是平行线而已。

　　而且听说检察院方面为了证实菊治的杀意，对冬香的丈夫等人也进行了取证。

　　被害者丈夫的证词在审理案件的时候，是否能够成为证据还不清楚，但这次的事件菊治一旦被说成在半游戏性质的性爱中将人杀害，那么在众人眼里，菊治就会变为一个随心所欲的冷血杀手。

"从下面可以看到，加上'被害者提出让我把她杀死'这段话，多少可以使你的形象有些好转。"

正如辩护律师所言，倘若换成这种写法，就不会再有性爱游戏或 SM 游戏的感觉，而且更为重要的是，帮助对方自杀或遵照嘱托杀人的印象变得更深，说不定能够减轻罪行。

"就算是笔录，也不可能决定一切。当务之急是先认可这份笔录，等到法院进行审理的时候，再把我们这边的想法充分地表现出来。"

在辩护律师的劝慰下，菊治最后终于签字画押，这样一来，菊治在警察署接受的审讯就全部结束了。

长 夜

八月末,菊治结束了在代代木警察署的二十天拘留生活,被移送到东京小菅的拘留所。

至此为止,菊治作为犯罪嫌疑人,接受了警察等的审讯,从今往后,他将作为未被判决的被告人,接受法院的审理。

离开警察署的那天早上,负责菊治案件的胁田警官对他说:"辛苦了,注意身体……"菊治也顺从地低头致谢:"承蒙您的多方关照。"

负责审讯的警察和犯罪嫌疑人之间,有时也会心怀憎恶和愤怒进行告别,但是菊治心里对胁田警官却没有那么强烈的不快感。

在审讯的过程中,对方的确有过强人所难的地方,但从整体来看,他还是相对稳重,彼此之间也没发生过大的冲突。一来由于菊治一开始就承认了自己的罪行,二来警察对菊治的年龄和地位也有所顾虑,采用了较为绅士的态度对他进行接触,所以审讯得以毫无阻碍地进行下去。

告别了警察署里和自己有关的人员之后,菊治坐上押送汽车向小菅出发。

时隔已久现正映入眼帘的外界景致,和以前基本上没有什么变化。夏天还是那样炎热,马路上的行人一律穿着短袖,不过高楼大厦之间露出的天空上的云彩,显得比以前更高,更薄了。在夏末的酷暑之中,初秋的感觉恐怕也在一点点渗透进来。

即使如此,外面的景色在菊治眼里还是显得十分新鲜,他怎么也看不够。对一直被关在封闭的房子里的菊治来说,道路两旁的树木和种植的绿色植物,每一片绿叶都显得那么温暖,令人怀念。

从周围走过的行人好像并没有察觉菊治坐的是一辆押送犯人的车辆。

绿灯变成了红灯,车辆旁边各式各样的行人都停住了脚步。

时间刚好过了正午,很多人似乎是在附近办公室工作的白领,其中女文员的人数也不在少数。有些人穿着类似制服一样的衣服,其中也有领口开得很大,袒露着肩头和两臂的女性。

"好白……"

已经好久没看到过如此袒胸露背的女子了。

当红灯变绿的时候,那些女子轻轻地扭动腰肢开始向前迈步。看到这种景象,菊治体内已被忘却的欲望重新开始萌动,他记起来自己还是个男人。

位于小菅的东京拘留所是一座现代化的大厦,不了解内情的人见了,或许会把其当成一座刚刚建好的公寓。

话虽这样说,大厦周围还是围了一圈厚厚的墙壁,门口还有站岗放哨的人。

押送车转到了大厦后门,在一进门的房间里,菊治所持的衣物和用品遭到了检查。

凡是被认为危险的东西都不允许带入,由于在警察署那些东西已被收走,所以没有出现什么问题。

于是菊治换上淡灰色的上下分开的服装,拿着装有简单的替换衣物和洗漱用具的口袋乘坐电梯。乘电梯的时候,菊治也是被左右两边的看守夹在中间。从电梯下来之后,穿过两道壁垒森严的大门,总算来到了与拘留室并排连一起的走廊上。

"就在这里……"

按照看守的吩咐,菊治走了进去,这是一个单人房,好像有四张榻榻米大小。小小的脱鞋区前面铺着一块灰色的地毯,靠里头的屏风后面放着一个抽水马桶。

从现在起就要开庭对案件进行审理,不知自己将在这里呆上多长时间。一想到看不到希望的未来,菊治就觉得失魂落魄。不过这里比此前住的警察署的单人牢房大了一张榻榻米,据说还有冷暖空调,所以住上去似乎要比以前舒服一些。

"你把这个好好读一下。"

看守留下的纸张上,写满了日常生活中的各种注意事项。首先,起床时间定为早上七点,接受检查后,七点半吃早饭,午饭时间是十一点五十分,晚饭时间是下午四点二十分,晚上九点就寝。

菊治把纸张放到了房中仅有的架子上,然后重新打量起四周。

这里和警察署的拘留室相比,所有的东西都焕然一新,显得十分干净,但是仔细一看,菊治却发现这里没有窗户。在房间的最里面,菊治原以为有一个较大的窗户,其实那只是一个人造的空间,窗户前面好像挡着一堵很厚的墙壁。菊治继续向上巡视,房顶上只有一片单调的天花板,没有警察署拘留室的那种天窗。

这里究竟位于几层?面朝东南西北哪个方向?菊治心里完全没数。

在这种被多层厚重的墙壁封锁的地方,自己是否能够生存下去?菊治很快就觉得呼吸困难起来,他蹲下身去。

在警察署的时候,房间虽然狭窄陈旧,不过因为有一个能看到外边天空的小小天窗,所以在很大程度上拯救了菊治。即使由于外边下雨或者阴天,什么也看不见,只要一想到可以通过天窗与外界发生联系,就能使菊治感到一种安慰。

然而,这里虽说冷暖空调齐备,却被围在厚厚的钢筋水泥之中,与外界完全断绝了联系。

"冬香,我被关进了这种地方啊!"

菊治望着毫无瑕疵的墙壁喃喃自语,在这种地方冬香也会飘然而落吗?这里隔着多层厚重的墙壁,要想进来可不那么容易。这样一想,菊治愈发觉得心里发慌,总之,除了在这儿默默地生活以外,别无良方。

根据注意事项,被关押在此的一部分被告,除了吃饭和接受检查之外,上午和下午好像分别要做三四个小时的工作。至于做什么工作,菊治也不清楚,但是他觉得总比关在狭小的单人房里,心情要舒畅一些。

北冈律师前来探望,是菊治进了小菅拘留所的第二天下午。

"你怎么样?睡得着觉吗?"

菊治缓缓地摇了摇头。昨天晚上他把发给他的藏青色被子铺在地毯上面,然后躺了下去,可根本就睡不着。

不能适应新的环境是一个原因,再有就是没办法和外界沟通交流,令菊治觉得非常窒息,他一直被一种类似封闭恐怖症般的症状折磨。

"但是这里冷暖空调齐全,二进宫的犯人中,有些人好像还千方百计要回到这里。"

不管律师怎么说,反正菊治绝对不会这么想。总之,一切行动都在监视之下,所有的日常生活都要按照规章制度去做,这种日子实在令人难以忍受。

"法院从什么时候开始审理?"

"一个月出头,我想就会开始。"

眼下对菊治来说,越早开庭越好,他希望痛痛快快地接受判决,心里反而可以清静下来。

"你有什么想要的东西吗?"

菊治拜托律师给他拿些铅笔、橡皮,再从千驮之谷的书房里给他拿一本字典。

"我打算开始记日记。"

写写日记,说不定可以排遣一下心中的郁闷。

总之,在拘留所里重要的是不做无谓的反抗,凡事要安于现状。

关在狭窄的空间之中,随时随地被监视录像监视,这绝不是人们向往的居住环境。倘若对环境不满,不时进行反抗,那就一直不能适应,到头来只能对精神卫生产生负面影响。

"善用现在的一分一秒。"

菊治晚上终于可以睡上一会儿,也是把这句话写进记事本,每晚临睡之前重复几遍以后的事情。

就这样又过了几天,日历似乎已翻到了九月。

九月的秋老虎还相当厉害,黑夜逐渐开始变长,在秋天收获的季节,台风也会同时到来。菊治漫不经心地想着各种事情,这时风之舞忽然浮现在他的脑海之中。

说起来,从九月一日到三日之间,有风之舞大会。在这期间,八尾地区的男女老少在三弦琴、大鼓、胡琴等乐器的伴奏下,成群结队地沿着街道跳舞,一直跳到深更半夜。

　　这是祈求秋天没有风灾和五谷丰登的一种活动,这种在三弦琴和胡琴哀怨的旋律中翩翩起舞的动作,据说来自女子传送稻穗的动作,十分优雅动人。

　　如果冬香活着的话,这会儿菊治应该是和她一起去看风之舞的。

　　身穿淡红色夏日和服的冬香,头戴斗笠,她腰部微微前屈,两手上扬,举手投足之间,无不蕴藏着日本古典美女的娇艳。

　　冬香活着的话,今天晚上说不定会欣赏到冬香跳风之舞。

　　大概由于白天一直在想风之舞的种种,这天夜里菊治睡不着觉,陷入了一种莫名其妙的情绪当中。

　　就在菊治后悔没有参加成风之舞大会的时候,冬香的面影浮现出来,不久菊治开始想象冬香的舞姿。

　　斗笠深深地压在眉间,身穿淡红色夏日和服的冬香,随着三弦琴和胡琴的伴奏翩翩起舞。冬香静静地将双手向前伸去,模仿接过稻穗的动作,手掌外翻,高举过头遮住自己的面孔。与此同时,冬香轻轻迈步向前,从和服下摆的缝隙中,可以瞥见她雪白的小腿。

　　在想象的过程中,从密封的拘留室屋顶上方仿佛传来了胡琴哀怨的曲调,菊治竖起耳朵聆听,这时身穿夏日和服的冬香悄悄地出现在黑暗当中。

　　"冬香……"

　　似乎被眼前的幻象吸引住了,菊治发出低语,冬香弯着腰把手向前伸去。

　　到这边来,菊治觉得冬香仿佛在这样召唤他,他点了点头,由于冬香头上的斗笠压得很低,所以菊治看不到她的面庞。

　　"原来如此……"

　　菊治现在终于明白,他之所以被冬香吸引,不仅仅限于她美丽的容貌和窈窕的身材,更让菊治难以忘怀的是,长年生活在雪国的女子所特有的冰雪肌肤,还有潜藏在隐忍之下的那种激情。

　　冬香平时总是压抑、克制自己的各种想法,是一个非常文静的女子,在某一瞬间,她会以极快的速度丢掉固有的东西,突然变成一个放荡的女子。正是那种翻天覆地的变化,让她体内的男人疯狂起来。

　　那时,菊治用自己都难以置信的力量,拼命地扼住冬香的喉咙,就是藏在冬香体内的另一个女子引发出来的。

"对吧,冬香……"

菊治一边自言自语,一边不知不觉地握住了自己那个部位。

这究竟是怎么一回事?自从被拘留以来,菊治好像首次产生了欲望。

菊治就这样在呼唤"冬香"的同时,手上不住地上下动作,冬香也燃烧起来,她胡乱地甩动头发,恳求说:"请给我吧。"

菊治等的仿佛就是这声请求,他第一次在单人牢房之中,躲在被子下面自慰,精液像年轻人一样一股脑儿地喷了出来。

一边呼唤冬香的名字,一边进行了发泄,使菊治在某种程度上,恢复了精神和肉体两方面的沉静和安稳。

迄今为止,菊治一直觉得漫漫长夜十分可怕。每当黑夜来临,菊治一想到怎么才能度过这孤独的夜晚,就会感到不安和窒息。

自从一边思念冬香,一边进行自慰以后,菊治反而开始盼望夜晚尽快来临。换一种说法,说不定菊治已经习惯了在这种封闭的空间里生活。

即使被关在狭窄的房间里,一天到晚生活在监视之中,却限制不了他思念一个女人,进行自慰这种事情。

每天没有任何要做的事情,只是等待日子一天天过去。对这样一个男人来说,没有比自慰更能让他心平气和的事了。

晚上,盖上被子装出一副睡觉的样子,从那时起,菊治就可以完全沉浸在自己的世界里了。

只有爱情不受任何国家权力机构的介入和干涉。换而言之,对一个失去自由的男人来说,只有自慰才是他进行反抗的唯一手段。

自己这种自圆其说的想法,只有冬香才会倾听。只有冬香不会指责自己的这种行为愚蠢而龌龊。相反,梦中的冬香总是面带微笑,有时还会悄悄伸手帮助自己。

就这样,在冬香抚弄菊治那个东西的同时,菊治也将手指放在她可爱的部位上面,反复进行爱抚。

和活着的时候一样,最先发出喘息的还是冬香。菊治不顾一切地继续进攻,冬香开始发出甜美的低语:"哎……""不行……"

与此同时,冬香雪白的肌肤渗出了汗水,就在她忍无可忍的时候,两个人紧紧地结合在一起。

就在他们相互贪恋对方身体的时候,菊治脑海中忽然浮现出藏在书房抽屉深处的录音机。

假使有录音机的话,能够更加亲近地感受到冬香的存在。冬香不停地喘息、挣扎,最后疯狂地达到欲望的巅峰。"杀死我吧……"她尖叫道。

冬香尖锐的叫声和所有的激情,全部躲藏在那个录音机之中。

现在真想再听一次那份录音,只要拥有那些录音,无论何时自己都能跟冬香飞往那个狂热的世界。

不管用什么手段,难道就不能把录音机带进来吗?而且自己就不能私底下偷偷聆听一下录音吗?

菊治感到自己的体内有一种热烈的欲望在翻腾奔走。

在拘留所的生活当中,除了自慰以外,能够治疗菊治心中伤痛的,就是运动和洗澡的时候。

首先,洗澡是一星期两次,而且规定一次只能洗十五分钟。入浴的时候,也是两三个人一组同时进去,浴室门口总有看守站在那里把守,即使那样,身体还是可以获得温暖,心情也能平静下来。

被告人之间当然禁止讲话,彼此见到也装作没看见一样,菊治淋着热水清洗身体,当全身重新变得干干净净的时候,他有一种又活过来了的感觉。

再有就是运动,每星期三次,虽然规定每次只能运动三十分钟,可还是菊治翘首以待的时间。

不论是单人牢房,还是集体牢房,都不能直接接触到外面的空气,只有在运动时间里,可以仰视到天空。

而那只只是在一个宽三四米,长三十米左右的空间里,来回走动而已,且左右都被高墙围住,只能透过头顶的铁窗望见天空。

虽说看不到周围的楼房、人家,以及附近车水马龙的高速公路,但是可以一边追逐飘浮的云彩和阳光的阴影,一边遐想外界情况。

"在这种阳光之中,能和冬香一起漫步的话……"

菊治心中虽然知道已经不可能了,但还是想起了他和冬香在正午一起漫步的情景。

再次见到北冈律师的时候,菊治在这种状态下已然过了半个多月。

"你没什么变化吧?"

律师似乎想从菊治的脸色和动作中探究他这段时间的情况。

"你的脸色好像比以前好了一些。"

这恐怕是菊治晚上自慰以后能够睡着觉的原因,不过这种事情也不能挂在嘴边,所以菊治只是说了声:"谢谢。"

在拘留所里,和一般人见面的时候,看守都会站在菊治旁边,只有和律师会面的时候,看守不用在场。

因为关于庭审的许多事情需要商量,被告和辩护律师之间还有一些机密的话题要谈,所以看守对其有所照顾。

"开庭的日期已经定下来了。"

律师向前探过身子说。

"第一次开庭定在十月十日,检察官是你以前见过一次的那个叫织部美雪的女检察官。"

听到织部美雪这个名字,菊治想起了先前见过的那位女检察官。

那是一位五官端正、脸庞清秀的女子,她将站在对自己提起公诉、要求法院判刑的敌对立场上吗?

菊治想起初次和她见面的时候,他曾经觉得若是一位女检察官负责自己的案件,对自己或许多少有些帮助。

"由女检察官负责,结果会怎么样?"菊治问。

北冈律师微微点了点头,回答说:"我也没有直接和那个检察官交过手,所以不太清楚,说不定事情相当麻烦。"

"麻烦?"

"因为女性心细如发,十分尖锐。"

菊治曾经认为,换作女性的话,在爱情和女性心理方面,应该比男人更容易理解，看来他的想法可能过于天真了一些。

"我认为对方会从各个方面寻找突破口。不过也不会偏离笔录太远，所以不要紧的。"

说起笔录的内容，都是些菊治已经承认的事情，但是那样一来，关于自己心存杀意的那段供述，还是让菊治十分放心不下。

于是菊治不顾一切地说道："其实，还有一个微型录音机……"

"那是什么？"

"那个，这件事可能有些奇怪，里面有我和冬香在床上做爱时的录音……"

北冈律师猛地把身子向前探去。

"那个录音机在哪儿？"

"在我的房间，书桌的抽屉里面……"

"是你放进去的吗？"

按照律师的讲法，菊治被捕之后，他的房间里遭到了彻底的搜查，所有能作为证据的东西都被警方拿走了。

"是放在抽屉最里面的。"

"不，我觉得已经没有了。我先去找找看。"

早知警方做如此细致的搜查的话，还不如自己当初被捕时把它带出来，进警察署的时候再把它交出来或许更为稳妥。

"那么，录音机在检察官手里……"

"大概……不过，也要根据录音是否对对方有利，具体情况不同，结果也不一样。"

菊治想象着一直聆听两个人延绵不绝的亲热话时女检察官的表情。

然而，法院审理将以什么样的方式进行下去？菊治旁听过一次庭审，检察官和辩护律师之间不同意见的交锋，可以说是一个引人瞩目的地方。

庭审的时候，如果碰到所谓能干的辩护律师，可以和检察官堂堂正正地进行辩论，似乎能够引导法庭做出对被告人有利的判决。

然而，这个叫北冈的律师和女检察官之间又会是一种什么样的情形？从年龄上来看，北冈律师年长许多，看上去像是一位久经沙场的老将。令菊治放心不下的是那个录音机。如果录音已经交到了检察官手里,那么会不会作为控方的证据在法庭上出示?

只要听了那个录音,就应该明白冬香是怎么恳求菊治"杀死我吧"的。

菊治认为录音之中不会有对自己不利的内容,说实话,他并不希望任何人听到那份录音。

不管怎么着,难道就没有要回那份录音的良策吗?

菊治一边考虑各种各样的事情,一边等待开庭日期的到来。

总之,事情到了这个地步,菊治就像放在案板上的待宰鲤鱼一样,只能耐心地静静等待开庭。

新生出版社的中濑董事和出版部部长铃木一起出现在菊治面前时,正是他怀着这种心情等待开庭的时候。

那天刚巧是运动时间之后,菊治正在擦拭满身的汗水。"你看上去精神不错嘛。"中濑突然问候道。

"哦……"

菊治刚一点头,中濑立即用双手把书举给他看。

"今天总算把书印出来了。"

透过掺杂了金属丝的玻璃窗,菊治眼前正是用大字写的《虚无与激情》的样书。

"怎么样,装订也不错吧?"

在灰色封面上"虚无"二字用的黄色,"激情"用了大红的字体,而且字体凸起,书名看上去好像要从封面上凸出来一般。在灰色的封面上还有男女拥抱接吻的剪影,旁边用很大的字体写着"村尾章一郎"。

"这本书在出版社内部评价也很高,你看这里。"

中濑先翻开了封皮,在书打开后的下一页白纸上,用菊治的字体鲜明地印着"献给挚爱的 F"。

这本书做得比菊治想象的还要出色。菊治至今为止已经出版了近十本书,装帧得如此豪华鲜亮的书,这还是第一次。

"谢谢……"菊治压抑住想要马上拿到此书的心情,低头致谢。

"太好了。"中濑回答。而他旁边的出版部长却是一脸过意不去的表情,他道歉说:"上次您特意将书稿拿来,我们却信口开河说什么不能出版,实在是太失礼了。"

称自己是过气作家的是眼前这个男人吗?菊治重新打量着面前这个头发稀少、一副神经质模样的男人,令菊治觉得不可思议的是,他已经没有任何怨恨了。

"从那之后,我又拜读了两遍,越读越觉得深刻,这本书深深地打动了我的心。"

事到如今,还表什么功,菊治真想大声发怒,由于悬殊太大,让菊治失去了发火的气力。

"总之,我一定让这本书畅销,你等着瞧吧!第一版印了十万册吧?"中濑核实道。

出版部长立刻把书翻开,将书后面印有十万册标记的地方呈给菊治看。

"这么多啊……"菊治不由得感叹出声。

近来由于出版界长期不景气,第一版就印十万,可以说是十分破格的待遇。不久之前,不要说出一万本,就连出版都不得其门,这真是一个令人难以置信的印刷数量。

"第一版虽然只有这些,我们已经做好马上增印的准备,所以请放心吧。"

中濑仿佛已经确信此书一定能够畅销似的。

"报刊广告等,从明天开始同时在各大报纸上刊登……"

随着中濑的说明,出版部长把广告的原版展示给菊治看。

在报纸下方,用了三分之一版面刊登广告,上面先是横版的《虚无与激情》几个大字,"村尾章一郎"以醒目的字体紧接着并排跃然纸上。在剩下的版面上,使用了封面上男女热烈拥抱的画面,其中卷首献辞"献给挚爱的F",以黑地白字表现,并放在了画面正中,在献辞旁边醒目地引用了腰封上的宣传文字:"以死为赌注热恋女子的作家,穷其毕生的大作。"

说实话,菊治至今不敢相信眼前的书是自己写的。不管看了多少遍,现在总有一种别人指着他人写的书对自己说,"这是你的书"的感觉。

"今天我先放下五本,如果你有什么人要送,请告诉我们,只要把对方的名字和住址告诉我们,我们就会寄过去。"

菊治确实想把封面下夹着"著者谨呈"纸条的作品分送给很多亲友,但是一个杀人犯到处炫耀"我写了这么一本书"是否合适? 自己是否应该放弃那种浮夸的行为,保持沉默为佳?

正当菊治陷入沉思的时候,中濑又把脸向窗口靠近了一些,他说:"如果让众多的读者阅读了此书,那么大家对这个事件的看法也会发生改变。这事根本不是那帮不负责任的家伙所说的'玩弄已婚女子,最后将其杀害'那么一回事,人们会明白此事极富诚意,有其更深一层的文学性理由。"

"玩弄已婚女子……"菊治不由变得哑口无言。

不管怎么说,中濑是为菊治着想才说的这番话,可是社会上流传的竟是"玩弄已婚女子,最后将其杀害"吗?

菊治做梦也没想到世人竟然会这么说。电视的社会综合栏目等,恐怕会津津乐道地进行报道,即便如此,玩弄之后进行杀害这种说法也实在太过分了。

不知幸运还是不幸,菊治随后就被逮捕,因此可以不必顾及世人的目光生活下去。岂止如此,正因为被拘留了,菊治反而不用在那些爱看热闹的人面前丢丑。在这点上,被拘留竟成了一件好事。

"总之,这本书成了畅销小说的话,理解你的人也会增加,兴许你的罪行也能因此减轻。"

"不……"菊治摇了摇头。

"我并没有这方面的希望。"

"不过,能够得到大家的理解还是比较好吧。"

"送书一事,先等一下。"

"你不把书送人,合适吗?"

菊治眼下根本没有考虑这些事的余力。菊治希望在单身牢房中仔细阅读之后,再想这个问题。

送进拘留所的东西,不会马上交给本人。看守先要检查送进来的物品是否适合交给本人,在确定没问题之后,才能交到本人手中。

菊治拿到《虚无与激情》一书时，已是中濑带书来访的两天之后。

菊治顿时把书紧紧抱在了怀里，然后又用书在脸颊上来回蹭了蹭，最后拿在手中凝视了好一会儿。

的确如中濑所言，书的装帧非常出色。这样的书无论放在书店的哪个角落，都会引人注目，腰封上"以死为赌注热恋女子的作家，穷其毕生的大作"的文字，看上去也别有一番深意。

准确地说，这段文字写得并不对。菊治不是以死为赌注去热恋一个女子，相反应该说他由于过分爱恋这个女子，结果把死赌了上去。

出版社恐怕原本就没考虑到这个层次。他们一心希望的就是，如何可以达到引人注目、使书畅销的目的。

那样一来，对书的内容就要有所要求。

这一天，菊治一直专心阅读自己的书。虽说书是自己写的，内容全部清楚，可一旦变成了书，菊治还是觉得十分新鲜，他从下午开始阅读，到晚上临关灯之前他已经把书全看完了。因为马上就要关灯，所以菊治把书放在枕边躺了下来。

当从中濑口中听到"玩弄已婚女子，最后将其杀害"的时候，菊治感到一种令人头晕目眩的冲击，但是在看书的过程中，那种打击也渐渐变淡，反而使菊治回忆起当时创作此书时的欲望和激情。

事到如今，从自己口中说出确实有点儿可笑，但这的确是一本好小说。书中那个叫满子的女人，其原型当然就是冬香，和以菊治为原型的男主人公无意，二人疯狂地相爱，后来无意的激情无法追上满子，他心中只有空虚在渐渐地增强。

归根到底，男女双方即使达到了爱的顶峰，也不可能在真正的意义上融合在一起。相反，男女之间爱得越深，就越容易背离。这种错位究竟从何而来？小说从精神和肉体两个方面对这个问题的原点进行了刨根问底的探寻，具有一种压倒一切的现实感。

如果有更多的读者读了这本小说，他们也许能够明白自己杀死冬香的理由。小说当然没有描写到这些事情，但是菊治觉得，在女人的激情面前，男子那种惊慌失措、备感困惑的心理却表现得十分充分。

如果可能的话，菊治想把此书送到天国里的冬香手上："你看，托你的福，这本书出版了。"

　　最先读完这本小说的书稿,表示支持的就是冬香。当各个出版社都表示难以出版,菊治灰心丧气的时候,只有冬香鼓励他说:"你绝对拥有才华。"她甚至还说:"如果你做不了的话,我拿那些书稿去各个出版社推荐。"冬香那个时候的话语,不知给了菊治多大的勇气。只要这个女人想要的话,无论什么我都会尽力让她如愿以偿,菊治产生这种想法也在那个时候。

　　而且,这种想法竟然变成了现实,菊治错手杀了冬香,结果小说也因此公诸于世。

　　在某种意义上,可以说冬香是以死为代价,让这本书得到了出版。

　　"冬香……"

　　菊治冲着黑暗呼唤。他就那样紧闭双眼,对冬香思念不止,不一会儿从天花板那边吹来一阵微风。

　　风的阴冷使菊治不由得睁开了眼睛,只见黑暗中晃动着一个白色的影子,渐渐地变成了物体向下飘落。

　　周围鸦雀无声,就连看守的脚步声也消失得无影无踪。好像算准了眼前的寂静似的,穿着白色吊带睡裙的冬香,悄悄地飘然而落,仿佛休息羽翅般躺在了菊治身旁。

　　菊治搂过她过于绵软的身子低语:"我们的孩子终于诞生了!"

　　说着他把放在枕旁的书拿起一本递给了冬香。

　　"特别出色,很棒吧?"菊治让冬香观赏书的封面,她雪白的手在上面描画。

　　"你看一下这里。"

　　菊治翻开书,将卷首"献给挚爱的 F"一行字给冬香看。

　　"都是托冬香的福啊……"

　　菊治低头道谢,冬香微微一笑,她凝视了一会儿卷首献辞,不久放心了似的,又化作一股白烟,消失在黑暗之中。

　　小说出版之后,菊治的心情安宁了许多。

　　再怎么说,这也是自己这一年来拼命创作的小说,现在终于能够出版成书了。

虽然在这期间，自己闯下了杀人这种荒谬绝伦的大祸，但是作为一个作家，自己还是留下了有一定水平的作品。今后有人对自己感兴趣的时候，肯定会承认自己在小说创作上的贡献。这样一想，菊治心里踏实多了，也多了一些自信。

中濑再次来访，是小说出版了一个星期以后。

在会客室见面时，中濑举起一只手代替了"嗨"的一声招呼，然后就一口气说了起来："你的书反响大得不得了。一句话，卖得极好。发行了一星期，绝对可以进入排行榜前十名。书店也催我们多多供货，现在简直应付不过来了。"

即使听到中濑这样说，菊治还是觉得那个世界离自己十分遥远。

"对了，赠书的事怎么办？你要送人的话，我觉得尽早送出为好。"

菊治只把几个人的名字告诉了中濑，包括最初阅读此书的在同一大学任教的讲师，还有周刊杂志的撰稿人等。

"就这么几个人呀，够不够啊？你不用客气，送谁都行，把名字都告诉我吧。"

"不用了……"

菊治并不是客气。菊治只想把书送给圈内极少的人，他不想四处派送，搞得那么夸张。

"这些就足够了。"

"不管怎么说，这么强有力的作品好久没见过了。半个月后大概就可以印第二版了。"

"怎么会呢？"

第一版就印了十万册，马上又要增印，这对菊治来说，简直是想都没想过的事情。菊治的确高兴极了，可能的话，他希望读者不是出于猎奇，而能仔细品味一下书的内容。

"对作家来说，最重要的还是作品。不管生活中做了什么，最终还是要由作品说话。"

中濑好像想说，不管菊治犯了什么罪，只要作品优秀，也就可以了。

中濑一心一意替自己辩护的情分，令菊治十分欣慰。但他认为事情没有那么简单。菊治提醒自己，书卖得越好，那么他的社会责任也就越大。

北冈律师似乎也发现了菊治出版小说一事。

"在书店里,你的小说摞得像小山一样高。"听到北冈律师的叙述,菊治特别开心,他还告诉菊治,书的宣传上还附有"描写爱与死的心理历程"的字样。

以杀人事件为背景进行炒作的花招,可谓是一目了然,然而现在再抱怨什么,也于事无补。自己的作品一旦撒手交给了出版社,对方不可避免地会加进自己的主张。

菊治一边苦笑,一边将书递给北冈律师,他好像已经读了似的。

"书中深入挖掘了男女之间的差异,很有参考价值。这些作为证据,打官司时说不定还能派上用场。"

北冈律师好像打算利用此书作为辩护材料,菊治感到十分困惑。

这本书确实描写了男女之间在爱情方面的本质上的差异。只要读了这本书,或许就能理解冬香单方面要求菊治"我希望你杀了我"的行为。

然而换一个角度来看,说不定也会成为菊治杀人时十分冷静的证据。

看来这方面的事情,有必要和律师好好商量一下。

"从目前的状态看,开庭的时候,可能会变得非常嘈杂。"

"非常嘈杂?"

"因为法庭不是很大,我觉得旁听的人会人满为患。"

菊治一下子想起了法院前面人们排着长长队伍的情形。每逢开庭审理引起世人关注的重大案件时,这种情形就会时常映入人们眼帘。北冈律师的意思是说,在法院开庭审理自己案件的时候,也可能会出现很多人蜂拥而至、大排长龙队伍的情形。

在旁听者当中,包括中濑、出版部长、在大学和周刊杂志曾经一起共事的同事,还有各种各样的熟人,前妻和儿子高士是否也会混在中间呢?

想到这里,菊治不由连连摇头。

"不行,就是这一点我实在不愿意……"

菊治虽然没有出声,但是他心里却拼命呐喊。

菊治实在不愿意让儿子看到自己在众人面前受审的情形。

"很快就要开庭了,请注意不要感冒。"

别说感冒了,可能的话,菊治愿意就这样从此消失。

秋 风

开庭那天,菊治比平时醒得要早。

实际上,法院审理是从上午十点开始,就是算上从拘留所到法院去所走的路程,时间也还是绰绰有余。只是一想到自己即将被带出法庭,不知会在什么人面前抛头露面,菊治就几乎睡不着了。

事到如今,再手忙脚乱也无济于事,只能听天由命了。菊治这样告诫自己,可就是静不下心来。

很快就到了洗漱时间,那儿也有看守站岗。

"早上好。"

菊治对看守行了一礼,开始洗脸刮胡子。

虽然不想在任何人前露面,菊治还是希望以整洁的形象出现在法庭上。他换上了一件浅灰色的新外套,吃完早饭,八点半出了拘留所。

自从进了拘留所,已经过了将近一个月了,天高云淡,路两旁的树叶有的已开始发红,秋天静悄悄地来了。

从出事到现在,过去两个月了。当时的情景对菊治来说,既好像是很久很久以前的事情,又仿佛昨天刚刚发生。

菊治目不转睛地望着外边的景色,渐渐地又被带回了现实的世界。

押送车很快就到了法庭所在的综合官厅,菊治被带到了临时监押处。他被通知在那里一直等到开庭,旁听席上究竟有什么人? 到底来了多少人呢?

菊治心里再次泛起了嘀咕,但他马上又抛开了这种担心。

自己犯了杀人罪,自然要受到法律的制裁,但是借此场合,说不定能够纠正人们对整个事件的看法。自己的确是被告人,庭审在某种意义上,也给了一个让人们了解自己的机会。

事实上,辩护律师也给菊治打气说:"你不用发怵,只要如实地把你的想法讲出来就可以了。"

菊治决定按律师说的从容地应付一切。

正当菊治告诫自己的时候,来了两个负责事务的警官,告诉他出庭的时间到了。

手铐、腰绳一应俱全的菊治站起身来,警官却没有去掉那些东西的意思,他们在他背上轻轻推了一下,意思是让他往前走。

进入法庭的顺序好像是先由旁听者入席,然后是检察官和辩护律师相对而坐,最后被告人从正面的小门里进来。

被警官从背后一推,菊治向前走去,然而在门被打开的瞬间,菊治发现前面旁听席上坐着的很多人正在望着自己这边,他不由停住了脚步。

菊治不想以这么可怜的姿势走进去。他不由自主地往后退了两步,仿佛命令菊治"前进"似的,他的腰部又被捅了一下,菊治戴着手铐向前踏出了脚步。

眼下菊治唯一能做的就是深深地埋下头去。他被左右两个警官夹持在中间,除了一直低垂着头,没有其他保护自己的办法。

即便如此,菊治仍能感到众人的目光扎在自己身上,真是一种如坐针毡的感觉。

菊治缓缓地一步步通过了检察官的席位,接着向右一拐,前行几步走到了和法官相对的被告席上。警官仿佛在说"就在这儿"似的把菊治领到被告席上坐下,菊治感到后面旁听席上射来的视线,于是把肩膀缩了起来。

过了一会儿,法官走入了法庭,随着法庭工作人员的一声"起立!"全体人员站了起来。

站在中间的是身穿黑色法衣、略微年长的庭长,右边是一个戴眼镜的年轻法官,左边还并排站了一位女法官。"敬礼!"全体人员随声音向法官们行礼。

"现在开庭。"

听到庭长宣布开庭,警官总算摘下了菊治的手铐,并将手里的腰绳固定在他身后。

看到这一系列动作完成以后,庭长望着菊治说:

"请被告人站在证人台前面。"

看来菊治从现在起就要作为被告人了。他顿时变得有些不知所措,然后按照对方的要求走到了证人台前面,庭长开始提问:"你叫什么名字?"

"村尾菊治。"

"你的生年是什么时候?"

由于已被问过多次,所以菊治回答得非常流利。

"你从事什么职业?"

菊治犹豫了一下,接着回答:"作家。"

庭长追问道:"还有其他的什么工作吗?"

菊治吸了口气,然后告诉庭长,他同时兼任大学的讲师和周刊杂志的撰稿人。

"明白了。"庭长点头道。

所有的一切菊治都是第一次经历,他只是回答庭长的提问而已。目前为止的提问都很简单,旁听席上的人们又是怎样听的呢?

菊治当然没有回头观望的勇气,所以他只能用后背进行想象,这时庭长再次说道:"下面由检察官宣读起诉书,请认真聆听。检察官,请你宣读一下起诉书。"

"好的。"从检察官席位上突然传来一声回答,女检察官站了起来。

菊治一下子就想起来了,面前的女性名叫做织部美雪。织部检察官身穿黑色的外衣和裤子,胸前露出了一角白衬衫。她一头短发,和上次见面时相比,眉眼之间多了一份严肃。

"公诉事实。被告人于平成十七年八月一日,把和他交往的女性入江冬香,当时三十七岁,叫到了涩谷区千驮之谷的一个公寓,在被告人的房间里发生数次性关系,第二日凌晨两点多,两个人再次发生关系,被告人在该女子上方扼住她的颈部,将她杀害。"

所谓起诉书,原来是这么写的!事情的经过的确如起诉书所述,只是口气实在太冷淡了。

然而检察官根本不管这些,她继续宣读下述结论。

"被告人的罪名以及惩罚条款适用于刑法第一百九十九条的杀人罪。"

看起来,检察官的意思是将根据刑法第一百九十九条的杀人罪起诉自己。

说实话,菊治目前仍然没有在法院受审的真实感觉,检察官对法官行了一礼之后,庭长宣布。

"那么,现在开始对该案件进行审理。"

这时法官望着菊治说。

"首先,我要提醒被告人注意以下事项。在案件审理过程中,有几个问题要对被告人提问,被告人有权保持沉默,所以不想回答的问题,可以不进行回答。再有被告人在法庭上的所有陈述,不管是否有利,都将作为呈堂证据,所以提请被告人注意。"

关于沉默权,原来是在这种场合被首次告之的。菊治不知为何对法官产生了一种亲近感,于是他点了点头,庭长继续问道:"那么我开始提问,在刚才宣读的公诉事实当中,有没有和事实不符的地方?"

菊治觉得太阳穴周围一阵阵跳着疼,而且喉咙发干。当被庭长问到事件的情况,他知道自己异常地紧张。

菊治调整了一下呼吸,微微点了下头,然后回答:"那个,我本人首先就造成这次事件表示由衷地道歉……特别是对被害者家属深表歉意。"

这段话是菊治事先和辩护律师商定的,当庭长进行提问时,把道歉放在他的发言前面。实际上,不管冬香的家人和亲属怎么想,菊治都希望先向他们谢罪。

看到庭长静静地点了点头,菊治不顾一切地辩解说:"不过,由我口中说出可能有些奇怪,我掐住对方的脖子,不是在意识十分清醒的情况下做的,而是听从对方的要求,不知不觉兴奋起来……我当时已经什么都不知道了,所以做出……"

"也就是说,你的行为并无计划性,也不是在头脑冷静的情况下发生的,是这个意思吧?"

"是……"

菊治想要表白的只有这一点。他说完后就不再言语,于是庭长问北冈律师:

"对于公诉事实,辩护人有什么意见没有?"

北冈律师单手拿着卷宗站了起来。

"正如被告刚才所说的那样,在杀人的那一瞬间,被告处于一种异常的兴奋状态,不禁忘记了自己在做什么,我认为他只是一心一意遵从被害者的要求,加大了手上的力量。由此可以看出,这次的事件和事前经过周密计划、充分准备的事件截然不同。"不愧是辩护律师,能够抓住要点,深入浅出地进行辩护。

"关于被告人,我认为还有几个情况应该同情,所以下面我将具体说明。希望法庭能在考虑这些情况的基础下,进行判断。"

"明白了。"

庭长点了点头,再次向菊治那边看去。

"被告,请回到自己的座位上。"

菊治行了一礼,刚要向后转身,突然意识到那样一来,就要面对旁听席,所以他背朝后倒着退了回去,坐到了被告席上。

看到菊治座归原位,庭长宣布说:

"下面进行取证。首先,检察官根据掌握的证据对事实进行陈述,被告人请认真聆听。下面由检察官首先进行陈述。"

所谓的起始陈述似乎马上就要开始了。为了让自己镇静下来,菊治调整了一下呼吸,然后向检察官望去。

织部检察官也是单手拿着案件卷宗,她打开卷宗开始朗读:"首先介绍被告人的身份和个人经历。被告人出生于东京,从当地的初、高中毕业后,考入了国立帝都大学文学系……"

菊治虽然知道对方在念自己的个人简历,却觉得似乎和自己毫无关系。不过,当菊治紧接着听到,"没有犯罪前科"时,他不由抬起头来。

"关于被告人走向犯罪的原委。被告人于去年十月十日,因工作需要在去京都采访的时候,通过朋友鱼住祥子的介绍,在京都车站饭店的咖啡厅里,第一次见到了被害人。此后两个人开始互相通信、交换电子邮件,十一月二日,两个人首次单独会面。"

和冬香相识,到逐渐亲密起来,整个过程现在似乎也被检察官拿来当作造成犯罪的原由。

"今年三月二十日,被害人一家搬到了神奈川县川崎市后,两个人的约会变得更加频繁,正月二日和五月二十日,被告人把被害人约出来,双方一同过夜。"

事实的确如此,但是让菊治担心的是,检察官用的是那种菊治单方面勾引对方的语气,菊治默不作声地继续听着。

"八月一日,即事件当天,被告人再次将被害人约出来,晚上七点多钟一起去看神宫外苑的焰火大会。"

在菊治的脑海中,被送上夜空的焰火慢慢地浮现出来。那个时候,菊治身穿白底加深蓝竖纹的夏日和服,冬香身穿淡蓝底洒满小花的夏日和服,她的头发从后面盘了上去。

两个人就这样手牵手来到菊治公寓的楼顶上,站在不断升空的焰火下面悄悄接吻。

关于两个人那种火热的回忆,在开头陈述中似乎被完全省略掉了。

检察官在叙述完两个人逐渐亲密起来的过程之后,接着就要从事件当天菊治的行动入手,将话题转到他进行犯罪的实际过程。

"被告人于凌晨两点重新产生性欲,他将正在睡觉的被害人唤醒,再次与其发生关系。"一般人羞于出口的场面,检察官也是面无表情地淡淡地进行叙述。

"当时被告人正在以正常体位进行性交,听到被害人数次重复其口头禅'杀死我吧'之后,从上面用两手扼住了被害人的喉咙,将其杀害。"

这个部分和起诉书的几乎相同,只是把"杀死我吧"这句话简单归纳成被害者的口头禅,菊治听了以后渐渐产生杀意的这段描述,实在令他难以接受。

检察官接着叙述了菊治犯罪后的情况:"被告人虽然已经发觉被害人处于异常状态,但他害怕如果报警求救,两个人的关系就将暴露,因此会遭到舆论的谴责,所以他没有拨打119,而是将被害人就那样放置在卧室里。在那之后,到了第二天上午九点多钟,被告人看到被害人身体上出现了尸斑和死后僵硬现象,他开始害怕,上午十点总算打电话报警,随后被捕。"

菊治一边听,一边陷入了一种新的不安。

刚才的起诉书和起始陈述等,肯定会被喜欢猎奇的媒体渲染得沸沸扬扬的。

离出事已经两个月了,在人们兴趣总算淡漠下来的时候,又被媒体津津乐道地炒作一番,实在叫人不舒服。尤其是正值菊治的小说畅销之际,也许更容易成为人们茶余饭后的话题。

想着想着,菊治的胸口逐渐开始发闷,他变得坐立不安起来。

这简直就是将自己和冬香之间的爱情,让偏爱猎奇的人窥视一般。就算对方是检察官,难道就有暴露他人个人隐私的权利吗?

"住口!"菊治心中不禁涌起一股想要大叫的冲动,但他眼下只能把头埋得更低。

从后面的旁听席看,也许觉得菊治正在一心忏悔自己造成的事件,其实他现在的心思完全不在这里。

相反,菊治希望自己能尽快从眼前这种场合消失。

但是,检察官根本不会顾及菊治这种心情,她继续说道:"为了证明以上事实,我申请把卡片上记载的有关证据提交法庭。"

检察官行了一礼,法庭工作人员接过载满证据的卡片,把卡片交给了庭长和辩护律师。

接下来检察官就有关证据开始进行说明。

"这是一份法医解剖的报告。根据这份报告,可以明白无误地证明,被告人对被害人的颈部施加了很大的压力。"

尸检报告的内容,菊治在审讯室听警官读过,正是他不忍听下去用双手捂住耳朵的部分。

"颈部有极强的手指压迫的痕迹,同时可以看到指甲造成的皮肤损伤。而且在舌骨、咽喉软骨及甲状腺软骨上都发现有出血痕迹。正下方的甲状腺软骨一部分出现骨折,成凹陷状态。"

检察官似乎事先进行过练习,她极为流畅地继续读着,而旁听者则因内容过于血腥仿佛正在咽着唾沫。

"局部没有绳索等带状物勒入颈部产生的勒痕,却有手指压迫的痕迹及同时产生的出血斑点等,由此可以判断为第三者压迫颈部所致。"

报告中的第三者,明显指的就是菊治。

"造成死亡的原因如下:由于头部动脉的外侧受到了强力压迫,刺激了迷走神经,引起血压下降、脉搏跳动迟缓,因此形成反射性的心脏停跳,死因推断如此。"

菊治当时什么都没想,只是听从冬香的要求掐住了她的脖子,这件事在司法解剖上原来是这样解释的。

"综上所述,首先,我请求将这份解剖报告作为证据提交法院,同时被告人的行为明显对被害人……"

事情到了这一步,检察官想要说什么,菊治已经完全明白了。

"被告拥有明确的杀意这点毋庸置疑,毫无疑问被告是在杀害对方的意识下,用双手扼住其颈部前面。"

刹那间,从旁听席上仿佛传出了一声轻轻的叹息,检察官好像呼应对方似的,停顿了一会儿继续说:"下面是赶往本案发生现场警官的报告书。当时一眼就可以看出,发生了生死攸关的异常情况,但是被告人却没有拨打119,毫无作为地将被害人放在那里不管,浪费了时间。如果及早进行抢救的话,或许还有救活被害人的可能,然而直到第二天上午十点,被害人被放置了长达八个小时,我们只能说被告人不尊重被害人的生命。"

女检察官严厉的声音,好像闪闪发光的利刃向菊治刺了过来。

菊治从头到尾都低垂着头。仅从司法解剖的结果来看冬香的死,以及对菊治当时没有拨打119等事实进行分析的话,事情也许正如检察官所言。

菊治想要大喊:那是错的。不管理论上是什么,那些结论完全不对。

"下面是被害人丈夫的供词笔录。被害人是三十七岁的已婚女性,同时也是抚育着三个孩子的母亲。杀死一个在家庭和社会中占有如此重要地位的人,那将导致什么样的悲剧?被告人只要运用自己的学识和教养想象一下,就能充分明白事情的后果。"

检察官的声音逐渐变得激动高亢起来。

"然而被告完全不顾这些,亲手扼杀了被害人,这种行为,无论从社会上讲,还是从道德上讲,都绝对不能容忍!"

检察官的陈述极为震撼人心,旁听席上鸦雀无声,菊治也是同样无语。

当初和检察官见面的时候,菊治还曾暗暗期待检察官为女性的话,多少能够仁慈或温情一些,看来他的希望是落空了。岂止如此,正因为检察官是女性的缘故,好像显得更为严厉。

面对这样一个检察官,北冈律师能否与她针锋相对?菊治开始忐忑不安,检察官继续慷慨陈词:"考虑到被害人家属的愤怒和悲伤,应该对被告人从重处罚。"

说着检察官尖锐而美丽的目光投向了菊治。

"被告人的行为,根据刑法第一百九十九条,我认为应该指控被告杀人罪成立。"

听到"杀人罪"这个词,菊治全身不由颤抖起来。

由于冬香死了,指控他犯了杀人罪或许理所当然,但是听到对方把制定杀人罪的法律也一同搬了出来,菊治变得极度不安。

总之,检察官的起始陈述似乎到此结束。从其公之于众的内容来看,控方以什么证据为基础,用怎样的视点追究这个事件,菊治几乎全都明白了。

法庭庭长望着辩护律师问:"你打算怎么为被告辩护?"

为了回答庭长,北冈律师站了起来。

"我也准备了起始陈述。"

从现在起,辩护律师的反击即将开始。

北冈律师大概有轻度的老花眼,他换了另一副眼镜看着卷宗说道:"作为辩护律师,我主张被告人村尾菊治这次的杀人事件,属于极其偶然的突发事件。"

和女检察官相比,北冈律师的口吻显得十分平和。

"首先来看理由,第一,出自被告非常热爱被害人这一事实。双方认识以后,曾多次进行约会,从约会的时间调整和经济负担等方面,都可以充分证明这一点。"

对菊治来说,只是一门心思想跟冬香见面而已,听到这些事情如今被称为真挚的爱情表现,这让菊治颇觉脸红。不过庭审的时候,这种事情说不定是争取酌情量刑的一种必要手段。

"第二,被告之所以做出这种事情,全是遵从被害人的要求做的。被害人和被告人发生关系,在获得性快感的同时,在性高潮中受到死的诱惑,所以才会要求'杀死我吧'。为了满足被害人,被告扼住其喉咙,被害人要求被告更加用力,由于被告犹豫下不去手,曾被被害人骂过:'真没出息'!"

"从那以后,被害人的要求愈演愈烈,被告人为了适应其要求,也加大了手指的力量,但是被告绝无杀害被害人的意图。事件发生的那天夜里也是,被告在被害人同样的要求下,扼住了被害人的颈部,当时被告根本没有料到会掐死被害人。"

不愧是辩护律师,菊治希望他代言的事情,他几乎全部准确地表达出来了。

"那天夜里,在被害人强烈要求下,被告一心一意扼住了被害人的喉咙,很快陷入了一种疯狂的状态,他的双手不由自主用上了异常大的力量,结果杀死了被害人,这就是整个事件的真相。"

在菊治眼中,辩护律师好像拯救他的白马王子一般。

北冈律师继续说:"第三,被告人没有什么积极的理由非杀被害人不可。被告一直爱着被害人,为了该女子,不论付出多大牺牲,被告都希望见她。"

菊治当时的心境正是如此。不管检察官说些什么,媒体怎么进行描述,菊治衷心期待自己和冬香之间超越一切的爱情回忆在自己心中永驻。

"事实上,当时被告即使杀害了被害人,对他本人来说,也没有任何好处。相反,那时两个人之间的恋爱进展得十分顺利,根本找不到被告杀死被害人的理由。"

这时,北冈律师一只手举起《虚无与激情》一书,展示给众人看。

"我打算采用这本书作为本案的证据。这本书是被告在事件发生的一个月以前写成的,最近终于得到出版,这本书是以被告和被害人之间的爱情体验为蓝本,创作出来的作品。其证据就是卷首献辞'献给挚爱的 F'这段话,这个 F 正是被害人名字的第一个字母。"

虽说埋头坐在那里,菊治不禁在心中呐喊"就是如此"!

"两个人曾经一起发誓,等书出版之后,共同进行庆祝。在那种时候,被告为什么要杀被害人呢?"

旁听席上仍旧鸦雀无声。不过,在检察官进行起始陈述时,空气显得十分紧张,现在随着辩护律师的发言,气氛逐渐缓和下来了。

"事件发生的时刻,双方正处于相亲相爱的阶段。这种爱不单纯是精神上的,二人在肉体上也十分和谐,即所谓成人的男女关系。换一句话说,被告身心都沉醉于被害人之中,被害人也深爱被告,并沉迷于肉体的快感之中。可以说两个人十分相配,双方都需要彼此的身体。"

不愧是有了一定年纪的人,辩护律师所说的每一件事都造诣非浅。

"被告根本没有杀害被害人的理由,只是在对方的强烈要求下,一不小心,在过于兴奋的状态下,掐住了对方的脖子。从以上的事实来看,我认为其罪名相当于非计划性的委托杀人。"

辩护律师至此进行的陈述,是在认可了菊治意见的基础上,又加进了他本人的见解。只是辩护律师好像认为,仅凭起始陈述,还欠缺一定的客观性。

"被告原本不是具有杀人犯那种凶暴或极易冲动性格的人。从他至今为止的个人经历和人际关系来看,应该说他非常理智,而且性格温厚,没有犯罪前科。为了证明这一点,我申请法院传唤两位知情人当庭作证。"

庭长就辩护律师的申请,征求检察官的意见。"当然可以。"检察官答完,又说:"检察院方面也申请法院传唤被害人的丈夫与被害人的友人出庭作证。"

对此,北冈律师同样答道:"当然可以。"

看起来下一次的庭审,将会成为双方之间在证人上的交锋。

"今天的庭审到此结束。另外,下次庭审定于十一月十日上午十点再次开庭,你们觉得怎么样?"

检察官和律师表示同意以后,庭长起立。

于是全体人员行了一礼,法庭休庭。

菊治连喘口气的工夫都没有,就被站在左右的警官重新铐上手铐,从被告席上站了起来。

只要那么一回头,就能与旁听席上的人们打个照面。菊治保持着头朝下,背冲旁听席的姿势,从检察官席前通过,穿过一个小门,出了法庭。

到了这里,再也不会被任何人看见了。菊治因此安心下来,大大地吐了一口气。

总之,第一次庭审似乎平安无事地结束了。审理结果如何?菊治根本无从知晓。旁听席上的人们又留下了什么印象呢？

"而且……"

检察官提出在下一次的法庭上，传唤冬香的丈夫将作为控方的证人出庭作证一事，令菊治久久不能释怀。

"究竟是一个什么样的人呢？"

菊治以前虽然进行过各种各样的想象，心中却没能有一个准谱儿，不过他知道冬香的丈夫肯定非常怨恨、憎恶自己。

这样一个男人，在法庭上将会说出什么事情来呢？一想起来，菊治就觉得特别不安，甚至有点害怕；然而菊治心中又想见面看个究竟。

法庭第一次审理结束之后，到第二次开庭审理，之间要有将近一个月的时间。

为什么要间隔这么长的时间呢？作为被审的一方，菊治希望尽快地接受判决，然而事情并不以他的意志为转移。

总之，菊治每天都无法静下心来，十分忐忑不安。

还不如干脆来个判决反而痛快，这样悬而不决叫人更加难受。

菊治突然想起了"明镜止水"这个词。没有半点儿模糊的镜子和静止不动的水，是表现没有邪念、空明澄静之心境的词语。说实话，菊治根本无法达到那种境界。

自己是否不够成熟？不对，处于这种不上不下、吊在中间的状况，要求自己达到心平气和的心境本身就是错误。也就是说，菊治现在根本就是表里不一，其实每天的生活也是同样。

看上去无所事事，好像只是在等下次开庭，其实却要考虑今后该如何和检察院那边抗衡，需要研究各种各样的对策。

当然，这些对策都是和北冈律师相互商量决定的，但是经过第一次法庭审理，双方的对立点已经非常明确。

首先，控方根据尸检报告等内容，主张被告人在杀害被害人时杀人意图明显，而且从死者家族等的情况来看，完全没有酌情量刑的余地，控方的进攻目标一目了然。

相反，菊治这边虽然承认杀害冬香的事实，但主要是在冬香的强烈要求下所为，即所谓"委托杀人"。

在这点上，北冈律师和菊治之间的意见也不相同，菊治主张在兴奋之余，不知不觉地掐死了对方。然而辩护律师认为，这样主张过于暧昧，难以得到法庭承认，因此律师决定还是明确主张委托杀人，那样对判决有利。

关于这一点，菊治心里至今不能完全接受，但在第一次法庭审理时，北冈律师既然已经那样主张，也只好继续那样主张下去。问题是为了加强说明这个主张，应该怎么办才好？辩护律师提出把现在仍被没收的录音机提交法庭如何？

"只要让对方听了这份录音，情况肯定对我们这边有利。"

既然律师提出了这个要求，菊治只好进行考虑。

录音机里的确录下了做爱过程中各种各样的声音。只要听了这份录音，马上可以证明冬香曾经叫喊"杀了我吧"。

然而，菊治心中已经决定，不让任何人听到这份录音。如今即使辩护律师这样建议，自己怎么能开始动摇？菊治对自己的脆弱十分失望，他试探地问："如果将那份录音提交法庭，不是等于给所有人听吗？"

"如果你坚持不愿让别人听到的话，还有非公开的方法。"

"怎么讲？"

"禁止一般人旁听，把录音以文字的形式提交法庭。"

北冈律师的意思，是说录音只让庭长、检察官、辩护律师及被告人听吗？

菊治自问：那样的话，自己是否受得了呢？那肯定也是一件痛苦的事。

"总之，能否作为证据被法庭采用，也还不知道，我们就先申请一下，试试看吧。"

对律师的提议，菊治暧昧地点着头。

律师继续问："有没有什么人，可以证明你是一个认真、知书达理的人？"

自己是否是一个知书达理的人？听律师突然这样一问，菊治觉得没有自信，但是这种事有必要去证明吗？

"无论是同事，还是家里人，都没关系！"

菊治想起了中濑、大学讲师中的朋友，还有儿子高士的脸孔等，要是他们，肯定明白自己不是那种杀人的男人，只是儿子高士，菊治怎么也不希望让他出庭作证。

这样一来，看样子只能拜托中濑或讲师中的朋友了。菊治正在考虑的时候，律师向前探过身来："总而言之，下次的庭审非常重要，我们这边要将所有有利的证据，全部押上去。"

北冈律师的话已经说到这种程度，当事人还在踌躇不前的话，那就根本没有胜算的可能了。菊治心里虽然明白，可仍旧振作不起来。

"不过……"

在辩护律师眼中，自己恐怕显得优柔寡断，但是菊治至今觉得，强调自己杀人的合理性，在法庭审理时进行抗辩本身，总有一种心情沉重、不能适应的感觉。

面对大把的空闲时间，菊治一直沉浸在不安和无法静心的状态之中。就在菊治每天度日如年的时候，中濑又来探视他了。

中濑来这个拘留所已经是第三回了，他来探视的次数最多，一看到菊治的身影，他（这次也是）从窗户对面举起手来。

"身体好吗？嗯，看来还不错嘛。"中濑自说自话以后，又独自点头道："太棒了！刚刚决定你的书增印五万，五万册呢。"

一点不错，中濑五个手指分得开开的。

"这种速度厉害吧？"

书发行了还不到一个月，就达到了十万再加五万的印数，这种速度真属异常。

"新书一印出来，我马上给你送来。"

说是新书，内容却完全相同，唯一不同的一点就是在最后一页记录版本的地方，"第一次印刷"改成了"第二次印刷"而已。

不过这么快就决定增印，这还是第一次。

"谢谢。"

菊治不由低头道谢。

"汇入版税的银行账户,还和以前的一样吧?"

中濑的问题大大出乎了菊治的意料,他觉得不解,版税一开始就该汇到自己东西银行的账户上呀。

"怎么了?"

"没什么,那样就好。"

中濑微微一笑,看样子他只是想确认一下而已。

菊治也觉得有些不可思议。

突然有一大笔版税入账,可当事人却被关在监狱里。自己的作品终于如愿以偿出版了,但是自己却不能用这笔钱买想要的东西,吃美味的佳肴。这种好事不成双的际遇,在中濑眼中可能显得古怪而又可笑。

"增印的通知我会寄到这里,你留意一下。"

菊治边点头,边重新审视自己的现状。

长久以来的梦想虽然已经实现,但是自己眼下却被迫背上了杀人犯的恶名。从真正的意义上来讲,自己究竟是幸运,还是不幸?

总之,面对命运的嘲弄,菊治只有惊讶和困惑而已。

"那个,"中濑换了一个话题,"上一次的庭审我去旁听了,相当不错嘛。"

中濑是什么意思,菊治凝神倾听。

"你一开始就先向死者家属谢罪了吧? 那样一下子就把你的印象扭转了许多。人们都该明白,你不是那种不负责任的男人。"

听到中濑当面称赞自己,菊治觉得很难为情,但是中濑能够坦率地讲出自己的印象,又让菊治十分高兴。

"旁听席上,死者的家属来了吗?"

菊治心里最放不下的就是这件事。

"我不太清楚,不过有一个年长的女性,眼里充满了泪水,说不定是被害人的母亲。"

至今为止,菊治光想着冬香的丈夫和孩子等事,由于忘记了冬香的母亲,菊治不禁低下头来。

"其他人呢?"

"哦,没看到孩子。至于被害者的丈夫究竟是谁,我也很感兴趣,我四处看了看,但还是不知道。"

听到中濑的描述,冬香的丈夫也许没到法庭去吧。

"总之,旁听证很难拿到。我也是费了半天劲才弄到手的,我看媒体那帮人也够呛。"

"他们还是来了?"

"因为你是畅销小说作家,他们来采访也是无法避免的。"

话虽这样说,菊治却做不到由衷地感到高兴。

"那么,又会被他们夸张地大肆渲染一番吧?"

"我觉得那样反而更好。报纸上如果登出'村尾氏强调委托杀人'的话,大家都能明白是怎么回事。"

对委托这个词,菊治至今难以接受,或许还是那样说容易被一般人理解。

"那样的话,律师说你的罪就不会太重了。"

"律师?"

"是我们出版社的律师,他说没准儿两三年就能出狱……"

"两三年啊。"菊治默默地在脑子里重复了一遍。

刑期的事情,菊治至今还没和北冈律师谈过,他也不清楚两三年的刑期到底是重,还是轻。

说实话,眼下菊治根本没有考虑这种事情的余地。

中濑前来探视的三天后,菊治收到了一封信。

他看了一下寄信人一栏,上面写着"菊地麻子",住址是新宿区荒木町二丁目"马可",菊治明白了是酒吧的妈妈桑。

那是个离大街有一段距离,只有一张吧台的酒吧,由于比较便宜,菊治一个人没事儿常会溜到那里。

酒吧的妈妈桑以前好像做过话剧演员,虽说年龄早就过了五十,但态度和蔼,什么牢骚她都照单全收,所以菊治和她很谈得来。出事之前,由于自己的作品得不到出版,菊治非常郁闷,也曾向她倾诉过自己的烦恼。

那位妈妈桑为什么现在会给自己写信?菊治觉得不可思议,便打开了信封,只见上面用漂亮而女性化的字体写到：

"前略，您一切都好吧？您处于眼下这种状态的时候，像我这种人冒昧地给您写信，我曾考虑过是否合适，不过我有一句话想说，所以就动笔写了这封信。"

信中客气的开头，让菊治松了一口气。

"这次的事件，对您来说实在是一个意外，我从内心感到同情。"

接着信里简单介绍了事件发生后媒体和周围的骚动，以及自己知道第一次庭审已经开始。

"像我这种人也许不该发表什么意见，但是不管媒体和周围说什么，我都坚信村尾先生无罪。"

一口咬定自己无罪的，妈妈桑是第一个。菊治贪婪地继续读下去：

"也许不该说这种令人羞于启齿的事情，其实女性在达到性爱高潮的时候，我认为确实存在想死的念头。实际上，我自己也是如此。"

菊治脑海里渐渐浮现出在酒吧里和自己隔着吧台相对而坐，一起聊天时妈妈桑的面孔。

那个时候，菊治漫不经心地问："妈妈桑，达到过高潮吗？""有过啊。"她当即回答。

"就是吧。"菊治顿时觉得如果是眼前这位妈妈桑，的确很有可能，就故意附和了一句，妈妈桑满意地微微一笑。

在喝酒的地方，一段不经意的对话，使菊治意外地找到了一个志同道合的人，他心里觉得非常舒畅。

妈妈桑的信上继续写到：

"我提起这种事说不定反而令您不快，媒体眼下这种闹法，过于偏重猎奇，显得十分拙劣。"

妈妈桑指的内容具体又是哪些呢？对于被封锁了世上所有消息的菊治来说，那些才是他最想知道的。

"有一个女评论家说：'在做爱过程中，叫喊杀了我吧等等，除了蔑视女性以外，别无其他。'我觉得她的意见，才真正是对女性的蔑视。"

原来关于事件的话题已经扩展到那种事情上了，菊治再次感到吃惊，他被一种不愉快的情绪抓住。

"在这个世界上,不了解真正性的欢愉的人,实在太多了。女性的确希望自己真心喜爱的男人,用深厚的爱情和出色的技巧,引导自己达到一种疯狂的、忘我的性爱巅峰。"

读到这里,菊治不禁频频颔首。

"老实讲,上面提到的那个女评论家,还有大多数女性,尤其是那些认定冬香女士是不检点或淫荡女人的家庭主妇,都是些不了解真正意义上的性之欢愉的人。"

菊治这才知道,一部分家庭主妇是那样嚼舌头的。

"还有就是把这次事件当作下酒菜肴,从中取乐的老爷们,也没有在真正的意义上,引导自己的女人享受到性高潮。"

知道自己的故事变成了人们下酒的材料,菊治的心情又变得黯淡起来。

"但是,我相信这一点。村尾先生所说的高潮确实存在,而且我嫉妒冬香女士。"

来信空了一行,继续写到:

"我这样说,对冬香女士的亲属可能有些失礼,可是我认为冬香女士是最幸福的女人。因为她享受了最高的性爱快感,同时能够在忘我的性高潮中死去,如此幸福的女人,除了她,不会再有别人了。"

最后,来信是这样结尾的:

"把自己心爱的女人,带进如此幸福的天堂,却要被当作杀人犯进行惩罚,没有比这更不讲理,更不公平的事情了。我的话到此为止,我希望您知道也有和我同样想法的女性,明知道十分无礼,我还是下决心写了这封信。"

不知不觉之中,菊治好像变得满面泪痕。读完信之后,菊治的视野已经相当模糊,于是他用手指擦了一下眼睛,发现自己从眼睑到面颊都已被泪水打湿。

说实话,菊治打心底里感到欢喜。从出事到被关进拘留所以来,菊治觉得第一次遇上了能够理解自己的人。

迄今为止,不论是北冈律师还是中濑,菊治知道他们对自己充满了善意,是站在自己这边的朋友,但是有些地方终归还是不同。

不过,这位妈妈桑不一样,她真正理解了冬香的感情和整个事件的背景。

这样一位难能可贵的理解者,竟是四谷一间小酒吧的妈妈桑,这既令人不可思议,又让人觉得荒唐。理解者不是那些闯过考试难关,精通法律的检察官或律师,也不是那些通过激烈竞争、万里挑一的编辑,而是一个生活在城市角落里的无名女子,这更让菊治开心。

"谢谢……"

菊治忍不住对来信行了一礼。

到刚才为止,菊治已经断了有人理解自己那一瞬间心情的念头,就在这种时刻,一个真正的理解者却出现了!

在来信中,最令人高兴的是对方认定冬香是世界上最幸福的女人。在社会上大多数人议论冬香是一个可怜又可悲,甚至是淫荡而愚蠢的女人的时候,只有妈妈桑的看法不同。

那些看法并不是靠动脑筋或从理论中得出来的,而是一个女人通过经年累月的生活,以自己的真实感受为基础,斩钉截铁说出来的。

"好吧……"

菊治心中第一次涌出了抗争的欲望。

妈妈桑说她经历过结婚、离婚,而且进行过多次婚外恋。这个尝尽了世上酸甜苦辣的女子,却对菊治说:"我理解你杀人的心情。"

让这位妈妈桑出庭作证,会怎么样?而且不需要她做什么复杂的事。只要她说一句话,"当女子达到销魂的性高潮时,会希望就此死去,所以才会不由自主地想要喊叫杀了我吧"。

"女子的性快感就是如此激烈,深不可测。"

妈妈桑只要把这些话说出来,自己就不用说了,就连冬香都一定能够得到超度。

不过,这种事情果真可能吗?

那一天,刮起了台风。

说是台风,但并不是菊治直接感触到的,只是在下午的运动时间里,菊治观看头顶上被分割的天空的动静时,产生了那种感觉罢了。

前一天晚上,据允许收听的收音机上讲,台风正在接近东海地方。当时的记忆,加上仰望天空时那种不同寻常的感觉,所以菊治明白暴风正在经过。

拘留所当然是一个非常坚固的建筑物,根本无法感到外边的情况,但是从走廊上的寒意,以及操场上方能够看到的天空,可以发现季节的变更。

眼下台风的确正在通过,可却没有下雨,从只有暴风通过的情况来看,东京应该不在台风中心地区以内吧。

在思索的过程中,秋风这个词闪过菊治的脑海。

现在把秋天的暴风称作台风,昔日把能够吹伏秋天草木的风全部称为秋风,意思虽然暧昧,却显得雅致有趣。

察觉到刮过天空的大风,菊治想起了忘了好久的名为秋风的俳句:"无边无际之,自然中穿行而过,此乃秋风也。虚子。"

秋风总是使人感到自然界的博大及难以对抗。现在,这种感受更让菊治铭记于心。

"暮秋原野夜,与五六快骑共奔,此乃秋风也。芜村。"

大概是在深秋原野的夜晚吧,几个身穿黑色装束的武士,纵马与秋风一起狂奔。这首俳句使人感到一种非同寻常的紧迫感。还有一首俳句如下:

"死时秋风伴,死而复生又如何,又向争斗行。楸邨。"

如果活着的话,总有一天会在荒凉的秋风中死去吧;就算活下去,还会相互残杀吧。归根结底,人类就是一种无可救药的、罪孽深重的生物。

想到这里,菊治不禁颔首。

自己眼下正好处在秋风之中。这大风到底要刮往何处? 又将在什么地方消失? 自己就是一根随风飘动的小草,完全不知道今后的方向。

台风刮过三天之后,菊治的生日到了。

"今天五十六岁了。"

早上在盥洗室,菊治对着镜子里的自己,好像在说别人的事情一样嘟哝了一句。长期的拘留所生活,使菊治显得有些憔悴,鬓角和胡须也花白了不少,十分醒目。

"菊治身高一米七出头,原来略嫌肥胖,大概由于拘留所里的生活很有规律,他看上去好像瘦了一点儿。然而,菊治身上不知何处总显得落寞而脆弱。他的身姿也是一样,大概因为每天不断朝审讯官和看守低头的缘故,他的后背似乎比以前驼了一些。"

"把胸再挺起来一些。"

菊治提醒自己,然后悄悄挺起了胸膛。

就在几个月前,和冬香交往的时候,菊治要比现在精神多了,而且两眼也炯炯有神。

面对那样的菊治,冬香曾夸赞说:"你显得又帅又可靠。"菊治原本轻度近视,两个人在一起的话,他不戴眼镜的时候居多。"你长得少相,你的笑脸可爱极了。"冬香边说边将自己的嘴唇凑了上去。

其实菊治当时根本就忘了自己的年龄,满脑子都是冬香。"已经这么一大把年纪了",有时菊治会觉得自己无可救药,"这样做没有什么不好",有时又会毫不犹豫地肯定自己。

被冬香潜伏着柔顺和放荡两种魔性的乳峰诱惑,菊治一头扎进那雪白的肌肤里,在沉溺其中的时刻,真正体会到了活着的滋味。

然而,那些疯狂的时光已成遥远的过去,现在每天过着有规律的、寂静的平淡生活,菊治觉得自己的身心都在不断地萎缩。

这样看来,"稳中无错"等词,不就等于让人老化、变得平庸吗?

"冬香……"

菊治冲着单身牢房的白色墙壁自言自语。

"我今天五十六岁了。"

如果冬香活着的话,今天晚上两个人也许会在一起共进晚餐,然后共同度过一个无比放荡的夜晚。

就像那次冬香生日时在箱根度过的夜晚一样。

正当菊治闭上眼睛进行回忆的时候,看守过来递给他一封信。

"喂,你的信。"

生日之际,是谁来的信呢?

菊治看了看信封反面，上面写着儿子高士的名字。

后面还盖有看守检阅已完的印章，菊治打开信一看，只见儿子略圆的字体在信纸上写到："生日快乐！"

儿子高士还记着自己的生日。知道了这一点，菊治感到心中一阵温暖。

"自那之后，您一切都好吧？我很好。"

儿子的语气虽然简单平淡，但菊治知道字里行间包含了高士的种种思念。

"其实我本来打算去看您，可平时没有假，加上见了面我又不会说话，所以就改为写信了。"

父子之间，的确很少有面对面交谈的机会。在这方面，母子关系就不同了，因此彼此的感情很深。

来信空了一行，继续写到：

"母亲那里恐怕不会寄去只言片语，但是她很好，请不要介意。"

高士也许向母亲提过父亲的生日，大概是碰了钉子。

从一开始，菊治就有一种感觉，妻子可能对自己抱有相当的怨恨，或是憎恶。

彼此不再相爱，最终走向分手，妻子产生怨恨也很自然，再加上自己和其他女性关系如此之深，以至引发了这次的事件。一想到这些，当然不想再看到丈夫，恐怕这就是妻子最真实的感受。

站在妻子的角度来看，也是无可奈何的事情，可是高士却找借口替母亲掩饰，实在让菊治觉得心如刀绞。

"但是，我以父亲为骄傲。"

高士说了一句多么令人欢欣鼓舞的话啊！

以前住在一起的时候，高士也没有说过这种话。菊治主动向他搭话，高士也是挑最简短的词语回答，父子之间从未进行过深谈。

菊治曾认为儿子高士是个性情冷淡的家伙。而现在正是这个儿子，写信告诉自己，"我以父亲为骄傲"。

出了这样的事情，反而增进了父子之间的感情。菊治一边觉得荒唐，一边把刚才的部分又读了一遍。

来信又空了一行，继续写到：

"您这次写的小说，我觉得非常了不起。"

看来儿子高士已经读过《虚无与激情》。儿子以前从没提过自己写的小说，也许儿子其实在意，偷偷买了去读。

可那样一来，卷首献辞"献给挚爱的 F"的意思，儿子肯定也会明白。

不过，儿子的来信根本没有提及此事。

"不管别人说什么，我觉得父亲您是一位了不起的作家。"

儿子第一次这么称赞自己。菊治觉得很难为情，儿子高士恐怕也是同样，正因为是写信，他才能写出这些话来。

"不管判您什么罪，我都相信我的父亲，因为世界上我只有一个父亲。"

对儿子高士来说，父亲的确只有一个。即使那个男人是个杀人犯，父子之间的羁绊也不会因此消失。儿子高士眼下终于明白这个道理了吧。

"总之，您要注意身体，一定要加油！"

来信以这一句话作为结尾。

读完以后，菊治在原地呆呆地站了一会儿，然后用力点了点头。

高士肯定也要面对各种严酷的现实。婚约破裂就是其中之一，就是去公司，一定也会遭人背后议论，"那家伙的父亲是个杀人犯，"大家即使表面上不说，可用这种目光看待儿子的人却会很多。

儿子就是在那种环境里顽强不屈地活着。在来信中，儿子多少表露出那种决心和气概。

如果自己现在是自由之身，就会飞奔到高士身边，不顾一切地紧紧拥抱住他。

儿子的个头虽说超过了自己，但是心灵可能仍还脆弱，说不定他只是嘴上逞强而已。

面对眼前的儿子，菊治既想说声"谢谢"，同时又想向他道歉："让你面临如此艰难的局面，全是我的错。"

不管怎么说，父子之间第一次产生了心有灵犀的感觉，就像古戏中的一个片段似的，菊治希望紧紧握住儿子的手说："对不起！"

这天晚上菊治第一次给儿子高士写了一封信。

菊治告诉儿子,生日之际,收到他的来信非常高兴,并就给他带来很多麻烦一事向他道歉。在信的最后,菊治重复写了三个"谢谢"作为结尾。

秋　思

收到儿子高士和四谷的妈妈桑二人的来信,菊治的心里踏实了许多。

在社会上,看样子各种各样的人都在七嘴八舌地发表各自的看法,其中也有理解自己的人。这样一想,菊治就觉得心里有底多了,并从中获取了积极向前的勇气。

第二次庭审很快就要开始了,菊治觉得自己也能忍过这个难关。

"要加油哟。"

菊治知道不管自己怎么加油,也不可能改变审理的过程或量刑的轻重,但他希望自己能够做到态度坚决地面对一切。无论社会上某些人如何鼓噪,菊治打算摆出一副符合自己身份的端庄样子。

说实话,一想到迫在眉睫的第二次开庭,菊治就觉得心情沉重。在上一次庭审时,庭长和检察官已经商定,让冬香的丈夫作为证人出庭作证。

在相距没有几米的地方,与冬香的丈夫双目相交,而且自己还要作为被告,聆听对方发言。只要一想到这种情景,菊治就觉得郁郁不乐,心头憋闷。

但是,日子还是无情地一天天过去,开庭的一天终于到了。

自己即将站在法庭上,暴露在众目睽睽之下,可是天气却是秋高气爽,一片晴好,明媚的阳光一直照到押送车里菊治的手边。

菊治忽然想用双手把这些阳光捧起。他想把眼前流光溢彩的秋阳装进怀里,带回牢房。

押送车却不理会菊治这些想法,开到了法庭所在官厅的地下入口,接着菊治被带到了被告人专用的临时监押处。

这是第二次了,里面还是那么狭窄阴暗,充盈的秋阳自然也不会照到这里。

所有的被告人,在这个房间等待开庭的过程中,是否都会再次被自己所犯罪行的罪恶感折磨呢? 正当菊治胡思乱想的时候,负责事务的警官告诉他出庭的时间到了。

菊治已是第二次被带往法庭。在觉得眼前的光景实在无法令人忍受的同时,菊治心中却多了一份镇静,许是第二次出庭的缘故吧。

即便如此,当菊治站在法庭门前的时候,还是闭上了眼睛。

从这里再往前跨上一步,自己就要作为罪人在众人面前丢丑。

"那又怎么样……"

菊治给自己打气,于是抬起头来跨步向前迈去。

在进入法庭的一瞬间,菊治还是垂下了眼睛。

"用不着低三下四的,大大方方向前走。"菊治提醒自己,他一度把脸扬了起来,当他察觉旁听席上的目光一齐投向自己时,马上又把头垂了下去,他低眉顺目地来到了被告人席上。

过了一会儿,庭长进入法庭,全体起立。

从第一次庭审至今已经过了一个月了,三位法官和候在左右的检察官、辩护律师,全部都和上回一样。

礼毕之后,庭长宣布今天进行证人传讯。"检察官,请传唤第一个证人。"庭长指示。

"是。"检察官应了一声,站起身来。

今天织部检察官穿了一身淡米色的秋季西装,领口比上次敞得更开,里面有一条小巧的项链在熠熠生辉。

"今天,我请求传唤这次事件的被害人的丈夫入江彻,作为证人出庭作证。"

刹那间,旁听席上好像出现了一阵骚动。冬香的丈夫究竟是什么样一个人? 大家仿佛都很感兴趣,但是菊治比任何人的兴趣都大。

庭长平淡地问:"辩护人,你对传讯此证人,有什么意见吗?"

"没有什么意见。"听到辩护律师的回答,庭长说:"下面,请证人到证人席上来。"

紧接着,一个男人出现在旁听席左边,等着法庭工作人员打开旁听席与法庭之间的栅栏,向证人席走去。

从菊治的位置上看,男人正从斜前方向他接近,不久男人就来到菊治旁边的位置坐下。

菊治向上翻着眼球将刚才的一切偷偷收入眼底,他微微喘了口气。

说老实话,菊治感到十分意外。

冬香的丈夫身高约在一米七四、七五左右,身材瘦长,戴眼镜,身穿灰色西装,打着一条近乎于黑色的领带。他的年龄菊治听冬香说过,应该是四十二岁。

单从外表来看,冬香的丈夫和普通白领没有什么区别,只是略显消瘦。从他戴着白边眼镜的样子,看上去似乎有些神经质,他的态度非常从容。

就在冬香的丈夫坐下去的瞬间,他的目光和菊治的撞到了一起,双方慌忙同时移开了目光。

按照庭长的指示,证人站在紧挨菊治的证人席上。

"你的名字?"

"入江彻。"

听过入江这个姓,菊治这才想起眼前这个男人和冬香曾是夫妻。

"从现在起,作为此次事件的证人,我要问你一些问题,所以请在回答之前宣誓。"

依照庭长的指示,法庭工作人员将宣誓书递给证人,证人开始朗读。

"我发誓遵从良心,讲述事实,不做任何隐瞒,不说虚假供词。"

证人的朗读口齿清脆,声音明快。

庭长告诉证人,希望他如实回答,不说假话,并且提醒证人注意,一旦发现证人故意说谎,可能将因伪证罪判刑,说完庭长吩咐:"检察官,请开始讯问。"

在庭长的敦促下,织部检察官开始询问证人:"首先,我想问一下你现在的工作单位?"

冬香的丈夫面向检察官那边,微微点头致意,然后开始回答:"我在东西制药东京总社的营业部工作。"

"你具体从事什么工作?"

"营销工作,所以主要是到各大医院、诊所等向对方说明、推销我们公司的医药产品。"

"你在这些工作中负责哪个部分？"

"我负责大学附属医院那部分。"

"这么说，在营销人员当中，你也相当繁忙，而且十分能干。"

证人顿时愣了一下："对，是那么回事。"

看起来菊治的第一印象相当准确。冬香的丈夫一眼望上去，就知道是一个优秀能干的白领，在制药公司中恐怕也是骨干分子。

"你调到东京来工作，也是出于同样的理由吧？"

"哦，是啊……"

关于那方面的事情，冬香什么都没讲过，但对她丈夫来说，好像是一种升迁。

"那个时候，被害人，也就是你妻子，说什么了？"

证人想了一会儿，然后小声说："太好了……她说。"

丈夫将要调到东京工作一事，冬香在正月初就抢先告诉了菊治。此后，二月份，冬香借口察看东京的住处，夫妇二人来到东京，然后冬香一个人留了下来，在菊治那里过了一夜。

后来约会的时候，冬香也是兴高采烈地谈论今后在东京的生活，原来她对丈夫，只说了一句"太好了……"。

想到这里，菊治胸口滚过一阵热流，这件事检察官和冬香的丈夫当然都不会知道。

"关于结婚的事情……"检察官似乎打算改变问题的方向。

"你们二人是十三年前结的婚，是通过相亲结婚的吧？"

"是……"证人微微点了一下头。

"结婚之后，你们夫妇有了三个孩子，夫妻关系不错吧？"

"对……"

证人的回答虽说都是肯定，但口齿却不像刚才那么干脆。或许察觉了这个情况，检察官插了一句："你不想回答的事情，不回答也可以。"说完，她继续问："坦率的说，你太太给人什么感觉？"

"感觉？"

“比如说很温柔、喜爱孩子等……”

“柔顺、率直……”

冬香确实具有雪国女子那种柔顺、保守的感觉，这一点她丈夫也感觉到了。

“那么，你太太喜欢孩子吗？”

“唔，她说想要三个孩子……”

“不对！”菊治在心中呐喊。冬香接二连三生孩子，并不是单纯想要孩子。她丈夫时常强行和她做爱。为了逃避丈夫的性要求，冬香才会去怀孕，然后埋头抚育孩子，那样才能避开丈夫的性欲。冬香就是想要这种借口，才主动怀孕的。

冬香的丈夫看上去却从未有过那种感觉。

“你爱你太太吧？”

“嗯……”

“而且，你太太也爱你吧？”

“嗯……”

检察官仿佛想要强调夫妻二人十分相爱。

“但是……”

检察官胸前的项链闪闪发光，她再次转向证人。

“去年十月，被告和被害人初次在京都会面，你知道那件事吗？”

冬香的丈夫轻轻点了点头。

“事后，我听鱼住女士说起……”

“是鱼住祥子女士吧？”

菊治的确听祥子说过，冬香一家和她家互相来往，祥子把那种事也跟冬香的丈夫唠叨？

“到那时为止，你对你太太的印象怎么样？”

“印象？”证人反问。

“就是你对太太的感觉……”检察官换了种说法。

刹那间，冬香的丈夫回忆般凝视上方，然后回答：“柔顺、听话……”

“和孩子们呢？”

“疼爱孩子，把他们照顾得很好。”

对冬香的丈夫来说,冬香大概是一个理想的妻子。

"在京都会面之后,你太太开始和被告人来往,你知道这件事吗?"

"并不……"

冬香的丈夫回答得极为冷淡。

"那么,从那之后,被害人正月和二月两次去东京和被告人会面,你知道那些事吗?"

证人轻轻把脸扭向一边,一言不发。可能他是想说,这种问题没有回答的必要。

"两个人开始频繁会面,是从搬到东京以后,关于此事你了解吗?"

"请等一下。"

证人的声音突然粗暴起来。

"我很忙。来到东京总社后,大学附属医院的工作交给我负责,我从早到晚东奔西走。在那么忙的时候,我根本不可能对妻子白天的活动,一一进行调查!"

只要是在外工作的男人,恐怕所有人都会这么想。

旁听席也变得静悄悄的,仿佛所有人都在聆听检察官和冬香丈夫之间的对话。

检察官过了一会儿,重新换了一种语气问:"自从被害人和被告人接近以来,你有过什么别扭的感觉没有?"

"别扭的感觉?"

"你太太对你显得冷淡或毫不关心之类的,那种事情……"

"没有……"

冬香的丈夫否定得十分干脆。

"那么,你的意思是夫妻之间没有什么特别的变化……"

"对。"听到冬香丈夫的回答,菊治忍不住摇了摇头。

冬香曾多次叹气,说不想和丈夫做爱。她甚至流露,不要说做爱,就是被丈夫触摸,也讨厌得浑身发抖。

实际上,正因为如此,有时冬香还会被她丈夫偷下安眠药,遭到侵犯,二月来东京的时候,也是因为她丈夫强求冬香的身体,两人争了起来,冬香还给菊治看过那次争斗留在她肘部周围的淤痕。还有焰火大会出事那晚的前一天晚上,二人又因做爱之事争吵起来,冬香说她丈夫最后曾骂她"滚出去"。

冬香夫妇之间发生了那么多冲突,她丈夫为什么却说什么都没发生?恐怕是他的自尊心不允许他实话实说吧。

"那么,我再问一次,你太太和被告人之间是那种关系,你完全不知道?"

"嗯……"

他冷淡的口吻,听起来仿佛在将错就错,意思是在外工作的男人,怎么可能去关心那种事情。

"刚才你说过你太太是一位柔顺、听话的女性,她以前和其他男性有过亲密交往吗?"

"没有。"

只有这句话,证人回答得十分痛快。

"那么,只有这次是鬼迷心窍,或者说在被告的强迫加引诱下,才亲近起来……"

"是上当受骗的!"

"上当受骗?"

冬香的丈夫突然转过头去,对被告席上的菊治怒目而视。

"是被这个男人骗的!"

白边眼镜后边的眼睛愤怒地颤动着。

同时旁听席上也一时为之骚动。

证人突然怒视被告喊叫:"这个男人欺骗了我妻子!"

从做丈夫的角度来看,想要如此喊叫的心情可以理解,但这毕竟是在法庭审案的过程中。证人在法庭上对被告人怒视、谩骂,实属异常。

就连检察官都停止了询问,法庭工作人员慌忙向证人那边赶去。"请保持肃静!"庭长提出警告。

"你的心情可以理解,但在这里,请只回答所提的问题。"

听庭长这么一说,证人总算恢复了冷静,他重新面对庭长。

"那么,我继续提问。"

织部检察官也把声音放柔和了一些,她继续问道:

"我想问一下你太太去世以后的情况,孩子们如今怎么样?"

证人仿佛要极力保持镇静似的,凝神看了一下上面,然后回答:

"孩子们每天都哭得十分伤心。"

菊治的脑海里浮现出冬香手机画面上三个孩子的笑脸。

"关于孩子母亲的死,你是怎样向孩子们解释的?"

"突然在去的地方倒下,死了……"

菊治把头低得不能再低。可能的话,他真想双手捂住耳朵逃出法庭。不管怎么说,在这点上,他连半点儿辩解的余地都没有。

"那样孩子们能接受吗?"

"可是,妈妈被人杀了,那种话怎么说得出口啊!只是老大似乎多少有点感觉似的……"

"是小学五年级的女孩吧?"

"最小的孩子觉得妈妈应该还会回来,所以每天一边在佛坛前双手合十,一边问:'妈妈,你什么时候回来?'……"

仿佛从旁听席那边传来了低声啜泣的声音。对菊治来说,就这样经过了一段漫长的沉默之后,检察官再次问道:"那么,你家里目前……"

"我拜托我母亲、保姆等帮忙,勉强过得去……"

看起来十分精干的证人脸上,终于浮现出男人失去了妻子的疲惫。

这时,检察官告诉庭长:"我要问的问题,就此完毕。"

检察官那边想要强调的就是冬香去世之后,一家人的悲惨状况。一个家庭的主妇突然消失了,会给丈夫和孩子们带来怎样的悲伤和负担?尤其是对冬香留下的三个幼小的孩子来说,会给他们幼小的心灵带来深痛的、一生都涂抹不掉的伤痕。言下之意绝对不能轻饶这样一个罪大恶极的男人!

检察官想要表达的内容,已经充分地传达给旁听席上的众人,甚至有人好似在轻声啜泣。事实上,菊治本人也被打败,他连半点儿反击的力量也没有了。

庭长冷静地继续进行着审理。

"辩护人,你有什么问题要问吗?"

这次北冈律师应声站了起来,他一手拿着备忘录。

"请问证人,你和你太太一起去旅行过吗?"

"旅行?"

"去国外旅行,或是夫妻之间有纪念意义的旅行……"

"度蜜月的时候去了夏威夷……"

"仅此一次吗?"

问题的方向突然变了,证人好像十分困惑。

"嗯,对……"证人含糊地回答。

辩护律师继续问:"那么,在你们二人的结婚纪念日,或是你太太的生日等,是否有过共同去外边用餐或者赠送礼物等事情?"

冬香的丈夫沉默不语,检察官突然站了起来。

"庭长,刚才的问题与本案无关,我认为是不必要的问题。"

"请等一下。"庭长制止了检察官,对辩护律师指示:"问题应该抓住重点,请尽量简短一些。"

北冈律师点点头,

"你看上去是一个相当能干的白领,一直把家里的事情全部交给你太太去做,你几乎没有慰劳过你太太,或是关心过你太太的情绪是吧?"

刹那间,证人向辩护律师怒目以对,用干脆的口吻回答:"我是工作之身。为了一家人能够安全、愉快地生活,我一直拼命努力工作。难道有什么不对的吗?"

北冈律师的问题,让证人一直没被发现的另一面显露出来了。

到刚才为止,一直都在强调证人是一个妻子被人夺去的悲剧丈夫,其实他几乎从不为妻子考虑,恐怕属于那种"是我在拼命工作养家糊口,所以妻子就应该默默地跟从我"的传统丈夫。

辩护律师认为这种冷漠的夫妻关系,是引发事件的原因之一。

"刚才你说被害人的态度没有发生什么变化,那么,你们二人之间有没有发生过什么冲突呢?"

"没有。"

证人随即回答。

"这次的事件,你有没有想过,如果你平时对被害人多一份关心或体贴的话,就可以避免了。"

北冈律师继续追问一言不发、保持沉默的证人:"你怎么认为呢?"证人干脆地摇头否定。

"那和这次事件没有任何关系。"

"可能是没有直接的关系,但你知不知道你太太心中有某种寂寞或者空落落的感觉……"

"不知道。"

证人的回答让辩护律师不住点头,他告诉庭长自己的问题到此结束。

庭长根据上述情况,再次向证人发问:"那么,我想问一下,你现在还在继续原来的工作吧?"

"对。"

"最后,我希望你对这次事件发表一下你真实的想法。"

"这种事情,绝对不能饶恕!"

证人的声音微微有些颤抖。

"这样实在太过分了!"

旁听席那边又变得静悄悄了。

"就这样的话,我太太实在太可怜了!"

看到一直低垂着头的菊治正在聆听,冬香丈夫的嗓音更加尖锐起来。

"落到这么一个可恶的男人手中,惨遭对方杀害,家庭和家人都被他毁得一塌糊涂,我请求法庭千万要给被告最最严厉的处罚。"

这时,证人传讯到此结束。

对检察院这边的证人,即冬香的丈夫传讯结束之后,案件的审理好像闯过了一道重要的关口。下面就是请求法庭采用辩护律师准备的人证、物证。

"辩护人,请。"按照庭长的示意,北冈律师站了起来,他把《虚无与激情》一书举向大家。

"这本书是被告和被害人交往之际写成的,所以书中对两个人的亲密关系进行了许多描写。"

旁听席那边似乎马上明白了此书正是现在极为畅销的话题之作,也有人相互微微颔首表示会意。

"庭长,另外记录了被害人生前和被告在床上会话的录音机现被检察机构保管。在录音机里确实录有被害人要求'我希望你杀了我'的会话。"

旁听席上顿时引起一阵骚动。据说事件就发生在做爱的过程中,只要能听到录音,当时的情况就会真相大白。恐怕大家都对录音抱有极大的兴趣。

"我希望在下一次审理的时候,检察机构一定把录音机提交上来。"

"庭长,"检察官一下子举起手来,"那个录音机是警方从被告人房间里没收的,录有两个人的做爱过程,所以我认为缺乏客观性。而且该录音是被告人故意瞒着被害人录的,所以我认为录音不适合作为证据。"

"庭长……"

北冈律师紧接着进行反驳。

"那的确是记录两个人床上行为的录音,录有成为引发这次事件原因的二人之间最为关键的会话。那是警方在搜查加害人房间时发现的,作为这次事件的客观证据,我恳切希望在检察机构提交法庭的基础上,法庭能够予以采用。"

庭长点了点头,开始和其他法官进行商量。

可是菊治感到无地自容。一边说爱着冬香,一边又把床上的情形偷偷录下音来。这种行为大家会怎么看待?菊治一直把脸埋在下面。

庭长宣布:"录音机作为证据,请检察机构将其提交法庭,本庭正在考虑进行采用。"

随着充满激情、放荡的性欲不断积累,在某一个时刻,忽然想将性爱过程记录下来,恐怕所有男人都会产生这种想法。女性嘴上虽说"不行",事后和男人一起聆听,大概也会兴奋起来。实际上冬香从箱根回来以后,就已经发现了枕下的录音机,可她从未因此责备过菊治。相反,冬香对菊治一个人聆听录音之事,反倒是挺满足。

倘若两个人相爱得深之又深,把这种录音作为爱的纪念,倒是极为自然的事情。

然而,在光天化日之下、大庭广众面前,这种隐私被人提及,惹人注目的只能是男人的好色,这个男人竟然做下这种事情,肇事者肯定会被人们不屑一顾的目光淹没。事实上,旁听席上好像已经有人在皱眉头。

菊治一个劲儿地耷拉着脑袋,北冈律师则在向庭长具体介绍下一次出庭的辩方证人:"一个人是中濑宏先生,他是新生出版社的董事。与被告同时进出版社工作,从此成为好友,这次也参与了被告所著《虚无与激情》一书的出版。"

据北冈律师事前介绍,中濑准备就菊治敦厚的性格以及作为一个作家给人的印象出庭作证。

"还有一位是菊地麻子女士,她在四谷经营一家叫'马可'的酒吧。菊地女士曾给被告人写信,阐述了女性在性爱方面,特别是在达到忘我的性高潮时,女性会产生什么样的心理变化。该女士的讲法和被害人的倾诉颇有共鸣之处。"

庭长点点头,然后对检察官问道:"关于以上证人,检察官有没有异议?"

织部检察官立即回答:"我反对那位女士出庭作证!"

由于检察官的说法过于斩钉截铁,菊治不禁扬起脸来。

"那位女士即使讲述了女性的性爱感觉,那也只不过是她个人的感觉,并不具有客观性。"

检察官作为一个女性,却直截了当地对女性的感觉进行否定。

"那始终不过是那位女士的个人感觉,我认为不能代表所有女性的共同之处。"

是否迫于检察官咄咄逼人的气势,庭长宣布重新和其他法官进行协议。

"关于传唤那位女士出庭作证一事,暂且搁置。"

接下来庭长宣布下次庭审于十二月十二日举行,法庭休庭。

第二次庭审结束之后,各种各样的念头在菊治脑海里翻来覆去。

首先,就是对自己罪孽深重的认识和后悔。冬香的丈夫作为证人出庭作证,讲述了冬香去世后整个家庭和孩子们的现状,其内容过于形象,且过于叫人辛酸。

"妈妈,你什么时候回来?"最小的孩子这样询问时的心情,实在令人感同身受。

菊治好似听到从旁听席那边传来了低声的啜泣,他心里更加难过、痛苦。无论怎么辩解,造成这次悲剧最可恶的犯人正是自己。只要一想到这里,菊治就无地自容,可能的话,菊治真想当场从法庭逃走。

当然,菊治这之前不是没想象过失去冬香后的整个家庭的情况。尤其是留下的孩子们今后将怎样生活,菊治一直放心不下。

但是,像这次这样如此鲜明、具体的被讲出来,菊治再次刻骨铭心地体会到了自己的罪孽深重,他真想一死了之。

许是察觉了菊治的软弱,北冈律师再三鼓励他说:"今后还有庭审,所以请你振作起来。"

北冈律师对点头附和的菊治继续劝导。

"有错的不止是你一个人,还有被害人和她的丈夫,这是大家共同造成的事件。"

听到律师如此为自己开脱,菊治的心情多少有了好转,可自己犯下的罪行不会因此消失。

"不管怎么着,先把这些忘掉一段时间再说。"

菊治说服自己,这天夜里他悄悄等待着冬香的出现,即使在梦中浮现瞬间也好,就算只有模模糊糊的面影,菊治仍然希望她能出现。就在菊治处于半睡半醒状态之中的时候,冬香幻化成淡淡的白影子出现在他面前。

"我总算见到你的丈夫了。"

冬香的轮廓微微在动,她是在点头吧。

"比我想象的能干、出色。"

"……"

"他说他很爱你,你们夫妻关系也很好。"

冬香还是缄口不语。

"他说那样的话,我妻子太可怜了,都是被你这个男人欺骗的……"

刹那间,冬香苍白的面孔扭曲了一下。

冬香去世之后,除了家庭和孩子们的情况以外,菊治对冬香丈夫的证词,有些地方至今仍旧不能接受。

比如关于夫妻之间的关系，她丈夫说和冬香关系很好，没有发生过什么大的冲突，事实果真如此吗？对于从冬香那儿听到很多事情的菊治来说，不可能轻而易举就相信他。

恐怕夫妻关系不好，性生活不再和谐等，都属于家丑外扬一类的事情，对于自尊心很强的冬香丈夫来说，是否根本就说不出口呢？

通过证人讯问明确了一件事情，就是冬香的丈夫是一个优秀的公司职员。这在他回答问题时的字里行间都能表现出来。他也强调自己是个热衷工作的人。

制药公司四十出头的白领收入大概有多少？菊治曾向制药公司的一个白领打听过，据说年薪应该超过一千万日元。再加上推销时可以自由支配的经费等，作为一个白领，待遇可谓得天独厚。

如果冬香一直就那样依附于丈夫的话，作为专职太太，应该可以富富裕裕地过上一辈子。

然而，冬香却没走这条道路，在和自己认识不久，就沦为了这次悲剧的主人公。关于这件事，鱼住祥子恐怕也是同样这么想的。

冬香抛弃了富裕的生活，投奔到自己的怀抱当中，而且是勇往直前，就像雪崩一样，深深地向自己这边倾倒过来。

那是因为两个人彼此脾性相合吗？不对，事情没有那么简单。以前对性事完全无知的冬香，她的身体一下子绽放出快乐的花朵，在享受了那种令人疯狂的性快感之后，冬香似乎不再愿意回到过去的生活，原因恐怕就是在日复一日的生活中，她那个丈夫从未使她得到过满足。

实际上，那个丈夫对冬香根本谈不上什么温柔体贴。出于那种我工作挣钱给你就足够了的态度，在性生活上，他与其说没有满足冬香，不如说使冬香变得厌恶做爱。即使那样，他还是只在自己想发泄欲望的时候，强迫冬香和他性交。

这样看来，有错的就不只是自己一个人了。

然而，最让菊治耿耿于怀的就是第三次庭审的时候，满载二人爱情回忆的录音带将被提交法庭。

菊治原来是反对将录音带提交法庭的。他觉得无法忍受他人聆听两个人之间的性爱秘密。

当菊治从律师那儿听说录音带已被检察机构没收，他开始不安起来。当他和律师谈到录音内容时，律师提出应该把它作为证据提交法庭。按照律师所言，那份录音正好可以成为证明委托杀人的最直接的证据，即便如此，菊治还是下不了决心。

"不过，这样下去的话，情况只会对我们不利。"

听律师这样一说，双方决定在第二次庭审时，由北冈律师提出申请，要求在下一次庭审中将这份录音作为辩方证据，但菊治心中还是不能释然。

就算能成为对自己有利的证据，难道就有必要将属于两个人的爱情秘密公之于众吗？你想减轻自己的刑期吗？

深夜，菊治一个人自问自答："是的。"他一会儿点头承认。"不、不对！"一会儿又进行否定。

一旦把那份录音公开，那的确就是对彼此爱情的亵渎，菊治心里十分明白。但他同时又渴望早日摆脱这种被囚禁的状态。他希望晴天站在太阳底下，不顾一切地将自由的空气吸满自己的胸腔。

最终，录音作为证据提交法院之事已成定局。事到如今，再就录音一事说三道四，已无济于事。

问题是那份录音，法庭会以什么方式进行公开呢？

可能的话，连法官和检察官，菊治都不想让他们听到，然而这种无理的要求确实难以出口。但他希望至少不让一般的旁听者听到。

菊治就此事和律师进行商量，律师告诉他："有非公开的方式。"

"只限于法官和检察官，还有我们。"

"可以采取那种方式吗？"

"那是一种极为特殊的例子，也许有可能吧。"

菊治把希望完全寄托在北冈律师身上。

"无论如何，请您千万要办成这件事，不然的话……"

中濑、朋友、冬香的家属，还有儿子若是被他们听到了，他们会怎么想？

一想到这些,菊治就觉得自己快要神经错乱了。

就在菊治焦虑不堪、苦苦思考的时候,中濑再次出现在他面前。

法庭已经决定中濑作为下一次庭审的证人出庭作证。接到通知,中濑主动前来探视。

"前不久,我跟你的辩护律师也见过面了。你们认为我行的话,我一定竭尽全力。"

"对不起……"菊治不由得低下头来谢罪。

说是证人,可却是作为杀人犯的朋友出庭作证。不管中濑怎样强调被告是一个敦厚、诚实的男人,究竟能有多少人相信? 其中可能有人认为证人弄虚作假,因此感到不快。中濑竟然同意担任这么不光彩的角色。

"我不太清楚男女之事。但我知道你是真心实意地爱一个女人,拼命地创作小说,我打算就讲这两件事。"

菊治确实没和中濑深入聊过女人的话题,他们聊得最多的就是工作和文学上的事情。不管中濑是否欣赏菊治的小说,但自从小说决定出版以后,中濑也尽了他最大的努力帮忙。

"总之,有我能帮上忙的地方,让我做什么都行,要是有什么需要我作证的事情,请告诉我。"

"不……"菊治低语。

事到如今,菊治也没有再求中濑的事了。只要中濑能把和自己交往的真实感觉告诉大家,就足够了。

"没什么。"

菊治告诉中濑,中濑显得有点儿不甘心,不过他马上又想起什么似的:"对了,你的书又决定增印了。"

玻璃窗对面,中濑满面笑容。

"年内还要增印五万,一共就是二十万册了。"中濑对连连点头的菊治继续说,"增印的速度这么快还是第一次,照这种速度下去的话,到明年年初,说不定能销到三十万本。"

上回也是一样,听到作品增印的消息,菊治并没有什么真实的感觉。因为版税只是自动地被汇入菊治的银行帐户里而已，实际上他既看不见，又花不了。

"总之，你无论如何也要努力，争取无罪释放。"

中濑给菊治鼓劲，可菊治对他说的，却提不起兴致来。

千思万绪在菊治的脑海中来来去去。

不过，菊治又没想什么具体问题。等菊治意识到的时候，他发现自己正在单人牢房中的一个角落里抱膝而坐，沉浸在一种毫无目的的思绪当中。

秋天正是一个令人忧伤的季节，就是在与世隔绝的地方，秋天的感觉也会极其自然地潜入进来。

事实上，自古以来，人们常说："秋天使哀愁更胜一筹。"秋天容易引起人生的寂寞和孤独之感。

一般人尚且如此，菊治作为被囚之身无依无靠，因此那种失魂落魄的感觉也就更加强烈。

菊治保持着盘膝而坐、以手支脸的姿势，他想起了一首咏诵相似姿态的俳句："玉臂为颊杖，深浸幽幽之秋思，观世音菩萨。"

菊治记得那是在京都广隆寺看到的弥勒菩萨像。在寂静无声的一个秋日，大殿的深处的一尊优雅的佛像，静静地以手支颊。

佛像的表情虽和蔼慈祥，却令人感到有某种难以接近的高贵气质，那尊佛像现在也是安详地以手支腮，沉浸在忧伤之中吧。

菊治对宗教没有什么很深的兴趣。但他怎么说也属于净土真宗，那只是从去世的双亲那里继承下来的，没有更深的理由。

自己为什么现在突然想起佛教来了？

随着被关押时间的增长，心中的不安日益积累，自己也许是想找什么精神依靠吧。

"看来自己的精神正在衰退……"

这天晚上，晚饭后菊治从报上看到，自从进入十二月份以来，年底的街道上又开始忙碌起来。

报上还说："今年很快也就要过去了。"

仿佛岁月流逝太快，令人感到不知所措。仅从字面理解，似乎十分自然，可菊治却突然被另一种思绪包围了。

感叹岁月流逝之快,恐怕是社会上一般人的真实感受。

不过,菊治却觉得时间慢得简直快让他失去知觉了。他认为已经过了好多天了,可一看日历,其实才过了两三天。对被关在牢里的犯人来说,一天,一星期,一个月,全都过于漫长。

这样看来,感到日子过得太快,也是一种幸福或奢侈的事情。菊治再次以手支腮,回忆离自己越来越远的以前的普通生活。

中濑来探视的三天后,菊治收到了一封信。

在拘留所中,收到的所有信件都要受到检查,菊治收到的信也被打开,"检阅完毕"的印章盖在上面。寄信人是港区一个叫小野成男的人,菊治觉得在哪儿听说过这个名字。

究竟是什么事情,菊治心中毫无头绪,他开始读起信来,原来是菊治租的千驮之谷房子的业主,他每个月都往这个人的银行账户里汇入房租,所以觉得见过这个名字也就不足为奇了。

房子原来是通过房屋中介公司租的,所以菊治并没有直接见过业主,据说他已经退休。只见信中用工整的字写到:"十分冒昧,我是因为 307 号房间的事给您写信的。"

说起来,菊治租的房子在他被捕之后,家具和日常用品都还放在那里。房租当然是从菊治的银行账户里自动支付的,加上他的东西也没地方放,菊治认为到法院判刑为止,除了先把房子一直租在那里,别无他法。

来信的内容,好像是希望菊治买下那套房子。

"十分遗憾的是,那套房子里发生了这次事件之后,将来无论租赁或转卖,恐怕都极为困难。"

读到这里,菊治不禁点了点头。

一旦听说"这套房里杀死过人",大家自然都会躲得远远的。业主虽然没有因为事件指责菊治,但他却觉得非常过意不去。

"公寓建成后,虽说有了一定的年月,一千五百万日元就可以了,你能否想办法把它买下来?"

原来是这么一回事。菊治非常理解业主想把出事的房子处理掉的心情。

菊治又把来信读了一遍,然后思索起来。

不管怎么说,是自己给业主带来了麻烦,所以也许自己应该把房子买下来。

幸好小说的稿费即将到账,所以也不是买不起,更重要的是,那个房子里充满了自己和冬香的甜蜜回忆,是属于两个人的房间。

菊治马上决定,把自己用稿费买下房子的事情通知业主。

时光在单调的生活中日复一日地流逝。虽说不像社会上一般人感觉得那么快,但时光流逝本身却不会改变。

当十二月十二日的第三次庭审即将来临的时候,北冈律师出现在会客室。

"明天就要开庭了,没问题吧?"

律师好像审查菊治的身体状况,凝视了他一会儿,然后说:"关于录音机一事,我已向法庭申请了,我认为大概会采取非公开的方式。"

"真的吗?"

除了时间流逝的无法改变之外,菊治近来最为挂念的就是录音带的事情。不管用什么方法,只要能做到不让一般人旁听就行。菊治一心一意地进行祈祷,律师告诉他大致能如愿以偿。

"那样的话,审理怎么进行……"

"首先是传唤中濑先生出庭作证,然后让旁听者退席,再以非公开的形式听录音。"

菊治点头。

"在那种场合,都有谁留下来?"

"当然是法官、检察官、辩护律师,还有你了,我觉得法庭工作人员和书记员也会留下来。"

菊治回想着每个人的面孔。庭长五十岁上下,戴眼镜,有些秃顶,在审理过程中态度淡漠,几乎不带表情,其他两位法官,一男一女,都是三十多岁的样子,至此都没发过一次言。

再有就是检察官,不用说就是织部美雪,轮廓鲜明、美丽动人,十分引人注目。不知她是否已经结婚,她又会用什么样的表情听录音呢?

另外还有北冈律师,稍稍有些发胖,样子稳重,头脑十分灵活,能够耐心听取菊治的意见,但也不是全能理解自己。

其他就是工作勤恳的法庭工作人员及一脸诚实的书记员,他们的内心世界却无从知晓。

总之,这些人凑在一起听这份录音,会是一个什么样的场面?

他们是一直聆听那些床上的声音,还是会扭过脸去呢?总之,录音的内容和严肃的法庭极不和谐。

第三次庭审开始的前一天晚上,菊治梦见了冬香。

明天记载了两人秘密的录音将被聆听,一想到这里,菊治就十分兴奋,晚上在上床的同时,他把手伸向局部开始自慰。

菊治闭上眼睛不断进行抚弄,这时冬香从黑暗中现身而来。

菊治每次自慰的时候,脑海里就会出现冬香的形象,今晚冬香的样子显得比平时更加鲜明。

冬香身上还是那件白色吊带睡裙,她走近菊治,看到他正在抚弄自己那个东西,于是摇起头来,仿佛在说"不行……"可实际上行为不端的却是冬香,她就这样抓起菊治的局部,温柔地把玩起来。

菊治的性器变得更加兴奋,"真可爱",冬香嘴上一直嘟囔,一边慢慢钻进了被子。

冬香接下来要用嘴爱抚自己吧?菊治在觉得淫荡的同时充满渴望,冬香先后用面颊和双唇触摸菊治的宝物。

就这样,菊治感到自己的最前端被一股火热的呼吸包围,紧接着热气突然而去,然后再次袭来。

"喂,快点儿……"

就像菊治以前抚弄冬香私处的时候,多次折磨得她欲罢不能、又不轻易让她满足一样,冬香现在同样把玩起菊治的局部,要让他欲火攻心似的。

在阵阵疯狂快感的袭击下,菊治变得狼狈,开始呻吟,就在觉得无可忍耐的瞬间,菊治发出"啊"的一声,喷薄而出。

就这样,菊治沉溺在令人颤栗的快感和丧失了全部精气神儿的空虚之中,冬香撩起略显凌乱的头发,留下一抹微笑,消失在黑暗之中。

第三次庭审的早上,菊治觉得脑袋很沉。

他按照规定,早上七点钟起床,洗脸,吃完早饭后,还是感觉头脑昏沉,感觉十分疲乏。

大概是昨天夜里,自慰完休息以后,半夜醒来又自慰了一次的影响吧。

年纪已经不小,一个晚上自慰两次,菊治也觉得自己荒唐。第一次由于冬香的出现,菊治兴奋得喷薄而出。由于还想再见冬香一次,菊治又开始了自慰,在他觉得冬香现身的瞬间,她却马上扭脸走了。

难道冬香是想说"你不该那么胡来"吗?

总之,菊治也觉得在如此重要的法庭审理之日,自己不该处于这种状态。不过在法庭上,菊治也无事可做。

按照计划,今天先由中濑作为证人出庭作证,然后再听录音,没有需要菊治发言的地方。

那样的话,索性疲倦一些,不易烦躁倒好,说不定反而可以镇静一些。

不管怎样,总要打扮一下。菊治换上新的白衬衫和灰外套,出了拘留所。

车内坐着五个未被判刑的被告,大家都一言不发地眺望窗外。各自因为什么被捕? 将会受到什么判决? 详细情况菊治也不了解,他只知道今天早饭大家都吃了纳豆。

那是因为菊治自己也吃了,所以他才这样推想。

押送车在寒冷而明快的阳光照射下前行,终于到达了法庭所在的大厦。

暂时监押处还是那样昏暗,菊治在那儿休息的时候,情绪逐渐高涨起来。十点的开庭时间马上就要到了,负责事务的警官站了起来。

这已是菊治第三次被带入法庭,但就在进入法庭的瞬间,菊治还是感到紧张。

在法庭门前,菊治好像检查什么似的,摸了摸下巴,又将裤子轻轻向上提了提,才向前走去。

旁听席上还是坐得满满的。菊治只朝那边看了一眼,就垂下了目光,来到了被告席上。

菊治后背微躬,看上去大概有些憔悴,但是谁也不会察觉。

像往常一样,随着庭长走进法庭,全体人员起立,行了一礼,之后庭审开始。

因为是第三次庭审,菊治镇静了许多,但还是没有勇气向旁听席望去。

当菊治低垂着脑袋的时候,庭长传唤今天的证人中濑出庭。

中濑平时喜欢舒适的便装,今天却穿上驼色的外套,还配了一条枯叶色的领带,站在证人席上。

"首先,请证人宣誓。"

中濑开始宣读誓言,由于体格健壮,所以声音十分洪亮,一副大大方方的样子。中濑说过他以前担任周刊杂志总编的时候,曾因杂志的文章被告上法庭,所以他可能已然习惯出入法庭。

庭长像警告冬香的丈夫一样告诉中濑,如若证词有假,将会受到法律制裁,然后宣布:"请辩护律师开始讯问。"

北冈律师随即站了起来,说了一句:"中濑证人,辛苦你了。"于是开始提问。

"首先,请介绍一下你与被告之间的关系……"

律师问的是中濑与菊治是如何相识的,中濑讲述了他与菊治同批考入新生出版社,最初共同承担文艺部门的工作,后来菊治开始创作小说,辞去了出版社的工作,但两个人的友好关系一直保持到现在。

"你对被告在工作方面及性格上,有什么印象?"

中濑正中下怀一般回答:"他在工作上很能干,曾是一个优秀的编辑。当时他因开始小说创作,提出辞职的时候,我和周围的人都极力反对,但他去意已决,于是他在大家的惋惜声中辞去了工作。"

"那个时候,被告已经开始创作小说了吗?"

"他进出版社后不久,就已开始创作小说,以村尾章一郎为笔名应征的小说,获得了新人奖,他的第二部小说也十分畅销,所以他才决定辞职。"

菊治辞职的过程的确如中濑所述。

"你和被告长年进行交往,你对他的性格有什么看法?"

"我认为他是一个体贴、诚实的好男人。他的小说走红之后,也从没摆过架子。说到特征,属于那种干什么都专心致志、拼命努力的类型……"

在中濑眼中自己可能的确如此,其实菊治本人却并不十分清楚。

"我认为这种高度的集中力,正是他创作出好小说的原动力。"

"请问,被告与被害人之间的关系,你知道吗?"

"我在他的言语之间无意中听到一些,我十分清楚他是真心喜欢对方,深深地爱着对方。"

"那是怎么一回事……"

"在提到她的时候,他脸上显得既难为情,又十分高兴,我就明白他是特别喜欢对方。"

原来自己当时在中濑面前,是这么一种形象啊!菊治不觉想起半年之前的事情,令人怀念。

"关于这次的事件,我想听听你真实的感受。"

"他绝对不是那种随心所欲、狡猾奸诈的男人。他只是一心一意地喜欢对方,对方希望的话,他什么都可以为她去做。我认为正是这种感情,使他经不住对方的要求,因此引发了这次事件。也就是说,他既没有恶意,也没有目的,我觉得是一种下意识的行为。"

中濑不愧原来当过编辑,竟用上了"下意识的行为"等文学用语。

"关于被告作为作家的才能,你是怎么看的?"

"我认为他的天分极高,才能出类拔萃。在文坛上崭露头角的时候当然不用说了,后来他打破了将近二十年的沉默,成功地重返文坛。这种事情在文坛上也极为罕见。由此可以看出,没有超乎寻常的才能和精力,以及压倒一切的高度集中,根本无法做到这一切。"

北冈律师一边点头,一边拿起《虚无与激情》问道:"关于这部作品,你有什么看法?"

"那是一部杰作。围绕男女情爱,还从没有作品能从精神和肉体两个方面进行如此深刻的发掘。能够描写得这么深入,若是没有极为相爱的女性,是创作不出来的。"

"你说的女性,指的是被害人吗?"

"的确如此。在这部书的卷首写着 F,这个 F 正是被害人,由于她的存在,作者才写这本小说。我认为可以把这本书称为作者和被害人的共同著作。"

中濑的证言,仿佛得到了大多数人的接受。大家明白了被告不是一个随便的男人,性格稳重、诚实,一心一意地喜爱一个女人,为了东山再起,拼命地进行小说创作。

问题的关键在于,为什么会发生这次事件?大家了解到那也是由于被告太爱对方,希望让对方一切都如愿以偿,在实现的过程中不知不觉做过了头而已,其中没有任何阴谋或个人目的。

在以上问题得到了明确的答复以后,北冈律师说:"我的讯问到此为止。"

"下面,请检察官进行证人讯问。"织部检察官随声站了起来。

今天她穿了一身灰色的套装,胸前戴着珍珠项链。

"我想请问证人……"

织部检察官突然拿出《虚无与激情》问道:"这本书,您称是被告和被害人交往时写下的,是那样的吗?"

"对,是那样的。"

中濑爽快地点点头。

"那么,我想请问一下,这本书的出色之处在哪些地方?请您从一般的以及文学的角度作阐述。"

中濑仿佛没有想到在法庭上会被问到这种问题,他停了一会儿答道:"因为这本书现在极为畅销,我想很多人读后都会非常感动。从文学上讲,我认为对爱与欲望的本质进行寻根究底深入挖掘的作品,这是第一本。作品中对双方关系不断加深过程的描写,当然极具力度,十分精彩,后来两个如此相爱的男女走向背离的道路。所谓走向背离,意思就是……"

中濑说明了"背离"一词的意思后继续说:"男女双方,一旦陷入极端的爱情,女方会产生一种绝对的激情,而男性则会走向虚无,因此各自的道路并不相同。那种类似宿命的东西,作品从精神和肉体两个方面进行了挖掘,都有很强的说服力。至今为止的文学作品当中,还没有写得如此深刻的……"

刹那间,检察官打断了中濑的讲话:"也就是说,男性是虚无而清醒的,对吧?"

菊治顿时咽了一口唾沫。

检察官"男性是虚无而清醒的"的质问,究竟意味着什么?中濑仿佛同样感到困惑,就在他不知如何作答的时候,检察官继续追问:"女性在欲望驱使下,疯了似的喊叫'杀了我吧',但是那个时候,男人应该已经变得十分清醒、冷静了吧?"

"不是……"中濑慌忙否定。

看样子他已经明白检察官想要主张什么了。在女性达到性高潮、喊叫'杀死我吧'的时候,男性却处于空虚、冷静的状态。若是那样,被告在杀死被害人的时候,显然是在冷静的状态下,难道还能说被告没有杀意吗?检察官想说的好像就是这些。

"不对,那是男人泄了以后的事情……"

中濑随即意识到自己说出"泄了"那种低俗的语言。

"两个人相亲相爱,直到达到高潮为止,双方都处于疯狂的状态,并不存在哪一方怎么样的事情……"

"然而,小说中不是写到,在做爱途中,女性要比男人燃烧得更激烈,而那种激烈程度令男人感到困惑,变得害怕起来吗?"

检察官似乎要使心情和胸部一同涨起,她继续说:"总之,在性爱方面,男方不是很冷静的吗?"

"不是……"

在检察官锐不可当的追问下,中濑一边踌躇一边回答:"我认为两个人同时燃烧的时候情况就不同了。总之,这只是一本小说……"

"但是,这本书是被告在最爱被害人的时候写的,所以最为真实地描写了被告的心情。这本书不是因此才作为证据被法庭采用的吗?"

"可是,不管怎么说,这也是文学作品……"

这时北冈律师举起手来,庭长看到后,指名让他发言。

"检察官刚才的讯问，是要以作品的一部分来对整个事件进行概括，我认为这十分过分。这部作品不是那种意义上的作品，被告是多么热爱被害人，因此才会创作出这本爱的结晶。我希望能够抱着这种观点理解这本小说。"

北冈律师的发言结束了检察官对中濑的证人讯问。"辛苦了。"庭长说了一句，中濑向他行了一礼，离开了证人席。

刹那间，中濑和菊治的视线碰到一起，彼此微微点头致意，中濑向旁听席走去。

看到中濑离开之后，北冈律师提出："我想问被告几个问题。"得到庭长的许可后，他再次向菊治讯问："在这本书的卷首写着'献给挚爱的F'，这个F是被害人名字的第一个大写字母，可以这样认为吧？"

"可以！"

"这部作品之所以能够完成，是因为和被害人之间存在着热恋关系，可以这样解释？"

对此菊治的回答还是"可以"。

"我想被害人也读过这部作品，对方说过什么没有？"

"从我开始创作的时候，她就一直鼓励我，写完之后，她赞扬说写得非常好……"

刹那间，菊治想到了中濑的立场，但还是自顾自继续答道：

"最初，我不清楚能否马上出版，对方提出，如果不行的话，她就到各个出版社去进行推荐……"

虽然有些难为情，菊治还是不顾一切地说了出来，北冈律师点头道："也就是说，这本书是你们二人爱的结晶吧？"

等菊治答完"是"之后，"我的问题到此为止。"辩护律师说着回到了自己座位上。

看起来北冈律师想要强调的是两个人到最后都十分相爱。

接下来，庭长提出要听录音的时候，辩护律师马上申请禁止公开一事。

庭长就此征求了检察官的意见，在检察官没有异议的情况下，和法官们进行和议。

庭长很快进行了宣布："下面即将进行的录音播放，唯恐有碍善良的风气，所以禁止公开。请旁听者暂时退席。"

一时间，旁听席那边传来了一阵骚乱，法庭工作人员不予理睬打开了大门，旁听者们面带无奈的表情离开了法庭。

这样就不用把录音公之于众了。菊治总算松了一口气，但是"唯恐有碍善良的风气"的说法实在太夸张了，菊治觉得有些骇人听闻。

等到所有旁听者离开法庭，大约用了五分多钟。

中途菊治看见法庭工作人员拿着"禁止公开"的纸张，恐怕是要贴在门口，禁止任何人入内。

过了一会儿，法庭上只留下庭长、检察官、辩护律师、菊治，还有书记官和法庭工作人员，及围在菊治两边的看守。

法庭虽说不是很大，但是刚才坐满了人的旁听席一旦走空，顿时显得空荡荡的。

这时，庭长宣告播放录音，同时给书记官、法官、检察官等人发了白纸。

据北冈律师说，他们事前提出听录音时，要将重要部分记录下来，所以刚才发的可能是记录用纸。

然而，即使是为了审理案件，聆听他人的做爱录音并作记录，亏他们做得出来。

正当菊治为此愕然的时候，庭长说："那么，现在请开始。"

听到庭长的指示，书记官按了一下播放键，将录音机放在了桌子中间。

一下子出现了一阵沙沙的杂音似的声音，"哎……"突然传来女性撒娇的声音。

菊治当即知道是冬香的声音，大家都是一副认真的表情竖耳倾听。

"哎，不行……"

一点不错，是冬香的声音，分给众人的用纸上记的是同样的东西吧？在严肃的法庭上，这种格格不入的声音，让庭长和检察官等都感到不知所措似的，大家都低垂着眼睛。

令人不可思议的是，录音的确是两个人在床上时录的，以往都应该从一般的对话开始。这次为什么会一下子就传出了娇媚的声音?

是北冈律师从录音中选出最重要的部分,让众位聆听的吧?

录音机中再次传出两个人持续的喘息声,接着是"哎"的缠绵的声音,同时听到一句甜美的赞扬:"太好了"。

赞扬声中夹杂着"好不好"的男人声音,菊治不禁浑身一颤。

那正是自己的声音。

说实话,菊治真想当场逃出去。

两个人之间的秘密,就这样在光天化日之下被众人聆听,这种天大的羞耻感令人无地自容。

菊治忍不住刚要站起身来,一下子听到了"啊,啊"的连声娇喘,紧跟着是男人的声音:"不行、不行,住手!"

这究竟是哪一个部分?难道是最初录音的箱根那个夜晚的?菊治正在回忆的时候,突然传来了冬香的叫声:"唉……唉……杀了我吧……"

法庭里寂静无声,连声咳嗽都没有。这是最重要的地方,众位都是这样想的吧?这种鸦雀无声的环境,让菊治觉得更加难耐。

"唉……"

对又来逼迫的冬香,男人问:"你想死啊?"

"对,就这样杀了我……"

紧接着传来了女子剧烈的咳嗽声,与此相同女子大叫:"飞了,我要飞了……"

录音这时好像中断了似的,一阵短短的空白之后,又听见男人的声音:"刚才,你说过杀了我吧……"

女子还没来得及回答,男人又问:"那样死了也行?"

这次传来女子疲倦的声音:"当然行了……"

两个人就这样偎依在一起了吧,又沉默了一段时间,还是男人问:"刚才我这样掐你脖子,死了的话,就什么都完了。"

"如果和你在一起就行。"

"不过,那样一来就回不到这个世界上了。"

　　那时,菊治应该在想冬香家庭的事情,冬香低沉而坚定地说:"我不想回来……"然后又说:"别让我回来……"

　　录音这时好像结束了,书记官再次伸手摁向录音机的键盘。

　　他摁的是快进,大概准备播放后面的部分。

　　在这期间,庭长、检察官、辩护律师,都屏住了呼吸似的,默不作声。

　　虽说是重要的证据,刺激毕竟太强烈了。菊治悄悄瞥了一眼检察官,只见她秀气白皙的面孔一直低低地垂向下面。

　　录音程序像是准备好了似的,书记官再次将录音机放在桌子上。

　　这时传来了衣服碰触的摩擦声,然后是女人模糊不清的声音:"我想和你连在一起……"

　　冬香的确说过这种话。由此看来,两个人的私处已经结合在一起了吧。喘息声就这样持续了一会儿以后,"住手……"突然传来了冬香的叫喊。

　　这种尖锐的忍无可忍的悲鸣,应该是菊治亲吻冬香耳垂时的声音。冬香全身之中耳朵最为敏感,在做爱过程中,菊治只要将嘴唇凑近她的耳朵,冬香总会疯了般地叫喊起来。

　　喘息声变得更加激烈,再次传来了"不行"的呢喃,然后是"太好了"的叫声。

　　眼下冬香全身已被挑逗起来,欲火熊熊燃烧,徘徊在"不行"的理性和"太好了"的感性之间,最后她终于忍无可忍了似的,发出了"太棒了"的叫声。

　　刹那间,巨大的快感传遍了冬香全身,她继续疯狂地叫道:"哎、哎,掐住我的脖子……"

　　冬香声音中那种走投无路般的哀求,应该不是焰火大会之夜刚完的时候吧。那天晚上,在两个人第二次做爱的时候,菊治的的确确和冬香结合在一起,他从上面用双手扼住了冬香纤细的脖颈。

　　就在冬香喉骨那种紧绷硌手的感觉在菊治一双手掌上苏醒过来的时候,录音机里突然传出冬香低沉、悠长的呼唤:"饶了我吧,哎,要死了……"

　　菊治知道那样冬香是不会死的。那样一想,他不理冬香,"死吧",他继续用劲按了下去。

　　在菊治的记忆苏醒的同时,冬香呢喃:"我飞了……"然后又叫:"杀死我吧。"这时男人粗暴的喘息混了进来,之后,传来了"喀吧"一声低响。

在录音里听上去只是一种单纯的杂音,但那是冬香留在这个世上最后的声音。

在此之后,沉默持续了一段时间。

因为在这之后不管再等多少时间,什么都听不见了。

冬香是这个时候死的。知道这件事的只有菊治自己。

菊治慢慢仰起脸来,环视了周围一圈——仿佛谁都没觉得录音要完了似的。

"结束了。"菊治刚想说出口来的时候,在衣物相互摩擦的声音里,同时出现了男人的声音:"喂……"

菊治不由得向录音机望去。

还是自己的声音。当时的情况又鲜明地在菊治脑海里浮现出来。

那时菊治还不知道冬香已经死了。他根本就没想到冬香会死,所以还主动挺起腰部,打算继续做爱。

"喂……"男人呼唤的声音再次传了出来。

那个时候,菊治轻轻拍了拍突然变得一动不动的冬香面颊,在心中嗫嚅:"快起来!"

但是冬香仰面朝天,下巴略微扬起,双目紧闭,只有双唇轻轻开启。

"你怎么了……"

菊治的声音变得有些焦躁,那时他的脑海中第一次闪过了"死"这个词。

难道说冬香死了吗?菊治继续慌忙地拍打冬香的面颊。

"冬香,怎么了……冬香……"

菊治惊慌失措的声音一直继续,然后他哀求道:"喂,起来呀,起来……"

接下来随着"怎么了"的声音,录音一下子断了。

就在菊治闭着眼睛沉浸在回忆之中的时候,书记官好像站了起来。

菊治睁开眼睛,只见书记官拿起了桌上的录音机。看到此景,北冈律师宣布:"录音到此结束。"

随着律师的声音,庭长、检察官、法官仿佛从一个长梦中醒来般抬起了头,紧接着他们仿佛觉得聆听刚才的录音有点可耻似的,相互回避起各自的目光。

“下面，请旁听者再次入庭，继续进行审理。”

旁听者再次进入法庭坐了下来。

旁听席上的听众和刚才退庭时一样，还是坐得满满的，显示了人们对这次案件十分关心。

“审理继续。”

庭长说完，北冈律师举起手来。

“庭长，关于刚才的录音，我有几个问题希望讯问被告。”

“请。”听到了答复，北冈律师问：“刚才录音机里的声音，是你和被害人的声音，没有错吧？”

“是。”菊治小声回答。

“录音内容也和你以前录下的一样吧？”

虽然相当难为情，因为二者的内容一样，菊治还是答了一句“是”。

“我的问题到此为止。”

辩护律师是要确认刚才听的录音没有问题。

检察官随即站了起来，她说：“我也有一些问题要讯问被告。”检察官的要求得到了庭长的同意。

“你是什么时候想到要录这种录音的？”

在检察官的凝视下，菊治张皇失措地回答：“应该是五月左右……”

最为准确的是五月二十号，冬香生日两个人去箱根的时候，不过菊治觉得没必要回答得那么精确。

“你为什么要录这种录音？”

“那只是……”

是男人的话，在和自己心爱的女性做爱时，都有忽然产生这样念头的时候，眼前的这位检察官属于和那种游戏无缘的人吧。

“我只是想录一录而已……”

“这件事情被害人也知道吗？”

“大概……”

菊治觉得检察官脸上刹那间浮现出淡淡的笑容，但立即恢复了严肃的表情。

"被害者没有进行什么反对吧?"

"是。"

这时检察官点了点头:"我的问题到此为止。"说完,她回到了自己的座位。

"那么,今天的审理到此结束。"

庭长接着宣布了下次的庭审时间,定于明年的一月六号。法庭休庭。

雪 女

第三次庭审结束以后,菊治切切实实感到翻过了一座大山。

法庭再次审理定于明年年初,那时检察官将进行总结发言和请求对被告处刑。

检察官究竟请求法庭对自己处以什么刑罚? 只要一想到这件事,菊治就紧张得待不下去。

最终判决当然是由庭长决定,但是根据检察官求刑的多少,可以在一定程度上预知刑期。

最让菊治不放心的是,自己和检察官之间一直不能很好地沟通。

检察官属于起诉被告的控方,双方不能融洽也很自然,即便如此,菊治还是希望对方在某些地方能够接受、理解自己。

然而,菊治觉得和织部检察官之间,始终都处于一种没有交点的平行线状态。

那是否由于检察官是女性的原因呢?

当初菊治曾经期待,检察官是女性的话,多少能够理解冬香的感情。

可在法庭审理过程中,对方在这方面的表现正好与期待相反,菊治有时甚至觉得对方就是性格冷淡的人。

也许正是出于女性的角度,检察官觉得那种被爱情淹没、沉醉在性爱之中,甚至希望就此死去的女人不可原谅。或者因为检察官自身不了解性高潮,所以认定沉溺于性爱本身,就是一种淫乱、可鄙的事情。

总之,同样是检察官,换作对爱情和欲望有所理解的人的话,菊治觉得对方可能会持一种更为从容、体谅的思维方式。

总之,和检察官相比,北冈律师虽说出于职业需要应当如此,但他对自己相当理解,而且辩护得十分出色。

对北冈律师把辩护重点放在委托杀人上面,菊治虽然有些不满,但除此之外,北冈律师的辩护十分尽力。

北冈律师作为男人,理解菊治不足为奇,但是他甚至连冬香的想法都能理解,还经常和蔼地鼓励自己。可能是年龄的原因(不对,有些男人就算上了年纪也还是不懂),所以北冈律师和女性应该有一定的交往经验,这才是理解的原点。

话又说回来了,那个检察官究竟会向法庭怎样求刑?

检察官看起来头脑聪明,不过她的精干、漂亮,反而使菊治感到非常不安。

菊治终日无所事事,陷入沉思之中。在这种单调的生活中,日子仍是一天天地过去。

牢房中仅有的架子下吊着一本挂历,每过一天菊治就用油性粗笔划去一天,今天已是十二月二十三日了。

自从被捕以来,差不多将近一百五十天了,社会上从今天开始应该进入三连休了。菊治边看日历,边漫不经心地想着心事,"109 号",当菊治的号码被叫到时,他拿到了自己的早饭,旁边竟然放着两个蜜橘。

今天为什么不一样,菊治问了一句,对方说是天皇生日。

菊治双手端过早饭,又把蜜橘拿了起来。蜜橘不是很大,皮发红,像是熟透了。

天皇生日的时候,原来会发这种东西。菊治端详了一会儿蜜橘,才把它剥开。

和他想象的一样,蜜橘又甜又凉,菊治将它一瓣一瓣送到嘴里,忽然觉得十分可笑。

这样一个大男人,因为天皇辰日,分到了两个蜜橘,独自默默地吃着。这样一个自己,不知为什么显得这么可笑、可悲。

总之,除了听天由命以外,没有更好的活法。

菊治提醒自己,就这样,除夕到了。

终究要在这种地方过年了。菊治面对现状,半是惊讶,半是伤心,他一直睡不着觉,这时午夜零点到了。

此时此刻,在外面的世界,除夕钟声已经敲响,恐怕很多人都要去寺庙拜年。在遐想的过程中,"冬香",菊治不由低语,然后告诉她:"新的一年到了。"

冬香已是另一个世界的人了,没有除夕,也没有新年。既然那样,索性到那个世界去,可以得到菊治想要的安宁。他的脑海里,忽然浮现出"死"的念头。

可能的话,真想就这样死了,然后赶往冬香那里。

冬香总是希望两个人死在一起,如果他去了的话,她一定会伸开双手欢喜不已的。

但是在拘留所内,不用说金属,就连一根钉子都不允许带进,要想自杀,几乎是不可能的。

"我想去死,可却又死不了!"

菊治不断地对冬香倾诉,渐渐地进入了梦乡。

就这样新的一年到了。元旦早上,菊治用冷水洗了脸,去拿早饭,十分罕见地发现早饭居然冒着热气,他往碗里一看,只见里面放了两块年糕。

元旦的时候,未被判刑的被告也能分到煮年糕啊!菊治似乎觉得受到了特别的优待,他慢慢品尝着年糕。

从今天起,新的一年又开始了,而且五天后,自己将会听到检察官的求刑,不管对方说些什么,菊治都希望自己不要惊慌失措,要显出一副从容不迫的样子。

这就是新年伊始菊治的一个小小心愿。

从元旦起,日历被菊治一天天划去,转眼到了六号,到了即将总结、求刑的那天早晨,菊治有些轻微的拉肚子。

头一天晚上,也没吃什么不好的东西。因为没有食欲,菊治反而还剩了一些,为什么还会拉肚子?

菊治想起了以前听说过的"神经性痢疾"这一单词。

各种各样的精神压力和不安状态一直持续下去,就容易拉肚子。昨天晚上菊治因为考虑检察官总结、求刑的事情,睡不着觉,闷闷不乐地过了一夜,这恐怕就是拉肚子的原因。

"振作起来……"

菊治给自己打气。时至今日,再怎么害怕,也于事无补。相反,今天自己作为被告,好像可以获得最后的陈述机会,自己应该说些什么好呢?

首先,菊治打算开头先向被害人家属谢罪。不管怎么说,自己给冬香的丈夫,还有她留下的孩子们带来了很大的痛苦,这是毋庸置疑的事实。

不过,只用言语谢罪的话,不能抹去对方心中对自己装模作样的印象,所以菊治打算给对方一部分经济赔偿。

这件事是菊治去年年末想到的,跟北冈律师也商量过了。

从原则上讲,被告一旦服满刑期,也就等于赎了自己的罪过,除了特殊情况,没有义务再向被害人赠予金钱或物品。

但是,在被告人之中,好像也有人用金钱或物品进一步表示谢罪。

幸亏《虚无与激情》的稿费今后即将汇入菊治的银行账户。说白了,那本书是在冬香的鼓励下创作出来的,所以把稿费的一半交给冬香也不足为奇。眼下冬香不在了,把钱交给她留下的孩子们,也是十分自然的事情。

由于菊治原来已经约好要买下千驮之谷的公寓,所以除去买房的钱,菊治估计还有五六千万日元,可以送给孩子们。

"这样一来,在酌情量刑方面也很有利。"

北冈律师当即表示赞成,但菊治并不是出于这种目的。

冬香的丈夫不用菊治操心,菊治只想对孩子们做一些力所能及的事情。那不仅是为了孩子,同时也是为了年纪轻轻就去世了的冬香。

这一天东京的天空也是晴空万里。在走出拘留所的瞬间,寒风吹过菊治的面颊,押送车内充满了温暖的阳光。

大概是被这份阳光温暖,菊治想要腹泻的感觉似乎好了一些,不过小腹一带还是有点儿隐隐作痛。

"要镇静下来。"

事到如今,慌手慌脚也没有用,正当菊治提醒自己的时候,开庭的时间到了。

从正面望去,这次的旁听席上也是座无虚席,"因为这是一个在社会上引起很大轰动的事件",菊治想起了北冈律师说过的话。

这话是北冈律师无意中说的,但是作为畅销小说作家,在做爱过程中将自己的情人——一个已婚女子掐死的这一事件,还是极富冲击力和轰动效应的。对菊治来说,只是由于一心一意深爱对方失手造成的结果,可在那些没有激情、从未燃烧过的人眼中,大概就成了一个奇异的、有猎奇色彩的事件。

上午十点,和以往一样,庭长的一句话就准时开庭了。

法庭内比往日平添了一份紧张,恐怕因为检察官马上就要进行总结发言和求刑。

"那么,从现在开始,请检察官、辩护律师阐述各自的最终意见。首先,请检察官进行总结发言。"

"是。"织部检察官声音清澈地答应后站了起来。

检察官今天穿的也是灰色套装,胸前露出的一角白衬衫尽收菊治的眼底,检察官旁若无人地开始了总结发言。

"本案的公诉事实,在法庭审理期间,经过多方面的调查取证,已经得到了充分的证明。"

检察官口齿清楚的发言中,使人体会到一种绝不允许妥协的严厉。

"第一,被告人尾村菊治在与被害人人江冬香发生性行为的过程中,扼住被害人的脖子,将其掐死,这种行为我认为符合刑法第一百一十九条的杀人罪。"

看样子检察官还是把这次事件单纯当作一个杀人事件,菊治虽在一定程度上意识到这一点,可他还是感到胃里一阵阵绞痛。

"被告人主张被害人多次要求'我希望你杀死我',所以依照本人愿望接受了这种强烈的请求,但是因此可以杀人的理论根本不能成立。"

刹那间,织部检察官向菊治那边望了一眼,然后继续说:"仅从录音内容来听,被害人明确说过'我希望你杀了我'。然而,那是在发生性关系那种异常,或者说心态失常的时候说出的话,我认为既随便,又不能够反映被害人的真实愿望,因次被告人的所作所为,我认为不符合委托杀人的条件。"

"不对!"菊治在心中呐喊。正是因为不正常,即在异常的状态下,冬香才能把隐藏心底深处的真实想法倾诉出来。

眼下自己正处在性高潮之中,若能被心爱的人扼住喉咙掐死,该是多么美好!

那个时候冬香绝对是这么想的,应是她的心之所愿。

"第二,即使被害人有这种强烈要求,就按其要求将人杀死,被告人考虑问题的方式十分欠妥。"

法庭里异常的寂静,四周鸦雀无声。

"在性行为当中,有些女性的确会说各种各样的事情。其中某些话好似只是单纯的嬉戏或卖俏。把那些全部当成对方的心里话付诸实施,我不得不说这是一种武断的、幼稚的行为。"

这时,检察官稍稍停顿了一下。

"当然,被告人在社会上也是著名作家,没有犯罪前科。我认为被告人有一个时期爱过被害人也属事实。"

不是有一个时期爱过,而是自始至终都在爱着对方。菊治在心中低语,检察官却自管自继续说道:"但是,在被告人最近的著作《虚无与激情》当中,主张在性爱过程中,男性比女性冷静得多,属于一种缺乏激情的性爱。被告人有如此之深的洞察力,竟然做出这种行动,我不得不判断那是一种自以为是、以自我为中心的个人主义行为。"

事到如今,菊治不想再听类似说教性质的话。他十分烦躁,但是检察官却满腔自信地继续说:"在对以上诸多事项进行考虑的基础上,根据相关的法律条款,我认为理应判处被告人监禁十年的徒刑。"

刹那间,会场上传来了一阵长吁短叹。

"十年。"菊治口中嘟囔。

所谓"十年",是指要在牢狱中囚禁十年,失去了所有的自由,像化石一样活上十年。

不管怎么提醒自己,菊治还是无法产生真情实感。恐怕不在现实中生活上一段时间,也许他就理解不了这种事情。实际上,正当菊治一副与己无关的样子呆呆地进行思考的时候,庭长宣布:"下面,请辩护人发表辩论。"

按照庭长的指示,北冈律师站了起来。

"辩方认为被告的行为不符合控方主张的单纯杀人罪,我认为是委托杀人。"

这时,北冈律师静静地环视了一下庭内,然后说道:"首先,第一点,像录音明确证明的那样,被害人曾多次执著地要求去死。当中,被告曾向被害人确认:'那样死了也行?'还对她进行了种种说服:'死了的话,就什么都完了。''那样一来就回不到这个世界上了。'然而被害人根本不听,她斩钉截铁地明确说出,不想回家,不想回到丈夫的身边。'我再也不想回家,我希望你想办法杀了我。'被害人那样要求,我认为被告的行为明显符合委托杀人的条件。"

听到这些话,菊治心里很不平静,那天晚上冬香的确那样说的,可自己不会因此就把她杀了。那个时候应该说菊治根本就没有杀意。

"而且本案发生的时候,被告人受到了异常的、激烈的冲击,被害人多次要求'我希望你杀了我'。那种对死的异常欲望,绝对是那一瞬间强烈的性快感,即所谓性高潮带来的,同时被害人以死为最大的幸福,她已经失去了继续活下去的意念,也可以说是一个证明。"北冈律师谆谆教导大家似的继续说,"被告由于过于热爱被害人,觉得应该满足她的要求,于是为了使她幸福拼命进行努力。被告的所作所为,只是如此而已。结果恰巧造成了被害人的死亡罢了"。

法庭不宜的用语连珠炮似的吐了出来,旁听席上的众人好像都在屏住呼吸,聚精会神地用心聆听。

"而且……"北冈律师的声音高了起来:"从被告意识到被害人停止了呼吸以后的状态来看,被告的自言自语非常可怜,过于悲伤。之前被告还没有发现被害人已死。正因为如此,'喂……'被告多次这样呼唤被害人,并问她:'怎么啦?'我认为这更证明了被告不是想杀被害人才杀的,这说明被告没有杀意的证据确凿。"

接下来律师缓缓地好似训导般说道:"加上从被告朋友的证言中也可以得到证实,我认为有一点十分明确,正是被告那种专心致志、拼命努力的性格,才引发了这次的事件。被告最近的著作《虚无与激情》,也是从正面对男女的爱情和欲望进行了真诚的探讨。另外,被告对这次事件进行了深刻的反省,他提出在经济上给予被害人家属尽可能的援助。"

从旁听席那边,顿时传出了一声轻微的叹息。

"作为辩护一方,我认为被告犯下的委托杀人罪,是在双方同意的前提下,出自特别深厚的爱情,那是一种爱的行为。"

北冈律师这时喘了一口气,再次望着庭长诉说:"像这次这样的事件极为罕见,我认为本案的判决,对今后这类案件的判决都会产生极大影响。在考虑以上诸项情况的基础上,我恳切地希望法庭对被告尾村菊治给予尽可能的宽大处理。"

北冈律师说完行了一礼,静静地向检察官那边看了一眼,回到了自己的座位上。

看来控方的总结发言和辩方的辩论已经结束了。

法庭里出现了短暂的安静,庭长好像正在等待此刻的到来,他宣布:

"被告请到证人席上来。"

按照庭长的要求,菊治站在证人席上。

"至此本庭审理完毕,最后你如果有话要说,请言简意赅地阐述一下。"

菊治点了点头,静静行了一礼,开始说道:"我给被害人家属带来了极大的伤害,就此深表歉意……"

菊治就这样想了一会儿,却一时说不出适当的话来,只好摇了摇头,从证人席上走了下来。

菊治的发言结束了法庭审理过程。

"那么,今天的庭审到此结束。下次,将于一月三十号上午十点对被告人宣布法院判决。现在休庭。"

随着庭长的宣布,大家都站了起来,行礼之后各自散去。

"喂",在看守的催促下,菊治也站了起来,他飞快地回头朝旁听席那边望了一眼,发现有几个人正盯着这边。菊治好像觉得看到了中濑似的,他慌忙地垂下了眼睑。

菊治就这样背朝旁听席,走出了法庭。

再往前走,就一个人也没有了。在空荡荡的走廊里,菊治跟在身穿白衬衫和制服的看守后面向前走去。

最后,当庭长让自己发表意见的时候,"不对",自己应该这样更为清楚地表明态度。自己不是像检察官说的那样，单纯、幼稚、没有一点儿判断能力；不是极端的自以为是、以自我为中心的个人主义。只是那个时候，超越了理智，不由自主地扼住了对方的喉咙，发现的时候人已经死了。事情仅此而已。菊治觉得只是在那一瞬间，自己仿佛陷入了一个与理性不同的空白世界之中，于是就照冬香说的，惟有一直掐住她的脖子。

站在证人席上的时候，菊治真正想说的就是这件事情。

然而一下子却没说出话来，只能左右晃头。那种说不出话的焦躁，身体首先进行了反应，就这样自己没发一声，庭审就结束了。

"真是一个笨家伙……"

菊治责备自己，啧啧咂嘴。

"干什么呢？怎么呆头呆脑的？"

然而，现在再怎么后悔也晚了。

庭审这种仪式已经按照计划全部结束了，菊治又回到临时监押处，再乘押送车返回拘留所。

外面的天空还是晴空万里，明媚的阳光不知是否知晓菊治心中的懊悔，仍从车窗照到车内。

菊治重新感受到大自然给人类的恩惠。

无论是大街上自由行走的人，站着等巴士的乘客，检察官求刑十年的被告，阳光都平等地照耀在每一个人身上。

菊治用双手掬起一捧阳光，轻轻地捂在了自己脸上。

菊治重新回到单人牢房，又开始重复一成不变的单调生活。

但是，他的心情却平静不下来。

菊治觉得在最后发言的时候，自己还是有什么重要的事情忘了说似的。后来后悔和羞愧的念头一直徘徊在他的脑海当中。

现在，庭长一定正在考虑判决书的写法了吧？那个时候没有开口说话，默不出声，是否等于全面默认了检察官的看法？菊治忍不下去了，向北冈律师打听："事情到底怎么样？"

"等着判决吧。"律师干脆点头说。

"我们连录音都交出去了,能做的事情,我们也尽可能都做了,明白的人应该会明白的。"

话虽这样说,最重要的是法官们的意见。量刑由他们决定,所以他们不能理解的话,就没有任何意义。

"刑期有可能比检察官要求的十年更长吗?"

"不,我觉得那不会的。只是那个检察官过于严厉了。委托杀人的最高刑期是七年,这就等于对方根本不承认委托杀人。不过你是初犯,而且我觉得你对死者家属的谢罪做得相当不错。因此,我认为一定会酌情量刑,所以刑期不会比控方要求的还长。"

那样一来,刑期将会多长?菊治想问的就是这个,可北冈律师似乎知道的也就这些。

"总之,你静下心来慢慢等待吧。"

听到律师的安慰,菊治虽默不作声,而不安不会因此消失。

北冈律师离开之后,单人牢房里只剩下菊治一个人,"十年……"他再次嘟哝。

最坏的情况,菊治要做好判十年刑的心理准备,果真如此,又会怎么样呢?

今后,真要在监狱中囚禁十年的话,十年后菊治已经六十六岁了。那是一个什么样的年龄?菊治根本无法想象。五十多岁知天命的年代已经结束,过了整整一个甲子,一般人在社会上已经退休,那是进入老境的年龄。

那个时候被释放出来,自己究竟还能剩下些什么呢?单凭想象,菊治就因时间的漫长,变得如坐针毡,快要发疯了一般。

从一月中旬开始,菊治身体就一直不舒服。

白天,无意中站起来的一瞬间,菊治马上就会觉得头晕目眩,当场缩成一团。

就这样过了半小时以后,头晕虽然好了,菊治的整个身体却轻飘飘地在摇晃似的,一点儿力气都没有。

同时,菊治耳朵也开始有点儿失聪,别人叫他的声音,也变得听不真切了。

实际上，在菊治感到身体不适的第二天早晨，似乎没有听见看守叫他，结果被看守大吼一句："109 号，你在干什么?!"

菊治身体不适的主要原因，源于平时得不到人的待遇，总是被看守用数字呼来唤去，也许是身体出于反抗，故意造成的失聪吧。

总之，这样下去的话，到法院判决那天，恐怕会出现障碍。菊治这样一想，便向看守提出要派遣医生进行诊治，结果被医生判断为"美尼尔综合症"。

据医生讲，在一丝不苟、较为神经质的那类人当中，由于精神上的不安定或精神压力过大，很多人容易患上这种病。医生嘱咐菊治除了打针、吃药，还需要静养，可是造成菊治精神上不安定的最大因素，还是来自听到检察官求刑十年的影响。

总之，菊治希望判决之日索性早些到来。那样可以清楚听到自己到底被判了多少年，心里也就踏实了，说不定还可以治好头晕。

不过，菊治对自己的脆弱还是非常吃惊。以前菊治私底下极为自信，认为自己不会输给同年龄的人，没想到自己竟会变得如此不堪一击。

不对，自己是在被捕之后，才变得脆弱起来的。一旦被囚禁在一个地方，自由遭到剥夺，对人的折磨原来会如此之大。

菊治发现自己的自信日益减少，在宣布判决的头两天，中濑前来探视。

中濑在看到菊治的瞬间，立即发现了什么似的："你显得有些疲惫，不要紧吧?"

"还行……"

菊治口气暧昧地回答，中濑告诉菊治，《虚无与激情》又增印了五万册。

不过，中濑却发现菊治没有显得特别兴奋。

"那天的求刑实在太过分了。因此我们全都站在你那一边。法院判决肯定会比求刑要轻。"

中濑虽然这样宽慰自己，可眼下的菊治，谁说的话都不愿相信。

在法院判决即将宣布的那天早晨，菊治在洗漱间洗手。

据收音机上讲，今天早晨是今年冬天气温最低的一天，东京的中心地区可能

461

会下一阵小雪。

许是这个原因吧,自来水管的水冰冷刺骨,菊治觉得手在冰冷的自来水冲洗下,变得可爱,令人想起往昔。

就是这双手曾经爱抚冬香,掐住她细弱的颈项,还有握住自己那个家伙……

这双手虽然知道所有的事情,却总是沉默无语。

吃完早饭之后,菊治像往常一样,九点出了拘留所。

道路上的行人,也都穿上了臃肿的防寒服装,缩着肩膀,匆匆而去。

押送车穿过隅田川,从千住向上野方向驶去。就在车子穿越隅田川的时候,天空中开始飞舞白色的小雪花。

"是飞雪……"

菊治忆起去年冬天,和冬香一起在京都的饭店眺望窗外飞雪的情景。

说不定冬香因为担心他,从天空上飘落下来了。菊治不由把身体向窗边挤了挤,正当他为飞雪着迷的时候,飞雪转眼就消失了。

在京都的时候,飞雪也是昙花一现。

菊治于是闭上了眼睛,押送车来到了市中心,不久就达到了法庭所在的大楼。

这是第五次了。也许将是最后一次。菊治抬眼望了一下飞雪消失后的蓝天,来到了临时监押处。令人不可思议的是,一想到这是最后一次,连狭窄阴暗的临时监押处都令人怀念。

就在菊治打量四周的过程中,规定的时刻临近了,看守仿佛在问"好了吧"似的催促菊治向法庭走去。

"既然已经到了这步田地,也没有什么可怕的了,索性大大方方地出去。"

大概是见到了飞雪的原因,菊治罕见地挺起了胸膛,目视前方,径直走到了被告席上。

过了一小会儿,庭长走进法庭,像往常一样全体起立,行了一礼,庭长带着审视的眼光,巡视了法庭一周。

就要开始宣判法院判决。在异常紧张的空气下,庭长用沉重的口吻宣布:

"下面,宣判法院判决,被告人请到前面来。"

自己是怎样站起来,怎样走向前去的,菊治记不清楚了,只是被庭长叫到前面站好之后,庭长手拿文件,口齿清楚地宣布:

"判处被告八年徒刑。"

法庭内一下子响起了分不清是惊讶还是叹息的声音,慌里慌张奔向门外的几个人,是电视或晚报的记者,为了赶在下午第一时间内报道此消息。

法庭内充斥着一种异样的紧张,菊治本人却出乎意料地平静。

庭长继续宣布,拘留的一百二十天也算在刑期之内,然后开始宣读判刑理由。

"被告人于平成十六年十月开始,与被害人入江冬香相识,其后经过交往,发展为非常紧密的关系,与此同时,被害人的性快感不断加深,不久后希望被告人在性高潮中将其杀死。"

庭长究竟在宣读什么? 菊治明知说的是自己的事情,可听起来却觉得枯燥无味,好像在听不认识的人的报告一样。

"被告人听从了被害人的要求,于平成十七年八月二日,在涩谷区千驮之谷二丁目一番地的 307 号,即被告人的房间内,在性交中扼住被害人的颈部,致使其死亡。"

以上好像就是应该成为菊治罪行的事实,庭长在继续列举了诸项证据之后,开始把内容转向对事实认证的说明。

"虽然可以充分进行推测,被告人的行为是在被害人多次要求下进行的,但是从被告人的年龄、职业等进行考虑,被告人应该能够充分预知,那是违背社会道德、为社会所不允许的异常行为。还有关于辩方主张的委托杀人,像晚期癌症患者的安乐死那样,只有当事人基于任意和真心进行要求的时候,才能得到承认,所以像本案那样,在性行为中,在一时的嬉戏中由于兴奋所作的发言,很难肯定完全符合委托杀人的条件。根据以上观点,委托杀人不能成立,被告的行为符合杀人罪。但是,基于被告人杀意淡薄,对死者家属的谢罪,以及提出进行经济上的援助等,在对以上诸项事宜进行考虑的基础上,按照判决书给予量刑。"

刹那间,菊治大叫:"不是!"

自己怎么会发出那种声音,连菊治自己也不明白。

恐怕从以前开始菊治就对检察官和法官的想法心怀不满。那些不断积累的怨气,一下子变成声音爆发了出来。

被告在法庭上突然大声叫喊,绝对不被允许。这点菊治心里虽然非常明白,但是话一旦出了口,就再也止不住了。

菊治明知大家都在往自己这边看,仍继续喊叫:"什么受被害人的委托啦请求啦,根本不是那么回事,和那些都毫无关系。只是、只是只是冬香……"

"肃静……"菊治无视庭长的制止,不顾一切地继续喊道:"只是,冬香希望这样死去,说让我杀了她,我只是照她的话做了,只是这样而已……"

"被告人,请保持安静!"

庭长再次出言制止,同时两个看守从左右两边,打算按住菊治。

但是,菊治仍旧冲着庭长大喊:"什么法律呀、刑法啦,你们满口光讲求歪理,什么都不懂。本来什么都不懂,却要……"

当菊治用右手食指指向女检察官的时候,看守从后面反剪住菊治的胳膊,另一个人给他铐上了手铐。

菊治就这样被看守强拉硬拽地从检察官前面通过,从里面的门被拉出了法庭。

"安静点儿,你以为这是什么地方?!"

一个看上去才三十多岁的年轻看守,一副准备马上就要动手殴打的样子怒视菊治,仿佛在说"快走"似的搡了一下菊治的后背。

菊治向前趔趄了一下,走了起来。

自己好像惹出了什么不可收拾的大祸。刚才那样大喊大叫,究竟会把自己怎么样呢?

自己的刑期不会因此有所增加吧? 因为判决书已经下来了。

在不安开始袭来的时候,菊治由于说出了自己的心里话,把憋在心底的怨气一股脑儿吐了出来,心里顿觉非常爽快。

总之,以后的事该怎么着就怎么着,八年也好,十年也好,自己不在乎。

菊治觉得自己此刻情绪异常高涨,这样做就对了,他同时给自己打气。

菊治被押回拘留所的单人牢房以后，心情还是无法平静。

在那么多人面前，自己当了一回跳梁小丑。在后悔的同时，菊治又觉得自己做对了，那样一来，对方应该明白自己想说的事情，两种想法交叉在他脑海里出现，他的心情起伏不定。

不管怎么说，他们所说的不对。

检察官认定："在发生性关系这种异常的状态下所说的话语，不能认为是出于本意的委托。"庭长断言："把对方在性交过程中提出的要求当真，将其掐死一事，被告应该能够充分预知，那是违背社会道德、为社会所不允许的异常行为。"这些统统不对。

"什么地方不对？"如果有人问道，菊治虽然不能很好说明，但是总而言之就是不对。那帮只知道法律、书生一样的家伙怎么可能明白，只有当时在场、和冬香做爱的自己，才确确实实地明白。

这和出于本意或社会道德等毫无关系。那个时候，冬香为了一心追求理想的死亡，拼命地不停喊叫。于是自己毫不怀疑地相信她，为了让冬香如愿以偿，自己才做下那种事情而已。也就是说，自己是在冬香的逼迫下，按照她的要求下的手，自己只是一介仆人而已。

因为上述行为，认定自己是杀人犯，还要关上八年，这究竟是怎么一回事？不对，刑期之类都无所谓，最重要的是自己的所作所为，不是他们口中那种幼稚、武断、违反常理的行为！

总之，那些家伙除了理论、道理不离口之外，其他的什么也不懂。他们认为凡事合乎理论、道理就是正确的；反之则全部指责为虚假的。然而人类是感情动物，为情所感，为情所动。一旦对感情进行侮辱、否定，从那一刻起，人就不再是人了。

"不对，总之不对。"

从押送车的窗口看到的街道，一如既往照耀在明媚的阳光下，不过菊治却没有心情眺望。

菊治口中继续骂着那些家伙，回到拘留所之后都停不下来。

后来菊治双手敲打单人牢房的墙壁，并用额头进行撞击，看守发现后上前怒吼："109 号,怎么啦? 安静一点儿!"

菊治无可奈何地离开了墙壁,就这样精疲力尽地坐在了地上。

"不对……"这时菊治还是双手抱头喃喃自语,但是声音只有牢房中的他才能听见。

昨天夜里,菊治就这样不住地嘟囔"不对",直到力气耗尽,进入了梦乡。

第二天早上,吃完早饭,北冈律师前来探视。

"对不起……"

刚一见面,菊治就低下了头。

"不知不觉的,怒火一下子涌了上来……"

一夜过后,菊治总算能够冷静一些考虑昨天自己的丑态。

"没事儿,因为那是你能够阐述自己意见的最后机会,可以将想说的话都说出来。"

听到律师这样一讲,菊治也觉得多少好受了一些。

"相比之下,是我的力量不够……"

律师说的仿佛是委托杀人没被法庭承认采纳一事。

"只是,说来还算合适……"

律师说了一句之后,解释说法庭判决,刑期多为控方求刑的八成,所以菊治的徒刑也还算合适。

菊治的心中顿时又涌起一股怒火:"刑期是那样决定的吗?"

"不是,我只是说那种例子很多。大家都是遵循一定的法律,在充分研究的基础上,决定下来的……"

听到"遵循法律"这个词,菊治的怒火再次燃起:"法律什么的,实在是可笑。总的来说,无论是刑法,还是什么法,都是那些没沾过任何事件的、平安无事、头脑过人的人制定出来的吧?"

由于兴奋,菊治的嗓音高了起来,站在旁边的看守指责说:"安静一些……"

菊治无可奈何地住了口,北冈律师将脸靠近了一些。

"我来这儿的目的,是想问你是否要上诉?"

还有上诉这条路？听到律师提起，菊治这才想了起来，说实话，菊治不知道应该如何才好。

"提出上诉的话，可以减刑吗？"

"是啊，结果会怎样关键在于是否承认委托杀人，这次的案件说不定有些难度。"

"那么，结果还是一样吧？"

"我也说不好。不过即使上诉，还是由同样的法律进行裁决。"

菊治缓缓地摇了摇头："我不上诉，这样就行了……"

即使提出上诉，还要听那些人说法律这样、那样的，再被他们裁决，已经够了。

"不过，因为还有两个星期，你仔细考虑一下。"

律师说完之后就走了。

菊治说出了"我不上诉"，可那样决定对不对？到了夜里，菊治还是拿不定主意。

如果上诉能够争取到减刑倒是不错；搞得不好，好像也有加刑的情况。

不管怎么样，总之，法律实在令人难以相信。现在的法律总是不分好歹，优先理论，以不同寻常的证据主义为中心，还自认为是最聪明、非常现代的东西。

然而，那些东西怎么能够裁决感情丰富的人类？

说起来，冬香以前也提过法律非常奇怪，虽说那是民事案件。

那段时间，冬香曾经感叹说，她丈夫向她求欢，只要一接近她，她就会厌恶得身上起鸡皮疙瘩。因此，她曾经去市所属的法律咨询事务所咨询过一次，对方告诉她，或者你手中有你丈夫使用暴力或外遇的确凿证据，或者你丈夫同意离婚，否则很难做到平等分手。

但对女人来说，没有比和生理上厌恶的男人一起生活更痛苦的了。

实际上，冬香和自己的关系越亲密，越拼命喊叫"杀了我吧"，其理由之一也正是在此。

然而，现在的法律完全无视人类那些感情和感受，是以容易理解的男人理论为基础形成的。

"是那样的吧?"

晚上,菊治钻进被子以后,悄悄对冬香说话:"八年的刑期终于判下来了,今后的八年里我必须一直呆在监狱之中……"

难以想象的漫长岁月令菊治困惑难当,他一直喋喋不休地诉说,这时冬香从黑暗之中模模糊糊地浮现出来。

"你来看我了?"

菊治不由自主地起身上前,今天晚上冬香不知什么原因,全身像雪一样白。

北方有一个传说,据说下雪的日子里,会出现雪女。据说雪女的容姿就是雪的精灵,还传说只要凝神细看,雪女就会消失。

"八年时间啊,太过分了吧!"

菊治诉说,雪女静悄悄的,仿佛在点头似的。

"不过,冬香你能明白吧?"菊治一边低语,一边摩挲变成了雪女的冬香的手。

菊治拉着变成了雪女的冬香自慰之后,多少踏实了一些。

再怎么哭泣喊叫,事情也不会发生变化。菊治醒来的时候,发现自己仍在同一间牢房里,被看守称作"109"。现实这堵无法逾越的墙壁,彻底地打击了菊治的反抗情绪,使他的斗志开始瓦解。

总之,法律这堵厚重的墙壁绝对无法打破。即使在同一天里,菊治时而激烈地反抗,时而灰心丧气,两种情绪不断交替。

在反抗情绪高涨的时候,菊治肯定会想起那个叫织部的女检察官。

她是哪个大学毕业的? 头脑到底有多聪明? 还有过着什么样的生活? 听北冈律师讲,她现在还是独身,她有没有正在交往的男朋友? 有男朋友的话,她体验过什么样的性爱?

白天里的胡思乱想也就这些,晚上上床之后,菊治的臆想就更加不受限。

反正有一点绝不会错,那个女人根本不晓得性的欢愉。

织部检察官眉眼轮廓秀丽,在总结发言和求刑的时候,整个就是一个自高自大的小毛孩子,但她皮肤白皙,胸部看来也不算小。如果把她那套合身的套装脱下,让她一丝不挂的话,说不定比想象的还要美艳。

当然,一般情况下根本无法做到,所以只能把她诱骗到某处,突如其来地进行袭击。

"你要干什么?"她惊叫,然后摇头挣扎,"住手!"也许还会大叫:"我要告你!"

菊治不加理会,一言不发地将她的衣服粗暴地剥去,进行奸污。

由于一时气愤,菊治的脑海中只剩下凶暴的色情画面。

这时菊治开始强迫她和自己不断做爱,从而教会她如何享受性的快感。越是那种纯洁的女子,一旦知晓了性的欢愉,就越会变得疯狂、痴迷。

如果她怎么都想当检察官的话,至少应该在知晓了性的欢愉之后,再做检察官才对。

菊治的臆想转换成一种报复心,径直向淫秽、卑鄙的方向发展。

不管怎么说,菊治想把戴在她脸上的用法律装饰的假面具一举剥下。

在胡乱臆想的过程中,菊治两腿中间的家伙变得兴奋无比,不久就到了高潮。

眼下对菊治来说,只有可怜的自慰才是他反抗妄自尊大的法律的唯一手段。

菊治又恢复了日复一日的单调生活。

对菊治来说,左右他此后一生的重要判决已经宣布。

菊治既担心渐渐地失去了气力,变成一个随波逐流的人,又觉得干脆那样,反倒轻松。

按照律师的说法,上诉期限为两个星期,从宣布判决之日算起。这个期间不上诉的话,刑期就将确定,自己将由被告人变成服刑人,被送到监狱。

好像去北方监狱的人很多,那样一来,自己就会离开这种有现代化设备的地方,前来探视的人就会少得可怜。

其实到了监狱之后,除了家属和亲人之外,他人不能前来探视,所以会更加寂寞。

既然生活当中的自由已被剥夺,不管到了什么地方,生活都不会有多大变化。

菊治知道自己眼下变得非常自暴自弃。

不管自己如何跺脚着急,这八年之中都出不来。一年三百六十五天,八年的话,就是八倍,即二千九百二十天。自己要在监狱里过将近三千天没有自由的生活。那样的话,干脆变成一个无精打采、没有目标、吃饱了混天黑的人,也许反而更好。

即使努力当上模范囚徒,只能减刑一两年。

得到这种奖励,对自己的生活并没有多大帮助。那样一来,不就等于向法律示弱,向司法谄媚了吗?作为无视法律、蔑视司法制度的我来说,事到如今,根本不想做那种努力。

总之,自己绝对不想向那帮认定只有理论、道理至高无上的法律奴隶低头,而且更不想得到他们的同情。

相反,既然到了这种地步,菊治希望干脆让大家称自己是个色情狂,是个欺骗他人妻子,在调情中将其掐死的大傻瓜。

现在,菊治最大的愿望就是被那些讲究法律原理、有良知的人,或者被全世界的人看不起,生活在他们的骂声当中。

判决宣布之后,四天过去了,五天过去了,一个星期过去了。

虽说媒体以"婚外恋杀人事件"为题大肆渲染了一番,菊治那里却很冷清,没有人来探视不算,甚至连一封信也没有。

难道说判决宣布之后,人们开始淡漠了吗?

就连来得最勤的中濑都没出现。他之后也只是把再版通知邮寄过来,慢慢疏远自己。自己一个人关在监狱里,被大家逐渐忘却。

在冬季的某一天,菊治觉得心如结冰般寂寞。

看着自己映在单人牢房地上的影子,菊治知道天渐渐黑了。

这种空闲的时间,本来正好用来看书或写作,可菊治对着稿纸只写了几行,就再也写不下去了。

看来没有充足的精力就写不成小说。很多人认为创作小说属于脑力劳动,菊治却切实感到小说创作其实和极其消耗体力的拳击运动一样,同属一种搏斗的产物。倘若没有充分的体力和精力,根本无法进行创作。

没有热恋冬香那个时候的充斥全身的创作欲望和气势的话,很难写出小说。

现在与其创作小说,不如丢下各种各样的思想包袱,先让自己的精神状态安定下来,兴许更为重要。

据说刑期确定下来,变成服刑的犯人之后,白天必须进行一些简单的工作,菊治觉得索性那样倒好,说不定自己的情绪能够慢慢平复下来。

叹息、倦怠、后悔、悲哀,各种各样的感触轮番涌上菊治的心头,然后接踵消失。就这样过了一个星期,儿子高士突然出现在菊治面前。

"你怎么来了?"

因为实在出乎菊治的意料,他不由得扑向用来隔开他们的有机玻璃窗户。

"您一切都好吧?"

高士身穿羽绒服,脖子上围着围巾,他仿佛把外边的寒气带进来一样,哈着气问:"父亲,你不要紧吧?"

"噢,总算还活着。"

菊治尽量虚张声势地点着头,儿子高士直直地盯着他说:"我去听了最后那天的判决……"高士停了一会儿,忽然笑了起来,"父亲,你那天显得好棒啊!"

自己在法庭上如此丢人现眼,儿子却称自己好棒,那究竟是怎么回事?菊治呆呆地发愣,高士继续说:"因为你无所顾忌地在那些看上去很厉害的人面前,明确地说:'不是!'"儿子高士这时吸了口气又继续说,"正如父亲所说的那样,有错的、误会的都是那些人。"

菊治原来觉得还很年轻、不懂人情世故的儿子,却挺着胸膛说道:"说实话,庭审的内容我全部旁听了。为了不让别人发现我是您的儿子,我是在一个角落里偷偷听的,不过我觉得去旁听是对的,我终于明白了您做的事情。"

儿子高士目不转睛地凝视菊治。

"父亲您没有做任何可耻的事情,您绝对没做什么不好的事情……"高士边说边斩钉截铁地摇着头。

"您把那个人杀了,的确不对。但那是因为父亲成千上万倍地爱着她,您一直把她看成是最重要的……"

菊治不禁垂下眼睑。儿子的安慰固然令他高兴,没想到高士居然这样理解自己,菊治感动得快要掉下眼泪了。

"如果非说谁不好的话,应该是那个人。她要求父亲'杀了我吧',她自己就那样死了,却留下父亲一个人如此遭罪,因此是她让父亲这么痛苦的……"

原来还有这种想法,菊治听到自己从没想过的事情,露出一副不知所措的表情。

"总之,父亲才是被害者。"

由于年轻,所以儿子的语气中充满了坚定的自信。

"不管父亲判什么刑,我都不会以父亲为耻,岂止如此……我觉得您是我的骄傲。"

这时,高士显得有些害羞似的说道:"我想介绍您认识一个人。"

"介绍?"

"对,是个女孩子,可以吗?"

究竟会是谁呢? 高士不会是把女朋友带来了吧? 正当菊治百思不解的时候,高士一回头,后面的门开了,一个年轻的女子走了进来。

"这位小姐名叫美和……"

女子低头行礼,菊治也随之低头还礼,高士说:"她是我的女朋友……"

这位女子到底是什么人? 据高士讲,他曾经有过一个未婚妻,在二人即将结婚的时候,由于菊治出了这种事,结果说要吹了。

由此来看,儿子后来又新找了一个女朋友。菊治忘记自己是一个犯人,开始频频打量起眼前的女子。

只见她也就是二十五六岁,脸庞纤秀、温柔。刹那间,菊治觉得她那略显柔弱的地方和冬香有些相似,女子低垂眼帘,静静地低头施了一礼。

"让你来这种地方……"

菊治也低头还礼,"十分抱歉"还没出口,儿子高士就开始解释:"我以前对您说过吧,想让您见一个人。"

那个电话来的时候,正是杀死冬香的那个早晨。菊治当时根本无法答应,"以后再说……"他说完就挂断了电话。

"这位小姐就是我那个时候要您见的人啊。"

"什么……"

菊治没明白高士的意思,就在他望着面前的女子时,高士详细说明道:"出事之后,她一度提出和我分手。不过,她说想要了解父亲的真实情况,就和我一起去了法庭……"

如此说来,这位女子是瞒着家长和高士一起坐在旁听席上的。

"后来呢……"

"她明白了发生的一切。她知道父亲没有做任何坏事,也不是坏人……"

高士仿佛想让对方帮腔似的,看向那个叫美和的女子,她也缓缓地点了头。

但眼前这个父亲是一个犯下了杀人罪的男人,她不觉得可怕吗?

"为什么?"菊治问。

高士替女子答道:"因为父亲只是真心实意爱一个女人而已。她说有这么一个真心爱人的父亲,特别了不起……"

对方竟然这样理解自己。可能的话,菊治真想紧紧地握住她的手,可却无法做到,菊治的手撞在了窗户上。

"谢谢!"菊治再次低头行礼。

儿子高士昂然自得地宣布:"父亲,我们还是打算结婚。"

不再理会自己犯下的罪行,曾经一度取消的婚事又恢复了,这么说他们真的要结婚了。理由就是看到自己案件的审理过程,了解到自己不是坏人。

其中"父亲只是真心实意爱一个女人而已"这句话,让菊治感到比什么都高兴,而且连曾经一度打算解除婚约的高士的女朋友也能理解自己,这更让菊治欣喜。

"原来如此……"

菊治觉得自己好像第一次得到了别人的承认。这一段时间,一直被人认为是一个生活放荡、结果把女人掐死的不可救药的男人,就连菊治也曾这样怀疑过自己,而此时,竟然是这两个年轻人支撑了自己。

"你们什么时候结婚?"

"可能的话,夏天之前……"

即使是夏天,就算是一年、两年、五年之后,菊治还是出席不了儿子的婚礼。

儿子高士仿佛察觉了菊治的心事,他说:"我们结婚的时候,希望父亲也能说上一句话。"

"可是……"

想要得到狱中父亲的祝福,如果被别人知道的话,怎么办? 菊治有些担心。

那个叫美和的姑娘清清楚楚地说:"请您一定答应!"

儿子的未婚妻说这样的话,显示出他们的真心。

"我不打算隐瞒父亲的事情。如果别人知道,就知道吧。因为其实别人都已知道了。"

菊治以前一直认为还很幼稚的儿子,看上去突然变成了一个大人。

"谢谢……"

菊治又向他们行了一礼,然后问:"结婚典礼和婚宴等需要很多钱吧? 不要客气,都告诉我。"

"噢,我们不打算花很多钱,不够的话,还要靠您啦。"

说实话,不管为这两个人花多少钱,菊治也不心疼。

"事情也就是这些,请您放心……"

这时,高士和女朋友对视了一下,站了起来。

"父亲,请保重身体,我们还会再来。"

高士说的时候,女孩儿也从旁边点头,他们行了一礼之后,离开了菊治。望着他们的背影,菊治觉得自己总算得到了正常人的理解,不由放下心来。

没有什么特别的意义,菊治只是用油性笔在日历上划掉了一天又一天。在今后的八年里,逃跑就不用说了,就连自杀的自由都没有,只能被关在监狱之中而已。菊治一整天都觉得失魂落魄的,一天又将过去,而且,今天是宣布判决后的第十三天了。

"明天就是上诉的最后期限……"

菊治一度决定不上诉了,可让他就这样去服刑,他仍想要一个"就这样吧"的理由,让自己能够接受。

在太阳落山很早的一个冬天的傍晚,菊治正在看着日历发愁,这时听到有人喊："109 号,有来信。"

菊治不由得赶上前去,只见寄信人一栏写着"菊地麻子"四个字。

是四谷那家酒吧的妈妈桑来的,菊治以前也收到过她的来信。对方还没忘了自己,菊治觉得很高兴。他急忙打开了信,只见字体和上次一样柔和,上面写到:

"事到如今,再说这种事情,我想会给您带来麻烦,可还是下决心写了出来,如果有令您不快的地方,请把来信扔掉。"

来信的语气相当客气,从上次来信到现在已经将近四个月了。那时对方的来信写到,自己对女性在达到性高潮时希望去死一事颇有同感,同时坚信菊治是无罪的,信的内容曾使菊治增添了不少勇气。

"说实话,后来的情况我放心不下,所以全部庭审我都去旁听了。"

菊治真没想到,妈妈桑也去法庭旁听了。

"明确地讲,检察官的总结发言,还有庭长宣布的判决,我都无法接受。其实感到无法接受的,不止我一个人。来酒吧的客人们,大家都认为你的刑期判得太重了,其中也有客人主张,围绕伤害致死罪进行辩护或许会更好。"

都已经是过去的事了,现在再说什么也晚了。

不过,一想到在"马可"那间窄小的酒吧中,自己的事情成为客人们的议论中心,菊治就觉得既难得,又难过。

"总之,那种结果对您就不用说了,我认为就是去世的冬香女士也无法接受,说一句失礼的话,判决下来之后,如果冬香女士还活着的话,她会说些什么? 我就以另一个世界里冬香女士的语气,写了下面这份申诉。"

至今为止,菊治几乎没有考虑过冬香的心情。以那种方式结束了她的一生,菊治当然一直怀有一辈子都无法弥补的后悔和歉意,但是他从未站在冬香本人的立场上,深入思考过这次事件。

现在"马可"的妈妈桑提出,要是这样的话,冬香本人也无法接受。

"我觉得冬香女士也一定会对检察官和庭长的不明事理感到震惊和失望。"

来信内容转到了第二张信纸。

"我这样指责他们也许有些可笑,但是我认为这次的事件是一对出色的男女,由于彼此相爱,最终达到的一种极端的爱的理想境界。这只不过是冬香女士的,还有我的,从女子性爱角度出发的,一个单方面的愿望……"

在写信的过程中,妈妈桑许是越写越激动,字也变得龙飞凤舞。

"现在说出,有点儿像自爆丑闻,我曾经一度尝试过自杀。理由当然是和他之间疯狂之爱的结果。最后以自杀未遂告终,和他也分手了。"

菊治想起了妈妈桑那张随遇而安,但不知何处还残留着激情火种的面孔。

"无论过去还是现在都不会变的。爱就是欲望,欲望是死亡,也就是死神。就像因为有死亡,艺术才会存在一样;正因为有死,人才会去爱。爱由死亡来完成、升华,乃至无限。"

读着来信,菊治觉得仿佛就在那个昏暗、寂静的酒吧角落,正在聆听妈妈桑说话一样。

"我觉得爱您且全身都笼罩在您的爱情之下的冬香女士一定也是这么想的。因为喜爱对方而产生快感,随着快感不断增强,最后她的愿望就是在快感的高潮中死去。如果彼此真正相爱的话,那就只有死亡。冬香女士得到了那种最完美的幸福,是你成功地让她如愿以偿的。"

原来还有这种看法,菊治觉得端不上气来。

"八年的刑期的确过于严厉,过于严酷,但也是冬香女士给您的刑罚。因为在八年的监狱生活中,您不可能忘记冬香女士吧,而且冬香女士会永远活在您的心里。正是由于死亡,冬香女士让您做了她的俘虏。"

菊治在读信的过程中,不禁感到全身一阵颤抖。

"现在再说这种事情也没用了,不过你是一个坏男人。男人不能让女人产生性快感是一种罪过,然而让女人产生了快活得想要去死的快感,那就更是罪大恶极。"

妈妈桑的字像一颗颗子弹一样射进了菊治的胸腔。

"检察官和庭长说的理由虽然完全不同,但你的确犯下了一个不可饶恕的罪行。"

来自另一个世界的冬香的申诉仍在继续。

"让女人,让你心爱的女人那么快活是不对的。'我想死,杀了我吧',她多次疯狂地喊叫,让她如此快活的正是你。这也许满足了你好色的欲望,对你是最高的享受,那么疯狂地飞上巅峰的女子又该如何是好?她怎么做才能平息那种快乐?一旦飞上天堂的女子,根本无法再回到地面。她会永无止境地追求那种欲仙欲死的快感,直到死为止。这就是女人的性。女人一旦食髓知味,就无法继续忍受。女人的性就会变得贪得无厌、自私自利,希望永远和自己所爱的男人结合在一起,一辈子一直快活下去。"

菊治忽然觉得冬香仿佛就伫立在后面一样,他回头望去,难道冬香就像雪女一样迅速地消失了?眼前只有一堵白色的墙壁。

"你就是一个罪人。让一个对性毫无所知的,甚至厌恶性爱、觉得痛苦的女人变得如此疯狂,变得喜爱男人喜爱到了无以复加的地步,让她全身变成一团欲火,燃烧到希望就此死去的程度。是你种下了这颗火种,你是把最心爱的女人杀了的大恶人。"

这种理由说得过去吗?菊治觉得简直乱七八糟,但自己的眼睛却离不开来信。

"我再说一次,冬香女士不想离开您。正是因为太爱太爱您,所以不想把您交给任何人,因此才会让您杀死她。也就是说,您是她选中的杀手,所以您被送进了拘留所,被押往流放地。"

最后,来信用下面的话做了结尾:

"八年虽然漫长,但是冬香女士因把您那样才华横溢的男人连累进去而感到十分满足和高兴。想到那样一位温柔可人、出色放荡的冬香女士,今后将永远地和您在一起,我衷心地祝福你们,在爱的流放地好好地生活。"

读完之后,菊治大大地叹了口气。

世界上到底有没有这种想法或道理?妈妈桑说,让冬香享受到欲仙欲死的快感是一种罪过。冬香诉说"我想死",喊叫"杀了我吧",一旦被菊治带到了那么快乐的乐园,冬香就再也做不回原来的自己了。妈妈桑说,因为让女人回不到原来的自己的罪行,菊治要被关进监狱八年。

"不对……"这句话刚要出口,菊治又把话语吞了回去。

也许妈妈桑说的十分在理。和那些只知道法律的庭长、检察官说的所谓大道理相比,妈妈桑的看法更加表达了真实情况,让菊治能够接受。

"原来如此……"

菊治现在终于开始考虑接受刑罚。不是因为满篇大道理的法律,而是因为冬香,她要用爱的镣铐将自己的自由捆绑起来,菊治无话可说。

"我知道了,冬香,我不再上诉了。"

事情到了这一步,即使反抗说不定也是无用功。与其上诉不成,让人看自己不甘心认输的笑话,不如认为这八年的刑期是冬香判的,自己因而服从,那样想的话,菊治觉得既可以接受,又心安理得。

不过,乍看上去,温柔、顺从的冬香内心之中,没想到竟然潜藏着如此疯狂的欲望和执著。岂止如此,越是表面文静的女子,心中越是隐藏着那种一往无前的爱的激情。

总之,现在菊治能够明白的就是,自己在了解冬香的同时,也在冬香藏在暗处的爱之迷宫中失去了方向。菊治不知道自己走到什么地方应该停下,他也觉得害怕,可是他发现的时候,还是陷入了无法回头的深渊,仿佛被关在了里面。

若是那样,就静静地在此地落脚吧!冬香如果那样希望,说希望自己在此一直思念着她的话,就那么办吧!

当深夜再次来临,一切寂静无声,周围陷入了一片黑暗之中的时候,变成雪女的冬香出现在自己面前,一定会温柔地协助自己自慰。

这样就够了,这样持续八年的话,冬香说不定会给自己一些自由。

"冬香,我就在这块流放地上,因为这里是像我这样疯狂爱上你的,只有让女人快活得欲仙欲死的男人才能入内的——爱的流放地。"